सोमनाथ के योद्धा

1974 में पैदा हुए अमीश, भारत-स्थित, बेस्टसेलिंग और पुरस्कृत लेखक हैं। वे ब्रॉडकास्टर, एक वीडियो-गेमिंग कंपनी के सह-संस्थापक, फ़िल्म प्रोड्यूसर और भारत सरकार के भूतपूर्व राजनयिक भी हैं।

अमीश की किताबों की अस्सी लाख से अधिक प्रतियां बिक चुकी हैं और उनका इक्कीस भाषाओं में अनुवाद हुआ है। उनकी शिव रचना-त्रयी भारतीय प्रकाशन इतिहास में सबसे ज़्यादा तेज़ी से और राम चंद्र श्रृंखला दूसरी सबसे तेज़ी से बिकने वाली पुस्तक श्रृंखला हैं। भारत के मध्ययुगीन इतिहास पर आधारित उनकी भारत-गाथा पुस्तकें भी ब्लॉकबस्टर बेस्टसेलर हैं।

अमीश, कई सालों तक भारत में बनी, अनेकों मशहूर डॉक्यूमेंट्रीज़ के एंकर रहे हैं, और वह एक सफल पॉडकास्टर भी हैं। वह प्रतिष्ठित बी-स्कूल आईआईएम कोलकाता से ग्रेजुएट हैं, और उससे पहले उन्होंने मुंबई के सेंट ज़ेवियर्स कॉलेज से गणित में बी.एससी. की डिग्री प्राप्त की है।

अमीश से संपर्क के लिए:

www.authoramish.com

www.facebook.com/authoramish

www.instagram.com/authoramish

www.twitter.com/authoramish

अमीश की अन्य किताबें

शिव रचना त्रयी

भारतीय प्रकाशन क्षेत्र के इतिहास में सबसे तेज़ी से बिकने वाली पुस्तक शृंखला

मेलूहा के मृत्युंजय (शिव रचना त्रयी की पहली किताब)

नागाओं का रहस्य (शिव रचना त्रयी की दूसरी किताब)

वायुपुत्रों की शपथ (शिव रचना त्रयी की तीसरी किताब)

राम चंद्र शृंखला

भारतीय प्रकाशन क्षेत्र के इतिहास में दूसरी सबसे तेज़ी से बिकने वाली पुस्तक शृंखला

राम – इक्ष्वाकु के वंशज (शृंखला की पहली किताब)

सीता – मिथिला की योद्धा (शृंखला की दूसरी किताब)

रावण – आर्यवर्त का शत्रु (शृंखला की तीसरी किताब)

लंका का युद्ध (शृंखला की चौथी किताब)

भारत गाथा

भारत का रक्षक महाराजा सुहेलदेव

सोमनाथ के योद्धा: चोल के शेर

कथेतर

अमर भारत : युवा देश, कालातीत सभ्यता

धर्म: सार्थक जीवन के लिए महाकाव्यों की मीमांसा

मूर्ति पूजा: तथ्य और आस्था का संगम

‘{अमीश के} लेखन ने भारत के समृद्ध अतीत और संस्कृति के विषय में गहन जागरूकता उत्पन्न की है।’

—नरेन्द्र मोदी

(भारत के माननीय प्रधानमंत्री)

‘{अमीश के} लेखन ने युवाओं की जिज्ञासा को शांत करते हुए, उनका परिचय प्राचीन मूल्यों से करवाया है...’

—श्री श्री रवि शंकर

(आध्यात्मिक गुरु व संस्थापक, आर्ट ऑफ़ लिविंग फाउंडेशन)

‘{अमीश का लेखन} दिलचस्प, सम्मोहक और शिक्षाप्रद है।’

—अमिताभ बच्चन

(अभिनेता एवं सदी के महानायक)

‘भारत के महान कहानीकार अमीश इतनी रचनात्मकता से अपनी कहानी बुनते हैं कि आप पन्ना पलटने को मजबूर हो जाते हैं।’

—लॉर्ड जेफ्री आर्चर

(दुनिया के सबसे कामयाब लेखक)

‘{अमीश के लेखन में} इतिहास और पुराण का बेमिसाल मिश्रण है... ये पाठक को सम्मोहित कर लेता है।’

—बीबीसी

‘विचारोत्तेजक और गहन, अमीश, किसी भी अन्य लेखक की तुलना में नए भारत के सच्चे प्रतिनिधि हैं।’

—वीर सांघवी

(वरिष्ठ पत्रकार एवं स्तम्भकार)

'अमीश की मिथकीय कल्पना अतीत को खंगालकर, भविष्य की संभावनाओं को तलाश लेती है। उनकी किताबें हमारी सामूहिक चेतना की गहनतम परतों को प्रकट करती हैं।'

—दीपक चोपड़ा

(दुनिया के जाने-माने आध्यात्मिक गुरु और कामयाब लेखक)

'{अमीश} अपनी पीढ़ी के सबसे ज़्यादा मौलिक चिन्तक हैं।'

—अर्नब गोस्वामी

(वरिष्ठ पत्रकार व एमडी, रिपब्लिक टीवी)

'अमीश के पास बारीकियों के लिए पैनी नज़र और बाँध देने वाली कथात्मक शैली है।'

—डॉ. शशि थरूर

(सांसद एवं लेखक)

'{अमीश के पास} अतीत को देखने का एक नायाब, असाधारण और आकर्षक नज़रिया है।'

—शेखर गुप्ता

(वरिष्ठ पत्रकार एवं स्तम्भकार)

'नये भारत को समझने के लिए आपको अमीश को पढ़ना होगा।'

—स्वप्न दासगुप्ता

(सांसद एवं वरिष्ठ पत्रकार)

'अमीश की सारी किताबों में उदारवादी प्रगतिशील विचारधारा प्रवाहित होती है: लिंग, जाति, किसी भी क़िस्म के भेदभाव को लेकर... वे एकमात्र भारतीय बेस्टसेलिंग लेखक हैं जिनकी वास्तविक दर्शनशास्त्र में पैठ है—उनकी किताबों में गहरी रिसर्च और गहन वैचारिकता होती है।'

—संदीपन देब

(वरिष्ठ पत्रकार एवं सम्पादकीय निदेशक, स्वराज्य)

'अमीश का असर उनकी किताबों से परे है, उनकी किताबें साहित्य से परे हैं, उनके साहित्य में दर्शन रचा-बसा है, जो भक्ति में पैठा हुआ है जिससे भारत के प्रति उनके प्रेम को शक्ति प्राप्त होती है।'

—गौतम चिकरमने

(वरिष्ठ पत्रकार एवं लेखक)

'अमीश एक साहित्यिक करिश्मा हैं।'

—(स्वर्गीय) अनिल धाड़कर

(वरिष्ठ पत्रकार एवं लेखक)

भारत गाथा

सोमनाथ के योद्धा

चोल के महान शेर

अमीश

एवं

द इम्मॉर्टल राइटर्स सेंटर

इस पुस्तक में अधिकृत लेखक

राम शिवशंकरन एवं **भावना रॉय**

अनुवाद

शुचिता मीतल

हार्पर
हिन्दी

प्रथम प्रकाशन 2026
हार्पर हिन्दी
(हार्परकॉलिंस *पब्लिशर्स* इंडिया) द्वारा प्रकाशित
हार्परकॉलिंस *पब्लिशर्स* इंडिया, साइबर सिटी, बिल्डिंग 10-A,
गुरुग्राम, हरियाणा – 122002, भारत
www.harpercollins.co.in

P-ISBN: 978-93-7307-359-0
E-ISBN: 978-93-7307-660-7

टाइपसेटिंग : हार्परकॉलिंस *पब्लिशर्स* इंडिया प्राइवेट लिमिटेड
मुद्रक: रेप्रो इंडिया लिमिटेड

Printed and bound at
Repro India Limited

This book is produced from independently certified FSC® paper to ensure responsible forest management.

*

HarperCollins *Publishers*, Macken House, 39/40 Mayor Street Upper,
Dublin 1, D01 C9W8, Ireland

यह एक ऐतिहासिक काल्पनिक कहानी है। इसमें वास्तविक ऐतिहासिक व्यक्तियों, स्थानों एवं घटनाओं से तथ्य लिए गए हैं, लेकिन कहानी के उद्देश्य से पात्र, संवाद, प्रेरकों और कथावस्तु का निर्माण काल्पनिक हैं। इसमें निहित वर्णन जिनमें युद्ध या युद्ध जैसी स्थितियाँ शामिल हैं, हिंसा—यौन हिंसा समेत, धार्मिक, सांस्कृतिक या राजनीतिक आदि नाटकीय रूपांतरण हैं और लेखक, प्रकाशक या अन्य किसी भी संबंधित व्यक्ति के विचारों या समर्थनों का प्रतिनिधित्व नहीं करते हैं।

धार्मिक ग्रंथों, मतों या सामाजिक रीति-रिवाजों संबंधी किसी भी संदर्भ को केवल कथात्मक उद्देश्यों से शामिल किया गया है और उनमें उन विचारधाराओं की प्रामाणिकता, सटीकता या समर्थन निहित नहीं है। पात्रों द्वारा प्रयुक्त की गई शब्दावली उनके ऐतिहासिक परिदृश्य के संदर्भ में है और उसे किसी भी समूह के प्रति वैमनस्य, पूर्वाग्रह या शत्रुता बढ़ाने के तौर पर नहीं लिया जाना चाहिए।

इस किताब का मक़सद किसी भी व्यक्ति, समुदाय या धर्म की भावनाओं को आहत करना नहीं है। इसे इतिहास की एक रचनात्मक खोज के रूप में पढ़ा जाना चाहिए, समकालीन या ऐतिहासिक सामाजिक या धार्मिक डायनेमिक्स के तथ्यपरक विवरण या टिप्पणी के तौर पर नहीं।

ओम् नम: शिवाय

ब्रह्मांड भगवान शिव को नमन करता है।

मैं भगवान शिव को नमन करता हूं।

कंडनक्कु आरोगहरा, मुरुगनक्कु आरोगहरा

वीर मुरुगन, शिवपुत्र, भगवान कार्तिक की जय हो

हे प्रभु, हमें धर्म के मार्ग पर ले जाएं

मेरी बहन-भाइयों,
भावना दीदी, अनीश दादा और आशीष के लिए

राह चाहे पथरीली हो,
जीवन मुश्किलों भरा हो,
मगर सारा संसार भी मिलकर
हमें बांट नहीं सकता...
अगर दबाव हीरे बनाता है...
तो अब तक हमारा प्यार हीरा बन गया है।

बहुत कुछ सहा है हमने एक साथ,
नियति ने आज़माया है हमें एक साथ,
हम और मज़बूत बने हैं एक साथ।

मुझे आप सबसे प्यार है।

(डॉन विलियम्स के अद्‌भुत गीत 'प्रेशर मेक्स डायमंड्स'
को बिगाड़ने के लिए क्षमायाचना सहित)

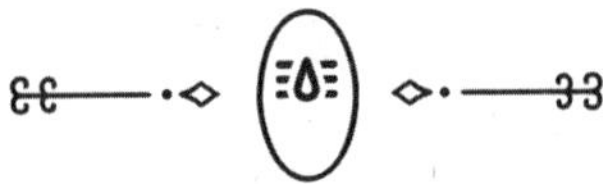

आभार

उन व्यक्तियों का आभार जिन्होंने अपने जीवनकाल में मेरा मार्गदर्शन किया और अब जब वे पितृलोक में हैं, तब भी मुझे प्रेरित करते हैं। स्वर्गीय विनय कुमार त्रिपाठी, स्वर्गीय हिमांशु रॉय, स्वर्गीय डॉ. मनोज व्यास।

मेरा युवा पुत्र, नील। मेरा सबसे बड़ा गर्व, मेरा सबसे गहन आनंद, मेरी सबसे उत्कृष्ट रचना।

मेरी पत्नी, शिवानी। जब मैं निराशा की गर्त में था, तब उन्होंने ही मुझे बाहर निकाला। और अब मैं ऊंची उड़ान भर पाता हूं क्योंकि वो मेरे पंखों को बल देती हैं।

उत्कृष्ट प्रतिभाशाली लेखक राम शिवशंकरन और बुद्धिमान लेखिका (साथ ही मेरी बड़ी बहन) भावना रॉय का आभार जिन्होंने इस राइटर्स सेंटर के अंग के तौर पर इस किताब पर मेरे साथ काम किया। और शिखा का, जिन्होंने शुरुआती संपादन में मदद की। कितनी सुंदर यात्रा थी यह! *वीरावेल। वेट्रीवेल।*

हमेशा साथ और परामर्श देने के लिए अपने भाई-भाभियों, अनीश और मीता, आशीष और डॉनेटा का आभार।

हमारा शेष परिवार: उषा, शारदा, सुरेंद्र, पंखुड़ी और सिद्धार्थ। उनके अडिग विश्वास और प्रेम के लिए। परिवार की अगली पीढ़ी: मितांश, मानवी,

निकिता, डैनियल, वरुण, एडेन, केया, यश, अनिका और आश्ना, हमारे कुल का भविष्य। काश उनकी संख्या बढ़ती रहे!

नील की मां प्रीति और उनका परिवार: शरनाज़, स्मिता, अनुज, रूता, उनके सतत सहयोग के लिए।

हार्परकॉलिंस की टीम। मेरी प्रकाशक पौलोमी; नंदिनी, शबनम, नवीन, अमेया और आकृति के नेतृत्व में सारी मार्केटिंग टीम; विकास, गोकुल, श्रेया और राहुल के नेतृत्व में सारी सेल्स टीम; कॉपी एडिटर रचिता, प्रूफ़रीडर, पलोमा, और संपादक, स्वाति; हार्पर360 टीम—कैरेन, सेरेना, डैरेन, और शिनेड; जिनका नेतृत्व हार्परकॉलिंस इंडिया के सुयोग्य सीईओ अनंत कर रहे हैं, और मार्गदर्शन है हार्परकॉलिंस यूके, आयरलैंड, इंडिया और ऑस्ट्रेलिया के सीईओ चार्ली रैडमेन का। उनके साथ पार्टनरशिप लगातार मज़बूत होती जा रही है क्योंकि वो हमारी किताबों को सारी दुनिया में ले जा रहे हैं।

प्रतिलिपि की टीम। वैस्टलैंड के बिज़नेस हैड गौतम; एडिटर कार्तिका; और मीनाक्षी, विधि एवं शेष टीम, जो इस किताब के भारतीय क्षेत्रीय भाषाओं के संस्करण लाती है। गौतम डेढ़ दशक से प्रिय मित्र हैं, और प्रकाशन की दुनिया के सबसे अच्छे लोगों में से एक हैं।

अमन, विजय भाई, पद्मा, स्मृति, मेहुल, कृष्ण, जश, प्रेरणा, गौरी, ख़ुशी, धनाजी, मिताली, अनीशा, शुभांगी और मेरे ऑफ़िस के अन्य सहयोगियों को। वे सारे कामों को संभाल लेते हैं जिससे मुझे लिखने के लिए समय मिल पाता है। मैं अपने पूर्व सहयोगी शौर्य का भी ज़िक्र करना चाहूंगा जो अब लंदन चले गए हैं।

हेमल, नेहा, विनीत, हर्ष, ल्योनार्ड, केविन, शुभम, विश्रुति, अनुष्का, मसीरा और टीम ऑक्टोबज़। इन्होंने इस किताब का कवर डिज़ाइन किया है, जो मेरे विचार में बहुत आकर्षक बन पड़ा है। और वे सारी डिजिटल गतिविधियों को भी अंजाम देते हैं।

संदीप, कैलेब, ईशा, मनीष भाई, डॉमिनिक, नेहा, मेघना, दिशा, जयेश और उनकी अपनी-अपनी टीमें जो अपने व्यवसायिक, क़ानूनी और मार्केटिंग परामर्श से मेरे काम को संबल देती हैं।

आदित्य, मेरी किताबों के जोशीले पाठक जो अब मित्र के साथ-साथ तथ्यों के जांचकर्ता भी बन गए हैं।

इस किताब के कुछ अंश मैंने कोयम्बटूर के ईशा आश्रम में भी लिखे थे। मेरे, मेरी बहन और मेरी पत्नी के वहां रहने के दौरान दिव्याजी और श्वेताजी की उदारता और सहयोग के लिए मेरा आभार।

और अंत में, मगर विशेष रूप से, आप पाठकगण। मैं जानता हूं कि इस उपन्यास में काफ़ी समय लगा है; पिछले उपन्यास के बाद लगभग तीन साल। क्षमाप्रार्थी हूं। मगर, अपने बचाव में, मैं कहूंगा कि मैं आपके लिए डॉक्युमेंट्रीज़ और पॉडकास्ट बनाने के साथ ही द *एज ऑफ़ भारत* नामक एक हाई-एंड वीडियो गेम बनाने में भी व्यस्त रहा था। आशा है आपको वे सब भी पसंद आए होंगे। और मैं वादा करता हूं कि जल्दी ही अगला उपन्यास लेकर आऊंगा। आपका सतत स्नेह, सहानुभूति और हौसलाअफ़ज़ाई मुझे प्रेरित करती है। बहुत, बहुत धन्यवाद। भगवान शिव आप पर कृपा करें।

उत्तरम् यत् समुद्रस्य, हिमाद्रेश्चैव दक्षिणम्,
वर्षम् तद् भारतम् नाम, भारती यत्र संतति:

उत्तर में महासागर, और दक्षिण में हिमालय
इनके बीच स्थित है भारतराष्ट्र, और वहां भरत के वंशज रहते हैं

—विष्णु पुराण

कुछ लोग कहते हैं कि प्राचीन काल में भारत का अस्तित्व नहीं था,
कि भारत राष्ट्र का निर्माण ब्रिटिश राज ने किया था।
झूठ।
इंडिया, भारत का निर्माण हमारे पूर्वजों ने किया था।
हम मानव सभ्यता के आरंभ से ही यहां मौजूद रहे हैं।
दूसरी सभी कांस्य युग से पहले की सभ्यताएं नष्ट हो गईं।
मगर हम अभी भी हैं। हम अभी भी दृढ़ता से खड़े हैं।
और हम तब तक रहेंगे जब तक अंतिम मानव जीवित होगा।
क्योंकि हमारी मातृभूमि सनातन है। वह अमर है।
वह हमारी, अपनी संतति की आत्मा में जीती है।
अगर हममें से एक भी जीवित होगा, तो वो जीवित रहेगी।
भारत। कभी। नहीं। मरेगा।

प्रस्तावना

सोमनाथ पर अंतिम मोर्चा

सोमनाथ, भारत, शीतकाल 1025 से 1026 ई. के प्रारंभ तक

सूरज अरब सागर के झिलमिलाते झितिज के पार डूब गया था। लाल, नारंगी और बैंगनी रंगों से भरी खूबसूरत शाम रात के लिए रास्ता छोड़ने लगी थी। अठखेलियां करती लहरें प्यार से तट पर चली आतीं और कोमलता से रेत को बांहों में समेटतीं मानो धीर-गंभीर और करुणामयी समुद्र क्षत-विक्षत धरती को दिलासा देने की कोशिश कर रहा हो। कई जगहों पर रेत असामान्य रूप से लाल थी जैसे धरती का ख़ून बह रहा हो। पानी ने थोड़ा सा ख़ून धो दिया और फिर अपने क़दम पीछे खींच लिए, मानो इस भयंकर नज़ारे को देखकर सहम गया हो। मगर फिर, ऐसे प्रेमी की सी दृढ़ता से जो अपनी तड़पती प्रिया को छोड़ने को तैयार न हो, समुद्र तट पर लौट आता था। बार-बार। ख़ून को धो डालने की कोशिश करता।

ज़ख़्मों को भरने का पहला क़दम उन्हें धोना होता है।

मगर समुद्र की लाख कोशिशों के बाद भी, वो लाल रंग नहीं धुला। बेतहाशा ख़ून था। बेशुमार लाशें थीं।

हवा में भरे मौत के से सन्नाटे को एक चीख़ भेद गई। आगे की ओर इशारा करता एक तुर्की सैनिक चिल्लाया था, 'ठहर जा, चोर!'

तुर्क। अपने रूप-रंग और डीलडौल में तुर्क बड़ी-बड़ी आंखों और सांवली रंगत वाले भारतीयों से बहुत अलग दिखते थे। किसी भी विशेषज्ञ का आकलन यही होता कि भारतीयों को तुर्कों को हरा देना चाहिए था। बेहतर हथियारों के साथ और बेहतर पोषण पाने वाले भारतीय कहीं ज़्यादा लंबे, स्वस्थ थे। तुर्क ज़्यादा गोरे, छोटे क़द के और पतले-दुबले थे। ऐसा लगता ही नहीं था कि वो दुनिया के अब तक के सबसे ख़तरनाक क़ातिल भी हो सकते थे। मगर रूप-रंग छलावा भी हो सकता है।

तुर्क। भारतीयो को वो अपने गोलाकार से चेहरों और छोटी-छोटी आंखों की वजह से कुछ-कुछ चीनियों जैसे लगते थे। मगर वो चीन के नहीं थे; वो और सुदूर उत्तर से आए थे। चीनी तक मध्य एशिया के विशाल घास के मैदानों से आए इन निर्मम हमलावरों से डरते थे। शुरू में वो अपने निकट संबंधी क़बायली समुदाय मंगोलों के ग़ुलाम सैनिक हुआ करते थे, लेकिन अब वो अपने दम पर विजेता थे।

तुर्क। खूंखार हमलावर जो अपने रास्ते में आने वाले सभी लोगों का क़त्ले-आम करने के लिए कुख्यात थे। लूटपाट, बलात्कार, खोपड़ियों के पिरामिड बनाना। अपनी बर्बरता का जश्न मनाना।

'रुक जा, ह**ज़ादे!' एक दूसरा तुर्की सैनिक चिल्लाया।

वो दो तुर्क थे, उनमें से एक नाटा था। वो एक भारतीय का पीछा कर रहे थे जिसकी वेशभूषा किसी पुरोहित जैसी थी। मुंडा हुआ सिर जिसके बीच में गांठ लगी चोटी थी। पतला-दुबला। सांवला। भगवा धोतीधारी। दुख से कातर चेहरे पर आंसुओं की झड़ी लगी थी। ख़ून से सने रेतीले तट पर पटी पड़ी लाशों की बाधाओं से बचते-बचाते वो बहुत तेज़ी से भाग रहा था। भारतीय सैनिकों की लाशें जो अभी हाल ही में लड़ी गई लड़ाई में मारे गए थे।

भागते हुए ब्राह्मण ने अपने हाथों में कुछ पकड़ा हुआ था। भगवा कपड़े में कसकर बंधी कोई बेहद अनमोल चीज़।

'रुक जा!' एक तुर्की सैनिक फिर से चिल्लाया। 'रुक जा, कमीने!'

'बेकरिस!' नाटे तुर्की ने हांफते हुए अपने साथी सैनिक को ज़ोर से पुकारा। 'बेकरिस... बस... अब नहीं दौड़ सकता... बस... ख़ंजर!'

बेकरिस रुक गया और तेज़ी से उसने अपना ख़ंजर निकाल लिया। तुर्की तीरंदाज़ी में माहिर निशानेबाज़ होते थे। या ख़ंजर में भी। वो बस पलांश को रुका, एक आंख बंद की, अपनी बांह पीछे को घुमाई और ख़ंजर फेंक दिया। सबकुछ बस पल भर में।

दांतेदार ख़ंजर सनसनाते हुए हवा को काटता चला गया और बेरहमी से ब्राह्मण की पीठ में जा धंसा। इतनी दूर से भी उस वार का बल इतना घातक था कि दर्द से चीख़ता पुरोहित पीछे को दोहरा हो गया। मगर कमाल की बात थी कि अपने पतले-दुबले डीलडौल के बाद भी वो गिरा नहीं। और उससे भी ज़्यादा कमाल की बात ये कि उसकी बांह में दुबकी वो अनमोल वस्तु उसकी पकड़ से फिसली नहीं थी।

असहनीय दर्द के बावजूद वो बड़बड़ा रहा था, 'गणेशा... गणेशा...'

वो लड़खड़ाते हुए आगे बढ़ा, उसकी गति अब स्पष्ट रूप से धीमी पड़ गई थी। तुर्क तेज़ी से नज़दीक आते जा रहे थे। तभी तट पर पट पड़ी एक हिंदुस्तानी की लाश से उसे ठोकर लगी। अपने हाथों में मौजूद उस वस्तु को सीने से लगाए, और अपने बदन से उसे बचाते हुए वो मुंह के बल जा गिरा।

तुर्क आख़िरकार उसके पास पहुंच गए। बेकरिस का साथी बुरी तरह से हांफ रहा था। 'उफ़ ख़ुदाया...'

बेकरिस ग़ुर्राया, 'गंदे हिंदुस्तानी कुत्ते! तूने मेरे दोस्त को थका डाला!'

ब्राह्मण चिल्ला रहा था। हताश। घबराहट में फटी-फटी आंखें लिए। उठने की कोशिश करता। 'कृपया... कृपया मुझे जाने दो। दया करो!'

बेकरिस नीचे झुका और धीरे-धीरे ब्राह्मण की पीठ में धंसे चाक़ू को मरोड़ते हुए बाहर निकालने लगा जिससे दांतेदार फल ने मांसपेशियों और ऊतकों को और ज़्यादा काट दिया। फ़व्वारे की तरह ख़ून की धार फूट पड़ी। पुरोहित घोर पीड़ा में चिल्ला उठा।

'मां... मां...'

अब तक अपनी सांसों पर क़ाबू पा चुका नाटा तुर्की हंस पड़ा। 'अपनी मां को मत पुकार, हिंदुस्तानी... तुझे बेकरिस की बेइंतेहा भूख का अंदाज़ा नहीं है! ये शेर है! ये तेरी मां की रूह के पोर-पोर को निचोड़ लेगा!'

बेकरिस भी अपने दोस्त के साथ हंसने लगा, 'ख़ैर, देखते हैं इतनी परेशानी उठाने के बाद हमारे हाथ क्या लगा है...'

बेकरिस ने ब्राह्मण को ठोकर मारी और उसे पलटने पर मजबूर कर दिया जब तक कि वो पीठ के बल नहीं लेट गया, गीली रेत उसके चेहरे पर चिपक गई थी। अपनी बेतहाशा पीड़ा के बावजूद वो हिंदुस्तानी उस चीज़ को छोड़ने को तैयार नहीं था जिसे उसने पकड़ा हुआ था। वो अभी भी कसकर उस भगवा कपड़े में लिपटी हुई थी जो अब उसके ख़ून से लाल हो गया था। उसने ज़ोर-ज़ोर से अपना सिर हिलाया। 'नहीं... नहीं...'

नाटे तुर्क के चेहरे पर लालच भरी मुस्कान आ गई। 'अगर यह काफ़िर इसे अभी भी सौंपने को तैयार नहीं है तो ज़रूर यह हज़ारों अशर्फ़ियों के मोल की होगी।'

बेकरिस पुरोहित पर हंसा। 'अबे मूर्ख बकरे... ये तो माल-ए-ग़नीमत है। ये तो बाहक़ हमारा है। इसे हमें दे दे तो हम रहम कर देंगे। हम तुझे शीघ्र मौत दे देंगे। इसे दे दे।'

इस्लाम की व्याख्या के अनुसार, जिसका तुर्क पालन करते थे, माल-ए-ग़नीमत का मतलब होता है युद्ध में मिली लूट। और ये नियम ख़ासतौर से दार अल-हर्ब में लागू होता है, जिसका अर्थ है युद्ध का स्थान, दुनिया की कोई भी ऐसी जगह जहां किसी इस्लामिक शासक का राज न हो और जहां इस्लामिक शरिया के अतिरिक्त कोई अन्य क़ानून लागू होता हो। माल-ए-ग़नीमत के अनुसार, तुर्कों का मज़हब उन्हें काफ़िरों की संपत्ति पर, सोना, ज़मीन, क़ीमती वस्तुओं के समेत उनकी पत्नियों और बच्चों पर भी ग़ुलाम के तौर पर, दावा करने की इजाज़त देता है।

कहते हैं कि बहुत से मुसलमान, उन अनेक अरबों समेत जो मूल मुसलमान थे, इस व्याख्या से असहमत थे। और वैसे भी, तुर्क अनेक

अरबों पर भी हमला करके उनका नरसंहार कर रहे थे। और उन्हें भी लूट रहे थे।

नाटे ने पीछे मुड़कर दूर मंदिर परिसर की ओर देखा। 'बेकरिस, उन्होंने छोटे मंदिरों को जलाना शुरू कर दिया है। हमें वापस भागना चाहिए। वहां और ज़्यादा सोना है...'

बेकरिस ने अपनी तलवार निकाली और नीचे झुका। 'इसे दे दे, हिंदुस्तानी!' वो चिल्लाया। 'वरना मैं तेरी बांह काट डालूंगा!'

ब्राह्मण ने कपड़े में लिपटी वस्तु को और कसकर चिपका लिया। 'नहीं... दया करो... नहीं... गणेशा... गणेशा...'

'अब ये गणेश कौन है?' नाटा तुर्की चीख़ा।

बेकरिस अब और सब्र नहीं कर सकता था। वो पीछे हटा और उसने तलवार को अपने सिर के ऊपर उठा लिया। पुरोहित अजीब से ढंग से दोहरा हो गया और अपने शरीर से उस वस्तु को सुरक्षित करते हुए उसने उसे दोनों बांहों में क़ैद कर लिया।

बेकरिस की लालच भरी आंखें फैल गईं। *ये तो वाक़ई बेशक़ीमती होना चाहिए!*

तुर्क ने बर्बरता से अपनी तलवार घुमाई, और कोहनी के ठीक नीचे से पुरोहित की बाईं बांह को मांस, ऊतकों और हड्डी समेत काटता चला गया। घुमावदार तलवार का वार इतना ज़ोरदार था कि उसने और गहरे उतरते हुए पुरोहित की दाईं बांह को भी आधा काट दिया, जो कि उसकी बाईं बांह के नीचे दबी थी। यहां, तलवार का फल फंस गया। हड्डी के भीतर।

भयानक पीड़ा में पुरोहित की चीख़ें निकल पड़ीं, जबकि उसकी बची-खुची बांहों से ख़ून उबालें मारता बह रहा था।

'धत्तेरे की!' फल को खींच निकालने की कोशिश करता बेकरिस चिल्लाया। उसने पुरोहित की दाहिनी बांह से उसे खींचकर बाहर निकाल लिया। आख़िरकार, वो वस्तु आज़ाद हो गई। नाटे तुर्क ने लपककर उसे उठा

लिया, और उत्सुकता से ख़ून में लथपथ भगवा कपड़े को खोलने लगा। 'ये क्या है आख़िर?'

सुध-बेसुधी के बीच झूलते भारतीय पुरोहित ने हताश याचना की, 'कृपा करके... बाल गणेश को... हानि... मत पहुंचाना... बाल गणेश को... हानि... मत पहुंचाना...'

बेकरिस मूर्ति को घूर रहा था। 'ये तो बस पत्थर है!' वो दहाड़ उठा, उसे बेतहाशा ग़ुस्सा आ रहा था।

वो गणेश जी की पत्थर की मूर्ति थी, मगर उनके बाल रूप की। नन्हे बालकों जैसे हाथ-पैर। शिशुओं जैसे थुलथुला धड़। सहज रूप से गोल-मटोल गज-मुख। एक लंबा दांत, और दूसरा टूटा हुआ। और सबसे प्यारी बात, उनके चेहरे पर सजी एक मासूम और बालसुलभ मुस्कान।

मगर दूसरी हिंदू मूर्तियों के विपरीत इस मूर्ति पर सोने की कोई परत नहीं चढ़ी थी। ना हीरे जड़े थे। न और कोई रत्न-जवाहरात थे।

तुर्कों के लिए ये मूर्ति बेमोल थी।

मगर उस हिंदुस्तानी के लिए मूर्ति अनमोल थी। मौत की दहलीज़ पर खड़ा होने के बाद भी पुरोहित यही कहता जा रहा था, 'बाल गणेश को... हानि... मत पहुंचाना... कृपा करके... बाल गणेश को... हानि...'

नाटे ने भयंकर ग़ुस्से में भरकर दूर स्थित मंदिर परिसर को देखा। 'हमने वहां का सारा माल गंवा दिया... इसके लिए?'

वो पागलों की तरह चिल्लाया और उसने मूर्ति को नीचे फेंक दिया। समुद्र की तेज़ लहरों ने आकर उसके पैरों को लपेट लिया।

इस बीच, बेकरिस ने अपना ख़ंजर निकाल लिया था और घातक ढंग से घुमाते हुए एक ही वार में ब्राह्मण के दिल में भोंक दिया—उसे तुरंत मौत के घाट उतारते हुए।

नाटा तुर्क मुड़ा और मंदिर परिसर की ओर दौड़ पड़ा। 'जल्दी आओ, बेकरिस!'

बेकरिस तेज़ी से अपने दोस्त के पीछे दौड़ गया।

भारतीय मर गया था, मगर उसकी कटी हुई बांहों से ख़ून रिसता रहा। करुणामयी समुद्र की लहरें आईं और बाल गणेश की उस मूर्ति को ब्राह्मण की ओर धकेलती रहीं। बाल-देवता की मूर्ति जैसे पुरोहित की आक्रांत आत्मा को दिलासा देते हुए उसे अपनी बांहों में समेट रही थी।

बहुत रात हो चुकी थी जब हज़ारों लोग मंदिर परिसर की क्षत-विक्षत चारदीवारी के बाहर खड़े थे, अंदर हज़ारों साल के इतिहास और संस्कृति को लीलती ऊंची-ऊंची लपटें उठ रही थीं। असहाय लोगों को किसी रेवड़ की तरह इकट्ठा कर दिया गया था। यह उस शहर के निर्मम विनाश का चरम था जो अपनी धन-दौलत और शानो-शौक़त के लिए मशहूर था।

और एक मंदिर।

वो मंदिर जिसका नाम भी वही था जो इस महान शहर का था।

सोमनाथ। चंद्रदेव के स्वामी। महानतम देवता के असंख्य नामों में से एक। भगवान शिव। महादेव। देवों के देव।

मगर फिर भी, इस पवित्र शहर से जुड़ी कहानियों और भवनों की भव्यता के बावजूद बीते समय के अमर नायकों की ओर से कोई मदद नहीं मिली। चंद्रदेव सोम ऊपर आसमान से डरावनी सी शांतचित्तता के साथ नीचे देखते रहे। कल्याणकारी शिव, देवों के देव, मंदिर के धुएं और धूल में लिपटे रहे—अपने आवास और अपने लोगों पर हो रहे हमले से विरक्त।

क्या महादेव अपने अनुयायियों की परीक्षा ले रहे थे? उन सभी के मन में यही विचार उमड़-घुमड़ रहा था... *हमसे क्या चूक हो गई, भगवन? आपने हमें क्यों त्याग दिया? आपने इन बर्बरों को क्यों विजयी होने दिया?*

भीड़ को लगभग दो हज़ार तुर्की योद्धाओं की मानव श्रृंखला ने रोक रखा था। वो मंदिर के सबसे पास के तटीय स्थल पर जमा हुए थे, उस स्थान के दूसरी ओर जहां दिन में युद्ध लड़ा गया था। इस ओर मंदिर की दीवार नीची

थी, क्योंकि यह तट शहर के पास था। इसका मतलब था कि तट पर जमा भारतीय असल में उस अधिकांश तबाही को देख सकते थे जो विद्वेषपूर्ण तुर्कों ने मंदिर परिसर में मचाई थी।

व्यापारी सोमेश्वर इस झुंड के बाहरी कोने पर खड़ा था, उसकी आंखें रेतीली धरती पर झुकी थीं। तोंदियल और गंजे, गोरी रंगत वाले सोमेश्वर के चेहरे पर खिचड़ी बालों वाली दाढ़ी थीं। उसकी आँखें आमतौर पर दयालु और करुणा से भरी रहती थीं, मगर अभी उनमें बस पीड़ा और अविश्वास भरा था। शहर के सबसे धनी और प्रतिष्ठित व्यापारी—वास्तव में दुनिया के सबसे धनी लोगों में से एक—चौंसठ साल के इस व्यक्ति ने अपना जीवन भगवान की छत्रछाया में बिताया था। महादेव के गर्भगृह में, उनके ही नाम पर सोमेश्वर का नाम रखा गया था। आठ साल की उम्र में सोमनाथ मंदिर में उसका जनेऊ संस्कार हुआ था। पंद्रहवें साल में उसने मंदिर के कोश में ज़मीन और धन दान करने के बाद पिता के व्यापार की कमान संभाली थी। तभी से, दूर-पास की हर यात्रा सोमनाथ मंदिर में भगवान की प्रार्थना के साथ शुरू होती थी, जिनके संरक्षण में वो अपने पीछे अपने परिवार को छोड़कर जाता था।

सोमेश्वर की धन-संपत्ति प्रभु की उपस्थिति में ही बढ़ी थी। वो प्रभु के साथ ही जीता और सांस लेता था। उसका नाम प्रभु का नाम था।

और अब उसने बेरहम दुश्मन के हाथों शहर की रक्षा पंक्ति को एक के बाद एक ध्वस्त होते देखा था। इस आक्रमण की भयावहता उसकी कल्पना से परे थी और उसने उसे बौखला दिया था। दिव्य प्रभु में उसकी आस्था लड़खड़ा गई थी।

प्रभु मेरी परीक्षा ले रहे हैं। प्रभु हम सबकी परीक्षा ले रहे हैं। वो चाहते हैं कि हम इस भयानक समय की छलनी से पार निकलें और दृढ़ आस्थावानों को पाखंडियों और अवसरवादियों से अलग करें। मुझे अडिग रहना होगा। मुझे सच्चा रहना होगा। मुझे निष्ठावान रहना होगा, क्योंकि सातों संसार में कोई ऐसी शक्ति नहीं है जो देवों के देव, महादेव की शक्ति का मुक़ाबला कर सके।

मगर फिर भी, वो विदेशी आक्रमणकारी, राक्षस, ग़ज़नी का बर्बर तुर्क जीत गया था।

सुल्तान यामीनुद्दौला अबुल-क़ासिम महमूद बिन सुबुकतगीन, जिसे आमतौर पर महमूद ग़ज़नवी के नाम से जाना जाता है।

जब तुर्क धड़धड़ाते हुए उस विशाल मंदिर परिसर के बीच में स्थित मुख्य मंदिर में घुसे, तो उसके बाद सोमेश्वर को समय का कोई भान नहीं रहा था। भारतीय रक्षकों की अंतिम टुकड़ी ने तुर्कों की क्रूरता का प्रतिरोध करने की आख़िरी कोशिश के तौर पर ख़ुद को दो स्तरों पर तैनात किया था। एक पलटन ने मुख्य मंदिर के छोटे गेट पर मोर्चा संभाला था, जबकि दूसरी, मंदिर के पुरोहितों के साथ, गर्भगृह के विशाल द्वारों के पीछे मौजूद थी।

सोमेश्वर का सबसे छोटा बेटा ध्रुव उन बहादुर सैनिकों में से था जो मुख्य मंदिर की आख़िरी ढाल बनकर खड़े थे। वो श्रावस्ती के बहादुर योद्धा राजकुमार मल्लदेव के सेनापतित्व में रहा था। ध्रुव कोई बहुत अच्छा सैनिक नहीं था। वो शहर के रक्षकदल में मध्य स्तर का अधिकारी था जिसमें अधिकांशतः स्वयंसेवी थे। और उसने सैनिक की वर्दी में सोमनाथजी की आजीवन सेवा करने की शपथ ली थी।

सोमेश्वर अपने बेटे को भलीभांति जानता था। उसे उसके औसत युद्धकौशल, उसका मध्यम क़द और उसके सरकंडे जैसे शरीर के बारे में पता था। मगर इन कमियों को उसके विशाल हृदय और शिव के प्रति घोर निष्ठा ने बौना कर दिया था। वो जानता था कि उसका बेटा मरते दम तक लड़ेगा। सम्मान के साथ। लेकिन वो यह नहीं जानता था कि वो पल आ चुका था या नहीं।

समय पीड़ादायी, अत्यंत कष्टकारी पलों में बीत रहा था जो यातनादायक धीमी गति से आगे बढ़ रहे थे।

सोमेश्वर और शहर के व्यापारिक संघ के उनके साथी प्रतिनिधि उस प्रस्ताव पर जवाब का इंतज़ार कर रहे थे जो उन्होंने सुल्तान के प्रधान मंत्री ख़्वाज़ा हसन के हाथ भेजा था। ख़्वाजा फ़ारसी था, जो मध्य एशिया के तुर्की

समुदाय की तुलना में कहीं ज़्यादा सभ्य जाति थी जिसका झुकाव शायरी, बुद्धि और व्यापार की व्यावहारिक नीतियों की ओर अधिक था।

सोमेश्वर का संदेश सीधा-सरल सा था और ग़जनी के लिए वो फ़ायदे का सौदा रहता: *मरकर और तबाह होकर हम ग़ज़नी के सुल्तान महमूद के किसी काम के नहीं रहेंगे। अगर मंदिर के पवित्र शिवलिंग को अपवित्र किया गया तो आप हमें मृत समान ही जानिएगा। हमारे प्रभु ही वो लंगर है जो हमारी आत्माओं, हमारे प्राणों को थामे हुए हैं। मंदिर को छोड़ दें। शिवलिंग को छोड़ दें। शिवलिंग की रक्षा कर रहे लोगों को छोड़ दें, तो मैं, सोमेश्वर, सुनिश्चित करूंगा कि सुल्तान को वर्ष-प्रतिवर्ष इस नगर से उनका उचित नज़राना और राजस्व मिलता रहे। उन्हें और उनकी संतानों को। हमेशा-हमेशा।*

ख़्वाजा हसन की बटन जैसी आंखें लालच से चमक उठीं। और सोमनाथ के आहत व्यापारी मन को इससे थोड़ी उम्मीद बंधी।

'मैं अंदर जाकर तुम्हारी ओर से सुल्तान से बात करता हूं,' गोलमटोल, असाधारण रूप से गोरे फ़ारसी ने सोमेश्वर और चिंतित प्रतिनिधियों से कहा। फिर वो ग़ज़नवी सैनिकों के बीच से, जिन्होंने दो भागों में बंटकर उसके लिए रास्ता बना दिया था, उतनी तेज़ी से भागा जितनी तेज़ी से उसका भारी-भरकम ढांचा भाग सकता था। उन्होंने उसे मंदिर के मुख्य द्वार के पीछे गुम होते देखा।

एक-एक पल सदियों जितना लम्बा जान पड़ रहा था, मगर अभी तक उन्हें कोई जवाब नहीं मिला था...

सोमेश्वर को अपना दिल भिंचता सा लगा, मानो वो उसकी कमज़ोर पसलियों के पिंजड़े को तोड़ देने को आतुर हो रहा हो। क्या उसकी हताश याचना महादेव की प्रतिष्ठा को बचा पाएगी? क्या उसका बेटा, उसके शरीर और आत्मा का अंश, एक और दिन देखने को जीवित रहेगा? क्या महमूद ग़ज़नवी नर्म पड़ेगा?

मगर ख़्वाजा हसन के उत्साही क़दमों में भरे आशावाद के बावजूद मंदिर के अंदर से आती एकमात्र आवाज़ निरंतर और निर्मम टंकार की थी, जैसे मंदिर का कोई विशाल घंटा किसी अटल चट्टान पर बार-बार टकरा रहा हो।

उसमें बिजली के गर्जन की सी लयबद्धता थी जिसमें एक सर्द धातुई टकराहट होती है।

झनाक।

झनाक।

झनाक... झनाक... झनाक...

फिर। और फिर। और फिर।

द्वार बंद ही रहे, जबकि महमूद की सेना के खूंखार सेनापति अबु क़ासिम ने पांच हज़ार सैनिकों की टुकड़ी के साथ मंदिर के परिसर को बाहर से सुरक्षित कर लिया था। वो लोग शहर के सुरक्षा दलों के बंदी बनाए गए सदस्यों का खिलौनों की तरह अंग-भंग करते, बेपरवाही से उन्हें मारते हुए मस्ती कर रहे थे। सबसे मज़बूत सैनिकों को ग़ज़नवी का ग़ुलाम बनाने के लिए लातें मारते और चीख़ते हुए घसीट ले जाया गया। या ग़ुलामों की तरह बेचने के लिए।

शहर दिन में ही अबु क़ासिम की क्रूरता की मार झेल चुका था। औरतों, यहां तक कि बच्चों, लड़के-लड़कियों दोनों, के साथ दुष्कर्म किया गया। आदमियों का सिर क़लम कर दिया गया, औऱ उनकी खोपड़ियों का पिरामिड बनाया गया। मवेशियों को काट डाला गया। कुओं में ज़हर मिला दिया गया। और इन ज़ुल्मों के साथ एक ख़ौफ़नाक ग़ुर्राहट भी जुड़ी होती थी: काफ़िर।

झनाक!

झनाक!

झनाक!

झनाक!

साफ़ था कि मंदिर के अंदर किसी चीज़ को तोड़ा जा रहा है। सोमेश्वर के गाल पर एक आंसू लुढ़क आया। बस एक ही बात हो सकती थी। तुर्की सेना ने शहर के मूर्तिपूजकों के धार्मिक विश्वासों और अनुष्ठानों को अपमानित करने के लिए बहुत मेहनत की थी। सच कहा जाए तो अपनी बर्बरता में उन्हें बेहद संतुष्टि मिलती थी। देवी-देवताओं के अनेक छोटे-छोटे मंदिरों और भगवान शिव के मुख्य मंदिर से युक्त सोमनाथ मंदिर परिसर का अस्तित्व ही जैसे उन्हें

आगबबूला कर देता था। उन्हें नाराज़ करने के लिए हिंदुओं को कुछ करना नहीं होता था। मूर्तिपूजकों के रूप में उनका अस्तित्व ही महमूद और इस्लाम की तुर्की व्याख्या के लिए अपमानजनक था।

सोमनाथ के प्रसिद्ध हवा में तैरते शिवलिंग को तोड़ना भारत में निर्मम तुर्की अभियान का चरम था।

लगातार आती झनाक-झनाक की विकृत आवाज़ तनावपूर्ण शांति को तोड़ रही थी।

झनाक! झनाक! झनाक!

सोमेश्वर रोने लगा, उसके मन-मस्तिष्क में उस भयानक दिन की घटनाएं घुमड़ रही थीं। अपनी तमाम उम्मीदों के बावजूद वो जानता था कि वो क्या सुन रहा था। उसका मन उसे भ्रम में सुकून नहीं पाने दे रहा था। वो रो रहा था, इसके अलावा वो और क्या कर सकता था? उन्होंने उसकी पत्नी, उसके पुत्रों, पुत्री, पुत्रवधुओं को मार डाला था... और उसके पोते-पोतियों को। ओह! उसके पोते-पोती। बस एक ही दिन में। और अब वो स्वयं भगवान शिव के गर्भगृह में अपने अंतिम बचे पुत्र को भी गंवा बैठेगा।

अचानक, झनाकों की आवाज़ थम गई।

पलक झपकते ही अबु क़ासिम की भारी आवाज़ ने सुल्तान के आने का ऐलान किया।

राक्षस।

महमूद गज़नी।

सोमेश्वर ने अपनी सूजी हुई, जलती आंखों की कोर से देखा, उम्र और आंसुओं के कारण उसकी नज़र धुंधला गई थी। महमूद लंबे-लंबे डग भरता मंदिर परिसर से बाहर आ रहा था, उसके एकदम पीछे उसके अंगरक्षक और क़रीबी लोग थे। भारत के असहाय लोगों की नज़रों में वो भद्दा, कुरूप और घृणा के योग्य था। आमतौर पर मिलनसार रहने वाले सोमनाथ को भी अपने अंदर हिंसक क्रोध उबाल मारता महसूस हुआ।

'सोमेश्वर भाई,' उनके मित्र और व्यापारिक साझेदार इक़बाल ने फुसफुसाकर कहा। सोमेश्वर उसके लिए *भाई* के समान था। 'वो सीधे हमारी ओर ही आ रहा है। वो हम सबको मार डालेगा!'

आशंका से सोमनाथ को अपने दिल की धड़कनें तेज़ होती महसूस हुईं। वो डरावना राक्षस—उसकी ज़िंदगी का सबसे मनहूस दिन गढ़ने वाला—क्रूरता से उसकी ओर बढ़ा आ रहा था। उसके एक ओर हैरान-परेशान ख़्वाजा हसन था; और दूसरी ओर एक बलिष्ठ, चिकने चेहरे, मध्यम क़द-काठी और मज़बूत बांहों वाला एक नौजवान था। वो सुल्तान के पीछे-पीछे मंदिर में घुसा था।

'ओम नमो शिवाय, ओम नमो शिवाय, ओम नमो शिवाय,' सोमेश्वर धीमे-धीमे जाप करने लगा। जब तुर्क पास आया, तो भारतीय व्यापारी ने घबराते हुए थूक निगला और बुदबुदाया, 'मेरी रक्षा करना, प्रभु।'

वो राक्षस ख़तरनाक ढंग से भारतीय व्यापारियों के समूह की ओर आ रहा था।

महमूद ग़ज़नवी। एक तुर्क के नाते असामान्य रूप से लंबा। अपने साथ चल रहे दरबारियों से ऊपर निकलता हुआ, जिनमें से कुछ ने मशालें उठा रखी थीं, तो कुछ ख़ून में नहाए हथियार लहरा रहे थे। अपनी यात्राओं के दौरान सोमेश्वर उनमें से कुछ को पहचानने लगा था: जानबिया, कटार, पेश कब्ज़...

महमूद खुरदुरी सी आवाज़ में ग़ुर्राया, 'अपने बुतपरस्त भगवान को छोड़ने के बदले मुझे रिश्वत देने की पेशकश किसने की थी? सामने आओ!'

सोमेश्वर कुछ कहता-करता, इससे पहले ही मोटा ख़्वाजा हसन किकिया उठा, 'इसने, मेरे हुज़ूर!'

फ़ारसी प्रधानमंत्री आगे बढ़ा और सोमेश्वर के चेहरे को उंगली से कोंच दिया। 'इस काफ़िर ने। यही चाहता था कि आप चंद दौलत के बदले अपने ईमान और यक़ीन को बेच दें। इसके पत्थर के देवता की गरिमा के बदले थोड़ा सा सोना! हा!'

महमूद की दुष्टता भरी आंखें सोमेश्वर को भेद रही थीं। वो डर के मारे सिकुड़ गया था। सुल्तान ने चुटकी बजाई, और दो अंगरक्षकों ने चुस्ती से उस व्यापारी को बांहों से पकड़ लिया।

'दया करें!' सोमेश्वर रो पड़ा। 'दया करें, मेरे मालिक! मुझे छोड़ दें! मेरा मतलब आपसे अपना ईमान छोड़ने के लिए कहना नहीं था! मैं तो बस आपकी दया चाहता था!'

पहरेदारों ने ज़ोरों से उसके कंधों को दबा दिया। सोमेश्वर के जोड़ जवाब दे गए। वो अपने घुटनों पर गिर गया।

'दया करें,' आतंक से दोहरा होते हुए सोमेश्वर गिड़गिड़ाने लगा। 'दया करें, मेरे हुज़ूर!'

महमूद अपने पास खड़े नौजवान की ओर मुड़ा और किसी खूंखार लकड़बग्घे की तरह हंसने लगा। 'तुमने ये देखा, मक़सूद? देखा तुमने?! ये तो बकरे की तरह मिमियाता है!'

बलिष्ठ, हृष्ट-पुष्ट नौजवान ने कुछ नहीं कहा, मगर उसकी बादामी रंग की आंखें नफ़रत से चमक रही थीं, और उसके होंठों के कोने घृणा में सिकुड़ गए थे। सालार मक़सूद। महमूद ग़ज़नवी का प्रिय भतीजा। वो अपने चाचा के पाशविक भावों का अक्स था, करुणा और गर्माहट से रीता।

मौक़ापरस्त ख़्वाजा हसन अपने डर को छिपाने की कोशिश में ज़ोर से हंस पड़ा। क्योंकि वही तो सुल्तान के पास यह पेशकश लेकर गया था। ऐसी पेशकश जो पसंद नहीं की गई थी। उसने ख़ुशी से ताली बजाई और लाचार भारतीय व्यापारी पर गालियों की बौछार कर दी, जब तक कि उसके आक़ा की कड़ी निगाह ने उसे ख़ामोश नहीं कर दिया।

'यही क़िस्मत है तुम्हारे वतन की। तुम्हारे झूठे भगवान की। तुम्हारी औरतों की,' महमूद दहाड़ा और उसने अपना बायां हाथ आसमान की ओर उठा लिया। 'तुम्हारे बच्चों की...'

वो थोड़ा सा झुका और उसने सोमेश्वर के दाएं गाल पर ज़ोरदार थप्पड़ मारा। फिर बाएं पर। फिर दाएं पर...

'तुम्हारे सैनिकों की। तुम्हारे बेटों की। तुम्हारे राजाओं की। उस सबकी जिससे तुम प्यार करते हो, कुत्तों!'

महमूद अब कुछ खिलंदड़ेपन में सोमेश्वर के दोनों गालों पर थप्पड़ मारे जा रहा था। बूढ़े आदमी के होंठों के कोनों पर ख़ून की बूंदें झिलमिलाने लगी थीं। महमूद ने उसकी आंखों में झांका। 'तुम्हारी हिम्मत कैसे हुई मुझसे सौदेबाज़ी करने की?' वो फुसफुसाया। 'हारे हुए लोग सौदा नहीं करते। वो भीख मांगते हैं। जो मेरा है वो मैं लूंगा, चाहे तुम्हें ये पसंद हो या ना हो। मैं तुम्हारे बुतों को तोड़ दूंगा। मैं तुम्हारे बेटों को अपना ग़ुलाम बनाऊंगा। मैं तुम्हारी बेटियों और बीवियों को ले जाकर ग़ज़नी के कोठों को भर दूंगा।'

कमज़ोर बूढ़ा आदमी पस्त सा घुटनों के बल पड़ा रहा। रोता हुआ। महमूद ने अपनी शिकंजे जैसी जकड़ में उसकी गर्दन पकड़ ली, जैसे वो बलि का बकरा हो। उसने उस बूढ़े आदमी की ठोड़ी पीछे की और एक लंबे नाख़ून से एक लकीर खींची।

'रहम की भीख मांगो,' महमूद फुफकारा। 'मुझसे अपनी जान बख़्शने की भीख मांगो।' वो पैशाचिक आनंद से उसे घूर रहा था और धीमी, गाती सी आवाज़ में बोला, 'शायद मैं रहम कर दूं। हमारा ख़ुदा, हमारा एक सच्चा ख़ुदा हमसे कहता है कि जब दुश्मन हार मान ले तो उसके साथ रहमदिली से पेश आओ। तो क्या आज तुम मेरे सामने हार मानते हो?'

सोमेश्वर ने सुल्तान को देखने की कोशिश की, मगर उसकी आंखें ऊपर को पलट गईं। वो कराह उठा।

'मुझे सुनाई नहीं दिया,' महमूद ने अपने कान पर हाथ रखकर ओट देते हुए कहा। 'बोलो। हार मानते हो?'

'मैं हार मानता हूं।'

महमूद ने अपनी पकड़ खोल दी, और सोमेश्वर पीछे गिर पड़ा। ज़ालिम घृणा से हंस पड़ा। 'तुम बुतपरस्त मर्द ही नहीं हो। तुम लोग हिजड़े हो। तुम तो हम मर्दाना मोमिनों के शिकार के लिए हो।' फिर सुल्तान ने किसी मसीहा की तरह हवा में अपनी बांहें फैलाईं। 'मगर मैंने तुम पर रहम करने का वादा

किया है और मैं अपने वादे का पक्का हूं। मैं तुम्हारी मनहूस जान बख़्श दूंगा। बल्कि मैं तुम्हें विदाई के तोहफ़े से भी नवाज़ूंगा। तुम अपनी बाक़ी ज़िंदगी इसे अपनी दयनीय बांहों में जकड़े रहना, घिनौने काफ़िर। काश ये तुम्हें हमेशा मेरी रहमत... और मेरे अल्लाह की रहमत की याद दिलाता रहे।'

सोमेश्वर ने आशंका से भरकर ऊपर देखा। महमूद ने अपने दाएं हाथ से इशारा किया और अपने कंधों पर बड़े-बड़े बोरे लादे दो मोटे-तगड़े आदमियों को बुलाया। वो भागे-भागे अपने आक़ा की ओर आए। महमूद ने उनमें से एक की ओर चुटकी बजाई। उसने जल्दी से अपने बोरे को ज़मीन पर फेंका, उसमें हाथ डाला और मुट्ठी भर टुकड़ों को बाहर निकाला जो किसी टूटे पत्थर जैसे दिख रहे थे। उसने नीचे झुकते हुए उसे महमूद को थमा दिया।

सोमेश्वर नीचे देखने लगा। वो जानता था कि वो टुकड़े क्या थे। वो चुंबक और धातु का मिश्रण थे, चमत्कारी विज्ञान और अथाह भक्ति का एक उत्पाद। उस संपूर्ण वस्तु के खंड जो हिंदुओं के लिए उनके प्राणों से भी ज़्यादा अनमोल थी। उसका दिल चाह रहा था कि धरती फट जाए और उसे समूचा निगल ले, ताकि उसे यह नज़ारा न देखना पड़े। लेकिन वो जहां था वहीं रहा। जैसे उसे लक़वा मार गया हो।

ग़ज़नी के सुल्तान ने सैनिक के हाथ से शिवलिंग का एक टूटा हुआ टुकड़ा लिया जिसे उसने कुछ ही देर पहले तोड़ा था।

'मैं तुम्हारे लिए इसे साफ़ कर देता हूं,' महमूद ने मज़ाक़ उड़ाने के अंदाज़ में धीरे से कहा। उसने ज़हरीलेपन के साथ चुंबक के उस छोटे से टुकड़े पर थूक दिया। उसने उसे अपनी आस्तीन से रगड़ा और नक़ली संतुष्टि के साथ उसे निहारा। फिर सुल्तान ने उस पत्थर के टुकड़े को ज़मीन पर फेंक दिया। वो सोमेश्वर के घुटनों के पास जाकर गिरा।

सोमेश्वर के आसपास जमा दुख से कातर भीड़ का मुंह खुला का खुला रह गया। मगर कुछ बोलने की उनमें हिम्मत नहीं थी, इसलिए वो चुप रहे।

'इसे घर ले जाओ और इसकी पूजा करो,' महमूद हंसा। 'या इसे यहीं पड़ा छोड़ दो ताकि हज़ारों साल तक लाखों लोग इसे अपने पैरों तले रौंदते

रहें। क्या फ़र्क़ पड़ता है इससे? ये बस एक पत्थर ही तो है!' उसने अट्टहास किया। 'वैसे भी, तुम्हारी उस बेशक़ीमती मूर्ति के बचेखुचे टुकड़ों की क़िस्मत में यही बदा है। मैं उन्हें ग़ज़नी ले जा रहा हूं, जहां मैंने इतनी शानदार मस्जिद बनवाई है कि दुनिया ने कभी देखी भी नहीं होगी। मैं तुम्हारे मरे हुए, बुतपरस्त भगवान को अपनी मस्जिद की सीढ़ियों में दफ़्ना दूंगा। एक अकेले सच्चे मज़हब इस्लाम के मानने वाले उसे रौंदा करेंगे।' महमूद की आवाज़ अब दहाड़ में बदल गई थी। 'और क़यामत के दिन तक यही होगा!'

सुल्तान अपने भतीजे की ओर मुड़ा। 'सारे मंदिर परिसर को आग लगा दो, मक़सूद। और अंदर मरे पड़े काफ़िरों को भी। ये लोग तो अपने मरों को जलाते ही हैं ना? आज वो अपने छोटे देवी-देवताओं के साथ जलेंगे।'

सालार मक़सूद चुस्त क़दमों से चलता चला गया जबकि महमूद ने सोमेश्वर पर आख़िरी नफ़रत भरी नज़र डाली, उसे लात मारी और दूसरी दिशा में चला गया। उसके अंगरक्षक परछाइयों की तरह उसके पीछे-पीछे चले गए।

समुद्र तट पर सोमेश्वर के आसपास जमा भीड़ अपनी-अपनी जगहों पर ही जड़ खड़ी रही। दुखी। हिचकिचाती। अनिश्चित कि राहत की सांस लें या तुर्कों की और हिंसा की आशंका से त्रस्त रहें। आख़िरकार तुर्कों को दूर जाते देखकर कुछ भारतीय तितर-बितर होने लगे जबकि दूसरे आशंकित से उनके पीछे चल दिए। मगर सोमेश्वर घुटनों के बल ही बैठा रहा। उसने हौले से सोमनाथ के शिवलिंग के उस अनमोल टुकड़े को उठा लिया और अपने सीने से लगा लिया। शिवलिंग भले ही टूट गया था, मगर सोमेश्वर को अभी भी इस खंड से शक्ति मिल रही थी। आंसू थम गए थे। उसका दिल इतनी बुरी तरह से झुलस चुका था जो दर्द की सीमा से परे था। उसने अपनी आंखें बंद कर लीं, और धीरे-धीरे दोहराने लगा... 'ओम नमो शिवाय... ओम नमो शिवाय...'

इक़बाल ज़मीन पर उसके पास बैठ गया। उसने अपने मित्र के कंधे पर हाथ रखा।

'कुछ वक़्त के लिए यहां से दूर चलते हैं, सोमेश्वर भाई,' उसने नर्मी से प्रस्ताव रखा। 'इस देश के हालात सुधरने तक हम यहां से चले जाते हैं। मेरे

साथ मेरे वतन, बंगाल चलो। वो इस जंगली की पहुंच से दूर रहता है। हम वहां हिंदुस्तानी इस्लाम का पालन करते हैं। वो इन निर्दयी तुर्कों के मज़बह जैसा क़तई नहीं है। वहां हम अल्लाह और मां दुर्गा दोनों की उपासना करते हैं। मेरे साथ घर चलो। हम बंगाल में आराम करेंगे और अपने ज़ख़्मों को भरेंगे।'

सोमेश्वर ने धीरे से अपने मित्र के हाथ को हटा दिया।

'भले ही मेरा परिवार यहां नष्ट हो गया हो, मगर मेरी धन-संपत्ति बहुत से देशों में फैली पड़ी है, तुम्हारे देस में भी।' सोमेश्वर की आवाज़ शांत थी, ऐसे हृदय की तरह जो उस पीड़ा के सामने ख़ुद को स्थिर कर लेता है जो सहने की हद से परे हो। 'मेरे पास इतनी दौलत है जितनी इस मनहूस सुल्तान के पास होगी। मैं उस सबको एक, और बस एक ही उद्देश्य के लिए उपयोग में लाऊंगा। हम आराम *नहीं* करेंगे, इक़बाल। हम अपना बदला लेंगे। इन बर्बरों को अब धर्म का प्रकोप झेलना होगा। भारत मां के क्रोध को झेलना होगा। हम अपने महादेव के सम्मान को फिर से स्थापित करेंगे।'

इक़बाल चुप रहा। उसने हमदर्दी से अपने मित्र को देखा, क्योंकि उसका मानना था कि वो कुछ नहीं कर सकते। तुर्क हिंसक योद्धा थे जिन्होंने अधिकांश सभ्य दुनिया को हरा दिया था। अपने उसूलों और नैतिकताओं के साथ सभ्य दुनिया अक्सर समझ नहीं पाती थी कि इन बर्बरों से कैसे लड़े।

'क्या तुम मेरे साथ हो, इक़बाल?'

'सोमेश्वर भाई...' इक़बाल की आवाज़ टूट रही थी। 'क्या हम काफ़ी कुछ नहीं देख चुके हैं? ये लोग ऐसे राक्षस हैं, जैसे दुनिया ने कभी नहीं देखे होंगे। हम कारोबारी लोग हैं। जब दर्जन भर भारतीय राज्यों के पचास हज़ार से अधिक योद्धा इस बेरहम सुल्तान को नहीं रोक पाए, तो इसके सामने हमारी क्या बिसात है?'

सोमेश्वर उठा और उसने अपने कुर्ते से उस चुंबक के टुकड़े को पोंछा। फिर वो श्रद्धा से उसे अपने सिर तक ले गया और धीरे से उसे चूमा।

'हम भगवान शिव के संदेशवाहक कबूतर बनेंगे, इक़बाल,' उसने कहा। 'हमें शत्रु के दिल पर वार करना होगा। हमने सुदूर स्थानों की यात्राएं की हैं,

और मैं बस एक ही ऐसे मनुष्य को जानता हूं जिसमें ग़ज़नी से भिड़ने की इच्छाशक्ति भी है और ताक़त भी है।' सोमेश्वर ने उत्तर-पश्चिम की ओर इशारा किया जहां ग़ज़नी था। 'उत्तर-पश्चिम के इस हैवान का जवाब दक्षिण में है, जहां भगवान शिव के एक महान भक्त रहते हैं। चलो, बहुत काम करना है।'

इक़बाल अपने मित्र के पीछे चल दिया। उसे विश्वास नहीं था कि बदला संभव था। उसका मानना था कि तुर्क इतने ज़्यादा बेरहम और क्रूर थे कि सभ्य समाज के नियमों पर चलने वाला कोई भी व्यक्ति उन्हें नहीं हरा सकता था। मगर इक़बाल एक नेक बंदा, एक अच्छा मुसलमान था। और एक अच्छा मुसलमान कभी भी अपने दोस्त का साथ नहीं छोड़ता है।

अध्याय 1

रक्त उगलता सोना

गंगईकोंडा चोलपुरम, चोल साम्राज्य की राजधानी, दक्षिण भारत

1029 ईस्वी *(सोमनाथ मंदिर पर हमले के लगभग चार वर्ष बाद)*

नरसिम्हन गौंडर पीठ के बल लेटा था, उसका बायां हाथ अपनी पत्नी के गिर्द लिपटा हुआ था जो करवट से लेटी हुई थी, और उसका सिर उसके चौड़े कंधे पर टिका हुआ था। दोनों की लिपटी हुई उंगलियां नरसिम्हन की छाती पर उसके दिल के पास टिकी हुई थीं। उसने अपना दायां हाथ अपनी पत्नी के सुडौल कूल्हे पर फेरा। हरिणी ने किसी तृप्त फ़ारसी बिल्ली की तरह कुनमुनाते हुए धीरे से एक अंगड़ाई ली और थोड़ा और क़रीब आ गई।

नगर सुरक्षा के नवनियुक्त कप्तान ने अधखुली आंखों से अपने शयनकक्ष में दाईं ओर बनी लकड़ी की खिड़की से बाहर देखा। उसने देखा कि भोर की नर्म धूप में हाल ही में बना शहर दमक रहा था, और उसकी चौड़ी-चौड़ी सड़कों पर अभी तक मशालें और प्रकाश स्तंभ जल रहे थे।

गंगईकोंडा चोलपुरम। पृथ्वी का उत्कृष्ट शहर। तमिल-रत्न। भारत का गौरव।

गंगईकोंडा चोलपुरम। वो भव्य नई राजधानी जिसका निर्माण शक्तिशाली चोल सम्राट ने किया था, जिन्हें गंगईकोंडन भी कहा जाता था, वो जो पवित्र गंगा को दक्षिण में लाए थे।

वो शहर जहां से पृथ्वी का सबसे शक्तिशाली व्यक्ति भारत से लेकर दक्षिण-पूर्व एशिया तक फैले अपने विशाल साम्राज्य पर शासन करता था।

राजेंद्र चोल।

महान राजराजा चोल के पुत्र युवा राजेंद्र अपने राज्य के केंद्र को तंजावुर से, जहां उनके पूर्वजों ने लंबे समय तक शासन किया था, गंगईकोंडा चोलपुरम ले गए थे। बारीकी से योजनाबद्ध और बहुत सोच-विचार के साथ बनाए गए नए शहर में एक सुव्यवस्थित जाल की तरह ख़ूब चौड़ी-चौड़ी मुख्य और सहायक सड़कें थीं, और पैदल चलने वाले व्यस्त लोगों के लिए किनारों पर पक्की पटरियां थीं, जिनके किनारों पर पेड़ों की बहुतायत थी। इमारतों को सौंदर्य और उपयोगिता दोनों को ध्यान में रखते हुए बनाया गया था। जन-कार्यालयों को रिहायशी और मनोरंजन चौकों से दूर एक ही जगह पर रखा गया था। उत्तरी छोर पर राजा का आलीशान महल अपनी पूरी धज के साथ खड़ा हुआ था, जबकि शहर के बीचोंबीच महादेव शिव को समर्पित बृहदेश्वर का भव्य मंदिर स्थित था।

शक्तिशाली चोल साम्राज्य पूरे भारत की कल्पना पर हावी था, और अधिकांश सभ्य विश्व पर इसकी शक्ति और महिमा का गहरा प्रभाव था।

नरसिम्हन का ध्यान सड़कों पर गश्त कर रहे अपने उन सिपाहियों की ओर मुड़ गया, जिनके कान मदद की किसी भी पुकार या छोटे से छोटे अपराध पर भी ध्यान देने के लिए प्रशिक्षित थे। सिपाही तलवार-भाले और मशालें लेकर चलते थे। नरसिम्हन ने हाल ही में उन्हें पूर्वी भारत के कामरूप से आयात किए गए अहोम फ़रसा-कटार प्रदान किए थे। इस हथियार में फ़रसे वाली ओर एक धारदार फल था, जिसकी नोक कुछ मुड़ी हुई सी थी। मानक सज्जा में हाथी के सिर की सजावट होती थी जो फ़रसे के फल को छड़ से जोड़ती थी। इसमें हत्थे की घुंडी में बड़ी सफ़ाई से छिपी एक कटार भी थी। कुछ लोग कहेंगे कि एक सुरक्षित शहर की सड़कों पर गश्त करने वाले सिपाहियों के लिए इस तरह के अस्त्र की क्या ज़रूरत थी। लेकिन शहर के कप्तान का सबसे बड़ा कर्तव्य अपने नागरिकों को सुरक्षित महसूस कराना था। और नरसिम्हन का विश्वास

था कि सभ्य समाज में हिंसा पर एकाधिकार राज्य का होना चाहिए। उसके रहते कोई और निगरानी या हिंसा करे, यह सहन नहीं किया जा सकता था।

सुबह-सवेरे की रोशनी में झींगुर तीखी आवाज़ों में एकसुरी धुनें गा रहे थे, जिनमें पास से गुज़रते पहरेदारों के क़दमों की अनियमित, अचानक आने वाली आवाज़ें लगभग दबी जा रही थीं। नरसिम्हन का मध्यम आकार का सादा सा घर चोल राजपरिवार के महल से कुछ ही गली दूर था। जब कुछ पहरेदार वहां से गुज़रे, तो उनकी मशालों की रोशनी खिड़की पर लगी बेंत की चिक से छनकर आराम कर रहे दंपती के कमरे में आ गई।

अड़तीस वर्षीय सुरक्षा प्रमुख की चौड़ी नग्न छाती पर परछाइयां डोल उठीं। उसकी पत्नी हिली और उसका हाथ फिसलकर नरसिम्हन के दाएं कंधे पर आ गया। नरसिम्हन ने नज़र नीची करके उसकी ओर देखा। सांवली, पतली, बेहद सुंदर। उसने हल्के भूरे रंग का लहंगा और उससे मेल खाती चोली पहनी हुई थी। हल्के नीले रंग का अंगवस्त्रम लापरवाही से उसके वक्ष और कंधों पर पड़ा था। उसकी बड़ी-बड़ी, बादामी आंखों पर लंबी-लंबी पलकें थीं। सुडौल और तीखी नाक का परिष्कृत लालित्य मन मोह लेता था। काले, घुंघराले, चमकीले बाल गर्दन के पीछे एक अधखुले जूड़े में बंधे थे। कोमल लय में धीरे-धीरे सांस लेने के साथ उसका नाज़ुक सा वक्ष हौले से उठता और गिर जाता था।

हरिणी सुंदर और सुरुचिपूर्ण भारतीय नारीत्व का सबसे उत्कृष्ट उदाहरण थी।

दूसरी ओर, उसके पति की क़द-काठी पुरुषत्व की मिसाल थी। छह फ़ीट से भी लंबा क़द, उसका गोरा रंग जो उसकी पत्नी की सांवली रंगत का पूरक था। सफ़ाई से छंटी हुई उसकी दाढ़ी उसके चेहरे के किनारे तक जाती थी और घूमकर उसकी घुमावदार मूंछों में मिल जाती थी जो उसके ऊपरी होंठ पर सजी थी। बालरहित ठोड़ी और गर्दन के साथ नरसिम्हन की नाव जैसी दाढ़ी उसके गालों पर इस तरह लिपटी हुई थी जैसे उसके ख़ूबसूरत, शेर जैसे चेहरे पर शानदार अयाल हो। उसकी मज़बूत टांगें उसकी धोती की तहों से ढकी थीं।

हरिणी शहर में पली-बढ़ी थी, जबकि नरसिम्हन देहाती किसान पृष्ठभूमि का था। ये एक ऐसा रिश्ता था जिसके बारे में बहुत लोगों का मानना था कि

अधिक नहीं चलेगा। मगर ये चला। कभी-कभी चरित्र और वर्ग-भेद दिलों को और क़रीब ले आते हैं। और एक प्यार में डूबा दिल भले ही उस ज़हर को न उतार पाए जो इसे चीरता है, मगर उसे इतना गहरे दफ़्ना सकता है कि वो कहीं कम परेशानी पैदा करे।

नरसिम्हन ने सोने की अपनी कमज़ोर सी कोशिशें छोड़ दीं क्योंकि जल्द ही सूरज हमेशा की तरह पूरी आन-बान के साथ अपने आगमन का ऐलान करने वाला था। वो कई घंटों से अपने पलंग पर जगा हुआ लेटा था, मगर फिर भी एकदम स्थिर ताकि उसकी पत्नी की नींद में खलल न पड़े। उसे अपने अंगों में सुन्नपन महसूस हो रहा था।

सावधानी से, और बहुत धीरे से, उसने अपने गले में काले लंबे धागे में पड़ी सोने की छल्लेनुमा लटकन को छुआ। छल्ला: जो अंगूठी के हिसाब से बहुत बड़ा था, और किसी वयस्क स्त्री के कंगन के लिए बहुत छोटा। उसे छूने के साथ ही उसे अपने भीतर शोला सा भड़कता महसूस हुआ।

वो हौले से कराह उठा।

महादेव... दया करें...

कप्तान की आंखें हल्की सी नम हो गईं। उसने धीरे से अपने सीने पर रखा अपनी पत्नी का हाथ हटाया और उसे पीठ के बल लिटा दिया। आहिस्ता से उसके सिर को उठाकर उसने अपनी बाईं बांह को आज़ाद किया। वो अपने भव्य पलंग पर बैठ गया और अंगड़ाई लेकर अपने बदन को इस तरह खींचा कि हरिणी की नींद न उचटे।

फिर वो घूमा और उसने अपने पांव ठंडे, मिट्टी के फ़र्श पर रख दिए। पलक झपकते वो अपने पांवों पर खड़ा था। उसने अपनी पत्नी पर एक मीठी सी निगाह डाली और अपने कंधों पर दुशाला लपेट ली।

वो अपने शयनकक्ष से निकला और खंभों वाले गलियारे से होते हुए आंगन की ओर बढ़ने लगा, जिसके दूसरी ओर एक और रास्ता था जो मुख्य द्वार की ओर जाता था। बीच में, वो एक कमरे के पास रुका और अंदर झांका। अपने बेटों को। नौ वर्षीय फैलकर सोया हुआ था, उसकी दुलाई नीचे गिर गई थी।

छह वर्षीय अपनी दुलाई के अंदर दुबका हुआ था। नरसिम्हन चुपचाप अंदर गए और बिना आवाज़ किए उसने बड़े बेटे को दुलाई ओढ़ा दी।

अपने पीछे दरवाज़ा बंद करते हुए उसने एक बार फिर से सोने के छल्ले को छुआ—और तुरंत हाथ खींच लिया मानो जल गया हो। जब छल्ला उसकी छाती को छूता था, तब तो उसे कोई परेशानी नहीं होती थी, मगर वो उसे अपने हाथों में नहीं ले सकता था। इससे सारी यादें ताज़ा हो जाती थीं।

नरसिम्हन ने अपना सिर हिलाया और बीच के खुले आंगन को पार करने लगा। उसने अपने बाहर जाने के सैंडल पहने और आराम से शहतीर वाले सागौन के दरवाज़े के भारी कुंदों को हटा दिया।

नरसिम्हन ने सावधानी से अपने घर के दरवाज़े को बंद किया और बाहर सड़क पर निकल आया। पहरेदारों ने ख़ामोशी से उनका अभिवादन किया और ख़ुद को जगाए और सचेत रखने के लिए मन ही मन अपने ग्रह-नक्षत्रों को धन्यवाद दिया। अपने सिपाहियों की कर्तव्य में कोताही पर नए सुरक्षा प्रमुख को भयंकर क्रोध आता था; ख़तरनाक भूतपूर्व सेनापति के रूप में उसकी ख्याति दूर-दूर तक फैली हुई थी। हालांकि वर्तमान दौर का उसका शांतिपूर्ण, हिंसा से लगभग जैनियों जैसा दुराव उसकी योद्धा की साख से मेल नहीं खाता था। उसने गहरी सांस ली और उन गहरे सायों को देखा जो उनके इलाक़े के घर थे। खुली खिड़कियां और कसकर बंद दरवाज़े। दूर नज़र आता भव्य महल, जहां सम्राट सोए हुए थे। नरसिम्हन ने एकटक उसे देखा।

राजेंद्र चोल को नरसिम्हन से अगाध प्रेम और सम्मान था। श्रीविजय साम्राज्य के विरुद्ध शानदार नौसैन्य विजयों में वो सम्राट का दाहिना हाथ रहा था। और अब पूरे दक्षिणपूर्व एशिया की गहराई में चोल राज फैल चुका था। दक्षिणी और पूर्वी भारत पर अपने पहले से मौजूद नियंत्रण के साथ ही अब पूर्वी समुद्र राजेंद्र चोल का अखाड़ा बन गया था।

नरसिम्हन के लिए यह पल प्रभुता का, जीत का होना चाहिए।

क्योंकि यही तो वो हमेशा से बनना चाहता था। एक महान योद्धा। अपने देश, अपने लोगों और अपने राजा की रक्षा करने के लिए लड़ना।

अब वो जान गया था। अब वो समझ गया था।

मां सही कहती थीं... हमेशा की तरह...

उसे अपनी मां के शब्द याद आ गए। जिंदगी के सबसे बुरे अभिशापों में से एक है वो ना पा सकना जिसकी आपको हमेशा से इच्छा रही हो। मगर उससे भी बड़ा अभिशाप वास्तव में उसे पा लेना है जिसकी आपको हमेशा से इच्छा रही हो।

उसने फिर से अपने सीने पर पड़े लटकन को देखा।

उसने अपनी आंखें बंद कर लीं।

महादेव... महादेव... मेरी सहायता करें...

नरसिम्हन ने कुछ ही सप्ताह पहले सम्राट के सबसे विश्वसनीय सेनापति के अपने पद को छोड़ दिया था। उसने दक्षिण कर्नाटक के देहात में अपनी विशाल जागीर पर लौटने की इच्छा जताई थी, जो एक ख़ूबसूरत क्षेत्र था जहां जवान, अल्हड़ और गहरी कावेरी बहती थी। वो खेती करेगा, अपने पूर्वजों की तरह। गृहनगर में मौजूद अपने भाइयों की तरह वो धान बोएगा और काटेगा।

सम्राट—उसके मित्र और राज़दार—ने उसे जाने की इजाज़त नहीं दी। आंशिक रूप से। वो अपने सबसे विश्वसनीय व्यक्ति को चोल सिंहासन की सेवा से पूरी तरह मुक्त नहीं करेंगे। उन्होंने अपने सेनापति से चोलपुरम में नगर सुरक्षा प्रमुख की हैसियत से रहने को कहा। एक बहुत ही वरिष्ठ पद जिसकी सीधी पहुंच सम्राट तक थी। साथ ही, ज़ाहिरी तौर पर आसान काम भी, क्योंकि शहर अपेक्षाकृत अपराधमुक्त था। इसके अलावा, यहां हिंसक अपराध लगभग अनसुने थे।

नरसिम्हन मान गया... राजेंद्र चोल को कोई मना कर ही नहीं सकता था।

उसे अपने चौड़े कंधे पर एक नन्हा सा हाथ महसूस हुआ, और वो चौंक गया। फिर वो मुस्कुरा दिया। उसे पता था कि उसकी पत्नी उसे बख़ूबी जानती थी। उसकी पत्नी ने निश्चय ही कुछ देर उसे अकेले रहने देने के लिए कमरे से जाने दिया होगा। और उसे पता होगा कि वो यहीं मिलेगा, घर के सबसे पास वाली सड़क पर जहां से महल दिखता था।

'सिम्हा?' हरिणी ने सुरीली आवाज़ में उसका वो नाम लेते हुए उसे बांहों में भर लिया जिससे केवल वही उसे पुकारती थी।

हरिणी ने धीरे से उसकी बांह थामी। उसने सहजभाव से मुड़कर अपनी सबसे अच्छी संगिनी को देखा, जो तेरह साल से उसका संबल थी। उसकी गहरी भूरी आंखों में उसने वो पाया था जो सारे शक्तिशाली पुरुष अपनी संगिनी में पाने की हसरत करते हैं—शांति।

वो तूफ़ानों में उसका आसरा थी। ज़िंदगी के रेगिस्तान सरीखे संघर्षों में उसकी मरीचिका।

और सभी अच्छी पत्नियों की तरह उसके अंदर भी यह जानने की अकाट सहजवृत्ति थी कि उसके पति को क्या बात परेशान कर रही थी।

'मेरे प्रिय,' उसने धीरे से कहा। 'भगवान शिव के प्रेम की ख़ातिर इसे दूर कर दें। मैंने आपसे कभी नहीं पूछा कि ये किस कारण है...' हरिणी ने गोलाकार पेंडेंट को देखा। 'बस... अब बहुत हुआ... इसे कावेरी मां में बहा दें। इसे जाने दें...'

नरसिम्हन चुप रहा।

हरिणी का मानना था कि वो पेंडेंट मायावी है। उसमें कोई बुरी आत्मा बसी है। किसी अभिशाप की तरह। अथाह पीड़ा का कुआं जिसने उसके नेक पति को डुबो दिया था।

और नरसिम्हन ने वही किया जो ऐसे मौक़ों पर वो हमेशा करता था। उसने विषय बदल दिया। 'घर चलते हैं, प्रिये।'

हरिणी और नरसिम्हन अपने घर वापस आ गए थे। घर के नौकर-चाकर उठ चुके थे और उन्होंने सुबह के अपने काम शुरू कर दिए थे। उनके बेटे भी जग चुके थे, और नहा-धोकर योग कर रहे थे। हरिणी अच्छी मां थी, और उनकी दिनचर्या को लेकर सख़्त थी जैसा कि उस उम्र के लड़कों की अच्छी मांओं को होना चाहिए।

'ये लें,' जब एक सेवक दो गिलास छाछ लेकर उनके कमरे में आया तो हरिणी ने कहा। उसने एक गिलास नरसिम्हन को पकड़ाया और दूसरा ख़ुद ले लिया।

'मैं तुमसे प्रेम करता हूं,' नरसिम्हन ने घूंट भरते हुए कहा।

'जानती हूं,' हरिणी ने चंचलता से कहा और वो भी छाछ पीने लगी।

नरसिम्हन मुस्कुरा दिया।

हरिणी हिचकिचाई और फिर बोली, 'मैं आपसे कुछ पूछना चाहती थी...'

नरसिम्हन मुस्कुरा दिए। 'बिल्कुल, प्रिय। पूछो ना...'

'विजयन का क्या होगा?'

विजयन बरसों से चोलपुरम का कार्यकारी रक्षा-प्रमुख था। और अधिकांश स्तरों पर उसने अच्छा काम किया था। अब, बिना किसी ग़लती के उसे प्रभावी रूप से पदावनत कर दिया गया था और सम्राट के पसंदीदा सेनापति के मातहत कर दिया गया था, सिर्फ़ इसलिए कि राजेंद्र चोल किसी तरह नरसिम्हन के शहर छोड़ने को रोकना चाहते थे।

'मेरी नियुक्ति को बस एक सप्ताह ही हुआ है, हरिणी,' नरसिम्हन ने उसे याद दिलाया। 'विजयन भला आदमी है। वो अच्छा तीरंदाज़ है। और उसे अपमानित महसूस करने का पूरा अधिकार है। अब उसे मेरे मातहत काम करना होगा—उस आदमी के मातहत जिसे उसके काम का कोई अनुभव नहीं है।'

'आप कोई आम इंसान नहीं हैं। आप चोल सेना के सबसे अच्छे सेनापतियों में से एक हैं।'

'मगर नगर-रक्षा के बारे में मैं क्या जानूं? मैं विजयन को मना लूंगा। चिंता मत करो। उसके पांड्य क्षेत्र का होने ने स्थितियों को और भी अधिक पेचीदा बना दिया है।'

चोलों का मुख्य स्थान पवित्र कावेरी नदी के तट पर था। एक अन्य महान योद्धा वंश पांडय सुदूर दक्षिण में पवित्र वेगई नदी के तट पर बसा था। चोलों और पांड्यों का वैर कई सदियों पुराना था। एक समय था जब पांड्यों का शासन था, और चोल उनके जागीरदार हुआ करते थे। मगर पिछली सदी में

भूमिकाएं पलट गईं। अब पांड्या अपने चोल स्वामियों के अंतर्गत जागीरदार थे। पांड्या वंश की सेवा में रत अनेक प्रभावशाली सामंतों को अपने प्रशासन में वरिष्ठ पद देने की पेशकश करके चोलों ने उन्हें अपने साम्राज्य में शामिल कर लिया था। मगर यदा-कदा, पुरानी दुश्मनी का तनाव बना रहता था।

'मैं तो चाहूंगा कि विजयन को अपना पुराना पद वापस मिल जाए और हम चोलपुरम छोड़कर अपनी जागीर में लौट जाएं। और वहां शांति से रहें... खेती करें, मवेशी पालें... शायद कुछ और बच्चे पैदा करें,' नरसिम्हन ने कहा।

'मुझे अच्छा लगेगा। ख़ासकर और बच्चे पैदा करने वाला हिस्सा!'

पति-पत्नी धीरे से हंस पड़े।

'मगर,' नरसिम्हन ने कहना जारी रखा, 'मैं सम्राट की अनुमति के बिना नहीं जा सकता... मैं फिर से कोशिश करूंगा। मैं उनसे प्रार्थना करूंगा कि मुझे जाने दें।'

हरिणी ने यह सुनिश्चित करते हुए अपने पति को देखा को उसके मन की उदासी उसके चेहरे पर न आने पाए।

उसका पति चोल सेना के लिए दस अभियानों में लड़ा था। उनके लिए उसने मशहूर जीतें हासिल की थीं। मगर दक्षिणपूर्व एशिया की विजय सबसे कठिन रही थी, जो चार साल चली थी। वहां से वो एक बदले हुए व्यक्ति के रूप में वापस आया था। कुछ मायनों में, क्षत-विक्षत।

'मैंने चोल सेना को, सम्राट को अपना सिंह दिया था। उन्होंने मेरे पति का क्या हाल कर दिया?'

नरसिम्हन ने अपनी पत्नी का हाथ पकड़ा। 'चिंता मत करो... याद रखो, मायने बस तुम और मैं रखते हैं।'

हरिणी रोने लगी। उसने क़दम बढ़ाकर अपने पति को अपनी बांहों में कस लिया।

नरसिम्हन अपने घर पर अपने निजी कार्यालय में बैठा हुआ उस दिन के पत्रों और चर्मपत्रों को देख रहा था। यह नीरस काम वह सुबह-सुबह, रक्षा मुख्यालय के लिए निकलने से पहले निपटा लेना पसंद करता था। चोल सेना और रक्षा बल के बीच अगर कोई समानता थी, तो वो काग़ज़ी कार्रवाई के लिए उनकी घोर आसक्ति थी।

'सिम्हा!' हरिणी ने ज़ोर से आवाज़ दी।

'मैं यहां हूं,' नरसिम्हन ने उत्तर दिया।

हरिणी चांदी का थाल लिए अंदर आई। 'मैं मंदिर गई थी...'

नरसिम्हन अपनी मेज़ से उठा, अपने जूते उतारे और श्रद्धा से हाथ जोड़कर, और अपनी पत्नी की आसानी के लिए सिर झुकाकर खड़ा हो गया। हरिणी ने थाल में रखे मिट्टी के सकोरे में भरी भस्म में अपनी तर्जनी, मध्यमा और अनामिका डुबो दीं। नरसिम्हन ने अपना दायां हाथ सिर पर रख लिया। उसकी पत्नी ने उसके माथे पर शैव हिंदुओं द्वारा लगाया जाने वाला एक सुंदर त्रिपुंड बना दिया। अपनी उंगलियों पर बची भस्म को उसने अपने गले पर लगाया और फिर अपने अंगवस्त्रम के छोर से पोंछ लिया।

'अब जाएं,' उसने स्नेह से कहा। 'काम पर जाएं। हां, अगर आप पत्र देखने का काम निपटा चुके हों तो।'

'लगभग हो गया।'

'वैसे, विजयन मंदिर पर था। ऐसा लगा जैसे आज वो ख़ुद उस क्षेत्र की सुरक्षा का प्रबंध देख रहा हो।'

नरसिम्हन ने सिर हिला दिया। हरिणी कह नहीं सकती थी कि ये उसके पति के लिए अनपेक्षित ख़बर थी या नहीं।

दिन चढ़ चुका था, लगभग दोपहर हो गई थी जब नरसिम्हन बृहदेश्वर मंदिर परिसर पहुंचा।

उसने सफ़ेद धोती पहनी थी और कमर में केसरिया पटका बांधा हुआ था। उसके दाएं कंधे पर सफ़ेद अंगवस्त्रम पड़ा था जिसका दूसरा छोर उसकी बांह पर लिपटा हुआ था। सिर पर एक लंबी लाल पट्टी से बंधी पगड़ी थी। दोनों कानों में सादा से बुंदे थे, और उसके बाएं कंधे से दाईं ओर जाता जनेऊ पड़ा था। अपने बलिष्ठ शरीर और क़द के, मगर सादे, शालीन कपड़ों में वो प्रभावशाली दिखने के साथ ही भयंकर भी लग रहा था।

दिन के इस प्रहर में शहर में गहमागहमी थी। अपनी दुकानों पर ताज़ा फल और सब्ज़ी लिए दुकानदार लाइन से सड़कों पर बैठे थे। मोलभाव करते ग्राहक धक्का-मुक्की कर रहे थे, जबकि विद्यालय जाने वाले लड़के-लड़कियां दोपहर के खाने के लिए घर वापस जा रहे थे, कुछ उछलते-कूदते, तो दूसरे थके-हारे और उदास से, क्योंकि दोपहर बाद की कक्षाएं अभी होना बाक़ी थीं।

मंदिर की देहरी पर पहुंचकर नरसिम्हन ने पास की एक दुकान पर अपने जूते उतारे और द्वार के अंदर दाख़िल हो गया। उसने झुककर गोपुरम के नीचे पहली शिला को छुआ। फिर उसने श्रद्धा से हाथ अपने माथे पर लगाया।

'मेरे प्रभु बृहदेश्वर,' उसने धीरे से महादेव शिव से कहा। 'हे जगन्नाथ, मैं यहां आया हूं। मुझे अपनी करुणा से अनुग्रहीत करें।'

आज भक्तों की भीड़ अपेक्षाकृत कम थी। भीड़ के बीच से नरसिम्हन की निगाह कुछ दूरी पर उसकी ओर पीठ किए खड़े सुरक्षा अधिकारी पर पड़ी।

विजयन।

उसकी कसी, सुगठित पीठ पर तीरों से भरा तरकश बंधा था, और दाहिने कंधे पर धनुष लटका हुआ था। मंदिर परिसर में वो रक्षाकर्मियों से घिरा हुआ था जिन्होंने पीली धोती और पतले चर्म-कवच की वर्दी पहनी हुई थी। उनकी कमर पर सैन्य शैली की कटार झूल रही थी। अधिकारी अपने सैनिकों को निर्देश दे रहा था।

नरसिम्हन ने अपने चेहरे पर मैत्री भरी मुस्कान ओढ़ी और उस समूह की ओर चल दिया। नवनियुक्त प्रमुख के पास आने पर उत्साही सिपाहियों पर असहज सी चुप्पी छा गई। विजयन मुड़ा। बनावटी शिष्टाचार की आड़ में

सफ़ाई से छिपाए जाने से पहले नरसिम्हन ने द्वेष भाव को महसूस कर लिया था।

'प्रणाम, श्रीमान,' विजयन ने अलसाए ढंग से औपचारिक रक्षा अभिवादन करते हुए कहा। उसने सब कुछ सही किया था। अभिवादन, अभिनंदन। यहां तक कि हल्की सी मुस्कान भी। सबकुछ विनम्र और सटीक था। मगर अभिवादन में चुस्ती नदारद थी।

अच्छा नेतृत्व हमेशा जान लेता है कि कब कोई मातहत असम्मानजनक हो रहा है, भले ही सतही तौर पर वो सबकुछ सही कर रहा हो। नरसिम्हन ने अपमान को नज़रअंदाज़ कर दिया।

'प्रणाम, विजयन,' उसने शिष्टता से सिर हिलाते और जवाबी अभिवादन करते हुए कहा।

विजयन ने हाथ के इशारे से अपने सैनिकों को जाने को कहा। हालांकि नरसिम्हन से पूरे चार इंच छोटा होने के बावजूद, चोलपुरम के रक्षा बल के उप-प्रमुख के चिकने, सांवले-सलोने चेहरे पर घबराहट की परछाईं तक नहीं थी। इसके उलट, वो कुछ आक्रामक सा था।

'यहां कैसे आना हुआ, श्रीमान? आज तो भगवान शिव की पूजा करने का सप्ताह का आपका दिन भी नहीं है,' विजयन ने धनुष की डोरी की कसावट को ठीक करते हुए शांत स्वर में कहा। इस बार 'हम-आपके-बिना-काम-चला-सकते-हैं' का छिपा हुआ भाव इतना छिपा नहीं था।

'नरसिम्हन...' नरसिम्हन ने कहा। 'जब हम दोनों ही हों और आसपास दूसरे रक्षा अधिकारी न हों, तो आप मुझे नरसिम्हन बुला सकते हैं।'

'नहीं,' विजयन ने धीरे से अपना सिर हिलाते हुए कहा। 'मैं "श्रीमान" ही कहूंगा। मैं आपके लिए क्या कर सकता हूं... *श्रीमान?*'

'मैं चाहता हूं कि बल जांच...' अचानक नरसिम्हन रुक गया क्योंकि उसकी योद्धा प्रवृत्ति ने किसी की ज़रूरत से ज़्यादा पास मौजूदगी महसूस की थी। रक्षात्मक कार्रवाई करने के लिए तैयार, उसकी मांसपेशियां तन गईं। उसकी आंखें अपने आप चौड़ी हो गई थीं। वो तुरंत घूम गया, उसका हाथ

तेज़ी से अपनी कमर की ओर गया और उसने ख़ंजर निकाल लिया। इतना सबकुछ बस एक झटके में हो गया था। पलक झपकते। जैसे कोई घात लगाए बैठा चीता ख़तरे के प्रति फ़ौरी प्रतिक्रिया करता है।

नरसिम्हन का ख़ंजर अपने पीछे खड़े हतप्रभ से बूढ़े आदमी की गर्दन पर था।

'श्रीमान!' आशंकित विजयन ने ज़ोर से कहा। वो ऐसे सैनिकों को जानता था जो युद्ध के बाद के तनाव-विकारों के कारण अनचाहे ही किसी को भी मार देते थे।

गंजे सिर और खिचड़ी दाढ़ी वाले तोंदियल आदमी ने समर्पण में दोनों हाथ ऊपर कर दिए। उसके पास ही खड़े, उसके हमउम्र दूसरे आदमी ने भी।

'शांत हो जाएं, श्रीमान,' विजयन ने कहा। 'मुझे नहीं लगता कि ये कोई हानि पहुंचाना चाहते हैं।'

'हम निश्चय ही कोई हानि नहीं पहुंचाना चाहते, स्वामी,' मोटे आदमी ने शुद्ध तमिल में कहा, मगर उसका उच्चारण चोल देश के लिए अजनबी था।

'मुझे क्षमा करें...' नरसिम्हन ने अपने ख़ंजर को वापस रखते हुए माफ़ी मांगी। 'मुझे क्षमा करें कि...'

'नहीं, क्षमा तो हम मांगते हैं, स्वामी,' बूढ़े आदमी ने कहा। 'हम आपको परेशान नहीं करना चाहते थे।'

'आपको इस तरह दबे पांव किसी के पास नहीं जाना चाहिए।'

'मैंने... मैंने आपको पुकारने की कोशिश की थी...' उस आदमी ने माफ़ी मांगने के अंदाज़ में हाथ जोड़ते हुए कहा। 'लेकिन शायद आपने सुना नहीं था। तो मैंने सोचा कि आपके पास आकर आपसे बात कर लूं। और फिर ये तो मंदिर है, और हम सब भगवान शिव के भक्त हैं।'

'वो तो हैं,' नरसिम्हन ने गहरी सांस लेकर ख़ुद को शांत करते हुए कहा। 'ओम नमो शिवाय।'

दूसरे लोगों ने भी दोहराया। *ओम नमो शिवाय।*

'आप यहां के नहीं हैं,' नरसिम्हन ने कहा। उसका दिल और दिमाग़ अब शांत थे। 'मैं आपका उच्चारण समझ नहीं पा रहा हूं।'

'ये तो इस पर निर्भर करता है कि "यहां" से आपका क्या मतलब है, स्वामी,' उस व्यक्ति ने कहा।

नरसिम्हन धीरे से हंसे। और विजयन भी।

'मेरा उच्चारण भले ही गुजराती हो, स्वामी, मगर मेरे शब्द तमिल हैं...' उस व्यक्ति ने कहा। 'और मेरा "यहां" भारत माता हैं।'

'सही कहा...' कुछ कहने से पहले नरसिम्हन हंस दिए। 'हालांकि मुझे कहना होगा कि मैंने पहले कभी गुजराती उच्चारण में तमिल नहीं सुनी है। ये कुछ... अलग सी सुनाई देती है...'

तोंदियल आदमी धीरे से हंस दिया।

'आप क्या चाहते हैं, अन्ना?' नरसिम्हन ने पूछा। 'मैं आपकी क्या सहायता कर सकता हूं?'

'हम बस योद्धा और सम्राट राजेंद्र चोल के महान सेनापति नरसिम्हन से बात करना चाहते हैं।'

'आप भाग्यशाली हैं, क्योंकि मैं ही नरसिम्हन हूं, लेकिन अब मैं सेनापति नहीं हूं। मैं यहां का रक्षा-प्रमुख हूं। मैं आपके लिए क्या कर सकता हूं?'

'मैं सोमेश्वर हूं,' वृद्ध ने कहा। 'हमारे देश के पश्चिमी तट का; कभी भव्य रहे शहर सोमनाथ का एक व्यापारी।'

नरसिम्हन का चेहरा लटक गया, उसका दिल भारी हो गया था। लगभग तुरंत ही उसकी आंखों में आंसू भर आए थे। विजयन की आंखों में भी। उनकी प्रतिक्रिया देखकर, सोमेश्वर और इक़बाल भी उस भयानक दिन को फिर से याद करके रुआंसे हो गए।

'मैं आपकी पीड़ा समझता हूं, सोमेश्वरजी,' नरसिम्हन ने कहा। 'सोमनाथर के...' नरसिम्हन ने आदर के लिए तमिल *अर* जोड़ दिया था, 'महान मंदिर पर हमला। जब सम्राट और मैं कुछ सप्ताह पहले वापस आए थे, तो सबसे पहले मेरी पत्नी ने यही बताया था... अब सम्राट को भी इसकी जानकारी है। हम... हम इसके पुनर्निर्माण में सहायता करना चाहते हैं... और...'

'पुनर्निर्माण तो हम करेंगे, स्वामी,' सोमेश्वर ने जोश से कहा। 'लेकिन पुनर्निर्माण तो हम व्यापारियों, पुजारियों और साधारण लोगों द्वारा किया जा सकता है... पुनर्निर्माण हमारे योद्धाओं का काम नहीं है... योद्धाओं का कर्तव्य भिन्न है। उनका धर्म भिन्न है।'

नरसिम्हन चुप रहे।

सोमेश्वर की आंखों में आंसू भर आए। उनकी मोटी-मोटी मुट्ठियां उतनी कसकर भिंच गई थीं जितनी उनकी पकी उम्र और टूटे दिल ने इजाज़त दी। नैतिक क्रोध से उनका बदन हौले-हौले कांप रहा था। 'वो... वो राक्षस महमूद और उसकी सेना... उन्हें उनके पापों का जवाब देना होगा... हमारे योद्धाओं को उन्हें धार्मिक न्याय का पाठ सिखाना होगा...'

'इन चार सालों से भारत के दूसरे राज्य क्या कर रहे थे? महमूद को रोकने के लिए उत्तरी भारत के राज्यों ने क्या किया?'

'पश्चिमी और उत्तरी भारत के राजा दक्षिण के राजाओं से कम साहसी नहीं हैं, प्रमुख नरसिम्हन। उन्होंने कड़ा मुक़ाबला किया था। वो बहादुरी से लड़े। उन्होंने ग़लती ये की कि वो अलग-अलग लड़े। महमूद से लड़ने में भारत के दसियों हज़ार बहादुर सैनिकों और राजाओं ने अपने प्राण गंवाए हैं। उन्होंने वीरगति पाई, लेकिन जीत नहीं। क्यों? हमारी उसी शाश्वत समस्या के कारण, स्वामी। अंदरूनी फूट। और चूंकि अब उत्तर भारत में कोई एकीकृत साम्राज्य नहीं है, तो ग़ज़नी के विरुद्ध विभिन्न संगठनों को एक आम रणनीति पर सहमत कर पाना लगभग असंभव ही है। मैं जानता हूं, क्योंकि हमने उन्हें एक करने की अपनी पूरी कोशिश की है। वो बहादुरी से लड़े मगर एकजुट होकर नहीं। और तुर्कों के विरुद्ध ये पर्याप्त नहीं था। हमें बदले के अपने संघर्ष का नेतृत्व करने के लिए भारत के सर्वश्रेष्ठ सम्राट राजेंद्र चोल की ज़रूरत है जिनका साम्राज्य देश के अधिकांश दूसरे राज्यों के कुल क्षेत्र से भी बड़ा है... लेकिन पिछले कुछ सालों से वो दक्षिणपूर्व एशिया में गुम थे। जैसे ही हमने सुना कि वो वापस आ गए हैं, वैसे ही मेरे मित्र इक़बाल और मैं उनकी मदद पाने के लिए दौड़े चले आए हैं।'

नरसिम्हन को सम्राट द्वारा बनाई जा रही योजनाओं की जानकारी थी। उसे यह भी पता था कि उन योजनाओं को सटीक रूप देने में समय लगेगा। लेकिन उसे ये नहीं पता था कि वो इस बूढ़े गुजराती पर कितना भरोसा कर सकता था। 'आप व्यापारी हैं, सोमेश्वरजी... इसे चोल सम्राट पर छोड़ दें। वो भगवान शिव के परम भक्त हैं... शायद इस भूमि पर महादेव के सबसे परम भक्त... हम...'

'बीच में टोकने के लिए क्षमा चाहूंगा, महान नरसिम्हन,' सोमेश्वर ने कहा। 'मगर लंका का पुल बनाने में भगवान राम को भी गिलहरियों की मदद की ज़रूरत पड़ी थी। जो काम एक गिलहरी कर सकती है, वो बस गिलहरी ही कर सकती है।'

हर भारतीय को रामायण की यह कहानी पता थी। ये तब की बात है जब भगवान राम और उनकी सेना समुद्र पर पहुंचे थे, और समुद्र पार लंका जाकर राक्षसराज रावण को हराने के लिए एक पुल बना रहे थे... उसी समय, एक गिलहरी ने पुल बनाने में मदद करने की पेशकश की। दूसरे लोग हंसे और सवाल करने लगे कि एक नन्ही सी गिलहरी क्या कर पाएगी। मगर भगवान राम ने, जैसी कि उनकी आदत थी, योग्यता में कमी की जगह गिलहरी के दिल में साहस देखा था। उन्होंने नन्ही गिलहरी की मदद स्वीकार कर ली थी।

नरसिम्हन चुप रहा।

'मैं वहीं था...' सोमेश्वर ने कहा, अब वो रोने लगा था।

अचानक नरसिम्हन चौकस हो गया। उसने विजयन पर एक निगाह डाली, वो भी उतना ही हतप्रभ दिख रहा था, और फिर वापस सोमेश्वर को देखा। उन लोगों के दिमाग़ में ये था कि सोमनाथ मंदिर के विनाश को देखने वाले हर भारतीय को महमूद ग़ज़नवी ने मार डाला था।

'हम दोनों वहीं थे,' सोमेश्वर के मित्र इक़बाल ने पहली बार मुंह खोला था—उसका लहजा साफ़-साफ़ उसके बंगाली होने की चुगली कर रहा था।

'मुझे आपको कुछ दिखाना है...' सोमेश्वर ने कहा।

सोमेश्वर इक़बाल की ओर मुड़ा, जिसने अपने कंधे पर लटके झोले में से बहुत सावधानी से चमकीले काले पत्थर का एक टुकड़ा निकाला। उसने विनम्रता और आदरपूर्वक उसे उस गुजराती व्यापारी को थमा दिया।

सोमेश्वर ने किसी नाज़ुक, कमज़ोर शिशु की तरह उस पत्थर को अपने दाहिने हाथ में लिया। उसका बायां हाथ नीचे, उसके दाहिने हाथ को छू रहा था—जैसा कि किसी पवित्र वस्तु को पकड़ते समय हमेशा किया जाता है।

नरसिम्हन की मुट्ठियां कस गईं, उसके दांत कसमसा गए। क्रोध और दुख ने एक साथ उसे भीतर तक सुलगा दिया था। विजयन भी पास आ गया था, उसकी आंखों से आंसू बह रहे थे। दोनों तमिल सैनिक समझ गए थे कि वो पत्थर किस चीज़ का हिस्सा था।

'ये सोमनाथ के शिवलिंग का अंश है जिसे महमूद ग़ज़नवी ने चार साल पहले तोड़ दिया था,' कहते हुए सोमेश्वर की आवाज़ कांप उठी थी।

विजयन ने कांपते हाथों से पत्थर को छुआ।

सोमेश्वर दुख से कांपने लगा था। 'वो... वो महमूद ग़ज़नवी पवित्र शिवलिंग के बाक़ी टुकड़े अपने साथ ले गया है... उसने हमसे कहा कि वो उन टुकड़ों को ग़ज़नी की जामा मस्जिद की सीढ़ियों में लगवाएगा। ताकि तथाकथित मज़हबी लोग दिन में पांच बार हमारे प्रभु पर पैर रखकर जाएं...'

'हम उस नीच को ज़िंदा जला देंगे...' विजयन ग़ुर्राया।

सोमेश्वर ने कहना जारी रखा, 'पिछले कई दिन से हम सम्राट से मिलने की कोशिश कर रहे हैं, स्वामी। मगर महल के पहरेदारों ने बार-बार हमें भगा दिया। वो कहते हैं कि माननीय चोल को परेशान नहीं किया जा सकता। फिर हमें सलाह दी गई कि महान सेनापति नरसिम्हन को तलाशें... क्योंकि सम्राट उनकी सुनते हैं। और वो महादेव और हमारी भारत माता की प्रतिष्ठा के लिए लड़ेंगे।'

'मैं सम्राट राजेंद्र चोल से आपकी भेंट करवा दूंगा, सोमेश्वरजी,' विचलित दिख रहे नरसिम्हन ने धीरे से कहा।

इक़बाल ज़ोर से आर्तनाद करते हुए नरसिम्हन के पैरों में गिर पड़ा। नरसिम्हन ने उस बंगाली व्यक्ति को ऊपर उठाया और गले से लगा लिया।

विजयन ने आगे बढ़कर सोमेश्वर का कंधा थाम लिया, जबकि गुजराती व्यापारी हाथों में टूटे पत्थर को लिए रोए चला जा रहा था।

सोमेश्वर जानता था। उसकी आत्मा जानती थी। उसे बस राजेंद्र चोल से भेंट भर करनी थी। फिर तो बस प्रभु महादेव का क्रुद्ध टूटा हुआ हृदय ही सारी बात कह देगा और महान धर्म-योद्धा को उनके कर्तव्य की याद दिला देगा।

एक ऐसा कर्तव्य जिससे मुंह नहीं फेरा जा सकता। क्योंकि धर्म इसकी मांग करता है। इतिहास इसकी मांग करता है। पितृलोक में मौजूद हमारे पूर्वज इसकी मांग करते हैं।

क्योंकि पौरुष के सभी प्रेरकों में सबसे विशुद्ध न्यायसंगत प्रतिशोध है।

न्यायसंगत प्रतिशोध में ही संतुलन का पुनरुद्धार निहित है।

न्यायसंगत प्रतिशोध ही धर्म है।

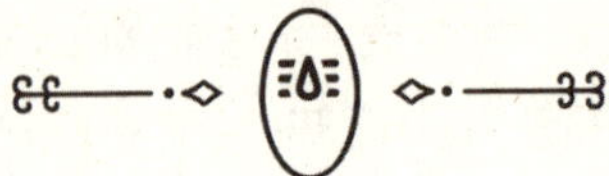

अध्याय 2

बेड़ियों में जकड़ा भाई

गुज़गान, अफ़ग़ानिस्तान

इस्माईल ने एक परछाईं को दरवाज़े की तरफ़ बढ़ते देखा।

अल्लाह, रहम कर...

उसने बेचैनी से थूक निगला, अपनी उंगलियों को आपस में फंसाया, और अपनी आंखें आधी बंद कर लीं। लगभग बच्चों जैसी उम्मीद में कि अगर आप ख़तरे को न देखें, तो वो ग़ायब हो जाएगा।

और फिर उसने उसे देखा। दीवार से सटी एक परछाईं जैसी आकृति।

एक बेतरतीब, सफ़ेद कुच्ची दाढ़ी जो नज़दीक आते हुए आदमी की नुकीली ठुड्डी से नीचे लहरा रही थी।

इस्माईल एकदम से शांत हो गया और उसने ज़ोर से राहत की सांस ली।

एक दुबला-पतला सा बूढ़ा आदमी उसके कमरे में आया।

'तुमने उसे वक़्त रहते रोक दिया था ना, तालिब?' इस्माईल ने बेचैनी से आगे बढ़कर अपने राज़दार और नौकर से पूछा।

बुज़ुर्ग तालिब के गरुड़ जैसे नैन-नक़्श में थोड़ी हरकत हुई। उसने अपनी झुकी हुई पीठ को थोड़ा सीधा किया, और हाथ पीछे बांध लिए। उसका चेहरा सोच में डूबा हुआ था। उसकी छोटी-छोटी भावहीन सी काली आंखें

इस्माईल को घूर रही थीं। एक बहुत घबराए हुए मालिक का एक शांत नौकर। लेकिन इससे पहले कि वो जवाब दे पाता, उसके मालिक ने आगे कहा।

'अगर सुल्तान के लोगों ने किसी को बिना इजाज़त के इस क़िले से बाहर निकलते भी देख लिया, तो हम सब मारे जाएंगे। और तुम जानते हो कि वो क्या साथ लेकर चलता है...' इस्माईल स्पष्ट रूप से घबराया हुआ था। वो एक शानदार लेकिन विशाल फ़र कोट पहने हुए था जिसके कारण वो असलियत से ज़्यादा भारी-भरकम लग रहा था। इतना तो पक्का था कि इस्माईल एक तुर्क के हिसाब से लंबा था। लगभग छह फ़ुट। लेकिन वो एकदम दुबला-पतला था। उसकी आंखें हमेशा परेशान सी लगती थीं। ठंड के बावजूद उसे पसीना आ रहा था।

'मैं वक़्त से उसके पास पहुंच गया था, मेरे मालिक,' तालिब ने अपने मालिक की घबराहट को शांत करने के लिए थोड़ा मुस्कुराते हुए कहा। 'अस्तबल के पास। उसे आपके नए निर्देश मिल गए हैं।'

'अब कहां है वो?' अचानक प्लान बदलने की वजह से झुंझलाए हुए इस्माईल ने पूछा। 'और ख़त कहां है? मैं नहीं चाहता कि वो मेरे पागल भाई के हाथ लगे। लेकिन ये बात याद रखना कि मैं उसे भेजने का इरादा रखता हूं। सिर्फ़ हमारा कार्यक्रम बदला है। बाक़ी कुछ नहीं। मुझे सुल्तान के इतनी जल्दी लौट आने की उम्मीद नहीं थी।'

इस्माईल, जो ग़ज़नी के सुल्तान महमूद का बहुत ज़्यादा चिड़चिड़ा भाई था, अक्सर अपने इरादे और, इसलिए, अपने निर्देश बदलता रहता था। इस कारण उसके लिए काम करने वालों को बहुत मुश्किल होती थी। लेकिन तालिब ने इससे निपटना सीख लिया था।

'वो संदेशवाहक—आपका ख़ानसामां—बावर्चीख़ाने में वापस चला गया है,' तालिब ने कहा। 'और मुझे यक़ीन है कि ख़त भंडार में कहीं सुरक्षित रखा होगा। राशिद काफ़ी होशियार है। आपको चिंता करने की ज़रूरत नहीं है, मेरे मालिक।'

इस्माईल टहलता हुआ सलाख़ों वाली खिड़की के पास गया। वो दक्षिणी सड़क की ओर देखने लगा जो गुज़गान के उस विशाल मगर सुनसान क़िले तक जाती थी जो अब तीस साल से उसका क़ैदख़ाना था।

धूल का एक बड़ा बादल क़िले की तरफ़ बढ़ रहा था।

महमूद ग़ज़नवी। और उसका शाही क़ाफ़िला।

इस्माईल को अपने अंदर ज़बरदस्त कड़वाहट उठती महसूस होने लगी। वो नफ़रत भरी हंसी हंसने लगा।

'चिंता करने की ज़रूरत नहीं है, हां?' इस्माईल ने चिढ़े हुए लहजे में कहा। 'इसके बारे में क्या कहोगे?' उसने खिड़की से दूर उस तरफ़ इशारा किया जहां से उसका बड़ा भाई महमूद उसकी तरफ़ आ रहा था। 'हमें उस कपटी महमूद की चिंता करने की ज़रूरत नहीं है, है ना? मुझे तब भी चिंता न करने को कहा गया था जब शायद एक जन्म पहले मैं सुल्तान बना था! इससे बड़ा फ़ायदा हुआ था मेरा। मैं जब भी उस जंगली महमूद से मिलता हूं, तो मुझे दुख के अलावा कुछ हासिल नहीं होता!'

इस्माईल ने सलाख़ों वाली खिड़की से बाहर थूका, जैसे उसने अपने बड़े भाई महमूद पर थूका हो, जिसने तीन दशक पहले उसे ग़ज़नी के सुल्तान के पद से हटाकर गुज़गान के क़िले में नजरबंद कर दिया था। लेकिन इस्माईल की योग्यता, आत्मविश्वास और भाग्य ऐसा था कि वो ठीक से थूक भी नहीं पाया। कुछ थूक सलाखों से छिटककर वापस आया और उसके महंगे फ़र कोट पर गिर गया। इस्माईल चीख़ा और अपने कोट को पोंछने लगा, और उसकी आंखें डबडबा आईं।

तालिब जहां था वहीं खड़ा रहा। ख़ामोश। बिना हिले। वो जानता था कि जब इस्माईल पर घबराहट का दौरा पड़ रहा हो तो शांत रहने में ही भलाई है।

'*तीस साल,* मेरे दोस्त,' इस्माईल कड़वाहट से भरा बोलता रहा। 'तीस साल मैंने इस सुनसान क़िले में बिताए हैं, जो कमबख़्त न जाने कौन से वीराने में है, जबकि ये नाजायज़ क़ब्ज़ा करने वाला *मेरी* गद्दी पर बैठा है, *मेरी* दौलत के मज़े ले रहा है, *मेरी* औरतों को ख़राब कर रहा है!'

ख़ामोश तालिब सिर झुकाए अपनी सलाह को दबाए रहा। *अभी सही समय नहीं है।*

'ज़ालिम!' इस्माईल ने आख़िरी शब्द थूका। अब वो ज़ोर-ज़ोर से सांस ले रहा था। अपनी बकवास से थककर। अपनी मेज़ तक जाकर उसने पानी का गिलास उठाया, और उसे कुछ घूंटों में गटक गया। हाथ के पिछले हिस्से से अपना मुंह पोंछते हुए उसने अपने नौकर और राज़दार तालिब की तरफ़ देखा। 'लेकिन मैं शुक्रगुज़ार हूं कि वो कमीना आता है... भले ही मुझे सिर्फ़ अपनी जीत दिखाने के लिए। ख़ासकर पिछली दो बार... उनसे आख़िरकार मुझे उस जानवर की कमज़ोरियां दिख गई हैं। उसकी ऐसी कमज़ोरियां जिनका फ़ायदा उठाया जा सकता है।'

'बेशक, मेरे मालिक,' तालिब ने खिली हुई मुस्कान के साथ कहा। *अब बोलने का समय था।*

'जानते हो, मैंने ही उसके दिमाग़ में वो ख़तरनाक ख़्याल डाला था...' इस्माईल ने कुछ देर रुककर दीवार पर लगे तांबे के आईने को देखा, अपनी दिमाग़ी क़ाबिलियत को निहारते हुए, जो उसके ख़्याल से, उसके उस क्रूर और पाशविक भाई की चालाकी से कहीं बढ़कर थी। उसने खिड़की से बाहर लहराती धूल को देखा। 'उम्मीद है कि वो मुझे ये बताने के लिए आ रहा होगा कि वो झांसे में आ गया है।'

तालिब ने सिर हिलाकर हामी भरी। 'मुझे भी ऐसा ही लगता है।'

'अब चलो,' इस्माईल ने अपने कक्ष के दरवाज़े की ओर बढ़ते हुए कहा। 'पहरेदारों और गायकों को तैयार कर दो। महमूद लगभग आ ही गया है। जब वो आए तो हम सबको क़िले के दरवाज़े पर होना चाहिए, वर्ना कहीं ऐसा न हो कि वो हमारी ग़ैरमौजूदगी को बहाना बनाकर हम सबको मरवा डाले।'

ग़ज़नवी सुल्तान महमूद पत्थर के एक बड़े से, गोल हॉल के बीच में बैठा था जो क़िले में दीवाने-आम का काम करता था। उसकी पत्नी, कौसरी जहां, उसके बग़ल में बैठी थी। दीवाने-आम की घुमावदार दीवार पर एक क़तार में मशालें लगी थीं, जिनकी लपटें उस जगह को ज़रूरत लायक़ रोशनी और कुछ गर्मी दे रही थीं। कमरे के उत्तरी ओर एक आतिशदान था, जिसमें तेज़ आग जल रही थी, जिसकी वजह से ठंड से काफ़ी राहत मिल रही थी। खिड़कियां बंद थीं, और उन पर मोटे पर्दे पड़े हुए थे ताकि रात की बर्फ़ीली ठंडी हवाएं बाहर ही रहें। लेकिन थोड़ी ठंडी हवा फिर भी अंदर आ रही थी। अफ़ग़ानिस्तान में सर्दी अपने शबाब पर थी। खाने और शराब के साथ एक मेज़ लगाई गई थी, और सुल्तान के घुमंतू दरबार के कई अमीर और शाही परिवार के सदस्य उसके चारों ओर इकट्ठा थे।

छह फ़ीट का महमूद, तुर्कों की औसतन लंबाई से ज़्यादा लंबा था। हालांकि उसके चेहरे की बनावट उसके भाई इस्माईल जैसी थी, और उसका रंग गोरा और आंखें छोटी थीं, लेकिन उसके शरीर पर लड़ाई के निशान—ख़ासकर वो निशान जो उसके दाहिने गाल से लेकर अब विकृत हो चुकी नाक की हड्डी तक था—उसे एक डरावना रूप देते थे। लेकिन महमूद को ये अच्छा लगता था, क्योंकि उसे अपने सामने खड़े किसी भी आदमी को डराना पसंद था। मज़बूत कंधों और चौड़े सीने के साथ उसका शरीर भारी-भरकम था। वो लड़ाई के लिए ही बना प्राणी था, अपने छोटे भाई इस्माईल के उलट जो दरबारी सियासत में बेहतर था।

उसकी रानी कौसरी जहां अपने पति के बग़ल में गर्व से बैठी थी। शाही अंदाज़ में अलग-थलग, और बेइंतहा ख़ूबसूरत। लंबी, पांच फ़ुट नौ इंच से भी ज़्यादा। पतला शरीर, सुडौल और सुंदर हाथ-पैर। गोरा रंग, गालों की ऊंची हड्डियां जो बेतहाशा लाल थीं। तीखे नैन-नक़्श और नुकीली ठोड़ी। बड़ी-बड़ी नीली-हरी आंखें जैसे कुछ कहना चाहती हों। पतली, लंबी गर्दन जो ख़ुद अपने आप में एक ख़ूबसूरती की एक मिसाल थी। ये साफ़ था कि वो तुर्की नहीं थी; उसके नैन-नक़्शों से बहुत हद तक स्पष्ट था कि वो भारत के ताज, कश्मीर, की थी।

उन्सठ साल का हो चुका महमूद कौसरी से सिर्फ़ पांच साल बड़ा था। लेकिन रानी उससे कई दशक छोटी दिखती थी। कुछ लोगों का कहना है कि आप बीस साल की उम्र में कैसे दिखते हैं, ये इससे तय होता है कि आपके माता-पिता ने आपको कैसे वंशाणु दिए, जबकि पचास की उम्र में आप कैसे दिखते हैं ये इससे निर्धारित होता है कि आपने ज़िंदगी किस तरह की बिताई है। लेकिन कुछ दूसरे लोग कहते हैं कि आप किसी भी उम्र में कैसे दिखते हैं ये इस बात पर निर्भर करता है कि आप कितना मेकअप करते हैं और आपके वैद्य-हकीमों ने क्या-क्या जादूगरी की है। कई लोगों को लगता था कि कौसरी चुड़ैल है। लेकिन ये बात खुलकर बहुत कम लोग बोलते थे। कारण साफ़ थे।

आमतौर पर माना जाता था कि महमूद पर रानी का बहुत ज़्यादा प्रभाव था, भले ही वो आदतन द्विलिंगी था जो किसी से छिपा नहीं था। वास्तव में, कई लोगों का तो दबी आवाज़ में कहना था कि अगर कौसरी जहां नहीं होती, तो अब तक महमूद के सिर्फ़ पुरुष प्रेमी ही रहे होते। वो कौसरी के शारीरिक आकर्षण, तेज़-तर्रार दिमाग़ और उस सौष्ठव का ग़ुलाम था जो लुभाता तो हमेशा था लेकिन पहुंच से बाहर रहता था। और ये भी बिना किसी शक के माना जाता था कि वो महमूद के प्रति बेहद वफ़ादार थी।

अबू क़ासिम—महमूद का भरोसेमंद सेनापति, जिसे शांति के दौर में अंगरक्षक दल का प्रमुख बनाया गया था—अपने मालिक के पीछे परछाईं में खड़ा था, और उसके दोनों ओर दस-दस अंगरक्षक थे। क़ासिम अपने सुल्तान समेत उन सबसे लंबा था। उसके कुंद, अस्पष्ट नैन-नक़्श के कारण उसकी भावहीन आंखों के अंदर का काला ख़ालीपन साफ़ दिखता था। वो किसी चौकन्ने पिशाच जैसा, एकदम भावहीन, निश्चल खड़ा हुआ था। उसकी आंखें बिना पलक झपकाए इस्माईल पर टिकी हुई थीं, जो कुछ ही दूरी पर बैठा था। महमूद के शाही दल के साथ आए कुछ अमीर हॉल में चारों ओर लगी मेज़ों पर बैठे थे।

पांच चखनिये प्रमुख मेज़ के चारों ओर जमा थे, और पूरी मुस्तैदी के साथ महमूद और उसकी पत्नी को परोसे जाने से पहले खाने को चख रहे थे कि कहीं उसमें ज़हर न हो। कौसरी किसी पर भरोसा नहीं करती थी।

सर आशपाज़ राशिद एक शिष्ट दूरी बनाए खड़ा था। उस *प्रमुख बावर्ची* को अपने हुनर पर गर्व था।

खाना चख लिए जाने के बाद दावत शुरू हुई। महमूद को एक खिलंदड़ा सा जवान आदमी झुक-झुककर खाना खिला रहा था, जो पैंतीस साल से ज़्यादा का नहीं था, और स्त्रैण सुंदरता उसमें कूट-कूटकर भरी हुई थी। उसके गालों की हड्डियां ऊंची, और त्वचा फीके, लगभग पारदर्शी रंग की थी। उसके दुबले-पतले, लोचदार शरीर में एक डांसर जैसी लचक थी। उसकी उंगलियां लंबी, और चिकनी, चमकदार त्वचा वाली थीं। उसके शानदार लिबास से अमीरों जैसी शान का पता चलता था, हालांकि वो ख़ुशामद भरी चापलूसी के साथ सुल्तान की सेवा-टहल में लगा था।

'मुझे ये गोश्त पसंद आया, अयाज़,' महमूद ने बकरे की आधी टांग काटते हुए कहा। 'मुझे और चाहिए। और लाओ!' वो पागलपन भरे लहजे में चिल्लाया।

'मुझे ख़ुशी है कि आपको ये पसंद आया, मेरे मालिक,' इस्माईल ने अपनी इस चिढ़ को छिपाते हुए विनम्रतापूर्वक कहा कि तारीफ़ किसी और की हो रही थी। 'राशिद बहुत अच्छा बावर्ची है।'

'वाक़ई, इस्माईल!' महमूद हंसा। 'तुम्हें अपने बावर्ची का नाम पता है?' उसके मुंह से थूक की छोटी-छोटी बूंदें और मांस के टुकड़े उड़े। कुछ उसकी छितरी, नुकीली दाढ़ी में फंस गए। 'तुम्हें इन औरतों के नाम पता हैं जो तुम्हारी सेवा करती हैं, कौसरी?' उसने कौसरी की बग़ल में खड़ी लड़कियों की ओर इशारा करते हुए पूछा।

जवाब में रानी ने अपनी नाक उठाई और तिरस्कारपूर्ण ढंग से धीरे से हंसी, फिर इस्माईल की ओर देखा। 'अरे, नहीं।' कौसरी जहां की रेशमी आवाज़ कश्मीर की डल झील की शानदार हिमालयी बुलबुलों की खनकती आवाज़ जैसी थी।

रात के खाने का समय इस्माईल की कमज़ोर सी बड़बड़ाहट और उसके बड़े भाई के अपमानपूर्ण मज़ाक़ों में बीता। जल्द ही ग़ज़नी के ज़्यादा रसीले

मांस और अपनी राजधानी के आरामदेह मौसम के बारे में महमूद भनभनाया सा ख़ुद से बतियाने लगा। शर्म से लाल इस्माईल चुप हो गया, एक ऐसे मेमने की तरह जिसे पता हो कि उसका मारा जाना निश्चित था।

अचानक, सुल्तान के सुर बदल गए। वो ऊंची आवाज़ में शेख़ी मारने लगा कि उसने अपने पिता के मरने के बाद कुछ ही महीनों में अपने छोटे भाई को हरा दिया और इस्माईल को ग़ज़नी का अमीर या प्रांतपाल बना दिया था। महमूद ने इस्माईल को अपने रहमो-करम की याद दिलाई। वो चाहता तो ज़िंदा ही उसकी खाल उतरवा सकता था, उसका सिर काट सकता था और उसकी लाश को ग़ज़नी के दरवाज़े पर लटकवा सकता था—जैसा उसने इस्माईल के ज़्यादातर समर्थकों के साथ किया था। लेकिन इसके बजाय उसने इस्माईल को गुज़गान के इस शानदार क़िले में रहने दिया था।

'क्या मैं दयालु नहीं हूं, भाई?' महमूद ने, बज़ाहिर शराब के नशे में, आगे झुकते हुए आक्रामक और व्यंग्यपूर्ण आंखों के साथ पूछा।

'बेशक आप दयालु हैं, अज़ीम बादशाह!' इस्माईल ने इस डर से लगभग तुरंत ही जवाब दे दिया कि एक लम्हे भर की देरी का मतलब भी ग़लत निकाला जाएगा।

'क्या हम तुर्कों में ये रिवाज नहीं है कि हर क़ाबिल सुल्तान अपने परिवार के सभी मर्द प्रतिद्वंद्वियों को मरवा डालता है? ठीक उसी तरह जैसे शेर किसी झुंड को जीतने पर करते हैं। मैं भी तुम्हारे साथ यही कर सकता था। क्या मैंने ऐसा किया?'

'नहीं, आपने ऐसा नहीं किया, मेरे भाई,' इस्माईल ने कहा जिसकी पतली सी आवाज़ और भी कमज़ोर सुनाई दे रही थी। उसके दिल में एक डर बैठ गया था क्योंकि उसे समझ नहीं आ रहा था कि बातों का रुख़ किधर जा रहा है। 'आपकी मेहरबानी का कोई सानी नहीं है। आपकी शान में क़यामत के दिन तक गीत गाए जाएंगे।'

'मैं तुम्हें ग़ुलाम बना सकता था। तुम्हें उसी हालत तक पहुंचा सकता था जो कभी हमारे पिता ने झेली थी।'

महमूद और इस्माईल का पिता सुबुकतगीन कभी ग़ुलाम था। कई तुर्क क़बीले अरब, मंगोल और फ़ारसियों जैसी ज़्यादा ताक़तवर जातियों के लिए ग़ुलाम सैनिकों के तौर पर काम करते थे। लेकिन समय के साथ, उनमें से कई ने महज़ अपनी बहादुरी और बेरहमी से अपने आज़ाद राज्य स्थापित कर लिए। इसीलिए, दुनिया भर में पहले तुर्क राजवंशों को अक्सर ग़ुलाम वंश कहा जाता था।

'आपने ऐसा नहीं किया, मेरे मालिक,' इस्माईल मिमियाया। 'मेरे लिए आपका प्यार बेहिसाब है।'

अब लगभग सभी लोग खाना रोक चुके थे। किसी को नहीं पता था कि यह बातचीत कहां जा रही थी। लेकिन ये निश्चित रूप से सामान्य तो नहीं था। अस्थिर स्वभाव के महमूद के हिसाब से भी।

सुल्तान ने अबू क़ासिम की तरफ़ मुड़कर अपना सिर हिलाया।

'सब लोग चले जाएं,' अबू क़ासिम ने गहरी आवाज़ में कहा जो हमेशा डरावनी होती थी।

शाही दल के अमीर, नौकर, सब फ़ौरन अपना खाना छोड़कर जल्दी से महमूद के आदेश की तामील करने के लिए दरवाज़े की ओर लपक पड़े। ये देखकर उन्हें बड़ी हैरानी हुई कि अबू क़ासिम भी दरवाज़े की तरफ बढ़ गया था और उसके पीछे अंगरक्षक भी।

इस्माईल भी हिचकिचाते हुए उठा।

'इस्माईल। बैठ जाओ,' महमूद ने हुक्म दिया।

इस्माईल अपनी कुर्सी पर ढह गया। उससे उन एकमात्र लोगों का तसल्ली भरा साथ छीन लिया गया था जिनके साथ अब उसका रिश्ता था: उसके नौकर। उसका रोम-रोम भयंकर डर से सिहर गया। उसे अपने गले में घुटन महसूस होने लगी। उसके हाथ ठंडे और चिपचिपे से हो गए थे।

क्या ये जानता है? इसे कैसे पता? अल्लाह, रहम कर।

इस्माईल ने घबराकर इधर-उधर देखा। महमूद के अलावा अब दीवाने-आम में सिर्फ़ दो लोग और थे। रानी कौसरी जहां और हाल ही में लाहौर का शाह

बना मलिक अयाज़—वो ख़ूबसूरत आदमी जो पूरी शाम महमूद की आवभगत में लगा रहा था। हालांकि सही मायनों में मलिक अयाज़ एक गवर्नर था, लेकिन उसे शाह का बड़ा ख़िताब दिया गया था। इसकी वजह सब जानते थे।

रानी और मलिक दोनों इस्माईल को सपाट निगाहों से देख रहे थे। अपनी पूरी कोशिश के बावजूद इस्माईल उन्हें समझ नहीं पाया। वो और भी घबरा गया।

'मैं आपके लिए क्या कर सकता हूं, मेरे मालिक?' इस्माईल ने धीरे से पूछा।

महमूद ने कौसरी और अयाज़ को देखा। लगभग इस तरह जैसे वो किसी बात की फिर से पुष्टि कर रहा हो। और फिर उसकी नज़रें अब तक बुरी तरह भयभीत हो चुके इस्माईल की ओर मुड़ीं।

'मेरे भाई,' महमूद बोला, उसकी आवाज़ आश्चर्यजनक रूप से दयालुता भरी—और अविश्वसनीय सी थी, क्योंकि ये एक ऐसा लहजा था जिसका महमूद को बहुत अभ्यास नहीं था। 'मैं सिर्फ़ कल्पना ही कर सकता हूं कि इतने सालों में तुम्हें कैसा लगा होगा। ऐसे वीरान इलाक़े में बसे इस क़िले में...'

इस्माईल का दिमाग़ तेज़ी से दौड़ने लगा था। *मुझे मार डाला जाएगा। ये मुझे कैसे मारेगा? ज़हर देकर? सिर काटकर?*

'...हालांकि ये एक बहुत ही आरामदेह क़िला है...' महमूद लगभग सपाट से लहजे में कहता रहा। 'बड़ा, और सुंदर क़िला... हालांकि ऐसा नहीं है कि मैं यहां रहता...'

उम्मीद है कि मेरी ज़िंदा खाल नहीं उधेड़ी जाएगी। अल्लाह, इसे बेतकलीफ़ बना देना। मैं तुझसे इल्तेजा करता हूं।

'मगर मेरे भाई, मैं कुछ बदलाव करने... भरपाई करने आया हूं...'

महमूद के शब्दों से इस्माईल चौंककर वापस हक़ीक़त में आया। *भरपाई?*

'उन लोगों की सलाह के ख़िलाफ़ जिनसे मैं सबसे ज़्यादा प्यार करता हूं...' महमूद ने जल्दी से अपनी पत्नी की ओर देखा। कौसरी ने अपने होंठ भींच लिए। 'हमारे आम तुर्की रिवाज के ख़िलाफ़...'

महमूद अब इस्माईल की आंखों में घूर रहा था। 'मैं तुम्हें आज़ाद कर रहा हूं, इस्माईल।'

इस्माईल को अपने कानों पर यक़ीन नहीं हुआ। *क्या?!*

'मैं तुम्हें घर ले जा रहा हूं, मेरे भाई,' महमूद ने कहा। 'ग़ज़नी। मेरे कुछ मंसूबे हैं। मैं चाहता हूं कि उन्हें पूरा करने में तुम मेरा साथ दो। मेरे साथ रहो।'

'मेरे... *मालिक?'* बुरी तरह हैरान इस्माईल किकियाया।

महमूद इस्माईल को ग़ौर से देखते हुए बोला, 'तुम ग़ज़नी के अमीर और जामा मस्जिद के मुफ़्ती-ए-आज़म बनोगे, इस्माईल। क्या ख़्याल है?'

ग़ज़नी का अमीर राजधानी के सभी ग़ैर-शाही सरकारी विभागों का इंचार्ज होगा, और सीधे सुल्तान को रिपोर्ट करेगा। यह एक वरिष्ठ प्रशासनिक पद था। इससे भी ज़्यादा हैरानी की बात थी ग़ज़नी की जामा मस्जिद के मुफ़्ती-ए-आज़म का ओहदा। ये एक मौलवियों वाला मज़हबी रोल था। ये दोनों ओहदे मिलने से इस्माईल को दुनियावी और मज़हबी दोनों तरह की ताक़त मिल गई। एक दुर्लभ मेल।

ये ख़बर इस्माईल पर बिजली की तरह गिरी। गुज़गान में दशकों बिताने के बाद, वो सारी उम्मीदें छोड़ चुका था कि जब तक उसका भाई ज़िंदा है वो कभी आज़ादी की हवा में सांस नहीं ले पाएगा। लेकिन ये? ग़ज़नी का अमीर? जामा मस्जिद का मुफ़्ती-ए-आज़म? उसे अपने कानों पर यक़ीन नहीं हो रहा था। 'मैं... मैं समझ नहीं पा रहा हूं, मेरे मालिक,' उसने सावधानी से कहा, जबकि उसके होंठों के किनारों पर एक घबराई हुई सी मुस्कान फड़फड़ा रही थी।

'मैं चाहता हूं कि तुम मेरे लिए काम करो, बेवक़ूफ़!' महमूद की आवाज़ अब कर्कश हो गई थी। चिड़चिड़ी। 'मैंने हमारे पिता के छोटे से राज्य को लेकर उसे दुनिया के सबसे बड़े और सबसे अमीर साम्राज्यों में से एक बना दिया है, जिसमें पूरा अफ़ग़ानिस्तान, बलूचिस्तान और पंजाब, ईरान का कुछ हिस्सा, और ज़्यादातर कज़ाख, उज़्बेक, ताजिक और तुर्कमेन इलाक़ा अब मेरे नियंत्रण में है। अब, मुझे इसे अगले स्तर पर ले जाना है। मैं चाहता हूं कि तुम मेरे प्रति अपना फ़र्ज़ निभाओ। तुम निभाओगे, या नहीं?'

'मैं ख़ुश हूं, मेरे मालिक,' इस्माईल ने विनम्रता से कहा, उसकी सांसें उखड़ सी रही थीं। वो अभी भी अपने नसीब में आए इस बदलाव पर यक़ीन नहीं कर पा रहा था। 'मैं शुक्रगुज़ार हूं... आपने हमारे कुनबे और ख़ानदान के लिए जो कुछ भी किया है, मैं उसके लिए शुक्रगुज़ार हूं। मैं हमेशा आपका वफ़ादार रहूंगा। आप मुझसे जो भी कहेंगे, मैं वो सब करूंगा। मैं आपको निराश नहीं करूंगा।'

महमूद ने कौसरी और अयाज़ की तरफ़ ऐसे देखा जैसे कह रहा हो कि मैंने तुमसे कहा था ना।

'लेकिन...' इस्माईल घबराकर बोला। 'जामा मस्जिद के मौजूदा मुफ़्ती-ए-आज़म का क्या?'

'वो मर गए।'

'मर गए?'

'मर गए। बदक़िस्मती से, अज़ान के बाद लौटते समय वो मीनार की सीढ़ियों से गिर गए।'

इस्माईल अपनी घबराहट पर क़ाबू पा चुका था और अब ज़्यादा स्पष्ट रूप से सोच पा रहा था। ये पक्का करने लायक़ स्पष्ट कि वो न तो मुस्कुराए, न ही अपने मन में चल रहे विचारों को ज़ाहिर करे। *बहुत सही। 'सीढ़ियों से गिर गए।' कितना सुविधाजनक है।*

'लेकिन इस बुरे हादसे से पहले भी, मैंने उनसे तुम्हारे ख़्याल के बारे में बात की थी... दरअसल, हमारे ख़्याल के बारे में।'

इस्माईल अच्छी तरह जानता था कि महमूद किस ख़्याल की बात कर रहा था। *हमारा ख़्याल! ये झांसे में आ गया!*

'लेकिन...'

'लेकिन?' इस्माईल ने पूछा।

'वो मुझे अलग-अलग हदीसें सुनाने लगे, जो क़ुरआन पाक के बाद हमारे दूसरे धर्मग्रंथ हैं... बज़ाहिर...' ये बोलते हुए महमूद का चेहरा नफ़रत से विकृत हो गया, '...ये ओहदा किसी अरब को ही मिलना चाहिए... किसी

तुर्क को नहीं... ज़ाहिर है कि वो ग़लत थे। बस मैं ये साबित नहीं कर सका कि वो किस तरह ग़लत थे।'

इस्माईल ने अपनी सांस थाम ली। *और बात साफ़ हो गई। अब समझ आया कि इसे मेरी ज़रूरत क्यों है। ये जानता है कि मैंने पिछले तीस साल क़ुरआन पाक और बहुत सी हदीसें पढ़ने में बिताए हैं। मैं हाफ़िज़ हूं, क्योंकि मैं उन लोगों में से हूं जिन्हें क़ुरआन पाक पूरा याद है। इसीलिए ये चाहता है कि मैं मुफ़्ती-ए-आज़म बनूं, ताकि मैं इसके लिए धर्मग्रंथों में उन चीज़ों का औचित्य ढूंढ सकूं जो ये करना चाहता है।*

इस्माईल ने गंभीरता से कहा, 'इसे नज़रअंदाज़ नहीं किया जा सकता कि मरहूम मुफ़्ती-ए-आज़म ख़ुद एक अरब थे... शायद इसी बात ने उनके ख़्यालात को धुंधला कर दिया था। वो ये तारीफ़ कैसे कर पाते कि हम तुर्कों ने इस्लाम के लिए कितना कुछ किया है...'

महमूद ने अपना हाथ उठाया और इस्माईल की ओर इशारा किया, उसके इस इशारे में उसकी पूरी सहमति दिख रही थी। फिर उसने कौसरी और अयाज़ की ओर देखा।

'तो, तुम क्या कहते हो?' महमूद ने इस्माईल से पूछा।

'आपका साथ न देना ग़द्दारी होगी,' इस्माईल ने गंभीरता से कहा। 'और आपका साथ देना हमारे पूरे परिवार और कुनबे के भी हित में होगा।'

कौसरी जहां अपने बेहद ख़ुश पति को देख रही थी। वो अपनी असहमति को छिपाए हुए थी। ये सब ग़लत हो रहा था। उसने इस्माईल को कभी पसंद नहीं किया था। वो बहुत ज़्यादा समझदार था। कुटिलता की हद तक समझदार।

महमूद, जो हमेशा दिखावटी हरकतें करता था, ने इस्माईल की तरफ हाथ बढ़ाया। 'मेरे हाथ पकड़ो, मेरे भाई।'

इस्माईल आगे को लपका। और उसने ऐसा इतने अचानक ढंग से किया कि शक्की मलिक अयाज़ भी लगभग तुरंत ही अपनी कुर्सी से उठ खड़ा हुआ, और उसने सुल्तान महमूद के बचाव में उसकी तरफ़ हाथ बढ़ाया। इस्माईल

ने एक घुटने के बल बैठकर अपने बड़े भाई के दोनों हाथ पकड़ लिए, और आंसू भरी आंखों से ऊपर देखा।

'एक और समस्या है, इस्माईल,' महमूद ने कहा। 'एक ऐसी समस्या जिसका हल मुझे तुमसे निकलवाना है।'

'हुक्म फ़रमाइए, अज़ीम बादशाह!' इस्माईल की आवाज़ में कुछ ज़्यादा ही बेचैनी थी।

महमूद ने आगे कहा, 'जैसा कि तुम जानते हो, मैंने ग़ज़नी में एक शानदार मस्जिद बनवाई थी। जामा मस्जिद। पूरे इस्लामी इलाक़े में सबसे शानदार। एक ऐसी मस्जिद जो इस्लाम और हमारे एक सच्चे ख़ुदा की ताक़त का प्रतीक होगी। मैं काफ़िरों के इलाक़े से उनके भगवानों के बुतों के टूटे हुए टुकड़े लाया था। मैंने उन्हें मस्जिद की सामने की सीढ़ियों के नीचे दफ़्न करवा दिया ताकि वो आस्तिकों द्वारा दिन में पांच बार रौंदे जाएं। यह शानदार था, इस्माईल। शानदार! काफ़िरों के विनाशक एक ग़ाज़ी के रूप में मेरी शोहरत का इससे बेहतर सुबूत नहीं हो सकता! लेकिन फिर...' महमूद रुका। उसने एक गहरी सांस ली और ध्यान में डूब गया।

कमरे में ख़ामोशी थी। हवा बर्फ़ की तरह ठंडी लग रही थी।

'मेरे मालिक?' इस्माईल फुसफुसाया।

'भूकंप आ गया,' सुल्तान ने जवाब दिया।

'भूकंप?'

'हां। तीन साल पहले।'

इस्माईल ने अपने सदमे को छिपाया। *तीन साल? और मुझे पता ही नहीं चला? मैं कितना अलग-थलक रहा हूं?*

महमूद ने आगे कहा, 'उसने शहर के काफ़ी हिस्से को ढहा दिया, इस्माईल। जामा मस्जिद को भी। मैंने बड़े पैमाने पर पुनर्निर्माण का आदेश दिया था। काफ़ी काम कर लिया गया है। लेकिन ज़ाहिर है कि अभी सारा काम नहीं हुआ है। तुम्हें पता है कि वो सूअर हिंदू ग़ुलाम कितने आलसी होते हैं... मुफ़्ती-ए-आज़म—मरहूम मुफ़्ती-ए-आज़म—उन्होंने एक उंगली तक

नहीं उठाई। कोई सहयोग नहीं। अगर मुझे अपना बड़ा क़दम उठाना है, तो, मुझे यक़ीन है कि तुम इसे समझोगे, जामा मस्जिद को जल्दी से फिर बनाना होगा। उस बेवक़ूफ़ ने मुझसे अकेले में कहा कि उसका ख़्याल है कि भूकंप बुद्ध ने करवाया था। "देवताओं का शाप," उसने लगभग आतंकित होते हुए कहा था! क्या पत्थर शाप देते हैं, हम्म? बताओ? बताओ?!'

'यह बकवास है!' इस्माईल ग़ुस्से से इस तरह चिल्लाया जैसे वो राजा से भी ज़्यादा राजभक्त हो। 'मरहूम मुफ़्ती-ए-आज़म बेवक़ूफ़ थे... इससे भी बदतर एक मुर्तद, एक धर्मद्रोही थे! और धर्मद्रोही की सिर्फ़ एक ही सज़ा होती है: सिर क़लम कर दिया जाना!'

बेशक, इस्माईल ने ये समझाने की ज़हमत नहीं उठाई कि कुछ इस्लामी हदीसों के उसके अध्ययन के हिसाब से समलैंगिकता की सज़ा भी मौत थी। लेकिन महमूद को मौत की सज़ा देने वाला तो कोई नहीं था।

'बिल्कुल सही!' महमूद चिंघाड़ा।

'मुझे हमेशा से शक था कि मरहूम मुफ़्ती-ए-आज़म ने अपने पुराने मज़हब को अपने दिल में ज़िंदा रखा हुआ था,' इस्माईल आगे बोला। 'मुझे यक़ीन है आप जानते होंगे कि उनके माता-पिता दोनों ही बौद्ध थे। और अगर मैं ग़लत नहीं हूं, तो उन्होंने भी बहुत देर से, अपनी किशोरावस्था के बाद इस्लाम अपनाया था। लेकिन हमारे क़ानून बहुत साफ़ हैं। हर किसी को इजाज़त है, बल्कि इसे बढ़ावा भी दिया जाता है कि वो इस्लाम अपना सके। लेकिन आप इस्लाम से बाहर नहीं जा सकते। उसकी सज़ा मौत है। और एक बार धर्मांतरण के बाद आप किसी दूसरे धर्म का न तो सम्मान कर सकते हैं न ही बुद्ध जैसे किसी दूसरे भगवान को मान सकते हैं। यह स्वधर्म त्याग है।'

ज़्यादातर तुर्क बौद्ध थे, और उन्होंने इस्लाम को कुछ ही समय पहले अपनाया था। असल में, महमूद और इस्माईल का पिता सुबुकतगीन भी बचपन में बौद्ध था। ये भी एक कारण था कि ज़्यादातर तुर्कों का बौद्धों और बौद्ध धर्म, जिस धर्म से उन्होंने धर्मांतरण किया था, के प्रति विशेष रूप से आक्रामक

रुख़ था। ये उनके नए धर्म, इस्लाम के प्रति अपनी वफ़ादारी साबित करने का सबसे आसान तरीक़ा था।

'लेकिन अगर मैंने अरब मुफ़्ती-ए-आज़म पर स्वधर्म त्याग का आरोप लगाया होता तो मुझ पर कौन यक़ीन करता?' महमूद ने पूछा। 'क्योंकि वो इतना चालाक था कि उसने ये बात मुझसे बस अकेले में ही कही। सार्वजनिक रूप से तो वो एक अच्छा मुसलमान होने का दिखावा करता था।'

ज़्यादातर इस्लामी साम्राज्यों में, जनता मौलवियों को सुल्तानों जितना ही शक्तिशाली मानती थी। इसलिए किसी भी सुल्तान के लिए किसी मौलवी की बात को सबके सामने आसानी से काट देना आसान नहीं था, ख़ासकर तब जब वो अपनी बात साबित करने के लिए किसी धर्मग्रंथ का हवाला दे।

'अच्छा ही हुआ कि वो सीढ़ियों से गिरकर मर गया,' इस्माईल ने कहा।

'हां। ये अल्लाह की सज़ा थी।'

'सच बात है। अल्लाह की सज़ा। क्योंकि अल्लाह हमेशा समझदार और रहीम है।'

'तो हम एक-दूसरे को समझते हैं,' महमूद ने खड़े होते हुए कहा। मुलाक़ात ख़त्म हो चुकी थी। कौसरी और अयाज़ भी खड़े हो गए।

इस्माईल एक नौजवान की तरह उठ खड़ा हुआ। उसे आख़िरकार अपने अंदर ताक़त दौड़ती महसूस हो रही थी। 'जी, बिल्कुल समझते हैं, अज़ीम बादशाह। या मुझे कहना चाहिए, अज़ीम जल्द ही होने वाले ख़लीफ़ा।'

ख़लीफ़ा अरबी का शब्द है, जिसका मतलब है नायब या उत्तराधिकारी। ऐसा माना जाता था कि ख़लीफ़ा पैग़ंबर के नायब होते थे, और वो राजनीतिक-धार्मिक नेताओं के तौर पर पूरी इस्लामी दुनिया पर राज करते थे। राज्य की ताक़त और धर्म का अधिकार दोनों उस एक पद में मिले हुए थे। ख़लीफ़ा वो सबसे ऊंचा ओहदा था जिस तक कोई भी मुस्लिम राजा पहुंचने की उम्मीद कर सकता था। इस्लाम की शुरुआत से ही ख़लीफ़ा हमेशा अरब रहे थे। लेकिन अब अरब उतने ताक़तवर नहीं रहे थे। अब सबसे ताक़तवर इस्लामी समुदाय तुर्कों का था। और महमूद फ़ैसला कर चुका था कि अब एक तुर्क के लिए

ख़लीफ़ा बनने का वक़्त आ गया है, ख़ासकर उसके अपने लिए। इस बात ने महमूद के मन में इस काम को और भी आसान कर दिया था कि बग़दाद में मौजूदा अब्बासी ख़लीफ़ा, जो कि एक अरब था, कमज़ोर हो चुका था और फ़ारसी बूया वंश के नियंत्रण में था।

महमूद मुस्कुराया। 'बढ़िया। हम एक-दूसरे को अच्छी तरह समझते हैं।'

इस्माईल ने सिर झुका लिया। *मैं तुम्हें समझता हूं। लेकिन तुम मुझे नहीं समझते, बेवक़ूफ़। लड़ाई का मैदान तुम्हारा मैदान है। लेकिन ये... ये अक़्ल और मज़हबी अखाड़ा है... ये मेरा मैदान है। मेरा जन्मसिद्ध अधिकार मेरा होकर रहेगा... मेरा...*

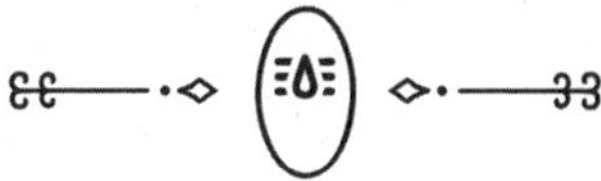

अध्याय 3

प्रतिशोध की पुकार

गंगईकोंडा चोलपुरम

सोमेश्वर और इक़बाल को नरसिम्हन से मिले हुए दो हफ़्ते हो चुके थे। चोलपुरम के रक्षा प्रमुख दोनों व्यापारियों को मेहमान की तरह घर लाए थे। हरिणी ने इन बुज़ुर्गों का पूरी दयालुता के साथ स्वागत किया था। आख़िरकार, भारतीय रीति-रिवाज में माना ही जाता है कि अतिथि देवो भव:, यानी मेहमान भगवान होता है। लेकिन सोमनाथ में उन दोनों व्यापारियों ने जो दुख झेला था और जो देखा था, उसके लिए उसे बहुत सहानुभूति थी—या यूं कहें कि समानुभूति थी। और सबसे महत्वपूर्ण बात ये कि वो उनके मक़सद से जुड़ी हुई थी, क्योंकि भगवान शिव के अपमान के बदले की आग उसके अंदर भी सुलग रही थी।

दोनों व्यापारियों की मौजूदगी ने नरसिम्हन के मक़सद में भी एक नई जान फूंक दी थी। हरिणी ने देखा कि वो बेहतर सोने लगा था। वो पेंडेंट को, बिना हिचके, अपने हाथों से थोड़ी देर के लिए छू सकता था। मर्द सीधे-सादे जीव होते हैं, जो औरतों की तरह बहुत ज़्यादा भावनात्मक और मनोवैज्ञानिक आत्म-विश्लेषण में नहीं पड़ते हैं। ज़्यादातर आदमियों के लिए किसी सदमे से जूझने का सबसे अच्छा तरीक़ा उसके बारे में बात न करना होता है; इसके

बजाय, वो ख़ुद को किसी बड़े उद्देश्य के लिए प्रतिबद्ध करना पसंद करते हैं। और भगवान शिव से बड़ा उद्देश्य और क्या हो सकता था?

नरसिम्हन के साथ विजयन का रिश्ता भी बेहतर हो गया था। उनकी पेशेवर ईर्ष्या अब उनके उद्देश्य के सामने छोटी लगने लगी थी। जिस दिन से वो मंदिर में उन दो बूढ़े आदमियों से मिले थे, तब से विजयन शाम को नरसिम्हन से मिलने जाने लगा था। शुरू में ये स्पष्ट था कि वो सिर्फ़ सोमनाथ के आदमियों से मिलना चाहता था। लेकिन फिर उसने काम से जुड़े मामलों पर भी नरसिम्हन से परामर्श करना शुरू कर दिया।

लेकिन, अपने सारे प्रेरकों के बावजूद, अनुभवी और सुप्रशिक्षित चोल योद्धा होने के नाते नरसिम्हन और विजयन ने सम्राट से संपर्क करने से पहले इस व्यापारी जोड़ी के बारे में अच्छी तरह जांच-पड़ताल कर ली थी। ज़ाहिर है, नरसिम्हन को उम्मीद थी कि उनके राजा, जो उसके लिए एक मित्र अधिक थे, लगभग तुरंत उनसे मिलने की इजाज़त दे देंगे। और उसे निराशा नहीं हुई। उन्हें अगले ही दिन मिलने का समय दे दिया गया। एक राजपत्र आया था। उस पर चोल वंश की राजमुहर थी: गहरे काले रंग की गोल आंखों वाला एक ख़ूंख़ार सुनहरा बाघ, जिसका एक पंजा साम्राज्य के दुश्मन को पूरी तरह से निचोड़ डालने के लिए उठा हुआ था।

अब वो एक व्यक्तिगत भेंट की तैयारी करेंगे। धरती के सबसे शक्तिशाली व्यक्ति राजेंद्र चोल के साथ।

'आपने जो पत्र भेजा था... क्या आपने उसमें वो सब लिखा था जो मैंने आपको सोमनाथजी के बारे में बताया था, महान नरसिम्हन?' सोमेश्वर ने अपने सवाल से घबराहट भरी चुप्पी तोड़ी।

नरसिम्हन सोमेश्वर और इक़बाल को सम्राट के महल में मशालों की आग से प्रकाशित ग्रेनाइट के गलियारे से ले जा रहा था। सूरज अभी डूबा ही था,

और सूरज की धुंधलाती रोशनी मशालों की चमक में घुलमिल जा रही थी। उस गुफा जैसे गलियारे में चार पहरेदार उनके साथ चल रहे थे।

'उस दिन जो कुछ भी हुआ, मैंने वो सारी बातें विस्तार से बताई हैं, सोमेश्वरजी,' नरसिम्हन ने भरोसा दिलाया। 'और महाराज सारी ज़रूरी जानकारियां ख़ुद और बारीकी से पढ़ते हैं। महान राजेंद्र चोल का एक सुनहरा नियम है: अगर वो आपसे मिलने को राज़ी हुए हैं, तो वो भेंट के लिए अच्छी तरह तैयार होंगे। वो समय बर्बाद नहीं करते। आपको जो कुछ भी उन्हें बताना हो, उसके बारे में अच्छी तरह से सोच लेना।'

तीनों आदमी एक क़तार में टेढ़ी-मेढ़ी सीढ़ियां चढ़ रहे थे, जबकि दो पहरेदार उनके आगे थे, दो पीछे।

सोमेश्वर ने चारों ओर देखा। बाहर से चोल महल विशाल, सजावटी और शानदार दिखता था। इसका मूल ग्रेनाइट का बना था और साथ में बलुआ पत्थर और लकड़ी का प्रयोग किया गया था। ग्रेनाइट के काले, सैंडस्टोन के गुलाबी और लकड़ी पर पेंट किए गए अलग-अलग रंगों ने इसे एक बहुत ही आलीशान निवास बना दिया था जो किसी परी कथा से निकला लगता था। ज़्यादातर दक्षिण भारतीय सार्वजनिक इमारतों—मंदिरों, महलों, विश्वविद्यालयों—की तरह इस महल में भी बारीक नक़्क़ाशी और ऋषियों, अप्सराओं, देवियों और देवताओं की मूर्तियों की बहुतायत थी, जिन्हें सजावटी ढंग से रंग-बिरंगा बनाया गया था। दक्षिण भारतीय लोग आमतौर पर अपनी निजी वेशभूषा में बहुत सादे रहते थे, लेकिन अपने विश्वविद्यालयों, मंदिरों और महलों की वास्तुकला में वो बहुत वैभवशाली थे।

लेकिन सोमेश्वर को महल के अंदर वो शानो-शौकत बिल्कुल नहीं दिख रही थी जो बाहर से इतनी साफ़ दिखाई दे रही थी। वो सादे कमरों और दीवारों के पास से होते हुए छोटे-छोटे पतले गलियारों से गुज़र रहे थे।

'क्या ये रास्ता सम्राट के निजी कर्मचारियों और मुलाक़ातियों के लिए हैं, श्रीमान नरसिम्हन?' सोमेश्वर ने पूछा। 'क्योंकि अंदर वो शानो-शौकत नहीं

है जो बाहर दिखती है। मुझे विश्वास है कि महल में विदेशी राजनयिकों जैसे आधिकारिक मेहमानों के लिए कुछ भव्य निवास भी होंगे।'

नरसिम्हन ने सिर हिलाया और चलता रहा।

'महाराज शायद महल के इन हिस्सों का ज़्यादा इस्तेमाल करते होंगे,' सोमेश्वर ने कहा। वो अपनी घबराहट में कुछ ज़्यादा ही बोल रहा था। 'शायद अंदर की ये बनावट सुरक्षा कारणों से भी हो।'

नरसिम्हन बस चलता रहा। बिना कोई जवाब दिए।

अब उन तीनों ने एक और गलियारे में प्रवेश किया, जो बीच में पतला और दोनों सिरों पर चौड़ा था। इक़बाल को ऐसा लगा जैसे वो केरल के लोगों के एक वाद्य यंत्र, थिमिला, के अंदर चला गया हो। पूरे गलियारे में पहरेदार तैनात थे, लेकिन सबसे बड़ी टुकड़ी बीच के पतले सिरे पर तैनात थी। एक प्राकृतिक अवरोध। एक अच्छा सुरक्षा उपाय। गलियारे का अंत एक ऊंचे दरवाज़े पर हुआ जिसके दोनों ओर दो विशालकाय पहरेदार तैनात थे। उन्हें साथ लेकर आने वाले शाही पहरेदार पीछे हटकर अंधेरे में गुम हो गए।

पहरेदारों ने नरसिम्हन को ज़ोरदार सलामी दी। विशाल आदमी ने अपना दायां हाथ अपनी छाती पर रखा और सैनिक अभिवादन का जवाब दिया। उसने एक गहरी सांस ली और अपने घबराए हुए साथियों को देखा।

'बस हो गया, सोमेश्वरर और इक़बालर। आपका समय अब शुरू होता है।'

सोमेश्वर और इक़बाल ने घबराकर थूक गटका। आगे बढ़ते हुए उनकी टांगें कांप रही थीं।

बाईं ओर के पहरेदार ने विशाल दरवाज़े को खोला और तीनों आदमी सम्राट के निजी मुलाक़ात कक्ष में चले गए, पहले नरसिम्हन, फिर सोमेश्वर और आख़िर में इक़बाल।

विशाल हॉल के एकदम उत्तरी छोर पर एक आदमी बैठा हुआ था।

केवल एक आदमी।

और कोई नहीं।

वादे के मुताबिक़, ये एक निजी भेंट थी।

दोनों व्यापारियों की रीढ़ की हड्डी में एकदम बिजली सी दौड़ गई, जैसे देवी कुंडलिनी जाग गई हों। पूरे भारत में, हर किसी ने शक्तिशाली चोल सम्राट राजेंद्र और उनके पिता, स्वर्गीय सम्राट राजराजा के बारे में सुन रखा था। पिता-पुत्र शासक जीती-जागती किंवदंतियां थे, जिनके नाम ही उनके रुतबे की याद दिला देते थे। राजराजा का अर्थ था राजाओं का राजा। और राजेंद्र का मतलब था राजाओं का देवता। दोनों व्यापारियों को कमरे में घुसते समय जगरमगर करती किसी दिव्यता की उम्मीद थी। वो दोनों मंत्रमुग्ध से दरवाज़े पर ही रुक गए।

सोमनाथ के व्यापारियों ने अपने सामने एक अस्थि-मज्जा का बना आदमी देखा—बिल्कुल उनके जैसा। ये अनुभव किसी देवता से मिलने से भी ज़्यादा अभिभूत करने वाला था।

क्योंकि वो उनमें से ही एक था। बिल्कुल उनके जैसा। एक भारतीय।

लेकिन साथ ही, वो और भी बहुत कुछ था। एक ऐसा आदमी जिससे एक ही समय में ज़बरदस्त ताक़त और सीधी-सरल विनम्रता फूटती थी। गुणों का ऐसा मेल जो विरोधी भी था, और अविश्वसनीय रूप से आकर्षक भी।

धर्म-पुरुष।

ख़ुद गंगईकोंडा।

राजेंद्र चोल।

सांवला रंग, लंबी नुकीली मूंछें, और छह फ़ुट से कुछ ही कम क़द के राजेंद्र चोल की काले ओपल रत्नों में जड़े नारंगी अंगारों जैसी चमकती आंखों के ऊपर उनकी मोटी, घनी भौंहें टिकी थीं। वो असाधारण ढंग से हट्टे-कट्टे थे, उनके कंधे शक्तिशाली और पीठ किसी माहिर तीरंदाज़ जैसी मज़बूत थी, उनकी विशाल छाती संकरी होते हुए पतली कमर तक जा रही थी और उनकी मज़बूत टांगें किसी ऐसे योद्धा जैसी थीं जो तलवारबाज़ की बारीक और सिद्धहस्त मुद्राओं में भी माहिर हो। उन्सठ साल की उम्र में उनका इतना फ़िट होना उनके ज़बरदस्त अनुशासन का प्रतीक था। उनके शरीर पर युद्धों के कई

निशान थे, जो एक योद्धा के लिए गर्व की बात है। उनमें से एक विशेष रूप से बड़ा निशान उनके पेट पर एक गहरा कटाव था, जिसके किनारों पर पतले टांके के निशान थे; शायद उनके पेट को हाल ही में किसी लड़ाई के दौरान गोदा गया था और वो घाव कुछ ही समय पहले भरा था। सम्राट के बहुत अच्छी तरह से संवारे हुए हल्के से घुंघराले काले बाल, जो उम्र के साथ थोड़े पतले हो गए थे, उनके कंधों पर पड़े हुए थे। उनकी सम्मोहन भरी आंखों से दयालुता और तीव्र बुद्धि झलकती थी।

उनके बाएं कंधे से जनेऊ दाईं ओर जा रहा था। उनके दाएं कंधे पर रखा एक लाल अंगवस्त्रम उनकी मज़बूत छाती और पीठ पर लटका हुआ था। ये उनकी सफ़ेद धोती के ऊपर लिपटे कमरबंद के दोनों सिरों पर पिन से बंधा हुआ था। हाथी दांत और सोने की मूठ वाला बाघ का एक दांत उनकी छाती पर लटक रहा था, जो एक पतले काले धागे से बंधा उनके गले में लटका हुआ था। शक्तिशाली चोल ने कानों में हीरे जड़े कर्णफूलों के अलावा कोई और आभूषण नहीं पहना था। उनका सिर नंगा था। उन्होंने राजमुकुट नहीं पहना हुआ था।

राजेंद्र चोल ने विनम्रता से सिर हिलाया और अभिनंदन करते हुए अपनी हथेलियां जोड़ीं। 'वणक्कम,' उन्होंने ऐसी गहरी आवाज़ में कहा जो सुनने वालों की रूह तक गूंज गई।

'मेरे स्वामी,' नरसिम्हन ने अपनी छाती को थपथपाते, तेज़ी से एड़ियां बजाते और झुकते हुए दूर से ही ऊंची आवाज़ में कहा। 'मैं अभारी हूं कि मुझे आपसे मिलने की अनुमति मिली, और अभी जबकि आप स्वास्थ्य लाभ ले रहे हैं तो निजी भेंट के लिए कहने के कारण हुई परेशानी के लिए मैं दिल से माफ़ी चाहता हूं।'

सोमेश्वर और इक़बाल चुप रहे। वे मोहित थे। वहीं के वहीं जड़। बिना हिले। बिना उस निजी कक्ष के सौंदर्य और सादगी पर ध्यान दिए जिसमें वो आए थे। दीवार पर कुछ बहुत उत्कृष्ट नक़्क़ाशियां और तस्वीरें थीं। कमरे की पूरी लंबाई में रोशनी और गर्मी बिखेरती मशालें लगी थीं। पूर्वी और पश्चिमी

दीवारों पर बड़ी-बड़ी खुली खिड़कियां थीं, जिनके पार हरे-भरे बग़ीचे थे। शाम की नम समुद्री हवा के साथ फूलों की मंद-मंद सुगंध और पक्षियों की सुरीली चहचहाहट अंदर आ रही थी।

दूर वाले सिरे पर, उस जगह के पीछे जहां राजेंद्र चोल बैठे थे, पूरी उत्तरी दीवार पर एक बहुत बड़ी पेंटिंग लगी हुई थी। उस पर, बीच में भगवान शिव अपने दक्षिणामूर्ति रूप में, यानी, दक्षिण की ओर मुंह किए हुए थे। भगवान शिव के बाईं और दाईं ओर दो पुरुष थे, जो महादेव की ओर मुंह किए, घुटनों के बल, हाथ जोड़े और सिर झुकाए बैठे थे, जैसे वो देवों के देव के अनुचर हों। उन पुरुषों के चित्र उल्लेखनीय रूप से वास्तविक से थे और उन्हें आसानी से पहचाना जा सकता था। भगवान शिव के दाईं ओर स्वर्गीय राजराजा चोल थे, और बाईं ओर उनके पुत्र, वर्तमान सम्राट राजेंद्र चोल थे।

शक्तिशाली चोल ख़ुद को इसी रूप में देखते थे।

राजराजा चोल और राजेंद्र चोल। अपनी सारी सांसारिक शक्तियों, भव्यता, वैभव, सत्ता और दबदबे के बावजूद अपने सबसे अंदरूनी कक्ष में वो ख़ुद को सिर्फ़ भगवान शिव का सेवक मानते थे।

ज़बरदस्त ताक़त और आडंबरहीन विनम्रता। एक अनोखा मेल।

'आइए, बैठें,' राजेंद्र चोल ने उदारता से कहा।

लेकिन सोमेश्वर और इक़बाल तकते रहे, टूटे तारे को देखकर सम्मोहित हिरनों की तरह। राजेंद्र चोल जानते थे कि पहली बार उनसे मिलने वाले आम लोगों पर अक्सर उनका ऐसा ही असर होता था। और हमेशा ही, ऐसे अवसरों पर उनकी करुणा और दया उभर आती थी। उन्होंने नरसिम्हन की ओर देखा और सिर हिलाया।

चोलपुरम के रक्षा प्रमुख ने सोमेश्वर को धीरे से कोहनी मारी ताकि वो अपने घबराहट भरे सम्मोहन से बाहर आ सके। और तीनों हॉल के दूर वाले छोर की ओर बढ़ने लगे। राजेंद्र चोल के सामने तीन बेहद आरामदेह कुर्सियां रखी हुई थीं।

नरसिम्हन कुर्सियों तक पहुंचा, एक घुटने पर बैठा और उसने एक बार फिर से अपना सिर झुका लिया।

'बैठिए, नरसिम्हन,' राजेंद्र चोल ने कहा। 'बैठिए।'

सोमेश्वर और इक़बाल घुटनों के बल बैठे, अपने हाथ सामने फैलाकर और अपने सिर ज़मीन से लगाते हुए सम्राट के सामने पूरी तरह झुक गए। राजेंद्र चोल ने नरसिम्हन को देखकर उन लोगों को बिठाने का इशारा किया। उसने ऐसा ही किया।

कुर्सियों पर बैठने के बाद भी सोमेश्वर और इक़बाल काफ़ी घबराए हुए थे। दोनों ने अपने हाथ जोड़े हुए थे। वो जानते थे कि उनके पास ये सबसे अच्छा मौक़ा था। वो चार साल से इसी पल का इंतज़ार कर रहे थे। वो इसे बर्बाद नहीं करना चाहते थे।

राजेंद्र चोल ने एक बार फिर विनम्रतापूर्वक कहा। 'मैं जानता हूं। नरसिम्हन ने मुझे सारा विवरण लिखा है। आपने जो कुछ देखा और सहा...' सम्राट ने गहरी सांस ली। जैसे वो किसी चीज़ को परख रहे हों। 'मैं आपके लिए क्या कर सकता हूं, सोमेश्वर महोदय? आप क्या चाहते हैं?'

नरसिम्हन जानता था कि राजेंद्र चोल क्या कर रहे थे। वो सोमेश्वर और इक़बाल को परख रहे थे। कि क्या वो भरोसेमंद और विश्वसनीय थे। सारे सफल नेताओं में एक बहुत ही आवश्यक कौशल होता है, और वो है दूसरे लोगों को झटपट परख लेने की क्षमता। दक्ष नेता इतने लोगों से मिलते हैं, और उनके पास करने को इतना कुछ होता है कि आम इंसानों की तरह वो दूसरों के इरादों को ठीक से समझने में बरसों नहीं लगा सकते। विलक्षण नेताओं में आमतौर पर एक सूक्ष्म रूप से विकसित सहजबोध होता है, जो दूसरों से मिलने पर उनसे बात करता है। यही सहजबोध उनकी सफलता का एक महत्वपूर्ण कारण होता है।

'मेरे सम्राट...' सोमेश्वर ने कहा। उसने इसी पल के लिए एक भाषण तैयार किया था। उसने इसका अभ्यास किया था। कई बार। लेकिन वो उसे भूल चुका था। इस समय तरह-तरह की भावनाओं के भंवर में फंसा होने के बावजूद सोमेश्वर एक समझदार, मंजा हुआ व्यापारी था—अगर दुनिया के नहीं, तो भारत के सबसे सफल व्यापारियों में से एक तो था ही। ज़्यादातर

अच्छे व्यापारियों की तरह वो बात की तह को पकड़ सकता था। और जब आप सही मायनों में महत्वपूर्ण लोगों से मिलते हैं, तो आप हालात का जायज़ा लेते हैं और पहले से रटे हुए पाठ को पढ़ने के बजाय बिना तैयारी के बोलते हैं।

'मैं...' सोमेश्वर रुका और उसने राजेंद्र चोल के पीछे लगी तस्वीर—भगवान शिव और उन्हें प्रणाम कर रहे दो चोल सम्राटों—पर एक नज़र डाली। 'मैं अंदाज़ा लगा सकता हूं कि क्या योजना बनाई जा रही है, महाराज। क्योंकि कोई भी जीवित व्यक्ति भगवान शिव के प्रति आपकी भक्ति पर संदेह नहीं करेगा। और... मैं ऐसा कुछ भी आपको नहीं दे सकता जो आपके पास पहले ही ज़्यादा न हो। न ही योद्धा और न ही संसाधन। लेकिन महान सम्राट, मैं चार साल से योजना बना रहा हूं और दुश्मन का अध्ययन कर रहा हूं। मैंने अपनी सारी दौलत, जो नगण्य नहीं है, सिर्फ़ इसी उद्देश्य के लिए समर्पित कर दी है। मैंने अपना परिवार, अपना शहर और वो मंदिर गंवा दिया है जो मेरी आत्मा था, वो मंदिर जिसके नाम पर मेरा नाम रखा गया था। मेरे पास इस अभियान के अलावा कुछ नहीं बचा है। कृपया मुझे इस युग के रावण को समाप्त करने में गिलहरी बनने दें।'

सोमेश्वर को सचमुच लगता था कि महमूद भारतीय महाकाव्य रामायण के खलनायक रावण जैसा था, जिसने भगवान राम से युद्ध किया था। लेकिन जुटाई गई सारी जानकारियों को पढ़ने के बाद राजेंद्र चोल समझ चुके थे कि ये अभियान रामायण जैसा नहीं होगा। अपनी सारी कमियों और शैतानियत के बावजूद रावण कम से कम कुछ तो धर्म से बंधा हुआ था। महमूद रावण से कहीं बदतर था। वो हद से ज़्यादा बर्बर था। और भारतीय शास्त्रों में ऐसे दुश्मनों से लड़ने के बारे में साफ़ कहा गया है: *शठे शाठ्यं समाचरेत्; दुष्ट के साथ दुष्टता से ही पेश आना चाहिए।*

लेकिन राजेंद्र चोल का ध्यान इस पर नहीं था। उन्होंने सोमेश्वर के बड़ी बारीकी से दिए विशेष संदेश को पहचान लिया था।

वो चार साल से दुश्मन का अध्ययन कर रहा है। ये बात अनमोल है।

राजेंद्र ने गहरी नज़र से सोमेश्वर के चेहरे को और उसकी आंखों में देखा। फिर वो इक़बाल की ओर मुड़े। उन्होंने वो पेंडेंट देखा जो इक़बाल ने गले में लटके एक काले धागे में पहना हुआ था। पेंडेंट पर अरबी लिपि में 7 8 6 अंक खुदे हुए थे। ये प्रतीकात्मक रूप से 'अल्लाह के नाम से, जो सबसे मेहरबान, सबसे रहमदिल है' आह्वान को दर्शाता था। और इस वाक्य में अक्षरों का संख्यात्मक मूल्य जोड़ने पर योग 7 8 6 होगा। राजेंद्र चोल जानते थे कि अनेक भारतीय मुसलमान ठीक इसी तरह का पेंडेंट पहनते थे। लेकिन फिर उनका ध्यान इक़बाल के माथे पर गया। वहां स्लेटी पवित्र भस्म से बनी तीन आड़ी लाइनें थीं। बिल्कुल सोमेश्वर के माथे की तरह। ये स्पष्ट था कि दोनों व्यापारी दिन में किसी समय भगवान शिव की पूजा करने के लिए बृहदेश्वर मंदिर गए थे।

राजेंद्र के सहजबोध ने काम शुरू कर दिया। वो नरसिम्हन की ओर मुड़े, और उन्होंने सीधे और साफ़ बात की। 'इन्हें ले आएं।'

'जी, मेरे स्वामी।' नरसिम्हन जानता था कि उसे दोनों व्यापारियों को कब और कहां ले जाना था। राजेंद्र ने फ़ैसला कर लिया था। सोमेश्वर और इक़बाल भी इस अभियान का हिस्सा बनने वाले थे।

न्यायसंगत बदला। पौरुष से भरे प्रेरकों में सबसे उन्नत।

'धन्यवाद, मेरे स्वामी,' दोनों व्यापारियों ने लगभग एक साथ कहा। वो भी राजेंद्र चोल के गूढ़ आदेश का मतलब समझ गए थे।

सोमेश्वर इक़बाल की ओर मुड़ा, जिसने अपने कंधे पर लटके झोले में हाथ डाला और बहुत ध्यान से, पूरे सम्मान के साथ उसमें से कोई चीज़ निकाली। सोमेश्वर ने आगे बढ़कर अपने दोस्त से वो छोटा सा काला पत्थर ले लिया।

राजेंद्र ने तुरंत अंदाज़ा लगा लिया था कि वो क्या हो सकता था। उन्होंने पुष्टि के लिए नरसिम्हन की ओर देखा। अपने पुराने सेनापति की आंखों में भावुकता देखकर सम्राट समझ गए कि उनका अंदाज़ा सही था। वो तुरंत अपनी चप्पलें उतारकर खड़े हो गए। उन्हें खड़ा होते देखकर, बाक़ी तीनों

आदमी भी खड़े हो गए। राजेंद्र सोमेश्वर के पास गए; उनकी आंखें डबडबा आई थीं।

सोमेश्वर ने शक्तिशाली सम्राट के चेहरे पर दुख और दर्द देखा। उसने अपना सिर नीचे झुकाया और अपनी हथेलियां ऊपर उठाकर सोमनाथ के शिवलिंग का टूटा हुआ टुकड़ा सम्राट को दिया। राजेंद्र ने उस पवित्र अवशेष को धीरे से उठाया। उन्होंने उसे अपनी छाती से लगाया, और फिर दोनों हाथों से उसे उठाकर अपने माथे से लगाया और काफ़ी देर तक वहीं लगाए रहे।

राजेंद्र ने अपनी आधिकारिक उपाधियों में जो नाम ख़ुद को दिए थे, उनमें से एक था शिवचरण शेखर—वो जो शिव के चरणों को अपने मुकुट की तरह पहनता है।

सम्राट ने पत्थर को इतनी कसकर पकड़ा हुआ था कि उनकी उंगलियों के पोर सफ़ेद पड़ गए थे। *मुझे क्षमा कर दें, प्रभु। मुझे क्षमा कर दें कि जब ये अधर्म हुआ, तो मैं इसे रोकने के लिए वहां मौजूद नहीं था।*

राजेंद्र हमेशा लोगों के सामने अपनी भावनाओं पर ज़बरदस्त नियंत्रण रखते थे। दूसरों की मौजूदगी में उनके आंसू विरले ही उनकी आंखों से निकलने का साहस कर पाते थे। लेकिन ये... ये शक्तिशाली चोल के दिल के लिए भी सहना बहुत मुश्किल था। सम्राट ने अपनी आंखें बंद कीं, तो एक आंसू बहकर उनके गाल पर आ गया, और उनका शरीर गहरे और पीड़ादायक दुख से कांप उठा। राजेंद्र की बाईं कनपटी की एक प्रमुख नस तेज़ी से फड़कने लगी थी।

वो ज़ोर-ज़ोर से सांसें लेने लगे थे, और मन ही मन धीरे-धीरे दोहरा रहे थे।

मुझे क्षमा कर दें, प्रभु। मुझे क्षमा कर दें।

टूटे हुए पत्थर के माध्यम से अपने विशाल हृदय को ज़ाहिर कर रहे भगवान शिव ही केवल इस दुख की घड़ी में मदद कर सकते थे। उन्होंने अपने शोकाकुल भक्त को सांत्वना दी।

जब दुख कम हुआ, तो राजेंद्र के दिल में भयंकर क्रोध उठने लगा।

सिर्फ़ मौत काफ़ी नहीं होगी। मौत नृशंस होनी चाहिए। बेहद कठोर होनी चाहिए।

'कभी भूलना मत, कभी माफ़ मत करना,' इक़बाल ने हॉल में आने के बाद पहली बार बोलते हुए अपनी मातृभाषा बंगाली में कहा। संक्षिप्त और शक्तिशाली शब्द।

'कभी भूलना मत, कभी माफ़ मत करना,' सोमेश्वर ने तमिल में कहा और अपने हाथ जोड़ लिए।

राजेंद्र ने दोनों व्यापारियों की ओर देखा। *हम नहीं भूलेंगे। हम माफ़ नहीं करेंगे।*

'सोमनाथर का बदला लिया जाएगा। भारत माता का बदला लिया जाएगा।'

न्यायसंगत बदला। पौरुष से भरे प्रेरकों में सबसे उन्नत।

अध्याय 4

आख़िरकार घर आए

ग़ज़नी, अफ़ग़ानिस्तान का सीमांत क्षेत्र

'आख़िरकार आप घर पहुंच ही गए, मेरे मालिक।' तालिब ने अपने मालिक की ओर देखा, जिसके खुरदुरे चेहरे पर गहरी ख़ुशी की लकीरें उभर आई थीं, और उसकी नुकीली ठुड्डी से लटकती सफ़ेद कुच्ची दाढ़ी हवा के दोबारा तेज़ी पकड़ने पर ज़ोर से लहराने लगी थी।

उनकी थकी हुई आंखों के सामने ग़ज़नी का बंजर सफ़ेद मंज़र फैला हुआ था।

'तीस साल... तीस साल से मैंने इस पल के सपने देखे हैं, तालिब,' इस्माईल ने अपने प्यारे वतन को देखते हुए जवाब दिया। उसकी आंखें चमकते हुए आंसुओं से धुंधला गई थीं।

दोनों आदमी मिट्टी और पत्थर के रास्ते के आख़िरी मोड़ के चट्टानी किनारे पर खड़े थे। शाम की हल्की रोशनी ने दूर, बमुश्किल दिखाई दे रही क़िले की दीवारों को एक क़ब्रिस्तान जैसा अहसास दे दिया था। उनका छोटा सा कारवां—नौकरों और दुबले-पतले पहरेदारों की एक टुकड़ी—उनके पीछे संकरे दर्रे में रुक गया था, जो विशाल हिंदू कुश की बर्फ़ीली प्राचीरों के कारण सीधे तौर पर निगाहों में नहीं आ रहा था। ये उन सज़ायाफ़्ता आदमियों और

औरतों का समूह था जो अपने मालिक के साथ रहे थे, उसके साथ बूढ़े हुए थे, जिन्होंने उसके साथ शिकायतें की थीं और साज़िशें रची थीं। गुज़गान के हर आदमी, औरत और बच्चे ने उस शख़्स के लिए अपने मन में दुश्मनी पाली और संजोकर रखी हुई थी जो उनके अकेलेपन के लिए ज़िम्मेदार था—उनके मालिक का भाई और उनकी ताक़त और अधिकारों को छीनने वाला: महमूद ग़ज़नवी।

इस्माईल ने अपना घोड़ा मोड़ा और अपने पांच सौ ख़च्चरों, घोड़ों और बैलगाड़ियों के कारवां को देखा। इतनी बुरी तरह थके-हारे आदमी और औरत कि बस गिर पड़ने को तैयार। उसने ज़ोर देकर कहा था कि उन्हें बहुत तेज़ रफ़्तार से सफ़र करना होगा।

'चलो आराम करते हैं, तालिब। हम सवेरे की रोशनी तक इंतज़ार कर सकते हैं।'

राहत पाकर तालिब के कंधे ढीले पड़ गए और उसकी झुकी हुई पीठ थोड़ी सी और झुक गई। बादलों ने ताज़ी बर्फ़ का छिड़काव शुरू कर दिया था, और उन्हें अभी भी दश्ते-नावर को पार करना था, वो विशाल जमी हुई झील जो उनके और उनकी राजधानी के बीच थी। उसने अपने फ़र वाले कोट का कॉलर खींचकर अपने कानों को ढका और दस्ताना पहने हाथ को उठाकर रुकने का इशारा किया। कारवां जल्द ही बंटने और बिखरने लगा। घुड़सवार घोड़ों से उतर गए और उन्होंने पहाड़ के बाईं ओर ख़ाली पड़ी ज़मीन पर डेरा डाल दिया। अलाव जला लिए गए और अथक बच्चे थके हुए बड़ों के आसपास भाग-दौड़ करने लगे।

इस्माईल घोड़े से फिसलकर नीचे उतरा और अपने सुन्न पड़ रहे जबड़ों को किटकिटाने से रोकने के लिए अपने दांतों को पीसना लगा। बर्फ़ीली ठंडी हवा का एक झोंका आया और उसकी आस्तीनों के खुले मुंहों से अंदर घुस गया। उसने अपनी सर्द पड़ी उंगलियों से आस्तीनों के सिरों को पकड़ लिया।

ग़ज़नी का नया सूबेदार और मुफ़्ती-ए-आज़म एक निचली चट्टान की ओर बढ़ा। उसकी नज़र उस शहर पर ही टिकी हुई थी जो तमाम मुश्किलों के

बावजूद एक बार फिर उसकी सत्ता का केंद्र था। दश्ते-नावर की शीशे जैसी सतह उस सुनसान जगह पर एक बड़े नीलम की तरह चमचमा रही थी, जहां अंधेरे में गिरते बर्फ़ के टुकड़े हीरों जैसे दिख रहे थे। उसने अपनी नज़र दूर चमक रही ग़ज़नवी सल्तनत की राजधानी की मशालों की रोशनी की छोटी-छोटी चिंगारियों पर टिका दी।

'कितना हसीन है,' तालिब बड़बड़ाया।

'हसीन से भी परे है।' अपनी आज़ादी का रस लेता इस्माईल मुस्कुराया। 'ये बयान से बाहर है। यादें, तालिब। यादें। उन लोगों और घटनाओं की यादें जिन्हें गए बहुत वक़्त बीत चुका है—मेरे मां-बाप, मेरा बचपन और मेरा तख़्त पर बैठना... क्या हो सकता था... लेकिन महमूद की वजह से...'

'ये सब जल्द ही फिर से आपका होगा, मेरे मालिक,' तालिब ने अपने मालिक को विजयी नज़रों से देखते हुए और अपनी परोक्ष शक्ति की संभावना का आनंद लेते हुए कहा। 'आपने बहुत ही शानदार तरीक़े से सुल्तान के दिमाग़ पर असर डाला है। बाक़ी काम उसकी महत्वाकांक्षा कर देगी। अभी तक, ग़ज़नी से बग़दाद भेजे गए संदेशों में बस यही ख़बरें होती थीं कि महमूद ने कितने काफ़िरों को मारा और कितनी मूर्तियों तोड़ीं। ज़ाहिर है, ऐसी ख़बरों पर उनकी प्रतिक्रिया ख़ुशी की होती थी। लेकिन अब जब वो सुनेंगे कि महमूद उनके लिए भी आ रहा है... तो...' तालिब ज़ोर-ज़ोर से हंसने लगा।

अब्बासी ख़िलाफ़त की राजधानी बग़दाद थी। लेकिन अब्बासी अब उतने शक्तिशाली नहीं रहे थे जितने कभी हुआ करते थे। वो बूया कहलाए जाने वाले एक शक्तिशाली फ़ारसी राजवंश के प्रभावी नियंत्रण में थे जो शिया मुसलमान थे। दूसरी ओर, तुर्की ग़ज़नवी और अरब अब्बासी सुन्नी मुसलमान थे। जैसा कि सब जानते थे, ज़्यादातर शिया और सुन्नी वंश एक-दूसरे से नफ़रत करते थे, और एक-दूसरे को धर्मत्यागी कहते थे।

'हमें बूया को ये सोचने पर मजबूर करना है कि महमूद उन पर हमला करने वाला है क्योंकि वो शिया हैं,' इस्माईल ने कहा। 'और अब्बासियों के दिमाग़ में ये डालना है कि महमूद उन्हें ख़लीफ़ा के पद से हटाना चाहता है।'

'और वो निश्चित रूप से हमला करेंगे... आप, मेरे मालिक, सुल्तान की जगह लेने के लिए उनके ज़ाहिरी साथी होंगे। जल्द ही, हमारा प्यारा वतन आज़ाद हो जाएगा उस... उस...'

इस्माईल ख़ुश होता हुआ अपने नौकर की ओर मुड़ा। 'उस क्या, तालिब? अपने वाजिब ग़ुस्से को रोको मत!'

तालिब मन ही मन ख़ुश था। उसने देखा था कि उसके मालिक पर हमेशा हावी रहने वाली घबराहट ग़ायब हो गई थी। अब जल्दी ही तीस साल की यातनाएं भूलकर वो आत्मविश्वासी और ख़ुद पर भरोसा करने वाले बन गए थे। उसने भी अपने मालिक का साथ दिया, क्योंकि वो अपने मालिक का भरोसा और निर्भरता हमेशा बनाए रखना चाहता था। 'उस... भयानक जानवर से...' तालिब के चेहरे पर एक गहरा क्रोध झलक रहा था जो उसके अंदर मौजूद क्रोध से कहीं ज़्यादा तेज़ था। 'आप बहुत अच्छे बादशाह बनते, मालिक। ग़ज़नी और इस्लाम ने आपकी शक्ल में एक महान बेटे को खो दिया, मेरे मालिक इस्माईल। लेकिन अब, समय की क्रूर लहर आख़िरकार वापस पलटेगी। तख़्त पर आपका अपने सही मुक़ाम को हासिल करना दुनिया के लिए अच्छा होगा।'

'हां! और हम सिर्फ़ अमीर और मुफ़्ती के ख़िताब पर ही नहीं रुकेंगे...' इस्माईल ने कहा। 'महमूद को एक कठपुतली मौलवी चाहिए जो उसे ख़लीफ़ा घोषित करे। लेकिन बहुत जल्द, कठपुतली ख़ुद ही डोरियां काट देगी और कठपुतली नचाने वाले को एक ऐसी गुमनाम क़ब्र में भेज देगी जिसका वो हक़दार है!'

'बेशक, आप ऐसा ही करेंगे, मेरे मालिक।'

इस्माईल जमी हुई नदी को घूर रहा था। 'लेकिन हमें बड़ी सावधानी से और धीरे-धीरे आगे बढ़ना होगा। पिछले तीन दशकों में बहुत से गठबंधन बदल गए होंगे। हमें ग़ज़नी के अमीरों और धर्मगुरुओं का समर्थन हासिल करना होगा। महमूद ने ख़लीफ़ा बनने का जो हथकंडा शुरू किया है, उसकी वजह से ये करना आसान होगा। सब्र। सब्र। थोड़ा और सब्र।'

तालिब ने गर्मी पैदा करने के लिए अपने हाथों को आपस में रगड़ते हुए मुस्कुराकर सहमति में सिर हिलाया। पिछले कुछ हफ़्तों में उसका मालिक वाक़ई अपने वास्तविक रूप में लौट आया था।

'शराब, मेरे मालिक?' दोनों आदमियों के पीछे से एक कांपती हुई ज़नानी आवाज़ आई।

वो पलटे।

एक दुबली-पतली, छोटे क़द की नौकरानी एक हाथ में भेड़ की खाल की शराब से भरी मश्क और दूसरे हाथ में दो मिट्टी के प्याले लिए खड़ी थी।

'बिल्कुल सही वक़्त पर आई हो,' इस्माईल ने ताली बजाते हुए कहा। 'शुक्रिया, रेशमा। ये तुम तालिब को दे दो। जब खाना तैयार हो जाए तो हमें बताना।'

लडकी ने झुककर शराब की थैली और प्याले तालिब को दे दिए, जिसने उसे हल्की सी मुस्कान दी। वो उस महीन दुपट्टे को चबाते हुए जल्दी से चली गई जिसने उसके कानों और आधे चेहरे को ढका हुआ था। इस्माईल उसे जाते हुए देखता रहा।

'हमें ये पक्का करना होगा कि वो इस तरह से अचानक हमारे पास न आए, मेरे मालिक,' तालिब ने कहा। 'मुझे नहीं पता कि उसने कितनी बात सुनी।'

'बकवास, तालिब,' इस्माईल ने कहा। 'उसके पास बस एक ऐसे मंदबुद्धि बच्चे जितना दिमाग़ है जिसे पैदा होने के बाद से हर रोज़ सिर पर मारा गया हो। उसे तो ये भी याद नहीं होगा कि उसने कल पहना क्या था, हमारी बातचीत तो दूर की बात है।'

तालिब ने नीचे देखा और चुप रहा। *अच्छी बात है। इसे किसी तरह का शक नहीं है।*

'लेकिन इसकी बात पर याद आया, ग़ज़नी लौटने का एक और फ़ायदा भी है,' इस्माईल ने एक मक्कार मुस्कान के साथ कहा। 'अब मुझे मज़े के लिए सिर्फ़ सूखी हड्डियों और चमड़ी से काम नहीं चलाना पड़ेगा। मुझे उन

औरतों में थोड़ा मोटापा, थोड़ा उछाल भी चाहिए जिनके साथ मैं सोता हूं। अब हम दोनों अपनी खोई हुई जवानी की भरपाई करेंगे!'

'बेशक!' तालिब मुस्कुराया। उसने शराब की थैली का ढक्कन खोला और दोनों प्यालों में शराब पलटने लगा।

'खाना तैयार है, मेरे मालिक!' रेशमा एक बार फिर बिना किसी को पता चले प्रेत की तरह उनके पास आ गई थी। 'मेहरबानी करके आ जाइए। खाना और शराब आपके तंबू में पहुंच गए हैं।'

इस्माईल ने सिर हिलाया और उसे जाने का इशारा किया, और दोनों आदमी पूरी तरह से तैयार तंबू की ओर चल दिए।

'चलो खाएं, पिएं और सोएं। और फिर मेरे निश्चित उदय के लिए जागें, तालिब।'

'और ज़ालिम के पतन के लिए, मेरे मालिक।'

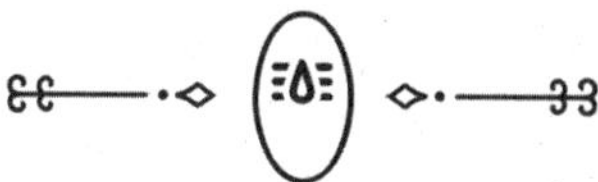

अध्याय 5

दो सम्राट और उनके स्वामी

गंगईकोंडा चोलपुरम

नरसिम्हन ने चाल धीमी कर ली, ताकि सोमेश्वर और इक़बाल उसके पास पहुंच सकें। उसने जलती हुई मशाल ऊपर उठा रखी थी। सवेरा होने में बस कुछ ही समय बचा था, और पूर्णिमा की रात ने चोलपुरम के सुंदर शहर पर एक निर्मल उजास बिखेरा हुआ था। लेकिन मशालों की रोशनी फिर भी मदद कर रही थी।

ये रात का वो भाग था जिसे पूर्वज पारंपरिक रूप से ब्रह्म मुहूर्त कहा करते थे। ये सूरज उगने से पहले रात का अंतिम पहर था, एक ऐसा समय जिसे रचनात्मकता के लिए बहुत शक्तिशाली माना जाता था, क्योंकि इस समय शीर्षग्रंथि सबसे ज़्यादा सक्रिय होती थी। ऐसा माना जाता था कि सबसे अच्छा सोच-विचार और आविष्कार का काम इसी समय किया जा सकता था। बूढ़े व्यापारियों के लिए इस समय जागना बहुत जल्दी था, लेकिन मौजूदा काम के महत्व ने उन्हें अपनी नींद क़ुर्बान करने के लिए मजबूर कर दिया था।

शाही महल में राजेंद्र चोल से उनकी मुलाक़ात को पांच दिन हो चुके थे। और सोमेश्वर बेसब्री से इस सुबह का इंतज़ार कर रहा था।

वो चुपचाप भगवान शिव को समर्पित बृहदेश्वर मंदिर की ओर जा रहे थे, जहां राजेंद्र चोल ने महमूद ग़ज़नवी पर हमले की योजना बनाने के लिए अपने मुख्य सलाहकारों की सभा बुलाई थी।

जैसे ही सोमेश्वर आख़िरी मोड़ मुड़ा, वैसे ही मंदिर की विशाल आकृति अचानक पूरी तरह से दिखाई देने लगी। मंदिर पूरी भव्यता से खड़ा था, और उसका परिष्कृत सौंदर्य चमचमाती चांदनी में और भी ज़्यादा अद्‌भुत लग रहा था।

बृहदेश्वर मंदिर परिसर एक उत्कृष्ट योजना के अनुसार बनाया गया था, जिसमें दो चौकों को एक-दूसरे के साथ रखकर आंगन बनाया गया था, जिसमें एकदम सटीक ज्यामितीय समरूपता थी। आंगन में आने के लिए कई द्वार थे, जिनमें से हरेक के ऊपर अलंकृत ढंग से तराशे हुए गोपुरम बने थे। परिसर के अंदर मंदिर थे, जिनमें से ज़्यादातर पूर्व-पश्चिम दिशा में थे। ये मंदिर विभिन्न धार्मिक परंपराओं के देवी-देवताओं को समर्पित थे, जिनमें विष्णु परंपरा से भगवान राम और भगवान कृष्ण, शिव परंपरा से भगवान गणेश और भगवान कार्तिक और देवी मां शक्ति के अनेक रूप शामिल थे।

लेकिन मुख्य मंदिर जो परिसर के बीच में था, वो भगवान शिव को समर्पित था। ये मंदिर विशाल आकार का था, और जिस चबूतरे पर ये बना था, उसका क्षेत्रफल बीस हज़ार वर्ग मीटर था। इस विशाल चबूतरे के प्रवेशद्वार पर भगवान नंदी स्थापित थे, जो स्नेह से मंदिर के प्रांगण से गर्भगृह की ओर देख रहे थे, जहां उनके स्वामी भगवान शिव मौजूद थे। मुख्य मंदिर की संरचना में विशाल खंभों वाला एक महामंडप था जो भगवान नंदी की मूर्ति के स्थान के क़रीब था, और संरचना के दूसरे छोर पर गर्भगृह था। बड़े खंभों वाले महामंडप को एक अर्धमंडप गर्भगृह से जोड़ता था, जिसकी रक्षा पत्थर की एकदम सजीव दिखने वाली छह फ़ुट ऊंची दो मूर्तियां कर रही थीं। गर्भगृह के अंदर भगवान शिव शिवलिंग के रूप में थे। विशाल प्रतिमा बहुत ऊंची थी, जिसमें लिंग तेरह फ़ुट की शानदार ऊंचाई तक पहुंच रहा था और आधार योनि की परिधि लगभग साठ फ़ुट थी।

गर्भगृह के ऊपर विमान, या शिखर, एक सौ अस्सी फ़ुट की विस्मयकारी ऊंचाई तक जा रहा था। ये दुनिया के सबसे ऊंचे मंदिरों में से एक था, लेकिन पुरानी चोल राजधानी तंजावुर के महान शिव मंदिर से दस फ़ुट छोटा था। वो मंदिर राजेंद्र के दिवंगत पिता राजराजा ने बनवाया था। ये राजेंद्र की विनम्रता ही थी कि उन्होंने अपने पिता की कृति से आगे नहीं बढ़ना चाहा और जानबूझकर अपने मंदिर का विमान थोड़ा छोटा बनवाया। मंदिर का शिखर नौ मंज़िला था, लेकिन उसकी रूपरेखा बड़े कोमल ढंग से वक्ररेखीय थी, और ऊपर की ओर थोड़ी अवतल थी, जिससे विमान को एक असामान्य लेकिन आकर्षक शंक्वाकार मिल गया था। शिखर पर एक पारंपरिक कलश था, जिस पर सोने की परत चढ़ी हुई थी, और साथ ही एक बेहद महीन नक़्क़ाशी वाली कमल की कली थी जो आसमान की ओर खुल रही थी।

पूरा मंदिर कठोर पौरुषेय ज्यामितीय आकृतियों और सुंदर स्त्रैण वक्राकार मीनारों का एक अद्‌भुत मेल था। ये सचमुच भगवान महादेव का प्रतीक था, क्योंकि उन्हें अर्धनारीश्वर के रूप में भी पूजा जाता था।

भगवान शिव को समर्पित स्थापत्यकला के इस चमत्कार को एक बार फिर अपने सामने देखकर सोमेश्वर का गला रुंधने लगा था। क्योंकि इससे उसे पश्चिमी सागर के तट पर बने सोमनाथ के भव्य मंदिर की याद आ गई थी।

यह उचित ही है कि इस अभियान के लिए हम देवों के देव महादेव के आवास पर मिल रहे हैं।

मंदिर परिसर के मुख्य द्वार पर मीनार के पास सौ राज-सैनिक खड़े हुए थे, और वो अभी भी सो रहे शहर की सुनसान सड़कों की रखवाली कर रहे थे। मंदिर परिसर की ऊंची दीवारों के ऊपर पैदल पथ पर और पूरी परिधि के किनारे पर भी रक्षाकर्मी तैनात थे।

सैनिकों ने अपने पूर्व सेनापति नरसिम्हन को सलामी दी और दोनों व्यापारियों के साथ उसे आगे जाने दिया, लेकिन उनकी शारीरिक तलाशी लेने के बाद ही। नियमों का पालन पूर्व सेनापतियों के लिए भी ज़रूरी था। आख़िर ये चोल प्रशासन था।

परिसर के अंदर पहुंचकर तीनों अपने जूते-चप्पल रखने के लिए बाईं ओर बने बड़े से स्टॉल की ओर चले गए। नरसिम्हन अपने सैंडल उतारने के लिए झुका, तो उसे अपने कंधे पर एक हाथ महसूस हुआ।

'सम्राट अंदर आ चुके हैं,' विजयन ने अपने प्रमुख को बताया।

'मुझे यही उम्मीद थी,' नरसिम्हन मुस्कुराया। 'मैं सोच भी नहीं रहा हूं कि ये सारा तामझाम और पहरा मंदिर में सुबह-सुबह *मेरे* आने के स्वागत में है।'

नरसिम्हन को सम्राट के कर्मचारियों ने पहले ही बता दिया था कि उनका इरादा सुबह जल्दी मंदिर आने का था ताकि बैठक से पहले महादेव की पूजा कर लें। इसलिए, उसे विजयन के समाचार से कोई हैरानी नहीं हुई।

विजयन ने बोलना जारी रखा। 'लेकिन उन्होंने मुझे देखा, श्रीमान।' उप-रक्षा प्रमुख अपनी उत्तेजना को संभाल नहीं पा रहा था। 'सम्राट मेरे ठीक सामने से गुज़रे। उन्होंने सिर हिलाकर मेरा अभिनंदन किया। मैं तो इतना भौंचक्का रह गया कि झुक भी नहीं पाया।'

नरसिम्हन उसके कंधे को थपथपाते हुए मुस्कुराया। सम्राट से बात करने जितनी दूरी पर हो पाना एक दुर्लभ सम्मान था, जिन्हें उनके साम्राज्य के अधिकांश नागरिक लगभग देवतुल्य मानते थे। 'चलते हैं।'

अब विजयन के जुड़ जाने से चार लोगों का ये दल मंदिर परिसर के अहाते से गुज़रता हुआ अंदर के दरवाज़े की ओर बढ़ने लगा, जो मुख्य मंदिर तक ले जाता था।

'ठहरिए।'

शाही पहरेदारों ने अंदर जाने के द्वार को रोका हुआ था; उनके भाले एक-दूसरे को क्रॉस किए हुए थे। उनका नायक, कन्नन, नरसिम्हन के पास आया, और उसे तुरंत ही पहचान गया। नायक के पीछे एक दर्जन सैनिक पहरे पर थे, और उनके भाले भी आपस में क्रॉस किए हुए थे।

'सुप्रभात, सेनापति,' कन्नन ने कहा।

'अब मैं रक्षा प्रमुख हूं,' नरसिम्हन ने उसे सुधारा।

'आप हमेशा हमारे सेनापति रहेंगे, श्रीमान,' कन्नन मुस्कुराया और झुका। 'हो सकता है आप मुझे न पहचान पाए हों, सेनापति। मैं चोल राजकीय सुरक्षा दल का नायक कन्नन हूं। आपने एक बार मेरी जान बचाई थी।'

'वाक़ई?' नरसिम्हन हैरान था।

'आपने बहुत सी जानें बचाई हैं, सेनापति। लेकिन मैं आपको और देर नहीं कराऊंगा। मैं जानता हूं कि सम्राट आपका इंतज़ार कर रहे हैं। कृपया काग़ज़ात दिखा दें।'

नरसिम्हन मुस्कुरा दिया। उसके लिए इतना सम्मान होने के बावजूद चोल अधिकारी नियम नहीं तोड़ सकता था। नियमों का पालन तो करना ही होगा। सिंह जैसी साख वाले सेनापति के लिए भी।

नरसिम्हन ने अपने अंगवस्त्रम की तहों में हाथ डाला और सम्राट की मुहर लगा एक आधिकारिक निमंत्रणपत्र निकाला। कन्नन ने जल्दी से पत्र की जांच की। सब कुछ ठीक था, नरसिम्हन और उनके साथियों को अंदर आने की इजाज़त थी। संतुष्ट होकर, उसने दस्तावेज़ नरसिम्हन को वापस दिया और अपनी मुट्ठी से अपनी छाती को थपका। उसने सम्मान के साथ अपना सिर झुकाया, सेना के लिए निर्धारित औपचारिक सलामी दी, और एक ओर हट गया, जिसका अर्थ था कि रास्ता साफ़ कर दिया जाए।

चोल सैनिकों ने अपने भाले अलग कर लिए और एक बेहतरीन लड़ाकू दस्ते की शानदार सामयिकता के साथ एक ओर को हो गए। वो स्वयं राजेंद्र चोल के निजी सुरक्षा सैनिक थे।

नरसिम्हन ने मुट्ठी से अपनी छाती थपथपाई और सैनिक सलामी को स्वीकार करते हुए थोड़ा सा झुका। ठीक वैसे ही जैसे एक सेनापति, या पूर्व-सेनापति को करना चाहिए।

उसके बुज़ुर्ग साथी, सोमेश्वर और इक़बाल, उसके पीछे-पीछे चलने लगे। जैसे ही उसने मीनार के गलियारे में क़दम रखा, उसके मन में एक ख़्याल आया। वो पीछे की ओर मुड़ा। विजयन द्वार के दूसरी ओर से उन्हें देख रहा था।

'हमारे साथ आएं, विजयन,' नरसिम्हन ने तुरंत फ़ैसला लेते हुए कहा।

विजयन हैरान था और स्वाभाविक रूप से ख़ुश भी था, क्योंकि सोमेश्वर और इक़बाल को नरसिम्हन के साथ देखकर उसने अंदाज़ा लगा लिया था कि सम्राट के साथ किस बारे में बात होने वाली थी। उसने जल्दी से कन्नन की ओर देखा, जिसने उसे रोकने की कोई कोशिश नहीं की। विजयन ने तेज़ी से द्वार में प्रवेश किया और अपने कप्तान को धन्यवाद देते हुए सिर हिलाया।

चारों लोगों का समूह तेज़ी से आगे बढ़ने लगा। उनका ध्यान दाईं ओर गोलाकार रास्ते पर हो रही हलचल से भटक गया। चोल साम्राज्य के प्रधान मंत्री कथिरावन आ गए थे। अपनी आबनूसी काली त्वचा से एकदम उलट दूधिया सफ़ेद रेशमी धोती और अंगवस्त्रम पहने कथिरावन अपनी उम्र के हिसाब से आश्चर्यजनक रूप से तेज़ी से चल रहे थे। उनकी क़रीने से कतरी हुई सफ़ेद दाढ़ी, और साथ ही कुछ ज़िद्दी काले बालों के साथ उनकी मोम लगी सफ़ेद मूंछें उनकी पतली, लंबी क़द-काठी की शान को और भी बढ़ा रही थीं। कथिरावन के दोनों ओर के रक्षक उनके साथ क़दम से क़दम मिलाने की कोशिश में आधा मार्च कर रहे थे और आधा दौड़ रहे थे।

कथिरावन चोल वंश के सबसे भरोसेमंद अधिकारी थे। उन्होंने सम्राट राजेंद्र के महान पिता राजराजा चोल की सेवा की थी। और अब प्रधान मंत्री होने के अलावा वो सिंहासन के अगले उत्तराधिकारी राजकुमार राजाधिराज चोल के सलाहकार भी थे। सम्राट के लंबे नौसैनिक अभियानों के दौरान उन्होंने साम्राज्य की बागडोर संभाली थी। वो चोल दरबार की आवाज़ थे।

कथिरावन ने सम्मानित सेनापति को देखा और बाईं ओर मुड़कर उसकी ओर गए।

'आदरणीय प्रधान मंत्री कथिरावन,' नरसिम्हन ने हाथ जोड़कर और हार्दिक सम्मान के साथ झुकते हुए कहा। विजयन और दोनों व्यापारियों ने उसका अनुसरण किया।

'चलिए चलते हैं। सम्राट हमारा इंतज़ार कर रहे हैं,' कथिरावन ने कहा, जिनकी पतली बुज़ुर्गों जैसी आवाज़ से भी उनके व्यक्तित्व की शान में कोई

कमी नहीं आई। कथिरावन चलने लगे और दूसरे लोग भी उनके साथ चलने लगे। या कम से कम उनके साथ चलने की कोशिश करने लगे।

'आप अभी चेरा प्रदेश से लौटे हैं, प्रधान मंत्री जी। आप थके हुए होंगे,' नरसिम्हन ने कहा।

'दुष्ट आराम नहीं करते, मेरे मित्र,' कथिरावन ने आंखों में चमकती शरारत के साथ कहा। प्रधान मंत्री अपने हास्य-विनोद और ख़ुद अपना मज़ाक़ उड़ाने की प्रवृत्ति के लिए जाने जाते थे। लेकिन उनकी शुष्क हाज़िरजवाबी के नीचे एक चालाक, बेरहम दिमाग़ छिपा हुआ था जो साम्राज्य के हितों के प्रति अखंडनीय रूप से वफ़ादार था। 'नरसिम्हन, सच कहूं तो... मेरा दिल सम्राट के साथ है... आप महादेव के प्रति मेरी भक्ति को जानते हैं... लेकिन मुझे चोल वंश के हितों को ध्यान में रखना होगा। हमारी सेना के पास पहाड़ी युद्ध का प्रशिक्षण नहीं है। आप ये जानते हैं। मैं एक ऐसा युद्ध नहीं होने दूंगा जिससे साम्राज्य को नुकसान पहुंचे, भले ही कारण सम्मानजनक क्यों न हो। कोई और रास्ता खोजना होगा।'

अब तक नरसिम्हन को ये अहसास होने लगा था कि शायद बैठक से पहले कथिरावन का उससे मिलना कोई संयोग नहीं था। और वो केवल सम्राट के बजाय बड़ी समझदारी से चोल वंश का उल्लेख किए जाने को भी समझ गया। उन्हें एक ऐसी योजना बनानी होगी जिसे कथिरावन का अनुमोदन भी प्राप्त हो। इसके अलावा, पहाड़ी युद्ध के बारे में प्रधान मंत्री की बात सही थी, क्योंकि ग़ज़नी ठंडे हिंदू कुश पहाड़ों की ऊंचाइयों पर बसा था, और चोल सेना को जलीय और थलीय युद्ध का प्रशिक्षण प्राप्त था।

सोमेश्वर को भले ही प्रधान मंत्री के तेज़ क़दमों के साथ चलने में कठिनाई हो रही थी, लेकिन वो उनकी बातें सुन रहा था। उसका दिल बैठने लगा था। वो सोचने लगा था कि क्या बदला लेने की उसकी उम्मीद उसके जीवनकाल में पूरी होगी। या कभी भी पूरी होगी।

कथिरावन, नरसिम्हन, सोमेश्वर, इक़बाल और विजयन मुख्य मंदिर के महामंडप में बैठे हुए थे। उनके सामने अर्धमंडप था, और उससे आगे गर्भगृह था। मंदिर की असाधारण रूप से सममितीय वास्तुकला और निर्माण के कारण, उन्हें इतनी दूरी से भी गर्भगृह में ठीक सामने स्थित शिवलिंग के दर्शन हो रहे थे। उन्होंने राजेंद्र चोल की पीठ देखी, जो शिवलिंग की पूजा कर रहे थे। राजेंद्र चोल के पास ही में, एक भाई की तरह, एक अन्य आदमी बैठा था। नरसिम्हन दूरी के कारण उसे पीछे से नहीं पहचान पाया। राजपुरोहित सम्राट और उनके मित्र के अग़ल-बग़ल खड़े थे।

'सम्राट के बुलाने तक हम यहीं इंतज़ार करेंगे,' प्रधान मंत्री ने कहा।

'बिल्कुल, श्रेष्ठ कथिरावन,' नरसिम्हन ने कहा।

कथिरावन ने दोनों व्यापारियों को देखा।

'मुझे इनका परिचय कराने की अनुमति दीजिए, प्रधान मंत्री जी,' नरसिम्हन ने कहा। 'ये सोमेश्वरर हैं, सोमनाथ के एक गुजराती व्यापारी। और ये इक़बालर हैं, पूर्वी भारत के एक बंगाली व्यापारी। ये...'

'हां, मुझे बताया गया था,' कथिरावन ने कहा। 'ये उस भयानक दिन सोमनाथर में थे।' प्रधान मंत्री ने सोमेश्वर की ओर देखा। 'महान सोमेश्वरर, आपने मेरी बातें सुनी होंगी। मुझे उसके लिए दुख है। मैं भी उस वीभत्स महमूद से बदला लेना चाहता हूं। लेकिन... बदला ऐसी चीज़ नहीं है जो ग़ुस्से भरे, अधीर दिल से लिया जाए। बदला एक शांत, निर्मम, धैर्यवान दिमाग़ की ठंडी सोच-समझ के साथ लिया जाना चाहिए। हम बदला ज़रूर लेंगे, लेकिन अपनी पसंद के समय और जगह पर। न केवल समय सही होना चाहिए, बल्कि रणनीति भी त्रुटिहीन होनी चाहिए।'

सोमेश्वर इतनी दुनिया देख चुका था कि वो जानता था कि प्रधान मंत्री चाहते थे कि पहले उनकी बात सुनी जाए। और वो उनकी बात के महत्व को भी समझ सकता था। वो जानता था कि उसे क्या कहना चाहिए। 'आप सही कह रहे हैं, प्रधान मंत्री महोदय। जैसा कि हमारे गुजरात में कहा जाता है, हथौड़ा तभी मारना चाहिए जब लोहा गर्म हो। सीधे शब्दों में, हर काम को

उसके सही समय पर ही करना चाहिए। लेकिन इससे भी ज़्यादा अहम बात ये है कि मारते समय लोहा गर्म और अर्ध-ठोस ही न हो, बल्कि ये याद रखना भी महत्वपूर्ण है कि वार करने वाला हथौड़ा सर्द और कठोर होना चाहिए।'

कथिरावन मुस्कुराए। *गुजराती समझदार है।*

सोमेश्वर ने बात जारी रखी। उसके महत्वपूर्ण संदेश के लिए ये सही समय था। 'ग़ज़नी में हमारा एक भरोसेमंद आदमी है, मेरे प्रभु। एक ऐसा आदमी जो बहुत ऊंचे पद पर है। साथ ही, हमें हाल ही में उस क्षेत्र में हुए कुछ सकारात्मक घटनाक्रम पता लगे हैं।'

कथिरावन और जानकारी सामने आने का इंतज़ार करने लगे। जब सोमेश्वर और कुछ नहीं बोला, तो वो और भी खुलकर मुस्कुराए। प्रधान मंत्री को उन लोगों से बात करने से ज़्यादा कुछ पसंद नहीं था जो अपनी बुद्धिमत्ता में उनके बराबर हों। वो जानते थे कि सोमेश्वर और जानकारी देने के लिए अभी किस बात का इंतज़ार कर रहा था। 'हम सम्राट का इंतज़ार करेंगे।'

कथिरावन विजयन की ओर मुड़े और मुस्कुराए।

'ये विजयन हैं, प्रधान मंत्री,' नरसिम्हन ने कहा। 'अगर मुझे जाने की इजाज़त मिल गई, तो यही वो व्यक्ति हैं जिन्हें मैं जल्द ही अपना पद सौंपने वाला हूं।' विजयन ने हिचकिचाते हुए और अनिश्चितता के साथ एक बार फिर से सिर झुकाया। 'यहां आने से पहले इन्होंने युद्ध के समय में पांड्या क्षेत्र में बरसों तक विशिष्ट सेवा दी है,' नरसिम्हन ने बताया। 'मुझे लगा कि ये हमारी योजना में सहायक बहुमूल्य सुझाव दे सकते हैं।'

नरसिम्हन के दयालु शब्दों के लिए आभारी विजयन ख़ामोश रहा।

'मैं जानता हूं ये कौन हैं, सेनापति,' कथिरावन ने नरसिम्हन से कहा। 'आप भूल रहे हैं कि जब सम्राट और आप श्रीविजय को जीतने के लिए गए हुए थे, तब इन्हें मैंने ही रक्षा प्रमुख नियुक्त किया था। ये भले आदमी हैं।'

'स्वामी।' विजयन ने हाथ जोड़कर नमस्ते करते हुए सिर झुकाया।

राजेंद्र चोल उनसे मिलने के लिए तैयार थे।

पांचों आदमियों को सम्राट के पास ले जाने के लिए तैयार शाही पहरेदार उनके आसपास पूरी मुस्तैदी से तैनात हो गए। वो उन पांचों को मुख्य मंदिर के महामंडप से अर्धमंडप में ले गए, जहां बैठक होने वाली थी। प्रतिभाशाली वास्तुकारों और शिल्पकारों ने इमारत इस तरह से बनाई थी कि तट पर समुद्री लहरों के टकराने की आवाज़ अर्द्धमंडप में तो आती थी, लेकिन उससे कहीं बड़े महामंडप में सुनाई नहीं देती थी। शायद वो चाहते थे कि गर्भगृह में भगवान शिव की पूजा करने से पहले भक्त समुद्र की आवाज़ को सुनें।

समुद्र की आवाज़ सुनकर सोमेश्वर की आंखों में आंसू आ गए, क्योंकि उस आवाज़ ने उसे उस भयानक दिन की याद दिला दी थी। उस भयानक शाम को जब महमूद ने सोमनाथ मंदिर को जलाकर राख कर दिया था, तब वो सिर्फ़ क्रोध और पीड़ा से भरे समुद्र के तट से टकराने की आवाज़ ही सुन पा रहा था। उसने अपने सिर को झटका दिया और वर्तमान पर ध्यान केंद्रित करने लगा।

समुद्र की वही आवाज़ें नरसिम्हन की आंखों में भी आंसू ले आई थीं। उसके लिए नहीं जो उसने देखा था, बल्कि उसके लिए जो उसने किया था। हिंसक लहरें, ख़ून से रंगा समुद्री झाग, फूलकर तैरते बेजान शरीर, कटे हुए अंग, दर्द और पीड़ा से भरी ज़ोरदार चीख़ें...

और वो एक आवाज़। वो आवाज़ जिसने उसकी आत्मा को घायल कर दिया था। *मुझे उम्मीद है कि ये जीत इसके योग्य होगी।*

नरसिम्हन ने अपने गले में लटके सोने के पेंडेंट को पकड़ा, तो उसे अपनी त्वचा पर अपराधबोध और यातना की लपटें महसूस होने लगीं।

मुझे उम्मीद है कि ये जीत इसके योग्य होगी, क्योंकि तेरी आत्मा अब अभिशप्त है।

आवाज़ और तेज़ हो गई। और तेज़।

और फिर, पलक झपकते, वो नज़ारा और आवाज़ ग़ायब हो गई। नरसिम्हन ने चारों ओर देखा। किसी का ध्यान नहीं गया था। उसने चुपके से अपने माथे पर आ गई पसीने की इकलौती बूंद को पोंछा और पेंडेंट को छोड़ दिया।

आख़िरकार वो रुके और उनके साथ आए पहरेदार इधर-उधर हो गए। कक्ष के बाएं और दाएं किनारों पर, स्तंभों के पास सम्राट के विशिष्ट रक्षकों की क़तारें थीं। वो बिना हिले-डुले, मूर्तियों की तरह खड़े थे, उनके हाथ म्यान में रखी तलवारों की मूठ पर थे, उनकी ढालें उनके मांसल कंधों पर लटकी हुई थीं। दो स्तंभों को जोड़ने के लिए बाएं और दाएं दोनों ओर दीवारें थीं। बाईं दीवार पर उत्कीर्ण नक़्क़ाशी में एक उत्कृष्ट मूर्ति बनी हुई थी: राजेंद्र चोल का राज्याभिषेक करते स्वयं भगवान शिव, जबकि उनकी पत्नी देवी पार्वती उनके बाईं ओर खड़ी हैं। महादेव कैलाश पर्वत पर अपने चट्टानी आसन पर बैठे हैं, जबकि युवा चोल उनके सामने घुटनों के बल झुके हुए हैं। भगवान शिव युवा राजेंद्र के क़रीने से संवारे हुए बालों पर एक साधारण लकड़ी का मुकुट रखते हुए उन्हें धरती पर अपने आवास गंगईकोंडा पर शासन करने का अधिकार दे रहे हैं। एक सपाट पथरीली सतह में उकेरी गई मूर्तियां दीवार में जड़ी हुई थीं। इससे कलाकृति अत्यंत टिकाऊ बन गई थी। ये लंबे समय तक चलने वाली थी, जिसका अर्थ था कि राजेंद्र को शासन करने का अधिकार स्वयं भगवान शिव के आशीर्वाद से मिला था। ये मुख्य मंदिर परिसर की बाहरी उत्तरी दीवार पर बने एक बड़े संस्करण की नक़ल थी।

राजेंद्र चोल दीवार पर उत्कीर्ण इस शिल्प के नीचे खड़े थे, और आने वाले लोगों की ओर उनकी पीठ थी। उनके मित्र उनके दाईं ओर खड़े थे। दोनों धीरे-धीरे बातें कर रहे थे।

ये लोग अपने सम्राट के पास पहुंचे और ख़ामोशी से उनके पीछे रुक गए। कथिरावन आगे बढ़े और सम्राट के कान में धीरे से फुसफुसाए, 'सब लोग आ गए हैं, महाराज।'

राजेंद्र चोल मुड़े। उनके मित्र मध्य भारत के मालवा के सम्राट भोजदेव परमार भी मुड़े।

भोजदेव परमार, जिन्हें पूरे भारत में एक विद्वान-राजा के रूप में जाना जाता था, राजेंद्र चोल के प्रिय मित्र और सहयोगी थे। वे पूर्वी राजस्थान, मध्य प्रदेश, छत्तीसगढ़ और उत्तरी महाराष्ट्र के कुछ छोटे हिस्सों के साथ ही मध्य

भारत के अधिकांश हिस्से पर शासन करते थे। राजेंद्र और उन्होंने मिलकर उत्तरी दक्कन के चालुक्यों और बंगाल के पालों को हराया था। भारतीय भूमि की बनावट कुछ इस तरह की थी कि चालुक्य चोलों के ठीक उत्तरी पड़ोसी थे। जबकि उधर परमार चालुक्यों के ठीक उत्तरी पड़ोसी थे। परमारों के पूर्व में पालों का राज्य था।

प्राचीन भारतीय विद्वान चाणक्य ने कहा था कि एक बढ़ते हुए साम्राज्य के लिए उसका पड़ोसी हमेशा दुश्मन होगा। और उस दुश्मन का पड़ोसी एक संभावित मित्र होगा। इसलिए, ये तर्कसम्मत ही था कि चोल और परमार अपने पड़ोसी चालुक्यों पर मिलकर हमला करने के लिए मित्र हों। भोजदेव की उम्र लगभग राजेंद्र जितनी होना भी लाभकारी रहा, और दक्षिण भारत के सम्राट भोजदेव के अलौकिक काव्य और नाटकों के प्रशंसक भी थे। इससे उनकी दोस्ती का रिश्ता और भी मज़बूत हो गया। भोजदेव दक्षिण-पूर्व एशिया के विजय अभियान में भी राजेंद्र के साथ रहे थे। इसलिए मालवा के सम्राट ने पहले नरसिम्हन को देखा और सिर हिलाया। नरसिम्हन ने झुककर प्रणाम किया, क्योंकि वो पहले श्रीविजय की समुद्री यात्रा के दौरान मिल चुके थे।

'वणक्कम,' राजेंद्र चोल ने उन लोगों का अभिवादन किया।

'नमस्ते,' भोजदेव परमार ने कहा।

वहां मौजूद सभी लोगों ने दोनों सम्राटों के सम्मान में सिर झुकाया।

'जैसा कि मैं अपने मित्र भोज को बता रहा था... जब मैंने ये भित्ति-मूर्ति शिल्प बनवाया था,' राजेंद्र ने दीवार की ओर इशारा करते हुए कहा, '...तो मेरा इरादा था कि इससे मैं और मेरे लोग याद रखें मैं हमेशा कैलाशम के स्वामी का सेवक रहूंगा, वो पहाड़ जिसे भोज के लोग कैलाश कहते हैं। मैंने अभी तक जितनी भी उपलब्धियां प्राप्त की हैं, जो भी देश जीते हैं, जिन विद्रोहियों का मैंने दमन किया है, जो धन मैंने इकट्ठा किया है, जो शहर मैंने बनाया है—वो सिर्फ़ मेरे घमंड और अहंकार को बढ़ावा देते रहे हैं। मुझे अपने दिव्य स्वामी की सेवा करने का अवसर केवल मंदिरों और धर्मार्थ संस्थाओं के निर्माता के

रूप में मिला है। अब कहीं जाकर मुझे... नहीं, *हम सभी को*... योद्धाओं के रूप में भगवान शिव की व्यक्तिगत रूप से सेवा करने का मौक़ा मिला है।'

राजेंद्र ने भोजदेव की ओर देखा।

'मेरे मित्र राजेंद्र, मैं आपकी बातों से सहमत हूं,' भोजदेव ने कहा। 'मैंने इलाक़े जीते हैं, एक नई राजधानी बनाई है, एक संस्कृत विश्वविद्यालय बनाया है, बांध और नहरें बनाई हैं... आपकी तरह, मैं भी जानता हूं कि ये तो बस राजा के रूप में हमारा काम है। ये अपनी प्रजा के प्रति हमारा कर्तव्य है। लेकिन अब, ये काम हमारे भगवान, हमारे महादेव के प्रति हमारा कर्तव्य है। हमें भगवान शिव के भक्त सहयोगियों के रूप में एक अभियान दिया गया है।'

वो लोग सम्राटों को देखते हुए उनकी बातों को ध्यान से सुनते रहे।

'हम सोमनाथर का बदला लेंगे,' राजेंद्र चोल ने कहा। उनकी आवाज़ शांत थी लेकिन आंखों में आग साफ़ दिखाई दे रही थी, और उन्होंने तमिल शब्द 'र' सम्मान के लिए जोड़ा था। प्रधानमंत्री कथिरावन को एक नज़र देखते हुए राजेंद्र ने आगे कहा, 'मैं ये तर्क नहीं सुनना चाहता कि हमें ग़ज़नी के उस बर्बर महमूद पर हमला क्यों नहीं करना चाहिए। मैं आप सभी से बस ये सुनना चाहता हूं कि हमें ये हमला कैसे करना चाहिए।'

'जी, महाराज।' कथिरावन का जवाब तुरंत ही आया था।

'आइए बैठते हैं।'

कुछ सैनिकों ने जल्दी से आरामदायक गद्दियां लाकर फ़र्श पर बिछा दीं। राजेंद्र चोल, भोजदेव परमार और पांचों आदमी इस बात का ध्यान रखते हुए बैठ गए कि उनकी पीठ गर्भगृह में स्थापित शिवलिंग की ओर न हो।

'सबसे पहली बात, हम कितने सैनिक जुटा सकते हैं और कितनी जल्दी?' राजेंद्र ने सीधे मुद्दे पर आते हुए कहा। 'दूसरी बात, हम ग़ज़नवी राजधानी तक कैसे पहुंचेंगे क्योंकि हम जो भी रास्ता लें, बीच में कई भारतीय राज्य आएंगे जो शायद इस डर से हमारी सेना को गुज़रने की अनुमति न दें कि हम उनकी ज़मीनों पर क़ब्ज़ा कर सकते हैं।'

'आपके पहले सवाल का जवाब ये है कि हमारी स्थायी सेना में पचास से साठ हज़ार सैनिक हैं, महाराज,' कथिरावन ने कहा। 'जिसमें पांच हज़ार राज-सुरक्षाकर्मी शामिल हैं। अगर आप दूसरे इलाक़ों और अपने अधीनस्थ राज्यों को बुलावा भेजें तो हम इस संख्या को शायद दोगुना कर सकते हैं, लेकिन उन सेनाओं को आने में कई महीने लगेंगे। और हां, जहां तक मुझे मालवा के बारे में पता है, आपके अच्छे मित्र और सहयोगी सम्राट भोजदेव परमार पचास हज़ार और सैनिक ला सकते हैं।'

भोजदेव कथिरावन की ओर देखकर मुस्कुराए और फिर राजेंद्र चोल की ओर मुड़े। 'मैं समझ सकता हूं कि आप अपने प्रधान मंत्री को क्यों पसंद करते हैं। इनका गुप्तचर तंत्र अच्छा है। मेरी मालवा सेना की ताक़त का इनका आकलन सही है।'

राजेंद्र चोल भी मुस्कुराए। 'लेकिन, अगर मैं इन्हें अच्छी तरह जानता हूं, तो अभी ये "लेकिन" भी बोलने वाले हैं...'

कथिरावन धीरे से हंसे। 'ये एक महत्वपूर्ण "लेकिन" है, महामहिम... हम बड़ी संख्या में सैनिक तो जुटा सकते हैं, लेकिन हमें ये भी ध्यान रखना होगा कि हमारी स्थायी सेना अभी-अभी चार साल के एक कठिन अभियान से लौटी है। ऐसा ही मालवा की स्थायी सेना के बहुत से सैनिकों के साथ भी है। सैनिक थके हुए हैं, और नए रंगरूटों की भर्ती करके उन्हें प्रशिक्षित करना होगा। इसमें समय लगेगा। मेरा अनुमान है कि कूच करने के लिए तैयार होने में कम से कम एक साल लगेगा। और फिर, इतनी बड़ी सेना के लिए भोजन और आपूर्ति के रसद तंत्र को ग़ज़नी के ऊंचे पहाड़ों तक स्थापित करना भी एक चुनौती होगी। हमें इस पर भी सोचना होगा। लेकिन मैं केवल भर्ती और रसद की बात कर रहा हूं, मेरे स्वामी। बहादुर नरसिम्हन सैन्य कौशल और रणनीति को मुझसे कहीं बेहतर समझते हैं।'

राजेंद्र नरसिम्हन की ओर मुड़े।

'मैं प्रधान मंत्री से सहमत हूं, स्वामी,' नरसिम्हन ने कहा। 'अधीनस्थों सहित अपनी पूरी सेना को जुटाने में समय लगेगा। लेकिन असली समस्या

ये नहीं है... असली समस्या होगी हमारी सभी सेनाओं को ग़ज़नी तक पहुंचाना।'

'हां,' कथिरावन ने सहमति प्रकट की। 'सारे प्रत्यक्ष रास्ते बंद हैं।'

नरसिम्हन ने आगे कहा, 'अगर हम पश्चिमी रास्ता लेते हैं, तो हम कर्नाटक, महाराष्ट्र और तेलंगाना के चालुक्य साम्राज्य और फिर गुजरात के सोलंकी साम्राज्य से गुज़रेंगे। वो भले ही इतने शक्तिशाली न हों कि हमें हरा सकें, लेकिन उनमें इतनी शक्ति अवश्य है कि हमारी सेना को कमज़ोर कर सकें और हमारे बहुत से सैनिकों को मार सकें। ग़ज़नी पहुंचने से पहले ही हमारी ताक़त क्षीण पड़ चुकी होगी। सम्राट भोजदेव को भी अपनी सेना को पार कराने के लिए सोलंकी साम्राज्य से लड़ना होगा...'

'दोनों सम्राट इन राज्यों के साथ युद्ध लड़ चुके हैं,' कथिरावन ने कहा। 'इसलिए अगर हम चालुक्यों और सोलंकियों को ये बताएं कि हम सिर्फ़ उनके क्षेत्रों से होते हुए ग़ज़नी जाना चाहते हैं, तो भी वो हम पर विश्वास नहीं करेंगे। उन्हें लगेगा कि हम उन पर क़ब्ज़ा करने आए हैं।'

विजयन बीच में बोला, 'और अगर हम सोलंकियों से पार निकल भी जाते हैं, तो भी हमें थार के रेगिस्तान से जूझना होगा, जहां इतनी बड़ी सेना के लिए रसद की इतनी कमी हो जाएगी कि हमारे लिए सिंध पहुंचना ही मुश्किल हो जाएगा, मुख्य ग़ज़नवी क्षेत्र की तो बात ही छोड़ दीजिए। बहुत सारी रुकावटें आएंगी।'

'मैं सहमत हूं,' राजेंद्र ने कहा। 'पश्चिमी रास्ता सही नहीं है।'

एक अच्छी सलाह देने पर विजयन का सीना थोड़ा फूल गया था।

'दूसरे विकल्प क्या हैं?' भोजदेव ने पूछा।

'समुद्री रास्ता कैसा रहेगा?' इक़बाल ने पूछा।

'हम इतनी बड़ी सेना को कश्तियों पर नहीं ले जा सकते... इसमें रसद की और, इससे भी महत्वपूर्ण, तालमेल की समस्याएं आएंगी,' नरसिम्हन ने कहा, जिसे नौसैनिक लड़ाइयों का बहुत ज़्यादा अनुभव था। 'समुद्र में इतने सारे जहाज़ों के बीच संवाद कर पाना बहुत मुश्किल होता है। हो सकता है

कि सेना के अलग-अलग भाग अलग-अलग समय पर ज़मीन पर उतरें, और वो भी दुश्मन ग़ज़नी के ग्वादर इलाक़े में। दुश्मन उन्हें छोटे-छोटे टुकड़ों में आसानी से निपटा देगा। याद रखिए कि दक्षिण-पूर्व एशिया में मूल रूप से समुद्र में लड़ी गई लड़ाइयों के विपरीत ग़ज़नी के साथ मुख्य रूप से हमारी ज़मीनी लड़ाई होगी।'

राजेंद्र चोल ने बमुश्किल अपनी झुंझलाहट छिपाते हुए कहा, 'आप सब समस्याएं गिना रहे हैं। मुझे समाधान बताइए!'

कथिरावन जानते थे कि राजेंद्र चोल क्या कर रहे थे। वो अंदाज़ा लगा सकते थे कि सम्राट की क्या योजना थी। लेकिन वो हमेशा बातचीत करने में विश्वास रखते थे ताकि दूसरे लोग उनकी योजनाओं को स्वीकार कर लें—दूसरे लोगों को ये विश्वास हो जाए कि अंतिम योजना उनका अपना सुझाव था। पहले स्पष्ट रूप से ग़लत विकल्पों पर चर्चा हो जाए और सबके द्वारा उन्हें नकार दिया जाए, और फिर तार्किक विकल्प सामने आए। और राजेंद्र को उम्मीद थी कि तार्किक कार्रवाई एक व्यक्ति की ओर से आएगी।

सम्राट ने सोमेश्वर की ओर देखा।

'महाराज,' सोमेश्वर ने पहली बार बोलते हुए कहा। 'मैं कोई सैन्य रणनीतिकार नहीं हूं। लेकिन मैं इस हमले के बारे में पिछले चार साल से सोचता रहा हूं और इसकी योजना बनाता रहा हूं... अनुमति हो तो मेरा एक सुझाव है: इस हमले के लिए सैनिक की तलवार की नहीं, बल्कि शल्य-चिकित्सक के नश्तर की ज़रूरत होगी।'

राजेंद्र सोमेश्वर को देखते रहे, जैसे कुछ तय नहीं कर पा रहे हों, लेकिन नरसिम्हन विस्मित था।

'क्या आपका मतलब हत्यारे भेजने से है?' नरसिम्हन ने पूछा। 'ये युद्ध के सिद्धांतों के विरुद्ध है। हम मर्दों की तरह लड़ते हैं। हम दुश्मन सैनिकों के ख़िलाफ़ खुले मैदान में लड़ते हैं जिनके पास हमसे बराबरी का मुक़ाबला करने का पूरा मौक़ा हो। और फिर हम उन्हें हराते हैं। इस तरह हासिल की गई जीत में सम्मान होता है—ख़ून, पसीने और सच्चे साहस के माध्यम से। कायरों

की तरह लुक-छिपकर जाने, डरपोकों की तरह छिपने, और तब उसका गला काटने में कोई सम्मान नहीं है जब वो सो रहा हो।'

नरसिम्हन ने पुष्टि के लिए राजेंद्र चोल की ओर देखा। लेकिन उसके सम्राट ने कुछ नहीं कहा।

'वीर नरसिम्हन,' सोमेश्वर ने कहा, 'क्या आपने आचार्य चाणक्य की रचनाएं पढ़ी हैं?'

विद्वान-शासक भोजदेव परमार धीरे से मुस्कुराए जिन्होंने चाणक्य की कृतियों सहित भारत के कई प्राचीन ग्रंथों का अध्ययन किया था।

चाणक्य को हमेशा से पूरे भारतीय उपमहाद्वीप में सबसे महान राजनीतिक, आर्थिक, प्रशासनिक, युद्ध और सामाजिक सिद्धांतकारों में से एक माना जाता था। सबने उनके बारे में सुना था, क्योंकि चाणक्य ने भारतीय इतिहास के सबसे बड़े साम्राज्य, और विश्व के इतिहास के सबसे बड़े साम्राज्यों में से एक—मौर्य साम्राज्य—के उत्थान में मार्गदर्शन किया और उसका कारण बने थे, जो राजेंद्र चोल और भोजदेव परमार के समय से लगभग चौदह सौ साल पहले की बात थी।

'बेशक, मैं जानता हूं कि आचार्य चाणक्य कौन हैं,' नरसिम्हन ने जवाब दिया।

'क्या आपने उनकी पुस्तकें पढ़ी हैं, श्रेष्ठ नरसिम्हन?' सोमेश्वर ने पूछा।

नरसिम्हन चुप रहा। अफ़सोस कि अधिकतर भारतीयों ने चाणक्य के बारे में सुना तो ज़रूर था, लेकिन उन्हें पढ़ा वास्तव में बहुत कम लोगों ने था।

'आचार्य चाणक्य की उक्तियों में से एक ये थी,' सोमेश्वर ने आगे कहा, 'कि खुला युद्ध सबसे सम्मानजनक विकल्प है, लेकिन ये हमेशा अंतिम विकल्प होना चाहिए। क्योंकि खुला युद्ध बहुत अप्रत्याशित होता है। जीत या हार के बारे में कोई भी निश्चित नहीं हो सकता। और कि खुले युद्ध में अक्सर गौण नुकसान भी होता है। निर्दोष भी मारे जाते हैं, है ना?'

नरसिम्हन अवाक रह गया। *मुझे उम्मीद है कि ये जीत इसके योग्य होगी।*

राजेंद्र ने भी अपने मित्र नरसिम्हन को देखा, लेकिन उनमें इतनी समझदारी थी कि वो कुछ बोले नहीं। नरसिम्हन ने अपना सिर थोड़ा हिलाया, और भरपूर आत्मसंयम बरतते हुए उन्होंने अपने गले में लटके गोलाकार पेंडेंट को छूने से ख़ुद को रोका।

'तो खुले युद्ध से पहले हमारे पास क्या विकल्प हैं?' सोमेश्वर ने आगे कहा। 'आचार्य चाणक्य के अनुसार, ये हैं *साम, दाम, दंड, भेद—राजनयिक बातचीत, रिश्वत, सज़ा और दुश्मन की सेना में फूट डालना।* साम का कोई फ़ायदा नहीं है, क्योंकि महमूद बर्बर है जो कूटनीति नहीं समझता। मैंने तब सोमनाथजी को बचाने के लिए रिश्वत देने की कोशिश की थी, लेकिन महमूद ने ठुकरा दी। उसने मुझसे कहा कि उसके पवित्र ग्रंथ उसे मूर्तियां तोड़ने और काफ़िरों को मारने को कहते हैं। तो अब सिर्फ़ दंड और भेद ही विकल्प बचे हैं। उसे मार डालें, लेकिन इस तरह से मारें कि ग़ज़नी में गृहयुद्ध शुरू हो जाए। उन पागल कुत्तों को आपस में लड़ने दें, ताकि उनके पास हम पर हमला करने के लिए समय ही न हो।'

राजेंद्र चोल दिलचस्पी लेते हुए आगे झुके।

'और जहां तक सम्मान की बात है,' सोमेश्वर ने कहा—वो देख तो राजेंद्र चोल और भोजदेव परमार की ओर रहा था, लेकिन ये स्पष्ट था कि उसके शब्द नरसिम्हन के लिए थे—'इसमें कोई शक नहीं है कि एक सैनिक में साहस होता है। लेकिन युद्ध के मैदान में, उसके आसपास उसके साथी होते हैं। उसे पता होता है कि अगर वो जीतेगा, तो उसे इनाम मिलेगा। उसे पता होता है कि अगर वो मारा जाएगा, तो उसकी बहादुरी के गीत गाए जाएंगे। लेकिन एक हत्यारे या जासूस के बारे में सोचिए। वो दुश्मन के इलाक़े में अकेला होता है। उसे पता होता है कि अगर वो पकड़ा गया और मार डाला गया, तो उसका राजा मानेगा भी नहीं कि वो उसे पहचानता है। उसे पता होता है कि अगर वो कामयाब रहा, तो भी उसे खुलेआम तारीफ़ नहीं मिलेगी और न ही कोई पदक दिया जाएगा, क्योंकि इससे हत्या का पूरा उद्देश्य ही ख़त्म हो जाएगा। तो फिर एक हत्यारा या जासूस जो काम करता

है वो क्यों करता है? सिर्फ़ और सिर्फ़ एक कारण से। एक ऐसा कारण जो सम्मान से भी बड़ा है।'

कथिरावन उस गुजराती व्यापारी से बहुत प्रभावित थे।

सोमेश्वर आगे बोला, 'और वो वजह है देशप्रेम। अपनी मातृभूमि के लिए प्यार। किसी देश के जासूस और हत्यारे जो भी करते हैं वो केवल इसी कारण से करते हैं... यह केवल सम्मान की बात नहीं है। वो जानते हैं कि उनके काम धर्म और अधर्म के बीच की रेखा पर होते हैं। वो जानते हैं कि वो जो काम करते हैं, उनकी वजह से शायद वो आगे चलकर अपनी ही आत्मा को कोसें। वो जानते हैं कि उनके काम के लिए उन्हें कभी भी सार्वजनिक रूप से पुरस्कृत नहीं किया जाएगा। वो जानते हैं कि इसके लिए उन्हें कभी पहचान तक नहीं दी जाएगी। लेकिन वो फिर भी उस काम को करते हैं। क्यों? अपने देवताओं, लोगों और मातृभूमि की भलाई के लिए। मेरा विश्वास है कि जासूस और हत्यारे अगर सैनिकों से ज़्यादा नहीं, तो उतने ही महान योद्धा तो अवश्य होते हैं।'

चारों ओर सन्नाटा छा गया।

'और उतनी ही महत्वपूर्ण बात ये है,' सोमेश्वर ने आगे कहा, 'कि हत्याओं में गौण नुकसान का ख़तरा—जो खुली लड़ाई में बहुत सामान्य चीज़ है—बहुत कम रहता है। चिकित्सक का नश्तर अकारण ही अतिरिक्त मांस को नहीं काटता।'

ये अंतिम बात नरसिम्हन को बहुत अखरी। बहुत ज़्यादा।

'आपका क्या विचार है, सोमेश्वर?' राजेंद्र ने पूछा। 'मैं हत्या वाली बात तो समझ गया। उसकी हम योजना बना सकते हैं। लेकिन ग़ज़नवी लोगों के बीच *भेद* पैदा करना, फूट डालना... ये हम कैसे करेंगे?'

'केवल महमूद को मारना काफ़ी नहीं होगा, स्वामी,' सोमेश्वर ने कहा। 'तुर्कों की एक भारी संख्या अपने धर्म की कट्टर व्याख्या को मानती है। ये लोग दुनिया के इतिहास का सबसे बड़ा हत्या-यंत्र हैं। इनमें न तो कोई ग्लानि है, न अपराधबोध और न हिचकिचाहट। बस अकल्पनीय बर्बरता है। वो वास्तव में अपने समुदाय से बाहर के सभी लोगों को यातनाएं देकर मार डालने

योग्य जानवर समझते हैं। हमारे साथ बात-व्यवहार करते समय उनमें सम्मान की कोई भावना नहीं होती... उन्होंने *अल तक़िय्या* नाम की एक बहुत ही सूक्ष्म धारणा की तोड़-मरोड़कर व्याख्या की है; वो कहते हैं कि जब उनकी अपनी स्थिति कमज़ोर हो, तब उनका धर्म उन्हें काफ़िरों से झूठ बोलने और उन्हें गुमराह करने की अनुमति देता है। इसलिए, उनके साथ शांति संधि करने का कोई मतलब नहीं है, क्योंकि वो तभी तक चलेगी जब तक वो कमज़ोर हैं। जैसे ही वो मज़बूत होंगे, वैसे ही वो उस शांति संधि को तोड़ देंगे, भले ही उन्होंने अपने ख़ुदा के नाम पर क़सम खाई हो। वो पागल कुत्तों के झुंड जैसे हैं। कोई स्थायी शांति संभव ही नहीं है। आपको लगातार उनसे लड़ते रहना होगा।'

राजेंद्र और भोजदेव दोनों ने इक़बाल की तरफ देखा, क्योंकि वो एक मुसलमान के सामने इस तरह की बातों को लेकर असहज महसूस कर रहे थे।

'मेरे मित्र सोमेश्वर भाई सही कह रहे हैं, महामहिम,' इक़बाल ने कहा। 'इन तुर्कों ने मेरे धर्म को बेतहाशा तोड़-मरोड़ दिया है। मैं भारतीय इस्लाम पर चलता हूं, जो उससे बहुत ही अलग व्याख्या है जिस पर ये तुर्क चलते हैं। मेरा इस्लाम मुझे कुछ बहुत भिन्न सबक़ सिखाता है। पवित्र क़ुरआन अध्याय 109, आयत 6 में कहता है, *लकुम दीनुकुम व लिय दीन।* इसका अर्थ है, *तुम्हारे लिए तुम्हारा धर्म, और मेरे लिए मेरा।* इसके अलावा, हम भारतीय मुसलमानों के लिए हमारा वादा ही सब कुछ है। हम अपने वादों को कभी नहीं तोड़ेंगे क्योंकि हमारा मानना है कि अल्लाह हमें देख रहा है, और अगर हमने अनैतिक व्यवहार किया तो वो क़यामत के दिन हमें सज़ा देगा। तुर्क साफ़तौर पर महान इस्लाम धर्म का इस्तेमाल बस अपनी जीत और बर्बरता के लिए एक हथियार के रूप में करते हैं। उनके वादे, यहां तक कि वो वादे भी जो वो अल्लाह के नाम पर करते हैं, उनके लिए कोई मायने नहीं रखते। वो इस्लाम के नाम पर कलंक हैं। वो वाक़ई पागल कुत्तों जैसे हैं।'

'मैं तुर्कों के लिए आपकी पीड़ा और ग़ुस्से को समझ सकता हूं, इक़बाल,' राजेंद्र चोल ने कहा। 'इस्लाम व्यापारियों के ज़रिए हमारे चेर इलाक़ों में आया था। और ये हमारे क्षेत्रों में एक शांतिपूर्ण और सकारात्मक बदलाव रहा है। चेर

मुसलमान हमारी परंपराओं का सम्मान करते हैं, और हम उनकी परंपराओं का सम्मान करते हैं। ऐसा ही होना भी चाहिए। ये तुर्क अपनी बर्बरता से इस्लाम जैसे महान धर्म का अपमान कर रहे हैं।'

'तो हम क्या करें, सोमेश्वर?' कथिरावन ने पूछा।

'पागल कुत्तों से निपटने का सबसे अच्छा तरीक़ा ये है कि उन्हें एक-दूसरे से लड़वा दिया जाए। और उन्हें एक-दूसरे से लड़ने में व्यस्त रखा जाए।'

'और हम ऐसा कैसे करेंगे?'

'सौभाग्य से, अरब और फ़ारसी भी तुर्कों को पागल कुत्तों के रूप में ही देखते हैं।'

'लेकिन क्या वो भी मुसलमान नहीं हैं?'

'हां, अरब असली मुसलमान हैं। लेकिन वो ज़्यादा सभ्य लोग हैं। उन्हें विज्ञान, संगीत, साहित्य और दूसरी सभ्य गतिविधियों में दिलचस्पी है।'

'इसका महमूद से क्या लेना-देना है?'

'ख़िलाफ़त।'

'ख़िलाफ़त?'

'कई भारतीयों ने ख़िलाफ़त शब्द सुना है। उन्हें लगता है कि इसका अर्थ है विरोध। असल में, ये इस शब्द को बोलने के तरीक़ों में से एक है। और पारिभाषिक रूप से, ख़लीफ़ा पूरी इस्लामी दुनिया का प्रमुख होता है। हर इस्लामिक राज्य में, धर्मतंत्र और राजतंत्र अलग-अलग होते हैं। और उनके बीच हमेशा खींचतान बनी रहती है, क्योंकि इस्लाम में दोनों ही शक्तिशाली हैं। लेकिन ख़लीफ़ा भिन्न होता है, क्योंकि उसके पास राजकाज और धर्म दोनों स्तरों पर शक्ति होती है। पूरे इस्लामी जगत में केवल एक ही जीवित ख़लीफ़ा हो सकता है। शायद यही क़ानून है।'

'क्या आप इस पर विश्वास करते हैं?' भोजदेव ने इक़बाल से पूछा।

इकबाल ने तुरंत जवाब दिया, 'दुनिया के इस भाग में, हम बस पहले चार सही राह पर चलने वाले ख़लीफ़ाओं को मानते हैं जो पैग़ंबर मुहम्मद, उन पर शांति हो, का अनुसरण करते थे। वो थे ख़लीफ़ा अबू बक्र, ख़लीफ़ा

उमर, ख़लीफ़ा उस्मान और ख़लीफ़ा अली। हम और किसी को नहीं मानते। हमारे हिसाब से, अभी जो कोई भी ज़िंदा है, वह ख़लीफ़ा नहीं हो सकता।'

राजेंद्र ने सोमेश्वर से पूछा, 'तो इस बात से हमें कैसे अवसर मिलता है?'

'इस्लाम की शुरुआत से ही ख़लीफ़ा हमेशा कोई अरब रहा है। वर्तमान में एक अब्बासी ख़लीफ़ा है, जिसके साथ चोल साम्राज्य भी व्यापार करता है। वो अपने पूर्वजों के मुक़ाबले बहुत कमज़ोर है, और वास्तव में उस पर फ़ारसी बूया वंश का नियंत्रण है।'

'और?'

'और महमूद ख़ुद को ख़लीफ़ा घोषित करना चाहता है।'

आख़िरकार पूरी बात को अच्छी तरह समझने के बाद, राजेंद्र चोल सीधे होकर बैठ गए। 'ग़ज़नी में धार्मिक नेताओं और दरबार के लोगों का एक-दूसरे से लड़ना। और अपने अरब सहयोगियों के साथ मिलकर फ़ारसियों का तुर्कों के ख़िलाफ़ लड़ना। और यह सब शुरू हो महमूद की हत्या के कारण।'

'जी हां, योजना यही है। अगर सबकुछ ठीक रहा, तो हम सल्जूक़ तुर्कों को भी ग़ज़नवी तुर्कों के ख़िलाफ़ अरबों के साथ मिला सकते हैं। इस तरह गृहयुद्ध जल्द ख़त्म नहीं होगा।'

'महमूद की ख़लीफ़ा बनने की योजना के बारे में आपको कितना विश्वास है?'

सोमेश्वर इक़बाल की ओर मुड़ा जिसने अपने झोले में हाथ डालकर उसमें से एक पत्र निकाला। सोमेश्वर ने झुकते हुए वो पत्र राजेंद्र चोल को दे दिया। और ये कहते हुए एक काग़ज़ भी दिया कि 'संदेश संकेत-लिपि में है, महाराज। इसे समझने के लिए इस गूढ़ालेखी कुंजी पत्र की ज़रूरत पड़ेगी।'

राजेंद्र चोल ने वो पत्र और गूढ़ालेखी कुंजी पत्र कथिरावन को दे दिया।

कथिरावन एक विशेषज्ञ बहुभाषाविद थे और अलग-अलग लिपियां समझने में दक्ष थे। वो संकेत-लिपि को समझने के सिद्धांतों से भी भलीभांति परिचित थे। लेकिन ये आसान था क्योंकि गूढ़ालेखी कुंजी मौजूद थी। अच्छी बात ये भी थी कि ये संदेश छोटा ही था।

कथिरावन ने कुछ ही समय में उस छोटे से संदेश को समझ लिया। 'महमूद ख़लीफ़ा बनना चाहता है। यही मौक़ा है।'

'हम्म,' भोजदेव परमार बड़बड़ाए।

'और मैं इस मुहर को पहचानता हूं,' कथिरावन ने आगे कहा। 'ये ग़ज़नवी की शाही मुहर है। लेकिन मैं इस दूसरी मुहर को नहीं पहचानता।'

'वो,' सोमेश्वर ने समझाया, 'ग़ज़नी की जामा मस्जिद के मुफ़्ती-ए-आज़म की मुहर है।'

सब लोग चकित होकर चुप हो गए। ये साज़िश ऊपर तक जा रही थी। ग़ज़नवी सत्ता की संरचना के शीर्ष तक। शाही परिवार में से कोई और मुफ़्ती-ए-आज़म दोनों ही इस साज़िश में शामिल थे।

सोमेश्वर ने इसकी असाधारण रूप से बढ़िया योजना बनाई थी।

'हम्म। ये तो... बहुत दिलचस्प बात है।' राजेंद्र चोल ने भोजदेव की ओर देखा, जिन्होंने सहमति में सिर हिलाया। फिर वो अपने सामने बैठे पांचों आदमियों की तरफ़ मुड़े। 'हमें इस पर सोचने के लिए एक सप्ताह दीजिए,' चोल सम्राट ने बैठक को ख़त्म करते हुए कहा।

सोमेश्वर ने भी सहमति में सिर हिलाया और उनके सामने झुका। राजेंद्र चोल और भोजदेव परमार अन्य स्रोतों से सारी जानकारी की जांच करना चाहेंगे। बात समझ में आती थी।

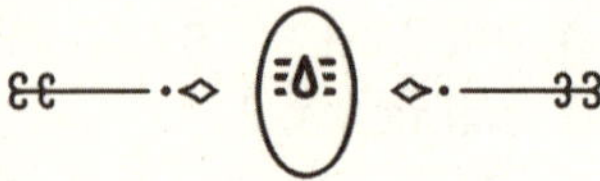

अध्याय 6

बेगम की सलाह

ग़ज़नी

अपनी कनीज़ों और हिजड़े पहरेदारों से घिरी ग़ज़नी की रानी कौसरी जहां महमूद के जाड़ों के महल के गलियारों में टहल रही थी। उसकी नाज़ुक, लंबी-लंबी उंगलियां उसके सपाट पेट पर आपस में लिपटी हुई थीं, और उसका लंबा, पारदर्शी हल्के नीले रंग का गाउन फ़ारसी संगमरमर के फ़र्श को बुहारता जा रहा था। गुलाबी सोने की लगभग अदृश्य चेन में पिरोए हुए बड़े-बड़े बसरा मोती उसकी पतली गर्दन को सुशोभित कर रहे थे, और उसके कान सुनहरे भूरे बालों की घनी लटों तले छिपे हुए थे। रानी तेज़-तेज़ चल रही थी, और उसका चेहरा सोच में डूबा हुआ था। उसने अपने हाथों को एक दूसरे से अलग किया और एक हाथ से अपनी गर्दन के मोतियों को इस तरह जकड़ लिया जैसे ग़ुस्से में उन्हें खींचकर संगमरमरी फ़र्श पर बिखेर देना चाहती हो। या शायद उसे उस चीज़ को खोने का डर था जिसे पाने के लिए उसने इतनी क़ुर्बानियां दी थीं। जो भी हो, मोती वहीं रहे जहां वो थे—उसके बेहद ख़ूबसूरत गले में।

सर्दियों का सूरज पहाड़ों के पीछे छिप चुका था। आज की सुबह बेचैनी भरी और दिन थकाने वाला रहा था। निर्वासन से लौटे इस्माईल को आधिकारिक

रूप से ग़ज़नी का सूबेदार और जामा मस्जिद का मुफ़्ती-ए-आज़म बनाया गया था। दोपहर के नियत समय तक दरबार में सभी लोग हाज़िर हो चुके थे, और पूरी ग़ज़नवी सल्तनत के नुमाइंदे मस्जिद परिसर में जमा हो गए थे। महमूद ने बड़ी सुरुचि और सुघड़ता से लोगों को संबोधित किया था, जिसमें बेशक उस क़ंधार अफ़ीम से भी मदद मिली थी जो उसने दिन में पहले पी थी।

दोपहर बाद तक, अफ़रा-तफ़री कौसरी की आंखों के लिए डरावना सा रूप ले चुकी थी। सुल्तान अचानक अपने महल के लिए निकल गया था, और किसी ने उसके ग़ायब होने पर ध्यान नहीं दिया था। लेकिन, रानी की नज़रों से ये बात नहीं छिपी। वह एक छोटी मछली की घात में निश्चल बैठे बगुले की तरह अपने पति को उसके प्रेमी मलिक अयाज़ के साथ खिसकते देखती रही। इस बीच, इस्माईल अमीरों के साथ घुल-मिल रहा था, और पुराने रिश्तों और दोस्ती को नए सिरे से ताज़ा कर रहा था।

कौसरी बिना कुछ बोले, अपने अंदर उमड़ते ग़ुस्से को दबाए एक घंटा और दरबार में बैठी रही। एकदम मूर्ति की तरह।

बेवक़ूफ़!

रानी अपने पति की आरामगाह के मेहराबदार दरवाज़े पर पहुंची। अब वो उसकी आरामगाह नहीं रही थी। दरवाज़ा खुला था, लेकिन पर्दे खिंचे हुए थे। कौसरी जहां ने महमूद और उसके प्रेमी की दबी-दबी आवाज़ें और हंसी सुनी।

उसने अपने अमले को दरवाज़े से दस गज़ दूर रुकने का आदेश दिया। वो अपनी जगह खड़े रहे। विनम्र। बिना कोई ख़तरा पैदा किए। लेकिन कार्रवाई के लिए तैयार।

उसने दोनों पहरेदारों की सलामी को नज़रअंदाज़ कर दिया। उनमें से एक ने हिम्मत जुटाकर अपना हाथ आगे बढ़ाया, और अपने बरछे को तिरछा करके कौसरी का रास्ता रोक दिया। रानी अचानक थम गई और उसने धीरे से अपना सिर उस आदमी की तरफ़ घुमाया जिसने उसे वहां जाने से रोकने की जुर्रत की थी, जो तकनीकी तौर पर अभी भी उसकी आरामगाह थी।

'एक तरफ़ हट, गुस्ताख़,' कौसरी हौले से फुफकारी।

पहरेदार का ख़ून जम गया और उसके रोंगटे खड़े हो गए।

'फ़ौरन! इससे पहले कि तेरी शक्ल मेरी यादों में बस जाए।'

बेबस पहरेदार उसकी क्रूरता भरी साख के बारे में जानता था और अब वो ख़ुद को शैतान और गहरे समुद्र के बीच फंसा हुआ महसूस कर रहा था—अपने सुल्तान और रानी के बीच। उसने पलक झपकते फ़ैसला कर लिया कि उसे कौन सा पाला चुनना था और वो अपनी जगह पर डटा रहा। उसका दिमाग़ बेचैनी से बच निकलने के रास्ते तलाश रहा था।

कमरे से आ रही आवाज़ें ख़ामोशी में बदल गई थीं। इसमें कोई शक नहीं था कि महमूद और अयाज़ रानी की मौजूदगी के बारे में जान चुके थे।

'हज़ार माफ़ी, मलिका-ए-मुअज़्ज़मा,' बदनसीब पहरेदार ने माफ़ी मांगी। 'और हज़ार माफ़ी और। मैं अज़ीम सुल्तान के सीधे हुक्म का पाबंद हूं। मुझे हिदायत दी गई थी कि *किसी को भी* अंदर न आने दूं। वो लाहौर के शाह के साथ कुछ ज़रूरी सरकारी काम निपटा रहे हैं।'

दूसरे पहरेदार ने सहमति में ज़ोर से सिर हिलाया; स्पष्ट था कि उसे इस बात से साफ़ तौर से राहत मिली थी कि बिल्ली के गले में घंटी बांधने का बीड़ा उसके साथी ने उठा लिया था। रानी के दिमाग़ में अपना चेहरा चस्पां करवाने का उसका कोई इरादा नहीं था। वो उन मातहतों को भिनभिनाती मक्खियों की तरह कुचल देने के लिए मशहूर थी जो उसे नाराज़ करते थे।

कौसरी जहां के होंठ एक डरावनी मुस्कान में फैल गए, जिससे उसका सुंदर और लुभावना चेहरा बिगड़ गया।

'मुझे यक़ीन है ज़रूरी काम होगा। और ख़ुफ़िया भी,' वो बोली। 'अब, मैं अंदर जा रही हूं। अपना बरछा सीधा कर, बेवक़ूफ़। अगर तुझे अपने परिवार की परवाह है, तो तू ग़ज़नी की रानी को जाने देगा। अगर तूने मुझे नहीं जाने दिया, तो तेरे इस भाले से मैं ख़ुद को घायल कर लूंगी। मेरा ख़ून निकलेगा... तुझे क्या लगता है फिर तेरा क्या होगा?'

कौसरी ने पलटकर अपने अमले की तरफ देखा। 'हकीम?' उसने धीरे से आवाज़ दी।

'तैयार हूं, मलिका,' साफ़तौर पर अफ़्रीकी मूल के दिखने वाले एक विशालकाय हिजड़े ने जवाब दिया। उसने अपना हाथ अपनी तलवार की मूठ पर रखा और डरे हुए पहरेदार की आंखों में देखते हुआ एक बड़ा क़दम आगे बढ़ाया। आठ लंबे-चौड़े हिजड़े, जिनमें से हरेक का क़द छह फ़ुट से ज़्यादा था, हकीम के पीछे आ गए। कुछ के हाथों में तलवारें थीं, और कुछ के हाथों में दमिश्क़ इस्पात के पतले ख़ंजर थे।

सुल्तान के पहरेदार मूर्तियों की तरह खड़े थे। उनसे न पीछे हटते बन रहा था न आगे बढ़ते। उनकी मांसपेशियां और दिमाग़ डर के मारे जड़ हो गए थे। हकीम और हिजड़ों ने एक क़दम और आगे बढ़ाया। और इंतज़ार करने लगे।

'रहम कीजिए, मलिका,' बहादुर पहरेदार ने घुटनों के बल बैठते लेकिन भाले को उसकी जगह पर रखते हुए विनती की। उसके साथी ने भी ऐसा ही किया। 'मुझे इजाज़त दीजिए कि मैं सुल्तान को आपके आने की ख़बर दे दूं। मैं जानता हूं कि आपका हुक्म न मानकर मैं अपनी जान जोखिम में डाल दूंगा। लेकिन मैं सुल्तान की हुक्मउदूली भी नहीं कर सकता।'

'उसकी ज़रूरत नहीं पड़ेगी,' एक आदमी की मक्खन जैसी मुलायम, मीठी आवाज़ ने बीच में ही कहा। बोलने वाला सुल्तान की आरामगाह से ख़ामोशी से चलती किसी बिल्ली की तरह निकला था।

मलिक अयाज़।

अफ़वाह थी कि वो महमूद के दरबार के सबसे असरदार लोगों में से एक था। बस अपनी शक्तिशाली प्रतिद्वंद्वी कौसरी जहां के बाद दूसरे नंबर पर। और कभी-कभी तो, उसका प्रभाव कौसरी पर भी भारी पड़ जाता था।

लंबे और पतले अयाज़ की गोरी त्वचा सफ़ेद पत्थर की तरह चमक रही थी। उसके पतले होंठ खुले हुए थे, जिनके बीच दूधिया सफ़ेद, एकदम सीधे दांतों की क़तार दिख रही थी। नौजवान ने एक शानदार, गहरे लाल रंग का मख़मली चोग़ा पहना हुआ था। वो किसी तुर्की अमीर जैसा दिखता था, लेकिन तुर्की नैन-नक़्श के बिना। सुनहरे-भूरे रंग के अलौकिक से लहराते बाल, चेहरे के पतले और तीखे नाक-नक़्श, और भूरे और हरे रंग के सम्मोहक मिश्रण

वाली बादाम सी आंखों वाले उस नौजवान को देखकर अक्सर लोगों को लगता था कि देखने वालों को अपने हुस्न से हैरान कर देने की बात हो, तो जॉर्जिया के इस पुराने ग़ुलाम मलिक अयाज़ का मुक़ाबला किसी और से नहीं बल्कि ख़ुद बेपनाह ख़ूबसूरत कौसरी जहां से था। हैरानी की बात नहीं थी कि महमूद उस पर फ़िदा था।

अयाज़ ने एक अदा के साथ अपनी पंखदार पगड़ी उतारी और ग़ज़नी की रानी के सामने झुका।

कौसरी जहां ने अपनी बड़ी-बड़ी आंखें पूरी सिकोड़ लीं और अपने पति के आशिक़ पर एक ज़हरीली नज़र डाली।

अलबेले अयाज़ ने उन निगाहों का जवाब एक उपहास भरी मुस्कान से दिया। लेकिन तलवारें जैसे खिंच चुकी थीं। अयाज़ और कौसरी एक-दूसरे को घूरते रहे, और एक पल को ऐसा लगा कि जैसे अपने शेर पर क़ब्ज़े के लिए दो ईर्ष्यालु शेरनियों के बीच एक ज़बरदस्त लड़ाई छिड़ने ही वाली थी।

लेकिन इस बार अयाज़ पीछे हट गया। 'अंदर जाइए, मेरी मलिका,' उसने हल्की सी हंसी के साथ कहा। 'यहां मेरा काम हो चुका है, कम से कम आज रात के लिए।'

कौसरी जहां ने जवाब देने का कष्ट नहीं उठाया। जब मलिक अयाज़ चला गया, तो उसने पलटकर अपने हिजड़े पहरेदारों को शांत रहने का हुक्म दिया। फिर वो इस तरह टहलती हुई आरामगाह में गई जैसे उत्तरी ध्रुव की ठंडी हवाएं स्टेपी की तपती हुई गर्मी को बुझाने जा रही हों।

कमरा बहुत बड़ा था, फिर भी गर्म और आरामदेह महसूस हो रहा था। बीच में एक विशाल पलंग था, जिसकी सलवटें पड़ी चादरें पसीने से भीग रही थीं। कमरे के दाईं ओर पलंग के सामने फ़र्श पर क़ीमती तकिए लगे हुए थे। दो तकियों के बीच भरे हुए और इस्तेमाल के लिए तैयार रत्नजड़ित हुक़्क़े रखे थे। कमरे के बाईं ओर लकड़ी और संगमरमर से बनी एक शानदार गोल मेज़ शान से अकेली रखी हुई थी। उस पर एक चीनी मिट्टी की शराब की सुराही रखी थी, जिसके चारों ओर इस्तेमाल किए हुए प्याले रखे थे। कमरे के चारों

कोनों में पत्थर की चौकियों पर तेल के धातुई दीये रखे थे। दो बिना जले थे। कमरे की घुटन से राहत पाने के लिए एक बड़ी खिड़की थोड़ी सी खुली हुई थी। लेकिन इससे कोई फ़ायदा नहीं हो रहा था।

महमूद कमरे के बीच में खड़ा मुस्कुरा रहा था। अपने फ़र वाले रात के लबादे में अच्छे से लिपटा हुआ वो अपने लंबे, गंदगी भरे नाख़ूनों से अपने सिर की गोल टोपी के आकार की गंजी जगह को खुजा रहा था। सुल्तान ने अपनी पत्नी को नीले मख़मली फ़र्श के तकिए पर बैठने के लिए बुलाया। उसके रंगीले बर्ताव में शर्मिंदगी का नामोनिशान भी नहीं था। इसके उलट, वो कौसरी को देखकर काफ़ी ख़ुश लग रहा था।

रानी जहां थी, वहीं खड़ी रही।

'कौसरी!' महमूद ने थोड़ा खींचकर बोलते हुए ख़ुशी से कहा। उसने अपनी बाहें फैलाई हुई थीं, और उसके दाएं हाथ में शराब का जाम था। वो लड़खड़ाता हुआ आगे बढ़ा, तो थोड़ी शराब फ़र्श पर छलक गई। 'मेरी सबसे प्यारी दोस्त। मेरी सबसे भरोसेमंद सलाहकार। मेरी बेगम।'

रानी बर्फ़ की तरह ठंडी खड़ी रही। लेकिन उसने अपनी तमीज़ का दामन नहीं छोड़ा।

'मेरे सरकार,' उसने दरबारी अंदाज़ में झुककर अभिवादन किया।

महमूद ने टेढ़े-मेढ़े चांदी के प्याले से शराब का एक घूंट लिया और कौसरी की ओर बढ़ा। एक बार उसने किसी को मार डालने के लिए—उसे याद नहीं था कि किसे—उसके सिर पर वो प्याला दे मारा था, और इसलिए वो उसके पसंदीदा प्यालों में से एक था।

'मुझे यक़ीन है कि समारोह से मेरे अचानक चले जाने के लिए तुमने मुझे माफ़ कर दिया होगा, मेरी मलिका,' वो उससे दो इंच दूर रुककर लहराते हुए बड़बड़ाया। 'अयाज़...' उसने दरवाज़े की ओर इशारा करते हुए कहा। 'मलिक अयाज़...' उसने दोहराया। 'मुझे और उसे कुछ ज़रूरी बातें करनी थीं।'

उसकी सांस बदबूदार थी। कौसरी ने घिन नहीं खाई। इसके बजाय, उसने आश्वासन दिखाने के तौर पर अपने पति की उठी हुई कलाई को धीरे से

पकड़ा। महमूद एक छोटा क़दम पीछे हटा। कौसरी की आंखों ने ये समझते हुए उसे सिर से पैर तक देखा कि वो स्पष्ट रूप से नशे में था, और उससे व्यभिचार की गंध आ रही थी। उसकी दाढ़ी उलझी हुई थी और छलकती शराब से भीग गई थी। और उसके सिर पर जो भी बचे-खुचे बाल थे, वो खड़े हो गए थे और उसे एक जोकर जैसा दिखा रहे थे।

रानी ने उसकी गीली दाढ़ी में अपनी उंगलियां फेरते हुए, सावधानी से बालों की गांठें खोलीं। उसने अपने मुंह में अपने आप ही भर आई कड़वाहट को वापस निगल लिया।

क्य-क्या करना पड़ता है मुझे...

'आपको मुझे कोई सफ़ाई देने की ज़रूरत नहीं है, मेरे सरताज,' उसने प्यार से फुसफुसाते हुए महमूद के चोग़े की बेल्ट कसी और उसे गर्म रखने के लिए उसका कॉलर खींचकर ठीक किया। 'आप मेरे मालिक और आक़ा हैं। आपकी ज़बान ही क़ानून है, और आपके कामों पर कोई सवाल नहीं उठा सकता।'

महमूद ने ख़ुश हो गए बच्चे की तरह खीसें निपोरीं। उसने कौसरी के गाल को छुआ और अपनी तर्जनी को उसके ऊपरी होंठ पर फेरा। 'मुझे नहीं पता कि तुम्हारे बिना मैं क्या करता, कौसरी,' उसने अपनी नशे में धुत तेज़ और तीखी आवाज़ में कहा। 'तुमने हमेशा पूरी लगन से मेरा ख़्याल रखा है।'

'जो आदमी सल्तनत का ख़्याल रखता है, उसका ख़्याल *किसी को* तो रखना ही होगा ना,' रानी ने अपनी भावपूर्ण नीली-हरी आंखों से उसकी ओर एक मां जैसी नज़र डालते हुए जवाब दिया। 'मेरे मालिक, मैंने हमेशा आपके सामने अपने मन की बात रखी है, और आपने मुझे हमेशा वो सलाह देने की आज़ादी दी है जो मुझे सही लगती है।'

महमूद के चेहरे पर चिड़चिड़ापन आ गया। वो अपने राज्य और अपनी क़िस्मत का पूरा मालिक था, अलावा इस औरत के मामले में। उसकी बीवी। उसकी रानी। उसके सामने खड़ी वो इकलौती इंसान थी जो बिना किसी डर के उसे प्रभावित कर सकती थी। वो ऐसी बातें कहती थी जिन्हें कहते दूसरे लोग कांपते थे।

जादूगरनी। चुड़ैल।

वह उस पर लट्टू था; जिस पल महमूद ने उस पर पहली नज़र डाली थी, तभी से उस पर उसका जादू हावी हो गया था।

महमूद ने कई बार देर रात के उपदेशों के प्रति अपनी नापसंद ज़ाहिर की थी। लेकिन वो अच्छी तरह जानता था कि कौसरी को इससे रोका नहीं जा सकता।

'आज हम दोनों के लिए बहुत लंबा दिन रहा है, कौसरी,' वो कराहा। 'मेरे भाई के सम्मान में हुई रस्मों ने मुझे थका दिया है, और तुम भी थक गई होगी। अगर इसके बावजूद भी तुम यहां आई हो, तो ज़रूर कोई अहम बात होगी। तो बोलो, मेरी जान। मैं तुम्हारे लिए क्या कर सकता हूं?'

मलिका ने अपनी नज़रें ज़मीन पर झुका लीं, और सावधानी से अपने चेहरे पर दर्द भरी हिचकिचाहट का भाव लाने लगी। सुल्तान की प्रतिक्रिया एक कठपुतली जैसी थी। उसने उसकी ठोड़ी पर हाथ रखकर धीरे-धीरे उसका चेहरा ऊपर उठाया। उसने प्यार से कौसरी की आंखों में देखा और अपनी घनी भौंहें ऊपर उठाईं। कौसरी जहां ने धीरे से अपना सिर हिलाकर उसका हाथ हटा दिया और हार मानते हुए जाने का दिखावा किया।

महमूद ने तुरंत इस नाटक को ख़त्म किया और रानी की कलाई पकड़कर उसे ज़ोर से वापस खींच लिया। वो उसकी छाती से टकराई, दर्द से सिसकारी भरी, और फिर हैरान होकर महमूद को घूरने लगी।

'मुझे बताओ, तुम्हारे आने का मक़सद क्या है,' उसने ग़ुर्राते हुए उसकी कलाई पर अपनी पकड़ और मज़बूत कर ली। रानी की आंखों में डर की परछाइयां तैरने लगीं। वो अच्छी तरह जानती थी कि महमूद भले ही उससे प्यार से बात करता हो, लेकिन वो एक शिकारी जानवर था। वो अपने प्यार करने वाले पति से इतनी बेरहमी भरी मार खा चुकी थी कि वो इसे नज़रअंदाज़ नहीं कर सकती थी।

'कोई मुझसे पीठ नहीं फेरता, ये कभी मत भूलना,' महमूद अपनी आंखों में हवस और ग़ुस्से का एक अजीब सा मिश्रण लिए उस औरत को देखते हुए ग़ुर्राया। 'तुम यहां आई हो ना? तो अब मुझसे बात करो।'

'कोई नई बात नहीं है,' उसने अपने अंदर के डर से लड़कर ज़बरदस्त दुस्साहस दिखाते हुए जवाब दिया। उसने उसकी पकड़ ढीली करने के लिए अपनी बांह मरोड़ी। महमूद ने उसकी जुर्रत पर चकित होते हुए उसे छोड़ दिया।

'बोलो इससे पहले कि मैं तुम्हें पीटना शुरू कर दूं!'

'मैंने आपको इस बारे में चेतावनी दी थी। और अब ये, आपके भाई का आना, हमारे सर पर सवार हो गया है । ये हमारे लिए बुरा संकेत है, महमूद। हम सबके लिए—मेरे लिए, आपके बच्चों और वारिसों के लिए, और आपके लिए भी,' कौसरी ने तीखेपन से कहा। 'ये मत भूलिए कि जब आपने उसे बस अपनी एक सनक में ग़ज़नी का अमीर और मुफ़्ती-ए-आज़म बना दिया था, उससे पहले इस्माईल एक निर्वासित ग़द्दार था। उसे गुज़गान के उसी जहन्नम में सड़ने देना चाहिए था, बजाय इसके कि उसे धूमधाम से राजधानी में वापस लाया जाता।'

महमूद चिढ़कर अकड़ गया। उसने शराब का प्याला नीचे फेंक दिया। प्याला नीले मख़मली तकिए पर गिरा। कौसरी ने देखा कि आंध्र की क़ीमती मख़मल का रंग शराब से भीगकर गहरा नीला हो गया था, और उसने अपने आसपास की सभी चीज़ों को साफ़-सुथरा रखने के अपने जुनून पर बड़ी मुश्किल से क़ाबू पाया। सुल्तान ने अपने हाथ के पिछले हिस्से से अपना मुंह पोंछा और मलिका को घूरने लगा।

'ये मेरा फ़ैसला था, कौसरी,' उसने नशे में साफ़ बोलने की कोशिश करते हुए उसे याद दिलाया। 'हमने इस बारे में बात की है। अतीत में जो कुछ भी हुआ हो, वो मेरा भाई है। वो मेरा ख़ून है। और मुझे बिना सवाल किए मेरी बात मानने वाला एक मुफ़्ती चाहिए, एक कठपुतली... इस्माईल मुझे ख़लीफ़ा घोषित करेगा। अब वो मेरा अहसानमंद है, और इतना डरा हुआ है कि मुझे धोखा नहीं दे सकता।'

कौसरी बिना कुछ बोले पत्थर की एक चौकी की ओर चली गई जिस पर एक खुला धातुई दीया रखा हुआ था। महमूद उसके पीछे-पीछे था।

'मेरे मालिक,' लौ पर अपने हाथ को तापते हुए वो अपना दुखी चेहरा उसकी ओर घुमाकर बोली। 'आपकी तरह आशावादी न होने के लिए मुझे माफ़ करें। अगर आप चाहें तो मेरी बेचैनी को एक भ्रमित लेकिन वफ़ादार औरत की चिंता मान सकते हैं। मुझ पर मेहरबानी कीजिए—आप जानते हैं कि मैं आपके बिना कुछ भी नहीं हूं।'

ख़ुद में खोया हुआ महमूद अपने हाथ आग के पास लाया। उसने कौसरी के हाथों को थोड़ा हटा दिया। रानी पीछे हट गई और उसने गर्मी महमूद के लिए छोड़ दी।

'क्या मैंने तुम पर कभी मेहरबानी *नहीं* की है, मेरी जान?' उसने मुड़कर अपनी पत्नी को नख़रा दिखाते हुए पूछा। उसने उसके बाल पकड़े और अपनी एक उंगली से उसकी लंबी गर्दन के पीछे सहलाया और फिर वो उंगली को उसकी पीठ के निचले हिस्से तक ले गया। 'आज का दिन बहुत थका देने वाला रहा है, लेकिन रात अभी जवान है। ये नादानी की बातें ख़त्म करो ताकि हम कुछ मस्ती कर सकें। मैं तुम्हें बहुत याद कर रहा था!'

महमूद ने कौसरी को घुमाया, अपने हाथ उसके चारों ओर लपेटे और उसकी पीठ पर दबाव डाला। कौसरी ने भी जवाब में दबाव डाला, क्योंकि वो जानती थी कि उसे ये किस तरह पसंद था। उसने जल्दी से हिसाब लगाया कि इससे पहले कि उसे उसकी हिंसक, आक्रामक यौन इच्छा के आगे पूरी तरह झुकना पड़े, उसके पास बहुत कम पल बचे थे।

'मैं जानती हूं कि हमने इस बारे में बात की है, जान,' कौसरी ने अपने हाथों से उसके हाथों को ढकते और दोनों की उंगलियों को आपस में फंसाते हुए कहा। 'लेकिन मुझे पूरा यक़ीन है कि ये ख़लीफ़ा का ख़िताब हमारे लिए अच्छा नहीं होगा। उस संपोले इस्माईल ने आपसे कुछ भी कहा हो, आपको इससे दूर रहना चाहिए। उसने आपके दिमाग़ में ये बेवक़ूफ़ी भरी कल्पना भर दी है।'

उसकी गुस्ताख़ी से स्पष्ट रूप से हैरान महमूद तेवर बिगाड़ता हुआ पीछे हट गया। कौसरी ने उसकी दुखती रग पर हाथ रख दिया था। सुल्तान के अहं को चोट लगी थी।

'तुम्हें ऐसा *क्यों* लगता है कि मैं ख़लीफ़ा बनने के लायक़ नहीं हूं?' उसने ग़ुस्से में और आहत होते पूछा। 'मैंने धर्म के एक अच्छे अनुयायी की तरह, भारत के ख़िलाफ़ अपने सालाना जिहादों का ऐलान किया। मैंने धर्म के एक अच्छे अनुयायी की तरह, काफ़िरों के शहरों को कई बार लूटा और तबाह किया है। मैंने धर्म के एक अच्छे अनुयायी की तरह, उनके देश से बेशुमार दौलत और मूर्तिपूजकों के देवताओं के अवशेष लाकर एक सच्चे ईश्वर की कई जीतों की निशानियां दिखाई हैं। मैंने तो एक सच्चे ईश्वर के प्रति श्रद्धा के तौर पर विशाल जामा मस्जिद भी बनवाई। ये सब मैंने धर्म के अनुयायी के रूप में किया है। मेरे कारनामों के बारे में अक्सर बग़दाद के ख़लीफ़ा के दरबार में बात की जाती है। और उन्हें मेरे भेजी दौलत से कोई दिक़्क़त नहीं है। तो फिर, कौसरी, मैं इस दुनिया में अल्लाह का सबसे बड़ा सेवक बनने के लायक़ क्यों नहीं हूं? मुझे क्यों ख़लीफ़ा नहीं बनना चाहिए?'

'बात धर्म का अच्छा अनुयायी होने की नहीं है, मेरे मालिक। आप यक़ीनन हमारे धर्म के सबसे महान जीवित भक्त हैं। इसके लिए आपकी सेवाएं बेमिसाल हैं। यहां तक कि जो आदमी अभी ख़ुद को ख़लीफ़ा कहता है, वो भी आपकी बराबरी नहीं कर सकता।'

महमूद के तेवर बिगड़े रहे, वो अभी शांत नहीं हुआ था।

'फिर भी,' कौसरी डटी रही, हालांकि अब धीरे से उसका बर्ताव दृढ़ता से बदलकर एक पक्के प्रशंसक की तरह मिन्नतें करने वाला हो गया था। 'क्या आपको एक ऐसे ख़िताब को हासिल करने के पीछे पड़ना चाहिए जो एक ग़ैर-अरब के लिए इतना ख़तरनाक और बेहद विवादित हो? आप अब्बासी ख़िलाफ़त के समर्थन से सुल्तान बने थे, और आपने उनसे वादा किया था कि आप दारुल-इस्लाम को काफ़िरों के इलाक़ों तक फैलाएंगे। जब आपने अपने उस क़ब्ज़ा करने वाले भाई से लड़ाई की थी, तो ख़लीफ़ा और बूया ने आपकी मदद के लिए अपनी फ़ौजें भेजी थीं। आपको ये क्यों दिखाई नहीं दे रहा है कि इस्माईल बस आपको आपके सबसे मज़बूत सहयोगी के ख़िलाफ़ भड़का रहा है?'

'मेरी मलिका, मैं तुम्हारी फ़िक्र की क़द्र करता हूं। लेकिन जब बूया और अब्बासियों ने मेरी मदद की थी, तब मैं कमज़ोर था। अब मैं उनसे कहीं ज़्यादा मज़बूत हूं। ख़िताब हक़ीक़त के मुताबिक़ होने चाहिए। अयाज़ भी यही मानता है कि ये सही ख़्याल है। ये इस्लामी दुनिया में मेरी विरासत को हमेशा के लिए पक्का कर देगा।'

कौसरी ने आंखें घुमाईं। 'मुझे पता है, मेरे बादशाह, अयाज़ के अपने इस्तेमाल हैं। और मुझे इससे कोई जलन नहीं है। लेकिन वो चापलूस है। अगर आप उसे बैठने के लिए कहेंगे, तो वो कुर्सी भी नहीं ढूंढेगा; वो जहां होगा वहीं बैठ जाएगा!'

'तुम कुछ ज़्यादा सोच रही हो, कौसरी। मुझे ख़तरे की कोई वजह नज़र नहीं आती। इस्माईल से तो बिल्कुल नहीं। वो मेरी तरह ही बूढ़ा हो चुका है। उसकी महत्वाकांक्षाओं को भड़काने के लिए उसका कोई वारिस नहीं है। वो मेरे ख़िलाफ़ साज़िश क्यों करेगा?'

'मेरे बादशाह... मेहरबानी करके सुनिए...'

'ये तक़दीर अल्लाह ने मेरे लिए तय की है। मैं इसे महसूस कर सकता हूं। मैं जानता हूं।'

'ठीक है, अगर आपने फ़ैसला कर ही लिया है, मेरे मालिक,' उसने हार मान ली। 'तो मैं आपसे हमारे परिवार की सुरक्षा के बारे में आश्वासन चाहती हूं। मुझे ऐसा लगता है कि हमारे आंगन के पिछवाड़े में एक सांप है, और उसका नाम इस्माईल है। मेरे सामने साबित कर दीजिए कि उसके इरादे नेक हैं—उस बीवी के साम्ने जो आपसे और आपके बच्चों से प्यार करती है, जिन्हें वो अपने बच्चों जैसा मानती है।'

'बेशक!' महमूद ने हंसते हुए उसकी कमर को अपनी बाहों में कसा और उसे अपनी ओर खींच लिया। वो जानता था कि कौसरी के बच्चे नहीं हो सकते, और वो ख़ुश था कि वो उसकी उस पहली पत्नी के जुड़वां बेटों से प्यार करती है और उनकी देखभाल करती है जिसे बदक़िस्मती से उसे मारना पड़ा था। 'तो मुझे बताओ, हम कैसे... हम इस्माईल के *असली*

इरादों का पता कैसे लगा सकते हैं, ह्म्म्म? हम उसे किस तरह आज़मा सकते हैं?'

कौसरी शर्माकर मुस्कुराई और उसके सीने में समा गई। 'क्यों न आप उसे जामा मस्जिद को उसकी पुरानी शान वापस दिलाने के लिए छह महीने दें?' उसने महमूद के झुर्रीदार गाल पर उंगली फेरी।

'छह महीने!' महमूद ने कहा, और फिर उसने अपनी नाक उसके गले में धंसाई, तो उसकी लटों ने भूरे रेशमी धागों की तरह उसे ढक लिया। उसने उसकी गुलाब की महक को सूंघा और फिर उसे ज़ोर से काट लिया। उसने धीरे से सिसकारी भरी। 'छह महीने नामुमकिन हैं। वो बहुत बड़ी इमारत है जो ज़बरदस्त भूकंप में गिर गई थी, तुम ये जानती हो। हम उसे तीन साल में दोबारा नहीं बना पाए हैं। तुम कैसे उम्मीद करती हो कि बेचारा इस्माईल ये काम छह महीने में कर लेगा?'

'मेरे मालिक,' रानी धीरे से मिनमिनाती हुई चंचल अदा में उससे छिटकी और अपनी सम्मोहक नीली-हरी आंखों से महमूद को देखने लगी। 'छह महीने एक आदमी के लिए तख़्त और धर्म के प्रति अपनी वफ़ादारी साबित करने के लिए *बहुत* समय है। मस्जिद को उसकी पुरानी शान वापस दिलाने के लिए आपकी देखरेख में पहले ही बहुत कुछ किया जा चुका है। वैसे भी, जब तक आपकी राजधानी की सबसे बड़ी मस्जिद एकदम सही हालत में न हो, तब तक तो आप अपने ख़लीफ़ा होने का ऐलान भी नहीं कर सकते ना?'

'और अगर मेरा भाई अपनी पूरी कोशिशों के बावजूद इस काम को पूरा न कर सका तो?' महमूद ने रानी की पारदर्शी ड्रेस की पीछे की डोरियां खोलना शुरू करते हुए सवाल किया। वो घूम गई, और ये काम उसके लिए आसान कर दिया।

'अगर वो ये काम वक़्त पर पूरा नहीं करता है, तो वो आपके लिए अपनी वफ़ादारी साबित करने में नाकाम हो जाएगा, मेरे मालिक,' कौसरी जहां ने ये महसूस करते हुए कहा कि महमूद फिर से उसकी पीठ पर दबाव डाल रहा था। 'अगर आपका भाई ध्यान से काम करे और उसके पास सही संसाधन

हों, तो कोई वजह नहीं है कि वो छह महीने के अंदर इस काम को पूरा न कर सके। जामा मस्जिद के पुनर्निर्माण की आपकी कोशिशों में पिछला मुफ़्ती रुकावट डाल रहा था। इस्माईल को उससे बेहतर होना चाहिए। सुल्तान को उन लोगों से नामुमकिन कामों की मांग करने का पूरा हक़ है जो उनसे प्यार करते हैं। और उन्हें ऐसा करना ही होगा। क्या मैंने हमेशा वो सब नहीं किया जो आपने मुझसे कहा, मेरे मालिक?'

'हम्म।' कौसरी के कपड़े उतारना शुरू करते हुए महमूद को मजबूरन सहमत होना पड़ा।

'और अगर ऐसा मैं कर सकती हूं, तो आपके भाई इस्माईल को भी ऐसा करना चाहिए। अगर वो ऐसा करने में नाकाम रहता है, तो आपको यक़ीन हो जाना चाहिए कि इस्माईल में आपके लिए उपयोगी बनने की न तो क्षमता है और न ही इरादा, ख़ासकर तब जब आप ख़लीफ़ा बन जाएंगे। ये मेरा फ़र्ज़ है कि मैं आपको होशियार करूं... आपको सलाह दूं... आपकी बीवी की हैसियत से, ग़ज़नी के ताक़तवर महमूद इब्न सुबुकतगीन।'

गंगईकोंडा चोलपुरम

इक़बाल पत्थर जैसा भावहीन चेहरा लिए बैठा था, क्योंकि उसे वाक़ई समझ नहीं आ रहा था कि क्या होने वाला था। नरसिम्हन और कथिरावन उसके सामने शांत और आराम से बैठे हुए थे जैसे उन्हें पता था कि क्या होने वाला था। वो अपने सम्राट को जानते थे। सोमेश्वर शांत था। गुजराती व्यापारी ने बहुत दुनिया देखी थी, इसलिए वो जानता था कि अगर उसे बैठक के लिए बुलाया गया था, तो इसका मतलब था कि उसकी जानकारी की जांच कर ली गई थी और उसे पूरी तरह सत्यापित किया गया था। लेकिन उसे इस बात का अंदाज़ा नहीं था कि राजेंद्र चोल और भोजदेव परमार किस तरह आगे बढ़ना चाहेंगे—क्योंकि

रक्षा प्रमुख नरसिम्हन, जो अब उसका मित्र बन गया था क्योंकि वो उसी के घर में रह रहा था, इस बारे में चुप था कि बैठक से क्या उम्मीद करनी चाहिए। विजयन स्वाभाविक रूप से अपनी कुर्सी को दूसरों से थोड़ा पीछे रखते हुए थोड़ा सिमट सा गया था; वो लगभग हैरान सा दिख रहा था कि उसे इतने प्रतिष्ठित लोगों की बैठक में बुलाया गया था। और इस बार राजमहल में राजेंद्र चोल के निजी कक्ष में; वो इससे पहले कभी राजमहल के निजी भाग में नहीं आया था।

बृहदेश्वर मंदिर में हुई बैठक को एक सप्ताह बीत चुका था। राजेंद्र चोल और भोजदेव परमार उस सबकी पुष्टि कर चुके थे जिसकी उन्हें पुष्टि करनी थी। राजेंद्र के पास दुनिया की बेहतरीन गुप्तचर प्रणाली की मदद थी; उन्हें एक सप्ताह देना भी ज़रूरत से ज़्यादा था। और भोजदेव की गुप्तचर सेवाओं की भी ग़ज़नवी इलाक़ों में काफ़ी अंदर तक पहुंच थी।

जल्द ही, पहरेदार ने सम्राटों के आने की घोषणा की।

'बैठिए, बैठिए,' अपने सिंहासन पर बैठते हुए राजेंद्र ने कहा।

राजेंद्र के बग़ल में भोजदेव परमार के लिए समान आकार का एक दूसरा सिंहासन था। महान चोल अपने मित्रों का सम्मान करना जानते थे।

जब सातों लोग आराम से बैठ गए, तो सम्राट के अंगरक्षक वापस कक्ष के किनारे तक चले गए। बातों की आवाज़ से दूर। लेकिन निगाहों के सामने।

राजेंद्र ने अपने मित्र भोजदेव की ओर नज़र डाली, और फिर अपने सामने बैठे लोगों को देखते हुए एक पल के लिए नरसिम्हन पर अपनी नज़रें टिकाईं। वो अचानक बोलने लगे। 'तो हम ये करेंगे...'

सभी आगे को झुक आए।

'हम ग़ज़नी के ठीक अंदर एक हत्यारा दस्ता भेजेंगे। इस अभियान के लिए मैं चोल राजकीय बल से अपने चालीस सबसे अच्छे आदमियों को नियुक्त करूंगा। सम्राट भोजदेव अपने निजी अंगरक्षक दल से दस आदमी देंगे, जो पहले ही यहां मौजूद है। ये कार्यबल—ये मंडलम—इतना छोटा होगा कि किसी की नज़र में न आ सके और न ही कोई पारंपरिक सेना आसानी से इसका पता लगा सके। लेकिन ये इतना बड़ा भी होगा कि समर्थन और

सहायता के साथ एक घातक शक्ति बन सके। आवश्यकता पड़ने पर ये एक अच्छे-ख़ासे आकार के महल पर हमला कर सकता है, और दुश्मन के दिल में ख़ंजर घोंप सकता है।'

सबने सहमति में सिर हिलाया, जिसमें प्रधानमंत्री कथिरावन भी शामिल थे, क्योंकि ये योजना साम्राज्य के दीर्घकालिक हितों को नुकसान पहुंचाए बिना अपने लक्ष्य को प्राप्त कर सकेगी। लेकिन समूह के प्रभावी होने के लिए किसी सिरमौर का होना ज़रूरी था। इस दस्ते का प्रमुख कौन होगा? सम्राट के पास जवाब था।

'कल ही मुझे एक अनुरोध प्राप्त हुआ था, जिसे मैंने सहर्ष स्वीकार कर लिया,' राजेंद्र ने कहा। वो नरसिम्हन की ओर मुड़े और आगे बोले, 'रक्षा प्रमुख नरसिम्हन ने स्वेच्छा से दस्ते का नेतृत्व करने का अनुरोध किया है, और मुझे उनके अनुरोध का सम्मान करते हुए ख़ुशी हो रही है।' सम्राट ने नरसिम्हन की ओर एक गर्व भरी लगभग पिता समान मुस्कान के साथ देखा, जिसका अनकहा संदेश साफ़ था: *मेरा सबसे बड़ा योद्धा वापस आ गया है।*

सोमेश्वर सच में हैरान था। उसने नरसिम्हन को देखा।

नरसिम्हन को लगा उसे सफ़ाई देनी चाहिए। उसने व्यापारी को देखा। 'आपकी बात सही थी, सोमेश्वरर। हत्याओं में गौण नुकसान विरले ही होता है... और एक पक्के राक्षस को मारना...' नरसिम्हन ने आगे बोलने से पहले अपने लटकन को छुआ, 'शायद उसे उसी तरह यातनाएं देने के बाद जैसे उसने बेशुमार लोगों को दी हैं... इससे आत्मा शुद्ध हो जाएगी।'

सोमेश्वर मुस्कुराया और उसने अपने मित्र का हाथ पकड़ने के लिए अपना हाथ आगे बढ़ाया।

राजेंद्र सोमेश्वर और इक़बाल की ओर मुड़े। 'कृपया अपनी सारी जानकारी और गुप्तचर सूचना नरसिम्हन और मेरे आदमियों के साथ साझा कीजिए। यहां से आगे इसे हम संभालेंगे। हम ग़ज़नी के क़साई को मारेंगे।'

सोमेश्वर का चेहरा उतर गया। वो लगभग आहत सा दिख रहा था। 'हम भी इस अभियान पर साथ आना चाहते हैं, महाराज। कृपया यह हमसे मत छीनिए।'

भोजदेव परमार बीच में बोले, क्योंकि उन्हें गुजराती व्यापारी से इसी प्रतिक्रिया की उम्मीद थी। 'हमें ग़लत मत समझिए, सोमेश्वर। लेकिन आप और इक़बाल दोनों बुज़ुर्ग हैं। और बेशक सम्राट राजेंद्र और मैं आपके साहस का सम्मान करते हैं, लेकिन आप योद्धा नहीं हैं। ये एक ख़तरनाक अभियान होगा। शायद कई लोग जीवित न बचें। नरसिम्हन को कई बार कठोर फ़ैसले भी लेने होंगे, कोई चारा न होने पर शायद उन्हें लोगों को पीछे तक छोड़ना पड़े।'

सोमेश्वर ने तेज़ आवाज़ में लगभग तुरंत ही जवाब दिया। उसकी सोच एकदम स्पष्ट थी। 'मैं, सोमेश्वर, आप सभी और भगवान शिव को साक्षी मानते हुए सेनापति नरसिम्हन को अनुमति देता हूं कि इस यात्रा के दौरान यदि किसी भी समय मैं अभियान की सफलता के लिए ख़तरा बन रहा होऊं तो वो मुझे मरने के लिए छोड़ सकते हैं। मैं यहां सौ साल तक निरर्थक जीवन जीने के बजाय इस यात्रा में मरना ज़्यादा पसंद करूंगा। क्योंकि भगवान शिव की सेवा का एक दिन भी दशकों की आसान ज़िंदगी से ज़्यादा अनमोल है।'

इक़बाल ने भी अपनी सहमति दिखाते हुए सिर हिलाया। जहां सोमेश्वर ने भावुक जवाब दिया था, वहीं इक़बाल ने तर्क के साथ बात की। 'हम उस विदेशी धरती पर मार्गदर्शकों और दुभाषियों के रूप में ख़ुद को उपयोगी बनाएंगे, स्वामी। चूंकि हमने वहां व्यापार किया है, इसलिए हम उनकी स्थानीय भाषाएं अच्छी तरह जानते हैं और हम उनके रीति-रिवाजों और आदतों से भी काफ़ी परिचित हैं। इसके अलावा, हम वहां के एक गुप्त विद्रोही समूह के संपर्क में भी हैं। वो हम पर भरोसा करते हैं। हम बहुत मददगार साबित होंगे।'

राजेंद्र चोल और भोजदेव परमार की आंखें थोड़ी नम हो गईं। महान सम्राट और बहादुर योद्धा होने के नाते वो दूसरे योद्धाओं से बहादुरी की उम्मीद करते थे, लेकिन बूढ़े व्यापारियों के इस विशुद्ध साहस को देखना बिल्कुल ही अलग बात थी। ये बूढ़ा, मोटा, शाकाहारी, अहिंसक गुजराती व्यापारी और प्रभु महादेव और मातृभूमि के प्रति उसकी भक्ति, और उसका बंगाली मुसलमान दोस्त, झड़ते और सफ़ेद हो रहे बालों वाला एक बेहद दुबला-पतला बूढ़ा

आदमी, जो अपने दिल में जानता था कि कौन उसके अपने लोग थे और वो उनसे दिल से प्यार करता था।

राजेंद्र ने सहमति में सिर हिलाया। 'ठीक है। सोमेश्वर, आप और इक़बाल दोनों जा सकते हैं।'

वज़ीरे-आज़म नरसिम्हन की ओर मुड़े। 'क्या आपने अपने आदमी चुनना शुरू कर दिया है, सेनापति? मेरा ख़्याल है कि मैं आपको फिर से "सेनापति" कह सकता हूं?'

'हां,' नरसिम्हन ने मुस्कुराते हुए कहा। 'मेरे पास कुछ ही दिनों में एक सूची तैयार होगी, प्रभु। और विजयन को अंततः वो पद वापस मिल जाएगा जिसके ये हक़दार हैं। गंगईकोंडा चोलपुरम के रक्षा प्रमुख। और मात्र कार्यवाहक प्रमुख नहीं, जैसे कि ये पहले थे, बल्कि *वास्तविक,* पूरी तरह से नियुक्त प्रमुख।'

अब आख़िरकार विजयन को समझ आया कि उसे आज क्यों निमंत्रण मिला था। उसने एक क्षण को दीवार पर लगी तस्वीर को देखा। भगवान शिव की तस्वीर, जिसमें राजराजा और राजेंद्र चोल महादेव के चरणों में बैठे थे। अब वो जान चुका था... वो जान चुका था कि उसे क्यों बुलाया गया था। लेकिन उसे तुरंत ही अहसास हुआ कि उसका तो उद्देश्य ही भिन्न था। 'सेनापति, श्रीमान,' उसने नरसिम्हन से कहा। 'मुझे ये पद नहीं चाहिए।'

'क्या?' नरसिम्हन भौचक्का रह गया। कक्ष में उपस्थित बाक़ी लोग भी चौंक गए। उन सबको लगता था कि नगर का रक्षा प्रमुख बनना विजयन की महत्वाकांक्षा थी।

'मैं आपके साथ चलना चाहता हूं। ग़ज़नी।'

राजेंद्र बीच में बोले। 'आपको ऐसा करने की ज़रूरत नहीं है, विजयन।'

'आपसे असहमत होने के लिए हज़ार बार क्षमा चाहता हूं, महाराज। मैं जानता हूं कि मुझे जाने की ज़रूरत नहीं है। लेकिन मुझे *जाना* होगा,' विजयन ने कहा, जिसकी आवाज़ थोड़ी कांप रही थी। 'सोमेश्वरर ने बिल्कुल सही कहा है, मैं यहां सौ साल तक निरर्थक जीवन जीने के बजाय इस यात्रा में

मरना ज़्यादा पसंद करूंगा। पूरे सम्मान के साथ कहूंगा, मेरे स्वामी, बेशक अभी चोल इस प्रदेश में सबसे बड़ी शक्ति हैं, लेकिन केवल पांड्य भूमि के पुत्रों—मदुरै के पुत्रों—ने ही स्वयं देवी शक्ति, देवी मीनाक्षी के दूध से परवरिश पाई है... हम उनके पुत्र हैं। उनके पति, और हमारे पिता, भगवान शिव का अपमान हुआ है। पुत्रों को मां के न्यायसंगत बदले की पुकार का सम्मान करना चाहिए।'

सम्राट ने बहादुर विजयन को तका, जिसकी भावनाओं से उसके शब्द रुंधे जा रहे थे। उन्हें अब वो बात समझ में आ रही थी जो कभी उनके पिता ने उनसे कही थी। किसी राष्ट्र को अपने अस्तित्व को बचाने के लिए और ये सुनिश्चित करने के लिए कि विदेशी बर्बर लोग उसे नोचें-खसोटें नहीं, छिन्न-भिन्न न करें और काट न डालें, सिर्फ़ एक चीज़ की ज़रूरत होती है: ऐसे लोग जो उसे बचाने के लिए मरने को तैयार हों। भारत के पास ऐसे लोगों की कभी कमी नहीं रही। वो अपने परिवारों को ग़रीबी में, अपने शरीर को बेतहाशा तकलीफ़ में, और अपनी आत्माओं को घायल छोड़ देते हैं, और ये सब भारत माता के प्रति अपनी भक्ति के लिए। उन्हें प्रभावी होने के लिए केवल समर्पित और निस्वार्थ नेतृत्व की ज़रूरत थी।

'वीर विजयन, मैं, राजेंद्र चोल, मुझे प्राप्त शक्तियों का प्रयोग करते हुए, आपको तुरंत चोल सेना में दलनायक के पद पर पदोन्नत करता हूं।'

विजयन हतप्रभ रह गया। वो उठा, सम्राट के पास गया, एक घुटने पर बैठा, और उसने अपना सिर झुका दिया।

'उठिए, दलनायक विजयन।'

विजयन एक बार फिर झुका और अपनी कुर्सी पर बैठ गया।

'मैं जानता हूं कि जानें जोखिम में पड़ेंगी,' सम्राट ने आगे कहा। 'मैं ये भी जानता हूं कि आपमें से कोई भी मौत से नहीं डरता। लेकिन अपने परिवार की चिंता हर किसी को होती है। मैं आपके साथ जाने वाले पचास सैनिकों के परिवारों के लिए पांच गांवों का राजस्व दे रहा हूं। चाहे वो जीवित लौटें या मृत, चोल साम्राज्य उनके परिवारों का ख़्याल रखेगा। हमेशा। दलनायक विजयन,

मैं आपके और आपके परिवार के लिए एक पूरे गांव का राजस्व अलग रख रहा हूं। सेनापति नरसिम्हन, मैं आपके और आपके परिवार के लिए पांच गांवों का राजस्व अलग रख रहा हूं। जब तक चोल वंश का राज रहेगा, चोल वंश आपका और आपके परिवारों का ख़्याल रखेगा।'

राजेंद्र चोल बूढ़े आदमियों की ओर मुड़े। 'सोमेश्वर और इक़बाल, आप पहले ही कई गांवों की क़ीमत से कहीं ज़्यादा धनी हैं। धन-संपत्ति का आपके लिए कोई मोल नहीं होगा। इसलिए, मैं, राजेंद्र, राजराजा का पुत्र, आप दोनों को वचन देता हूं कि एकदम आपके रूप में आपकी मूर्तियां बनाई जाएंगी और बृहदेश्वर मंदिर के अंदरूनी परिसर में, चोल वंश के सदस्यों की मूर्तियों के बग़ल में स्थापित की जाएंगी। ईश्वर करे कि उन पत्थर की मूर्तियों के ज़रिए आप दोनों हमेशा प्रभु महादेव के दिव्य रूप के दर्शन करते रह सकें।'

अब भोजदेव परमार ने कहा, 'परमार वंश की ओर से मैं इस अभियान पर जाने वाले सभी सैनिकों को इतना ही अनुदान देने का वादा करता हूं। जब तक परमार जीवित रहेंगे, इनमें से किसी भी व्यक्ति को या उसके वंशजों को किसी चीज़ की कमी नहीं होगी।' सोमेश्वर और इक़बाल की ओर मुड़ते हुए, भोजदेव ने आगे कहा, 'मैं भोजपुर में एक नया मंदिर बनवा रहा हूं, श्रेष्ठ व्यापारियो। उसे भोजेश्वर मंदिर कहा जाएगा। मैं प्रतिज्ञा करता हूं कि जब उसका स्वरूप तैयार हो जाएगा, तो उस मंदिर के अंदरूनी परिसर में भी आपके रूप में आपकी मूर्तियां रखी जाएंगी।'

भावुक हो चुके सोमेश्वर और इक़बाल राजेंद्र चोल और भोजदेव परमार के पैर छूने के लिए झुके। लेकिन दोनों सम्राट तुरंत पीछे हट गए। 'आप हमसे बड़े हैं। कृपया ऐसा न करें।'

'एक बात और, सेनापति,' भोजदेव परमार ने नरसिम्हन से कहा, 'ग़ज़नी में मेरे एक अहम गुप्तचर हैं। बहुत लंबे काल से मौजूद गुप्तचर। उद्‌देश्य अलग हैं, लेकिन उस व्यक्ति की प्रतिशोध की भावना भी हमसे कम नहीं है। आपको उस व्यक्ति से मदद मिलेगी।'

'मैं उन पुरुष या महिला से कैसे संपर्क करूंगा?'

'आप उनसे संपर्क नहीं कर सकते। सही समय पर वही आपसे संपर्क करेंगे। एक संदेश पहले ही भेजा जा चुका है। आपके लिए बस उस व्यक्ति का गुप्त नाम जानना ज़रूरी है। कॉकेशियाई।'

'कॉकेशियाई?'

'हां। मैंने एक बार उस कॉकेशियाई की जान बचाई थी। और मेरा विश्वास कीजिए, इस व्यक्ति से मिलने वाली कोई भी मदद बहुत बहुमूल्य होगी।'

नरसिम्हन ने भोजदेव की ओर देखकर सिर हिलाया। 'धन्यवाद, महाराज।'

राजेंद्र चोल अपने सिंहासन से उठ गए। बाक़ी सब भी खड़े हो गए।

तमिल सम्राट का अंतिम आदेश एकदम सीधा था। 'जाओ, उसे धर दबोचो, मेरे शेरो। ग़ज़नी अभियान आज से शुरू होता है।'

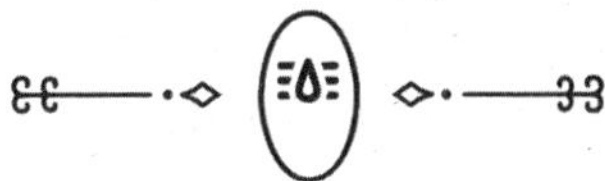

अध्याय 7

योजनाएं और तीर्थयात्री

चेर प्रदेश, केरल, भारत

नरसिम्हन और विजयन चेर देश में शबरी पहाड़ियों की पवित्र वन्य चढ़ाइयों पर चढ़ रहे थे। नंगे पांव। राजेंद्र चोल को हत्यारे दल को अपनी अंतिम सहमति दिए हुए अभी पूरे दो सप्ताह भी नहीं हुए थे। नरसिम्हन के नेतृत्व में, और उप सेनापति के रूप में विजयन, दूसरे आपूर्तिकर्ताओं एवं सोमेश्वर और इक़बाल के साथ पचास सैनिकों ने तुरंत कूच कर दिया था। आज मकर संक्रांति की रात थी जिसे पश्चिम के लोग शीत अयनांत कहते हैं। सूर्य देव ने अपने उत्तरायण का आरंभ करते हुए मकर राशि में प्रवेश किया था, यह हिंदू, बौद्ध और जैन धर्मों में सबसे शुभ समय होता है।

सर्दियों के देर शाम के आसमान की रोशनी पूंगावन के घने पेड़ों के आवरण को भेदने के लिए जूझ रही थी, जबकि वो दोनों जन टेढ़े-मेढ़े रास्ते पर आगे बढ़ रहे थे। संतरे, कटहल और केले के पेड़ों से घिरी घनी झाड़ियों के बीच भक्तों के समूह झुंडों में बिखरे हुए थे। वो एक विशाल स्व-संगठित समूह के रूप में रुद्र देव और मोहिनी देवी के पुत्र भगवान अय्यप्पन के मंदिर की दिशा में जा रहे थे। बहुत समय पहले अविवाहित युवा देवता शबरी पर्वतों में बस गए थे।

'मुझे इस पर विश्वास नहीं हो रहा, श्रीमान। हम घोड़ों से कोल्लम तक गए, बस वापस भीतरी प्रदेश में भेज दिए जाने के लिए!' विजयन आगबबूला था—हालांकि अपनी चिढ़ के बावजूद वो नरसिम्हन के इस निर्देश को नहीं भूला था कि सबके बीच में उसे सेनापति कहकर न बुलाए। उसने अपने कंधे पर लगे तरकश को कसने वाले पट्टे को खींचा। 'उस बूढ़े राजसिंह को कोल्लम में जहाज़ तैयार रखना चाहिए था! हम चेरों की बंदरगाह राजधानी पर थे! हम तुरंत ही ग़ज़नी के लिए निकल सकते थे। इसके बजाय हम यहां तीर्थ कर रहे हैं। क्षमा करना, प्रभु अय्यप्पन!'

यहां तीर्थयात्रियों के पारंपरिक काले परिधानों में लिपटे भक्तों के स्याह साये जोश से भगवान अय्यप्पन के जयकारे लगाते हुए आत्माओं के किसी जमघट की तरह जंगल में तैरते से जा रहे थे।

स्वामीये शरणम् अय्यपा! मैं भगवान अय्यपन की शरण में जाता हूं!

'राजा राजसिंह, विजयन। आप चेर शासक और राजेंद्र चोल के विश्वसनीय जागीरदार के बारे में बोल रहे हैं,' नरसिम्हन ने सुधारा। 'साथ ही, यहां आने का फ़ैसला मेरा था। स्वामी राजसिंह का तर्क सटीक था।'

राजसिंह ने नरसिम्हन को राज़ी कर लिया था कि अपने चोल दल को शबरी पर्वतों की ओर ले जाए। उनके कारण छोटे-छोटे मगर अहम थे।

पश्चिमी समुद्र तट पर होने के कारण चेर शासक बहुत से अरबों के साथ व्यापार करते थे जिन्होंने सुरक्षा के लिए अपने जहाज़ों पर तुर्की सैनिकों को रखा हुआ था। तुर्क बेहतरीन योद्धा थे, मगर नाविक बहुत बुरे थे। राजसिंह ने जितना देखा-सुना था, उसके आधार पर उन्होंने माना था कि सोमेश्वर और इक़बाल को मुस्लिम संस्कृति और तुर्की तौर-तरीक़ों की बहुत अच्छी जानकारी थी। मगर वो इसे काम में लाने की स्थिति में नहीं थे और इसकी वजह—अपने रूप-रंग—के बारे में व्यापारी ज़्यादा कुछ कर भी नहीं सकते थे। वो साफ़-साफ़ भारतीय दिखते थे। और गहरी रंगत वाले लोगों के ख़िलाफ़ तुर्कों के मन में भारी पूर्वाग्रह थे, भले ही वो मुसलमान ही क्यों न हों। अफ़्रीका के धर्मांतरित मुसलमानों को वो *अब्द*, यानी *नौकर* या *ग़ुलाम*

कहते थे। और भारत के धर्मांतरित मुसलमानों को तो वो *पसमांदा*, यानी *वो जिन्हें छोड़ देना चाहिए*, कहकर उनका मज़ाक़ उड़ाते थे। तुर्की दरबारों में केवल गोरे फ़ारसी और अरब मुसलमान ही सर्वोच्च स्तरों तक पहुंच सकते थे। गहरी रंगत वाले दूसरे मुसलमान अगर क़ाबिल योद्धा नहीं होते थे, तो आमतौर पर उन्हें शौचालय साफ़ करने, नालियों का रखरखाव करने, सड़क बनाने जैसे काम दिए जाते थे।

इसलिए, दुश्मन की अपनी तमाम समझ होने, और बेशक अपने स्पष्ट मंतव्यों के बावजूद सोमेश्वर और इक़बाल उतने उपयोगी नहीं होंगे जितनी कि उम्मीद थी। इसलिए राजसिंह ने एक ऐसे व्यक्ति से उनकी भेंट का प्रबंध किया था जिसका रूप-रंग तो तुर्की था मगर दिल भारत का वफ़ादार था। वो शबरी पर्वतों के एक भेंट-स्थल पर इसी मार्गदर्शक से मिलने जा रहे थे।

नरसिम्हन और विजयन ने अपने दल-बल के साथ तीर्थस्थल की यात्रा की थी। फिर पहाड़ी की तलहटी में एक अतिथिगृह में शेष समूह को छोड़कर वो अकेले इस भेंट के लिए निकल पड़े थे। एक तीर्थस्थल पर मज़बूत क़द-काठी और अस्त्र-शस्त्रधारी आदमियों का विशाल दल अकारण ही ध्यान आकर्षित करता।

अपनी बात कहने के बावजूद नरसिम्हन विजयन की हताशा और आगे बढ़ने की अधीरता को समझ रहा था। गोपनीयता के महत्व और राज़ खुलने के जोखिम के बावजूद उसने अपनी पत्नी हरिणी को इस अभियान के बारे में बता दिया था। वो पहले ही सोमनाथ से आए दोनों व्यक्तियों के साथ आत्मीयता से जुड़ चुकी थी, और इसलिए नरसिम्हन को लगा कि उसे हरिणी को उस अभियान के बारे में बता देना चाहिए जिस पर वो निकलने वाले थे। सेनापति ने आंसू भरी विदाई की मंगलकामना पाई। उसकी पत्नी ने ज़ोर देकर उससे वचन लिया कि वो सही-सलामत वापस आएगा, भले ही मिशन को पूरा करने में अपेक्षित से अधिक समय लग जाए।

मगर, विजयन जैसे लोगों के साथ मामला अलग था, जिनके परिवार चोल राजधानी से दूर रहते थे। न कोई विदा हुई, न गुप्त पत्रों का लेनदेन ही संभव

था। वो उन्हें सौंपे गए श्रेष्ठ कर्तव्य को जल्दी से जल्दी पूरा करने के लिए उत्सुक थे। क्योंकि इसका अर्थ होता जल्दी घर वापसी।

विजयन अभी भी चेर प्रदेश में घूमकर जाने को लेकर उखड़ा हुआ दिख रहा था। उसे वाक़ई लग रहा था कि ये अनावश्यक भटकाव था। इसके अलावा, उसके मन में हमेशा से चोल शासक के प्रति चेर राजा की वफ़ादारी को लेकर संशय थे। 'मैं इस अमल को लेकर भी बहुत आश्वस्त नहीं हूं...'

अमल वो 'तुर्की दिखने वाला मगर भारत के प्रति वफ़ादार' व्यक्ति था जिसे साथ ले जाने के लिए चेर राजा राजसिंह ने नरसिम्हन से आग्रह किया था। इसके साथ ही दक्ष चेर कोल्लम जैसे सैन्य शिपयार्ड से यात्रा करने से जुड़े जोखिम समझ रहे थे, जो कि वर्तमान जैसे शांतिकाल में शांत और सूना रहता है। अगर चोल दल वहां से समुद्र में उतरता तो यक़ीनन दूसरों की निगाह में आ जाता। इसके बजाय, उन्होंने नरसिम्हन को सलाह दी कि अपने दल को व्यस्त और आमतौर पर भीड़ भरे व्यावसायिक शहर कोच्चि से किसी साधारण व्यापारिक नौका से ले जाए। व्यापारिक नाव पर अरब नौसेना को कोई संदेह नहीं होगा जो बलूचिस्तान और अरब समुद्री तटों के पास अरब सागर में गश्त करती थी। नरसिम्हन ने कोच्चि के रास्ते में शबरी पर्वत से राजसिंह के प्रस्तावित व्यक्ति अमल को साथ लेने का फ़ैसला किया।

'अब छोड़िए भी, मित्र,' नरसिम्हन ने अपने उप सेनापति के साथ पहाड़ी पर लंबे-लंबे डग भरते हुए कहा। 'राजसिंह ने अमल के बारे में बताकर हम पर अहसान किया है। वो वावर धर्मस्थल के कर्ता-धर्ताओं में से है, और मुझे विश्वास है कि आपको ये तो पता ही होगा कि वो धर्मस्थल भगवान अय्यप्पन के मंदिर का सह-आवास है। अमल भी एक मुस्लिम विद्वान और भाषाओं का जानकार है, जिनमें ग़ज़नवी तुर्की भाषा भी शामिल है। वो हमारे लिए अनमोल साबित होगा।'

विजयन ने हामी भरी। वो अभी भी आश्वस्त नहीं था। मगर एक अच्छे सैनिक की तरह, वो एक हद के बाद अपने सेनापति से बहस नहीं करता।

'ये बस एक सीधी-सादी भेंट होगी,' नरसिम्हन ने कहा। 'आपको पता भी नहीं लगेगा कि हम कब अंदर गए और कब बाहर आ गए। इसके अलावा,

हम मकर संक्रांति के दौरान यहां होने के अपने सौभाग्य का भी लाभ उठा लेते हैं। ये शुभ संकेत है, और मैं हमारी सफलता के लिए भगवान अय्यप्पन से प्रार्थना करना चाहता हूं।'

इस बार विजयन ने अधिक आश्वस्त भाव से हामी भरी, और दोनों जन चुपचाप आगे बढ़ने लगे। वो दूसरे तीर्थयात्रियों के निकट ही रहे, सतर्क, जैसा कि किसी भी सैनिक को हमेशा होना चाहिए, मगर फिर भी शांत। उन्होंने अपने और भक्तों के सबसे नज़दीकी समूहों के बीच इतना अंतराल रखा था कि कोई भी गड़बड़ होने पर लोगों के झुंडों के बीच से निकलने में समर्थ रहें।

'हमारा पीछा किया जा रहा है,' अचानक विजयन ने सहज आवाज़ में और आगे देखते हुए कहा, उसके चेहरे के भाव जस के तस थे, जैसे कि वो अपने सेनापति से मौसम के बारे में बात कर रहा हो।

'शायद मैं जानता हूं कि हमारा पीछा कौन कर रहा है,' नरसिम्हन ने धीरे से कहा। 'इन लोगों ने हमारे साथ बने रहने के लिए इतनी बार अपना रास्ता बदला है कि इसे संयोग नहीं कहा जा सकता।'

विजयन ने स्वीकृति में सिर हिलाया। 'जानता हूं। वो दोपहर में उस अतिथि-गृह में भी थे जहां हम अपने सैनिकों के साथ रुके थे।'

नरसिम्हन ने कुछ नहीं कहा। वो आगे देखते हुए चलते रहे।

'आपके विचार से ये राजसिंह होंगे?' चेरों के प्रति पांड्या का शक एकदम स्पष्ट था।

'नहीं,' नरसिम्हन ने छूटते ही कहा। 'अगर वो हमें मरवाना चाहते तो समुद्र पर मरवा देते। उन पर कोई संदेह भी नहीं होता। वो अपने क्षेत्र में ऐसा नहीं करेंगे। ये तो कोई और ही है।'

विजयन को सारे चोल सैनिकों को अतिथिगृह में छोड़ आने पर पछतावा हो रहा था। बेशक उसने नरसिम्हन की ख़ूंख़ार योद्धा की साख के बारे में सुन रखा था। मगर हाल के दिनों में जब वो गंगईकोंडा चोलपुरम में सेनापति से मिला था, तो समझ ही नहीं पाया कि वो साख हक़ीक़त से कैसे मेल खाती

थी। विजयन ने बहुत से धुरंधर योद्धाओं के बारे में सुना था जो हिंसा से उकता गए थे, और एक सौ अस्सी डिग्री पर घूमकर पूरी तरह से शांतिप्रिय, अहिंसक शाकाहारी बन गए थे। उसने तो नरसिम्हन को एक बार एक कॉक्रोच पर पैर रखने में भी हिचकिचाते देखा था। हालांकि सभी भारतीयों की तरह, विजयन भी अहिंसक लोगों की प्रशंसा करता था, मगर इस समय जब ख़तरा सिर पर था तो विजयन नरसिम्हन के योद्धा रूप का साथ पसंद करता। वो जानता था कि बर्बर तुर्कों का सामना होने पर नरसिम्हन का पुराना रूप लौट आएगा। मगर उन लोगों के सामने जो उसके साथी भारतीयों जैसे दिखते थे? शायद नहीं। मगर ये विचार उसने अपने तक ही रखे।

'आपका क्या आदेश है, श्रीमान?' विजयन ने पूछा। 'क्या हमें उनसे भिड़ना चाहिए?'

'नहीं,' चोल सेनापति ने दृढ़ता से उत्तर दिया। 'हम एक गुप्त अभियान पर हैं। हम ध्यान नहीं खींच सकते। हम वही करेंगे जो वो करेंगे। अगर वो लड़ेंगे तो हम लड़ेंगे।'

'जैसा आप कहें, श्रीमान।'

दोनों कुछ और देर चुपचाप चलते रहे मगर उन्हें किसी आकस्मिकता का सामना नहीं करना पड़ा। आख़िरकार वो शिखर पर पहुंच गए जिसके सामने भगवान अय्यप्पन के मंदिर का पत्थर का विशाल द्वार था।

वो ग्रेनाइट की विशाल संरचना थी जिसके दोनों ओर हाथी के आकार के लंबे स्तंभ थे जिन पर अग्नि के विशाल पात्र रखे थे। द्वार के ऊपर मंदिर के प्रमुख देवता अय्यप्पन की एक सुंदर मूर्ति सजी थी, जो दहाड़ते हुए सिंह, अपनी सवारी, के पास सतर खड़े थे। उनका सिर गर्व और साहस से ऊंचा था। उनके एक हाथ में धनुष और दूसरे में तीन बाण थे।

घोड़ों पर सवार मंदिर के पहरेदार मंदिर परिसर की परिधि में फैले हुए थे। पैदल गश्त करते पहरेदार भक्तों को सम्मान के साथ पंक्ति में खड़ा कर रहे थे। चोल देश के दोनों व्यक्ति ने देखा कि भक्तों को द्वार से अंदर जाने देने से पहले वो उनसे चुपचाप कुछ पूछताछ कर रहे थे। द्वार के पास एक

जीता-जागता हाथी खड़ा था और अपने महावत के निर्देश पर अपनी सूंड उठाकर अंदर जाने वाले हर भक्त के सिर को छूकर उन्हें आशीर्वाद देता था।

'हम लगभग वहां पहुंच गए हैं,' उस प्राचीन मंदिर के द्वार के पास जमा भक्तों की भीड़ में जगह बनाने के लिए जूझते नरसिम्हन ने धीरे से कहा। 'पहले हम भगवान का आशीर्वाद लेंगे। उसके बाद वावर धर्मस्थल की ओर जाएंगे।'

उनका पीछा करने वाले पीछे छूट गए प्रतीत होते थे। शायद वो ग़लत चेतावनी रही हो। मगर नरसिम्हन की सहजबुद्धि उन्हें अभी भी सचेत कर रही थी।

'लेकिन ज़ाहिर है हम अठारह पवित्र सीढ़ियां तो नहीं चढ़ सकते हैं,' विजयन ने कहा। गर्भगृह की अठारह सीढ़ियां चढ़ने की अनुमति केवल उन लोगों को ही थी जो इकतालीस दिन का कठिन व्रत रखते थे। और नरसिम्हन एवं विजयन ने ये प्रायश्चित नहीं किया था। विजयन ने आगे बढ़ते हुए तांबे का एक चमचमाता स्तंभ देखा।

'बेशक, सीढ़ियां नहीं चढ़नी हैं,' नरसिम्हन ने कहा जो उसी चमकते-दमकते तांबे के स्तंभ को देख रहा था, जो इतना चमक रहा था कि उसमें उनके पीछे के दृश्य का सटीक प्रतिबिंब दिखाई दे रहा था। 'और ऐसा लगता है कि हमारे मित्रों को...'

'...कुछ यार-दोस्त मिल गए हैं,' विजयन ने नरसिम्हन के वाक्य को पूरा करते हुए कहा, साथ ही झटपट पीछा करने वालों की गिनती भी कर ली। 'वो झुंड में खड़े हैं। चौदह हैं।'

'हम्म,' नरसिम्हन ने कहा।

विजयन ने अपनी आंखें सिकोड़ीं। 'मुझे नहीं लगता कि इस भीड़ में और मंदिर के इन लंबे-तगड़े पहरेदारों के आसपास होते हुए वो हम पर हमला करेंगे।' अचानक उसकी पीठ तन गई। 'अगर इनमें से कोई अमल हो तो? जिसे हम तलाश रहे हैं, वो भी हमें तलाश रहा हो तो? और हमें परख रहा हो?'

'संभव है...' नरसिम्हन ने हामी भरी। 'लेकिन उसे तो वावर धर्मस्थल में हमसे मिलना था, यहां नहीं। इसलिए हमें ढिलाई नहीं बरतनी चाहिए...'

'जी, श्रीमान।'

विजयन को भीड़ में गुम होने और कुछ होने की प्रतीक्षा करने का विचार अच्छा नहीं लगा था। मगर उनके पास और कोई चारा नहीं था।

दोनों आदमी तीर्थयात्रियों की सर्पिल क़तार में लग गए और इंच-इंच करके मंदिर के द्वार की ओर बढ़ने लगे। बहुत से भक्त हथियारों से लैस थे, जो कि शेरों, तेंदुओं, और दूसरे शिकारी जानवरों से भरे इस घने जंगली क्षेत्र में आम चलन था।

क्या हम किसी जाल में फंस गए हैं? नरसिम्हन ने अपना सिर हिलाया। उसे राजसिंह पर भरोसा था, सीधे-सरल कारण से—राजेंद्र चोल को चेर राजा पर भरोसा था। और चोल सम्राट में लोगों को परखने की अद्भुत क्षमता थी। साथ ही, राजसिंह महान शिव-भक्त था, जैसा कि सब जानते थे, और वो स्वाभाविक रूप से महमूद ग़ज़नवी को लक्ष्य बनाने वाले अभियान का साथ देता। सबसे ज़्यादा भरोसे की बात ये थी कि अमल का व्यवसाय उस मैत्री, तालमेल और भाईचारे का प्रतीक था जो भारत में सभी धर्मों के आम अनुयायियों के बीच मौजूद था। वो मुसलमानों के एक ऐसे वंश से था जो पीढ़ियों से गहरी श्रद्धा और प्रतिबद्धता के साथ भगवान अय्यप्पन की सेवा करता आ रहा था। वो शबरीमलय के देवता के प्रसिद्ध मुसलमान भक्त वावर का वंशज था। वावर ने तीन सौ साल पहले भयंकर अरब नौसैनिक हमले में इस मंदिर की रक्षा की थी। अमल एक ऐसे वंश से था जिसने अपने इस्लाम धर्म से जुड़े रहते हुए भी हिंदू धर्म की रक्षा करने की सौगंध ली थी। अमल भले ही दुश्मन के धर्म का पालन करता हो, मगर वो भारत का बेटा था।

शायद ये मामला कुछ और ही है...

'स्वामीये शरणम् अय्यप्पा! स्वामीये शरणम् अय्यप्पा!' अब भीड़ उन्मादी हो गई थी, और द्वार पर खड़े पहरेदार अभी भी कई गज़ दूर थे।

'इस वर्ष ये थोड़ा धीमा है ना?' उनके पीछे से एक शांत स्वर उभरा। चोलपुरम के पुरुषों ने पीछे देखा, उनकी मांसपेशियां सख़्त हो गई थीं। उनके पीछे एक लंबा, तगड़ा भक्त खड़ा था जिसके चेहरे पर मीठी सी मुस्कान थी

जो कुछ-कुछ उपहास उड़ाती सी थी। वो उस गुट का हिस्सा नहीं था जो उनका पीछा कर रहा था। उसके चिकने-सपाट चेहरे पर वक़्त की मार के चिह्न थे। लगभग नरसिम्हन जितने ही लंबे उस आदमी ने काली धोती और गले में रुद्राक्षों की माला पहन रखी थी। दूसरे तीर्थयात्रियों की तरह ही।

'आमतौर पर, द्वारों पर पहरेदार नहीं होते हैं,' इस नवागंतुक ने बिना पूछे ही बताया। वो विनम्रता से बोल रहा था, इतनी विनम्रता से जो असहज कर रही थी। 'लोग जब चाहें आते-जाते हैं।'

नरसिम्हन ने भलमनसाहत से उसकी आंखों में देखा और मुस्कुरा दिया, फिर मुड़ गया। चोल योद्धाओं को सिर पर मंडराता ख़तरा महसूस हो गया था। उन्होंने अपनी तलवारों की मूठ पर हाथ रख लिए थे। तैयार।

शायद ये आदमी भी उनका पीछा करने वालों के साथ मिला हुआ था... तो अब, पंद्रह दुश्मन हो सकते थे।

नरसिम्हन के माथे पर बल पड़ गए, वो उस आदमी के लहजे को पहचानने की कोशिश कर रहा था। वो अजीब ढंग से जाना-पहचाना लगा था। मगर अब आगे उस रहस्यमय आदमी ने जो शब्द कहे, उन्हें सुनकर दोनों आदमी चौंक गए... ज़हरबुझे शब्द जिन्हें ख़ौफ़नाक मगर शांत आवाज़ में बोला गया था।

'तुम्हें अपमान महसूस नहीं हुआ? इन पहरेदारों की हिम्मत कैसे हुई राजेंद्र चोल के पागल कुत्ते नरसिम्हन को सड़क के कुत्ते की तरह इंतज़ार करवाने की? क्या तुम आगे बढ़कर अपने कुख्यात ग़ुस्से के दौरे में इन आदमियों की बोटी-बोटी नहीं कर डालोगे?'

दोनों जन भौचक्के थे। उनका राज़ उजागर हो गया था। पाशविक तेज़ी और ख़ामोशी से वो एक साथ घूम गए। नरसिम्हन ने उस आदमी के गले में अपनी मज़बूत बांह डाल ली। इस दोस्ताना अंदाज़ ने उस अजनबी के चेहरे का रंग उड़ा दिया और उपहास की जगह अब माथे पर हैरानी भरे बलों ने ले ली थी। उसने अपनी कमर में खुंसे ख़ंजर को खींचा, मगर विजयन ने तुरंत ही उसकी बांह को पकड़ा और चुस्ती से मरोड़ दिया, और ख़ंजर का सपाट, ठंडा लोहा उस अनचाहे आगंतुक की पीठ पर सटा दिया।

'पेरुमल, मेरे मित्र!' नरसिम्हन ने मुस्कुराते हुए उत्साह से एक काल्पनिक नाम लेकर कहा और उस आदमी को भीड़ के रेले से खींच निकाला। 'सोचो यहां तुमसे भेंट हो रही है, इतने साल बाद। चलो इतने सालों का हालचाल जानते हैं!'

अगर उनका राज़ खुल गया था, तो उसे जानना था कि कैसे और ये भी कि इसके लिए कौन ज़िम्मेदार था।

'हां, पेरुमल,' दांतों को पीसते हुए विजयन फुफकारा, साथ ही उसने उस आदमी की कलाई पर अपनी पकड़ कस दी और उसे मरोड़ दिया। ख़ंजर गिर गया। विजयन ने अपने पैर से उसे गीली मिट्टी में दबा दिया।

उस बंदी के साथियों को चकमा देते हुए तीनों आदमी उमड़ती भीड़ में आड़े-तिरछे चलते बाहर निकल गए। भीड़ को पीछे छोड़कर जल्दी ही वो घने, अभेद्य जंगल में घुस गए। उनके पीछे, उस क़ब्ज़े में किए गए आदमी के साथी भक्तों के उस रेलमपेल में तेज़ी से उन्हें खोजने लगे। मगर बंदी और बंदी बनाने वाले रात के अंधेरे में गुम हो गए थे।

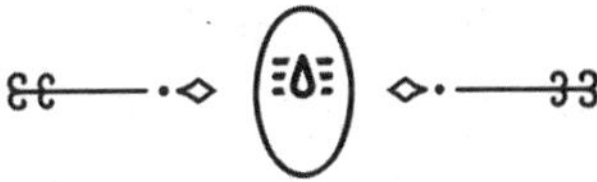

अध्याय 8

पछतावा तलवार की धार है

पूंगावन, चेर राज्य

मंदिर की मद्धम रोशनी और तीर्थयात्रियों की पगडंडी से दूर, तीनों एक घास के मैदान में रुके जो घने पेड़ों से घिरा था जिनसे छनकर चांदनी की कुछ कतरनें धरती पर बिखर रही थीं। विजयन ने उस आदमी के अंगवस्त्रम को उतारकर उससे मूटीपयम के एक लंबे, पतले पेड़ से उसके हाथ कसकर बांध दिए। पेड़ के तने पर लिपटी गुलाबी रंग की बेरियों के कड़वे रस ने उस अनचाहे आगंतुक की धोती को भिगो दिया, जिससे उसकी टांगों से ख़ून बहने का भयानक सा प्रभाव पैदा कर दिया था। जिस तरह से वो आदमी लड़ा था, उसे निहत्था कर देने के बाद भी, उससे नरसिम्हन और विजयन को इतना तो साफ़ हो गया था कि वो एक प्रशिक्षित सैनिक था। लेकिन निश्चय ही चोल सैनिक नहीं था। और वो कहीं से भी उस दौर के भयंकरतम जीवित योद्धाओं में से एक नरसिम्हन का जोड़ नहीं था। ख़ासकर अब जब चोल सेनापति ने अपने युद्ध-कौशल को वापस पा लिया था।

नरसिम्हन ने अपनी शक्तिशाली बांह उस आदमी के सीने पर रखी और उसे तने पर दबा दिया। हाथ अपने पीछे तने से बंधे होने से दुश्मन अब हिल भी नहीं सकता था। चोल सेनापति ने अपना ख़ंजर निकाला और उस धमकीबाज़

के गले पर रख दिया, जबकि विजयन ने अपने तरकश से एक तीर निकालकर अपने धनुष पर चढ़ा लिया था। वो मुड़ गया और जंगल में दुश्मन के साथियों को खोजते हुए चौकसी करने लगा।

'बोल,' नरसिम्हन ने भयानक ढंग से कहा। 'कौन है तू? और तुझे मेरा नाम कैसे पता? तू और तेरे आदमी हमारा पीछा क्यों कर रहे थे? क्या तू अमल है? तू अमल के लिए काम करता है?'

क़ैदी धृष्टता से हंसा। 'ये अमल कौन है भला?'

नरसिम्हन ने अपने ख़ंजर की मूठ से उस आदमी पर एक तगड़ा वार किया। 'तू मेरा नाम कैसे जानता है?'

उस आदमी ने ख़ून थूका। वो जलती हुई आंखों से नरसिम्हन को देख रहा था, उसके शरीर के पोर-पोर से नफ़रत और ग़ुस्सा फूटा पड़ रहा था। 'तेरा नाम कौन नहीं जानता? तेरी पाशविक ख़ून की प्यास और दूसरों को सताने की लत के बारे में कौन नहीं जानता?'

विजयन अपने क़ैदी को देखने के लिए पलटा नहीं। उसकी आंखें आगे ही टिकी थीं, ये देखने के लिए उनके दुश्मन के साथी कहां से हमला कर सकते थे। लेकिन उसने उस क्रूरता के बारे में सुन रखा था जिसे नरसिम्हन कभी कर सकता था। हालांकि जब से उसने सेनापति को जाना था, तब से ऐसा कुछ भी नहीं देखा था।

नरसिम्हन ने अपने दुश्मन को घूरा, उसकी आंखें स्थिर और निर्मम थीं, उसका लहजा ख़ौफ़नाक था। 'तेरी गालियां कुछ मायने नहीं रखतीं। मुझे कुछ काम की जानकारी दे, नीच, वरना जैसे किसी परेशान करने वाले चूहे को मिटा डालना चाहिए, वैसे ही मैं तेरी बोटी-बोटी करके उनका कचूमर बना डालूंगा।'

विजयन का ख़ून ठंडा पड़ गया। बस शब्दों से नहीं। बल्कि लहजे से। उसने अपने सेनापति को कभी इस तरह बोलते नहीं सुना था। अब वो जान गया था कि चोलों के दुश्मन नरसिम्हन से इतना क्यों डरते थे। लेकिन एक

अच्छे सैनिक की तरह, उसने अपनी निगाहें सही दिशा में लगाए रखीं। आगे मौजूद पेड़ों की ओर, जहां उनके क़ैदी के साथी उन्हें खोज रहे हो सकते थे।

धमकीबाज़ ने कहना जारी रखा, 'आज तू मारा जाएगा, नरसिम्हन। वातापी का राज होगा! सत्याश्रय का बदला लिया जाएगा!'

नरसिम्हन हतप्रभ रह गया।

सत्याश्रय... चालुक्य... हमारे देश में इतनी अंदर तक?!

दो दशक से ज़्यादा से चोलों और चालुक्यों के बीच रुक-रुककर युद्ध चलता आ रहा था। युद्धों का पहला सिलसिला सन् 1008 में चला था... तब युवराज रहे राजेंद्र चोल ने साल भर तक भयंकर लड़ाइयों में चालुक्य राजा सत्याश्रय से युद्ध किया था, जिनमें से अंतिम लड़ाई कृष्णा नदी पर तनूर में लड़ी गई थी। आमने-सामने की लड़ाई में राजेंद्र चोल ने सत्याश्रय को मार डाला था, और चालुक्यों की हार के साथ क्षेत्र को तहस-नहस कर देने वाले सबसे हिंसक संघर्षों में से एक का अंत हुआ था। एक दशक तक उन्होंने अपने ज़ख़्मों को भरा और सन् 1019 में एक बार फिर चोलों पर हमला कर दिया। राजेंद्र चोल ने कड़ा संघर्ष किया, और उनके सेनापति ने दक्षिणी चालुक्य क्षेत्रों में हिंसक तबाही का नेतृत्व किया और आतंक और विस्मय के ख़ूनी अभियान से एक बार फिर दुश्मन को घुटने टेकने पर मजबूर कर दिया। चोलों ने तत्कालीन चालुक्य राज्य के बहुत बड़े हिस्सों पर अधिकार कर लिया। चालुक्य पीछे हटकर अपनी राजधानी वातापी में चले गए और अगले एक दशक तक शांति क़ायम रही।

लड़ाइयों की इन श्रृंखलाओं ने भारतीय उपमहाद्वीप के दक्षिणी इलाक़े पर चोलों का निर्णायक वर्चस्व स्थापित कर दिया था। इसने नरसिम्हन नाम के एक प्रचंड युवा चोल योद्धा के उदय का भी ऐलान किया जो चालुक्यों के ख़िलाफ़ बहुत बहादुरी और ख़ूंख़ार तरीक़े से लड़ा था, पहले सन् 1008 में महज़ एक सेनानायक के रूप में जब वो राजेंद्र चोल की निगाह में आया था। और फिर सन् 1019 में दोबारा जब उसने चालुक्य प्रांत में एक रक्तरंजित

हमले में सेनापति के तौर पर चोल सेना का नेतृत्व किया था। कोई हैरानी नहीं कि वो लोग नरसिम्हन से घृणा करते थे।

जो विचार नरसिम्हन के दिमाग़ में आया, वो एकदम स्पष्ट था। *इनकी पिछली हार को एक दशक बीत चुका है। क्या चालुक्य फिर से हमारे विरुद्ध युद्ध छेड़ने की योजना बना रहे हैं? मेरे दस्ते के बारे में इन्हें किसने बताया? और हमारी जगह का राज़ किसने उजागर किया?*

नरसिम्हन के कम से कम एक सवाल का जवाब तो चालुक्य सैनिक ने ख़ुद-ब-ख़ुद दे दिया था। 'ये तो भगवान अय्यप्पन की कृपा थी कि हमने कोल्लम में तुझे देख लिया था। मैं तेरा चेहरा कभी नहीं भूल सकता। तूने निर्ममता से मेरे सभी साथियों को मार डाला था। और मुझे ज़िंदा छोड़ दिया था... तूने ताना मारा था...'

मुझे याद है...

'हां...,' नरसिम्हन ने ग़ुर्राते हुए बात काटी। अपराध और प्रायश्चित की तहों के भीतर गहराई में दफ़्न ख़ून का प्यासा योद्धा धीरे-धीरे फिर से सिर उठा रहा था। इसलिए सिर उठा रहा था कि एक अरसे बाद उसके सामने एक ऐसा शख़्स खड़ा था जिसे वो मारे जाने लायक़ समझता था। 'मुझे याद है... मैंने कहा था—शायद मैंने यही कहा था—कि जब तक चूहे अपना बिस्तर गीला करते हैं, मैं उन्हें नहीं मारता... लेकिन शायद अब तुम मारने लायक़ हो गए हो।'

चालुक्य सैनिक ने ग़ुस्से से अपने दांस पीसे। *इसे आख़िर याद आ ही गया है... अब इसे मारने का समय आ गया है।*

ठीक उसी समय, नरसिम्हन ने चालुक्य के टेंटुए पर ज़ोरदार वार किया। अपने चाकू के मूठ से एक ख़तरनाक वार। टेंटुआ गले में एक उभार सा होता है, जो थायरॉयड की नरम हड्डियों से बना होता है। ये गले की दीवारों और सामने के हिस्से को सुरक्षित रखता है, जिनमें सबसे अहम ध्वनि तंत्रिकाएं हैं। ये सब कुछ बुरी तरह से कुचल गया था।

'तू अपने साथियों को पुकारने की सोच रहा था ना, चूहे?' नरसिम्हन क्रूरता से मुस्कुराया।

कुछ आवाज़ निकालने की कोशिश करता सैनिक दर्द से दोहरा हो रहा था। मगर नष्ट हो चुका ध्वनि-यंत्र अब कुछ करने लायक़ नहीं रहा था।

'इसे मार दें, सेनापति,' विजयन धीमे से फुफकारा। 'इसने कहा था कि भगवान अय्यप्पन की कृपा से इसने हमें कोल्लम में देखा था। ये महज़ इत्तफ़ाक़ था कि हम इन्हें मिल गए। इनके पास हमारे दस्ते की कोई गुप्त जानकारी नहीं है। हमारा अभियान सुरक्षित है। हमें जल्दी से इसे मारकर यहां से निकल लेना चाहिए।'

'शायद...' नरसिम्हन बुदबुदाया, उसने पल भर के लिए भी चालुक्य से निगाहें नहीं हटाई थीं।

'सेनापति...'

'वैसे भी ये नाली का कीड़ा अब बोल नहीं सकता,' नरसिम्हन ने कहा।

नरसिम्हन ने अपने बलिष्ठ बाएं हाथ से उस चालुक्य का माथा पेड़ से सटा दिया, और अपने वार के लिए बाधारहित जगह बना ली। फिर बहुत धीरे-धीरे, किसी शल्य चिकित्सक की सी दक्षता से उसने अपने चाक़ू से दुश्मन का गला काटा। गर्दन के दाएं छोर से लेकर बाएं छोर तक एक साफ़ गोलाकार काट। गहरा। इतना गहरा कि उसने केवल गले की शिराएं ही नहीं, बल्कि मन्या और गर्दन की धमनियां भी काट दी थीं। बाईं और दाईं दोनों। फ़व्वारे की तरह ख़ून फूट पड़ा, जिसने नरसिम्हन के चेहरे को गहरे लाल रंग से नहला दिया था।

विजयन मुड़ा तो उसने ये भयानक मंज़र देखा। ख़ून में सना, वास्तव में ख़ून में लथपथ नरसिम्हन। ज़िंदगी में पहली बार उसने बेतहाशा ख़ौफ़ महसूस किया। 'सेनापति... यहां से निकल चलते हैं...'

नरसिम्हन ने खींचकर अंगवस्त्रम खोल दिया। वही जिससे चालुक्य बंधा हुआ था। बेजान शरीर नीचे गिर गया। फिर उसने उसी अंगवस्त्रम से अपना चेहरा और ख़ंजर पोंछा। उसका स्वर शांत था। 'नहीं। हमें उन बाक़ी लोगों को भी ढूंढना होगा। और हमें जवाब चाहिए। वो लोग कितना जानते हैं?'

'सेनापति...'

नरसिम्हन ने एक जलती हुई निगाह विजयन पर डाली।

'जैसा आप कहें, श्रीमान,' विजयन ने कहा।

उन्हें खोजते और मारते तीन घंटे से ज़्यादा हो गए थे। उस सैनिक के समेत, जिसने मंदिर की क़तार में खड़े नरसिम्हन को धमकी दी थी, पंद्रह चालुक्य सैनिक उस समूह में थे जिसने चोल दल को देखा और उसका पीछा किया था। अब बस उस दल के दो लोग ही ज़िंदा बचे थे।

नरसिम्हन ने एक-एक करके, व्यवस्थित तरीक़े से तेरह लोगों को मार गिराया था। धोखे और जानवरों की पुकार से हरेक को अपने समूह से अलग करके। चीते की सी तेज़ी और पैंथर की सी ख़ामोशी से सही समय पर आगे बढ़कर। मारना और अंधेरे में गुम हो जाना। कुछेक बार अपने सेनापति के आदेश के अनुसार विजयन ने मदद की थी। मगर वो ज़्यादातर पीछे अंधेरे में ही रहा, नरसिम्हन को तकता, कभी हैरत से तो कभी भय से, उसने कभी इतना शानदार मारक कौशल नहीं देखा था जिसे कला का नाम दिया जा सकता हो।

'सेनापति...' विजयन ने धीमे से कहा।

'हम्म।'

'आगे वो दो बचे हुए सैनिक हैं।'

'मैं देख रहा हूं।'

'सेनापति, क्या मैं खुलकर कुछ कह सकता हूं...'

'हम्म...'

'पहले वाले के अलावा हमने किसी से कुछ नहीं पूछा। हमने बस उन सबको मार डाला। इसका क्या अर्थ है? अब उनमें से तेरह मारे जा चुके हैं। और अभी तक भी हमें उनके बारे में ज़्यादा कुछ नहीं पता है... मेरा मतलब...'

'जब हमें पता है कि कोई हमें पीछे से मार सकता है, तब हम सवाल नहीं पूछ सकते। उन सबके पास धनुष-बाण हैं।'

विजयन चुप रहा।

'इस तरह की स्थिति में,' नरसिम्हन ने धीमे से कहा, 'हम या तो सबसे पहले वाले से पूछताछ कर सकते थे जब बाक़ी लोगों को पता नहीं था कि हम कहां हैं। या हम आख़िरी वाले से पूछताछ कर सकते हैं जब बाक़ी सब मर चुके होंगे।'

विजयन ने हामी भरी।

'मैं दूर बाईं ओर जा रहा हूं। जब मैं पक्षी की आवाज़ निकालूं तो तुम दाहिनी ओर वाले चालुक्य पर तीर चला देना। उसके गले के पार।'

'जी, श्रीमान,' विजयन ने कहा। चांद की मद्धम सी रोशनी में वो देख सकता था कि बाईं ओर का चालुक्य निर्देश दे रहा था। यानी दाहिनी ओर वाले को मारना तर्कसम्मत था, क्योंकि उसे कम पता होगा।

नरसिम्हन बिना आवाज़ किए दूर चले गया। ये देखकर विजयन हैरान था कि उसके सेनापति के से विशाल डीलडौल वाला आदमी इतना दबे पांव कैसे चल सकता था। उसने बिना आवाज़ किए धीरे से अपने तरकश से एक तीर निकाला। तीर को अपने धनुष पर चढ़ाकर और अपने लक्ष्य की ओर तानकर वो इंतज़ार करने लगा।

और फिर वो सुनाई दी। पक्षी की पुकार। मगर वो तो एकदम सटीक थी। शायद वो असली चिड़िया ही थी। विजयन चकरा गया। वो इंतज़ार करने लगा। अगर अभी तक उसके सेनापति सही स्थान पर न पहुंच पाए हों तो? उसने कान लगाकर और कुछ सुना। हल्की चांदनी में वो एक दूसरे को देखते चालुक्यों को देख पा रहा था। बाईं ओर वाला दाईं ओर वाले सैनिक से धीरे-धीरे कुछ कह रहा था। ऐसा लगा जैसे वो आगे बढ़ने वाले हों। फिर से पक्षी की पुकार आई, जो इस बार पहले से थोड़ी ज़्यादा अधीर लगी। तुरंत ही, विजयन ने धनुष की डोरी खींची और पंख को झटका देते हुए तीर छोड़ दिया। अपनी धुरी पर घूमता, फनफनाता तीर एकदम सीधी रेखा में उड़ा और दाहिनी ओर वाले चालुक्य के गले में जा धंसा। तीर का फल उस ग़रीब इंसान की गर्दन की दूसरी ओर से बाहर निकल आया था, जबकि उसकी

डंडी अंदर ही धंसी रही। अपनी गर्दन थामे सैनिक धराशायी हो गया, और अपने ही ख़ून में डूबने लगा था।

बाईं ओर वाला सैनिक तुरंत ही नीचे गिरा और उकड़ूं बैठ गया। दुश्मन के तीरों के ख़िलाफ़ तर्कसम्मत बचाव में उसने दाएं हाथ में खंज़र ऊपर उठा रखा था। एक कहीं छोटा लक्ष्य देते हुए। और हाथ-पैरों से अहम अंगों को सुरक्षित करते हुए।

बेहद तर्कपूर्ण।

मगर ये एक ऐसे दुश्मन के सामने इतना तर्कपूर्ण नहीं था जो ख़ंजर लिए पास आ रहा हो।

बिजली की सी तेज़ी से नरसिम्हन आगे आया। दोनों हाथों में ख़ंजर थामे।

दक्षिणपूर्व एशिया में, चाक़ू से लड़ने की एक तकनीक को 'सांप के दांत तोड़ना' कहते हैं। इसका मतलब है कि विरोधी के अंग की संरचना और क्रियाशीलता को नष्ट करने के लिए उसे लक्ष्य बनाना। प्रतीकात्मक रूप से, हथियार 'दांत' होते हैं और उसे उठाने वाली बांह 'सांप।' सांप के दांत तोड़ देने से बचावकर्ता की ओर से प्रमुख ख़तरा तुरंत ख़त्म हो जाता है।

नरसिम्हन ने बेरहमी से वार किया, और चालुक्य की कलाई की लचीली मांसपेशी के कंडरा काट डाले जो उसकी दाहिनी बांह की मांसपेशियों को उंगलियों से जोड़ते थे। एक सीधा-सादा वार जिसने चालुक्य की तलवार थामने वाली बांह की उंगलियों को बेजान कर दिया और उसके हाथ से ख़ंजर गिर पड़ा। सांप के दांत तोड़ दिए गए थे। इससे भी पहले कि दुश्मन सैनिक देख पाता कि हमला कहां से हुआ था।

उसी सहज-सरल गति में, नरसिम्हन ज़मीन पर लुढ़का और चालुक्य को नीचे गिरा दिया। जब बेपनाह दर्द में सैनिक चिल्ला रहा था, तभी नरसिम्हन ने बाएं हाथ से उसके पटेला कंडरा को काट डाला जो घुटने के निचले हिस्से को पिंडली के ऊपरी हिस्से से जोड़ता है। चालुक्य भयंकर पीड़ा से चिल्लाए जा रहा था, और नरसिम्हन बेपरवाही से उसकी दूसरी टांग के पटेला कंडरा

को काटता रहा। पल भर में ही, नरसिम्हन ने उसे अंजाम दे डाला था जिसे ख़ंजरों की लड़ाई में गतिशीलता नष्ट करना कहा जाता है।

चालुक्य सैनिक हिल नहीं सकता था, क्योंकि उसकी जांघ की मांसपेशियों से निचली टांगों के 'जुड़ाव' को काट दिया गया था। वो अपना ख़ंजर भी नहीं उठा सकता था क्योंकि उसकी दाहिनी बांह से उंगलियों के मांसपेशीय सूत्र को भी काट दिया गया था। अब बस वो दर्द से दोहरा हो सकता था। और नरसिम्हन पर गालियों की बौछार कर सकता था।

विजयन दौड़ता हुआ आया, ये देखकर उसका मुंह खुला का खुला रह गया कि नरसिम्हन ने कितनी तेज़ी से अंतिम चालुक्य सैनिक को लाचार अपाहिज बना डाला था।

'उसे समाप्त कर दें,' नरसिम्हन ने शांति से उस सैनिक की ओर इशारा करते हुए आदेश दिया जिसे कुछ ही पल पहले विजयन ने तीर मारा था।

विजयन ने अपना ख़ंजर निकाला, नीचे बैठा और चालुक्य सैनिक की पसलियों से होते हुए उसके दिल के अंदर तक ख़ंजर उतार दिया, और उसे उसके कष्टों से मुक्ति दिला दी।

जब वो अपने सेनापति की ओर मुड़ा, तो उसने देखा कि नरसिम्हन अपने ख़ंजर को पोंछकर साफ़ कर रहा था। 'इसे उठाएं और पेड़ से बांध दें, विजयन।'

'जी, श्रीमान।'

'तुम जितना जी चाहे, उतना चिल्ला लो,' नरसिम्हन ग़ुर्राया, अब उसे धीरे बोलने की ज़रूरत महसूस नहीं हुई। 'तुम्हें बचाने कोई नहीं आने वाला। हम मंदिर से बहुत, बहुत दूर हैं। लेकिन अगर तुम जल्दी बकना शुरू कर दोगे, तो हम तुम्हारी पीड़ा को दूर कर देंगे।'

चालुक्य दर्द से चीख़ता-चिल्लाता रहा। उसकी बांहों को उसके ही अंगवस्त्रम से अशोक के पेड़ के पीछे बांध दिया गया था। उसके साथी सैनिक

के अंगवस्त्रम को उसकी बग़लों के नीचे से निकालकर ऊपर की एक डाल से बांध दिया गया था ताकि वो गिरे नहीं क्योंकि अब उसकी टांगें तो लगभग बेकार हो चुकी थीं। उसे नरसिम्हन की आंखों की ऊंचाई पर बांधा गया था।

चालुक्य गरियाता-चीख़ता रहा। मगर उसकी कोई भी बात समझ नहीं आ रही थी।

नरसिम्हन आगे बढ़ा और उसने सैनिक के दाहिने कंधे में गहरा उतारते हुए ख़ंजर घोंप दिया। भयंकर पीड़ा से जब चालुक्य सैनिक एक बार फिर चीख़ उठा, तो नरसिम्हन गरजा, 'बोल! तो तुझ पर रहम कर दिया जाएगा। तू हमारे अभियान के बारे में क्या जानता है? तूने कैसे जाना कि मैं यहां आ रहा था?'

चालुक्य ने जवाब नहीं दिया। वो बस चोल सेनापति पर गालियां बरसाता रहा।

नरसिम्हन विजयन की ओर मुड़ा। 'कुछ देर बैठते हैं। इसे ख़ुद को थका लेने देते हैं। फिर ये बोलेगा।'

'जी, श्रीमान।'

'इसे होश में लाएं,' नरसिम्हन ने आदेश दिया।

ख़ून बहते रहने और अपनी टांगों में गंभीर घावों के बावजूद खड़े रहने पर मजबूर किए जाने से चालुक्य सैनिक बेहोश हो गया था। विजयन के कुछ थप्पड़ों और चेहरे पर पानी पड़ने से सैनिक होश में आया।

'पीछे हटें, विजयन।'

विजयन ने आदेश का पालन किया। उसने आसमान को देखा तो पाया कि पौ फटने लगी थी। दिन निकलने का मतलब था इन पहाड़ियों पर और यात्रियों का आना, जिसका ये मतलब भी था कि वो पकड़ में आ जाते। उन्हें जो भी पता करना था, वो जल्दी पता करना होगा।

'अब बोलने का मन है?' नरसिम्हन ने पूछा।

चालुक्य निराश दिख रहा था, जैसे हार मान चुका हो। 'उनका नाम... विक्रम... था।'

'किसका नाम विक्रम था।'

'हमारे नायक का... वो व्यक्ति जिन्होंने मंदिर में तुमसे बात की थी... वो पहले व्यक्ति जिन्हें तुमने मारा था।'

नरसिम्हन चुप रहा।

'चालुक्य-चोल युद्ध में... तुमने... उनके सभी मित्रों को... मार डाला था।'

'ये तो युद्ध है। हम सैनिक हैं। हम जानते हैं ये कैसे होता है। अगर मैंने उन्हें न मारा होता, तो उन्होंने मुझे मार दिया होता। अब तो वो पुरानी बात हो गई है। तुम्हें आगे बढ़ना सीखना होगा।'

'क्या तुम... एक आदमी के... बदला लेने के... अधिकार को नकारते हो?'

नरसिम्हन चुप रहा। क्योंकि ग़ज़नी का उसका अपना अभियान भी तो बदला लेने के लिए ही था।

'तुम इसे... नकारते हो?'

नरसिम्हन का इस बारे में बात करने का मन नहीं हुआ। 'तुम्हें मेरे अभियान के बारे में कैसे पता लगा?'

'कैसा... अभियान?'

नरसिम्हन ने चालुक्य सैनिक की आंखों में घूरा। वो समझ सकता था कि वो सच बोल रहा था। 'तो फिर तुम लोग हमारा पीछा करते हुए यहां तक कैसे आ गए?'

'हम लोग... यहां... एक व्यापारिक प्रतिनिधिमंडल की... रक्षा कर रहे थे... हमने तुम्हें... कोल्लम में देखा। कप्तान विक्रम ने... हमारे अभियान का... उद्‌देश्य बदल दिया और... तुम्हारा पीछा करने का... फ़ैसला किया... और... तुम्हें मार डालने का।'

नरसिम्हन ने विजयन को देखा। उसका सहायक सही था। ये महज़ एक संयोग था।

चालुक्य ने विजयन को देखा। 'हमें तुमसे कोई वैर नहीं है... हमें तो बस... नरसिम्हन का... सिर चाहिए।'

'वो तो तुम्हें मिलने से रहा,' नरसिम्हन ने कहा।

'हमने... भाड़े के कुछ... अरब सैनिकों को... पैसे दिए थे... ताकि अगर हम चूक जाएं... तो वो समुद्र में... तुम्हें निपटा दें... लेकिन जब तुम और तुम्हारा दल... भीतरी भूमि की ओर... वापस मुड़े... तो हमें लगा... कि हमारी क़िस्मत साथ दे रही है। हमने तुम्हें... यहां... धर दबोचने की... योजना बनाई थी।'

विजयन ने गहरी सांस ली। *भाड़े के अरब सैनिक। समुद्र में। हमें मारने के लिए पैसा दिया... उफ़।*

चालुक्य ढहता सा लगा। वो कुछ बुदबुदाया। बहुत धीमे से।

साफ़ सुनने के लिए नरसिम्हन थोड़ा आगे को झुक गया। उस रात चोल सेनापति की वो पहली चूक थी। महंगी चूक।

कंडराओं के, ख़ासकर कलाई की कंडराओं के, गहरे घावों के साथ होता ये है कि ख़ून जल्दी नहीं जम पाता। चोट से ख़ून रिसता ही रहता है। लगभग लगातार। वो ख़ून उस अंगवस्त्रम पर टपक रहा था जिससे पेड़ के पीछे चालुक्य के हाथों को बांधा गया था। जब ख़ून ने कपड़े को तर कर दिया तो वो ढीला और फिसलना हो गया। नतीजतन, रात भर धीमे-धीमे संघर्ष करके चालुक्य ने अपने सही-सलामत बाएं हाथ को आज़ाद कर लिया था। जिसकी उंगलियां अभी भी बांह की मांसपेशियों से जुड़ी थीं। उनकी पकड़ अभी भी मज़बूत थी।

जब नरसिम्हन पास को झुका, तो चालुक्य ने लगभग तुरंत ही अपने कमरबंद से एक तीर खींचा, अपनी बाईं बांह को खींचकर निकाला और सीधे नरसिम्हन के पेट में तीर घोंप दिया। नरसिम्हन ने देखा, और उस पलांश में अपना बचाव किया। नीचे फिसलते और बाईं ओर घूमते हुए। मगर बहुत देर हो चुकी थी। वो वार से पूरी तरह बच नहीं पाया। तीर का फल नरसिम्हन की पीठ के ऊपर और दाएं कंधे के हिस्से की समलंबिका मांसपेशी को गहरा काटता चला गया। आतंकित होकर चिल्लाता विजयन तेज़ी से आगे भागा और उसने चालुक्य की बांह पकड़ ली।

'सेनापति!'

वो छोटा सा घाव दिख रहा था। निश्चय ही, दुर्जेय नरसिम्हन अपनी पीठ के ऊपरी हिस्से में लगे तीर के फल के घाव से तो नहीं मर सकता था।

अब चालुक्य ज़ोर-ज़ोर से हंस रहा था। 'कप्तान विक्रम! मैंने इसे मार डाला! मैंने इस राक्षस को मार डाला! हमारा बदला पूरा हुआ!'

ग़ुस्से से आगबबूला विजयन ने अपनी तलवार निकाली और चालुक्य के सीने में घोंप दी। उसके दिल में गहरे—तुरंत उसकी जान लेते हुए।

'सेनापति!'

शक्तिशाली नरसिम्हन धरती पर गिर पड़ा, सागौन के किसी विकट विशाल पेड़ की तरह जिसे बेरहमी से उसकी जड़ों से काट डाला गया हो। शानदार योद्धा के लिए दुनिया घोर अंधेरे में डूबती चली गई थी।

'सेनापति!'

विजयन ने नरसिम्हन को उठाने की कोशिश की। मगर उस पतले-दुबले पांड्यन के लिए वो बहुत ज़्यादा भारी-भरकम था। उसने अंदाज़ा लगाया कि तीर की नोक पर कोई तेज़ ज़हर लगा होगा।

'सोना मत, सेनापति! अपनी आंखें खोलें!'

वो जानता था कि जब ज़हर दिया गया हो तो सोना सबसे ख़तरनाक हो सकता था। ख़ासकर ऐसे ज़हर जिनमें कोई गंध न हो। वो हताशा में सेनापति को हिलाता रहा, उसके अंदर घबराहट फैलती जा रही थी।

जीवित रहिए, सेनापति। मेहरबानी करके जीवित रहिए।

और फिर उसने वो सुना।

नम ज़मीन पर पड़ती बहुत से घोड़ों के खुरों की आवाज़।

दया करें, देवी मीनाक्षी।

घोड़ों पर सवार लोग उनकी ओर आ रहे थे।

विजयन ने अपनी तलवार खींच ली और नए संकट का सामना करने के लिए मुड़ गया। नए हमले के लिए तैयार। उसने धीरे से अपने देश का युद्ध उद्घोष बोला। 'देवी मीनाक्षी की जय...'

सूरज के ऊपर उठने के साथ ही धीरे-धीरे जंगल में रोशनी बढ़ने लगी थी।

विजयन को दूर पेड़ों के बीच की जगह से आगे बढ़ते वर्दीधारी घुड़सवार साफ़ दिख रहे थे।

मंदिर के सुरक्षाकर्मी।

उसके मुंह से एक लंबी, थकी हुई सांस निकली।

'मदद करें! यहां! मदद करें!'

विजयन ने अपनी तलवार की नोक मिट्टी में धंसा दी और अपने घुटनों पर गिर गया। ये संकेत देने के लिए कि घुड़सवार सैनिकों के लिए उसकी ओर से कोई ख़तरा नहीं था। उसने अपनी ओर आते सुरक्षाकर्मियों की ओर हाथ हिलाया।

'यहां पर!' विजयन चिल्लाया। 'यहां पर! इस व्यक्ति को मदद चाहिए!'

घुड़सवारों की अगुआई साधारण कपड़ों में एक छोटा सा, पतला-दुबला आदमी कर रहा था। सिर पर एक अजीब सा परिधान पहने जिससे लटकता कपड़ा एक नक़ाब की तरह उसके अधिकांश चेहरे को छिपाता बंधा हुआ था। विजयन के पास पहुंचकर उस अगुआ ने अपने घोड़े की लगाम खींची।

पांड्या सैनिक अपने घुटनों के बल बैठा था और उसके हाथ ऊपर हवा में थे, उसकी तलवार की मूठ से दूर। वो नहीं चाहता था कि इस बात को लेकर कोई शंका पनपे कि वो कोई हानि नहीं पहुंचाना चाहता। क्योंकि सुरक्षाकर्मी पहले ही अनेक लाशें देख चुके होंगे।

उस छोटे, पतले-दुबले घुड़सवार के पास अपने घोड़े पर मौजूद एक दूसरे रक्षाकर्मी ने साफ़ झलकते रोष के साथ कहा। 'इतनी हत्याएं! इस पवित्र भूमि पर! ये अनुचित है, श्रेष्ठ अमल! हम ऐसा कैसे होने दे सकते हैं? आपने तो कहा था कि ये आपके मेहमान थे?!'

छोटे से, पतले-दुबले अमल ने अपने साथी से शांत रहने की अपील करते हुए हाथों से इशारा किया।

'सुनिए, मेरे सेनापति नरसिम्हन को सहायता चाहिए,' विजयन अपने सेनापति की ओर इशारा करते हुए बोला। 'इन्हें एक ज़हरबुझा तीर घोंपा गया

है। इन्हें तुरंत चिकित्सकीय सहायता चाहिए। शक्तिशाली चोल सम्राट के नाम पर, मेरी मांग है कि...'

'तुम कोई मांग नहीं करोगे!' ग़ुस्से में भरा सुरक्षाकर्मी चिल्लाया। 'तुमने और तुम्हारे सेनापति ने यहां क़ानून तोड़े हैं। हम मंदिर के सुरक्षाकर्मी हैं। हम सम्राट को जवाब नहीं देते हैं। हम अपने ईश्वर को जवाब देते हैं।'

'इनकी मदद करना आपका कर्तव्य है!' विजयन जानता था कि अपने सेनापति को बचाने के लिए उसके पास ज़्यादा समय नहीं था।

'चुप!' वो घुड़सवार चिल्लाया जिसे उन्होंने अमल कहकर संबोधित किया था।

विजयन के मुंह पर ताला लग गया। कई कारणों से। सबसे पहले तो उस छोटे से, पतले-दुबले अगुआ के आदेशात्मक लहजे से। लेकिन उससे भी ज़्यादा, अगुआ की स्पष्ट रूप से लड़कियों जैसी आवाज़ से।

अमल, वावर धर्मस्थल के मौजूदा संरक्षक अहमदुल्लाह की सहायक और सबसे बड़ी संतान। सबसे बड़ी संतान बेटा नहीं, बल्कि बेटी थी।

अगुआ के चेहरे को ढकने वाला कपड़ा खुल गया था, और छोटी-छोटी आंखों, एक नन्ही सी ख़ूबसूरत नाक और पतले-पतले होंठ वाला एक नाज़ुक, चंपई चेहरा उजागर हो गया जो भोर की धूप में दमक रहा था। सीधे-सपाट रेशमी बाल खुलकर कंधों पर गिर गए थे। केरल के मुस्लिम अहमदुल्लाह और तिब्बती बौद्ध ताशी की बेटी अमल। उसकी तिब्बती विरासत स्पष्ट रूप से उसके नाक-नक़्श पर हावी थी।

'इस सबके लिए मैं दिल से माफ़ी मांगती हूं, श्रेष्ठ मुख्य रक्षक,' अमल ने विनम्रता से अपने पास वाले रक्षक से कहा। 'आपको पहुंची तकलीफ़ और परेशानी के लिए मैं बहुत शर्मिंदा हूं। मेहरबानी करके इस स्थिति को मुझे संभालने दें।'

स्पष्ट रूप से अमल का काफ़ी रसूख़ था। मुख्य रक्षक ने अपने ग़ुस्से को शांत करने के लिए गहरी सांस भरी और अमल को स्थिति से निपटने दिया।

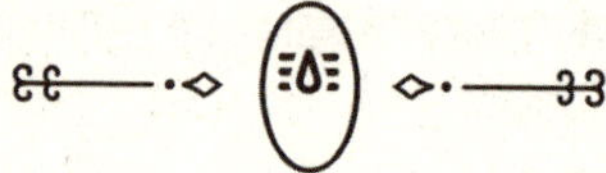

अध्याय 9

नौटंकीबाज़ की साज़िश

ग़ज़नी, अफ़ग़ानिस्तान

इस्माईल ने अंडाकार आईने में देखा और पहलू बदल-बदलकर देखा। चमकते तांबे के बने आईने में एक ख़ुशगवार अक्स दिख रहा था। उसने अपनी ठोड़ी उठाई और ख़ुद को तका। कठोरता से। वो मुस्कुरा नहीं रहा था।

एक नौकर छोकरे ने उसके कंधों और फैली हुई बांहों पर फ़र का एक बड़ा सा लबादा डाल दिया था।

बुरा नहीं है। क़तई बुरा नहीं है।

उसने मुफ़्ती की हवेली के आलीशान शयनकक्ष पर नज़र दौड़ाई और, आख़िरकार, मुस्कुरा पड़ा। उसके नौकर-चाकर सिर झुकाते हुए चले गए थे। उसने एक बार फिर आईने में देखा।

बेचारा ग़ज़नी! इतने सालों से ख़ुदाई का भरम पाले एक भौंडे राक्षस को झेलता, जबकि वो सुल्तान के तौर पर इस शानदार नेक आदमी का तजुर्बा हासिल कर चुका था। कोई फ़िक्र नहीं... अब मैं वापस आ गया हूं...

इस्माईल को यहां आए एक महीने से ज़्यादा हो गया था और वो अच्छे से बस चुका था। ग़ज़नी के शाही परिवार के दूसरे सबसे बड़े पुरुष की शानदार हवेली अपनी शानो-शौक़त में सुल्तान के महल के बाद दूसरे नंबर पर थी,

और प्रांतपाल-मुफ़्ती ने पिछला महीना इसके आरामों और अपनी नई पाई आज़ादी का सुख भोगते बिताया था।

इस्माईल अपना जागा हुआ समय बमुश्किल ही घर के अंदर बिताता था। गुज़गान में वो बंद दीवारों और तंग जगहों में काफ़ी रह लिया था। वो सूरज निकलने से बहुत पहले उठ जाता था, और बाहर निकलने के लिए कसमसाता रहता। रोज़ाना सुबह, वो नहाता-धोता और ख़ुद को संवारता, नाश्ता करता, और ख़ुद फ़ज्र की अज़ान देने के लिए झटपट जामा मस्जिद की मीनार पर पहुंच जाता।

फिर बाक़ी दिन वो लोगों से मिलने और जगह-जगह जाने में बिताता। कभी-कभी वो जन्नते-अदन बाग़ चला जाता जहां अक्सर अमीर-सामंत आया करते थे। तो कभी वो ख़ालिद बाज़ार जा पहुंचता जो आम लोगों से—किसानों से जो दिन भर जुटते और मोल-भाव करते थे—पटा रहता था। इस्माईल धीरे-धीरे साधारण लोगों में अपनी पहचान बनाने और उनका दिल जीतने में लगा था जिन पर एक दिन शासन करने के लिए वो दृढ़संकल्प था। और ये आसान था।

दूसरी ओर, अमीर-सामंती वर्ग को ख़ुश करना कहीं ज़्यादा मुश्किल था। वो उसे ग़ज़नी की सत्ता में नई हस्ती के तौर पर स्वीकार करने के लिए बहुत उत्सुक नहीं थे।

जामा मस्जिद की अज़ान के जवाब में भी मुट्ठी भर मज़हबी लोग ही आते थे। नामुमकिन सी समयसीमा को पूरी करने के लिए जल्दबाज़ी में बनाई गई अस्थायी इमारत के कभी भी ढह जाने के डर से ज़्यादातर दूर ही रहते थे। तीन साल पहले आए भयंकर भूकंप में पुरानी मस्जिद के दो फाड़ हो गए थे। वास्तव में पूरा भूभाग ही फट गया था।

ईश्वरीय न्याय के दुखद उदाहरण में, सुल्तान के महल समेत अमीर और शक्तिशाली लोगों की संगमरमर और दूसरे महंगे पत्थरों से बनी आलीशान इमारतें धूल में मिल गई थीं, जबकि मिट्टी और लकड़ी के बने ग़रीबों के मामूली घर क़ुदरत के कहर से बचे रहे थे। इस क़ुदरती आपदा के बाद, अमीरों ने शहर के किसान-वर्ग से बहुत कम मज़दूरी पर लोगों को लेकर

अपने विलासितापूर्ण मकानों को फिर से बनवाकर ख़ुदाई मर्ज़ी का क्रूर मज़ाक़ उड़ाया था। भूकंप के कारण पहले से भी ज़्यादा ग़रीब हो जाने के बावजूद उन्हें उचित मज़दूरी नहीं दी गई। क्यों? क्योंकि उनकी जगह कभी भी उन बेशुमार हिंदू-बौद्ध ग़ुलामों को लगाया जा सकता था जिन्हें भारत में महमूद के नियमित हमलों के दौरान बंदी बनाया गया था, जो ज़ाहिर था कि मुफ़्त में और बमुश्किल ज़िंदा रहने लायक़ खाने पर काम करते थे। इसलिए, विडंबनात्मक रूप से, काफ़ी कुछ अवैध आप्रवासियों की ही तरह ग़ुलामों की मौजूदगी ने ग़ज़नी के अमीरों को और अमीर और आम नागरिकों को और ग़रीब बनाया था।

और अपनी ज़रूरतों और ऐशो-आराम के लिए शहर के संसाधनों और लोगों पर अपना पहला दावा ठोककर ख़ुद सुल्तान ने इसकी मिसाल पेश की थी।

इसके बाद बारी आई सुल्तान के सहायकों की। और फिर उनके मातहतों की। सत्ता की यह ज़ंजीर कड़ी-दर-कड़ी उतरते हुए लाचार मज़दूरों तक चली गई, जिनकी रोज़ी-रोटी छीनकर उन्हें पुनर्निर्माण की कोशिशों के चक्र में खींच लिया गया था, और अब वो उस दिन को कोसते थे जब वो उस आपदा में बच गए थे।

ग़ज़नी के दौलतमंद इलाक़ों ने पुनर्निर्माण और जीर्णोद्धार के इस ज़बरन उन्माद में दो साल के अंदर ही अपनी पुरानी शान वापस हासिल कर ली थी। इसकी अधिकांश इमारतें फिर से बना ली गई थीं, अलावा, दुखद रूप से, जामा मस्जिद के। महमूद ग़ज़नवी की स्वघोषित मज़हबीयत के बावजूद वो ताक़तवर और अमीर लोगों की हवेलियों पर प्राथमिकता पाने में नाकाम रही थी।

पिछले मज़हबी बूढ़े मुफ़्ती-ए-आज़म को बज़ाहिर मस्जिद के घटिया पुनर्निर्माण और देरी की क़ीमत अपनी जान से चुकानी पड़ी थी। डरी हुई जनता गुपचुप तौर पर आडंबरपूर्ण सुल्तान को इल्ज़ाम देती थी, मगर महमूद की अनैतिकता और अय्याशी के बारे में खुलकर बोलने से बचती थी। लेकिन

वो जल्द ही नए मुफ़्ती-ए-आज़म इस्माईल की सादगी भरी मज़हबीयत से प्रभावित हो गई थी, कम से कम बाहरी तौर पर तो, जिसके ऊपर ग़ज़नी शहर के प्रांतपाल का दोहरा काम था।

आम लोग तो इस्माईल की मुट्ठी में थे। उसे अब बस अमीर-सामंतों को अपनी ओर करना था। लेकिन दोनों को एक साथ अपनी ओर कर पाना आसान नहीं था। वो जानता था कि उसकी पीठ पीछे अमीर-सामंत उसके लिए अपनी तौर पर अपमानजनक समझे जाने वाले 'जनवादी' जैसे शब्दों का इस्तेमाल करते थे।

'मेहमान आ गए हैं, हुज़ूर,' ड्योढ़ी से उसके वफ़ादार प्रमुख सेवक तालिब ने इस्माईल के सोच-विचार में बाधा डालते हुए फुसफुसाकर कहा। 'वज़ीरे-आज़म ख़्वाजा हसन की अगुआई में सुल्तान के वज़ीर बेसब्र हो रहे हैं। वज़ीरे-आज़म जानना चाहते हैं कि उन्हें जल्दी मिलने की इजाज़त मिल जाए ताकि वो जल्दी जा सकें और अपने दूसरे फ़र्ज़ अदा कर सकें।'

'उनके फ़र्ज़,' आईने में अपने अक्स को सराहते हुए इस्माईल हंसा। 'वो मोटा, बूढ़ा घोटालेबाज़ सबसे पहला काम तो ये करेगा कि अपने घर जाएगा, पूरी सुराही शराब गटकेगा और कुछ वेश्याओं के साथ बिस्तर पर पड़ जाएगा। उन्हें इंतज़ार करने दो, तालिब। अगर सुल्तान होते, या फिर मलिका ही होतीं, तो वो बिना शिकायत किए इंतज़ार करते, है ना?'

'बेशक, हुज़ूर! उन्हें इंतज़ार करने देते हैं।'

इस्माईल ने अपनी पंख लगी पगड़ी उठाई और धीरे से उसे अपने सफ़ाई से संवारे हुए सफ़ेद बालों पर रख लिया। उसने आईने में अपने दांत जांचे। 'आज, वो मेरा इंतज़ार करना सीखेंगे। कल, वो मेरे लिए इंतज़ार करेंगे,' वो बुदबुदाया।

'ऐसा ही होगा, हुज़ूर,' तालिब ने कहा और अपने मालिक को सलाम करके, झुककर उसकी मौजूदगी से पीछे हटते हुए चला गया। इस्माईल दीवार के पास रखे दीवान पर गया। वो धप से उस पर बैठा और एक निचले स्टूल पर रखी चिलम उठा ली। अपने होंठों के पास लाकर उसने तनाव को दूर

करने के लिए अफ़ीम के घने धुएं को अंदर खींचकर एक गहरा कश लिया। प्रांतपाल-मुफ़्ती के दिमाग़ ने उन मुद्दों पर सोचा जिन पर वो अपनी बुलाई इस प्रभावशाली सभा में चर्चा करना चाहता था।

बीस मिनट बाद वो मुलाक़ाती कक्ष की ओर चल दिया। जब वो पास पहुंचा, तो उसे सुल्तान के छह वरिष्ठ वज़ीरों और सातवें, उनके अगुआ, ख्वाजा हसन की बातें सुनाई दीं। वो हंस रहे थे, और बेहद भद्दे शब्दों में उसका मज़ाक़ उड़ा रहे थे।

जैसे ही इस्माईल ने पारदर्शी गुलाबी परदे हटाए, तो अचानक सन्नाटा पसर गया। वो कक्ष में दाख़िल हुआ और उसने अपने पीछे हाथ बांध लिए। प्रांतपाल-मुफ़्ती के सामने अर्धचंद्र के आकार में वो सातों आदमी बैठे थे जिन्हें उसने आमंत्रित किया था। कुछ के हाथ में शीर चाय के प्याले थे, तो दूसरे अपने लिए रखे गए हुक़्क़े पी रहे थे।

कोई भी सम्मान में नहीं उठा। कुछ पल बीते। और फिर एक आदमी खड़ा हुआ: ख़्वाजा हसन। वो बेदिली से झुका और फिर डगमगाते हुए आगे बढ़ा, उसका पेट बुरी बनी नर्म जैली जैसी फ़ारसी मिठाई मस्क़ाती की तरह थुलथुल हिल रहा था। वो प्रांतपाल-मुफ़्ती के पास जाकर रुका और नाटकीय ढंग से उसने मुफ़्ती के हाथ को चूमा, फिर उसे गले से लगा लिया।

दोनों आदमी अलग हुए और उन्होंने एक दूसरे को कोहनियों से थाम लिया। पहले हसन बोला।

'अजीब-अजीब जगहों पर आपसे टकराने के बजाय अब घर पर आपको देखकर अच्छा लग रहा है, हुज़ूर,' उसने घमंड झलकती आवाज़ में कहा। 'हममें से कुछ लोग तो सोचने लगे थे कि आपकी सारी मेहरबानी बस किसानों के लिए ही सुरक्षित है।'

इस्माईल ख़ुशदिली से मुस्कुराया और उसने बाक़ी आदमियों को देखा। बिना उठे, उन्होंने उकताए से अंदाज़ में माथे तक हाथ ले जाकर सलाम किया। किसी ने शिष्टाचार नहीं दिखाया था। अपमानित महसूस करने के बावजूद इस्माईल जानता था कि सुल्तान के आदमी बस उसके प्रति उसके भाई के

दसियों साल के घोर असम्मान की ही नक़ल कर रहे थे। प्रांतपाल-मुफ़्ती अपनी जगह पर बैठ गया जबकि वज़ीरे-आज़म लड़खड़ाते हुए अपने दीवान पर वापस गया और बैठ गया। उसने लंबे नाख़ूनों वाली उंगलियों को आपस में बांधकर अपने मोटे पेट पर रख लिया था और अपनी छोटी-छोटी चमकती आंखों से इस्माईल को देख रहा था।

'मेरे हुज़ूर,' ख़्वाजा हसन ने कहा। 'हमें अपने घर बुलाने के लिए शुक्रिया। ग़ज़नवी सल्तनत का वज़ीरे-आज़म और इन लोगों का अगुआ होने के नाते, मुझे इस सम्मानित सभा का परिचय देने की इजाज़त दें।'

हसन ने प्रांतपाल-मुफ़्ती के सामने चापलूसी की हद तक सावधानी से नक़ली विनम्रता को अपनाते हुए अपनी ताक़त दर्शाने में कोई कोर-कसर नहीं छोड़ी थी।

'ये फ़रज़ाद हैं, हुज़ूर, ख़ज़ाने के मालिक,' ख़्वाजा हसन ने अपनी मोटी उंगली से इस्माईल के बाईं ओर बैठे एक छोटे, तोंदियल, गंजे, अधेड़ आदमी की ओर इशारा किया। ख़ज़ाने वाले फ़रज़ाद ने प्रांतपाल-मुफ़्ती की ओर लापरवाही से सिर हिलाया और सम्मानपूर्वक अपनी निगाह वज़ीरे-आज़म की ओर मोड़ ली। किसी आत्मविश्वास से भरे तिकड़मबाज़ की सी सहजता से इस्माईल ने अपना ग़ुस्सा छिपा लिया। अपने बड़े भाई महमूद से, जो बचपन से ही उसे ताने मारता और उसका अपमान करता था, बचाव के तौर पर उसने ज़रूरत पड़ने पर अपने जज़्बात और रोष को छिपाने की कला सीखकर उसमें महारत हासिल कर ली थी।

मगर अफ़ीम भी मददगार है, इस्माईल ने सोचा।

'मेरे हुज़ूर,' ख़्वाजा हसन ने फ़रज़ाद की बग़ल में बैठे आदमी की ओर इशारा करते हुए आगे कहा। 'ये जलील हैं, सुल्तान के प्रमुख राजदूत। उनके पास क़ाहर हैं, सबसे बड़े मुंसिफ़।'

हर आदमी ने प्रांतपाल-मुफ़्ती की ओर हल्का सा सिर भर हिलाया था।

'यज़्दान शहर सुरक्षा के प्रमुख हैं, और बग़ीश व्यापार और वाणिज्य के नियंत्रक हैं। और आख़िर में... म्मम...'

हसन अटक गया। अपनी आंखें सिकोड़ते हुए उसने अनजान निगाहों से अपने बाईं ओर बैठे शख़्स को देखा। शर्मिंदगी से भरे नौजवान ने झुककर वज़ीरे-आज़म के कान में कुछ कहा।

'बदीद, वज़ीरे-फ़न!' ख़्वाजा हसन ने ख़ुशी से कहा। कलाओं को बढ़ावा देकर या बढ़ावा देने का दिखावा करके तुर्क ये दिखाने की कोशिश कर रहे थे कि वो भी फ़ारसियों या अरबों की तरह सुसंस्कृत हो सकते थे।

बदीद ने इस्माईल को देखा और झुका। 'माफ़ी चाहूंगा, हुज़ूर,' उसने सम्मानपूर्वक कहा। 'मैं मंत्रीमंडल में नया हूं।'

इस्माईल नर्म पड़ गया। वो नौजवान को देखकर मुस्कुराया।

ख़्वाजा हसन ने उम्मीद भरी निगाहों से प्रांतपाल-मुफ़्ती को देखा।

'आप सबका स्वागत है,' इस्माईल ने अपनी निगाहें वज़ीरे-आज़म पर टिकाए हुए ख़ुशगवार मुस्कुराहट के साथ कहा। 'आपके आने से मेरी इज़्ज़त-अफ़ज़ाई हुई है।'

'अरे, हुज़ूर! ऐसा न कहें!' ख़्वाजा हसन भड़कीले अंदाज़ में हाथ हिलाते हुए घुरघुराया। वो अपने पीछे रखे नर्म तकिए पर टिक गया था। 'मैं माफ़ी चाहूंगा कि मेरे सारे वज़ीर यहां नहीं हैं। एक नदारद हैं...' उसने जल्दी से समूह पर नज़र डाली। 'आह! बेशक! अश्ताक़, मज़हबी मामलों के वज़ीर यहां नहीं हैं।'

इस्माईल की आंखें सिकुड़कर छोटी हो गईं।

'मुझे यक़ीन है कि ये माफ़ करने लायक़ ग़लती है,' ख़्वाजा हसन ने लापरवाही से कहना जारी रखा। 'आपके आख़िरी बार यहां हुकूमत करने के बाद से ग़ज़नी के ओहदे काफ़ी बदल गए हैं, हुज़ूर।' वो उदारता से मुस्कुराया।

प्रांतपाल-मुफ़्ती ने उसकी मुस्कुराहट का जवाब नहीं दिया। इसने वज़ीरे-आज़म को अपने नर्म तकिए का आराम छोड़कर अपनी पीठ सीधी करने पर मजबूर कर दिया।

'अश्ताक़ पर हम कुछ समय बाद आएंगे,' इस्माईल ने भरोसा दिलाया। उसने ख़्वाजा के चेहरे पर पल भर को झलकी उलझन का मज़ा लिया और

एक मरियल से नौकर द्वारा एक तश्तरी में पेश किए शराब के प्याले की ओर हाथ बढ़ाया। उसने एक घूंट भरा और उसे अपने मुंह में घुमाया। 'आप सही कहते हैं,' इस्माईल ने आगे कहा। 'बहुत कुछ बदल गया है। बहुत सा कचरा साफ़ करना होगा। बहुत सी टूटी-फूटी चीज़ें ठीक करनी होंगी।'

ख़्वाजा हसन ने अपनी भौंहें उठाईं।

'एक बात बताइए, वज़ीरे-आज़म,' इस्माईल ने धीमे से कहा। 'तीन साल पहले ग़ज़नी के कलेजे को चीरकर रख देने वाले ज़लज़ले में आप सब बच तो गए थे ना?

'लगता तो यही है।' हसन ने मुस्कुराकर आसपास देखा। 'यक़ीनन यहां हम दोबारा ज़िंदा हुई लाशें तो नहीं हैं!'

चाभी भरे खिलौनों की तरह सारे आदमी हंसने लगे। एक के अलावा।

'लेकिन वाक़ई,' हसन ने आगे कहा। 'हां, अल्लाह के करम से हम बच गए। जो नहीं बच पाए... उनकी जगह सुल्तान ने जल्दी ही किसी और को दे दी। आप क्यों पूछ रहे हैं?'

'मैंने थोड़ा-बहुत पढ़ा था,' इस्माईल ने कहा। 'और लोगों से बातचीत भी की थी। उन्होंने मुझे बताया कि ज़लज़ले का सबसे बुरा असर सबसे बड़ी इमारतों पर पड़ा था और उन्हें फिर से बनाने में सबसे ज़्यादा समय लगा था। सरकारी दस्तावेज़ों में उस घटना का और उसके बाद किए गए पुनर्निर्माण की कोशिशों का ब्योरा दर्ज है।'

'माफ़ी चाहूंगा, हुज़ूर,' वज़ीरे-आज़म ने कहा। 'मैं समझ नहीं पा रहा हूं कि ये पूछताछ किस तरफ़ जा रही है। आपके साथ हमें बहुत अच्छा लग रहा है, लेकिन मेरे साथियों और मुझे काफ़ी काम देखने हैं। हमारे वक़्त पर बहुत ज़्यादा भार है। मगर मैं आपको बता दूं, सबसे बड़ी इमारतों को फिर से बनाने में सबसे ज़्यादा वक़्त लगा था। सुल्तान के महल की पूरी मरम्मत करने में ढाई साल लग गया था। राजधानी की आधी जनता ने उस पर काम किया था।'

'दिलचस्प है,' इस्माईल ने कहा, और फिर धीरे-धीरे बोला। 'सुल्तान के महल की मरम्मत करने में ढाई साल लगे, और जामा मस्जिद भी लगभग

मेरे भाई के महल जितने आकार की ही है। मुझे समझ नहीं आता कि उन्होंने ऐसा हुक्म क्यों दिया होगा कि मैं उसे छह महीने में उसकी पुरानी शान-बान में वापस ले आऊं। ये कुछ ज़्यादा ही महत्वाकांक्षी है, क्या कहते हैं आप?'

'माफ़ी चाहूंगा मगर मैं इस मामले पर कोई राय नहीं दे सकता, हुज़ूर,' ख़्वाजा ने मीठी आवाज़ में कहा। 'मुझसे ज़्यादा आप अपने भाई के नज़दीक हैं।'

इस्माईल का चेहरा बर्फ़ सा ठंडा था।

'क्या ये वाहियात बात *आपने* मेरे भाई के दिमाग़ में भरी थी?' प्रांतपाल-मुफ़्ती ने सीधे मुद्दे पर आते हुए जानना चाहा। 'मस्जिद के पुनर्निर्माण की सुल्तान की तारीख़ मुझे आपके दफ़्तर के ज़रिए, आपकी मुहर वाले ख़त पर मिली थी।'

ख़्वाजा हसन लाल पड़ गया। 'आप मुझ पर किसी ऐसी बात का इल्ज़ाम लगा रहे हैं जिसमें मेरा कोई हाथ नहीं था,' उसने कांपती सी आवाज़ में कहा, हालांकि वो अपनी आवाज़ को सख़्त बनाने की कोशिश कर रहा था, लेकिन वो मिमियाती सी सुनाई दी। 'आप अपने भाई, ख़ुद सुल्तान पर बदनीयती का इल्ज़ाम लगा रहे हैं। मुझे इजाज़त दें, हुज़ूर, लेकिन मुझे इस बातचीत को ख़त्म करना होगा।'

वो दीवान पर आगे को खिसका, अपने आकार-प्रकार वाले आदमी के लिए कुछ ज़्यादा ही फ़ुर्ती से।

'ओह, और हां,' वज़ीरे-आज़म ने आगे कहा, 'हमारे बात करने के दौरान भी रेतघड़ी में रेत के कण नीचे गिरते जा रहे हैं, हुज़ूर। आपकी जगह मैं होता, तो तुरंत काम पर लग गया होता। आप तो जानते ही हैं कि क़िस्मत ने कैसे पिछले मुफ़्ती-ए-आज़म को सज़ा दी थी...'

ख़्वाजा हसन दीवान से उठने लगा मगर लड़खड़ा गया। उसके गर्दन में पड़ी सोने की भारी ज़ंजीरों ने उसके सिर को और आगे झुका दिया। उसने अपनी सारी गरिमा जुटाकर ख़ुद को सीधा खड़ा किया, जबकि दूसरे आदमियों ने झटपट अपनी चिलम और शराब के प्याले अलग रख दिए। वो लपककर खड़े हुए और कठपुतलियों की तरह उसके पीछे चल दिए।

इस्माईल बैठा रहा, बेफ़िक्र सा।

'रुकिए तो, जनाब।' उसने सुरीलेपन से गुनगुनाते हुए कहा, उसके होंठों पर माफ़ी मांगती सी मुस्कान खेल रही थी। 'आप बुरा मान गए? अरे, मैं तो इस मुश्किल काम पर बस अपनी हताशा निकाल रहा था। मुझे यक़ीन है कि मैं दोस्तों के बीच हूं। है ना?'

'अलविदा, हुज़ूर,' ख़्वाजा हसन ने रूखेपन से कहा। 'जैसा कि आप अच्छी तरह जानते हैं, अगर आपको मस्जिद के पुनर्निर्माण में सहायता चाहिए, तो इस बारे में आपको मेरे सहायक अश्ताक़ से बात करनी होगी। आपके मज़हबी मामलों के विभाग की ज़िम्मेदारियों के लिए सारी सरकारी मदद मुहैया करवाने का भार उन पर है। वो वही हैं जिन्हें आपने सुबह की इस छोटी सी दावत में नहीं बुलाया था।'

ख़्वाजा हसने ने चलना शुरू कर दिया। चूज़ों की तरह, दूसरे वज़ीरों ने भी उसके पीछे क़तार लगा ली।

अपने शराब के प्याले को पास की मेज़ पर रखते हुए इस्माईल हंसा और उठकर खड़ा हो गया। 'लेकिन मुझे शक है कि अश्ताक़ मेरी कुछ ख़ास मदद कर पाएंगे, प्यारे वज़ीरे-आज़म। मुझे अफ़सोस है कि उन्हें मेरे मज़हबी सिपाहियों जुंदीनुद्दीन ने उठा लिया है जो सीधे तौर पर ग़ज़नी के मुफ़्ती-ए-आज़म के लिए काम करते हैं...' उसकी आवाज़ नर्म और मीठी थी, मगर उसमें भरी धमकी एकदम साफ़ थी।

ख़्वाजा हसन के क़दम वहीं के वहीं ठहर गए। और उसके पीछे चल रहे लोगों के भी।

'मुझे लगता है,' प्रांतपाल-मुफ़्ती ने आगे कहा, 'उन्होंने कुछ परेशानी भरे सबूत खोजे हैं। अश्ताक़ हमारे इस्लामी देश को ग़ैर मुसलमानों द्वारा दिए जाने वाले मज़हबी कर जज़िया के तौर पर जमा किए गए पैसों का ग़बन कर रहा था, और इसलिए वो मज़हबी सैनिकों के अधिकार-क्षेत्र में आता है। आप भी मानेंगे कि हमारे जैसे नेक और मज़हबी लोग इसे बर्दाश्त नहीं कर सकते।'

प्रांतपाल-मुफ़्ती की बातों ने नाटकीय ढंग से कमरे का माहौल बदल दिया था। मंत्रीमंडल के आदमी अपनी जगहों पर जड़ खड़े रहे गए। मानो लक़वा

मार गया हो। कुछ के चेहरों पर घबराहट साफ़ दिखने लगी थी। मज़हबी सिपाहियों ने कभी उनमें से किसी के पीछे जाने की जुर्रत नहीं की थी; वो बस कमज़ोर लोगों को निशाना बनाते थे। इस्माईल को तकते हुए ख़्वाजा हसन बाहरी तौर पर शांत बना रहा। वो इतना मंजा हुआ दरबारी था कि उसने अपना नियंत्रण नहीं खोया और न ही कोई ग़ैरज़रूरी प्रतिक्रिया की। मगर उसकी कनपटयों पर पसीने की बूंद उभर आई थी।

इस्माईल ने ये देख लिया था और वो इस पल का मज़ा ले रहा था। *लगता है इस मोटे कद्दू के हाथ भी इसमें पूरे डूबे हुए हैं... अब हथोड़ा मारने का वक़्त है...*

'आज सुबह आप लोगों के अपने बिस्तर छोड़ने से पहले ही मेरे आदमियों ने सारे सबूत सुल्तान को सौंप दिए थे,' इस्माईल ने कहा। 'अश्ताक़ की ज़िंदगी अब मेरे प्यारे भाई के क़ाबिल हाथों में है। मुझे ऐसा महसूस हो रहा है कि वो इस ग़बन के मामले में मुझसे और तहक़ीक़ात करने को कहेंगे। और उन सबकी भी जो इसमें भागीदार थे।'

ख़्वाजा हसन इस्माईल को घूरता रहता, उसका चेहरा भावहीन था। मगर उसकी कनपटियों पर पसीने की और बूंदें उभर आई थीं।

'शायद आप मेरी मदद कर सकते हैं, फ़रज़ाद। साथ मिलकर हम इस अजीबो-ग़रीब मामले की तह तक जा सकते हैं, हम्म?' प्रांतपाल-मुफ़्ती ने ख़ज़ाने के मालिक पर एक नटखट निगाह डाली, जिसने निगाहें चुराकर ज़मीन पर गड़ा ली थीं। 'देखते हैं कि ये सड़न कितनी गहरी जा रही है। या कहना चाहिए कितनी *ऊपर* तक जा रही है?'

'हुज़ूर...' ख़्वाजा ने धीरे से कहा, उसका मोटा चेहरा सुर्ख़ हो रहा था, उस पर ग़ुस्से और घबराहट के मिले-जुले भाव थे। 'मुझे इस सबकी जानकारी नहीं थी। सब मेरी नाक के नीचे होता रहा! वो सूअर, अश्ताक़! मैंने उस पर भरोसा किया, उसे दरबार में लेकर आया! इन चिकने-चुपड़े अरबों पर तो भरोसा किया ही नहीं जा सकता। टिड्डीख़ोर, मैं बता रहा हूं। उसे कड़ी से कड़ी सज़ा मिलनी चाहिए। उसे तो बस एक ही सज़ा मिलनी चाहिए। और वो है...'

'मौत,' इस्माईल ने मनहूस से ढंग से बात पूरी की। 'सुल्तान से किसी भी तरह के ग़बन की सज़ा मौत है। राज्य को संपत्ति कर में उसका हिस्सा दिए बग़ैर काले बाज़ार में काफ़िर ग़ुलामों को बेचने की सज़ा भी यही है। अब मैं हैरान हूं, आपकी नाक के नीचे ये सब कैसे होता रह सकता था, प्यारे वज़ीरे-आज़म? और भी कई ग़बन दिमाग़ में आ रहे हैं, वास्तव में... जंग की लूट का बंटवारा... सेना के लिए साजो-सामान की ख़रीद... ताजिकिस्तान से घोड़ों की ख़रीद... फ़ेहरिस्त तो ख़त्म ही नहीं होती। कभी-कभी तो मुझे लगता है कि इतने सारे घोटाले हुए हैं, कि शायद आपको भी उन सबकी जानकारी न हो, नेक ख़्वाजा। या आपको है?' आख़िरी लाइन प्रांतपाल-मुफ़्ती ने बड़े सटीक अंदाज़ में बोली थी। धीमे-धीमे और सख़्ती से।

उसके हमले का मनचाहा असर हुआ। ख़्वाजा हसन इतना समझदार था कि ये जान सके कि कब उसे पटकनी दे दी गई थी। उसने अपने चेहरे पर आए सदमे के भाव को समेटा।

ये इतने कम समय में इतना कुछ कैसे जान गया? अमीरों में से कौन इसे ख़बरें दे रहा है?

कमरे में तनाव मुखर था, और शांत प्रांतपाल-मुफ़्ती के अलावा सब इसकी घुटन महसूस कर रहे थे।

ख़्वाजा हसन जानता था। वो जानता था कि उसे क्या जानकारी देनी थी। अपनी मोटी खाल को बचाने के लिए।

'ये सुझाव मेरा नहीं था, हुज़ूर— ये मस्जिद की मरम्मत के लिए छह महीने के समय वाला,' वज़ीरे-आज़म टूट गया था, सिर झुकाए वो बलि के लिए ले जाए जाते मेमने की तरह मिमिया रहा था। उसका फ़लसफ़ा साफ़ था: जब हथियार डालो, तो पूरी तरह से डाल दो—ताकि दुश्मन थोड़ा रहम दिखा सके। 'मेरा तो इससे कोई लेना-देना नहीं था। मैंने तो बस संदेसा पहुंचाया था, हुज़ूर; मैं तो छोड़ा गया तीर हूं।'

प्रांतपाल-मुफ़्ती ख़्वाजा हसन के पास गया और उसके कंधे पर हाथ रखा। 'तुम तीर थे, बेशक,' इस्माईल ने कहा। 'मेरे भाई धनुष थे। तो धनुष चलाने वाला कौन था?'

वज़ीरे-आज़म ने गिड़गिड़ाती, डूबती सी निगाहों से अपने आदमियों को देखा। उन्होंने नज़रें अपने पैरों, या दीवार की ओर घुमा लीं।

चूहे कहीं के!

ख़्वाजा हसन इस्माईल की ओर मुड़ा।

'चलाने वाली, हुज़ूर,' वज़ीरे-आज़म फुसफुसाया।

मुझे पता था! इस्माईल ने सोचा मगर चुप रहा। वो चाहता था कि नाम ज़ोर से बोला जाए। ये वज़ीरे-आज़म के पूरे समर्पण का संकेत होता।

'मलिका, कौसरी जहां...' ख़्वाजा हसन ने कहना जारी रखा, और भी धीमी आवाज़ में कि दीवारें भी न सुनने पाएं। 'उन्होंने चार हफ़्ते पहले, सुबह-सुबह मुझे सुल्तान के सर्दियों के महल में बुलाया था। सुल्तान तो सो रहे थे, मगर मलिका शाही आरामगाह के बाहरी कमरे में मेरा इंतज़ार कर रही थीं।'

वज़ीरे-आज़म रुक गया, इस उम्मीद में कि इतनी जानकारी उसके यातनादायक के लिए शायद काफ़ी होगी। वो पहले ही बहुत ज़्यादा बता चुका था। क्योंकि जब दो हाथी लड़ते हैं, तो अक्सर उनके पैरों तले आने वाली घास ही सबसे पहले कुचली जाती है।

'कहते रहिए,' प्रांतपाल-मुफ़्ती ने कोंचा। 'आपकी ज़िंदगी इस जानकारी पर ही टिकी है,' उसने धमकी भरे अंदाज़ में कहा।

हारे हुए शख़्स ने कहना जारी रखा।

'उन्होंने परिवार के लिए आपकी वफ़ादारी और समर्पण का इम्तेहान लेने की सुल्तान की ख़्वाहिश मुझे बताई, हुज़ूर। उन्होंने कहा कि आपको सूचित किया जाए कि आपके पास मस्जिद की मरम्मत का काम पूरा करवाने के लिए छह महीने हैं। मैंने उसी दिन अपने आदमियों से हुक्म का मसौदा बनवा दिया था, मगर उसे आपको भिजवाने की बात दिमाग़ से निकल गई। मैं सच कह रहा हूं, हूज़ूर, जैसे ही मुझे अपनी चूक याद आई, मैंने तुरंत संदेश भिजवा दिया था।'

'जो कि चार दिन पहले था,' इस्माईल ने सर्द आवाज़ में याद दिलाया। 'एक फ़ौरी कार्रवाई वाला हुक्म अपने तयशुदा वक़्त से क़रीब एक महीने बाद

मेरे पास पहुंचा। अब काम को पूरा करने के लिए मेरे पास छह के बजाय बस पांच महीने रह गए हैं।'

वज़ीरे-आज़म ने अपना सिर झुका लिया। 'मुझे बहुत अफ़सोस है, हुज़ूर। ये बहुत लापरवाही भरी चूक थी। मैं...'

'मसरूफ़ थे, बेशक।' इस्माईल अपनेपन से हसन के कंधे को थपथपाते हुए मुस्कुराया। 'मुझे डर है कि अब आपके और आपके लोगों के लिए हालात और भी ज़्यादा मसरूफ़ होने वाले हैं। जैसा कि आपको बख़ूबी पता है, मेरे पास... सीमित संसाधन हैं... जिनके साथ मुझे इतना बड़ा काम करना है। जुंदीनुद्दीन क़ानूने-पाक को लागू करने में माहिर हैं, लेकिन राज-मज़दूर बेकार हैं। इस जाले को साफ़ करने के लिए मुझे मदद चाहिए जो मेरे आसपास बुना गया है।'

ये शब्द कहते हुए इस्माईल ने कमरे में मौजूद हर आदमी के चेहरे को तोला। कुछ ही पल पहले वो उसे नाममात्र की इज़्ज़त दे रहे थे। अब वो अपने बदन झुकाए, डरे-सहमे, और अधीन से खड़े थे। पूरी तरह से अधीन।

'मुझे आपकी मदद चाहिए होगी, मेरे दोस्त,' इस्माईल ने एक बार फिर ख़्वाजा हसन पर निगाहें टिकाते हुए कहा। 'आप और आपके माहिर लोग मस्जिद की मरम्मत तुरंत शुरू करवाने के लिए पैसा और मज़दूर तलाशेंगे।'

'जैसा आप कहें, हुज़ूर।' ख़्वाजा हसन ने इस राहत की पेशकश को फ़ौरन लपक लिया। 'आप मुझसे क्या करवाना चाहेंगे?'

'वास्तुकार, शिल्पकार, संगतराश, भिश्ती तलाशिए... हर वो बंदा और हर वो चीज़ जो इस काम के लिए ज़रूरी हो। मस्जिद के पास मेरे लिए मज़दूरों की बस्ती बनाएं और देखें कि हम दिन-रात काम करें। मैं सुल्तान के दिए समय में इसे पूरा करूंगा। हम सबकी भलाई इसी पर टिकी है, सही है ना?'

'बेशक, हुज़ूर,' ख़्वाजा हसन ने हाथी के बच्चे की तरह अपने सिर को ऊपर-नीचे हिलाते हुए बेसब्री से कहा। 'मैं आपको यक़ीन दिलाता हूं कि मैं जो कर सकता हूं, वो सब करूंगा। अभी से ही।'

'अभी से ही,' इस्माईल ने किसी मास्टर की तरह अपनी तर्जनी को हिलाते हुए दोहराया। 'और अब से, मैं उम्मीद करूंगा कि सुल्तान और मलिका के साथ आप मेरे हितों का ध्यान रखेंगे। मैंने सुना है कि आप मलिका के ख़ासतौर से क़रीब हैं। मैं चाहूंगा कि शाही जोड़े के साथ आपकी मेल-मुलाक़ातों में जो कुछ भी हो, उसकी पूरी जानकारी मुझे दी जाए। मैं चाहता हूं कि मुझे हर वक़्त, हर मामले के बारे में पूरी जानकारी रहे। क्या आप ये समझ गए?

जब इस्माईल के हाथ नई लगी तिकड़मबाज़ी की डोरियों की हद वज़ीरे-आज़म को समझ आई, तो वो सही शब्द ढूंढने की जद्दोजहद में उलझ गया। मगर वो जानता था कि उसे मात दे दी गई थी।

'हुज़ूर...' वज़ीरे-आज़म ने धीरे से कहा। 'आपका जो हुक्म...'

भविष्य में हाथ खींचने के मौक़े आएंगे। ज़िंदगी लंबी है... ख़्वाजा हसन ने अपने ख़्याल अपने तक ही रखे और इस्माईल के आगे बढ़े दाहिने हाथ के पिछले हिस्से को चूमने के लिए झुक गया। परिषद के दूसरे सदस्यों ने भी क़तार लगाकर एक-एक करके इस्माईल के हाथ को चूमा।

इस्माईल जो चाहता था, उसे हासिल करने के बाद अचानक घूमा और उसके निजी कक्षों को जाने वाले परदों की ओर चल दिया। दबे-कुचले वज़ीरे-आज़म और उसके सहायक बेजान बुतों की तरह वहीं खड़े रहे।

'आप सब जा सकते हैं,' परदों के पीछे ग़ायब होते हुए उसने भारी आवाज़ में कहा। 'मैं आपको अपने फ़र्ज़ से दूर नहीं रखना चाहता।'

प्रांतपाल-मुफ़्ती की आवाज़ धीरे-धीरे भारी हवा में घुल गई।

'इस काम को बख़ूबी अंज़ाम दिया गया, मालिक।' तालिब बत्तीसी दिखाते हुए मुस्कुराया। उस ख़ुफ़िया छेद से उसने ध्यान से सारी बातचीत सुनी थी जो इस्माईल ने हवेली में बनवाया था। हालांकि इस मुलाक़ात का सुझाव तालिब

का था, मगर प्रांतपाल-मुफ़्ती ने बड़ी सटीकता से योजना को पूरा किया था। मुंहलगा नौकर मुस्कुराया। ये उसके मालिक का मैदान था। दरबारी साज़िशें। वो इसी के लिए बना था। जंग और ख़ून-ख़राबे के लिए नहीं, उस खेल में उसका भाई महमूद कहीं ज़्यादा माहिर था, और जिसमें उसके मालिक की हार कोई हैरानी की बात नहीं होती।

तालिब ख़ुश था। क्योंकि अगर मालिक अच्छा करे, तो उसके वफ़ादार नौकर भी मालामाल होते हैं।

इस्माईल ने तारीफ़ पर कोई प्रतिक्रिया नहीं दी। 'कौसरी जहां... वो कश्मीरी चुड़ैल... उसने ये करवाया है।'

लेकिन मेरे मालिक की घबराने की आदत अभी भी बरक़रार है।

'आपने परेशानी हल कर दी है, मालिक,' तालिब ने आश्वस्त करते हुए कहा। 'ज़्यादातर फ़ारसी अफ़सरों की तरह ही ख़्वाजा हसन भी बहुत क़ाबिल आदमी है। वो उन सभी संसाधनों को हासिल कर लेगा जो आपको समय से मस्जिद का काम पूरा करने के लिए चाहिए होंगे।'

'लेकिन कौसरी कितना जानती है?' इस्माईल चिल्लाया। फ़िक्र में उसकी आवाज़ और तीखी हो गई थी। 'तुम्हें लगता है उसे उन ख़तों के बारे में पता होगा जो हमने बाहर भेजे हैं?'

'नहीं, उन्हें पता नहीं है, हुज़ूर। हमारे आदमी भरोसे के हैं। मुझे लगता है वो अपने आम औरतों वाले हथकंडे अपना रही हैं क्योंकि वो जानती हैं कि सुल्तान पर उनके नियंत्रण पर सबसे बड़ा ख़तरा आप हैं। सुल्तान महमूद के साथ उनका रिश्ता ही उनकी इकलौती ताक़त है। वो घायल मादा भेड़िए की तरह उसकी रक्षा करेंगी।'

'मैं चाहता हूं उस पर नज़र रखी जाए। वो जो भी करती है, मुझे वो सब जानना है।'

'लेकिन वज़ीरे-आज़म ने कहा था कि वो...'

'ख़्वाजा तो मोर है। वो बस उतना ही जानता है जितना परिवार उसे सुनने देता है। वो बस अपने हुक्म पूरे करवाने के लिए उसका इस्तेमाल करते हैं।

ख़्वाजा मुझे जो जानकारी देगा वो दूसरे दर्जे की होगी। मुझे और ज़्यादा चाहिए। मुझे वो चाहिए जिस तक केवल किसी अंदरूनी बंदे की पहुंच हो।'

'हुज़ूर, इसमें जोखिम है... मैं ऐसा नहीं...'

'मैं चाहता हूं उस पर नज़र रखी जाए! तुम उससे कहो। वो मुझे कभी न नहीं कहेगा!'

तालिब ने हामी भरी। वो जानता था कि उसे किससे बात करनी थी।

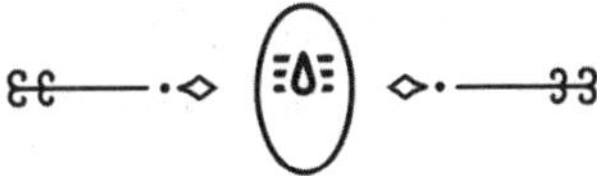

अध्याय 10

ख़ून और संबंध

अरब सागर में कहीं

विजयन उस छोटे से जहाज़ के ऊपरी तल पर खड़ा था जो कोच्चि से कोई तीस मील दक्षिण में समुद्र तटवर्ती गांव आलाप्पुड़ा से पानी में उतरा था। उसने लकड़ी की रेलिंग पर हथेलियां लपेटीं और मख़मली काले आसमान में टिमटिमाते ध्रुव तारे को तकने लगा।

ग़ज़नी की ओर बढ़ रहे हत्यारे दल के उप-सेनापति ने अपनी आंखें बंद कर लीं। उसके दिमाग़ में उन तूफ़ानी घटनाओं की यादें उमड़ती चली आई थीं जिन्होंने दो सप्ताह पहले पवित्र शबरीमलय मंदिर के जंगल में चोल दल को औचक घेर लिया था जिसमें नरसिम्हन बुरी तरह घायल हो गया था।

सौभाग्य से, ज़हरबुझे तीर ने बहादुर सेनापति के किसी महत्वपूर्ण अंग को नहीं भेदा था। मगर घाव गहरा था। जब तक अमल के सैनिक उसे अपने चिकित्सालय लेकर पहुंचे, उसकी सांसें उथली होने लगी थीं, और उसकी नब्ज़ बहुत धीमी पड़ गई थी। उसका बदन ठंडा और चिपचिपा लग रहा था, और त्वचा पसीने से भीग गई थी। घाव के आसपास की मांसपेशियां, ख़ासकर उसकी पीठ और कंधे की, ऐंठन से थरथरा रही थीं। उसकी आंखें बंद थीं, हालांकि बेचैनी के कारण पलकें फड़फड़ा रही थीं।

नरसिम्हन के डीलडौल वाले किसी व्यक्ति के लिए बस पीठ के ऊपरी हिस्से में लगे एक तीर से बेहोश हो जाना और उसमें इतने गंभीर लक्षण दिखने लगना बहुत असामान्य था। स्पष्ट रूप से ज़हर बहुत ताक़तवर था।

मगर अमल सूफ़ियों और रहस्यवादी वैद्यों के एक पुराने ख़ानदान की थी। आयुर्वेदिक दवाओं के रहस्यों की जानकारी उसे बहुतों से बेहतर थी। धर्मस्थल के चिकित्सालय में, उसने जल्दी से ज़हर की पहचान की और नरसिम्हन की जान बचा ली। मगर ज़हर का असर इतना गंभीर था कि उसने चोल सेनापति का दाहिना कंधा और बांह को एक तरह से बेकार कर दिया था। उसकी तलवार उठाने वाली बांह। किसी योद्धा के लिए यह मौत से भी बदतर था। वो अंदर से बहुत कमज़ोर भी हो गया था और ज़्यादातर बिस्तर पर लेटा रहता था।

विजयन ने आंखें खोलीं और उस मनहूस दिन की यादों से वापस निकला। वो मुड़ा और जहाज़ की लकड़ी की रेलिंग पर झुक गया, और बेध्यानी में दूर अलाप्पुड़ा गांव की धुंधलाती रोशनी को देखने लगा।

उसका मन वापस उस घटना के बाद हुई घटनाओं पर चला गया। अमल की मदद से वो शेष चोल हत्यारे दल के पास वापस गए और शांत बैठे रहे। अपने भरोसेमंद आदमियों के साथ अमल ने जल्दी ही उन भाड़े के अरब सैनिकों को पकड़कर मार डाला जिनसे चालुक्य कोल्लम में मिले थे, ताकि समुद्र में उन पर कोई हमला न हो। लेकिन इसका कोई भरोसा नहीं था कि चालुक्यों, या अरब भाड़े के सैनिकों ने ही और किसके साथ साज़िश की होगी। चोल दल और उनके अभियान की गोपनीयता बनाए रखना सबसे महत्वपूर्ण था। इसलिए शबरी पहाड़ियों की तलहटी में मौजूद वो विश्रामगृह, जहां चोल सैनिक रुके थे, 'दुर्घटना में जलकर राख' हो गया। अमल ने वावर धर्मस्थल के ख़ज़ाने से उस विश्रामगृह को ख़रीदने का इंतज़ाम किया और फिर उसे चालुक्यों की लाशों के साथ ही क़ब्रिस्तान की लावारिस लाशों से भर दिया। लावारिस लाशों को उसने चोलों की वर्दी-कवच आदि पहनवाकर इमारत को आग लगवा दी। इस तरह बड़े पैमाने पर एक दृश्य गढ़ा गया। ऐसा लगता था जैसे चोलों और चालुक्यों ने बदले के हिंसक तांडव में एक दूसरे को ख़त्म कर दिया था।

अमल, सोमेश्वर और विजयन ने इस धोखे और अपने सैनिकों के सुरक्षित होने के बारे में चेर और चोल मुख्यालयों को सूचित न करने का फ़ैसला किया। अपने हितैषियों के मन की शांति के मुक़ाबले संदेश के पकड़े जाने का ख़तरा कहीं ज़्यादा था। बस गुप्त भाषा में एक संदेश, नरसिम्हन और राजेंद्र के बीच विशिष्ट निजी कोडित भाषा में जिसके बारे में सेनापति ने विजयन को बताया था, सीधे राजेंद्र को सूचित करने के लिए भेजा गया, बस एक लाइन का साधारण सा नोट: *अभियान जारी है। उचित अवसर पर और जानकारी दी जाएगी।* नरसिम्हन की गंभीर चोट का समाचार राजेंद्र चोल को नहीं बताया गया। नरसिम्हन और विजयन दोनों को लगा कि इससे सम्राट पर अकारण बोझ बनेगा।

इन सारी सावधानियों के बावजूद, हमेशा शंकालु रहने वाले विजयन ने तय किया कि वो कोच्चि के व्यापारिक बंदरगाह से यात्रा नहीं करेंगे। इसके बजाय वो अपने प्रस्थान के मूल बंदरगाह से तीस मील दक्षिण में एक साधारण से मछुआरा गांव अलाप्पुड़ा से निकले। अलाप्पुड़ा का बैकवाटर सीधे खुले समुद्र से मिलता था।

उस गांव में अमल का परिवार था जिसके पास एक छोटी सी मछली पकड़ने की नाव थी। वो काफ़ी होगी।

गुपचुप तरीक़े से, वो बलूचिस्तान के समुद्र तट की ओर चल दिए।

'वलीद?'

बग़ल से अमल की सुरीली आवाज़ तैरती हुई आई। विजयन मुड़ा और उसने उसके मद्धम चांदनी में चमकते अंडाकार चेहरे को देखा। अब विजयन का नाम वलीद था ताकि ग़ज़नी पहुंचने पर वो वहां की ज़िंदगी में घुल-मिल सके। अमल ने सुझाया था कि उन्हें नाम का अभ्यास फ़ौरन शुरू कर देना चाहिए, ताकि अपनी नक़ली पहचान में विजयन विश्वसनीय लग सके।

'हां, अमल?' विजयन ने पूछा।

'नमाज़ का वक़्त हो रहा है,' अमल ने धीरे से उसे याद दिलाया। 'तुम्हारे तौर-तरीक़े स्वाभाविक होने चाहिएं ताकि ग़ज़नवी इलाक़ों में कोई तुम पर

शक न करने पाए। और फिर, हमें तुम्हें अरबी सिखाने का इंतज़ाम भी देखना होगा। उसके बाद तुर्की तहज़ीब सिखानी होगी। चलो, सब इंतज़ार कर रहे हैं।'

विजयन चुप रहा। उसे अभी भी ये बात हज़म नहीं हो रही थी कि अमल एक औरत थी। प्रशासन, रणनीति और नौचालन में माहिर औरत। इससे भी ज़्यादा भयानक ये था कि ज़रूरत पड़ने पर वो मार-धाड़ करने में भी सक्षम थी।

अमल ने विजयन को घूरा। उसने अपनी बांहें सीने पर बांधी और आगे बढ़ी।

'देखो... वलीद,' उसने विजयन के नक़ली नाम पर ज़ोर देते हुए दोहराया। 'मैं यहां किसी सम्राट के आदेश से नहीं आई हूं, न ही इसलिए आई हूं कि चेर देश के राजा भेजना चाहते हैं कि मैं यहां होऊं। मैं इसलिए आई हूं कि अपने वतन और मज़हब की ओर ये मेरा अपना फ़र्ज़ है। जब मैं तुम्हें कुछ करने के लिए कहती हूं, तो मेरे दिमाग़ में इकलौता मक़सद अभियान होता है।'

विजयन को तुरंत ही पछतावा होने लगा। 'माफ़ करना, अमल। तुमने ग़लत समझा...

'तुम सबको सुरक्षित ग़ज़नी ले जाना मेरी ज़िम्मेदारी है। और उम्मीद है आगे मौजूद अभियान के लिए तुम्हें बेहतर तरीक़े से तैयार भी कर पाऊंगी। तो ऐसी किसी भी लड़ाई के अलावा जिसमें हमें ज़बरदस्ती पड़ना पड़े, तुम्हें मेरे निर्देश मानने होंगे। मैं भले ही एक औरत हूं, मगर इस जहाज़ पर तुम्हें मेरे आदेश मानने होंगे।'

'मुझे अफ़सोस है,' विजयन ने कहा। 'मैं क़तई अनादर नहीं करना चाहता। बात बस ये है कि हमें उम्मीद थी कि अमल कोई आदमी होगा।'

'तो अमल एक औरत है,' उसने कहा। 'इसे दिमाग़ में बिठा लो।'

'जी, देवीजी।'

अमल मुड़ गई और जहाज़ की रेलिंग पकड़कर दूर कहीं घूरने लगी। वो अभी भी ग़ुस्से में थी।

विजयन ने इस अजीब सी ख़ामोशी को ख़त्म करने की गरज़ से विषय बदला। 'ये अपने वतन और मज़हब की ओर तुम्हारा फ़र्ज़ क्यों है?'

उलझन में माथे पर बल डालकर अमल ने विजयन को देखा।

विजयन ने अपनी बात को स्पष्ट किया, 'तुमने कहा था कि तुम इस अभियान पर अपने वतन और अपने मज़हब की ख़ातिर आने को तैयार हुई थीं... मैं ये समझा नहीं।'

'तुम इसलिए नहीं समझे कि... क्योंकि मेरा मज़हब इस्लाम है? बज़ाहिर वही मज़हब जो उस बर्बर तुर्क महमूद का है?'

'हां।'

अमल ने गहरी सांस ली। 'तुम्हें पता है... कई साल पहले मकर संक्रांति के दिन ही सोमनाथर मंदिर के अपवित्रीकरण की ख़बर हम तक पहुंची थी—कुछ हफ़्ते पहले, तुम भी अपने सैनिकों के साथ उसी दिन शबरीमलय आए थे... बचपन से ही, मैंने और किसी से भी ज़्यादा अय्यप्पन को माना है... अपने माता-पिता से भी ज़्यादा मैंने उन्हें माना है। वावर धर्मस्थल के हम अनुयायियों के साथ ऐसा ही है। हम मुसलमान हैं, बेशक। लेकिन हम भगवान अय्यप्पन के मुसलमान भक्त हैं। इसमें कोई विरोध नहीं है।'

विजयन ने हामी भरी। वो समझता था। वो मीनाक्षी देवी का भक्त था। उसकी बहन बौद्ध थी। उसकी मां जैन थीं। उसके पिता निर्गुण निराकार के अनुयायी थे। भारतीयों में हमेशा से ऐसा ही चलता आया है। ईश्वर के सभी रूपों का सम्मान।

अमल की आवाज़ लड़खड़ा गई। 'और भगवान अय्यप्पन के पिता का अपमान हुआ था... इतने हिंसक ढंग से...'

जैसा कि भगवान अय्यप्पन के सभी भक्त जानते थे, महा-ब्रह्मचारी देवता भगवान शिव और देवी पार्वती के पुत्र थे।

'मैं मंदिर में भक्तों को पानी पिला रही थी,' उसने आगे कहा। 'वो मकर संक्रांति का दिन था। शबरीमलय में तीर्थयात्रा के दिनों का चरमकाल। और जानते हो उस दिन कितने भक्त आए थे?'

विजयन ने सिर हिला दिया। *नहीं।*

'पंद्रह तीर्थयात्री!' अमल ने बल देते हुए कहा और लापरवाही से अपने रेशमी, सीधे बालों को कान के पीछे खोंस दिया। 'पंद्रह—बस! और ये पंद्रह आदमी भी इसलिए आए थे कि दक्षिण भारत के शायद वो अकेले ऐसे लोग थे

जिन्होंने तब तक सुना नहीं था कि सोमनाथर मंदिर में क्या हुआ था—भगवान अय्यप्पा के पिता भगवान शिव के मंदिर में। मेरी दादी ने एक बार मुझे बताया था कि परिवार में कोई मौत हो जाए तो हिंदू कुछ दिन मंदिरों में नहीं जाते हैं। और वो परिवार में ही तो मौत हुई थी... लोगों ने दिन भर मातम किया था, वलीद। उन्होंने भारत माता के बेटे-बेटियों के रूप में अपने भगवान के वैभव, अपने सम्मान, अपने अहं और एकता के संहार और अपवित्रीकरण का मातम किया था।'

'मदुरै में भी यही हाल था,' विजयन ने कहा। 'शोक के दिनों में मीनाक्षी मंदिर के घंटे नहीं बजे थे।'

'जब ये ख़बर मिली तब मैं अपने माता-पिता के साथ थी,' अमल ने कहा। 'कई दिनों तक सड़कें सूनी पड़ी रहीं। एक ही घर में रहने वाले लोगों ने उस दिन आपस में बात भी नहीं की। इससे पहले हमारी जंगों में, विजेता बस उन पूजास्थलों का प्रशासन अपने अधिकार में ले लेते थे जिन्हें वो जीतते थे। लेकिन ये, उस बर्बरता की ये वापसी जिसे आख़िरी बार हमने कुछ सदियों पहले हूणों के हमले के दौरान देखा था... इसने हमारी आत्मा को तार-तार कर दिया...

'लेकिन मैं हैरान था कि लोग कितनी जल्दी आगे बढ़ गए थे...' विजयन ने धीमी आवाज़ में कहा। 'अपनी रोज़मर्रा की ज़िंदगी में रम गए। कुछ ही महीनों के अंदर।'

अमल ने तीखी सांस भरी। 'हां... हम भारतीयों की एक ताक़त है जो हमारी कमज़ोरी भी है। हम अपने अतीत की नफ़रतों और दुखों को भुला देते हैं। जैसा कि गौतम बुद्ध ने हमें सलाह दी थी। हम आगे बढ़ जाते हैं...'

'चरैवेति, चरैवेति।' विजयन ने ऐतरेय उपनिषद के एक प्रसिद्ध मंत्र को दोहराया जिसका मतलब था चलते रहो, चलते रहो। अनिवार्यत: आपको अतीत से आगे बढ़ जाना चाहिए ताकि आप फिर से खड़े हो सकें।

'बहुत बार ये, ये रवैया कारगर रहता है...' अमल ने कहा। 'मैं इससे इंकार नहीं करती। हम पुरानी दुश्मनियों और दुख में डूबे नहीं रहते। हम ख़ुद को समेटते हैं और आगे बढ़ते हैं। लेकिन दूसरे देशों के अनेक लोग हम

भारतीयों जैसे नहीं हैं। वो आगे बढ़ने को तैयार नहीं होते। इसीलिए तुम्हें दुनिया भर में ऐसे बहुत से समुदाय मिलेंगे जो उनके वंशजों को इल्ज़ाम देते हैं जिन्होंने उनके पूर्वजों को सताया था। अब, जुर्म हुए कई सदियां बीतने के बाद भी वो क्षतिपूर्ति और बदला चाहते हैं। दूसरी ओर, हम भारतीय अक्सर आगे बढ़ जाते हैं और फिर से अपनी ज़िंदगी बनाते हैं। इसीलिए हम वापस खड़े हो जाते हैं। इसीलिए हम हमेशा कामयाब रहते हैं। हम अतीत के क़ैदी नहीं बनते।'

'सच है।'

'लेकिन...' अमल ने कहा। एक बार एक अक़्लमंद आदमी ने कहा था कि एक लंबे एकालाप में सबसे अहम वो होता है जो 'लेकिन' के बाद आता है। 'लेकिन, हममें से बहुत से भारतीय हालांकि भूल सकते हैं, मगर हम कुछेकों को याद रखना होगा। हमें याद रखना होगा, और हमें बदला लेना होगा। ताकि हमारे दुश्मन को एक सबक़ मिल सके: ऐसा नहीं हो सकता कि वो हमारे ख़िलाफ़ जुर्म करें और फिर ऐसे जताए जैसे कुछ हुआ ही न हो। हमारे बहुत से दुश्मन हमारे साथ व्यापार करना और हमारी अर्थव्यवस्था से मुनाफ़ा कमाना चाहते हैं, हमसे कहते हैं कि अतीत के अपराधों को फ़िलहाल भूल जाओ। इस तरह हमारे दुश्मन दोनों तरह से जीत जाते हैं; वो जब चाहते हैं हम पर हमला कर देते हैं, और फिर हमसे पैसा भी कमाते हैं। वो हम भारतीयों को पसंद नहीं करते, लेकिन भारतीय धन को पसंद करते हैं। इसे जारी नहीं रहने दिया जा सकता। इसीलिए हममें से कुछ भारतीयों को याद रखना होगा। अगर ज़रूरत पड़े तो हमें अपना समय लेना होगा। लेकिन याद रखना होगा। और हमें पलटवार करना होगा। हो सकता है तुरंत नहीं, हो सकता है कुछ समय बाद। हो सकता है पांच सौ साल बाद ही। मगर हमें पलटवार करना होगा। ताकि हमारे दुश्मनों को एक साफ़ संदेश दिया जा सके: अगर तुम हमसे पंगे लेना चाहते हो, तो अपने हिसाब-किताब में हमारा तयशुदा बदला भी जोड़ लेना—क्योंकि हम पलटकर मारेंगे। कसकर मारेंगे।' अमल ने सीधे विजयन की आंखों में देखा। 'लेकिन भूल जाने से इस हठी इंकार और बदले की हसरत के लिए एकाग्रता और अनुशासन की ज़रूरत होती है।'

विजयन हंसने लगा। 'और यही बात तो हम बहुत से हिंदुओं में नहीं है। हमारे अंदर दूसरे बहुत सारे गुण हैं, रचनात्मकता, जोश, माफ़ कर देने की क्षमता आदि... लेकिन हां, हमारे पास एकाग्रता और अनुशासन नहीं है। कम से कम, अधिकांश लोगों में तो नहीं है...'

अमल मुस्कुराई। 'मैं सहमत हूं... इसीलिए तुम्हें हम भारतीय मुसलमानों की ज़रूरत है। क्योंकि हम बहुत ज़्यादा एकाग्रचित्त और अनुशासित हैं। हमारे अंदर कुछ ऐसे गुण नहीं हैं जो तुम हिंदुओं में हैं। लेकिन दूसरे गुण हैं... और उनमें यक़ीनन एकाग्रता और अनुशासन हैं।'

विजयन मुस्कुराया।

अमल ने कहना जारी रखा, 'और ये भगवान शिव के भारतीय मुसलमान भक्तों की ज़िम्मदारी है... हमें एकाग्रचित्त और अनुशासित रहना होगा। हमें भूलना नहीं होगा। हमें इन विदेशियों को अपने जुर्मों के लिए दर्द महसूस करवाना होगा। ताकि वो फिर कभी ऐसा करने की हिम्मत न करें। इसीलिए मैं लड़ती हूं। भगवान अय्यप्पन और उनके पिता, महादेव, के लिए।'

विजयन ने हामी भरी। उसकी मुट्ठियां कस गई थीं। 'मदुरै की मीनाक्षी देवी की सौगंध, मैं भी इसीलिए लड़ता हूं।'

'मैं शुक्रगुज़ार हूं कि ख़ुद अल्लाह ने मुझे अपनी मातृभूमि के लिए अपना योगदान देने का मौक़ा दिया है। मैं अपना फ़र्ज़ पूरा करूंगी।'

'मैं जानता हूं तुम पूरा करोगी,' विजयन मुस्कुराया।

अमल भी मुस्कुरा दी और उसने चंचलता से विजयन के कंधे पर हल्का सा घूंसा जड़ दिया। 'अब तुम्हें वलीद के तौर-तरीक़े सीखने होंगे ताकि जब हम ग़ज़नी पहुंचें तो तुम आसानी से घुल-मिल सको।'

'क्या मैं खुलकर बोल सकता हूं?' विजयन ने पूछा।

'बेशक,' अमल ने कहा।

'मुझे भाषाओं में दिलचस्पी नहीं है। कुछ दिन या कुछ हफ़्तों में भी मैं कोई नई भाषा नहीं सीख सकता, भले ही कितनी भी कोशिश कर लूं,' विजयन ने स्वीकार किया।

'आप कोशिश नहीं किए,' पीछे से एक कमज़ोर सी आवाज़ आई। वो इक़बाल थे। सोमेश्वर के आमतौर पर चुप रहने वाले मित्र। वो बिना आहट किए आ गए थे और अब तमिल बोलने की कोशिश कर रहे थे जो उन्होंने चोलों को सुन-सुनकर सीखी थी।

'श्रीमान।' विजयन ने सम्मान में हाथ जोड़कर नमस्ते करते हुए बुज़ुर्ग के सामने सिर झुकाया।

'मैं तुम्हारी भाषा सीख रहा हूं। कम से कम थोड़ी-बहुत। बहुत थोड़े से समय में,' इक़बाल ने अपनी उंगलियों से ये इशारा करते हुए कहा कि उसने कितने कम समय में कितना कुछ हासिल कर लिया है। 'आप भी भाषा सीख सकते हैं। लेकिन कोशिश नहीं करते।'

'मैं अपनी पूरी कोशिश करूंगा, श्रीमान,' विजयन ने हथियार डालते हुए आश्वासन दिया।

'शाबाश, वलीद,' इक़बाल ने विजयन के नक़ली नाम का इस्तेमाल करते हुए कहा। 'अपनी नई पहचान के आदी हो जाएं ताकि ग़ज़नी में हमारे अभियान को पूरा कर सकें।'

'सही है... मैं वचन देता हूं,' विजयन ने कहा, हालांकि वो सोच भी नहीं पा रहा था कि अपने सेनापति के बिना अपने अभियान को कैसे पूरा कर पाएगा। 'सेनापति नरसिम्हन कैसे हैं?'

इक़बाल मुस्कुराया और उसने अपना सिर हिलाया। 'आपके वो सेनापति तो निराले ही हैं।'

'अभी भी अभ्यास कर रहे हैं?' विजयन ने पूछा।

समुद्र पर पहुंचने के बाद नरसिम्हन की कमज़ोरी कम हो गई थी और उनमें थोड़ी ताक़त वापस आने लगी थी, जिससे वो चलने-फिरने लगे थे। लेकिन उनका दाहिना कंधा और बांह पर लक़वे का असर मौजूद रहा। अमल और उसके दक्ष वैद्य तीर के फल के बस कुछ टुकड़े ही निकाल पाए थे। घाव में दबी कुछ किरचों को निकाल पाना नामुमकिन था। पता नहीं किस तरह से जब उस चालुक्य ने वो तीर घोंपा था तो उसका फल टूटकर नरसिम्हन की पीठ में

बिखर गया था। ये विभिन्न धातुओं का विचित्र सा मिश्रण था। शायद किसी एकदम नई, प्रयोगात्मक तकनीक से बना। एक तरह से ये एक ऐसी मिश्रित धातु थी जिसे वैज्ञानिक असफलता होना चाहिए था—टकराते ही किरच-किरच हो जाने वाली कोई भी धातु अधिकांश पारंपरिक उपयोगों के लिए ज़्यादा उपयोगी नहीं रहती। लेकिन तीर के फल के लिए ये बहुत ही अहम थी क्योंकि इसने शल्यचिकित्सक के लिए हमलावर फल को निकालना बहुत मुश्किल बना दिया था। और इस पदार्थ ने धीमे-धीमे नरसिम्हन के बदन में ज़हर पहुंचाना जारी रखा।

लेकिन चालुक्यों से भिडंत होने से चोल सेनापति के अंदर दबी योद्धा भावना फिर से जाग गई थी। और एक योद्धा के लिए लक़वा बस एक ऐसी बाधा होती है जिसे पार करना होता है, वो योद्धा जीवन को त्याग देने की वजह नहीं होता। नरसिम्हन नियमित रूप से निचले तल पर अपने चोल सैनिकों के साथ अभ्यास करने लगा था। रोज़ाना। वो अपने बाएं हाथ से तलवार चलाना सीख रहा था। एक तरह से देखा जाए तो वो नए सिरे से ही सीख रहा था, लेकिन उसने अच्छी-ख़ासी प्रगति कर ली थी।

'हां, वो अभी भी अभ्यास कर रहे हैं,' इक़बाल ने विजयन के सवाल का जवाब देते हुए कहा। 'मैं सेनापति नरसिम्हन जैसे क़ाबिल सैनिक से कभी नहीं मिला।'

'नरसिम्हन का नाम अब से नसरुल्लाह है, जनाब,' अमल ने कहा। 'मैं आपको याद दिला दूं, सोमेश्वर सलमान हैं, और आप... आप इक़बाल ही हैं, बेशक। जैसा कि मैं यहां वलीद को बता रही थी,' उसने विजयन की ओर देखते हुए आगे कहा, 'हमें अपनी नई पहचानों में ख़ुद को ढालना होगा। हम कट्टरपंथियों के देश में जा रहे हैं, जनाब। जब हम ग्वादर पहुंचे, तो हमारा नाटक एकदम सटीक होना चाहिए। मामूली सी ग़लती भी महंगी पड़ सकती है। जैसे अगर कोई आपके नक़ली नाम से आपको पुकारे, और आप कोई ध्यान ही न दें क्योंकि आपको अपने नए नाम की आदत ही नहीं पड़ी है।'

'नसरुल्लाह, सलमान और, बेशक, मैं इक़बाल ही हूं,' इक़बाल ने उस युवती की ओर मुस्कुराकर देखते हुए कहा।

'देखो, मैं अशिष्ट नहीं होना चाहता,' विजयन ने कहा, 'लेकिन जब तुम मुझे एक ऐसे नाम से पुकारती हो जो मेरा नहीं है तो अजीब सा लगता है। मेरे लिए अपनी पहचान और अपना धर्म पवित्र हैं। जब भी मुझे "वलीद" बुलाया जाता है और मुझसे अपने धर्म से अलग रीति-रिवाजों का पालन करने के लिए कहा जाता है तो मैं कसमसा सा जाता हूं।'

अमल क़रीब आई और उसने सीधे उसकी आंखों में देखा।

'वलीद... या विजयन, अगर तुम्हें इससे ख़ुशी मिलती है तो,' उसने कहा, 'मैं तुम्हें किसी नए धर्म में बदलने की कोशिश नहीं कर रही हूं। तुम जिस भी रीति-रिवाज का पालन करोगे, वो बस वही होंगे जो तुम्हारे अपने धर्म के विरुद्ध न हों। इससे ज़्यादा कुछ नहीं। और तुम्हें किसी नई भाषा में महारत पाने की ज़रूरत नहीं है। तुम्हें बस कुछेक अहम शब्द और वाक्य सीखने होंगे, और कुछ धार्मिक तौर-तरीक़े सीखने होंगे। थोड़े से वक़्त के लिए तुर्कियों के रीति-रिवाज अपना लो... बहुत थोड़े वक़्त के लिए। ये अभियान उसे बदलने के लिए नहीं है जो हम हैं। इसके उलट, ये उन विश्वासों के लिए संघर्ष करने के लिए है जिन्हें तुम—और हम—जीवन भर मानते आए हैं। इस पर मेरा भरोसा करो। मेरी गुज़ारिश है।'

इक़बाल ने ख़ुशी-ख़ुशी तमिल में कहा, 'नया नाम अपनाना और नई भाषा सीखना कोई बड़ा बात नहीं है। ये तो बस मंज़िल तक पहुंचने का पुल हैं। एक बार पुल पार हो जाए, तो अपनी पुरानी पहचान में वापस लौट जाना।'

'और दाढ़ी बढ़ाने के लिए शुक्रिया। इसे लिह्या कहते हैं,' अमल ने कहा, उसकी आवाज़ शरारत भरी मस्ती से खनक रही थी। 'ये तुम पर जंच रही है।'

इसी के साथ वो मुड़ी और चली गई।

विजयन को लगा जैसे सारा ख़ून उसके चेहरे पर उमड़ आया हो। उसने अपनी ठोड़ी के आसपास निकले खुरदुरे बालों की हल्की दाढ़ी को छुआ। और बहुत हौले से मुस्कुरा उठा।

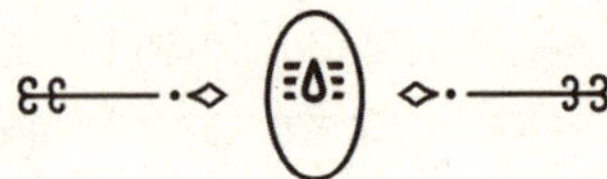

अध्याय 11

अजनबियों के बीच

गज़नी, अफ़ग़ानिस्तान

ग़ुलाम लड़की लड़खड़ाते हुए अमीर की आरामगाह से बाहर निकली, वो ठीक से चल भी नहीं पा रही थी। उसके बिखरे बाल उसके सूजे होंठों और ज़ख़्मी चेहरे को छिपाने की नाकाम कोशिश कर रहे थे। उसकी पतली त्वचा के नीचे जमा ख़ून किसी ख़ूनी नक़्शे जैसा दिख रहा था जो उसकी बाईं काली पड़ी आंख से लेकर उसके बालों में गुम हुआ जा रहा था। उसने बहुत धीमी मगर दर्द भरी सुबकी भरी।

उसकी यातना की इस नई कड़ी ने उसके दिल में अपनी जान का ख़ौफ़ भर दिया था। वो बुरी तरह डर गई थी।

गलियारे में तालिब को अपनी तरफ़ आते देखकर उसने अपने दुपट्टे को अपने सीने और चेहरे पर खींच लिया। शर्म और एक अनजान से अपराधबोध से उसकी आंखें बंद हो गईं।

तालिब पास आया। वो फ़ौरन ही उस ग़ुलाम लड़की को पहचान गया। यज़दा। तेरह, या ज़्यादा से ज़्यादा चौदह साल की बच्ची। यज़ीदी क़बीले की। उसका पिता भी प्रांतपाल-मुफ़्ती इस्माईल का ग़ुलाम था।

तालिब नीचे देखने लगा। लगभग इस तरह जैसे जो हो रहा था, उसे न मानने से जुर्म कहीं ग़ायब हो जाएगा। एक छोटी सी लड़की। एक बच्ची। वो कष्ट पा रही थी जो किसी बच्चे को नहीं सहना चाहिए। तालिब सिहर गया। लेकिन इतने बरसों में उसने अपना मुंह बद रखना और अपने मालिक के जुर्मों को नज़रअंदाज़ करना सीख लिया था। वो नीचे ही देखता रहा। 'जाओ... मेहरबानी करके... रेशमा के पास जाओ...'

उस छोटी बच्ची, यज़दा ने जवाब नहीं दिया। वो ख़ाली आंखों से तकती रही। डरी-सहमी सी।

'नौकरों के ख़ास कमरे में जाओ,' तालिब ने अभी भी ज़मीन को तकते हुए कहा, वो लड़की से नज़रें चुरा रहा था। 'रेशमा... रेशमा तुम्हारे... तुम्हारे घावों पर... मरहम लगाने में मदद कर देगी...'

लड़की ने प्रांतपाल के घर के प्रमुख से नज़रें बचाते हुए पूरी कोशिश करके हामी भरी। उसने कांपती उंगली से अपने होंठों से ख़ून की बूंद को पोंछा। फिर लड़खड़ाती-डगमगाती सी गलियारे में गुम हो गई।

'तालिब?' आरामगाह के अंदर से इस्माईल की आवाज़ आई। 'तुम हो क्या?'

तालिब ने एक गहरी सांस ली और एक बार फिर सिहर गया। लेकिन उसमें आत्मरक्षा की ज़बरदस्त भावना थी। यही एक तरीक़ा था जिससे वो इतने समय से जीवित था। उसने अपने चेहरे पर एक मुस्कान ओढ़ी और अपने मालिक की आरामगाह में क़दम रखा।

अंदर अफ़ीम की बेहद मीठी महक से हवा बोझिल थी। खांसते हुए, तालिब ने हवा को साफ़ करने की व्यर्थ कोशिश में अपनी नाक के आगे हाथ हिलाया।

कमरे के बाएं कोने में शानदार गद्दियों पर आधे-अधूरे कपड़े पहने इस्माईल बैठा था, और सांप के आकार की अफ़ीम की चिलम से कश भर रहा था। 'आओ, दोस्त। बैठो।'

तालिब कमर तक झुका और अपने मालिक की ओर बढ़ा। वो नीचे बैठा, और रस्मी तौर पर उसने प्रांतपाल-मुफ़्ती के हाथ को चूमा, फिर मालिक के पास ही एक मामूली सी गद्दी पर बैठ गया।

'आज तो तुम थके से दिख रहे हो,' इस्माईल ने छेड़ते हुए पूछा। 'सब ठीक तो है?'

'आप तो मुझे खुली किताब की तरह पढ़ लेते हैं, हुज़ूर,' तालिब ने जवाब दिया। 'यहां गुज़गान के मुक़ाबले बहुत ज़्यादा नौकरों का ध्यान रखना पड़ता है। और शाही दरबार...'

इस्माईल ने सिर हिलाया। 'हां, दरबार... वो सच में निचोड़ लेता है।'

'जी, हुज़ूर। बेइंतहा चीज़ों को संभालना पड़ता है। और सब कुछ बहुत चौकस रहते हुए करना होता है।'

'जैसा मैं कहता हूं वैसा करो, और जल्दी ही पूरा नियंत्रण हमारे हाथ में होगा। फिर हम उसी आसानी के साथ दरबार को भी संभाल लेंगे जैसे हम मेरे घर को संभालते हैं।' इस्माईल हंसा।

तालिब भी अदब से हंसा।

'हमें जश्न मनाना चाहिए। मुझे ख़ुशख़बरी मिल गई है,' इस्माईल ने एक ख़त दिखाते हुए कहा।

तालिब ने नीचे लगी गोल काली मुहर को देखा। मुहर टूटी हुई थी।

इस्माईल कहता जा रहा था, 'ख़लीफ़ा ने—*असल वाले*—और, उससे भी अहम उनके फ़ारसी बुआ सहयोगियों ने सुल्तान से *निपटने* के लिए समुद्री रास्ते से आदमी भेज दिए हैं, अगर तुम मेरा मतलब समझ रहे हो तो।' इस्माईल ने आंख मारी। 'मेरे साथ दम लगाओ। मज़े करो!'

प्रांतपाल-मुफ़्ती ने अपने बाईं ओर रखे हुक़्क़े की ओर इशारा किया और अपने नौकर को पीने के लिए कहा।

'शुक्रिया, हुज़ूर,' तालिब ने कहा। 'यक़ीनन, ये तो अच्छी ख़बर है... सब कुछ वैसे ही हो रहा है जैसे आपने योजना बनाई थी। कौन सोच सकता था कि ये पाखंडी और कायर फ़ारसी शेरों जैसे तुर्कों के ख़िलाफ़ किसी काम आएंगे...'

इस्माईल हल्के से हंसा। 'कभी-कभी पत्थर को तोड़ने के लिए पानी का इस्तेमाल करना पड़ता है।'

'बेशक। ग़ज़नी आप जैसा अक़्लमंद सुल्तान पाने का हक़दार है, हुज़ूर।'

'ये तो सच है,' इस्माईल सहमत था।

'हुज़ूर,' तालिब ने सावधानी से कहना जारी रखा, 'मैं जानता हूं आप हमेशा सावधानी बरतते हैं। हमें दिखावा बनाए रखना होगा ताकि हम दरबार को अपने क़ब्ज़े में ले सकें। लेकिन हमें अपनी आदतों को घर की चारदीवारी के भीतर रखना चाहिए जहां उन्हें संभाला जा सकता है।' तालिब ख़ुद को बचाने की कोशिश करते हुए पूरी सावधानी से इस्माईल के औरतों के साथ मार-पीट करने की लत की बात कर रहा था। 'अगर हम किसी बाहरी शख़्स को लाते हैं तो ख़बरें बाहर जाने से रोक पाना मेरे लिए मुश्किल हो सकता है।'

यज़दा को दिल भरके भोगने के बाद इस्माईल अच्छे मूड में था। इसलिए वो सुनने के लिए इच्छुक था। 'अच्छा, ठीक है! बाज़ार से उस हसीन अफ़्रीकी ग़ुलाम लड़की को मत लाना। अब ख़ुश?'

तालिब नीचे तक झुक गया। 'मैं तो बस आपकी कामयाबी चाहता हूं, हुज़ूर। आपकी कामयाबी ही मेरी ज़िंदगी का इकलौता मक़सद है...'

'जानता हूं, जानता हूं...' इस्माईल दरियादिली के मूड में था। 'मैं बस ये चाहता हूं कि वो यज़दा लड़की थोड़ा तो जूझती ताकि मैं उसे थोड़ा और दबा पाता। वो थोड़ी सी भौंदू है... मेरे जोशीले और गहरे प्यार के लिए कोई जज़्बा ही नहीं दिखाती।'

'मैं यज़दा को समझाने की कोशिश करूंगा, जनाब,' तालिब ने कहा। 'या हम किसी और को भी बुला सकते हैं? किसी थोड़ी बड़ी को?'

'नहीं। उस यज़दा लड़की से ही बात करो। या शायद... गहरी रंगत के लिए मेरे शौक़ को तुम जानते ही हो। क्या कोई और है?'

'बस कुछ ही महीने की बात और है... जल्दी ही ग़ज़नी का ताजो-तख़्त आपकी मुट्ठी में होगा। फिर कोई आपको वो सब हासिल करने से नहीं रोक पाएगा जो बाहक़ आपका है। फ़िलहाल तो हमें बस थोड़ा होशियार रहना होगा।'

'ठीक है... ठीक है... लेकिन हमें इतनी जल्दी जश्न नहीं मनाना चाहिए,' इस्माईल ने कहा, उसकी भंगिमा गंभीर हो गई थी। 'वो पागल चुड़ैल—कौसरी जहां—मेरे लिए मस्जिद को फिर से बनाने का काम पूरा करना मुश्किल बनाती रही है। पहले तो उसने मुझे शहर के मज़दूरों की भरती करने से रोकने की कोशिश की, तो मुझे हसन के ग़ुलामों को लेना पड़ा। फिर उसने इमारती सामान की ख़रीद का कुछ पैसा रोक दिया... आख़िरी समय किसी जल्लाद की तलवार की सी तेज़ी से नज़दीक चला आ रहा है।'

तालिब ने हामी भरी, इस बार गंभीरता से।

'तुम मेरे बेटे से मिले?' इस्माईल ने पूछा। 'पैसे की परेशानी को बस वही दूर कर सकता है।'

किसी को पता नहीं था कि इस्माईल का एक बेटा था। सच कहा जाए तो उसकी मौजूदगी को हालिया वक़्त तक ख़ुद इस्माईल से भी राज़ रखा गया था। ख़ुशक़िस्मती से उसका बेटा इतने अच्छे ओहदे पर था कि इस्माईल की मदद कर सकता था।

'मैंने मुलाक़ात के लिए कहा है, जनाब। आज दिन में मैं उनसे बात करूंगा।'

'एक-एक पल की देरी हमारे लिए जोखिम भरी हो सकती है।'

'मैं समझता हूं, हुज़ूर।'

'साथ ही, जल्दी से ग्वादर के लिए निकलने की योजना भी बनाओ। अब्बासी ख़लीफ़ा के दूतों का स्वागत करने के लिए मुझे कोई भरोसेमंद आदमी चाहिए।'

ग्वादर बलूचिस्तान का मुख्य बंदरगाह था। आमतौर पर ज़मीनी ग़जनवी सल्तनत के लिए वो समुद्री व्यापार केंद्र का काम करता था।

'जी, हुज़ूर।'

देर दोपहर गए इस्माईल ग़ज़नी की जामा मस्जिद के बरामदे में खड़ा था, यज़दा और तालिब उससे कुछ क़दम पीछे सम्मानजनक दूरी पर खड़े थे। तालिब के लगातार सलाह देने के बावजूद कि यज़दा को सबके सामने न लाया जाए, इस्माईल की ज़िद थी कि मस्जिद के निर्माण स्थल पर उसे भी साथ लेकर चला जाए। तालिब जान गया था कि उसका मालिक इस्माईल इस यज़ीदी ग़ुलाम लड़की को लेकर लगातार जुनूनी होता जा रहा था।

इस्माईल जुंदीनुद्दीन को एक अनुशासित क़तार बनाकर छह सौ ग़ुलाम मज़दूरों पर कोड़े बरसाते देख रहा था। वो ख़ौफ़नाक मज़हबी सुरक्षाकर्मी एकताल में चल रहे थे, और आनंद लेते हुए कोड़े बरसा रहे थे और अपनी लाठियां घुमा रहे थे।

कुछ दूर आगे पिंजड़ों का एक झुंड था जिसमें बच्चे-बूढ़े ठुंसे हुए थे। इस्माईल के हुक्म पर कम मेहनत के कामों जैसे सफ़ाई करने, पत्थरों को भिगोने और मुख्य मज़दूरों को खाना देने के लिए बच्चों-बूढ़ों का इस्तेमाल किया जाता था। मुट्ठी भर जुंदीनुद्दीनों की पहरेदारी में वो क़ैदी अपने पिंजड़ों से चिपके हुए थे और उम्मीद और जीने की इच्छा खो चुकी आंखों से अपने क़रीबी जनों को देख रहे थे।

पिछले हफ़्ते के दौरान, काफ़िर ग़ुलामों की ज़िंदगी ने एक अप्रत्याशित मोड़ लिया था। ख़्वाजा हसन द्वारा शहर के बाहरी इलाक़े में एक सुरक्षित ठिकाने पर क़ैद हज़ारों मर्द, औरतें और बच्चे तब से ही जानवरों के समान बंद जी रहे थे जब उन्हें ग़ज़नी के काले बाज़ार में लाया गया था।

ये ग़ुलाम ग़ज़नवी सल्तनत और उसके आसपास के देशों में फैले विभिन्न धार्मिक समुदायों के थे। ये वो धर्म थे जो उन दुश्मन सेनाओं के सामने ज़बरदस्त दृढ़ता से अपने रीति-रिवाजों पर क़ायम रहे थे जिनका अब उन इलाक़ों पर क़ब्ज़ा था। इनमें यज़ीदी, यहूदी, पारसी, ईसाई थे... मगर अपने देश की बहुत बड़ी आबादी के कारण ग़ुलामों की सबसे बड़ी खेप हिंदुओं और बौद्धों की थी।

प्रांतपाल-मुफ़्ती की चेतावनी पाकर ख़्वाजा हसन ने उन ग़ुलामों को वापस पाने के लिए बहुत हाथ-पैर मारे जिन्हें वो बेच चुका था, उनके परेशान मालिकों

को उससे दोगुनी, और कभी-कभी तो तिगुनी क़ीमत भी दी गई, जो उन्होंने उसे चुकाई थी। फिर उसने सारे उपलब्ध मानवबल को जामा मस्जिद की मरम्मत के फ़ौरी काम में झोंक दिया।

प्रांतपाल-मुफ़्ती ने इन नए ग़ुलामों में से किसी को भी अपने अमले में रखने से इंकार कर दिया था। वो बस उन्हीं लोगों को अपने घर में रखना चाहता था जिन्होंने इतने बरस गुज़गान में उसकी सेवा की थी। प्रांतपाल-मुफ़्ती की क़ैद के दौरान उन्होंने सामूहिक रूप से जो दुख पाए थे, उन्होंने वफ़ादार लोगों का एक ऐसा समूह गढ़ दिया था जो सुल्तान के ख़िलाफ़ घर में रची जा रही साज़िशों की चुगली नहीं खाते। बेशक, किसी ग़ुलाम को न लेने की वजह ये बताई गई कि प्रांतपाल-मुफ़्ती को अपने लिए कोई अतिरिक्त नौकर नहीं चाहिए और वो चाहता था कि सारे आदमियों को मस्जिद के पुनर्निर्माण में लगा दिया जाए—इस काम ने इस्माईल की जन-छवि को और चमका दिया था।

'ये काम तो लगभग नामुमकिन है, जनाब। इस तय समयसीमा में हम पुरानी, ज़रा-बहुत मरम्मत की गई मस्जिद के मलबे को साफ़ करके नई इमारत नहीं बना सकते,' बुट्रस ने समझाया, वो एक ईसाई ग़ुलाम था जिसे प्रांतपाल-मुफ़्ती ने पुनर्निर्माण के इस पहाड़ जैसे काम का कर्ता-धर्ता बनाया था। ग़ुलाम बनाए जाने से पहले, वो एक भवन-निर्माता और वास्तुकार था। 'हमें दरारों—छत और ज़मीन के गहरे विभाजन—से इमारत को जोड़ना होगा,' बुट्रस ने कहा।

इस्माईल ने ध्यान से सुना।

'इसके लिए हमें दरारों में से टूटे टुकड़ों को निकालना और फिर उन्हें पिघले लोहे से भरना होगा। इससे ढांचे को मज़बूती मिलेगी। फिर हम चूने-गारे से बची हुई कमियों को भरेंगे ताकि रंग और बनावट में एकरूपता आ जाए। और ये तो बस शुरुआत होगी...'

अचानक मस्जिद परिसर के बाहरी हिस्से में हलचल मच गई। इससे प्रांतपाल-मुफ़्ती का ध्यान उस जानकार ईसाई द्वारा दी जा रही जानकारी से भटक गया। उसने मूसा के सामने दो फाड़ में बंटते समुद्र की तरह बंटती भीड़ को देखा। सुल्तान और मलिका आ गए थे।

इस्माईल को उनका इंतज़ार ही था। उसने हाथ के इशारे से ईसाई को दूर किया और महमूद के निजी अंगरक्षकों और कौसरी के हिजड़े सैनिकों के तंग घेरे में घिरे शाही जोड़े को देखा, जो बस मस्जिद की सीढ़ियों पर आकर ही हटे थे। महमूद धम-धम करता आगे बढ़ा जबकि उसकी पत्नी गरिमा के साथ चौड़ी और छोटी-छोटी सीढ़ियों पर चढ़ने लगी। शाही जोड़े के पीछे जॉर्जिया का पूर्व ग़ुलाम, लाहौर का राजा और, सबसे बढ़कर, सुल्तान का आशिक़ मलिक अयाज़ था।

इस्माईल ने झुककर शाही जोड़े का स्वागत किया। बुट्रस जल्दी से पीछे हटा और यज़दा और तालिब के पास जा खड़ा हुआ। दोनों ग़ुलाम अपने सिर नीचे झुकाए घुटनों के बल बैठ गए, जबकि तालिब खड़ा रहा।

बरामदे में पहुंचकर रक्षकों और हिजड़ों ने समूह के आसपास एक घेरा बना लिया था। इस्माईल बांहें फैलाकर महमूद की ओर बढ़ा। महमूद मुस्कुराया और उसने अपने भाई को गले लगा लिया, जिसने उसकी बांहों से निकलकर अपने भाई के गाल को और फिर उसके दाहिने हाथ को चूमा। प्रांतपाल-मुफ़्ती ने मलिका को देखा और बिना पीठ झुकाए हल्के से सिर झुकाया।

कौसरी जहां ने ध्यान से यज़दा और बुट्रस को देखा, उसके चेहरे के भाव गंभीर और मुस्कान रहित थे। उसकी निगाहें यज़दा पर रुकीं और फिर वापस इस्माईल की ओर मुड़ गईं। उसने तालिब पर ध्यान भी नहीं दिया।

इस्माईल ने भी उसे देखा। बारीक सोने-चांदी के धागों से कढ़ा मलिका का शानदार झालरदार गाउन उसकी पतली कमर पर रेशम के रुपहली कमरबंद से बंधा हुआ था। उसकी लंबी, बेदाग़ गर्दन में एक महीन पारदर्शी धागे में पड़ा बड़ा सा काला रत्न उसके सीने पर चमक रहा था। उसकी भेदती हुई नीली-हरी आंखें स्पष्ट मगर दंभ भरी दुश्मनी से उसे घूर रही थीं।

'उन बच्चों और बूढ़ों को पिंजड़े में तमाशा बनाकर क्यों रखा गया है?' मलिका ने घमंड भरे अंदाज़ में पूछा। 'वो गंदे सूअरों की तरह ख़ून और मल में लोट रहे हैं। मैंने इस्लाम के बारे में जितना जाना है, ये तो उसके ख़िलाफ़ है।'

'ग़ुलाम तो हमारी जायदाद हैं, नेक मलिका,' इस्माईल ने अहंकार भरे दया भाव से कहा। महमूद का त्योरियां चढ़ाकर अपनी बेगम की ओर देखना उसकी नज़रों से चूका नहीं था। 'कि हम उनके साथ जैसा चाहें वैसा करें... मज़बूत ग़ुलाम अपने जगे होने के हर पल काम करते हैं। कमज़ोरों को तब तक पिंजड़ों में रखा जाता है जब तक कि उन्हें सफ़ाई करने या और कोई ज़रूरी मदद करने के लिए नहीं निकालना हो। और जो पिंजड़ों में हैं... वो तो बहुत बेहतर हाल में हैं... वो कहीं कम काम करते हैं। दुनिया जानती है कि हम तुर्कियों का रहमो-करम बेपनाह है। इन ग़ुलाम कीड़े-मकोड़ों को समय पर खाना मिलता है, और जब वो राज-मज़दूर का भारी काम करते हैं तो उन्हें कोड़े भी नहीं मारे जाते। और... रही ख़ून और मल में लोटने की बात? तो इस अतिशयोक्ति से आप मेरे साथ बहुत बड़ी नाइंसाफ़ी कर रही हैं, मलिका। रोज़ाना सुबह, सूरज निकलने से पहले मेरे आदमी बाल्टियों पानी से इन ग़ुलामों और इनके पिंजड़ों को धोते हैं।'

'आह, बेशक! ग़ज़नी की बर्फ़ीली सुबहों को इन कुपोषित बूढ़ों-बच्चों पर बाल्टियों *बर्फ़ीला* पानी फेंका जाता है।' रानी रूखेपन से हंसी। 'मैं मानती हूं, कभी-कभी जमाकर मार देना भी रहमो-करम हो सकता है।'

'बस करें, आप दोनों!' दोनों ओर इस तरह अपनी हथेलियां फैलाकर सुल्तान ने डपटा जैसे उन्हें दूर कर रहा हो। 'मैं यहां प्रांतपाल-मुफ़्ती की गुज़ारिश पर ग़ुलामों को रहमत का संदेश देने आया हूं। मुझे वक़्त से काम निपटाने के लिए इनका हौसला बढ़ाना है ताकि दूसरे ज़्यादा ज़रूरी कामों को पूरा किया जा सके।' उसने इस्माईल की ओर देखा और ज़मीन पर थूक दिया क्योंकि कड़ी धूप में उसकी ताक़त साथ छोड़ने लगी थी। 'ये ग़ुलाम रोज़ाना मक्खियों की तरह टपक रहे हैं, और काम बहुत धीमी चाल से आगे बढ़ रहा है।'

रातों की चुभन भरी ठंड और झुलसा देने वाले गर्म दिनों की तेज़ी से बदलती चरम स्थितियां अपना रंग दिखा रही थीं। महमूद को ग़ुलामों के आराम की कोई परवाह नहीं थी। लेकिन मरे हुए ग़ुलाम मस्जिदें नहीं बना सकते थे।

कम से कम कौसरी ने उसे यही समझाया था। जहां डर और कोड़े काम नहीं कर पा रहे थे, वहां शायद हौसलाअफ़ज़ाई काम कर जाए।

'पिछले हफ़्ते में कितने मरे हैं, इस्माईल?' महमूद ने पूछा। 'बीस?'

'बाईस,' इस्माईल ने उदास होते हुए जानकारी दी। 'और हां, हुज़ूर, हमने हाल में जिस बारे में बात की थी अगर आप उस पर मुहर लगा दें और उसका ऐलान कर दें तो यक़ीनन बहुत मदद मिलेगी। आपके अल्फ़ाज़ से ग़ुलामों की ज़िंदा रहने की हसरत और काम के लिए उनका जुनून क़ायम रहेगा।'

चापलूसी से ख़ुश महमूद मुस्कुराया और उसने अपने भाई के गाल को थपथपा दिया।

'हम इस दुनिया को जीतेंगे और मिलकर इस पर हुकूमत करेंगे, मेरे भाई,' उसने कहा। 'अपना मुक़ाम हासिल करने में मेरी मदद करो, तो फिर हम सबको—*सबको*—ग़ज़नी और एक सच्चे मज़हब के पैरों तले ले आएंगे।'

इस्माईल ने मलिका को देखा और विनम्रता से अपना सिर झुका लिया। कौसरी जहां दूसरी ओर देखने लगी तो उसकी निगाह फिर से घुटनों के बल बैठी यज़दा लड़की पर पड़ी। कौसरी की आंखें सिकुड़ गईं, मानो कि उसे सबकुछ समझ आ रहा हो।

महमूद पहली सीढ़ी के किनारे गया, अपना गला खखारा और उसने मौजूद लोगों से कहना शुरू किया।

'अल्लाह की मेहरबानी से, जो सबसे रहीमो-करीम है,' सुल्तान ज़ोर से बोला, 'मै तुम सबको एक बेमिसाल मौक़ा दे रहा हूं। कुफ़्र और गुनाहों में जीने वाले तुम लोग ख़ुशक़िस्मत हो—बेहद ख़ुशक़िस्मत—कि तुम्हें जन्नत में जाने का ये मौक़ा मिला है।'

ग़ुलाम और उनके रखवाले पूरे ध्यान से सुल्तान को देखते रहे। वो जानते थे *मुसलमानों से मरने के बाद जन्नत मिलने का वादा किया जाता है।* लेकिन चूंकि वो तो काफ़िर थे, इसलिए उनके जन्नत जाने का तो कोई मौक़ा ही नहीं था और उन्हें ख़ुद को दोज़ख़ की आग के लिए तैयार करना था। कम से कम उनके इस्लामिक निरीक्षकों ने तो उन्हें यही बताया था।

'हालांकि मेरा फ़र्ज़ कहता है कि मैं तुम लोगों को मार दूं, मगर ज़रूरत होने पर मेरा शानदार मज़हब मुझे रहमदिल होना और इनामों से नवाज़ना भी सिखाता है,' सुल्तान ने सुबह के साफ़ नीले आसमान की ओर अपने हाथ उठाते हुए कहा। 'ख़ुश हो जाओ, क्योंकि मैं एक तोहफ़ा लाया हूं... एक ऐसा तोहफ़ा, जिसके लिए तुम्हारे मददगार—मेरे भाई, प्रांतपाल-मुफ़्ती ने ज़ोर दिया था!'

महमूद ने नाटकीय अंदाज़ में अपने भाई की ओर इशारा किया। इस्माईल ने विनम्रता से सिर झुकाया। सुल्तान ने एक लिपटा हुआ ख़त खोला और उसे ऊंचा पकड़ा।

'मैं महमूद, ग़ज़नी का सुल्तान, इस इंसानी दुनिया के एक सच्चे मज़हब के चुने हुए संरक्षक और प्रसारक के तौर पर अपने हक़ का इस्तेमाल करते हुए आज तुम सबके सामने ये वादा करता हूं।'

ग़ुलाम ध्यान से सुनने की कोशिश कर रहे थे जबकि महमूद की आवाज़ तेज़ होती जा रही थी।

'आज के दिन, मैं हुक्म जारी करता हूं कि इस पाक काम को वक़्त से पूरा करने पर तुम्हें ग़ुलामी की बेड़ियों से आज़ाद कर दिया जाएगा और सल्तनत के मज़हब में दाख़िल कर लिया जाएगा। इसके लिए आज से चार महीने बाद तुम्हें अच्छा-ख़ासा मुआवज़ा भी दिया जाएगा।'

सुल्तान महमूद ने ख़त लपेटा और उसे हवा में ऊंचा किया। भीड़ में मौत का सा सन्नाटा छाया रहा।

'कड़ी मेहनत करो, काफ़िरों, क्योंकि तुम्हारे लिए छुटकारा पाने का ये नायाब मौक़ा है,' महमूद ने मुस्कुराते हुए कहा। 'इस हुक्मनामे को मैं अपने भाई की हिफ़ाज़त में देता हूं।'

कुछ लोगों ने बेकार उम्मीद में ख़ुशी दिखाई। मगर ज़्यादातर चुप, हैरान-परेशान खड़े थे। सब जानते थे कि ये काम लगभग नामुमकिन था। वो अभागे थे। उनके लिए मौत सज़ा नहीं, बल्कि आज़ादी थी। उन्हें डर मरने से नहीं, बल्कि ज़िंदा रहते हुए निर्मम यातनाएं भोगने से लगता था।

'ये क्या बकवास...' सुल्तान ग़ुर्राया, अपनी दरियादिली पर ग़ुलामों के जोश की कमी देखकर वो भड़कने लगा था।

'सुल्तान ज़िंदाबाद!' भीड़ में से जल्दी से एक आवाज़ उठी। प्रलोभनों से कहीं बेहतर काम डर करता है। 'महमूद ग़ज़नवी ज़िंदाबाद!'

'ज़िंदाबाद! ज़िंदाबाद! ज़िंदाबाद!' ग़ुलामों ने जोशो-ख़रोश से अपना उत्साह दिखाते हुए, और तालियां बजाते हुए नारे लगाए मानो उनकी ज़िंदगी इसी पर टिकी हो।

हल्की सी हंसी के साथ कौसरी जहां की ओर एक उचटी सी निगाह डालकर महमूद ने वो लिपटा हुआ हुक्मनामा अपने भाई को थमा दिया।

'ख़ुश?' सुल्तान ने पूछा। 'अगर इसने भी इन कमीनों को तुम्हारे वक़्त की सीमा पूरी करने के लिए हौसला नहीं दिया तो कुछ नहीं देगा। मैं *चाहता* हूं कि तुम इस काम में कामयाब हो, मेरे भाई।'

'मैं बेहद शुक्रगुज़ार हूं, हुज़ूर,' इस्माईल ने कहा।

'होना भी चाहिए। नाकामी का मौक़ा ही नहीं है।'

प्रांतपाल-मुफ़्ती नीचे झुक गया, उसके चेहरे के भाव ख़ुशामदी और ग़ुलामाना थे। जब उसने अपना सिर उठाया तो उसने उन मज़हबी वजहों को समझाना शुरू कर दिया जो उसने महमूद के मक़सद को पूरा करने के लिए तलाशनी शुरू की थीं। कौसरी भी ध्यान से सुन रही थी।

शाही जोड़े की निगाहों से बचकर, मलिक अयाज़ टहलता हुआ तालिब की ओर चला गया। दोनों लोग अपने आगे चल रहे ग़ज़नी के शाही परिवार और पीछे चल रहे ग़ुलामों द्वारा सुने जाने की ज़द में नहीं थे।

अयाज़ ने नीचे देखा, जैसे फ़र्श को ध्यान से देख रहा हो, और जल्दी से बुदबुदाया, उसका लहजा अपने आमतौर पर छैल-छबीले वाले अंदाज़ के विपरीत साफ़, दृढ़ और गहरा था। 'काम हो गया।'

'शुक्रिया, हुज़ूर,' तालिब ने हौले से कहा। 'मैं प्रांतपाल-मुफ़्ती को ख़बर कर दूंगा।'

'दस हज़ार सोने की दीनार।'

तालिब को हैरानी हुई, लेकिन बस पल भर के लिए। उनके रिश्ते को देखते हुए उसे उम्मीद थी कि मलिक अयाज़ कहीं ज़्यादा पैसे का इंतज़ाम कर लेगा। वास्तव में, बहुत ज़्यादा। लेकिन शायद, तालिब ने ख़ुद को समझाया, ये धीमे-धीमे करना होगा ताकि किसी को शक न हो। सामने मौजूद काम बहुत मुश्किल और ख़तरनाक था। और तालिब जानता था कि ये कितना अहम था। वो ये भी जानता था कि इस मामले में इस्माईल की ओर से उसे फ़ैसले लेने का हक़ था।

'अभी के लिए ये काफ़ी है, जनाब,' तालिब ने कहा।

मलिक अयाज़ ने तालिब को देखा। उसका हमेशा वाला रंगीला रूप वापस आ गया था। उसने जज़्बात से थरथराती आवाज़ में बहुत धीमे से कहा, 'मेरे पिता से कहना कि मैं उनसे प्यार करता हूं।'

इतना कहकर अयाज़ आगे बढ़ गया।

तालिब के चेहरे ने उसके जज़्बात की चुगली नहीं खाई। उसने दूर खड़े इस्माईल की ओर देखा और वापस निगाह ज़मीन की ओर झुका ली। वफ़ादार नौकर को भा गया था मलिक अयाज़, लाहौर का शाह, सुल्तान का आशिक़... मगर साथ ही जॉर्जियाई ग़ुलाम औरत का बेटा और उस पिता का जो...

वो पिता जो बस ये देखता था कि उसका लंबे समय से खोया हुआ बेटा कितना उपयोगी है, ये नहीं कि बेटा उससे कितना प्यार करता है।

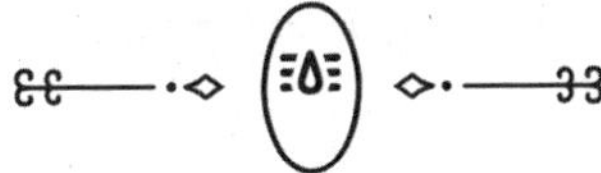

अध्याय 12

भागने की क़ीमत

नरसिम्हन विशाल चोल ध्वज-पोत चंद्रहास के अगले तल पर खड़ा था। उसके सैनिक बिना रुके, समुद्री गोले को गुलेलास्त्रों में भरकर, बार-बार दाग रहे थे।

बिना दया किए।

शक्तिशाली श्रीविजय साम्राज्य का नौसैनिक बेड़ा जो दक्षिणपूर्व एशियाई देशों मलेशिया और इंडोनेशिया के अधिकांश भूभाग और बंदरगाहों को नियंत्रित करता था, अब छिन्न-भिन्न हो चुका था।

'भरो!' चोल सेनापति ने अपनी तलवार उठाते हुए आदेश दिया। राज-नाविकों ने युद्ध मशीनों की झूलती बांहों में तेल में डूबे भाले के आकार के वज्र रख दिए।

'जलाओ!'

गुलेलास्त्रों में भरे प्रक्षेपकों में आग लगा दी गई।

'छोड़ो!' अपनी तलवार को चाप में घुमाते हुए नरसिम्हन दहाड़ा। पांच गुलेलास्त्रों की लंबी बांहों ने रात की हवा में अपने गोले उछाल दिए। दूसरे चोल जहाज़ों ने भी अपने अगुआ ध्वज-पोत का अनुकरण किया और जलते हुए प्रक्षेपक फेंक दिए, स्याह आसमान में स्लेटी-काले सांपों की तरह उनकी धूएंदार पूंछें लहराती चली गईं।

दुश्मन के जहाज़ हबड़-धबड़ में पीछे हट गए।

'सेनापति!'

नरसिम्हन अपने दाईं ओर मुड़ा। राजकीय संदेशवाहक था। युद्ध के घमासान में जानकारियां पहुंचाना, और वो भी चांदनी में हो रहे नौसैनिक युद्ध के दौरान, बेहद मुश्किल था। अक्सर, जिन नौसेनाओ में आपसी संवाद बहुत अच्छा नहीं होता था, वो एक अटूट बेडे का हिस्सा होने की जगह अकेले जहाज़ों की तरह लड़ा करती थीं। चोलों ने, जो एक लंबे समय से उत्कृष्ट नौसैनिक थे, जहाज़ों के बीच संवाद की एक बेहतरीन प्रणाली स्थापित कर ली थी, जिसे उसके मुख्य मस्तूल पर संकेतात्मक ध्वज व्यवस्था से और निगरानी चौकियों से तुरही-नाद अंजाम दिया जाता था। संकेतात्मक ध्वजों या तुरही-नाद से दिए गए संदेशों को स्वभावगत रूप से सीधा-सरल होना होता था, जैसे कि 'बाएं से हमला करो' या 'दाईं ओर से चढ़ो।' जटिल संदेशों के लिए तेज़ कटर नौकाओं को खेने वाले संदेशवाहकों की ज़रूरत होती थी। किसी नौसैनिक युद्ध के दौरान ऐसा करने की क़ीमत और जोखिम का मतलब था कि इस प्रणाली का बहुत कम ही इस्तेमाल होता था। इसका ये भी मतलब था कि जब कोई संदेशवाहक भेजा जाता था, ख़ासकर राजकीय संदेशवाहक, तो संदेश को अत्यधिक महत्वपूर्ण समझा जाता था।

'आगे आओ,' नरसिम्हन ने आदेश दिया।

संदेशवाहक आगे आया, उसने प्रणाम किया, और कंधे से लटकते झोले में हाथ डालकर एक मुहरबंद पत्र बाहर निकाला।

'ये सम्राट ने भेजा है, महा सेनापति।'

नरसिम्हन ने साफ़ दिखने वाली बात को कहने पर चिढ़ते हुए संदेशवाहक को देखा। युद्ध के बीच में राजकीय संदेशवाहक और किसका संदेश लाता? नरसिम्हन ने नौसैनिक कारवां के पीछे की ओर देखा, जहां सम्राट की सुरक्षा के लिए उसने राजेंद्र चोल के जहाज़ को रुकने के लिए कहा था।

वो अपने अधीनस्थ की ओर मुड़ा। 'एक हमला और!'

जब योद्धा असहाय श्रीविजयनों पर प्रक्षेपकों की एक खेप और दाग़ने की तैयारी कर रहे थे, तभी नरसिम्हन ने मुहर फाड़ दी और पत्र पढ़ा।

'नरसिम्हन, मेरे शेर, आपने बहुत अच्छा काम किया है। अपनी उच्च संख्या के बावजूद श्रीविजय की नौसेना बिखर गई है। अग्निदेव की लपटों ने उनके मस्तूलों को लील लिया है। युद्ध समाप्त हो गया है, मेरे मित्र। आक्रमण रोक दें।'

नरसिम्हन ने ग़ुस्से से अपनी सांसें थामकर पढ़ना रोका, मगर इस सावधानी से कि अपने स्वामी, अपने राजा के साथ अपनी असहमति दूसरों के सामने ज़ाहिर न होने दे। उसे विश्वास था कि उन लोगों के साथ ही जिन्होंने उसके सम्राट को इस अभियान में धकेला था, चीन के सौंग राजपरिवार की राजकुमारी फ़े लिन भी अपने स्वार्थ के लिए राजेंद्र चोल को प्रभावित कर रही थी। जब चोलों ने श्रीविजयन बेड़े पर हमला किया, तो उस समय वो साम्राज्य के दूसरे सबसे बड़े बंदरगाह पनाई की खाड़ी की ओर जा रहा था। पनाई बंदरगाह सबसे बड़े दक्षिणपूर्व एशियाई व्यापार संघों का आधार रहा था, जिसे श्रीविजयनों द्वारा क़ब्ज़ा किए जाने से पहले भारतीय व्यापार संघ नियंत्रित करते थे। पुराने व्यापारिक नेटवर्क को पुनर्गठित करने के लिए सौंग परिवार ने चोलों के साथ हाथ मिलाया था, मगर नरसिम्हन का मानना था कि चीन का खेल उतना पारदर्शी नहीं था जितना वो दावा करते थे।

सेनापति ने अपने सम्राट के पत्र को पढ़ना जारी रखा।

'हमें उन सबको मारने की ज़रूरत नहीं है। हम युद्ध जीत चुके हैं। हमें शांति पर भी जीत पानी होगी। हमें बातचीत करनी होगी। इसके लिए, दूसरी ओर से मुझे कोई ऐसा व्यक्ति चाहिए जो बातचीत कर सके। श्रीविजय के सम्राट राम विजयवर्मन उनमें से एक जहाज़ पर हैं जिन पर आप हमला कर रहे हैं। युद्ध जारी रखना तर्कसम्मत न रहने के बाद भी बहादुर लोग देर तक लड़ते रहते हैं। विजयवर्मन बहादुर हैं, इसमें कोई संदेह नहीं है। मगर अपने तौर पर वो ये नहीं समझ पाएंगे कि कब सफ़ेद झंडा लहराने का सही समय है। याद रखें कि मैं उन लोगों से सामंजस्य बनाए बग़ैर इन भीतरी देशों में अपने शासन

को वैध नहीं बना पाऊंगा जिन्हें स्थानीय लोग अपना अधिकृत शासक मानते हैं। हमारा लक्ष्य इस क्षेत्र में स्थायी शांति और स्थिरता लाना है, अव्यवस्था और उथल-पुथल नहीं। आपने बहुत अच्छा काम किया है, सैनिक। अब एक राजा के तौर पर मुझे अपना काम पूरा करने दें। विजयवर्मन को मेरे पास लाएं। बेहतर होगा कि मेरे पास लाते समय वो जीवित हों।'

'मैं सम्राट को क्या उत्तर दूं, सेनापति?' संदेशवाहक ने पूछा।

'श्रीविजय के सम्राट के पास सफ़ेद झंडा लहराने का विकल्प है। हम हिंदू हैं। वो भी हिंदू हैं। मुझे विश्वास है कि वो जानते होंगे कि अगर वो आत्मसमर्पण का प्रस्ताव रखेंगे तो हमें युद्ध के नियमों का पालन करना होगा।'

राजकीय संदेशवाहक चुप रहा। वो युद्ध के प्रति सेनापति के आक्रामक रवैये से परिचित था। वो ये युद्ध समाप्त करना पसंद करता। जैसा कि वो अक्सर कहता था, नौसैनिक युद्ध तभी समाप्त होता है जब दुश्मन का अंतिम जहाज़ भी डूब जाए। मगर संदेशवाहक ये भी जानता था कि नरसिम्हन ने शायद ही कभी राजेंद्र चोल के सीधे आदेश का उल्लंघन किया हो।

'सम्राट से कहना कि उनके आदेश का पालन होगा।'

'जी, सेनापति।' संदेशवाहक मुस्कुराया और अपनी कटर नौका की ओर दौड़ गया।

नरसिम्हन ने अपने नाविक को देखा।

'बेड़े को आदेश दो कि गोला न दाग़ें,' उसने आदेश दिया। 'श्रीविजय के ध्वज-पोत की ओर बढ़ो। लंगर और मुठभेड़ के हथियार तैयार रखना।'

'ध्वज पोत खुले समुद्र की ओर जा रहा है, श्रीमान,' नाविक ने उत्तर दिया। 'वो भाग रहा है।'

'हम उन्हें जीवित पकड़ेंगे,' नरसिम्हन ग़ुर्राया, दुश्मन के ध्वज पोत पर लगी उसकी सुलगती हुई आंखें सिकुड़कर छोटी हो गई थीं। उसके शेर के अयाल जैसे बाल हवा में अठखेलियां कर रहे थे। 'पूरी गति से। टकराने वाली गति से।'

'पूरी गति से,' नाविक ने दोहराया। 'पूरी गति से! टकराने वाली गति से!'

वो विभाग प्रमुखों को आदेश पहुंचाने के लिए दौड़ गया।

''पूरी गति से। सेनापति ने दुश्मन के ध्वज पोत का पीछा करने का आदेश दिया है। श्रीविजय का सम्राट भाग रहा है!'

तेज़ लहरों के टकराने से जहाज़ ने अचानक झटका खाया तो सपनों की कड़ी टूट गई। नरसिम्हन एक बार फिर समुद्र पर था। मगर इस बार, वो पहले के मुक़ाबले कम शक्तिशाली था। उसकी दाईं बांह और कंधा लक़वाग्रस्त थे। वो अभी भी कमज़ोर था और अपनी पूरी शक्ति हासिल नहीं कर पाया था। बीमार क्षेत्र में अकेला लेटा, उसे नींद आने की औषधि दे दी गई थी। ऊपरी तल पर जो कुछ हो रहा था उससे बेख़बर, जहां एक संभावित ख़तरे का सामना करने के लिए सारा नाविक दल जमा हो गया था।

सपने में, जो बीते समय की एक यादगार था, नरसिम्हन शिकारी था। मौजूदा पल में वो शिकार में से था।

चोल जहाज़ समुद्र में जितनी तेज़ी से आगे बढ़ सकता था, बढ़ रहा था, जबकि घने समुद्री कोहरे ने उसे ढक लिया था और दृश्यता बस कुछ फ़ुट तक सीमित कर दी थी। मगर ये भी लगातार आगे बढ़ रहे ख़तरे से उन्हें छिपाने के लिए काफ़ी नहीं था। रात के एक बड़े हिस्से से अजनबी जहाज़ उनका पीछा कर रहा था।

अब भोर होने को थी।

कोहरे ने, जो असल में घनीभूत भाप होता है घने तरल की तरह बर्ताव कर रहा था, और अप्रत्याशित तरीक़ों से बह और घट-बढ़ रहा था, नाविक दल को इस डर से जहाज़ की गति धीमी करने पर मजबूर कर दिया कि वो कहीं किसी बाधा से न टकरा जाए। मगर इसने जहाज़ को दुश्मन की निगाह से छिपाकर उन्हें बचा भी लिया था।

'ढो ने फिर से गोलाबारी की है!' गहरे, अपारदर्शी सफ़ेद कोहरे को काटता आग का एक गोला आया तो विजयन ने धीमी आवाज़ में मगर तीव्रता से कहा। 'नीचे हो जाओ! फ़ौरन!'

चोल सैनिक तुरंत तल पर झुक गए। जलता हुआ लोहे का वज्र सिरों के ऊपर नीचाई पर उड़ता आया और लकड़ी की रेलिंग में घुस गया। उसने रेलिंग को किरच-किरच कर दिया और फिर समुद्र में गिर गया।

बाल-बाल बचे।

'हम इसे जारी नहीं रहने दे सकते,' सोमेश्वर ने धीमे से कहा। खारे समुद्री पानी की ज़ोरदार बौछार उसे भीतर तक भिगो गई थी। 'उनके पास ऐसा कोई है जो आवाज़ पर निशाना लगा सकता है। और कोई कारण हो ही नहीं सकता कि वो इतनी कम दृश्यता में ऐसी सटीकता हासिल कर पा रहे हैं!'

विजयन ने कुछ नहीं कहा। लेकिन वो जानता था कि सोमेश्वर सही कह रहा था। इसीलिए वो अपनी आवाज़ धीमी रखे हुए था। लेकिन वो ये भी जानता था कि ये युक्ति एक हद के आगे बेकार थी। समुद्र पर जहाज़ शोर तो करता ही था। ये तो स्वाभाविक था। ये ऐसी चीज़ थी जिसे वज्र फेंकने में माहिर व्यक्ति सुन सकता था, ख़ासकर अगर वो आवाज़ के आधार पर निशाना लगा रहा हो तो।

सोमेश्वर ने आगे कहा, 'इनमें से कोई वज्र किसी भी समय अंडे के ख़ोल की तरह हमारे पेंदे को तोड़ देगा।'

अलाप्पुड़ा में, अमल ने फ़ैसला किया था कि चोल दल किसी व्यापारिक जहाज़ पर यात्रा करेगा। हथियारों के अपने खुले स्थानों और गुलेलास्त्रों के साथ समुद्री सैन्य जहाज़ साफ़तौर पर अरब नौसेनाओं का ध्यान खींच लेते जिनका पश्चिमी समुद्र पर दबदबा था। और उसका अंदाज़ा था कि उन्होंने भाड़े के अरब हत्यारों को निपटा दिया था जिन्हें नरसिम्हन को मारने की सुपारी दी गई थी। लेकिन शायद ऐसा नहीं था। केरल में उन्होंने जिन अरबों को मारा था, शायद उनके अलावा भी कोई सहायक दल था। और चोल दल अब उनके निशाने पर था।

'मैंने सोचा था कि समुद्र के इस जोखिम और कोहरे भरे टुकड़े में आकर हम उन्हें चकमा दे देंगे, लेकिन शायद वो हमारी चाल समझ गए,' अमल ने अपनी आवाज़ धीमी रखते हुए फुसफुसाकर कहा क्योंकि तेज़ आवाज़ों से उनके दुश्मन फ़ायदा उठा सकते थे। 'उन्होंने हमारा पीछा किया... और अब, इन गोलों और लगभग शून्य-दृश्यता के बीच हम सच में आगे समुद्र और पीछे शैतान वाली हालत में फ़ंस गए हैं। हमें कुछ तो करना होगा।'

अचानक हवा ने रफ़्तार पकड़ ली। लहरों ने अपनी बांहें खोल दीं और वासना की पीड़ा में उन्मादी प्रेमियों की तरह ढह गईं। छोटा सा चोल जहाज़ पूजा के फेंके हुए फूल की तरह इधर-उधर डोल रहा था।

विजयन ने अपने दांत पीसे। *अभी ये तूफ़ान ही आना बचा है। देवी मीनाक्षी, दया करें।*

'हम क्या कर सकते हैं?' विजयन ने पूछा। 'मुड़ जाएं और अपने धनुष-बाणों से लड़ें?! उनके पास बेहतरीन समुद्री हथियार हैं।'

अमल चुप हो गई। *बेशक नहीं। वो तो ख़ुदकुशी होगी।*

विजयन ने अपने सैनिकों को आदेश दिया, 'सफ़ेद झंडा लहराओ और आत्मसमर्पण की मानक सांकेतिक तुरही बजाओ।' फिर वो सोमेश्वर के नक़ली नाम से उसे बुलाते हुए उसकी ओर मुड़ा। 'सलमान, जब अरब हमारे जहाज़ पर आएं, तो उनके साथ आप बात करेंगे।। आप उनकी भाषा अच्छे से जानते हैं।'

'हां, वलीद,' सोमेश्वर ने जवाब दिया।

'ठीक है,' विजयन ने कहा। 'आपकी सुरक्षा के लिए थोड़े से और लोगों के साथ मैं पास में ही रहूंगा। आप जो भी तरीक़ा सही समझें, अपनाएं मगर आपका काम उन्हें ये यक़ीन दिलाना है कि इस जहाज़ पर हमारे पास नरसिम्हन नाम का कोई चोल सेनापति नहीं है। हम बस व्यापारी हैं जो ग़ज़नी प्रांत जा रहे हैं।'

सर्रर्र!

एक और वज्र सिरों के ऊपर से उड़ता आया और एक पाल में छेद कर गया। ज़ोरों की बारिश हो रही थी, और सैनिक तरबतर हो गए थे। और जहाज़ पर मौजूद एकमात्र स्त्री भी।

'इसके साथ मेरा एक और सुझाव है, उप-सेनापति,' अमल के भाई अंसार ने पूरे विश्वास के साथ कहा। अमल के तीनों छोटे भाई भी उसके साथ इस अभियान पर आए थे। अंसार सबसे छोटा था।

विजयन जानता था कि अंसार चेर नौ-अभियानों में शामिल रहा था। उसे समुद्री-लड़ाई की तरकीबों का अनुभव था।

'सुझावों का हमेशा स्वागत है,' विजयन ने कहा।

'मेरा सुझाव है कि हम अपने जहाज़ के दाहिने हिस्से से एक जीवनरक्षा नाव नीचे डालें,' अंसार ने कहा। 'वो डोंगी है। मैं उस पर जाऊंगा। इस कोहरे और सुबह की हल्की रोशनी में नज़रों में आए बिना मैं पीछे से दुश्मन की ओर जाऊंगा। जब वो हमारे जहाज़ पर चढ़ने की तैयारी करेंगे तो उनका जहाज़ धीमा होगा, जिससे मेरा काम आसान हो जाएगा। मैं दुश्मन के ढो के दिशानिर्देशक पतवारों, पीछे के वज़न और स्थिरकों को बेकार कर दूंगा।'

'क्या इससे ढो को इतना नुकसान होगा कि वो पीछा करना बंद कर दे?' सोमेश्वर ने पूछा।

'अपने दिशानिर्देशक के बिना बड़े पाल और नोकदार अगले सिरे वाला जहाज़ अपनी इच्छित दिशा और संतुलन बनाए नहीं रख सकता,' अंसार ने कहा। 'ख़ासकर अगर हवा और बारिश तेज़ी पकड़ लें। ऐसे में ये पलट भी सकता है।'

'लेकिन समुद्र में चलते जहाज़ के साथ ऐसा करना आसान नही है,' विजयन ने कहा। 'बल्कि नामुमकिन ही है।'

'ये मुश्किल है, मगर नामुमकिन नहीं। कम से कम मेरे लिए तो नहीं।'

विजयन मुस्कुराया। 'तो फिर तय हो गया। ये बहुत ही झटपट करना होगा, और हमारे बीच पूरे तालमेल के साथ। हम डोंगी को नीचे उतारेंगे। तुम और दो सैनिक उसे लेकर कोहरे में गुम हो जाएंगे। समुद्र लगातार भयंकर हो रहा है। जब हम चारा डालेंगे और ढो को अपने पास खीचेंगे तो अपना संतुलन बनाए रखना। उसके बाद, तुम घूमकर दुश्मन जहाज़ के पीछे की ओर जाना और उनके जहाज़ को क्षतिग्रस्त कर देना।'

'मैं नाकाम नहीं रहूंगा, उप-सेनापति!' अंसार ने कहा।

विजयन अपने साथ मौजूद दोनों सैनिकों की ओर मुड़ा। 'अंसार के साथ जाओ। अपने तीरों से इन्हें आड़ देना। ये ज़िंदा रहने चाहिए, क्योंकि अरबों की जानकारी में आए बिना यही उनके जहाज़ को नुकसान पहुंचा सकते हैं।'

'जी, श्रीमान!' परमार सेना नायक दसरना, और एक चोल सैनिक ने अपने सिर झुकाते हुए एकसुर में कहा।

'मैं भी अपने भाई के साथ जाऊंगी,' अमल ने कहा।

विजयन के चेहरे पर एक साथ फ़िक्र और राहत दिखाई दी। फ़िक्र इसलिए कि वो जानता था कि डोंगी अभियान में बहुत जोखिम था। अगर समुद्र में उथल-पुथल और बढ़ गई, जैसा कि इन हिस्सों में होता था, तो मज़बूत से मज़बूत तैराकों को भी लहरें खींच ले जा सकती थीं। लेकिन इसी के साथ, उसे राहत भी महसूस हो रही ती। उसे पता था कि तुर्क सैनिक काफ़िर औरतों को बलात्कार और हमला करने के लिए सही शिकार मानते थे। और तुर्क भारत के मुसलमानों को भी काफ़िर ही मानते थे। अगर उस जहाज़ में अरबों के साथ तुर्क सैनिक भी हुए, जो कि बहुत मुमकिन था क्योंकि इस्लामी संगठनों में तुर्क बेहतरीन योद्धा थे, तो यही बेहतर था कि अमल जहाज़ पर मौजूद न हो।

विजयन ने कुछ नहीं कहा। मगर उसके चेहरे ने सारी चुगली कर दी।

अमल धीरे से मुस्कुराई। ऊपर वाले ने औरतों को मर्दों से कहीं बेहतर सहजबोध से नवाज़ा है। उन्हें शब्द बोले जाने की ज़रूरत नहीं होती। वो तो चेहरे पर ही सब पढ़ लेती हैं।

उसने गहरी नज़र से विजयन को देखा जो निगाहें चुरा रहा था। अंसार से ये चूका नहीं था। वो मुस्कुराया और उसने गला खखारा।

'हमें चलना चाहिए, आपा,' नौजवान ने उसकी बांह थामते हुए कहा।

'अपना काम पूरा करना बग़ैर...' विजयन ने कहा, '...बग़ैर नज़रों में आए। मुझे तुम सब लोग जीवित वापस चाहिए। जब हम ग़ज़नी पहुंचेंगे तो सबकी ज़रूरत होगी।'

'मुझे गंवाना आसान नहीं है, वलीद,' अमल ने कहा। 'हम वापस आएंगे, हम चारों।'

नाविक दल ने कोहरे में आवाज़ और समझबूझ से पानी की सतह का अंदाज़ा लगाते हुए डोंगी नीचे उतारी। और फिर उन्होंने डोंगी में सवार होने में अपने बहादुरों की मदद की। विजयन अपने सैनिकों की ओर मुड़ा।

'मस्तूल पर सफ़ेद झंडा चढ़ाओ,' उसने कहा। 'हथियार डालने की तुरही बजाओ। एक रक्षक को सेनापति के कक्ष में भेज दो। अगर लड़ाई हो और हम हारने वाले हों, तो उसे निर्देश देना कि नसरुल्लाह के सीने में ख़ंजर भोंक दे,' विजयन ने नरसिम्हन के नक़ली नाम का इस्तेमाल करते हुए कहा। 'उन्हें भी सम्मानजनक मौत मिलनी चाहिए। मैं चाहता हूं कि अमल के बाक़ी दोनों भाइयों को भी नीचे भेज दिया जाए। तल पर केवल सैनिक ही रहेंगे।'

विजयन के स्पष्ट आदेशों का भलीभांति पालन हुआ। अमल के भाई आमिर और अल्ताफ़ भी रक्षक के साथ निचले तल पर चले गए।

इस बीच, नीचे समुद्र में, अमल और उसके तीन साथी घने नीचे तक फैले कोहरे और थपेड़े मारती हवा में छिपकर ख़ामोशी से आगे बढ़ने लगे। जब उनके चप्पू उन्हें अपने छोटे से जहाज़ के अगले हिस्से से दूर ले गए, तो उनकी छोटी सी डोंगी स्थिर रही।

'रुक जाओ।'

आदेश गूंज गया। पाल नीचे कर दिए गए। चोल जहाज़ को हवा के साथ साधा गया। वो धीमा हो गया था।

नाविक दल तैयार था।

तुरही नाद गूंजने के साथ ही ढो ने गोलाबारी बंद कर दी थी। कोहरे के बावजूद शायद उन्होंने सफ़ेद झंडा देख लिया था। मगर तुरही का संदेश एकदम साफ़ था।

हम समर्पण करते हैं।

विजयन ढो को धीरे-धीरे बढ़ते और उनसे टक्कर से बचने के लिए कुछ दूरी पर बाईं ओर रुकते देखता रहा। विजयन को लगा कि उसका जहाज़ बाईं ओर को झुक रहा था। उसने अपनी आंखें सिकोड़ीं और थोड़ा सा छंट गए कोहरे के पार ढो को देखा। अरब जहाज़ के तल पर रेलिंग के पास लोग

तलवारें, ख़ंजर और छुरे ऊपर उठाए खड़े थे। थोड़ा और नज़दीक, विजयन को जहाज़ के मस्तूल पर लगा झंडा दिखने लगा था। वो लगभग तुरंत ही उसे पहचान गया। ये कोई आम अरब जहाज़ नहीं था—ये अब्बासी जहाज़ था! ख़लीफ़ा की सरकार का।

वो सेनापति को मारने के लिए भेजे गए अरब हत्यारे नहीं हैं। ये तो कुछ और ही मामला है। क्या हो सकता है? देवी मीनाक्षी, दया करना।

अरबों के जोशीले नारों ने प्रकृति के शोर में इज़ाफ़ा कर दिया था।

'अल्लाहू अकबर!'

'वो लोग क्या कह रहे हैं?' विजयन ने पूछा।

'ये अरबी नारा है। ये ऐलान कर रहे हैं कि अल्लाह महान है,' सोमेश्वर ने कहा।

'सारे ही ईश्वर महान हैं, लेकिन मैं कहूंगा कि ये वक़्त से थोड़ा पहले ही जश्न मना रहे हैं,' विजयन मुस्कुराया। उसके भीतर का योद्धा जग चुका था।

सोमेश्वर भी मुस्कुरा दिया।

अरबों ने उनके जहाज़ की रस्सियों की और दो लंगर फेंके। दोनों अड़ गए। सोमेश्वर आगे बढ़ा, इक़बाल उसकी बग़ल में था।

'बेहतर होगा तुम पीछे सैनिकों के बीच जाकर खड़े हो जाओ, वलीद,' सोमेश्वर ने कहा। 'याद रहे कि तुम भाड़े के आदमी हो। न ज़्यादा, न कम। जब तक कहा न जाए, कुछ मत बोलना। बढ़-चढ़कर कुछ मत बोलना। ज़रूरत होने पर तुम्हारी अपनी भाषा में सीधा-सादा "हां" या "न" काफ़ी होगा।'

'समझ गया,' विजयन ने सिर हिलाया।

'और वो नाम याद रखना जो अमल ने हमें दिए थे,' सोमेश्वर ने जोड़ा। 'मैं तुम्हें बस "वलीद" नाम से बुलाऊंगा। चौकस रहना। ये अग्निपरीक्षा है। और हम आग से लड़कर नहीं जीतते। हम आग को दूर रखकर उससे जीतते हैं।'

विजयन ने सिर हिलाकर हामी भरी और कूटनीति के काम को दोनों बुज़ुर्ग व्यापारियों के ऊपर छोड़कर पीछे हट गया।

एक के बाद एक तेज़ी से छह अरब लंगर के रस्सों पर फिसलते हुए आए, उनका अगुआ सबसे बाद में आया। वो घनी दाढ़ी और आंखों पर झूलती भारी भौंहों वाला लंबा-तगड़ा आदमी था। वो हवा में मौजूद नमी के कारण चमक रही थीं। उसकी मूंछें नहीं थीं।

दोनों जहाज़ों ने मस्तूल नीचे कर लिए थे। हवा तेज़ थी। विजयन का ध्यान अपने जहाज़ पर मौजूद नाविकों के संख्यागत लाभ पर गया।

इनके पास भारी हथियार हैं। लेकिन इनके ज़्यादातर सैनिक अपने जहाज़ पर ही रुके रहे हैं। ये बेहतर स्थिति में हैं मगर दूर हैं। क़रीबी मुठभेड़ में, हम फ़ायदे की स्थिति में हैं, क्योंकि अपने जहाज़ पर हमारे पास ज़्यादा सैनिक हैं।

उसने पास ही तैर रहे दुश्मन के जहाज़ पर एक नज़र डाली। उसकी रेलिंग के पास एकदम चौकस और बारीकी से नज़र जमाए आदमी जमा थे।

अच्छा है। इनका ध्यान हम पर है। इससे अंसार और अमल को मदद मिलेगी।

कुछ सौ गज़ दूर, अंसार ने नाव को मोड़ने का संकेत दिया। वो इतनी दूरी तय कर चुके थे कि नज़र में आए बिना अरब ढो के पीछे के हिस्से की ओर लौट सकते थे।

'अरब जहाज़ के पिछले हिस्से की ओर चलो,' अंसार ने धीरे से चप्पू चलाने वालों से कहा। 'जल्दी।'

अचानक समुद्र के अस्थिर हो जाने से लहरों ने तेज़ी पकड़ ली थी, हवाओं ने तूफ़ानी रुख़ ले लिया था।

छोटी सी डोंगी की चुनौती और भी मुश्किल हो गई थी।

'ज़ोर से खेने की फ़िक्र मत करना,' दसरना ने हंसते हुए कहा। 'हम जो भी शोर करेंगे वो इस नन्हे से तूफ़ान में गुम हो जाएगा।'

मौत के रूबरू हंसने-हंसाने को सैनिक बहादुरी का चिह्न मानते थे। छोटी सी नाव झटके से आगे बढ़ी तो अमल जमकर बैठ गई।

चोल-परमार जहाज़ के ऊपरी तल पर वो अरब अगुआ ये मानते हुए सोमेश्वर की ओर बढ़ा कि वो उसका प्रमुख होगा। उसके क़दम भारी-भरकम थे और उनके तले जहाज़ का नम, लकड़ी का फ़र्श चरमरा रहा था।

'अस्सलामु-वालेकुम!' उस लंबे-तगड़े आदमी ने अरबी में कहा। उन दोनों अपेक्षाकृत छोटे बुज़ुर्ग व्यापारियों के ऊपर वो हावी सा लग रहा था। समुद्र की गंध से भरा भारी रेशमी कोट पहने उस अरब द्वारा नज़रअंदाज़ किए गए इक़बाल ने सावधानी से देखा। उसके गले में एक गोल सोने का तमग़ा लटका हुआ था जिस पर अब्बासी ख़िलाफ़त की गोल, काली मुहर बनी हुई थी। उसकी सादा सी पगड़ी उसके कपड़ों और ज़ेवरात की भड़कीली शानो-शौक़त से बेमेल लग रही थी।

'वालेकुम-अस्सलाम, जनाब,' सोमेश्वर ने जवाब में कहा और सम्मान दिखाने का भरपूर दिखावा करते हुए नीचे झुक गया। इक़बाल ने भी यही किया। 'मैं सलमान शाह हूं और ये मेरे दोस्त इक़बाल हैं,' सोमेश्वर ने अपना परिचय देते हुए कहा। 'हम भारत के गुजरात इलाक़े के कारोबारी हैं। मेहरबानी करके हमें बताएं कि आपके आने की ख़ुशी हमें क्योंकर मयस्सर हुई है?'

'यानी तुम दीन के हो?' उस छोटे से भारतीय की शुद्ध अरबी पर हैरान होते हुए उस अरब ने पूछा। *दीन अरबी में उनके मज़हब के लिए इस्तेमाल होने वाला शब्द था।*

'यक़ीनन, जनाब,' इक़बाल ने चुस्ती से जवाब दिया। 'हालांकि अपनी अरबी के लिए हम माफ़ी चाहेंगे, ये हमारी मादरे-ज़बान नहीं है। हमारे सारे नाविक मोमिन हैं। ज़्यादातर नौकर और भाड़े के लोग हैं, जो हाल ही में अपने बुतपरस्त मज़हबों से दीन में शामिल हुए हैं।'

धर्म-परिवर्तन के ज़िक्र से ख़ुश होकर उस अरब अगुआ ने अपनी घनी दाढ़ी में हाथ घुमाया और मुस्कुराया। उसने अपने जहाज़ के मस्तूल पर लहरा रहे काले झंडे की ओर इशारा किया जिस पर अरबी में कुछ लिखा हुआ था।

'तुम उस झंडे को तो पहचानते हो ना?' उसने सवालिया अंदाज़ में पूछा। 'तुम हमसे भाग क्यों रहे थे?'

'माफ़ी चाहेंगे, जनाब, लेकिन हम डर गए थे,' सोमेश्वर ने सहमी सी मुस्कान के साथ कहा। 'अंधेरी रात और घने कोहरे में हम आपके झंडे को पहचान नहीं पाए थे। हमें लगा कि आप समुद्री डाकू हैं और, अपनी जान गंवाने के डर से, हमने भागने की कोशिश की। लेकिन जैसे ही हमने आपके झंडे को ठीक से देखा, तो समर्पण करने की तुरही बजा दी और अपने पाल नीचे करने का हुक्म दे दिया था। ये जानकर हमने राहत की सांस ली थी कि आप हमारे आक़ा और मालिक ख़लीफ़ा की हुकूमत से हैं!'

विजयन को माहौल में हल्का सा तनाव महसूस हुआ। दूसरे पांचों अरब शक्की निगाह से उन सबको परख रहे थे जबकि उनका अगुआ दोनों बुज़ुर्गों से बात कर रहा था।

—◦✦◦—

कोई सौ गज़ दूर, डोंगी ख़लीफ़ाई जहाज़ के पीछे पहुंच चुकी थी। पीछे का तल सुनसान मालूम देता था, हालांकि गहरे कोहरे ने निश्चित रूप से कुछ कह पाना नामुमकिन बना दिया था।

'कोहरा हमारे साथ है, अंसार,' दसरना ने धीरे से कहा। 'अगर ख़लीफ़ाई सैनिक पीछे के हिस्से में हुए भी, तो भी वो हमें नहीं देख पाएंगे। छोटी-छोटी कृपाएं हैं। हम तीनों नाव को स्थिर रखेंगे। तुम्हें पतवार का रस्सा काटने में कितना समय लगेगा?'

अपने पैरों के पास रखे थैले में झांकते हुए अंसार गंभीरता से हंसा और उसने सावधानी के साथ एक औज़ार की ओर हाथ बढ़ाया। उसने एक लंबी, धारदार

आरी निकाली जो लकड़ी काटने के लिए एकदम सही थी। 'कह नहीं सकता, भाई। अगर रस्सा होता तो उसे तो झटपट काट दिया जाता। मगर, जैसा तुम देख सकते हो, ये रस्सा नहीं, ठोस लोहे की ज़ंजीर है जो पतवार तक जा रही है।'

'इसे काट पाना तो नामुमकिन है,' अमल ने चिंता से कहा। 'हमें वापस चलना चाहिए।'

बड़ी बहन की रक्षात्मक प्रवृत्ति सामने आ गई थी।

'नहीं,' उसके भाई ने दृढ़ता से कहा। 'हम कुछ और करेंगे। हमारे दोस्तों और भाइयों की ज़िंदगी... हमारे वतन की इज़्ज़त हमारे ऊपर है, आपा,' अंसार ने कहा। 'मैं पतवार के तने को ही आरी से काट दूंगा। लोहे की जगह लकड़ी को काटना आसान है। इसके अलावा, मैं अब इसे जिस तरह से करना चाह रहा हूं, उससे कील से ही जुड़ाव टूट जाएगा और अब्बासी जहाज़ जल्दी डूब जाएगा। चूंकि पतवार का ज़्यादातर हिस्सा पानी के अंदर होता है, इसलिए मुझे ग़ोता लगाना होगा। मगर कोई बात नहीं। मैं ये कर सकता हूं।'

दसरना को नौचालन की युक्तियों के बारे में इतनी जानकारी थी कि वो उस भयंकर जोखिम को समझ सकता था जिसकी अंसार बात कर रहा था। उसने नौजवान के कंधे पकड़े और धीरे से बोला, 'अल्लाह और शिव के साये में जाओ, मेरे भाई।' प्रशंसा में उसकी आवाज़ थरथरा रही थी।

अमल के चेहरे पर गहरा दर्द छा गया। उसे अपने भाई का सुझाव बिल्कुल पसंद नहीं आया था। मगर वो चुप रही।

अंसार बोला। 'मुझे आप लोगों से कहना होगा कि अपने जहाज़ के अंधेरे हिस्से की ओर वापस जाएं और चुपचाप ऊपर चढ़ जाएं, क्योंकि यहां हमारे काम में उससे ज़्यादा वक़्त लगेगा जितनी हमने पहले उम्मीद की थी।' उसने अमल की ओर निगाह डाली। 'मैं काम पूरा करके आपके पास लौटने का रास्ता निकाल लूंगा, आपा। लेकिन अगर मुझे आपकी सुरक्षा की चिंता लगी रही तो मैं अपने काम पर ध्यान नहीं दे पाऊंगा। मेहरबानी करके मेरी बात सुनें। आप हमारे जहाज़ पर सुरक्षित रहेंगी। यहां आप लोग ज़रूरत से ज़्यादा देर तक खुले में रहेंगे।'

अंसार ने हाथ बढ़ाकर प्यार से अमल के गाल को थपथपाया। उसने उसका हाथ झटक दिया।

'अंसार,' अमल ग़ुस्से में फनफनाई। 'इसमें हम सब *साथ* हैं। हम साथ आए थे और साथ ही वापस जाएंगे—काम ख़त्म होने के *बाद*।'

'आपा, इसमें बहुत ज़्यादा जोखिम है,' भाई ने सख़्ती से कहा। वो खड़ा हुआ और उसने अपने कपड़े उतार दिए और अब वो बस एक सूती लंगोटी पहने था। 'हम ख़ुशक़िस्मत हैं कि नज़रों में आए बिना यहां पहुंच गए, लेकिन हमें अपनी क़िस्मत को बहुत ढील नहीं देनी चाहिए। ये एक छोटा और झटपट निबटने वाला काम होना था। लेकिन साफ़ है ऐसा नहीं होगा। मैं ख़ुद तो पानी के अंदर छिप सकता हूं। लेकिन अगर नाव बहुत देर तक यहां रही तो नज़रों में आ जाएगी।'

अंसार की बात में दम था। लेकिन उसकी बहन के दिल को इसे स्वीकारने के लिए समय चाहिए था। दसरना सब्र से इंतज़ार करता रहा।

बहादुर लोग दूसरे बहादुरों से सब्र का सम्मान पाने के हक़दार होते हैं।

सैनिक अमल तो तर्क को समझ रही थी। मगर बहन अमल बस अपने भाई को देख रही थी। आख़िरकार उसने एक गहरी सांस ली, खड़ी हुई और उसने अपने भाई को गले लगा लिया, सीने में उसका दिल किसी पत्थर के हथोड़े की तरह धाड़-धाड़ बज रहा था। उसने अपनी आंखें बंद कीं और हौले से उसका नाम लिया।

'मैं माहिर तैराक हूं, आप तो ये जानती हैं, आपा,' उसने धीरे से अपनी बहन के कान में कहा। 'आप अपनी ख़ूबसूरत पलकें झपका भी नहीं पाएंगी और मैं जहाज़ के दाहिनी ओर पहुंच जाऊंगा! मुझे ऊपर खींचने के लिए आप वहीं रहना!'

'मैं इंतज़ार करूंगी, अंसार... मुझे निराश मत करना।'

अंसार ने एक भौंह उठाई, उसके चेहरे पर तिरछी सी मुस्कान खेल रही थी, 'कभी किया है क्या, आपा?'

अमल ने उसके बालों को थपथपाया। 'मैं तुमसे प्यार करती हूं, बच्चे।'

'मैं भी आपसे प्यार करता हूं।'

नौजवान उसकी बांहों से निकला, नाव की कगार पर गया और अपने अंगूठे से पानी को जांचा। फिर वो धीरे से फिसलकर पानी में चला गया, उसके दाएं हाथ में कसकर पकड़ी आरी थी।

'हम वापस मुड़ रहे हैं,' दसरना ने अपने हाथ में चप्पू संभालते हुए ऐलान किया। वो नाव के पिछले सिरे से खे रहा था, जबकि अमल और दूसरा चोल योद्धा आगे के सिरे पर खेते हुए गहरे कोहरे के बीच अपने जहाज़ की ओर वापस चल दिए थे।

अमल की बाईं आंख से चुपके से एक अकेला आंसू निकला और उसके चेहरे की ठंडी नमी में घुल गया। उसने मुड़कर देखा।

अंसार का कहीं नामो-निशान नहीं था।

चोल-परमार जहाज़ के तल पर अरब मुखिया दोनों बुज़ुर्गों से बात कर रहा था।

'मैं अपना परिचय दे दूं। मैं बग़दाद के ख़लीफ़ा की सेना का एक सेनानायक सैयद अल नभानी हूं,' उसने कहा। 'भारत के सलमान शाह, मुझे बताओ कि तुम और तुम्हारे आदमी इस समुद्र में क्या कर रहे हो?'

'हम ज़ायरीन हैं, हुज़ूर,' सोमेश्वर ने बिना हिचकिचाए जवाब दिया। 'हमारी मंज़िल मक्का है।'

'तब तो तुम लोग ग़लत दिशा में जा रहे हो,' सैयद ने कहा, उसकी आवाज़ में शक बलबला रहा था। 'मक्का तो पश्चिम में है,' उसने अपने अंगूठे से इशारा करते हुए कहा। 'जब हमने तुम्हें देखा तो तुम उत्तर की ओर बढ़ रहे थे। हो सकता है कि इस मौसम में तुम रास्ता भटक गए हो। या फिर तुम जानबूझकर मुझे गुमराह कर रहे हो।'

डर के मारे इक़बाल की आंतें ऐंठ गईं, लेकिन सोमेश्वर शांत बना रहा।

'मुझे अपनी बात के अधूरेपन को सुधारने की इजाज़त दें, हुज़ूरे-आला,' उसने अपने शब्दों को चाशनी में तर करते हुए कहा। 'मक्का तो हमारी

आख़िरी मंज़िल है। हम ज़ायरीन *हैं,* मैं आपको यक़ीन दिलाता हूं। हम ग्वादर में उतरकर बोझ उठाने वाले जानवरों की पीठ पर सफ़र करने की मंशा रखते हैं। रास्ते में हम कई ज़ियारतों पर रुकेंगे। इंशाल्लाह, हम ग़ज़नी में सुल्तान यामीनुद्दौला अबुल-क़ासिम महमूद इब्न सुबुकतगीन की बनवाई शानदार जामा मस्जिद से शुरू करेंगे। फिर हम फ़ारस जाएंगे, और वहां से अरब जाएंगे। हम अपने मज़हब के क़दमों पर वापस चलते हुए उसके जन्मस्थान पर जाएंगे।'

विजयन को कुछ ही शब्द समझ आए थे: सुल्तान, महमूद, ग़ज़नी...

उम्मीद है इन्होंने अरबों को ये नहीं बताया होगा कि हम कहां जा रहे हैं। हम ये क़तई नहीं चाहेंगे कि ये लोग हमें अपने साथ यात्रा करने को कहें।

'तो तुम लोग ग्वादर में उतरोगे,' सैयद ने अपनी घनी भौंहें उठाकर ख़ुशी से मुस्कुराते हुए कहा। 'और फिर ग़ज़नी जाओगे। वहीं तो *हम* भी जा रहे हैं। शायद हमारे जहाज़ साथ चल सकते हैं। मुझे यक़ीन है तुम हमारे संरक्षण का फ़ायदा उठा सकते हो। बेशक, हमारी मदद के लिए तुम हमें भुगतान कर सकते हो। हालांकि भारत के मुसलमान होने के नाते तुम्हें जज़िया नहीं देना होगा क्योंकि वो काफ़िर नहीं होते हैं, लेकिन फिर भी उन्हें ख़िलाफ़त को अपना योगदान देना चाहिए और अरब संरक्षण के सम्मान के लिए भुगतान करना चाहिए।'

सोमेश्वर और इक़बाल ने असहजता से पहलू बदला। वो ख़ामोश थे। वो इससे कैसे बाहर निकलें? पैसा देने को तो वो तैयार थे, लेकिन वो ये नहीं चाहते थे कि अरब उनके साथ चलें।

'बेशक,' अब्बासी मुखिया ने विजयन और दूसरे लोगों को ध्यान से देखा, और फिर वापस सोमेश्वर पर ध्यान देते हुए कहा, 'अगर मुझसे पूछो तो ग़ज़नी और फ़ारस तो वक़्त की बर्बादी हैं। तुम्हें सीधे मक्का जाना चाहिए। वहां तुम्हें असली मुसलमान मिलेंगे। बाक़ी सब तो बहरूपिए हैं जिनसे उसी तरह निपटा जाएगा जिसके वो हक़दार हैं। बेशक, बिना किसी अड़चन के सीधा मक्का जाने के लिए तुम्हें मुझसे इजाज़तनामा चाहिए होगा।'

सैयद के चेहरे पर क्रूर मुस्कान चमकी और उसने ज़ाहिर सी शर्त अनकही छोड़ दी—'बिना रसीद भुगतान के बदले।'

इस बात से राहत पाकर कि अरब ख़ुद उन्हें उनकी मुसीबत से बाहर निकलने का रास्ता सुझा रहा था, इक़बाल सोमेश्वर की ओर मुड़ा।

'देखा, सलमान भाई!' उसने ख़ुश होने का नाटक करते हुए कहा। 'मैंने आपसे *कहा था* कि हमें सीधे मक्का चलना चाहिए। और अब ख़लीफ़ा के सैनिक भी यही सलाह दे रहे हैं! ये अल्लाह का पैग़ाम है। हमारे पास इतनी रसद है कि हम रास्ता बदलकर सीधे पाक शहर जा सकें।'

सोमेश्वर ने अनमनेपन से अपनी ठोड़ी खुजाई और इक़बाल की बात पर ग़ौर करने का नाटक किया।

दसरना, अमल और चोल सैनिक के साथ डोंगी जहाज़ की बाईं ओर वापस आ गई थी। वो अंधेरा हिस्सा था। विजयन ने अपने आदमियों को साफ़ निर्देश दिया हुआ था कि नीचे समुद्र पर नज़र रखें। जहाज़ के अगले हिस्से पर चल रहे नाटक से दूर, उन्होंने तीनों को बेआवाज़ ऊपर चढ़ने में मदद की।

'अंसार कहां है?' एक नाविक ने पूछा।

'वो जल्दी ही आ जाएगा,' दसरना ने छोटा सा जवाब दिया। उसने अमल पर सहानुभूति भरी निगाह डाली। 'देवी, सेनानायक ने हमें नीचे के कक्षों में जाने का निर्देश दिया था। ऐसा लगता है हमारा दल दूसरी ओर अरबों के साथ उलझा हुआ है।'

अमल ने मशीनी अंदाज़ में सिर हिलाला और ख़ुद को कक्षों की सुरक्षा में ले जाने दिया, उसकी नज़रें समुद्र पर टिकी थीं।

अंसार...

उधर जहाज़ के ऊपरी तल पर, सोमेश्वर ख़लीफ़ा के आदमियों के चंगुल से बचने की कोशिश में नाटक जारी रखे हुए था। इसके अलावा, अगर विध्वंसक अपने काम में सफल हो जाते तो टूटा-फूटा अरब जहाज़ उनका कहीं भी पीछा नहीं कर पाता।

'तुम्हारी जगह मैं होता तो तुम्हारे आदमी की बात सुनता,' सैयद ने कहा। 'मुझे तो किसी काम से ग़ज़नी जाना है, लेकिन मैं जितनी जल्दी हो सकेगा वहां से निकल लूंगा। वो बंजर ज़मीन है जिस पर एक पाखंडी तानाशाह की हुकूमत है। मैं बता रहा हूं, इस दुनिया में कोई सुल्तान ऐसा नहीं है जो महान ख़लीफ़ा से बढ़कर हो। उन्हें तो ख़ुदा ने हक़ दिया है कि सारे ज़मीनी राज्यों पर हुकूमत करें। उनके नुमाइंदे के तौर पर मेरा भरोसा करो, भारत के लोगों। तुम्हें सीधे मक्का जाना चाहिए।'

'मैं मूर्ख ही होऊंगा जो आपकी नेक सलाह पर ध्यान न दूं, हुज़ूर।' सोमेश्वर ने घबराहट भरी हंसी हंसते हुए कहा। 'शायद हमें रास्ता बदल ही लेना *चाहिए*।' और फिर उसने बातचीत का मुद्दा उठाया। 'मुझे बहुत ख़ुशी होगी कि मैं योगदान दूं आपके महान...'

सोमेश्वर के मुंह से शब्द निकले भी नहीं थे कि सैयद उसकी ओर झपटा और उसे कंधों से पकड़ लिया। उसने उस बुज़ुर्ग के कान की लौ पकड़ लीं। हफ़्तों पहले घर से निकलते समय सोमेश्वर ने अपने कर्णफूल उतार दिए थे मगर वो छेदों को नहीं छिपा पाया जो उम्र और लंबे समय तक कानों में बालियां आदि पहनने से बड़े हो गए थे।

'तुम्हारे कान छिदे हुए हैं!' अरब ग़ुर्राया। 'तुम दीन के मानने वाले नहीं हो! तुम काफ़िर हो, गंदे झूठे बूढ़े!'

'हुज़ूर, मैंने हाल ही में दीन को अपनाया है,' सोमेश्वर ने दुहाई दी। 'मेरे छिदे हुए कान मेरी बीती ज़िंदगी के अवशेष हैं।'

'तुम झूठ बोल रहे हो!' सैयद दहाड़ा।

'नहीं, मेरे मालिक! मैं झूठ क्यों बोलूंगा? आप मेरा यक़ीन करें। भारतीय पैदायशी मुसलमान नहीं हो सकते। ज़ाहिर है। हमें मज़हब बदलना होता है।

आप इस बात के लिए तो हमें सज़ा नहीं दे सकते कि हमने अपनी ज़िंदगी में बाद में मज़हब बदला था।'

अरब नायक़ीनी में दिख रहा था। वो कह नहीं सकता था कि भारतीय सच बोल रहा था या नहीं। या कि इस जहाज़ पर कोई गड़बड़ चल रही थी। लेकिन गड़बड़ तो यक़ीनन अरब जहाज़ के डेक पर शुरू हो गई मालूम देती थी, जिसने चोल-परमारों के छोटे से जहाज़ पर सबका ध्यान भटका दिया था। ख़िलाफ़त के जहाज़ पर सारे आदमी घबराहट और अफ़रा-तफ़री में इधर-उधर भाग रहे थे। जल्दी ही वो नज़रों से दूर हो गए। वो किसी और ही तरह के छल-कपट के बारे में चिल्लाते हुए अपने जहाज़ के पिछले हिस्से की ओर भागे थे।

धनुषों से लैस उन लोगों ने अपने जहाज़ के पिछले हिस्से के बाहर ठाठें मारते समुद्र की ओर तीरों की बौछार कर दी थी। चोल जहाज़ पर मौजूद अरब लोग चकराए से अपने जहाज़ को तक रहे थे। सोमेश्वर पर सैयद की पकड़ ढीली पड़ गई।

'हमला!' मौक़ा मिला देखकर और अपनी तलवार खींचते हुए विजयन गरजा। 'इनकी बोटी-बोटी कर दो! लंगर के रस्से काट दो!'

चोल-परमार सैनिकों ने तुरंत ही अपनी तलवारें खींच लीं और हमला शुरू हो गया।

सैयद मुड़ा, हतप्रभ सा। इक़बाल और सोमेश्वर पीछे कहीं विलीन हो गए थे जबकि चोलों के भयंकर सेनानायक ने अपने जहाज़ का नियंत्रण हासिल करके कमान संभाल ली थी। पांड्या अरब अगुआ पर झपटा और उसने उसके गले से ज़ंजीर खींच ली। सैयद का संतुलन बिगड़ा और वो बुरी तरह लड़खड़ा गया।

'तुम अपने डीलडौल के किसी से क्यों नहीं भिड़ते, पहलवान?' विजयन गरज पड़ा। उसने सैयद की गर्दन पकड़ी और उस अरब के पेट में तलवार भोंक दी।

ख़िलाफ़त जहाज़ का सेनानायक दर्द से चिल्ला पड़ा। मगर ज़िंदा रहने की अद्‌भुत इच्छा दर्शाते हुए उसने विजयन का गला पकड़ा और हैरतअंगेज़

ताक़त से उसे दूर धकेल दिया। एक हाथ में अरब की टूटी ज़ंजीर और दूसरे में ख़ून से रंगी तलवार लिए वो भारतीय लकड़ी के फ़र्श पर जा गिरा। सैयद दहाड़ा, मुड़ा और लड़खड़ाते हुए लंगर के रस्सों की ओर बढ़ा। इस हंगामे में उन्हें अभी तक काटा नहीं गया था।

एक चोल सैनिक सोमेश्वर और इक़बाल को निचले तल पर ले गया था, जबकि बाक़ी लोग दुश्मन जहाज़ से उतरे अरब सैनिकों से लड़ रहे थे, जबकि कुछ भारतीय पूरी ताक़त से दोनों जहाज़ों के बीच पड़े लंगर के रस्सों को काटने में लगे थे। ख़िलाफ़त जहाज़ पर तूफ़ानी बारिश की तरह तीर गिर रहे थे।

हर तरफ़ आपाधापी मची थी।

बहुत सारा ख़ून बह जाने से कम होती जा रही ताक़त के साथ सैयद ने सारा ध्यान अपने जहाज़ पर वापस जाने पर लगाया।

'जनाब!' एक अरब चिल्लाया।

सैयद ने रेलिंग की ओर हाथ बढ़ाया और अपने लिए फेंके गए रस्से को पकड़ लिया।

'काफ़िर!' सैयद ने बका, इतनी ज़ोर से कि दूसरे जहाज़ पर मौजूद उसके आदमी सुन लें, बेतहाशा ख़ून बहने के बावजूद वो ग़ुस्से में चिल्ला रहा था। 'बिच्छुओं को... भरो! जहाज़ को... ख़त्म कर दो!'

अब्बासी सेनानायक की बदक़िस्मती से विजयन की कुछ और ही योजना थी। चोलों के सेनानायक ने अपनी तलवार एक ओर फेंकी और अपना धनुष उठा लिया। उसने तीर चढ़ाया और सनसनाते हुए छोड़ दिया।

फचाक।

उसने अरब सेनानायक के गर्दन की पहली कशेरुका तोड़ दी। उसका सिर सामने की ओर झूल गया, और वो अपने ही ख़ून में डूबने लगा। सैयद की आंखें बंद हो गईं और उसका शरीर समुद्र में गिर गया।

इस बीच, चोल सैनिकों ने किसी तरह लंगर के सारे रस्से काट दिए थे। उनका जहाज़ आज़ाद था!

तेज़ी से चमकी बिजली ने तूफ़ानी बादलों को एक भुतहा चमक से भर दिया।

विजयन ने अपने आदमियों को देखा। 'पाल चढ़ाओ!'

दो चोलों ने बचे-खुचे पालों को चढ़ाया जबकि दूसरे पूरे दमख़म से अपने जहाज़ पर मौजूद बचे अरबों से लड़ रहे थे।

अमल डेक पर भागी आई।

'अंसार!'

विजयन ने उसकी बांहों को पकड़ लिया।

'मुझे छोड़ दो! मुझे छोड़ दो!' वह उसकी मज़बूत पकड़ से छूटने के लिए जूझ रही थी। 'अंसार!'

'बस, अमल!' विजयन ने उसे दिलासा दिया, उसे देखकर उसका दिल राहत से भर गया था।

वो बदहवास थी। शांत ही नहीं हो रही थी।

'अमल!' विजयन चिल्लाया, वो पागलों की तरह छटपटाए जा रही थी, उसकी आंखें दुश्मन के जहाज़ पर लगी थीं।

हवा के एक बहुत तेज़ झोंके ने पालों को उनकी पूरी क्षमता में खोल दिया था। अरब ढो के चंगुल से बचकर चोल जहाज़ तेज़ी से आगे बढ़ने लगा।

लेकिन अमन विजयन की पकड़ से आज़ाद होने के लिए संघर्ष करती रही।

'अमल!' उसे शांत करने की कोशिश में विजयन चिल्लाया। 'क्या बात है? हम सुरक्षित हैं...'

जवाब में अमल ज़ोर से रो पड़ी। उसने दूर पीछे छूटते दुश्मन जहाज़ की ओर इशारा किया। ख़लीफ़ा के ढो ने अब अपने पाल खोल लिए थे। वो पीछा करने को तैयार था। जो शक्तिशाली हवाएं चोल जहाज़ को शक्ति दे रही थीं, वही अरब जहाज़ के पालों को भी भर रही थीं। और अचानक, दहाड़ते समुद्र के बीच ख़िलाफ़त का जहाज़ किसी कपड़े की गुड़िया की तरह डोल उठा।

जहाज़ का नियंत्रण खो गया था। केवल रडर ही नहीं, उसकी कील भी अलग हो गई लग रही थी। एक ज़ोरदार लहर दाहिनी तरफ़ टकराई, और

जहाज़ जैसे ही आगे बढ़ा, एक ओर को झुक गया। जैसे ही चिंघाड़ती हुई हवा पालों की गहराई में घुसी, तभी एक और बेरहम ताक़तवर लहर टकराई। सीधे-सादे शब्दों में कहें तो ऐसे जहाज़ के लिए ये एकदम सही तूफ़ान था जिसमें रडर का नियंत्रण नहीं था। विशाल ढो एक ओर को झुकते हुए पलट गया। बिजली कड़की और आसमान में उसकी चमक दौड़ गई। अंधा कर देने वाली बारिश ने आपदा को और नहीं देखने दिया।

अमल ढेर हो गई थी। रोती हुई।

उसने कर दिखाया... मेरे नन्हे फ़रिश्ते ने ये कर दिखाया...

विजयन ने आसपास देखा, तो उसे कुछ-कुछ समझ आने लगा। उसने दसरना और उस दूसरे सैनिक को देखा जिसे उसने भेजा था। दसरना पलट रहे अरब ढो को तक रहा था, उसकी आंखों में आंसू थे। फिर वो सावधान की मुद्रा में खड़ा हुआ और अपने सिर को नीचे झुकाते हुए उसने अरब ढो के पीछे समुद्र की ओर परमार सेना की औपचारिक सलामी दी।

आख़िरकार विजयन को समझ आ गया कि क्या हुआ था। वो बहुत दुख से बुदबुदाया, 'अंसार...'

वो नीचे बैठा और उसने नर्मी से अमल के कंधों को थाम लिया।

अच्छे से तैरना, छोटे भाई। अनंत के लिए अच्छे से तैरना...

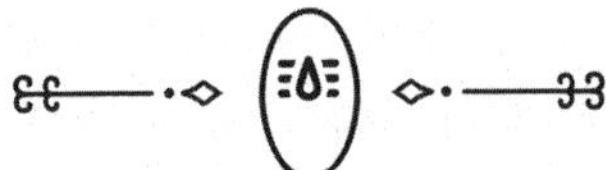

अध्याय 13

आस्तीन में सांप

ग़ज़नी, अफ़ग़ानिस्तान

अंधेरी, बिना तारों की रात जागे हुए लोगों की गपशप से जवान थी। ग़ुलाम जागे हुए थे, मज़दूरों के तंबू में हलचल थी। ग़ज़नी की जामा मस्जिद बीच में खड़ी थी। आसपास के तंबुओं की मशालों से उठ रही रोशनी उस मस्जिद पर एक भुतहा सी चमक डाल रही थी।

धरती कांप उठी, जैसे गर्माहट खोज रही हो, जिसके न मिलने पर उसने एक ज़ोरदार गड़गड़ाहट के साथ हवा को चीर डाला हो। एक और गड़गड़ाहट। और फिर एक और। यज़दा सोने की कोशिश में अपने फटे-पुराने कंबल से चिपकी हुई थी। झटके बढ़ने लगे और चीख़ते-चिल्लाते आदमी, औरतें और बच्चे डर के मारे इधर-उधर भागने लगे।

धाड़!

मस्जिद के नीचे धरती फटकर दो हिस्सों में बट गई।

लोग बढ़ती जा रही दरार से दूर, हर ओर भागने लगे। यज़दा उठी और निश्चल उसी जगह पर खड़ी रही। दरार से एक हल्की नीली रोशनी उठ रही थी। वो सम्मोहित सी उसकी ओर बढ़ी।

यज़दा ने दरार के किनारे खड़े होकर अंधेरे में झांका। उसकी सांसें थम गई थीं। नीले रंग की बादाम के आकार की तीन विशाल फांकें उसे तक रही थीं... आंखें। साथ-साथ रखी दो आंखें क्षैतिज थीं। तीसरी उनके ऊपर, लेकिन लंबवत थी। वो सुंदर थीं, लुभावनी थीं। यज़दा लड़खड़ा गई...

'उठो, बेटी!'

यज़दा ऐसे किकियाई मानो किसी ने उसे थप्पड़ मार दिया हो।

'जागो!'

उसने खुरदुरी चटाई पर करवट ली और अपनी आंखें खोल दीं। अपने पतले कंबल से छनकर आ रही ठंडी हवा से बचने की कोशिश करती वो एक झटके से उठ बैठी। आदतन उसका दिल बैठ गया। सवेरा हो चुका था। रात ख़त्म हो गई थी; वो एकमात्र समय होता था जब उसके लोग अपने हालात की बेरहमी से आज़ाद होते थे—बस थोड़ा-बहुत ही, क्योंकि जुंदीनुद्दीन सारी रात भी ग़ुलाम शिविरों में भूखे भेड़ियों के झुंड की तरह गश्त लगाते थे।

ग़ज़नी की बड़ी मस्जिद में काम करने वाले ग़ुलामों के घर इन बकरी-ख़ानों के ऊपर 'दयालु' मुफ़्ती-ए-आज़म के आदेशानुसार खुरदुरे कपड़े के तम्बू लगाकर बनाए गए थे। खुरदुरे बिस्तर और छेदों भरे कंबल हवा और पाले से बचाने का दिखावा करते थे।

कुछ हफ़्ते पहले इस्माईल ने उसे उसके पिता के साथ यहां भेज दिया था। सार्वजनिक रूप से, ऐसा पेश किया गया था कि प्रांतपाल-मुफ़्ती ने मस्जिद के पुनर्निर्माण के काम में अपने निजी ग़ुलामों का योगदान दिया था; ये एक ऐसा बलिदान था जिसने इस्माईल की जन-छवि को और बेहतर बना दिया था। लेकिन कुछ-कुछ दिन बाद जब भी इस्माईल आदेश देता, उसके आदमी यज़दा को उठाकर ले जाते थे। शाम को जब मस्जिद का काम ख़त्म हो जाता, तो उसे उसके लोगों के पास वापस भेज दिया जाता था। यज़दा अपने हालात पर दुखी थी, लेकिन वो जानती थी कि वो लोग ग़ुलाम थे जिनके पास कोई अधिकार नहीं थे। जिस दिन उनके गांव पर हमला हुआ था, उसी दिन से वो ग़ुलाम बनाने वाले हमलावर ग़ज़नवियों की निजी संपत्ति बन गए थे।

उसने पलकें झपकाईं। धरती साफ़तौर पर डरे-सहमे ग़ुलाम मर्द और औरतों के उतावले क़दमों की आवाज़ से कांप रही थी। हवा में चीख़ें गूंज रही थीं।

'क्या हो रहा है, अब्बा?' यज़दा चिल्लाई।

'कुछ लोगों ने जुंदीनुद्दीन पर हमला किया है!' बूढ़े आदमी ने कहा। 'उन्होंने ताले तोड़ दिए और एक-दूसरे की ज़ंजीरें काट दीं। जल्दी करो, बेटी, बुरा सपना ख़त्म हो गया! उठो, उठो! हमें यहां से निकलना है!'

हैरान यज़दा लड़खड़ाती हुई खड़ी हो गई। बाप-बेटी एक-दूसरे से लिपट गए और बाड़े के एक संकरे खुले हिस्से की ओर भागे, जिसके दोनों ओर उन बाग़ी ग़ुलामों के गुट थे जिन्होंने जुंदीनुद्दीन को चौंका दिया था।

'चलो, चलो, जल्दी करो!' एक आदमी आदेश दे रहा था। ऐसा लगता था कि वो ग़ुलामों के इस दुस्साहसी फ़रार का नेतृत्व कर रहा था। कई हफ़्तों से बिना धुले जटाओं जैसे धूल-धूसरित घुंघराले लंबे बालों वाला वो लंबा आदमी बाड़ में बनी छोटी सी जगह से निकल रहे आज़ाद क़ैदियों की भीड़ को जल्दी-जल्दी आगे बढ़ा रहा था। जब यज़दा और उसके पिता झुककर उस खुले रास्ते से ...आज़ादी की ओर निकले, तो यज़दा ने उसे आभार भरी नज़रों से देखा।

'जल्दी करो!' विद्रोही नेता ने पीछे से आवाज़ दी। 'और सब साथ रहना!'

बुरी तरह हैरान-परेशान इस्माईल दनदनाता हुआ ग़ज़नी महल के कोने वाले कमरे में घुसा। महमूद ने एक महत्वपूर्ण निजी सभा बुलाई थी। इस्माईल ने चारों ओर एक निगाह डाली। ख़्वाजा हसन अपने मंत्री समूह और ख़ूंख़ार सेनापति अबू क़ासिम से घिरा हुआ था। सुल्तान की ख़ाली कुर्सी के बाईं ओर उसकी सबसे बड़ी मुसीबत, मलिका रानी कौसरी जहां बैठी थी। सुल्तान बेचैनी से कमरे में इस तरह चक्कर लगा रहा था जैसे कोई पागल जंगली हाथी अपने रास्ते में आने वाले किसी पर भी हमला करने को तैयार हो।

'इस्माईल!' महमूद की पागलपन भरी आंखों ने जैसे ही अपने भाई को देखा, वो दहाड़ पड़ा।

अपने भाई की आवाज़ सुनकर इस्माईल का ख़ून जम गया। वो महमूद के पैरों पर गिर पड़ा।

'भाई!' इस्माईल महमूद के पैर पकड़कर चिल्लाया। 'मेरे आदमी दिन के हर पहर पहरा दे रहे थे,' वो बुरी तरह रोते हुए बोला। 'ये बाहरी मदद के बग़ैर नहीं हो सकता था। सवाल ही नहीं!'

'मगर फिर भी, तुम्हारे तीस आदमी मारे गए और तीन बुरी तरह घायल हैं,' महमूद अपने भाई को किसी गंदे कुत्ते की तरह लात मारकर दूर फेंकते हुए चिल्लाया। 'ग़ुलाम—मामूली *निहत्थे* ग़ुलाम—कैसे तुम्हारे पहरेदारों को क़ाबू करके इस तरह भाग गए?'

इस्माईल खड़ा हो गया; उसे कोई जवाब नहीं सूझ रहा था। अपने भाई के ग़ुस्से की वजह से उसे लक़वा सा मार गया था। उसने कौसरी जहां पर एक उचटती सी नज़र डाली, जो आराम से शांत बैठी थी।

लाहौर का शाह मलिक अयाज़, जो लाहौर में बहुत कम समय बिताता था, अपने चेहरे पर नीरसता ओढ़े कुछ दूरी पर बैठा हुआ था।

'गुज़गान के उस चूहेदान से आज़ाद करके यहां लाने का सिला तुम मुझे इस तरह दे रहे हो?' महमूद ने पूछा। 'क्या ये धोखेबाज़ी तभी से तुम्हारे दिल में थी जब तुम यहां आए थे, या तुमने इसका मंसूबा मेरे इर्द-गिर्द रहने वाले चापलूसों के साथ मिलकर बनाया था?'

सुल्तान ने ख़्वाजा हसन को घूरा, जो फटे दूध की तरह सिकुड़ कर रह गया।

'क्या तुम्हारा इससे कोई लेना-देना था, मोटे भांड?' महमूद अब ख़्वाजा हसन पर ग़ुस्सा करता हुआ ज़ोर से गरजा। 'क्या तुमने इस फ़रार का मंसूबा इसलिए बनाया कि मुझे मेरे भाई के ख़िलाफ़ खड़ा कर सको और अपने उन नाकारा काफ़िर ग़ुलामों पर फिर से क़ाबू हासिल कर सको?'

'नहीं, मेरे मालिक!' वज़ीरे-आज़म हांफते-थरथराते हुए बोला। 'अगर ऐसा हो तो मुझ पर अल्लाह की मार...'

'मुझे पता था कि मुझे तुम्हें तभी मार देना चाहिए था जब इस्माईल ने मुझे तुम्हारे ख़ुफ़िया धंधे और कर चोरी के बारे में बताया था, नाकारा गंद!' महमूद दहाड़ा।

'मेरे मालिक!' ख़्वाजा ने कांपते हुए कहा और नीचे गिर गया। 'मैं आपको यक़ीन दिलाता हूं, मेरा इससे कोई लेना-देना नहीं था! *क़तई* नहीं। मेरा तो मस्जिद की मरम्मत जल्द से जल्द पूरी कराने में मदद करने का पक्का इरादा था, ताकि आप दुनिया में अपना सही मुक़ाम पा सकें। ये हम सभी के लिए फ़ख़्र की बात है!'

'ख़्वाजा हसन सच कह रहे हैं, मेरे मालिक।' कौसरी जहां की रेशमी और नाज़ुक आवाज़ आई। वो उठी, धीरे-धीरे चलती हुई अपने पति के पास गई और उसने अपना हाथ उसकी छाती पर रख दिया। ऐसा लगा जैसे महमूद का ग़ुस्से का पारा उतरकर सिर्फ़ नाराज़गी भर रह गया हो।

कौसरी ने महमूद को तसल्ली देना जारी रखा। 'मैं बहुत आज़िज़ी से कहना चाहूंगी, सुल्तान-ए-आज़म, कि आपने और आपके भाई ने, जिनके दिल दया से भरे हैं, ग़ुलामों की वफ़ादारी की क्षमता को गलत आंक लिया। जो भी हो, हैं तो आख़िर वो क़ैदी ही। उन्होंने वही किया जिसकी उनसे उम्मीद की जा सकती थी। वो उनसे बचकर भाग गए हैं जिन्होंने उन्हें क़ैद किया था।'

'क्या आप ग़ुलामों की तरफ़दारी कर रही हैं, मलिका-ए-मुअज़्ज़मा?' मलिक अयाज़ ने पूछा।

'तुम इस मामले से दूर रहो, अयाज़,' महमूद ने मलिक अयाज़ को घूरते हुए कहा। वो कौसरी और अयाज़ के बीच की खींचतान के बारे में जानता था, जो उसके लिए ईर्ष्यालु प्रेमियों की तरह लड़ते थे। अभी उसे एक और झगड़ा देखने की ख़्वाहिश नहीं थी।

'मेरे मालिक,' अभी भी डर से कपकपाती आवाज़ में इस्माईल बोला। 'अभी कुछ भी पक्का कह पाना जल्दबाज़ी होगी, लेकिन मैंने काफ़िरों के ग़ायब होने की शुरुआती जांच की है। हमें कीचड़ भरी बर्फ़ में ऐसे निशान मिले हैं जिनसे अंदाज़ा होता है कि मेरी जुंदीनुद्दीन सैनिकों पर घात लगाकर

हमला किया गया था। उन पर पहले ग़ुलामों के तंबू के *बाहर* से हमला किया गया और फिर ग़ुलाम आज़ाद हो गए।'

'क्या ये सच है?' महमूद ने भौंहें चढ़ाईं। 'तुम इतने यक़ीन से कैसे कह सकते हो?'

'मैंने पचास से ज़्यादा भारी हथियारों से लैस आदमियों को मज़दूरों की रखवाली पर लगाया हुआ था,' इस्माईल ने कहा। 'अब तीस मारे जा चुके हैं और तीन घायल हैं, जबकि बाक़ी लापता हैं...'

'तुम्हारा मतलब क्या है?' महमूद ने बेसब्री से अपने छोटे भाई की बात बीच में ही काट दी। 'पहेलियां मत बुझाओ। तुम्हारे जुंदीनुद्दीन बेकार सैनिक हैं। वे सिर्फ़ औरतों और बच्चों को धमका सकते हैं, ख़ालिस मर्दों से नहीं लड़ सकते। मुझे ये सब पहले ही पता है। मुझे बताओ कि तुम्हें ऐसा क्यों लगता है कि बाहर के किसी आदमी ने ग़ुलामों की भागने में मदद की है। कीचड़ में पैरों के निशान पक्का सबूत नहीं हैं।'

'मेरे मालिक, मेरे भाई,' इस्माईल इस डर से जल्दी से बोला कि सुल्तान के सब्र का पैमाना छलकने को था। 'ग़ुलाम अपने बूते पर हमारे आदमियों पर हावी नहीं हो सकते थे। मेरे आदमियों के पास हथियार थे। ग़ुलामों के पास नहीं थे। फिर भी इन ग़ुलामों ने मेरे आदमियों का क़त्लेआम किया और लगभग बिना अपने किसी नुकसान के भाग गए। कैसे?'

इस्माईल ने जल्दी से एक नौकर को इशारे से बुलाया जो डर के मारे दरवाज़े पर जमा खड़ा था। बूढ़ा आदमी दोनों हाथों में एक तलवार को थामे तेज़ी से अंदर आया। वो घुटनों के बल बैठ गया और उसने तलवार ऊपर उठाई ताकि महमूद उसे देख सके।

सुल्तान ने हथियार को मूठ से पकड़ लिया। नौकर डर के मारे ऐसे सिकुड़ गया जैसे उसका सिर क़लम होने वाला हो। महमूद ने आंखें सिकोड़कर उस ज़ंग लगी तलवार को देखा। वो हैरानी से इस्माईल को देखने लगा।

'ये क्या है?' उसने पूछा। 'ऐसा कैसे हो सकता है? ये तो शहर के सिपाहियों का आम हथियार है। जुंदीनुद्दीन तो इनका इस्तेमाल नहीं करते!'

'बिल्कुल सही, मेरे मालिक!' इस्माईल चिल्लाया। उसने हाथ के इशारे से नौकर को जाने को कहा। 'मुझे पूरा यक़ीन है कि ग़ुलामों की मदद शहर के सरकारी अमले ने की है!' प्रांतपाल-मुफ़्ती ने कमरे में मौजूद लोगों पर नज़र घुमाते हुए, लेकिन सुल्तान की ओर वापस लाने से पहले अपनी नज़र कौसरी जहां पर कुछ ज़्यादा ही देर तक टिकाकर कहा। 'मैं कहना चाहूंगा, मेरे मालिक, कि मेरे आदमियों पर शहर के सिपाहियों के किसी बाग़ी गुट ने हमला किया था! शायद, उन्हें किसी ने उकसाया था...'

रानी के चेहरे का रंग थोड़ा फीका पड़ गया जैसे उसका ख़ून निचोड़ लिया गया हो। उसकी पल भर की बेचैनी इस्माईल की नज़रों से बच नहीं पाई।

'जी, मेरे मालिक,' प्रांतपाल-मुफ़्ती ने रानी की ओर देखते हुए कहा, 'हमारे बीच एक ग़द्दार है। बेशक, मेरा ये मतलब नहीं है कि वो इस वक़्त इसी कमरे में मौजूद है, लेकिन *कोई न कोई* है ज़रूर जो आपके मंसूबे को बर्बाद करने की कोशिश में लगा हुआ है। ताकि जामा मस्जिद के पुनर्निर्माण में देरी हो जाए। क्या आप किसी ऐसे शख़्स को जानते हैं जो आपके ख़लीफ़ा बनने के ख़िलाफ़ हो, मेरे मालिक? जो पूरी ढिठाई से इस तक चला जाए, सिर्फ़ इसलिए कि आपको उस तख़्ते-पाक पर बैठने से रोका जा सके जिसके लिए आप पैदा हुए हैं?'

'ये बकवास है!' रानी ने सर्द लहजे में कहा। उसने पल भर को अपने गले में लटके काले पेंडेंट को छुआ। 'एक नाक़ाबिल आदमी एक अजीब सी साज़िश की कहानी के ज़रिए अपनी नाकामी को छिपाने की कोशिश कर रहा है। क्या इस सल्तनत में कोई ऐसा है जो आपके ख़िलाफ़ खड़े होने की जुर्रत करेगा, हुज़ूर?' उसने महमूद की ओर मुड़कर पूछा।

सुल्तान ने अपनी पत्नी को सीधे देखा।

'ये एक जुर्रत भरा फ़रार था, और हमें ये बताने के लिए कोई गवाह तक ज़िंदा नहीं है कि दरअसल हुआ क्या था,' कौसरी जहां आगे बोलती रही। 'साथ ही, जैसा कि प्रांतपाल-मुफ़्ती ने ख़ुद कहा, वहां पचास जुंदीनुद्दीन सैनिक थे। हमारे पास सिर्फ़ तैंतीस का हिसाब है—और वो सभी या तो मर

चुके हैं या बुरी तरह ज़ख़्मी हैं और बोल नहीं सकते। बाक़ी सत्रह जुंदीनुद्दीन कहां हैं? ये कह देना तो बहुत आसान है कि वो लापता हैं, नहीं क्या?'

महमूद ने अपने होंठ सिकोड़े। लेकिन वो कुछ बोला नहीं।

अपने पति की हिचकिचाहट को भांपते हुए रानी आगे बोली।

'साथ ही, शहर के सिपाहियों के हथियारों को हासिल करना कोई नामुमकिन नहीं है,' वो ज़्यादा आत्मविश्वास से बोली। 'शहर के कई सैनिक और पहरेदार वेश्यालयों और नाजायाज़ शराब के अड्डों में जाते हैं। हो सकता है कि किसी जुंदीनुद्दीन को मौक़ा मिल गया हो और उसने हथियार चुरा लिया हो। जो कोई भी ये तलवार प्रांतपाल-मुफ़्ती के पास लाया, वो ज़रूर अपने मालिक को गुमराह करना और अपने साथी की नाकामी को छिपाने की कोशिश कर रहा होगा।'

'जब ये तलवार मेरे पास लाई गई थी, तो ये ख़ून से लथपथ थी,' इस्माईल ग़ुस्से और बेबसी से विरोध करते हुए बोला।

'इंसानी या बकरे का ख़ून? और कौन यक़ीन से कह सकता है कि तलवार कहां थी...'

'बहुत हुआ!' महमूद अपनी पत्नी की बात काटते हुए दहाड़ा। 'इस्माईल, तुम इस मामले की जांच करोगे और अपने दावों को साबित करोगे। अगर किसी ने साज़िश की है, तो उसके ख़िलाफ़ सुबूत लेकर मेरे पास आओ।'

'जी, मेरे मालिक,' इस्माईल ने कहा।

'और यही बात तुम पर भी लागू होती है, कौसरी,' सुल्तान ने अपनी पत्नी की ओर मुड़ते हुए कहा। 'मैं जानता हूं कि मेरा भाई कुछ गंभीर इल्ज़ाम लगा रहा है, लेकिन ये नामुमकिन नहीं है कि शहर के कुछ सिपाही बाग़ी हो गए हों। तुम और ख़्वाजा हसन शहर के सिपाहियों का मामला संभालो। उन पर छापे मारो। मैं जानना चाहता हूं कि क्या जुंदीनुद्दीन पर हमला करने के लिए कोई हथियार दिए गए थे। मैं ये भी चाहता हूं कि तुम इस्माईल की मदद करो ताकि मस्जिद का काम फिर से शुरू हो सके। मुझे ईद-उल-फित्र से पहले खलीफ़ा घोषित किया जाना चाहिए। हमारे पास समय कम है।'

रानी ने सहमति में सिर हिलाया और एक पल को वज़ीरे-आज़म से नज़रें मिलाईं। ख़्वाजा हसन ने झुककर सलाम किया।

महमूद ने परदे के पास अंधेरे में खड़े उस खूंख़ार आदमी को देखा। उसके चेहरे पर एक छोटा सा गुथी हुई अब्दी चोटी जैसा निशान था। वो एक पुरानी सड़क की लड़ाई में पड़ा दाग़ था।

उसे तुर्क क़साब-ए-हिंद के नाम से जाना जाता था। भारत का तुर्क क़साई।

'अबू क़ासिम,' महमूद ने कहा। 'आगे आओ।'

अबू क़ासिम अपने मालिक के पास आया और एक घुटने पर बैठ गया। आत्मा को संतोष पहुंचाने वाला कोई काम मिलने की उम्मीद में उसे अपनी रीढ़ में सनसनी सी महसूस हो रही थी।

'ग़ुलामों को ढूंढो,' सुल्तान ने हुक्म दिया। 'मेरे ख़ास दस्ते से दो सौ घुड़सवार सैनिक ले लो। उन काफ़िर जानवरों को तलाश करो। मुझे मस्जिद के सामने खोपड़ियों का ढेर चाहिए। मेरी ताजपोशी के मौक़े की सजावट।'

'जैसा आपका हुक्म, मेरे मालिक!' तुर्क क़ासिम की आवाज़ गूंजी, जिसका हाथ मज़बूती से उसकी छाती पर रखा हुआ था।

'उन सबको मार डालना!' महमूद ग़ुस्से में दहाड़ा। 'आदमी, औरतें, बच्चे। महमूद ग़ज़नवी से कोई नहीं बच सकता! ये पैग़ाम सोमनाथ के तुम्हारे पाक काम की तरह दुनिया भर में गूंजना चाहिए!'

'और... सेनापति!' इस्माईल ने अबू क़ासिम से कहा। 'मुझे एक ग़ुलाम लड़की ज़िंदा चाहिए। हो सके तो अनछुई... उसका नाम यज़दा है। उसे पहचानना मुश्किल नहीं होगा। वो शायद चौदह साल की है। लंबे भूरे लहराते बाल और हरी आंखें। वो उन गंदे जानवरों में सबसे ख़ूबसूरत होगी।' उसकी बात पर सब चकित रह गए। अपने भाई के चेहरे पर हैरानी देखकर इस्माईल ने माफ़ी मांगी, 'इसके लिए आपको परेशान करने के लिए मुझे माफ़ करना, मेरे मालिक। मुझे यक़ीन है कि उस लड़की को उसकी मर्ज़ी के ख़िलाफ़ ले जाया गया है। मेरे ऊपर मेहरबानी कीजिए, मेरे मालिक, मुझे वो ज़िंदा वापस चाहिए। वो मेरी निजी नौकरानी है।'

मलिक अयाज़ बीच में बोला, 'जहां तक मैं जानता हूं, सुल्तान-ए-आज़म, प्रांतपाल-मुफ़्ती इस्माईल ने अपने घर के अमले से कई ग़ुलामों को मस्जिद की मरम्मत में मदद करने के लिए मज़दूरों के साथ लगा दिया था।' फिर सीधे तौर पर कौसरी जहां को देखते हुए लाहौर के राजा ने आगे कहा, 'बहुत से लोग मस्जिद की मरम्मत में मदद करने के लिए कोई क़ुर्बानी देने को तैयार नहीं हैं, मेरे बादशाह।'

महमूद ने इस संदेह के साथ अपनी आंखें घुमाईं कि कौसरी जहां के लिए अपनी साझा नफ़रत में इस्माईल और मलिक अयाज़ सहयोगी तो नहीं बन गए थे। 'मैंने पहले भी कहा था, तुम इससे दूर रहो, अयाज़।' फिर इस्माईल की ओर मुड़कर महमूद ने कहा, 'अपनी क़ुर्बानियों का दिखावा मत करो। बेहतर होगा कि तुम बस अपना काम पूरा करो।' आख़िर में, सुल्तान ने अबू क़ासिम को देखा। 'तो ऐसा ही होगा, क़ासिम! दूसरों को मार डालना लेकिन इस लड़की को ज़िंदा *और* अनछुआ लेकर आना। लगता है मेरे भाई को अपने घर में काम करने के लिए उसकी ज़रूरत है।'

महमूद की इस आख़िरी बात में झलकते तंज़िया लहजे पर इस्माईल चुप रहा।

अपने चेहरे पर एक ज़ालिमाना मुस्कान लिए अबू क़ासिम उठ खड़ा हुआ।

'मैं आपको निराश नहीं करूंगा, मेरे हुज़ूर,' उस भयंकर आदमी ने वादा किया। वो अपने मालिक के सामने झुका और कमरे से बाहर चला गया। उसके क़दमों का उछाल उसके लंबे-चौड़े जिस्म से मेल नहीं खा रहा था। उसका बर्ताव ऐसा था जैसे कोई बच्चा खेलने के लिए तेज़ी से बाहर जा रहा हो।

महमूद ने सख़्त तेवरों से अपने भाई को देखा। 'उन ग़ुलामों को तो अब मरा हुआ ही जानो, इस्माईल, सिवाय तुम्हारे खिलौने के। लेकिन मस्जिद का काम जारी रहना चाहिए। मुझे फिर से निराश मत करना।'

सुल्तान किसी जवाब का इंतज़ार किए बग़ैर दरवाज़े की तरफ़ चला गया। रानी उसके पीछे-पीछे चल दी। और मलिक अयाज़ भी।

'जी, मेरे मालिक।' इस्माईल ने जाते हुए लोगों को झुककर सलाम किया। उनके जाते ही वो ख़्वाजा हसन की ओर मुड़ा। वज़ीरे-आज़म ऐसा लग रहा

था जैसे बेहोश होकर अब गिरा, तब गिरा। इस्माईल उसकी ओर बढ़ा और वज़ीरे-आज़म के चेहरे से एक इंच की दूरी पर रुक गया।

'हसन...' उसने फुफकारा। उसने कनखियों से देखा कि वो अकेले थे या नहीं। फिर उसने अपनी नज़रें उस कांपते हुए शरीर के ढेर पर गड़ा दीं। 'मैंने कहा था कि ग़ुलामों को अंदर से मदद मिली थी। क्या आप इस बात का मतलब समझे?'

'समझ गया, मेरे मालिक,' हसन ने कहा, जिसका सिर इस तरह डोल रहा था जैसे स्प्रिंग पर रखा हो। 'कोई चाहता था कि पुनर्निर्माण नाकाम हो जाए और सुल्तान ग़ुस्से में आकर हमें सज़ाए-मौत दे दें। मैं अपनी जान से हाथ धोने के बहुत क़रीब था।' वज़ीरे-आज़म अपनी तर्जनी और अंगूठे को नाटकीय ढंग से एकदम पास लाते हुए किकियाया।

'और मैं भी,' इस्माईल बोला। 'और हम दोनों जानते हैं कि वो "कोई" कौन है। सुल्तान ने आदेश दिया है कि मैं इस मामले की जांच करूं और सुबूत पेश करूं। मेरा इरादा *ठीक यही* करने का है। उधर, कौसरी जहां अब मजबूर हैं कि हमारे काम के लिए मज़दूर हासिल कराएं। मैं उन्हें ग़ुलामों की हिफ़ाज़त का कर्ता-धर्ता बना दूंगा। आगे किसी भी गड़बड़ का ज़िम्मा सीधे उनके कंधों पर होगा।'

'अच्छा विचार है, हुज़ूर।'

'मुझे और पैसा चाहिए। उसका इंतज़ाम करें।'

'ज़रूर, मेरे मालिक। मैं इंतज़ाम करता हूं,' वज़ीरे-आज़म ने झुकते हुए वादा किया।

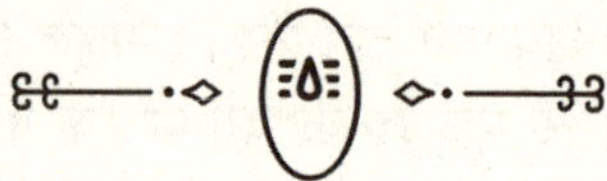

अध्याय 14

दुश्मन के गढ़ में

अरब सागर में कहीं

'मैं देखने के बाद ही विश्वास करूंगा!' विजयन चिल्लाया और तेज़ी से सीढ़ियों पर चढ़ता हुआ मुख्य तल पर जा पहुंचा। अमल उसके पीछे-पीछे थी।

और वहां मुख्य तल के आगे के हिस्से पर वो मौजूद था। उसका लक़वाग्रस्त दायां हाथ एक शोल्डर स्लिंग से कसकर उसके धड़ से बंधा हुआ था, जो कास्ट का काम भी कर रहा था। उसकी तलवार चलाने वाली अक्षम बांह अब किसी काम की नहीं थी। न केवल ये कि अब वो बांह हथियार नहीं पकड़ सकती थी, बल्कि शरीर के हिलने पर वो बेजान और अनियंत्रित सी झूलने लगती थी, जिससे चोट लगने का ख़तरा बढ़ जाता था। वास्तव में, अगर इस बांह में चोट लगती, तो उसे महसूस भी नहीं होती। अपने मुख्य हथियार—अपनी तलवार चलाने वाली बांह—के बिना एक योद्धा उस घोड़े जैसा होता है जिसके पास उसकी सबसे बड़ी ताक़त—उसके पिछली टांगें—न हों।

लेकिन ये कोई आम योद्धा नहीं था। ये नरसिम्हन था। उनका सेनापति।

उसने अपनी निष्क्रिय दाहिनी बांह पर आगे एक ढाल बांधी हुई थी और दाएं कंधे को लोहे के एक बड़े से कंधा-कवच से सुरक्षित कर लिया था। ढाल और कंधा-कवच दो काम कर रहे थे। वो उसकी लक़वाग्रस्त बांह को चोट

लगने से बचा रहे थे और उसे काम में लाने लायक़ भी बना रहे थे, ठीक उसी तरह जैसे किसी भी तलवारबाज़ के लिए ढाल वाली बांह काम करती है। एक नाकारा हो चुकी ढाल वाली बांह, लेकिन फिर भी ढाल वाली बांह, जिसका इस्तेमाल नरसिम्हन अब कुशलतापूर्वक वार रोकने के लिए कर रहा था।

इससे भी महत्वपूर्ण बात ये थी कि अपनी बीमारी के दौरान उसने ये पक्का करने के लिए कड़ा अभ्यास किया था कि तलवारबाज़ी में उसका बायां हाथ लगभग उसके दाएं हाथ जितना ही माहिर हो जाए।

इस समय वो डेक के अग्रभाग पर परमार सेना के सेनानायक दसरना से लड़ रहा था। और ये उनका दुस्साहस ही था कि वो अभ्यास वाली लकड़ी की तलवारों का नहीं, बल्कि असली हथियारों का इस्तेमाल कर रहे थे। मनुष्य को ज्ञात सर्वश्रेष्ठ इस्पात—दक्षिण भारत की वूट्ज़ स्टील—से बनी तेज़ धारदार तलवारें। ऐसा इस्पात जो किसी महीन रेशमी कपड़े को दो हिस्सों में काट सकता था और उतनी ही आसानी से इंसानी हड्डी को भी काट सकता था।

नरसिम्हन और दसरना को एक दूसरे पर हमला और बचाव करते हुए दस मिनट से ज़्यादा हो भी चुके थे।

चोल सेनापति एक ऐसे विरोधी से लड़ रहा था जिसके दोनों हाथ काम कर रहे थे। दसरना ने अपने बाएं हाथ में ढाल और दाएं में तलवार पकड़ रखी थी। बरसों के अभ्यास के कारण उसकी सारी मुद्राएं मांसपेशीय स्मृति के रूप में सुरक्षित थीं। अभ्यास ने उसके कौशल को निखारकर एक आदत बना दिया था।

लेकिन नरसिम्हन ने अपनी नई कमज़ोरी को अपनी ताक़त में बदल लिया था।

आंकड़ों के अनुसार, दस में से केवल एक आदमी खब्बू होता है। ये मानते हुए कि योद्धा उसी समाज के अनुपात का पालन करते हैं जिससे उनका संबंध होता है, दस में से नौ योद्धाओं को अपने दाएं हाथ से ही लड़ने का प्रशिक्षण मिला होगा। दसरना उनमें से एक था। बाएं हाथ से लड़ने वाले दस प्रतिशत तलवारबाज़ों को अपरंपरागत कोणों से हमला करने का फ़ायदा मिलता है।

लेकिन अपनी मांसपेशीय स्मृति की गहराइयों में वो ये कभी नहीं जान पाते हैं कि दाएं हाथ के तलवारबाज़ कैसे लड़ते हैं।

दुश्मन की मुद्राओं को पहले से समझ लेना ही जीत की कुंजी है।

नरसिम्हन जानता था क्योंकि वो मूलतः दाएं हाथ वाला था।

लेकिन अभी, वो अपने बाएं हाथ से लड़ रहा था।

दसरना ने सोचा कि वो कुछ भिन्न आज़माकर देखे, क्योंकि नरसिम्हन के साथ पारंपरिक तलवारबाज़ी का कोई नतीजा नहीं निकल रहा था। सेनापति अपने नए प्रशिक्षित बाएं हाथ के साथ तलवार चलाने में आश्चर्यजनक रूप से दक्ष था।

दसरना अपनी ढाल से ज़ोर से धक्का देते और अपना बायां हाथ आगे बढ़ाते हुए एक ओर को लहराया। एक ऐसे मुक्केबाज़ की तरह जो अपने बाएं हाथ से आगे की ओर मुक्का मारता है, उसने नरसिम्हन के कमज़ोर और लक़वाग्रस्त दाएं हाथ पर हमला करने की कोशिश में अपने सुरक्षा कवच को हथियार की तरह इस्तेमाल किया था, ताकि उसे पीछे हटने पर मजबूर कर सके और उस एक ओर से लहराते हुए हमले के लिए जगह बना सके जिसकी वो योजना बना रहा था। ये एक जानलेवा वार होता।

नरसिम्हन की कमज़ोरी के लिए कोई रिआयत नहीं दी जानी थी। ये सेनापति का आदेश था।

जब नरसिम्हन ने दसरना की ढाल को अपनी ढाल से ज़ोर से टकराते महसूस किया तो वो पीछे हटा। दर्द से बेचैन होकर वो कराह उठा। दसरना बस एक पल को हिचकिचाया लेकिन फिर उसने दाएं से वार किया।

वो सेनापति के आदेशों का पालन कर रहा था। कोई दया नहीं—क्योंकि असली दुश्मन भी दया नहीं दिखाता।

लेकिन दसरना ये नहीं जानता था कि खुद उसके लिए एक जाल बिछाया जा रहा था।

नरसिम्हन अचानक पीछे हटा, जिससे उसका दायां कंधा दसरना के शरीर से अलग हो गया। आश्चर्यचकित दसरना लड़खड़ाकर आगे बढ़ा और उसका

साइड से किया गया वार दिशाहीन हो गया। नरसिम्हन बड़ी आसानी से रास्ते से हट गया और उसने ऊपर के कोण पर अपने बाएं हाथ को एक क्रूर वार के लिए उठाया। पूरी तरह से अपारंपरिक। एक ऐसा कोण जो दाएं हाथ वाले के लिए बिल्कुल अप्रत्याशित था, और जिसका बचाव करना लगभग नामुमकिन था, क्योंकि उस तरफ़ ढाल नहीं थी।

और नरसिम्हन ठीक समय पर रुक गया। उसकी तलवार की नोक दसरना की कमर के निचले भाग पर चमड़े के कवच को छू रही थी। अगर नरसिम्हन रुकता नहीं, तो उसकी तलवार दसरना के पेट में घुस जाती, जिससे पेट के अंदर के ज़्यादातर अंग कट जाते। ये जानलेवा घाव होता।

'ये क्या...' अमल हैरानी से देख रही थी।

विजयन भी उस व्यक्ति की शानदार तलवारबाज़ी को देखकर भौंचक्का था जिसका तलवार चलाने वाला हाथ लक़वाग्रस्त था। 'देवी मीनाक्षी की सौगंध, सेनापति ने ये कैसे किया?'

दर्शक सैनिक भी स्वत: ही तालियां बजाने लगे। ये अपने वरिष्ठ के लिए उनकी चापलूसी नहीं थी, बल्कि एक निपुण योद्धा के दुर्लभ कौशल के लिए सच्ची तारीफ़ थी।

नरसिम्हन ने अपनी तलवार फेंक दी और उसने अपनी बंद बाईं मुट्ठी को ज़ोर से अपनी छाती पर मारा, जैसे नदी का सूखा किनारा ग्लेशियर के पिघले पानी की ताज़ा धार मिलने से जोश से भर गया हो। वो ज़ोर से दहाड़ा, 'सेनानी स्कंद!'

स्कंद भगवान शिव और देवी पार्वती के पुत्र भगवान कार्तिक का एक अन्य नाम था। और सेनानी से तात्पर्य था *सेनापति*। स्कंद देवताओं की सेना के सेनापति थे। भारत की पवित्र भूमि पर आया अब तक का सबसे महान योद्धा। लगभग सभी भारतीय सैनिकों के लिए साहस और वीरता के क्षण में उस महान योद्धा को याद करना एकदम स्वाभाविक था। एक वीर सैनिक को सबसे ज़्यादा जिस चीज़ की ज़रूरत होती है, वो है प्रेरणा।

आसपास मौजूद सभी सैनिकों ने अपनी तलवारें निकालीं, उन्हें हवा में उठाया और ज़ोर से चिल्लाए, 'सेनानी स्कंद!'

विजयन और अमल ने भी अपनी तलवारें निकालकर हवा में लहराईं। दसरना ने भी ऐसा ही किया। 'सेनानी स्कंद!'

विजयन ने अपनी तलवार म्यान में रखी, दौड़कर नरसिम्हन के पास गया, सेनापति की तलवार को उठाया और उसे दोनों हाथों से ऊपर उठाकर सम्मानपूर्वक अपने सेनापति को वापस दिया। नरसिम्हन मुस्कुराया, अपनी तलवार वापस ली और बड़ी आसानी से उसे म्यान में डाल दिया।

विजयन भावुक हो गया। उसने आगे बढ़कर नरसिम्हन को गले लगा लिया, जिसने जवाब में विजयन को भी गर्मजोशी से गले लगाया।

'वापसी पर स्वागत है, श्रीमान,' विजयन ने खिली हुई मुस्कान के साथ पीछे हटते हुए कहा।

'वापस आकर अच्छा लगा, मेरे दोस्त,' नरसिम्हन ने कहा।

द्वंद्व युद्ध का उत्साह ख़त्म हो गया था और नरसिम्हन थक गया था। विजयन उसे डेक के नीचे उसके कमरे में वापस ले गया। और सेनापति अपने पलंग पर लेटकर तुरंत ही सो गया।

'सेनापति को आज के बाक़ी दिन आराम करना चाहिए,' अमल के भाई आमिर ने कहा। 'जो जड़ी-बूटी का अर्क़ उन्हें दिया गया था, उसने उनके दर्द को सुन्न कर दिया था और उन्हें कहीं ज़्यादा चुस्त-दुरुस्त कर दिया था। लेकिन इससे ज़्यादा मेहनत उनके दिल के लिए अच्छी नहीं होगी। उन्हें ठीक होने के लिए आराम करना चाहिए। उन्हें ख़ुद पर एक हद से ज़्यादा ज़ोर नहीं डालना चाहिए, कम से कम तब तक नहीं जब तक ज़हर का असर बाक़ी है।'

'क्या अब तक ज़हर उनके शरीर से निकल नहीं जाना चाहिए?' विजयन ने पूछा। उसने कमरे के दूसरे छोर पर सो रहे नरसिम्हन को चिंतित भाव से देखा। 'मुझे समझ नहीं आ रहा है कि उन पर चालुक्यों के तीर का असर अभी तक क्यों बना हुआ है।'

'जैसा कि आप जानते हैं, शबरीमलय में हमने तीर के कई टुकड़े निकाल दिए थे। लेकिन वो बहुत साफ़ काम नहीं था,' आमिर ने कहा। 'कई बारीक टुकड़े अंदर रह गए थे। वो किरचें शायद हर समय दर्द करती होंगी। और संभव है कि उन धातु के टुकड़ों पर धीरे-धीरे असर करने वाले ज़हर का लेप किया गया हो, जो उन दवाओं का प्रभाव कम कर रहा हो जो हम सेनापति को दे रहे हैं।'

'क्या आप वो बचे हुए टुकड़े निकाल नहीं सकते?' विजयन ने पूछा।

'हम तब उन्हें ढूंढ नहीं पाए थे। वो बहुत छोटे हैं। बहुत ज़्यादा छोटे। और अब जब घाव आख़िरकार भर रहा है तो मैं जोखिम नहीं लेना चाहूंगा। साथ ही, विषनाषक दवाओं की ताक़त और सेनापति की अपनी सहनशक्ति ने ये पक्का कर दिया है कि वो इस शक्तिशाली ज़हर से बहुत मज़बूती से लड़े हैं और ज़िंदा रहे हैं। हमें एक बड़ा ही नाज़ुक संतुलन बनाकर रखना है—विषनाषक दवाएं उन्हें ज़हर से लड़ने की ताक़त देती हैं, लेकिन दवाओं की बहुत ज़्यादा ख़ुराक से दिल का दौरा पड़ सकता है। हम बस यही उम्मीद कर सकते हैं कि आख़िरकार उन धातु के टुकड़ों में मौजूद ज़हर ख़त्म हो जाएगा। या जब हम गंगईकोंडा चोलपुरम वापस पहुंचेंगे, तो बेहतर उपकरणों से शल्य-चिकित्सा कर सकते हैं, और उन बचे हुए टुकड़ों को निकाल सकते हैं... यही लंबी अवधि का एकमात्र समाधान है। फ़िलहाल, हमें रोज़ाना ज़हर से लड़ते रहना होगा, क्योंकि ज़हर अभी भी उनके शरीर में है।'

'ठीक है,' विजयन ने कहा। उसके सेनापति वापस आ गए थे, लेकिन अभी पूरी तरह से नहीं।

विजयन सेनापति के सामने घुटनों के बल झुका और उनकी आंखों में देखा।

'ख़ुद को देखिए, जनाब,' ख़ुशी भरी आवाज़ में विजयन ने कहा।

देर शाम का समय था। नरसिम्हन अपने बिस्तर पर लेटा हुआ था। दिन में हुए द्वंद्व की थकान उसे अभी भी महसूस हो रही थी। पास में सिर्फ़ विजयन था। बाक़ी लोग कमरे के दूसरे छोर पर, दरवाज़े के पास थे।

'कैसे...' नरसिम्हन ने खुरदुरी आवाज़ में कहा। उसने अपना गला साफ़ किया और आगे बोला, 'मैंने सुना है कि अब्बासी हमले में हमने बारह आदमी खो दिए?'

'हां, सेनापति,' विजयन ने गंभीरता से कहा। 'बारह।'

'नसरुल्लाह सेनापति नहीं है,' नरसिम्हन ने सुधारा।

'बेशक, जनाब। मेरा मतलब नसरुल्लाह अन्ना,' विजयन ने कहा।

'क्या सारे अंतिम संस्कार ठीक से किए गए?'

'हां। हमने उन्हें सारे रीति-रिवाजों के साथ समुद्र में दफ़्ना दिया। हमने अमल और आमिर के बहादुर भाई अंसार को भी खो दिया। अब्बासी जहाज़ को उसी ने तबाह किया था।'

आमिर की आंखों में आंसू आ गए। बाक़ी लोग दूसरी ओर देखने लगे। वो अपने साथी के आंसुओं के गवाह बनकर उसे शर्मिंदा नहीं करना चाहते थे।

'इन्ना लिल्लाहि व इन्ना इलैहि राजिऊन,' नरसिम्हन ने कहा।

नरसिम्हन ने पवित्र क़ुरआन का एक अरबी वाक्य बोला था। इसका मतलब था कि *सभी मुसलमान अल्लाह के हैं, और उसी के पास उन्हें लौटकर जाना है।* ये बहादुर अंसार और उस धर्म के सम्मान में की गई एक प्रार्थना थी जिसे वो मानता था।

बाक़ी सबने भी दोहराया, *'इन्ना लिल्लाहि व इन्ना इलैहि राजिऊन।'*

सोमेश्वर और इक़बाल ने आमिर के कंधों को छुआ। अपने दोस्त के नुकसान पर उसके साथ सहानुभूति जताते हुए।

कुछ देर को ख़ामोशी छा गई।

'मेरा शरीर जलती हुई मशाल की तरह जल रहा है।' नरसिम्हन ने आमिर की बेचैनी को कम करने के लिए विषय बदलते हुए ख़ामोशी तोड़ी। 'मेरी पीठ दर्द से फटी जा रही है। मुझे हर समय उबकाई सी महसूस होती रहती

है। शायद मैं इसके साथ जीना सीख जाऊंगा, जैसे लोग अपनी पत्नी के साथ जीना सीख जाते हैं।'

वो सब हंसने लगे।

मर्द बड़े भोले प्राणी होते हैं।

जब महिलाओं का सामना ऐसे दुख-दर्द से होता है जिसके बारे में कुछ नहीं किया जा सकता और जिसे सहना बस से बाहर होता है, तो वो अपनी सखी-सहेलियों से इसके बारे में बात करना पसंद करती हैं। अपना दर्द बांटने से उनका बोझ हल्का हो जाता है। दूसरी ओर, आदमी अपने दुख-दर्द के बारे में सोचना पसंद *नहीं* करते हैं। इसके बजाय वो अक्सर ढाल के रूप में हंसी-मज़ाक़ करते हुए आमतौर पर बात बदलना पसंद करते हैं। इसीलिए फांसी हास्य नाम की हास्य शैली ज़्यादातर आदमियों में लोकप्रिय है, औरतों में नहीं। व्यंग्य और मज़ाक़ में अपनी ही हालत पर हंसना—भले ही किसी को फांसी पर लटकाने के लिए ले जाया जा रहा हो—ये सबसे मर्दाना गुणों में से एक है।

मर्द बड़े भोले प्राणी होते हैं।

'अपनी मातृभूमि में वापस क़दम रखते ही मैं हरिणी अन्नी को सबसे पहले यही बताऊंगा, नसरुल्लाह अन्ना,' विजयन ने बड़ी भाभी और बड़े भाई के लिए तमिल शब्दों का प्रयोग करते हुए, ज़ोर से ठहाका लगाते हुए चेतावनी दी।

नरसिम्हन भी ज़िंदादिली से हंसा, और बाक़ी आदमी भी हंसने लगे।

'अब आपको कमान वापस संभाल लेनी चाहिए, जनाब,' विजयन ने कहा।

'अभी नहीं, वलीद,' नरसिम्हन ने उठने की कोशिश करते हुए कहा। 'अभी नहीं...'

विजयन ने नरसिम्हन को उठने में मदद करने की कोशिश की।

'तुमने नौजवान आमिर की बात सुनी ना,' नरसिम्हन ने हाथ उठाकर अपने सेनानायक को मदद करने से रोकते हुए कहा। 'मैं किसी क़िस्म की जड़ी-बूटी ले रहा हूं जो मुझे कुछ देर तक के लिए चौकन्ना रखती है। ये अच्छी बात है। लेकिन मेरा विश्वास करो कि लड़का दर्द से राहत को बढ़ा-चढ़ाकर बता रहा है। मुझे ऐसा लग रहा है जैसे मेरी नसों में पिघला हुआ लोहा बह रहा

है, जो मेरी पीठ के किसी एक केंद्र से फूट रहा है। चोट से। मुझे यक़ीन है कि दर्द जल्द ही क़ाबू में आ जाएगा। लेकिन शायद मुझे और समय चाहिए। शायद, अभी के लिए, मैं तुम्हारा सलाहकार बना रह सकता हूं। लेकिन कमान तुम्हारे हाथ में है।'

'जैसा आप कहें, जनाब,' विजयन ने कहा। 'अभी के लिए मैं कमान संभालूंगा... लेकिन बस अभी के लिए...'

नरसिम्हन मुस्कुराया।

'सलमानर,' विजयन ने सोमेश्वर की ओर मुड़कर कहा। 'क्या आप नसरुल्लाह अन्ना के लिए उसी तरह का एक काफ्तान ला सकते हैं जैसा आपने हम बाक़ी लोगों को दिया था?'

'ज़रूर,' सोमेश्वर ने कहा। 'वास्तव में, नसरुल्लाहजी का काफ्तान तैयार है।'

'बहुत बढ़िया। हमें इनकी *लिह्या* भी कतरवानी चाहिए—मेरी तरह।' नरसिम्हन की ओर मुड़ते हुए विजयन ने आगे कहा, 'इसका मतलब दाढ़ी होता है। बज़ाहिर ये एक मज़हबी मुस्लिम आदमी के लिए अनिवार्य होती है।'

'लिह्या,' नरसिम्हन ने धीरे से दोहराया। 'तुमने तो काफ़ी अच्छी दाढ़ी रखी हुई है। ये अच्छी दिखती है। हमारे धार्मिक पूर्वजों की दाढ़ी और मूंछें क़रीने से संवारी हुई हुआ करती थीं। हममें से बहुत से लोग अब दाढ़ी-मूंछ साफ़ रखते हैं। शायद हमें चेहरे के बालों को फिर से चलन में लाना चाहिए।'

'शायद लाना चाहिए।' विजयन अपनी कुच्ची दाढ़ी को सहलाते हुए मुस्कुराया।

नरसिम्हन ने बाएं हाथ से अपनी आंखों को ढका। उस दिन धूप बहुत तेज़ थी, और आसमान बादलों से एकदम साफ़ था। लेकिन हवा अच्छी थी—तेज़, ठंडी और नम—जिससे दिन के अकेले तारे की झुलसाने वाली गर्मी कम हो गई थी।

'वलीद और अमल,' उसने कहा, 'पता नहीं तुम लोग जानते हो या नहीं कि भारत के तीन सबसे दक्षिणी राजवंशों—चोल, पांड्य और चेर—के प्रमुखों को *मूवेंधर*, यानी *तीन राजा* के नाम से जाना जाता है।'

नरसिम्हन, विजयन और अमल जहाज़ के मुख्य डेक पर खड़े थे। रेलिंग से टिके हुए। दिन काफ़ी चढ़ चुका था, दोपहर होने वाली थी। और बलूचिस्तान का तट बहुत दूर नहीं था।

'जी, जनाब,' विजयन ने कहा। 'मैं जानता हूं।'

नरसिम्हन ने आगे कहा, 'इस नाव पर तीनों राजवंशों के प्रतिनिधि हैं। मैं चोल देश से हूं, वलीद मदुरै से है, जो पांड्य साम्राज्य की राजधानी है, और अमल शबरीमलय के चेर पहाड़ी क्षेत्रों से है। ये राजवंश भगवान शिव की तीन आंखों का प्रतिनिधित्व करते हैं। और हम अपने भगवान के अपमान का बदला लेने जा रहे हैं।'

'हां, हम बदला लेंगे,' विजयन ने कहा। 'हर हर महादेव।' ये भगवान शिव के भक्तों का उद्‌घोष है, जिसका मतलब है कि *हम सभी महादेव हैं। हम सभी भगवान हैं।*

'हर हर महादेव,' नरसिम्हन और अमल ने दोहराया।

तीनों मुस्कुराए और दूर देखने लगे। अब ज़मीन दिखाई देने लगी थी। विशाल ग़ज़नवी साम्राज्य इन्हीं किनारों से शुरू होता था।

'हमें बताया गया है कि महमूद की राजधानी, ग़ज़नी, पहाड़ों में क़ंधार के इलाक़े में है,' अमल ने कहा।

नरसिम्हन और विजयन ने सहमति में सिर हिलाया।

अमल ने आगे कहा, 'लेकिन बेशक, तुर्क इन इलाक़ों में हाल ही में आए हैं, बस कुछ दशक पहले। उनकी असली मातृभूमि बहुत उत्तर में, मध्य एशिया के घास के मैदानों में है। और हम सभी जानते हैं कि उनकी सरल तुर्की भाषा में, जो कि ख़ानाबदोश बर्बरों की भाषा है, उच्चारण और व्याकरण के विकल्प सीमित हैं। हो सकता है समय के साथ उनकी भाषा में कुछ सुधार हो। लेकिन अभी, हमारी भाषा का "ग" उनकी भाषा में "क" की तरह बोला

जाता है। इसलिए जिस इलाक़े में हम जा रहे हैं, उसका असली नाम क़ंधार नहीं बल्कि गांधार था।'

विजयन ने थोड़ी देर रुककर प्रतिक्रिया दी। 'ये मां गांधारी का इलाक़ा है? महाभारत का?'

'हां,' अमल ने जवाब दिया।

'और शकुनि का भी,' नरसिम्हन ने मुस्कुराते हुए कहा।

अमल ने कंधे उचकाए। 'हां, शकुनि का भी। लगभग हर परिवार में शर्मिंदा करने वाला कोई न कोई होता ही है...'

नरसिम्हन और विजयन धीरे से हंसे।

'हम भारतीयों ने बहुत कुछ खोया है। जो मां गांधारी का देश था, उस पर अब वो बर्बर महमूद राज करता है,' विजयन ने कहा।

'हम्म...' नरसिम्हन ने उदासी से कहा।

'जो बात आपने पहले कही थी, नसरुल्लाह अन्ना,' अमल ने कहा, 'भगवान महादेव की तीन आंखों की तरह काम करते तीन महान राजवंशों के बारे में...'

'हां?'

'भगवान शिव के प्रतीकों में,' अमल ने कहा, 'केवल उनकी तीन आंखें ही नहीं हैं, बल्कि अर्धचंद्र भी है।'

'हां। इसीलिए उन्हें चंद्रशेखर भी कहा जाता है। अपने सिर पर चांद को धारण करने वाले।'

'क्या आप जानते हैं कि अर्धचंद्र हम मुसलमानों के लिए भी एक पवित्र प्रतीक है?' अमल ने पूछा।

'वाक़ई? मुझे ये नहीं पता था।'

'हां, वाक़ई।'

नरसिम्हन मुस्कुराए।

अमल ने आगे कहा, 'हम भी उनके हैं। और वो भी हमारे हैं। भगवान शिव सिर्फ़ हिंदुओं के लिए ही दिव्य नहीं हैं। वो हम सब भारतीयों के लिए भी दिव्य हैं।'

'यही भारतीय धार्मिकता है,' नरसिम्हन ने कहा। 'एक-दूसरे के धर्मों के प्रति आपसी सम्मान पर आधारित। एक ऐसी चीज़ जो महमूद ग़ज़नवी जैसे क्रूर लोगों की समझ में नहीं आती।'

विजयन ने अमल की ओर देखा और धीरे से मुस्कुराया। नरसिम्हन ने उस कोमलता को महसूस किया।

'हम साथ मिलकर ज़्यादा मज़बूत हैं,' अमल बोलती रही।

'साथ मिलकर ज़्यादा मज़बूत,' नरसिम्हन ने कहा।

'साथ मिलकर ज़्यादा मज़बूत,' विजयन ने दोहराया।

ग्वादर का बंदरगाह शहर एक चमकीली धुंध के बीच सामने नज़र आने लगा था।

भारतीय आ रहे थे। एकजुट।

दुष्ट तुर्क महमूद द्वारा शासित इलाक़े में।

भारतीय आ रहे थे। और वो अपना बदला लेंगे।

'हमारे साथ वापस चलिए, आपा,' बचे हुए वावर भाई-बहनों में सबसे छोटे अल्ताफ़ ने अपनी बड़ी बहन से आग्रह किया। अल्ताफ़ जैसे ही हाव-भाव लिए आमिर ने चुपचाप अपनी बहन को देखा।

अमल ने लड़कों को देखा और मुस्कुराई। वो समुद्र की ओर मुड़ी। चीख़ते हुए समुद्री गल चोलों के जहाज़ के ऊपरी तल पर घूम रहे लोगों को देखते हुए ऊपर उड़ रहे थे।

उनका जहाज़ ग्वादर बंदरगाह पर लंगर डालने वाला था।

ठंडी हवा दोपहर की धूप में हल्की सी ठंडक में बदल गई थी। अब्बासी नाविकों के साथ मुठभेड़ में बचे हुए अड़तीस चोल और परमार सैनिक अपने प्रमुखों के साथ जहाज़ की रेलिंग से लटकी रस्सी की सीढ़ियों से नीचे तख़्तों के मार्ग पर उतरने की तैयारी कर रहे थे।

'आपने अपनी भूमिका निभा दी है और इस अभियान पर हमारे देशवासियों के लिए ज़मीन तैयार कर दी है,' अल्ताफ़ बोला। 'आपका काम हो चुका है। हमारे साथ वापस चलिए, आपा। अब्बा को आपकी ज़रूरत है... अंसार...'

भावुकता से अल्ताफ़ की आवाज़ लड़खड़ा गई।

'मैं तुम्हारे साथ वापस नहीं जा सकती, छोटे भाई।' अमल ने अपने छोटे भाई के गाल को प्यार से छुआ। 'मैं यहां चोलों और परमारों को सिर्फ़ प्रशिक्षण देने और उनका मार्गदर्शन करने नहीं आई हूं। मैं अपने देश के प्रतिशोध में भी हिस्सा लूंगी। ये तो समय तय करेगा कि मैं कोई अहम भूमिका निभा पाती हूं या नहीं, लेकिन अब मैं तभी जाऊंगी जब उस अत्याचारी को वो सज़ा मिल जाएगी जिसका वो हक़दार है।'

कुछ ही दूरी पर खड़ा विजयन अमल को देख रहा था। वो मिश्रित भावनाओं से जूझ रहा था। वो जानता था कि अगर वो इस अभियान का हिस्सा नहीं बनेगी, तो वो लंबी ज़िंदगी जिएगी। दूसरी तरफ़, अगर वो इसका हिस्सा बनी रही, तो हो सकता है कि वो कम उम्र में ही मर जाएं, लेकिन इस तरह वो एक साथ मरेंगे। लेकिन, शांत मन से सोचने पर उसे समझ आ गया था कि क्या बोलना सही होगा।

'तुम्हें वापस जाना चाहिए, अमल,' पांड्य ने उसकी ओर बढ़ते हुए कहा। 'हमारी पहले ही दो ख़तरनाक मुठभेड़ें हो चुकी हैं। हम बारह आदमी खो चुके हैं और हमारे प्रमुख घायल हैं। और अब हम शत्रु के इलाक़े में हैं। अल्ताफ़ सही कह रहा है। तुम अपने भाइयों के साथ वापस चली जाओ। तुम्हारा मक़सद पूरा हो चुका है।'

अमल मुड़ी और तनकर विजयन के सामने खड़ी हो गई।

'मैं तुम्हारे साथ चलूंगी, वलीद,' उसने दृढ़तापूर्वक कहा। 'मुझे इस बात में कोई शक नहीं है कि ज़रूरत पड़ने पर तुम मेरी रक्षा करोगे।'

विजयन मुस्कुराया। 'वास्तव में, मैं तो तुम पर भरोसा कर रहा था कि तुम मेरी रक्षा करोगी, मोहतरमा।'

अमल भी मुस्कुराई। और विजयन का चेहरा खिल उठा। ये पल अमल के भाइयों से छिपा नहीं रहा।

'इनका ख़्याल रखना, मेरे दोस्त,' आमिर ने कहा। 'ये अपने भाइयों के लिए सब कुछ हैं। ये हम सबकी आंखों का तारा हैं।'

'मैं जानता हूं...'

आमिर ने धीरे से हंसकर विजयन को गले लगा लिया।

'सुरक्षित वापस जाओ और कोच्चि के बंदरगाह की ओर जाना,' विजयन ने कहा। 'तट के क़रीब ही रहना और हमारे देश की पहुंच में रहना।'

आमिर ने सहमति में सिर हिलाया।

नरसिम्हन इस समूह के पास आया। उसने आमिर को एक मुहरबंद पत्र दिया।

'आमिर, इसे लो और इसे गंगईकोंडान पहुंचा देना। उन्हें ये सूचना मिल जानी चाहिए कि हम दुश्मन के दरवाज़े पर सुरक्षित पहुंच गए हैं। और ये विश्वास भी मिल जाए कि हम यहां सफल होने आए हैं।'

आमिर ने मुहरबंद पत्र को लिया और उसे अपने झोले में रख लिया। उसने अपना हाथ अपनी छाती पर रखा और नरसिम्हन का अभिनंदन किया।

'और आमिर, अब से ठीक चार सप्ताह बाद अपना जहाज़ वापस ग्वादर ले आना,' विजयन ने आगे कहा। 'फिर चार हफ़्ते वहीं लंगर डाले रहना। अगर हम तब तक वापस न आएं, तो समझ लेना कि तुमने हमें खो दिया है और वापस चले जाना।'

सम्राट के शेरदिलों में नरसिम्हन, विजयन और अमल सबसे अंत में रस्सी की सीढ़ियों से उतरकर नीचे गोदी पर अपने साथियों के पास पहुंचे थे। नरसिम्हन ने उतरते समय किसी की मदद लेने से बार-बार मना कर दिया था, और अपने मज़बूत बाएं हाथ का इस्तेमाल करके ख़ुद को संभाला था। उसने ताक़त

हासिल करने के लिए सुबह कुछ जड़ी-बूटियां ले ली थीं। उन लोगों ने जहाज़ के डेक पर खड़े लोगों को हाथ हिलाकर विदा कहा और फिर आसपास की गहमागहमी देखने लगे।

ये बंदरगाह उतना बड़ा नहीं था जितने भारतीय उपमहाद्वीप के अन्य भागों के बंदरगाह थे। लेकिन फिर भी पर्याप्त बड़ा था। यहां दो घाट थे, जहां दोनों ओर जहाज़ों के लंगर डालने की जगह थी, और पश्चिम में एक चट्टानी ढलान के पास एक बांध था, जहां ज़ाहिर है, जहाज़ बस एक ही ओर रुक सकते थे। कुल मिलाकर, दोनों घाटों और एक बांध में लगभग पंद्रह जहाज़ आ सकते थे। चट्टानी ढलान चूंकि बांध का भी काम करती थी, इसलिए बंदरगाह पर लहरें कम टकराती थीं, और जहाज़ों को खुले समुद्र में आसानी से जाने के लिए साफ़ रास्ता मिलता था। बंदरगाह से थोड़ा सा पूर्व में एक ऊंचा प्रकाशस्तंभ था, जो रात के समय जहाज़ों को ग्वादर बंदरगाह तक का रास्ता दिखाता था। बंदरगाह की पूरी लंबाई में गोदाम बने थे। और अंदर जाने वाली कुछ सड़कों के किनारे पर भी।

नरसिम्हन ने इससे कहीं बड़े बंदरगाह देखे हुए थे। लेकिन इसका आकार भी ठीकठाक ही था। सेनापति ने चारों ओर नज़र घुमाकर अपने सैनिकों को देखा। वो कुछ बोला नहीं। कुछ कहने की ज़रूरत ही नहीं थी। संदेश उसकी आंखों में साफ़ था। *अब हम दुश्मन के इलाक़े में हैं। हर समय सतर्क रहना।*

माहौल में अपने जहाज़ों पर माल लादने और उतारने वाले व्यापारियों और नाविकों की आवाज़ें भरी हुई थीं।

सोमेश्वर ने अपनी अंदरूनी बंडी में बंधी थैली में हाथ डाला। अब्बासी कप्तान का तमग़ा उसी में था। ये उसे विजयन ने सुरक्षित रखने के लिए दिया था। ये एक क़ीमती चीज़ थी—कठिन परिस्थितियों में ये बहुत काम आ सकती थी।

नरसिम्हन ने चतुराई से अपनी आंखों से बाईं ओर इशारा किया। सोमेश्वर ने उसके इशारे को समझ लिया और कुछ आदमियों को तेज़ी से उनकी ओर आते देखा। बंदरगाह के अधिकारी।

तीन आदमी इस टोली के पास आए। विजयन ने देखा कि उनके कपड़े और साज-सज्जा उन जैसी ही थी और उसे बहुत संतोष हुआ। अमल ने अच्छा काम किया था। वो पूरी तरह से स्थानीय लोगों में घुलमिल गए थे।

'अस्सलामु-अलैकुम,' एक बूढ़े बंदरगाह अधिकारी ने सोमेश्वर के पास आते हुए कहा। उसके लहजे से स्पष्ट था कि वो फ़ारसी था। उसके पीछे एक दुबला-पतला नौजवान खड़ा था, जिसके एक हाथ में चर्मपत्र और दूसरे हाथ में क़लम था, जानकारी दर्ज करने के लिए। तीसरा व्यक्ति भी उम्र में बड़ा था, वो अलग खड़ा था और चोल-परमार टोली को देख रहा था।

'वालेकुम-अस्सलाम,' सोमेश्वर ने ख़ुशदिली से जवाब दिया। उसके पीछे, लकड़ी के रास्ते पर, भारतीयों ने अपने खाने के सामान, हथियारों, कपड़ों और दूसरी चीज़ों की पेटियां रखी हुई थीं। बंदरगाह अधिकारी उत्सुकतापूर्वक व्यस्त आदमियों को देख रहा था।

'ग्वादर में आपके आने का क्या मक़सद है?' उसने पूछा। 'उन पेटियों में क्या है?'

सोमेश्वर ने लापरवाही से पीछे देखा और वापस उसकी ओर मुड़ा। 'कोई ख़ास चीज़ नहीं,' उसने कहा। 'खाना और कपड़े। हम ग़ज़नी की बड़ी मस्जिद की ज़ियारत पर हैं। हम भारत के बुतपरस्त इलाक़े से हाल ही में धर्मपरिवर्तन करके आए हैं।' सोमेश्वर ने ये कहने का फ़ैसला इसलिए किया था ताकि वो अपने कानों के छेदों के बारे में सफ़ाई दे सके।

बंदरगाह अधिकारी ने तेवर चढ़ाए। लेकिन उसकी आंखों में लालच साफ़ झलक रहा था। उसने समय के साथ सीख लिया था कि आमतौर पर भारतीय बहुत पैसे वाले थे, और हाल ही में इस्लाम को अपनाने वाले लोग आमतौर पर अपनी वफ़ादारी साबित करने के लिए बहुत उत्सुक रहते थे। इसलिए उनसे अच्छा ख़ासा पैसा कमाया जा सकता था। 'तुम्हारा नाम क्या है, भारतीय?'

'मैं सलमान हूं,' सोमेश्वर ने अपना हाथ अपनी छाती पर रखते हुए जवाब दिया। 'इक़बाल और नसरुल्लाह, मेरे सहायक।' उसने इक़बाल और नरसिम्हन की ओर इशारा किया। 'ये मेरा भतीजा वलीद, और इसकी बीवी

अमल हैं,' उसने विजयन और शबरीमलय की वावर वंशज की ओर इशारा करते हुए बात ख़त्म की।

अचानक इस तरह से परिचय दिए जाने से पल भर को अमल के दिल की धड़कन जैसे रुक सी गई। उसने चुपके से विजयन को देखा और मुस्कुरा दी।

'जहां तक हमारे मक़सद की बात है,' सोमेश्वर ने आगे कहा, 'तो हम वो बड़ी मस्जिद देखना चाहते हैं जो सुल्तान महमूद बिन सुबुकतगीन ने अपनी जीत की निशानी के तौर पर बनवाई है। हम वहां नमाज़ पढ़ेंगे और फिर सड़क के रास्ते मक्का के लिए निकल जाएंगे। मैं सोच रहा था कि क्या आप ऊंट और घोड़े ख़रीदने में हमारी मदद कर सकते हैं... साथ ही, हमारे सामान के लिए कुछेक गाड़ियां भी?'

बंदरगाह अधिकारी इस तरह गर्मजोशी से मुस्कुराया जैसे किसी मछुआरे को बिना कांटे में चारा लगाए, डोरी फेंके और वापस डोरी खींचे मुफ़्त में मछली मिल गई हो। वो मुड़ा और उसने जल्दी से अपने पीछे खड़े जिज्ञासु बूढ़े आदमी से बात की, जिसने अपना सिर हिलाया और ग़ुस्से से आह भरी। सोमेश्वर अपनी दोस्ताना मुस्कान बनाए हुए ध्यान से सुनता रहा। वो कई दशकों से दुनिया भर के बंदरगाहों में व्यापार करता रहा था। वो अच्छी तरह जानता था कि खेल कैसे खेला जाता था।

आख़िरकार बंदरगाह अधिकारी सोमेश्वर की ओर मुड़ा। 'भारत के सलमान। ज़रा हम अलग चल सकते हैं? काग़ज़ी कार्रवाई पर बात करने के लिए।'

'ज़रूर, जनाब,' सोमेश्वर ने विनम्रता से झुकते हुए कहा। उसे अच्छी तरह पता था कि ये कौन सी 'काग़ज़ी कार्रवाई' थी जिस पर बात करने की ज़रूरत थी।

सोमेश्वर कुछ देर बाद लौटा। नरसिम्हन ने देखा कि बंदरगाह के अधिकारी दूर जा रहे थे, और काफ़ी ख़ुश लग रहे थे।

'सब निपट गया, जनाब?' नरसिम्हन ने सोमेश्वर के कर्मचारी की अपनी भूमिका में रहते हुए पूछा।

'हां, नसरुल्लाह,' सोमेश्वर ने भी अपनी भूमिका निभाते हुए कहा। फिर सोमेश्वर इक़बाल की ओर मुड़ा और एक हंसमुख मुस्कान के साथ फुसफुसाया, 'साधारण नियमों पर कभी सवाल मत उठाओ। साधारण नियमों का हमेशा पालन करो!'

इक़बाल धीरे से हंसा। 'साधारण नियमों का हमेशा पालन करो।'

नरसिम्हन के माथे पर बल आ गए। 'ये साधारण नियम क्या हैं?'

'ये सलमान भाई और मेरे बीच का अपना मज़ाक़ है,' इक़बाल बोला।

'इसे ज़रा सार्वजानिक करें,' नरसिम्हन ने कहा। 'साधारण नियम क्या हैं?'

सोमेश्वर ने बात साफ़ की, 'तो बात दरअसल ये है, नसरुल्लाह। हम भ्रष्ट नौकरशाहों को रिश्वत देते समय इन साधारण नियमों का पालन करते हैं। और वो हमेशा काम करते हैं। सबसे पहले, अधिकारी को अच्छी तरह नाप लो। इतने कम पैसे की पेशकश मत दो कि वो चिढ़ जाएं। और इतना ज़्यादा भी नहीं कि उन्हें शक होने लगे कि तुम्हारा असली खेल क्या है। पहले प्रस्ताव पर मोलभाव करके उन्हें तुमसे "जीतने" का मज़ा लेने दो। सबसे महत्वपूर्ण बात, उनसे बात करते हुए पूरे समय उनसे दबे रहो। बहुत ज़्यादा दबे रहो। उन्हें अपना अहंकार बहुत प्रिय होता है।'

नरसिम्हन, जो ख़ुद एक सरकारी कर्मचारी था, भले ही ईमानदार था, इस बात से आहत हो गया। उसे स्पष्टीकरण मांगने पर पछतावा होने लगा। लेकिन सोमेश्वर की रणनीति अच्छी तरह कारगर रही थी, इसलिए उसने आगे कोई टिप्पणी नहीं की।

'अब हम कहां जाएंगे, जनाब?' नरसिम्हन ने पूछा।

'शहर के दूसरे छोर पर। एक बहुत ही ख़ास व्यापारी से मिलने।'

सोमेश्वर ने अपनी बंडी से बंधी थैली से एक काग़ज़ निकाला। ये एक फटी हुई हुंडी थी, जिसकी क़ीमत सिर्फ़ एक रुपया थी। सोमेश्वर के हाथ में छोटे से मूल्य के वचन पत्र को देखकर नरसिम्हन का माथा सिकुड़ा। वैसे भी

वो काम का नहीं था क्योंकि सारी हुंडियों पर जो विशिष्ट पहचान अंक होता है, वो भी फटा हुआ था। ये हुंडी अब वैध नहीं थी। ये बेकार थी।

सोमेश्वर ने स्पष्ट किया, 'दूसरा आधा हिस्सा उसके पास है।'

तो इतनी भी बेकार नहीं थी।

नरसिम्हन मुस्कुराया। *ये गुजराती व्यापारी बहुत चालाक है। अगर ये जवान होता, तो इसे हमारी चोल सेना में जगह मिल जाती।*

'चलो चलते हैं।'

'जैसा आप कहें, जनाब,' नरसिम्हन ने कहा।

सोमेश्वर अभी भी अपने मज़दूरों को निर्देश दे रहे व्यापारी के रूप में चोल-परमार सैनिकों की ओर मुड़ा। उसने सिर हिलाया और आदमियों ने पेटियां उठाना शुरू कर दिया।

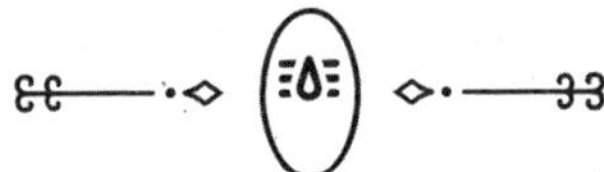

अध्याय 15

इकलौती उम्मीद

हिंदूकुश पहाड़ों में कहीं, अफ़ग़ानिस्तान

'हमारे लोग पीछे छूट रहे हैं, पुला। हम इस फ़रार की वजह से सामने आने वाली मुश्किलों का सामना करने के लिए तैयार नहीं हैं। पहले भूख-प्यास, और अब ये मौसम।'

भागने वाले ग़ुलामों के झुंड के अगुआ पुला ने बिना क़दम रोके पीछे मुड़कर देखा। ग़ुलामों से भगोड़े बने लोगों की एक सर्पिल क़तार चुपचाप उसके पीछे चल रही थी। उनके सिर झुके हुए थे। कभी-कभी एक कर्कश खांसी या उदासी भरी कराह गिरती बर्फ़ के ठंडे उबाऊपन को तोड़ देती थी।

'मौसम के अंत में ये बर्फ़ अचानक पड़ गई है,' पुला ने कहा।

सूरज सफ़ेद बर्फ़ से ढके पहाड़ों के पीछे डूब चुका था और उदास आसमान को लोहे जैसे धूसर बादलों ने ढक लिया था। पिछले कई दिनों से बेमौसम के बर्फ़ीले तूफान ने ग़ज़नवी सल्तनत के केंद्रीय इलाक़ों पर हमला बोला हुआ था।

'हमें बीमारी का सामना भी करना पड़ सकता है,' नायब ने आगे कहा। उसने गर्मी पाने के लिए अपनी हथेलियों में फूंका। 'बर्फ़ अपने साथ बुख़ार और शीतदंश लाई है।'

'हम अब तक कितने लोगों को खो चुके हैं, ध्रुव?' पुला ने अपने अस्थायी नायब से पूछा।

'चार लड़ाके, हम जैसे पूर्व-सैनिक,' ध्रुव ने कंबल को खींचकर अपने कंधों पर कसते हुए कहा। 'पीछे की टुकड़ी ने अभी तक किसी के हताहत होने की ख़बर नहीं दी है, हालांकि मुझे लगता है कि ऐसी कोई ख़बर आना बस कुछ ही समय की बात है। थकान, भूख और चोटों से मौतें तो होंगी ही। हमारे भोजन खोजी दल हर रोज़ कम खाना लेकर लौट रहे हैं। ये ठंडी, बंजर ज़मीनें बहुत पोषक नहीं हैं, पुला, ख़ासकर हम जैसी निहत्थी भीड़ के लिए।'

'अभी समय एक ऐसी विलासिता है जो हमारे पास नहीं है,' पुला ने कहा। 'अगर कोई मर जाता है, तो हम ख़ुद पर अंतिम संस्कार का बोझ नहीं डाल सकते, न ही हम मरे हुए लोगों को अपने कंधों पर लेकर चल सकते हैं। लेकिन पीछा करने वालों के लिए वो लाशें हमारे पैरों के निशानों की तरह होंगी...'

अपने नेता के साथ चलते हुए ध्रुव तनाव भरी चुप्पी बनाए सुनता रहा।

पुला ने अपनी तलवार की मूठ पर पकड़ कस ली। 'मुझे यक़ीन है कि सुल्तान ने हमारे पीछे कोई खोजी दल भेजा होगा। पता नहीं...' पुला के शब्द अधूरे रह गए। वो अपने नायब को चिंता में नहीं डालना चाहता था।

उस रात किसी ने पुला और उसके आदमियों के पास चोरी से हथियार पहुंचा दिए थे। शुरू में उसे लगा था कि ग़ज़नी में कोई था जो उनकी मदद करना चाहता था। और तोहफ़े में मिले घोड़े के दांत नहीं गिने जाते। पुला ने फ़ौरन उन हथियारों का इस्तेमाल अपने साथियों और दूसरे ग़ुलामों को भगाने की योजना बनाने के लिए किया। लेकिन अब उसे शक होने लगा था कि ये पूरा मामला एक सोची-समझी चाल थी। *ग़ज़नी में हमारी मदद किसने की? और क्यों?*

'जनाब, माफ़ करना लेकिन...' ध्रुव ने पुला के विचारों का सिलसिला तोड़ते हुए कहा। 'क्या हमें...'

'सवाल ही नहीं,' पुला ने उसे बीच में ही टोक दिया। 'हम भारतीय ऐसा नहीं करते। हम उन बर्बर तुर्कों से बेहतर हैं। अगर हम धर्म के रास्ते पर नहीं चलेंगे तो मरने के बाद अपने देवताओं और पूर्वजों को क्या मुंह दिखाएंगे?'

ध्रुव चुप हो गया। वो जो सुझाव देना चाहता था, वो स्पष्ट था। कि ये भगोड़ा दल बंट जाए। पुला की कमान में लगभग पचास लड़ाके थे। और कई धर्मों और देशों के कुछ सौ ग़ुलाम—हिंदू, बौद्ध, जैन, ईसाई, पारसी, यज़ीदी। और कुछ भारतीय मुसलमान भी थे, क्योंकि उन्होंने दूसरे धर्मों के अपने साथी भारतीयों को छोड़ने से मना कर दिया था। ये ग़ुलाम न तो अपनी सुरक्षा कर सकते थे और न ही अपना पेट भर सकते थे। अगर ग़ज़नवी सैनिक उन तक आ पहुंचते, तो वो बस ऐसे मुंह थे जिन्हें खिलाना था और ऐसे शरीर थे जिन्हें बचाना था। समझदारी की बात ये होती कि वो अलग हो जाते, पचास भारतीय सैनिक तेज़ी से ग़ज़नवी इलाक़े से निकल जाते, ताकि बाद में मज़बूत होकर लड़ने के लिए वापस आ पाते। और बाक़ी ग़ुलाम अपनी जान ख़ुद बचाते।

पुराने ग़ुलामों को छोड़ देना शायद समझदारी की बात हो सकती थी लेकिन ऐसा करना धार्मिक काम नहीं था। और इसलिए, ऐसा नहीं किया जा सकता था—ख़ासकर एक ऐसे इंसान के द्वारा जो धर्म के रास्ते पर चलता हो।

ध्रुव एक अच्छा सैनिक था। उसने अपने कमांडर से और कोई सवाल नहीं किया।

'पुला!' आगे चल रहे दोनों आदमियों के पास भागकर आए एक नौजवान ने चिल्लाकर कहा। 'पुला! रुको!'

पुला और ध्रुव रुके और पीछे मुड़े, जिससे दयनीय लोगों की भीड़ में भी प्रतिक्रिया हुई, जो तुरंत ही रुक गए थे। उनमें से कुछ ज़मीन पर बैठ गए, जबकि कुछ लोग क़तारें तोड़कर इधर-उधर निकल गए। कारवां के अंतिम छोर पर कहीं, बचाई गई ग़ुलाम लड़की यज़दा ने अपने पिता आरिफ़ की कुछ आदमियों के पास बैठने में मदद की।

'क्या बात है, ज़ैन?' पुला ने नज़र उठाकर पूछा। 'क्या कोई बीमार पड़ गया है?'

'काश कि बात इतनी सी ही होती,' ज़ैन हुसैन ने हांफते हुए जवाब दिया। 'लगभग दस से बीस आदमियों और औरतों का एक गुट हमसे अलग हो गया है। उन्होंने हमें छोड़ दिया है।'

'छोड़ दिया है?!' ध्रुव ने अविश्वास से दोहराया। '*हमें* छोड़ दिया है, अपने रक्षकों को? इस बीहड़, हिंसा से भरे इलाक़े में?'

'मुझे डर है कि उनमें से कुछ पर हमने आज़ादी *थोप* दी थी, ध्रुव,' ज़ैन बोला। 'हम उन्हें उनके सुविधा क्षेत्र से बाहर निकाल लाए। वो ये नहीं चाहते थे। उनमें वो ईसाई इंजीनियर बुट्रस, और उसका परिवार और दोस्त भी शामिल हैं। बुट्रस बार-बार शिकायत करता था कि उसके बच्चों को पर्याप्त खाना नहीं मिल रहा है। और वो सब लगातार शिकायत कर रहे थे कि हमने बेहतर ज़िंदगी हासिल करने की उनकी उम्मीद को बर्बाद कर दिया। सुल्तान ने उनसे मस्जिद का काम पूरा होने के बाद नागरिकता देने का वादा किया था।'

'और बेशक, इसके लिए उन्हें अपने धर्म और विरासत—अपने जीज़स—को छोड़ना पड़ता,' पुला ने तिरस्कार से कहा। 'उस आज़ादी और गरिमा के बदले अपनी आत्माओं का बलिदान, जो कि वो जानते हैं कि शायद उन्हें कभी नहीं मिलेगी।'

'वो अपनी आज़ादी और गरिमा बहुत पहले ही खो चुके हैं, पुला।' ज़ैन ने कंधे उचकाए। 'कई लोगों के लिए *धिम्मी—दूसरे दर्जे का नागरिक*—बनना इससे बेहतर है कि इन तुर्की जानवरों द्वारा बलात्कार और यातनाएं सहें और मारे जाएं।'

पुला ने सिर हिलाया। *आप उन लोगों को कैसे बचा सकते हैं जो चाहते ही नहीं कि उन्हें बचाया जाए?*

लेकिन समस्या बस उन ग़ुलामों को बचाना नहीं थी।

'वो तुम्हारी जानकारी के बिना कैसे भाग गए?' पुला ने ज़ैन से पूछा। 'तुम्हें सब पर नज़र रखने और किसी को भी भटकने से रोकने का काम सौंपा गया था।'

'रहम करो, पुला। हम सिर्फ़ पचास सैनिक हैं, वो भी थके हुए और भूखे, और हमें नौ सौ डरे-सहमे आदमियों, औरतों और बच्चों की रखवाली करनी है। ये काम नामुमकिन है। बुट्रस और उसके साथी चले गए हैं। उन्हें ग़ायब होने में बर्फ़ से मदद मिली होगी। बस यही मान लेते हैं।'

'उम्मीद करता हूं कि भागने वालों में कुछ तो शर्म होगी और वो ग़ज़नी की दिशा में वापस नहीं जाएंगे,' ध्रुव ने चिंता से कहा। 'बर्फ़ एक मुसीबत बनी हुई है लेकिन इसने हमारे निशानों को भी छिपा दिया है। ये भगोड़े हमारे इस लाभ को ख़त्म कर सकते हैं और हो सकता है कि अब खोजी सीधे हमारे पास ही पहुंच जाएं।'

'हमें गति बढ़ानी होगी,' पुला ने आदेश दिया। 'अब आराम का समय नहीं है। हमारे पास राशन काफ़ी है ना, ज़ैन? क्या ये कुछ समय चल जाएगा?'

'हां, चल जाना चाहिए,' ज़ैन ने कहा। 'हमारे पास जो थोड़ी-बहुत मदद मौजूद है, उसके साथ जॉन खाना ढूंढने का अच्छा काम कर रहा है।' जॉन पुला की कमान में एक और भारतीय सैनिक था। 'लेकिन पीने का पानी ख़त्म हो रहा है।'

'चलो, बर्फ़ तो गिर रही है,' ध्रुव ने याद दिलाया। 'अगर ज़रूरत पड़े, तो सबसे कहो कि अपनी जीभ निकालकर चलें ताकि बर्फ़ के टुकड़े पा सकें। पुला सही कह रहा है। हमें चलते रहना होगा।'

ज़ैन हुसैन ने सहमति में सिर हिलाया और वापस मुड़ गया।

'उठ जाओ!' वो पीछे की ओर टेढ़ा-मेढ़ा जाते हुए चिल्लाया, जिससे तंबू लगाने की तैयारी कर रहे ग़ुलाम चौंक गए। 'उठो सब! दुश्मन हमारे पीछे हैं। हमें चलते रहना है। आराम नहीं करना है! चलते रहना है!'

क़तार के आख़िर में, यज़दा तुरंत चल पड़ने के लिए उठ खड़ी हुई। 'उठिए, अब्बा। चलिए...'

'*मेलेक ताऊस,* रहम करो...' बड़ी मुश्किल से उठकर खड़े होते-कराहते आरिफ़ ने अपने यज़ीदी देवता को पुकारा। 'हम अभी ही तो बैठे थे...'

यज़दा ने पीछे देखा। और कांपकर रह गई।

'हकीम, मुझे उनसे पांच घड़ी को मिलना है। शायद इससे भी कम। मेहरबानी करो, मेहरबानी करो, मेरे भाई,' ख़्वाजा हसन ने मिन्नत की।

कौसरी जहां के अंगरक्षक दल के प्रमुख ने भावहीन चेहरे से वज़ीरे-आज़म को देखा। वो रानी के निजी कक्ष के दरवाज़े पर सागौन के एक विशाल पेड़ की तरह खड़ा था। निश्चल। बिना हिले-डुले।

ख़्वाजा हसन घिघियाया हुआ भीगी आंखों से विनती कर रहा था।

'मलिका को अभी परेशान नहीं किया जा सकता,' हिजड़े ने दृढ़तापूर्वक कहा। 'वो आराम कर रही हैं।'

ख़्वाजा हसन टस से मस नहीं हुआ। 'मेहरबानी करो, हकीम... मेहरबानी करो...'

'आप पागल हैं क्या, हसन?' हकीम ने आख़िरकार अपना सब्र खोते हुए पूछा। ताक़तवर रानी के मुंहलगे, ताक़तवर योद्धा-हिजड़े को फ़ारसी वज़ीरे-आज़म के साथ नरमी से बोलने की कोई ज़रूरत महसूस नहीं हुई। 'आप हमेशा ऐसे अजीब वक़्त पर ही क्यों आते हैं? सूरज निकलने में अभी तीन घंटे बाकी हैं!'

'मुझे पूरी गोपनीयता सिर्फ़ इस समय ही मिलती है,' ख़्वाजा हसन ने कहा। 'तुम तो ये समझते हो। वो भी समझती हैं। मैं सल्तनत के एक सच्चे वफ़ादार के तौर पर उनकी मदद कर सकता हूं!'

हकीम ने उसे दिखावटी बेरुख़ी से देखा। हिजड़ा पिछले एक हफ़्ते से ख़्वाजा हसन के रानी से बात करने के देर रात के दुस्साहसी अनुरोधों—आधी रात के तीन घंटे बाद और सूरज निकलने से तीन घंटे पहले—को ठुकराता रहा था। अजीब बात ये थी कि वो दिन में मिलने की कोशिश भी नहीं करता था।

या तो कोई साज़िश चल रही है—या वाक़ई कोई भयानक राज़ है जो ख़्वाजा हसन बताना चाहता है।

'मैं इस समय उन्हें परेशान नहीं कर सकता,' हिजड़े ने दृढ़तापूर्वक कहा। 'वो आराम कर रही हैं। या तो पैग़ाम मुझे दे जाएं या फिर किसी ऐसे वक़्त आएं जब आपको मेरे ज़रिए न जाना पड़े।'

'पैग़ाम तुम्हें दे जाऊं?' ख़्वाजा हसन ने ग़ुस्से से कहा। 'क़तई नहीं! ये मामला बहुत ख़ुफ़िया है, और ये बात सिर्फ़ मलिका से ही हो सकती है। लेकिन क्या तुम्हें यक़ीन है कि वो आराम ही कर रही हैं? मुझे परदे के दूसरी तरफ़ से उनकी आवाज़ सुनाई दे रही है। ऐसा महसूस होता है कि वो... अपने कमरे में किसी से बात कर रही हैं,' वो इस उम्मीद में ज़ोर से बोला कि उसकी आवाज़ परदों के पार कमरे तक चली जाएगी।

जैसे उसकी बात के जवाब में, कमरे के अंदर से आ रही हल्की आवाज़ एकदम अचानक बंद हो गई। एक अटपटी सी ख़ामोशी छा गई। तनाव भरी।

'शायद हमारी बातों से मलिका की नींद ख़राब हो गई होगी और वो सोते में बड़बड़ाने लगी होंगी,' हकीम फुफकारा। 'या हो सकता है वो इबादत कर रही हों। इससे आपका कोई मतलब नहीं है! आप चाहें तो पैग़ाम मेरे पास छोड़ दें या ऐसे ही चले जाएं। फ़ैसला आपका है।'

'ठीक है!' वज़ीरे-आज़म ने हथियार डाल दिए। 'ठीक है! मैं जा रहा हूं। लेकिन मेरा यक़ीन करो कि मैं वापस आऊंगा। किसी न किसी रात को तुम मुझे अंदर जाने दोगे। मुझे अच्छी तरह पता है कि तुमने मलिका को ये भी नहीं बताया होगा कि मैं उनसे मिलने यहां आता रहा हूं। वर्ना वो हालात की गंभीरता को समझ जातीं और मुझसे ज़रूर मिलतीं।'

ख़्वाजा हसन मुड़ा और अपनी सामान्य कछुआ चाल के बजाय फुर्ती से चलता हुआ जितनी जल्दी हो सका ड्योढ़ी से बाहर निकल गया। हकीम ने अपनी आंखें घुमाईं और एक आह भरते हुए अपना सिर हिलाया।

'वो चले गए,' उसने परदे वाले दरवाज़े से फुसफुसाया।

परदे हट गए। रानी बाहर आई। उसके भूरे बाल उसके चेहरे को घेरे हुए थे और उसकी पीठ पर लहराते हुए उसके कूल्हों तक फैले हुए थे। एक गर्म गुलाबी गाउन पहने और एक ऊनी शॉल लपेटे हुए, उसे अपनी रीढ़ में कपकपी दौड़ती महसूस हुई। उसका चेहरा पीला पड़ा हुआ था, अलावा उस सुर्ख़ खरोंच के जो उसकी बाईं भौंह के ऊपर शुरू हुई थी और बालों में जाकर ग़ायब हो गई थी।

'उसे बात समझ क्यों नहीं आ रही है?' वो चिंता से फुसफुसाई। 'वो इस वक़्त ही क्यों आता है? ख़ासकर हर रात ठीक *इसी वक़्त!* कहीं ऐसा तो नहीं...'

'वो बेवक़ूफ़ है, मलिका,' हिजड़े ने उसे आश्वस्त किया। 'वो कुछ नहीं जानता है। हो सकता है कि उसकी नीयत सच्ची हो, भले ही उसके बारे में अफ़वाह है कि वो उसका वफ़ादार है... आप जानतीं हैं किसका।'

'मैं उस बारे में जानती हूं,' कौसरी जहां ने अपने शॉल को कसकर लपेटते हुए जवाब दिया। 'इसीलिए मैं रात-दर-रात उससे मिलने से इंकार करती रही हूं। मैं उस रखवाले को जानती हूं जिसके पिंजरे से ये परिंदा बार-बार भागता रहता है।'

'लेकिन अगर वो हमारी मदद ही करने की कोशिश कर रहा हो, मलिका-ए-मुअज़्ज़मा...' हकीम ने सुझाव दिया। 'अगर परिंदे का दिल वाक़ई अपनी क़ैद से भर गया हो और वो अपनी आज़ादी हासिल करने की कोशिश कर रहा हो?'

'ये परिंदा जो भी गाना गाना चाहता हो, मैं उस पर भरोसा नहीं करूंगी, हकीम,' रानी ने दृढ़ता से कहा। 'ख़्वाजा हसन बच रहने वालों में से है। वो यहां तब भी था जब तुम और मैं इस तस्वीर में आए भी नहीं थे, और वो हमारे जाने के बाद भी यहीं रहेगा। वो बचा रहने के लिए किसी को भी धोखा दे सकता है। *किसी को भी।*'

ख़्वाजा हसन दो ग़ुलामों की मदद से अपने घोड़े पर चढ़ा। एक तीसरा आदमी, जो ख़ुद भी घोड़े पर सवार था, एक ओर खड़ा इंतज़ार कर रहा था और बेसब्री के साथ देख रहा था कि दोनों ग़ुलामों को बेतहाशा थुलथुल वज़ीरे-आज़म को घोड़े पर चढ़ाने में कितना समय और कमरतोड़ मेहनत लग रही थी।

ख़्वाजा हसन आख़िरकार अपने बोझ तले दबे घोड़े पर बैठ गया, फिर उसने महल की दूसरी मंज़िल पर रानी की खिड़की से आ रही पीली रोशनी की हल्की चमक को देखा, और अंधेरे में थोड़ा सा सकपका गया।

कौसरी जहां जाग रही थी।

फ़ारसी वज़ीरे-आज़म के दांत स्पेनी करताल की तरह बज रहे थे। उसने अपना फ़र वाला मफ़लर अपने कानों पर कसकर लपेटा और अपनी एड़ियों से घोड़े के पेट को दबाया। उसके साथ तीन घुड़सवार थे, एक आगे और एक पीछे।

तीसरा उसके ठीक बग़ल में, उसके पास था। प्रांतपाल-मुफ़्ती इस्माईल।

'आपने क्या देखा और सुना?' इस्माईल ने पूछा।

'मैं फिर से नाकाम रहा, मेरे मालिक,' घोड़े पर चढ़ने की मेहनत से अभी भी हांफ रहा ख़्वाजा हसन फुसफुसाया। 'वो बदबख़्त हिजड़ा टस से मस नहीं हो रहा है।' उसने अपनी पीठ सीधी की। मोटे लोगों को पीठ की गंभीर समस्याएं होना आम बात है, और घुड़सवारी ने तकलीफ़ को और बढ़ा दिया होगा। 'और वो भयानक आधा-अधूरा इंसान हकीम मेरी मदद क्यों करेगा? इस वक़्त रानी से मिलने के लिए कहना बेवक़ूफ़ी है, बल्कि ख़तरनाक भी है। अगर सुल्तान को पता चला कि हम उनकी बीवी को आधी रात को परेशान कर रहे हैं, तो वो हमारी खाल उतरवा देंगे।'

'हसन,' इस्माईल ने कहा, 'हमने पिछले एक हफ़्ते में बहुत कुछ जाना है। कौसरी जहां की आरामगाह में रात के इस वक़्त कुछ गड़बड़ चलती है। क्या आपने फिर से उसकी आवाज़ सुनी थी?'

'उतनी ही साफ़ जितनी दूसरी रातों में सुनी थी,' ख़्वाजा हसन बोला। 'आपके ख़्याल से वो क्या कर रही है, मेरे मालिक? हिजड़ा कहता है कि वो नींद में बड़बड़ाती है। या शायद इबादत कर रही हो... इस वक़्त इबादत?! वो *दरअसल* करती क्या है? किसी जासूस से मिलती है? किसी साज़िशिये से? किसी आशिक़ से?'

'ये इबादत का वक़्त नहीं है,' इस्माईल ने कहा। 'वो जो कुछ भी कर रही है, वो संदेह से भरा है। उस चुड़ैल को नीचे गिराने का ये सही मौक़ा है। आपने रानी की देर रात की गतिविधियों को मेरे ध्यान में लाकर बहुत अच्छा किया है, हसन। बहुत ही अच्छा।'

'आपकी गहरी और पैनी समझदारी ने ही मुझे उसकी हरकतों की गड़बड़ दिखाई है, मेरे मालिक,' हसन ने बनावटी विनम्रता से कहा। उसके चेहरे और आवाज़ से ग़ुलामी भरी इज़्ज़त टपकी पड़ रही थी।

लेकिन ये कारगर नहीं था।

इस्माईल उसकी हर वक़्त की चापलूसी से चिढ़ने लगा था, जो इतनी साफ़ थी कि किसी मूर्ख की नज़रों से भी बची नहीं रह सकती थी। 'मेरी गहरी और पैनी समझदारी की बकवास बंद कीजिए,' इस्माईल ग़ुर्राया।

'एकदम भूल गया, मालिक।'

'बस मुझे ये जानकारी लाकर दें कि हर रात इस वक़्त उसके कमरे में क्या चलता है।'

'अगर आप मुझे बता सकें कि मैं ये किस तरह करूं, महान प्रांतपाल। मैं अपनी सारी तरकीबें आज़मा चुका हूं। मुझे कुछ समझ नहीं आ रहा है।'

इस्माईल के पास कोई जवाब नहीं था। वो सामने देखने लगा और उसने अपनी लगाम कसकर पकड़ ली—और भी ज़्यादा चिढ़कर।

ख़्वाजा हसन ने मौक़े का फ़ायदा उठाया। जब कोई समझदार जानवर अपने से ज़्यादा ताक़तवर शिकारी के सामने फंस जाता है, तो सबसे अच्छा उपाय ये होता है कि शिकारी का ध्यान किसी दूसरे लक्ष्य की तरफ मोड़ दिया जाए।

'शायद कोई गुप्त रास्ता हो...' ख़्वाजा हसन फुसफुसाया। लगभग इस तरह जैसे वो ख़ुद को ही कोई सुझाव दे रहा हो।

और वज़ीरे-आज़म कनखियों से देख सकता था कि ध्यान भटकाने का काम हो गया था। स्पष्ट था कि प्रांतपाल-मुफ़्ती इस्माईल इस सोच में पड़ गया था कि उसने क्या कहा था। अब ध्यान किसी और पर होगा।

ख़्वाजा हसन मुस्कुराया, बस थोड़ा सा। *शुक्र ख़ुदा का।*

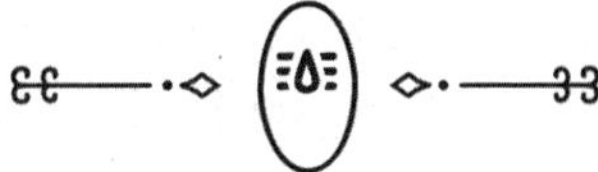

अध्याय 16

इंसाफ़ की क़ीमत

हिंदूकुश पहाड़ों में कहीं, अफ़ग़ानिस्तान

भवन-शिल्पकार बुट्रस ने देखा कि उसकी पत्नी उसके पीछे-पीछे आ रही थी, और उसके बच्चे उसके आसपास थे। बुरी तरह थके हुए बच्चे बर्फ़ की मोटी परत से ढकी ज़मीन पर किसी तरह ख़ुद को घसीटते हुए चल रहे थे। पिघलने और जमने के तेज़ चक्रों के नतीजे में जगह-जगह बर्फ़ के पैच बन गए थे। हवा बहुत ठंडी थी।

'चलो! बढ़ते चलो!' बुट्रस ने अपने दोस्तों और परिवार से कहा। 'बर्फ़बारी रुक गई है। ईश्वर महान है! चलो!'

दस लोगों की वो बहुरंगी भीड़—जो भगोड़े ग़ुलामों के दल को छोड़कर आए थे—वापस ग़ज़नी जा रही थी। बुट्रस ने उन्हें यक़ीन दिलाया था कि वापस लौटने की ये कोशिश भले ही कितनी भी ख़तरनाक क्यों न हो, लेकिन उनके लिए लाभकारी होगी। आख़िरकार, महमूद ने मस्जिद का काम पूरा होने के बाद उन्हें आज़ादी देने का वादा किया था। वापस जाकर प्रांतपाल-मुफ़्ती के सामने आत्मसमर्पण करना ही बेहतर था।

बुट्रस अपनी उस अच्छी छवि से प्रेरित था जो उसने प्रांतपाल-मुफ़्ती के सामने बना ली थी। मस्जिद का काम आसमानी नेमत जैसा था, और वो

आज़ादी के कुछ दीवानों के उतावलेपन की वजह से अपने बच्चों के लिए स्थिरता और अच्छे भविष्य की संभावनाओं को बिगाड़ना नहीं चाहता था। उसे इस बात का बहुत पछतावा था कि वो पागलों के उस झुंड के बहकावे में आकर इस्माईल की सुरक्षा और हिफ़ाज़त से दूर भाग गया था।

प्रांतपाल-मुफ़्ती को ये पक्का करने के लिए मेरी ज़रूरत है कि मस्जिद के वास्तुशिल्प की योजना सही और उचित है। वो मेरी रक्षा करेंगे।

'शायद सामने एक गांव दिख रहा है। हमें जल्द ही कुछ खाना और आराम मिल जाएगा,' बुट्रस ने कहा।

समूह ने अपनी रफ़्तार बढ़ा दी। अचानक, उन्होंने क्षितिज से एक धूसर समूह उभरता हुआ देखा।

घुड़सवार।

तेज़ी से घोड़े दौड़ाते।

वो सीधे इस छोटे से समूह की ओर आ रहे थे।

बुट्रस की पत्नी दौड़कर उसके पास आई और उसका हाथ पकड़कर ज़ोर-ज़ोर से रोने लगी, 'हे प्रभु! हमें बचाओ। जीज़स, हमें बचाओ।'

बुट्रस ने झटके से अपना हाथ छुड़ाया और सूरज की चौंध को कम करने के लिए अपनी आंखों पर हाथ रख लिया। उसने सामने देखा।

घोड़े तेज़ी से पास आ रहे थे। सवारों ने जो रंग पहने हुए थे, वो अब दिखाई देने लगे थे।

'बुट्रस!' आर्किटेक्ट की पत्नी घुटनों के बल गिरती हुई चीख़ी। उन भयावह रंगों को देखकर उसके दिल में घबराहट भर गई और उसने अपने जुड़वां बच्चों को अपनी ओर खींच लिया। सात-वर्षीय बच्चे उसके सीने में दुबक गए। उसने अपना सिर झुकाया और पूरी शिद्दत से प्रार्थना करने लगी। झटपट, पीड़ारहित मौत की प्रार्थना।

अब बुट्रस के गुट के ज़्यादा से ज़्यादा लोग उन योद्धाओं के कपड़े देख पा रहे थे।

लोगों में चीख़-पुकार मच गई। 'भागो!'

लेकिन कोई नहीं हिला।

अजीब बात थी कि बुट्रस मुस्कुरा रहा था।

वो भी उन रंगों को पहचान गया था। ग़ज़नी सेना के आम सैनिक हरे रंग के अंगरखे पहनते थे, लेकिन ये घुड़सवार योद्धा भिन्न थे। शांति के समय में वो आमतौर पर सफ़ेद कपड़े पहनते थे। लेकिन लड़ाई में जाते समय वो काले कपड़े पहनते थे, और उनकी आस्तीन पर सफ़ेद धागे से दहाड़ते हुए शेर की तस्वीर बनी होती थी।

ये सुल्तान महमूद का निजी सुरक्षा दस्ता था, उसके ख़ुद के चुने हुए विशिष्ट योद्धा। वो भागे हुए ग़ुलामों का पीछा कर रहे थे।

बुट्रस धीरे से फुसफुसाया, 'अबू क़ासिम।'

तुर्क क़साब-ए-हिंद। भारत का तुर्क क़साई।

बुट्रस की पत्नी अब ज़ोर-ज़ोर से चिल्ला रही थी। 'क़साई ने हमें ढूंढ लिया है, बुट्रस! हम मारे जाएंगे! मेरे बच्चे मारे जाएंगे!'

भागे हुए लोगों का बदहाल झुंड डर के मारे जम गया था।

'भागो!' लोग चिल्लाते हुए एक-दूसरे से भागने को कह रहे थे। लेकिन वास्तव में कोई हिल भी नहीं रहा था। वो किधर भागते? इन थके-हारे, भूखे ग़ुलामों का घोड़ों से तेज़ भाग पाना नामुमकिन था। और अगर वो भागते भी, तो छिपने की कोई जगह नहीं थी।

'बुट्रस!' उसकी पत्नी चीख़ी। 'बुट्रस! हम मारे जाएंगे!'

'चुप रहो, जेसिका।' बेफ़िक्र बुट्रस ने अपनी पत्नी को शांत करने की कोशिश की। 'क्या तुम देख नहीं रही हो? हम *बचा लिए गए* हैं! हम सुल्तान के सैनिकों को बताएंगे कि हम भागना नहीं चाहते थे। हमें मजबूर किया गया था। उन्हें हम पर विश्वास *करना होगा!* हम तो ग़ज़नी की दिशा में ही जा रहे है ना!'

प्रांतपाल-मुफ़्ती इस्माईल ने यक़ीनन उन्हें मेरी और मेरे परिवार की सुरक्षा सुनिश्चित करने के निर्देश दिए होंगे। अच्छा है कि मैं दूसरे भागे हुए ग़ुलामों के साथ नहीं हूं—मैं इस्माईल के प्रति अपनी वफ़ादारी साबित कर सकता हूं।

उसकी पत्नी को यक़ीन नहीं हो रहा था। वो अभी भी बेचैन थी। 'हो सकता है कि हम सुल्तान के सैनिकों को हमारी जान बख़्शने के लिए मना लें, लेकिन वो हमसे दूसरों के बारे में सवाल करेंगे। तब तुम क्या करोगे? क्या तुम उन्हें धोखा दोगे? ऐसे बहुत से लोग हैं जो दोबारा ज़ालिमों के हाथों में पड़ने के बजाय मरना पसंद करेंगे।'

बुट्रस ने अपना सिर हिलाया। 'उन बेवक़ूफ़ों के कामयाब होने की क़तई उम्मीद नहीं है। पुला मूर्खता की हद तक बहादुरी दिखा रहा है... लेकिन मैं उनकी चुग़ली *कभी नहीं* करूंगा। जीज़स क्राइस्ट मुझे देख रहे हैं। मैं उनकी चुग़ली कभी नहीं करूंगा।'

भवन-शिल्पकार उतावलेपन से ग़ज़नवी घुड़सवारों की ओर हाथ हिलाने लगा। उसके कुछ और साथी भी मूर्खतापूर्ण उम्मीद में हाथ हिलाकर उसका साथ देने लगे। बाक़ी सब हार मानकर ज़मीन पर बैठ गए। बुट्रस की पत्नी ने अपनी जुड़वां लड़की और लड़के को पकड़ा और प्रभु यीशु से प्रार्थना करने लगी।

दो सौ ग़ज़नवी घुड़सवारों ने अपनी गति धीमी कर दी और उस फटेहाल झुंड के पास पहुंचने पर दो अलग-अलग क़तारों में बंट गए। उन्होंने डरे हुए भगोड़ों के चारों ओर दो घेरे बनाए और धीमी ग़ुर्राहट में सुल्तान के जयकारे लगाने लगे। मांस के लोथड़ों के चारों ओर घूमते दो विशाल अजगरों की तरह वो घुड़सवार विपरीत दिशाओं में मस्त चाल से चलते रहे। बुट्रस और उसके लोग पूरे समर्पण भाव से देखते रहे।

तीन घुड़सवार दोनों घेरों से अलग होकर इस समूह की ओर बढ़े। बुट्रस आत्मविश्वास भरी मुस्कान के साथ अपनी जगह पर खड़ा रहा। उसने तुर्की घुड़सवारों के पाशविक से दिखते अगुआ को संबोधित किया।

'आदाब, जनाब!' वो घुटनों के बल गिरकर और उस विशालकाय घुड़सवार के सामने साष्टांग दंडवत करते हुए चिल्लाया। उसकी पत्नी और दोनों बच्चों सहित अन्य भागे हुए लोगों ने भी बेबसी भरे समर्पण के साथ उसका अनुसरण किया।

'उठो, सूअरो!' अबू क़ासिम दहाड़ा।

अपने हाथ प्रार्थना में जोड़े हुए वो भवन-शिल्पकार और उसके साथी तुरंत अपने पैरों पर उठ खड़े हुए।

'तुम वो ग़ुलाम हो जो भाग गए थे।' क़ासिम ने खीसें निपोरीं। 'लेकिन तुम इतने थोड़े से क्यों हो? मुझे तो बताया गया था कि वो लगभग एक हज़ार लोग थे।'

'हम उन बाग़ियों से बचकर आए हैं, मालिक,' बुट्रस सावधानीपूर्वक उस ज़ालिम की ओर बढ़ते हुए धीरे से मिनमिनाया। 'बहुत सारे लोग और हैं। उन्होंने हमें अपने साथ चलने के लिए मजबूर किया था। लेकिन हम भागने में कामयाब रहे और अब ग़ज़नी वापस जा रहे हैं। मज़दूर शिविर में हुए जुंदीनुद्दीन के क़त्लेआम में हमारा कोई हाथ नहीं था, जनाब,' उसने ज़ोर देकर कहा। 'हमें हमारी मर्ज़ी के ख़िलाफ़ ले जाया गया था।'

'डरपोक कहीं के,' क़ासिम ने मज़ाक़ उड़ाते हुए अपने आसपास के लोगों को देखा। 'इसे लगता है कि ये अपनी इस वाहियात कहानी से मौत से बच सकता है। ये लोग ज़रूर पीछे छूट गए होंगे और बर्फ़ के तूफ़ान में खो गए होंगे।'

तुर्की योद्धा मज़े लेकर हंसने लगे।

बुट्रस का दिल डर के मारे ज़ोरों से धड़कने लगा। शायद उसका फ़ैसला बहुत बड़ी ग़लती थी। 'मेहरबानी कीजिए, जनाब,' उसने भीख मांगी। 'मैं आपको यक़ीन दिलाता हूं कि हमारी नीयत नेक है। मैं बुट्रस हूं। ग़ज़नी वापस पहुंचने पर आप प्रांतपाल-मुफ़्ती से पूछ सकते हैं। वो मुझे अच्छी तरह जानते हैं। मैं जामा मस्जिद की मरम्मत का मुख्य शिल्पकार-वास्तुकार हूं। सुल्तान के प्रति मेरी वफ़ादारी गहरी है! और मैं इस्लाम क़ुबूल कर चुका हूं। अब मैं सच्चे धर्म का हूं।'

तुर्कों को कैसे पता चलेगा कि मैं अकेले में जीज़स क्राइस्ट की पूजा करता हूं? मुझे यक़ीन है कि जीज़स इसे समझेंगे। मैं ये अपने परिवार के लिए कर रहा हूं।

'चुप रह, कुत्ते!' अबू क़ासिम घोड़े से कूदते हुए गरजा। उसके कई सैनिक भी उसकी देखा-देखी घोड़े से उतर गए।

अबू क़ासिम टहलता हुआ बुट्रस के पास पहुंचा। उसने एक-दूसरे को देखकर हंस रहे अपने साथी तुर्कों को देखा। ईसाई के क़रीब पहुंचते ही अबू क़ासिम ने अचानक हाथ बढ़ाकर उसकी गर्दन पकड़ ली। भवन-शिल्पकार की पत्नी सिसकी और चुप हो गई। उसने अपने बच्चों के चेहरों को अपने शरीर से धंसा लिया, जिससे उनका दम घुटने लगा। वो चीख़ने लगे। उसने उन्हें और ज़ोर से दबा लिया।

'यज़दा कौन है?' अबू क़ासिम ग़ुर्राया। 'क्या वो है यहां?' उसने कांपते हुए लोगों को जानलेवा नज़रों से देखा। 'मुझे तो यहां कोई ख़ूबसूरत लड़की नहीं दिखती।' उसने बुट्रस की पत्नी को देखा और ज़मीन पर थूका।

'नहीं...' बुट्रस हांफते हुए बोला। उसका चेहरा नीला पड़ गया था। अबू क़ासिम ने अपनी पकड़ ढीली कर दी। 'यज़दा हमारे साथ... नहीं है... जनाब!'

'तब तो तू मेरे किसी काम का नहीं रहा, कमीने,' ग़ज़नवी सेनापति ने तिरस्कारपूर्वक कहा।

भारत के तुर्क क़साई ने बेरहमी से बुट्रस का हाथ मरोड़ा, और वास्तुकार तकलीफ़ से चिल्ला पड़ा। अबू क़ासिम ने लगभग दानवी शक्ति से बुट्रस के हाथ को इतनी ज़ोर से मरोड़कर झटका दिया कि बेचारे ईसाई की बांह अपनी जगह से उतर गई।

बुट्रस ज़मीन पर गिर गया। उसकी दाईं बांह एक ढीले पेंडुलम की तरह लटक गई थी, और वो एक अटपटे कोण पर गिरा था। दर्द से बेहाल, लगभग बेहोश होने की कगार पर वो अनर्गल चीख़ रहा था। वो एक सीधा-सादा बुद्धिजीवी क़िस्म का व्यक्ति था। वो कोई योद्धा नहीं था। वो दर्द सहने के लिए नहीं बना था। उसकी पत्नी जेसिका अपने पति से कुछ दूरी पर घुटनों के बल बैठी किसी चुड़ैल की तरह चीख़ रही थी।

अबू क़ासिम ने जेसिका को देखा। और फिर वो अपने सैनिकों की ओर मुड़ा। 'उस औरत को यहां लेकर आओ।'

अपनी पत्नी और बच्चों पर ख़तरा देखकर बुट्रस जैसे दोबारा ज़िंदा हो गया। ज़्यादातर आदमी सब कुछ बस अपनी पत्नी और बच्चों के लिए करते हैं। वो अपनी पत्नी और बच्चों के लिए सब कुछ क़ुर्बान कर देंगे। अपना स्वास्थ्य, अपने शरीर, अपने दिमाग़, अपनी आत्माएं। यहां तक कि अपने नैतिक मूल्य भी। वो सब कुछ क़ुर्बान कर देंगे। सिर्फ़ अपनी पत्नी और बच्चों के लिए।

'मेरी... बीवी और बच्चों को... छोड़ दीजिए... मालिक,' बुट्रस ने विनती की। 'और मैं... आपको बता दूंगा कि वो कहां हैं... कि यज़दा... प्रांतपाल की लड़की... कहां है...'

ग़ज़नवी सेनापति मुस्कुराया। 'आख़िरकार।' उसने अपने सहयोगियों की ओर देखा। 'क्या कहा था मैंने इन काफ़िरों के बारे में? इनमें ज़रा दम नहीं होता। बस कुछेक तगड़े हाथ पड़ते ही ये पूरी तरह हथियार डाल देंगे। ये ग़ुलाम बनने के लिए ही पैदा हुए हैं। हम मोमिन ही दुनिया में असली मर्द हैं।' भीगी बिल्ली बने बुट्रस की ओर मुड़ते हुए अबू क़ासिम ने आगे कहा, 'तो मुझे बताओ। वो किस तरफ़ गए हैं? कितनी दूर हैं? उनमें से कितने प्रशिक्षित सैनिक हैं? मुझे सब कुछ बताओ।'

'पश्चिम की ओर...' वास्तुकार अपनी सही-सलामत बाईं बांह से इशारा करते हुए मिमियाया। 'वो फ़ारस की तरफ़ जा रहे हैं... हो सकता है वो बंट गए हों... छोटे-छोटे समूहों में... उनमें कुल दस के लगभग पूर्व-सैनिक हैं... जनाब।'

वास्तुकार की पत्नी ने धीरे से सांस छोड़ी। उसका सीना शांत गर्व से फूल गया। उसका पति अच्छा आदमी था। वो ये बात हमेशा से जानती थी। वो इज़्ज़तदार आदमी था। उसने जो कुछ भी किया, वो सिर्फ़ बच्चों के लिए किया। सिर्फ़ बच्चों के लिए। लेकिन इस मुश्किल समय में भी उसने सच नहीं बताया था: कि भागने वाले दक्षिण में, भारत की तरफ़ जा रहे थे।

वो वफ़ादार था। वो नेक आदमी था।

जेसिका ने धीरे से आह भरी। वो इज़्ज़त से मरेंगे। जब उनका मसीहा वापस आएगा, तो उन्हें शर्मिंदगी नहीं उठानी पड़ेगी। जीज़स क्राइस्ट प्यार से उनका स्वागत करेंगे।

अबू क़ासिम बुट्रस को घूरता रहा। कुछ देर वो चुप रहा। और फिर जब वो बोला, तो उसकी आवाज़ डरावने ढंग से शांत थी। 'तुम्हें पक्का यक़ीन है कि तुम इसी बात पर टिके रहोगे?'

'यही सच है... मालिक...'

कसाई ने अपनी कटार को म्यान से निकाला।

'अफ़सोस,' उसने थूकते हुए एक नाटकीय सा मुंह बनाया। 'अफ़सोस कि तुम अपने आख़िरी पलों में झूठ बोल रहे हो। उम्मीद करता हूं कि तुम्हारे यीशु तुम्हें माफ़ कर देंगे। क्योंकि मेरा अल्लाह तो नहीं करेगा।'

बुट्रस ने अपनी आंखें बंद कर लीं और उसका इंतज़ार करने लगा जो होना निश्चित था।

'क्या तुम ये नहीं जानना चाहोगे कि मुझे तुम्हारे झूठ का कैसे पता चला?' अबू क़ासिम ने पूछा।

बुट्रस चुप रहा। बुरी तरह हांफता हुआ। दर्द उसके होशो-हवास पर हावी हो गया था।

'बटर, बगर, बुट्रस या जो भी तुम्हारा नाम है, तुम शायद वास्तुकार हो, लेकिन तुम बहुत अक़्लमंद नहीं हो। तुमने और तुम्हारे गुट ने बर्फ़ पर जो निशान छोड़े हैं, वो *दक्षिण* की तरफ़ से आए हैं। साफ़ है कि जिन लोगों के साथ तुमने अपनी यात्रा शुरू की थी, वो पश्चिम में तो नहीं ही गए होंगे। तुम और तुम्हारे गुट के पीछे छूट गए लोग, छोड़कर भागे हुए, बच निकले, तुम जो भी हो—तुमने असल में मेरी मदद की है। लगातार हो रही इस मनहूस बर्फ़बारी ने तुम्हारे निशानों को ढक दिया था। मैं अब ताज़ा निशानों के लिए तुम्हारा शुक्रगुज़ार हूं। वो मुझे मेरे शिकार तक पहुंचाएंगे।'

बुट्रस भयानक डर से थरथर कांप रहा था।

'तूने मुझसे झूठ बोलने की हिम्मत की? तूने तुर्क क़साब-ए-हिंद से झूठ बोला?'

अबू क़ासिम ने ख़तरनाक ढंग से अपनी तलवार चलाई। वार इतना ज़बरदस्त था कि उसने बुट्रस को कंधे से कमर तक दो हिस्सों में काट दिया।

लगभग। अभी डरावनी चीख़ें हवा में गूंज ही रही थीं कि क़ासिम ने अपनी तलवार खींची और फिर से वार किया। और फिर से। और फिर से। जैसे कोई क़साई मांस की चीर-फाड़ कर रहा हो। बुट्रस की पत्नी और दूसरे बदनसीब लोगों की चीख़ों की भयानक गूंज ख़ुश हो रहे तुर्कों की विजयी दहाड़ में सुनाई दे रही थी। कुछ क़ैदी अंधाधुंध भागे और ख़ुश हो रहे घुड़सवारों के घेरे से जा टकराए। दूसरे अपने भयानक अंत के इंतज़ार में वहीं के वहीं जमे रहे।

लेकिन अबू क़ासिम रुकने वाला नहीं था। ख़ून की प्यास में उन्मत्त, वो भवन-शिल्पकार के शरीर पर वार करता ही चला गया। दूसरे ग़ज़नवी सैनिक घोड़ों से उतरे और डर से दोहरे आदमी और औरतों की तरफ़ बढ़े। अपनी तलवारें निकालते हुए। अपने रास्ते में आने वाले हर किसी को मारते हुए। बाक़ी लोग बर्फ़ की धुंध और घोड़ों की टापों की गड़गड़ाहट के बीच एक गोल चक्कर बनाकर फुदकने लगे। ज़ोर-ज़ोर से चिल्लाते हुए। जिस तरह वो अक्सर हत्या करते समय जश्न मनाते थे।

बुट्रस की पत्नी जेसिका ने अपने बच्चों को ज़मीन से चिपका दिया और उन्हें अपने शरीर से एक जर्जर ढाल की तरह ढक लिया। जब उसे बेरहमी से गोदा और काटा गया, तब भी वो हिली नहीं। वो आख़िरी सांस तक अपने छोटे-छोटे बच्चों की रक्षा करती रही।

जल्द ही सब ख़त्म हो गया। चीर-फाड़ बंद हो गई। इंसानी मांस और हड्डियों का मुड़ा-तुड़ा वो ढेर जो कभी बुट्रस हुआ करता था, अब एक बड़े से लाल दलदल में बदल गया था, जिसके चारों ओर लाल बर्फ़ थी। अबू क़ासिम ने क्षत-विक्षत शव को एक तरफ़ धकेल दिया। फिर उसने चारों ओर देखा। सारे वयस्क ग़ुलाम मर चुके थे। उनमें से ज़्यादातर को इतनी बार काटा गया था कि उन्हें पहचाना नहीं जा सकता था।

मांस, हड्डियों, नसों और ख़ून के उस भयानक ढेर में दो छोटे डरे-सहमे जुड़वां बच्चे पड़े थे। सिर्फ़ सात साल के। सिर्फ़ सात।

सहमा हुआ वो लड़का और लड़की गोल-गोल आंखों से अबू क़ासिम को घूर रहे थे। कोई आंसू नहीं। कोई रोना नहीं। उन्होंने जो कुछ देखा था,

वो कल्पना की सीमाओं से परे था। किसी भी संभावित प्रतिक्रिया की सीमा से परे। छोटे बच्चे सुन्न हुए बैठे थे। डर के मारे उन्हें लक़वा मार गया था।

तुर्क सेनापति उनके कोमल, मासूम चेहरों पर पसरे डर का मज़ा ले रहा था। उसे इसमें बहुत मज़ा आ रहा था। वो झुका और उसने गर्दन से पकड़कर उन्हें इस तरह उठा लिया जैसे वो ख़ून से सने बिल्ली के बच्चे हों।

'देखो!' अपने चेहरे पर एक चौड़ी मुस्कान लिए हुए वो ख़ुशी से बोला। 'वो हमारे लिए छोटे-छोटे खिलौने छोड़ गए हैं! आओ और अपना हक़ ले लो, मेरे भाइयो। याद रखो, अगर तुम एक काफ़िर के साथ ऐसा करते हो तो ये गुनाह नहीं है। काफ़िरों के साथ हमारी लड़ाई में सब जायज़ है। सब जायज़ है!'

ग़ज़नी, अफ़गानिस्तान

'प्रांतपाल अयाज़, मुझे अपने कुछ लम्हे इनायत कीजिए,' इस्माईल ने कहा।

शासी परिषद, जिसमें ख़्वाजा हसन और दूसरे छोटे वज़ीर शामिल थे, मस्जिद के पुनर्निर्माण की प्रगति की समीक्षा करने के लिए प्रांतपाल-मुफ़्ती की हवेली में इकट्ठा हुई थी। बैठक अभी-अभी ख़त्म हुई थी, और सभी काम की प्रगति से संतुष्ट लग रहे थे। और ग़ुलामों का इंतज़ाम करने की ज़रूरत थी, कुछ का तो कौसरी जहां के ज़रिए भी। इसलिए, पुला के नेतृत्व में कुछ ग़ुलामों के भाग जाने के बावजूद मस्जिद के निर्माण का काम तेज़ी से जारी था। समस्या बस वास्तुशिल्प और संरचनात्मक डिज़ाइन की थी। इस्माईल जानता था कि ये देखने के लिए उसे बुट्रस की ज़रूरत थी कि मस्जिद के डिज़ाइन सही और दुरुस्त हों। इस्लामी जगत के अरब और फ़ारस जैसे अधिक शिक्षित भागों के वास्तुकार और शिल्पकार अब तुर्की ग़ज़नी नहीं आ रहे थे। इस्लामी दुनिया के इन दो हिस्सों, एक तरफ़ अरब और फ़ारसी, और दूसरी ओर तुर्क,

के बीच का तनाव तेज़ी से सबके सामने आ रहा था। इसके अलावा, तुर्कों में अच्छे वास्तुकार और भवन-शिल्पकार ढूंढ पाना मुश्किल था, क्योंकि वो ज़्यादातर सिर्फ़ मारने की ललित कला में ही माहिर थे। शिक्षा जैसे क्षेत्र, यहां तक कि वास्तुकला और भवन-शिल्प भी, उन लोगों के लिए छोड़ दिए गए थे जिन्हें तुर्क कमज़ोर और डरपोक मानते थे। अब, बुट्रस के जाने के बाद, इस्माईल ने फ़ैसला किया था कि मस्जिद कुछ सालों तक भी खड़ी रहे, तो ये काफ़ी होगा। तब तक वो महमूद से छुटकारा पा चुका होगा। बुट्रस हो या न हो, मस्जिद का काम तेज़ी से चल रहा था।

इस्माईल का ख़्याल था कि उसके लिए लंबी अवधि के बजाय तात्कालिक चीज़ों पर ध्यान देना ही सही था।

'रुकूं? क्यों?' मलिक अयाज़ ने पूछा।

'मुझे कुछ और ज़रूरी मामलों पर भी बात करनी थी, लाहौर के शाह,' इस्माईल ने विनम्र और कोमल भाव से कहा।

अयाज़ ने आंखें घुमाईं और ज़ोर से आह भरी। उसने साफ़ तौर पर कंधे उचकाए और अपनी सीट पर वापस बैठ गया। 'ठीक है।'

दूसरे वज़ीरों में से किसी ने भी बाहर निकलते हुए इस पर बहुत ज़्यादा ध्यान नहीं दिया। लेकिन ख़्वाजा हसन ने अयाज़ को देखा और मन ही मन मुस्कुराया।

इस छबीले को लगता है कि इस्माईल और पैसे मांगने के लिए इसके सामने गिड़गिड़ाएगा। लेकिन लाहौर का शाह नहीं जानता कि उसे एक कहीं ज़्यादा मुश्किल काम दिया जाने वाला है... कौसरी जहां...

ख़्वाजा हसन ने अपने विचार अपने तक ही रखे। उसने समस्या को अपने सिर से उतारकर मलिक अयाज़ के ऊपर डाल दिया था। *ख़ुदा मेहरबान है। दरअसल, ख़ुदा ज़रूर फ़ारसी होगा, क्योंकि उसने हमें इतनी ज़्यादा अक़्ल दी है।*

ख़्वाजा हसन समेत सबके जाने के बाद अयाज़ ने कुछ पल इंतज़ार किया। ख़ासकर उस सांप ख़्वाजा हसन के जाने के बाद। जब उसे पूरा यक़ीन हो

गया कि वो इस्माईल के साथ अकेला रह गया था, तब अयाज़ के चेहरे के भाव बदले। वो चंचल, बेपरवाह, अल्हड़ चेहरा ग़ायब हो गया। उसका चेहरा अचानक गर्मजोशी भरा और नर्म हो गया, और उस पर एक चौड़ी मुस्कान आ गई। जब वो उठकर इस्माईल के पास गया, तो उसकी आवाज़ गहरी हो गई। 'अब्बा।'

अयाज़ उसके गले लगा तो इस्माईल मुस्कुरा दिया और उसने अपनी बांहें खोल दीं। उनके रिश्ते को स्पष्ट कारणों से सबसे छिपाकर रखा गया था। अगर मलिक अयाज़ को इस्माईल के वारिस के तौर पर स्वीकार कर लिया गया, तो यक़ीनन अपने बेटों को तख़्त पर बिठाने के लिए महमूद लाहौर के राजा को मरवा देगा। तुर्की शाही परिवार एशिया के घास के मैदानों की हिंसक, एक-दूसरे को ख़त्म कर देने की परंपरा का पालन करते थे।

इस्माईल ने अपने नौकर तालिब को बताया था कि उसे वो जॉर्जियाई ग़ुलाम औरत क़तई याद नहीं थी, जिसके बारे में मलिक अयाज़ का दावा था कि वो उस औरत के ज़रिए उसका बेटा था। ये भी तब जब बच्चों जैसे जोश वाले बेटे अयाज़ ने अपने बिछड़े पिता को अपनी मां की तस्वीरें भी दिखाई थीं। लेकिन इस्माईल को वाक़ई वो तस्वीर वाली औरत याद नहीं आ पाई। ऐसी तो अनगिनत औरतें रही थीं। इतने लंबे समय से। इस्माईल ने बाद में तालिब से पूछा भी था कि उससे ये उम्मीद कैसे की जा सकती थी कि उसे वो सारी औरतें याद होंगी जिनके साथ उसने ज़बरदस्ती की थी? उससे ये उम्मीद करना बेजां और ग़लत था।

बहरहाल, अब मलिक अयाज़ एक शक्तिशाली और उपयोगी आदमी था। इसलिए इस्माईल ने अक़्लमंदी से काम लिया और नाटक किया कि उसे अपना बिछड़ा बेटा और उसकी मां याद आ गए थे, और कहा कि उसने उन्हें बहुत याद किया था। उसने ये शिकायत भी की कि महमूद की क़ैद की वजह से वो उनसे अलग होने को मजबूर हो गया था।

कहते हैं कि प्यार युद्ध तक करवा सकता है। लेकिन, किसी भावी युद्ध के कारण भी प्यार हो सकता है। या कम से कम उसका इज़हार हो सकता है।

'मेरे बेटे,' इस्माईल ने मलिक अयाज़ को कसकर गले लगाते हुए कहा।

'मैं जानता हूं कि पैसा मिलने में थोड़ी देर हो रही है, अब्बा,' मलिक अयाज़ ने कहा। 'लेकिन सुल्तान आजकल बहुत ज़्यादा शक्की हो गए हैं। बस मुझे कुछ दिन दीजिए। मैं पक्का करूंगा कि मस्जिद के निर्माण में कोई रुकावट न आए। मुझे पता है कि ये आपके लिए कितना अहम है।'

'मुझे तुमसे इससे कम की उम्मीद नहीं थी, मेरे बेटे,' इस्माईल ने कहा। 'हम साथ मिलकर ग़ज़नी पर राज करेंगे।'

'ज़रूर करेंगे... ख़ुदा मेहरबान है।'

'लेकिन आज मेरी गुज़ारिश पैसे के सिलसिले में नहीं है...'

'अच्छा? आपको किसी और चीज़ ने परेशान किया हुआ है, अब्बा?'

'हां... कौसरी जहां ने...'

मलिक अयाज़ ने चिढ़कर सांस ली। 'उस चुड़ैल ने सुल्तान पर शैतानी पकड़ बना रखी है। मैं उन्हें उससे निकाल नहीं पा रहा हूं। मुझे कुछ समझ ही नहीं आ रहा है। वो मेरे सारे मंसूबों में रुकावट डाल देती है। मैं लाहौर में कुछ सुधार करना चाहता था ताकि...'

'वो पक्की चुड़ैल है, मेरे बेटे, इसमें कोई शक नहीं है,' इस्माईल ने बीच में टोका। वास्तव में उसे उन योजनाओं में कोई दिलचस्पी नहीं थी जो मलिक अयाज़ ने लाहौर के लिए सोची हुई थीं। 'लेकिन शायद मुझे कुछ ऐसा मिल गया है जिससे हम उसे रास्ते से हटा सकते हैं।'

'वाक़ई?' मलिक अयाज़ ने उत्सुकता से पूछा। वो अपने पिता की बात सुनने के लिए और आगे को झुक आया। और यह सुनने के लिए भी कि उससे क्या उम्मीद की जा रही थी।

तालिब इस्माईल द्वारा बनवाए गए ख़ुफ़िया छेद से इस पूरी मुलाक़ात को देख-सुन रहा था। उसका मालिक चाहता था कि वो सारी भेंट-मुलाक़ातों को देखे और उसे अपनी राय और सलाह दे। उसे मलिक अयाज़ के लिए बुरा लग रहा था, और ऐसा पहली बार नहीं हो रहा था। उसे लाहौर का राजा वाक़ई पसंद आने लगा था। एक ऐसा इंसान जो कभी ख़ुद को अनाथ समझता था, जो

अपने ज़माने से खोए हुए पिता का प्यार और अपनाइयत पाने को बेताब था। इस बात से अनजान कि उसके पिता को उसकी जन्म देने वाली मां याद तक नहीं थी, जिसे उसने इस्तेमाल किया और छोड़ दिया था। इस बात से अनजान कि उसका बाप उसका बस इस्तेमाल कर रहा था क्योंकि इसमें उसका फ़ायदा था। और इस बात से भी अनजान कि अगर वो अपने बाप के किसी काम का नहीं रहा तो वो शायद उसे भी उतनी ही आसानी से छोड़ देगा।

तालिब को इस वजह से भी मलिक अयाज़ से एक जुड़ाव महसूस होता था कि वो एक गुलाम के दर्जे से उठकर साम्राज्य के सबसे शक्तिशाली लोगों में से एक बन गया था।

लेकिन तालिब महज़ एक नौकर था। उसका काम अपने मालिक इस्माईल की चाकरी करना था। इस्माईल की तरक़्क़ी में ही उसकी ज़िंदगी थी। वो अपनी भावनाओं को बीच में नहीं आने दे सकता था। उसने अपना सिर को झटका दिया और फिर से बातचीत पर ध्यान देने लगा।

अध्याय 17

दर्रे पर छायाएं

राजेंद्र चोल पनाई के राजमहल के सुप्रकाशित निजी दरबारी कक्ष में हरे-लाल राजसिंहासन पर बैठे थे। श्रीविजय साम्राज्य की राजधानी पालेमबांग थी, जो दक्षिण-पूर्व में कुछ दूरी पर स्थित थी। लेकिन पनाई साम्राज्य का दूसरा सबसे बड़ा बंदरगाह शहर था और इसलिए वहां भी एक राजमहल बनाया गया था, और जब भी श्रीविजय के राजपरिवार के लोग वहां आते थे तब वो अतिथिगृह के रूप में काम करता था।

राजेंद्र चोल के बग़ल में, उनके बाईं ओर उनके उत्कृष्ट सहयोगी और क़रीबी मित्र, मालवा के शासक सम्राट भोजदेव परमार अपने ख़ुद के सफ़री राजसिंहासन पर बैठे थे।

राजेंद्र चोल के सामने पराजित श्रीविजय के गौरवशाली सम्राट राम विजयवर्मन अपने पारंपरिक सिंहासन पर बैठे थे। नवाचार सलाहकारों ने सुझाव दिया था कि हारे हुए राजा के रूप में विजयवर्मन सिंहासन के बजाय एक छोटी कुर्सी पर बैठें। लेकिन राजेंद्र चोल धार्मिक थे। उनका मानना था कि हारने पर निडर रहना चाहिए, लेकिन जीतने पर दयालु और उदारमना होना चाहिए। उन्होंने ज़ोर देकर कहा था कि विजयवर्मन अपने ही सिंहासन पर बैठें। और तब तक धैर्य से इंतज़ार किया जब तक नवाचार अधिकारियों ने व्यवस्था में बदलाव नहीं कर दिए।

शासकों के साथ उनके बाईं और दाईं ओर दोनों सेनाओं के सेनापति और नौसेना अध्यक्ष बैठे थे। श्रीविजय की सेना अपने सहयोगियों समेत चोल सेना की तुलना में लगभग दो-तिहाई छोटी थी। इस निर्णायक हार में उन्होंने अपने बहुत से बहादुर सैन्य नायक खो दिए थे।

सैन्य नुकसान इतना गंभीर था कि श्रीविजय राज्य कम से कम एक या दो पीढ़ी तक चोलों के खिलाफ़ फिर से खड़ा नहीं हो सकता था। राजेंद्र चोल के दाईं ओर सम्मानित स्थान पर चोल सेनापति नरसिम्हन बैठा था, जो कि उसका हक़ था। एक ऐसी कुर्सी पर जो साफ़तौर पर तीनों सम्राटों के सिंहासन से काफ़ी छोटी थी, लेकिन फिर भी भव्य थी।

भोजदेव परमार के बाईं ओर, और राजेंद्र चोल से दो स्थान बाईं ओर, अपने हाथों को बड़े सलीक़े से अपनी गोद में रखे हुए एक छोटे से डील-डौल की महिला बैठी थी। उसके गहरे काले बाल पीछे की ओर कसकर कंघी करके गर्दन के नीचे एक साफ़-सुथरे जूड़े के रूप में बंधे थे। बालों की एक लट करीने से उसके माथे पर गिरी हुई थी जिसे उसकी धनुषाकार भौंहों के ऊपर फ्रिंज में काटा गया था। उसकी छोटी-छोटी आंखें सपाट पलकों से ढकी हुई थीं। पतले से ऊपरी होंठ के ऊपर एक छोटी सी दृढ़ नाक थी, जबकि एक चौंकाने वाले विरोधाभास के रूप में, उसका निचला होंठ रसीला और भरा-भरा था। सुंदर नैन-नक़्श का ये समूह एक अंडाकार संगमरमरी चेहरे पर जड़ा था। राजेंद्र चोल की ये रहस्यमयी चीनी सहयोगी राजकुमारी फ़ेइ लिन कमरे में मौजूद पुरुषों को हल्के से विजयी भाव से देख रही थी।

राजेंद्र चोल के ख़ेमे में भारतीयों को फ़ेइ लिन पर शक था। वो जानते थे कि उसी ने राजेंद्र चोल को श्रीविजय पर हमला करने के लिए उकसाया था। श्रीविजय द्वारा भारतीय व्यापारिक संघों की संपत्तियों को ज़ब्त करने और उन्हें चीनियों को सौंपने के झमेले का शायद कोई कूटनीतिक हल भी निकाला जा सकता था। वो जानते थे कि फ़ेइ लिन राजपरिवार की उस शाखा से थी जो हाल ही में चीन के गृहयुद्ध में हार गया था। शायद वो चाहती थी कि उसके अपने साम्राज्य के भीतर उसके अपने दुश्मन राजेंद्र चोल के हाथों कमज़ोर हो

जाएं। चीनियों की संस्कृति भी उतनी ही परिष्कृत थी जितनी कि भारतीयों की, लेकिन उन्हें समझ पाना अविश्वसनीय रूप से कठिन था। कोई भी यक़ीन से नहीं कह सकता था कि उनका असली खेल क्या था। सौभाग्य से, नरसिम्हन की वीरता और क्रूरता के नतीजे में, चोल साम्राज्य के लिए युद्ध अच्छा रहा था, और इसलिए इस अभियान में कोई स्थायी नुकसान नहीं हुआ था।

राजेंद्र चोल ने अपने प्रतिद्वंद्वी को देखा; भारतीय सम्राट के चेहरे पर एक सौम्य मुस्कान थी।

इंडोनेशिया के श्रीविजयी सम्राट राम विजयवर्मन लगभग उसी आयु के थे जितनी राजेंद्र चोल की थी; लगभग साठ साल की कगार पर। वो भी भारतीय सम्राट की ही तरह चुस्त-दुरुस्त और बलिष्ठ थे। लेकिन, इस समय वो किसी हद तक दबे हुए से बैठे थे, और उनका सिर हल्का सा झुका हुआ था। 'मेरे स्वामी, मैंने संधि पर अपनी मुहर लगा दी है।'

अपनी लगभग पूर्ण-विजय के बावजूद राजेंद्र चोल उदार थे। चोल सम्राट ने कहा कि विजयवर्मन का श्रीविजय के सम्राट का ख़िताब बना रहेगा बशर्ते वो राजेंद्र चोल के आधिपत्य को स्वीकार करते रहें और हर साल चोल दरबार को एक लाख सोने के सिक्कों का मामूली सा राजस्व भेजते रहें। उन्होंने श्रीविजय से छीने गए कई क्षेत्र वापस दे दिए थे, अलावा कुछ ऐसे बंदरगाहों के जो मलक्का जलडमरूमध्य के साथ व्यापार को नियंत्रित करते थे। उन बंदरगाहों का प्रबंधन चोल प्रशासन संभालेगा और श्रीविजय को उनके लिए उचित किराया देगा। इन बंदरगाहों के वो गोदाम, व्यापार प्रणालियां और गोदियां जो श्रीविजय ने भारतीय व्यापार संघों से छीनी थीं, भारतीय व्यापारियों को लौटा दी गई थीं। भारतीयों और उनके सहयोगी व्यापार संघों पर लगाए गए लाइसेंस और नियंत्रण संबंधी उन कमज़ोर करने वाले प्रतिबंधों को हटा दिया गया था जो श्रीविजय की नौकरशाही द्वारा उन पर लगाए गए थे। लेकिन राजेंद्र चोल ने वादा किया कि भारतीय व्यापार संघ श्रीविजय के दरबारों को उचित कर और सीमा शुल्क देंगे, बशर्ते कि इनमें से कुछ भी चीन में सोंग सम्राट को न भेजा जाए।

चोलों की पूर्ण विजय को देखते हुए ये एक आश्चर्यजनक रूप से उदार शांति प्रस्ताव था। राजेंद्र चोल का मानना था कि हाथ में बड़ी और डरावनी छड़ी पकड़कर, प्यार और नर्मी से बात करने पर विरोधियों से सबसे अच्छा जवाब मिलता है। और ये बात बार-बार सही सिद्ध हुई थी।

इसीलिए, जिस बात पर राजेंद्र चोल को हैरानी हो रही थी वो ये थी कि विजयवर्मन बहुत उदास दिख रहे थे। वो युद्ध के मैदान में ज़रूर हार गए थे, लेकिन वास्तविक, रणनीतिक मायनों में उन्होंने ज़्यादा कुछ नहीं गंवाया था। मूल रूप से, जो पैसा अभी तक चीन को जा रहा था, उसे अब भारत आना था। श्रीविजय के लोग ग़रीब नहीं हो जाएंगे।

'मैं इसके लिए आपको धन्यवाद देता हूं, महान सम्राट,' राजेंद्र चोल ने अपना सिर हिलाते और मुस्कुराते हुए कहा। 'और मुझे अपना स्वामी समझने के बजाय अपना बड़ा भाई समझें।'

विजयवर्मन ने सिर झुकाया और अपने हाथ जोड़ दिए। क्योंकि वो भी जानते थे कि राजेंद्र चोल ने जीतने के बाद भी असाधारण उदारता दिखाई थी। लेकिन वो मुस्कुराए नहीं। 'आप एक महान व्यक्ति हैं, चक्रवर्ती सम्राट राजेंद्र चोल। गौतम बुद्ध मेरे साक्षी हैं, मैं, विजयवर्मन, शाक्यमुनि का अनुयायी और श्रीविजय का सम्राट, सार्वजनिक रूप से शपथ लेता हूं कि मैं या मेरे वंशज कभी भी किसी चोल सम्राट के ख़िलाफ़ विद्रोह का झंडा नहीं उठाएगे।'

श्रीविजय के सम्राट और उनका परिवार बौद्ध धर्म का अनुयायी था, जो हिंदू धर्म और जैन धर्म के साथ धार्मिक धर्मों का समूह बनाता था। श्रीविजय में उनकी अधिकांश आम प्रजा हिंदू थी, लेकिन ज़्यादातर कुलीन लोग, विशेषकर व्यापारी कुलीन, बौद्ध थे।

'महादेव मेरे साक्षी हैं,' राजेंद्र चोल ने कहा, 'मैं, राजेंद्र, भगवान शिव का सेवक और अतुलनीय राजराजा का पुत्र, सार्वजनिक रूप से शपथ लेता हूं कि मैं आपकी बेटी ओनांग किउ का सम्मान और देखभाल अपनी मुख्य पत्नियों में से एक की तरह करूंगा।'

विजयवर्मन ने चकित होकर राजेंद्र चोल को देखा। ये संधि की शर्तों में से एक थी कि दोनों राजपरिवारों के बीच वैवाहिक संबंध स्थापित किए जाएं, ताकि भविष्य में युद्ध से बचा जा सके। इसके लिए, विजयवर्मन की बेटी ओनांग किउ की शादी राजेंद्र चोल से होनी थी। ये तय हो चुका था। जो चीज़ तय नहीं हुई थी, वो ये थी कि राजेंद्र ओनांग को अपनी मुख्य पत्नियों में से एक के रूप में सम्मान देंगे।

विजयवर्मन ने कृतज्ञतापूर्वक सहमति में सिर हिलाया। लेकिन फिर भी, वो मुस्कुराए नहीं। उनकी आंखों में बहुत ज़्यादा दुख और उदासी थी। बात सिर्फ़ एक सैन्य हार की नहीं थी। बात कुछ और भी थी।

राजेंद्र ये अंदाज़ा लगाने की कोशिश करते हुए विजयवर्मन के चेहरे को ध्यान से देख रहे थे कि श्रीविजय के सम्राट के मन में क्या चल रहा था। शांति संधि को लंबे समय तक क़ायम रखने के लिए वो चाहते थे कि विजयवर्मन पूरी संतुष्टि के साथ नई व्यवस्था को पूरी तरह से स्वीकार करें। उन्हें समझ नहीं आ रहा था कि ये सुनिश्चित करने के लिए वो और क्या कर सकते थे।

तभी विजयवर्मन ने ख़ुद कुछ पेशकश की। 'मेरे स्वामी राजेंद्र चोल, आपकी अनुमति से, मेरे पास देने के लिए कुछ और भी है।'

राजेंद्र चोल को समझ नहीं आया कि क्या प्रतिक्रिया दें। ये असामान्य था। सब कुछ पहले ही पूरी तरह तय हो चुका था। और संधि पर दोनों पक्षों की मुहरें लग चुकी थीं। लेकिन उन्होंने कोई प्रतिकूल प्रतिक्रिया नहीं दिखाई। राजेंद्र ने अपना चेहरा भावहीन रखा। और बिल्कुल सही काम करते हुए सहमति में अपना सिर हिला दिया।

विजयवर्मन अपने पुरोहित की ओर मुड़े, जो दरवाज़े पर धैर्य से इंतज़ार कर रहा था। अपने यजमान के एक इशारे पर पंडित मुड़ा और दोनों पहरेदारों ने विशाल दरवाज़े खोल दिए। बाहर एक आदमी था, जिसके हाथ में एक सामान्य आकार का दिखने वाला पूरा सोने का बना गहनों का डिब्बा था। और उसके पीछे छह आदमियों के एक समूह ने एक विशाल, सुंदर नक़्क़ाशीदार

संदूक़ उठाया हुआ था। वो आदमी कक्ष के केंद्र की ओर बढ़ने लगे। वो कुछ मंत्र पढ़ रहे थे—बहुत धीरे-धीरे। पुरोहित उनके साथ मंत्र पढ़ रहा था।

राजेंद्र चोल तुरंत उन श्लोकों को पहचान गए। वो गरुड़ पुराण से थे। ये मंत्र आमतौर पर धार्मिक रास्ते के अनुयायियों—हिंदू, बौद्ध और जैन—द्वारा अंतिम संस्कार के समय बोले जाते हैं।

राजेंद्र ने धीरे से अपनी तलवार की मूठ को छुआ। ऐसा ही भोजदेव परमार ने भी किया। समझौते की शर्तों के अनुसार केवल चोल पक्ष को हथियार रखने का अधिकार था। श्रीविजय के पक्ष को अपने कोई भी हथियार कक्ष में लाने की इजाज़त नहीं थी। राजेंद्र चोल दयालु थे, मूर्ख नहीं।

विजयवर्मन अपने सिंहासन से उठे और उन्होंने नरसिम्हन को देखा। 'वीर सेनापति, मेरे पास आपके लिए एक तोहफ़ा है।'

नरसिम्हन तुरंत खड़ा हो गया। उसे खड़ा होना ही पड़ा। वो सिर्फ़ एक सेनापति था। और वहां एक राजा था, जो अब उसके सम्राट का सहयोगी भी था, जो उससे बात करने के लिए खड़ा हुआ था।

'सम्राट... ' राजेंद्र चोल ने भी उठते हुए कहा। भोजदेव परमार भी खड़े हो गए।

'इन बक्सों में ऐसा कुछ भी नहीं है जो शारीरिक ख़तरा हो, महाराज,' विजयवर्मन ने कहा। 'ये आपको मेरा वचन है। लेकिन इसमें कुछ ऐसा है जो मुझे उस सेनापति को देना है जिसने मेरी सेना और नौसेना को नष्ट कर दिया। इसमें वही है जिसके ये हक़दार हैं।'

नरसिम्हन को समझ नहीं आ रहा था कि कैसे प्रतिक्रिया दे। उसने श्रीविजय के सम्राट को सम्मानपूर्वक हाथ जोड़कर नमस्ते किया, क्योंकि वो शांति संधि को ख़तरे में नहीं डालना चाहता था।

'मैं लड़ाई के दौरान नौसेना प्रमुख के जहाज़ पर था, सेनापति,' विजयवर्मन ने कहा।

नरसिम्हन उलझन में पड़ गया। तो फिर उस शाही जहाज़ पर कौन था, जिस पर राजकीय झंडे ऊंचे फहरा रहे थे?

—

नरसिम्हन ने शाही जहाज़ पर ये सोचकर हमला किया था कि श्रीविजय का सम्राट उस पर सवार था और एक कायर की तरह भाग रहा था। उसे ये भी लगा था कि नौसेना प्रमुख के जहाज़ से उस पर जो हमले हो रहे थे, वो एक बहादुर नौसेना प्रमुख कर रहा था जो अपने भागते हुए सम्राट को बचाने के लिए ख़ुद को ख़तरे में डालकर आक्रमण का रुख़ अपनी ओर कर रहा था।

लेकिन वास्तव में, ऐसा लगता था कि अपनी जान जोखिम में डालकर सम्राट विजयवर्मन ख़ुद नौसेना प्रमुख के जहाज़ पर सवार थे, और चोलों के हमलों को अपने ऊपर ले रहे थे, ताकि शाही जहाज़ बच सके। लेकिन क्यों?

इसका कारण सबसे पहले राजेंद्र चोल समझे। हे प्रभु महादेव!

एक भला आदमी अपने परिवार के लिए कुछ भी कर सकता है, यहां तक कि अपनी जान भी क़ुर्बान कर सकता है, ख़ासकर उनके लिए जो अपनी रक्षा नहीं कर सकते।

विजयवर्मन ने शक की पुष्टि की। 'उस रात मैंने अपने परिवार के अनमोल सदस्यों को खो दिया।'

नरसिम्हन ने पलभर को विजयवर्मन के सिंहासन के दाईं ओर देखा, जहां उनका बड़ा हो चुका बेटा बैठा था। हां, उन्होंने दो बेटे खो दिए थे, लेकिन एक अभी भी ज़िंदा था। उनका वारिस अभी भी ज़िंदा था। और जहां तक उनके दूसरे बेटों के मरने की बात थी... नरसिम्हन ठीक वही सोच रहा था जो कोई भी दूसरा योद्धा सोचता। ये युद्ध है... इसमें लोग मारते हैं... और लोग मारे जाते हैं... हम सब जानते हैं कि हमारा सामना किस चीज़ से होता है।

नरसिम्हन जो अंदाज़ा नहीं कर पा रहा था, वो राजेंद्र चोल को पहले ही हो चुका था।

बात विजयवर्मन की दूसरी पत्नी की थी।

चोलों को ख़ुफ़िया रिपोर्ट मिली थी कि श्रीविजय के सम्राट अपनी अधिकांश नौसेना के साथ सुमात्रा द्वीप के उत्तरी सिरे पर इलामुरिदेशम को चले गए थे, जो कि निकोबार द्वीप समूह पर चोल नौसैनिक अड्डे से बहुत दूर नहीं था। चोलों का अंदाज़ा था कि वो श्रीविजय की सेना से सुमात्रा द्वीप पर थोड़ा

और दक्षिण-पूर्व में पनाई के बड़े बंदरगाह शहर में लड़ेंगे, जो एक ज़्यादा रक्षणीय बंदरगाह था। लेकिन उन्हें गुप्त जानकारी मिली थी कि इलामुरिदेशम के स्थानीय प्रांतपाल ने चोल हमले से पैदा हुई अफ़रा-तफ़री का फ़ायदा उठाकर ख़ुद विद्रोह कर दिया था। शायद विजयवर्मन उस विद्रोह का दमन करने गए थे। चोल इस नई स्थिति को देखते हुए अपनी युद्ध रणनीति बना ही रहे थे कि उन्हें ये चौंकाने वाली जानकारी मिली कि विजयवर्मन जल्दबाज़ी में इलामुरिदेशम छोड़कर चले गए थे। चोलों ने फ़ैसला किया कि अभी जब श्रीविजय के सम्राट समुद्र में थे, तो चोल उनका पीछा करेंगे। नरसिम्हन हमेशा से समुद्री हवाओं को समझने में माहिर रहा था। और नौसैनिक हमलों का शानदार रणनीतिक आयोजक था। उसने चोलों के तेज़ गति से बढ़ने के द्वारा श्रीविजयी सेना को चौंका दिया था, और इससे पहले कि विजयवर्मन का बेड़ा पनाई बंदरगाह की सुरक्षा में पहुंचता, वो उन तक पहुंच गया था। इसी से श्रीविजय की सेना का भाग्य तय हो गया था।

राजेंद्र चोल शुरू से ही सोच रहे थे कि विजयवर्मन विद्रोह को दबाने के लिए ख़ुद इलामुरिदेशम क्यों गए थे। वो इसके बजाय अपने किसी नौसेना प्रमुख को भेज सकते थे।

जहां तक मैंने सुना है, उनकी दूसरी पत्नी इलामुरिदेशम की थीं। ये शायद विद्रोह को दबाने के अभियान के बजाय एक बचाव अभियान था, राजेंद्र चोल सोच रहे थे।

'शाही जहाज़ पर झंडे उल्टे लगे थे, महान सेनापति,' विजयवर्मन ने कहा।

नरसिम्हन जानता था कि इसका क्या मतलब था। उस जहाज़ पर एक परिवार था। इसलिए, हमला मत करो।

लेकिन रात का समय था... दृश्यता कम थी... हम झंडों की व्यवस्था को लेकर निश्चित नहीं हो सकते थे... उसने लाचारी से सोचा।

विजयवर्मन ने उस सेवक को इशारा किया जो पहला गहनों का छोटा डिब्बा पकड़े हुए था। पुरोहित ने सेवक के साथ आगे बढ़कर डिब्बा खोला।

'ये उसी शाही जहाज़ से है जिस पर आपने अपने गुलेलास्त्रों से गोले बरसाए थे, महान सेनापति।'

'सम्राट... मुझे लगता है कि...' राजेंद्र चोल ने बीच में बोलने की कोशिश की।

'कृपया मुझे इसकी अनुमति दीजिए, मेरे स्वामी,' विजयवर्मन ने राजेंद्र चोल से ज़ोर देकर कहा। *'मैं आपसे फिर कभी कुछ और नहीं मांगूंगा। मैं हमेशा आपका वफ़ादार सेवक रहूंगा। लेकिन कृपया मुझे इसकी अनुमति दे दीजिए।'*

राजेंद्र चोल ख़ामोश हो गए। परेशान।

नरसिम्हन ने गहनों के खुले हुए बक्से को देखा। उसके अंदर सोने का एक छल्ला था। थोड़ा सा अंडाकार और पूरी तरह गोल नहीं। वो अंगूठी के हिसाब से बहुत बड़ा था, और एक वयस्क महिला के कंगन के लिए बहुत छोटा।

चोल सेनापति और भी ज़्यादा उलझन में पड़ गया।

राजेंद्र चोल ने भी उसे देखा... हे प्रभु महादेव... दया करो... इनकी अपनी दूसरी पत्नी से एक संतान थी...

विजयवर्मन की बाईं आंख से एक अकेला आंसू निकल पड़ा। शरीर का वो पहलू जहां उनका हृदय था। *'ये मेरी बेटी की पायल है। मेरी बेटी ओदिरत्ना की पायल।'*

नरसिम्हन का मुंह सदमे से खुला रह गया। महादेव! मुझे माफ़ कर दो... मुझे माफ़ कर दो...

पायल इतनी छोटी थी कि वो किसी बड़ी हो चुकी औरत की नहीं हो सकती थी। उसके आकार को देखकर लगता था कि पायल पहनने वाली की उम्र चार-पांच साल से ज़्यादा नहीं रही होगी।

मैंने एक बच्ची को मार डाला... हे भगवान...

राजेंद्र चोल ने एक बार फिर बीच में पड़ने की कोशिश की। *'मुझसे जो चाहें मांग लीजिए, महान सम्राट,'* उन्होंने अपने इंडोनेशियाई समकक्ष से कहा।

'मैं मना नहीं करूंगा। लेकिन मेरे सेनापति का जीवन मत मांगना। इन्हें नहीं पता था... हममें से किसी को पता नहीं था...'

'महान सम्राट...' भोजदेव परमार ने कहा। 'कृपया मेरी बात सुनिए... ये बहुत बड़ी ग़लती थी... लेकिन ये जानबूझकर नहीं की गई थी...'

नरसिम्हन अभी तक इतने सदमे में था कि कोई प्रतिक्रिया ही नहीं दे पाया था। लेकिन राजेंद्र चोल और भोजदेव परमार की बातें सुनकर वो बोला, 'मैं इस जघन्य अपराध के लिए अपनी जान दे दूंगा, सम्राट विजयवर्मन। आपको मेरे लिए प्राणदंड मांगने का अधिकार है।'

'मैं आपकी जान नहीं लेना चाहता,' विजयवर्मन ने नरसिम्हन से कहा। 'आप कोई तुर्क नहीं हैं।' क्योंकि श्रीविजय के शासक जानते थे कि धर्म ने उन्हें क्या सिखाया था। कि ग़ज़नी के तुर्कों जैसे अनैतिक जीवों के लिए—जो बच्चों को चोट पहुंचाने में भी कोई अपराधबोध महसूस नहीं करते थे—सबसे अच्छी सज़ा मौत होनी चाहिए। मौत के डर से ही वो सही रास्ते पर आएंगे। लेकिन भारत के उनके विरोधियों जैसे एक बच्चे को मारने पर स्वाभाविक रूप से बेहद पछतावा महसूस करने वाले सभ्य लोगों के लिए सबसे बुरी सज़ा तुरंत मिली मौत नहीं बल्कि एक लंबी, अपराधबोध से भरी ज़िंदगी होगी। 'मैं बस आपको ये पायल देना चाहता हूं। ओदिरत्ना की पायल।'

नरसिम्हन की सांस थम सी गई। उसके हाथ कांप रहे थे। महाकाव्य महाभारत में, भगवान कृष्ण ने योद्धा अश्वत्थामा को बच्चों को मारने के अपराध के लिए, उसके माथे पर जड़े दिव्य रत्न से होने वाली घोर पीड़ा से भरी एक अंतहीन ज़िंदगी का दंड दिया था। नरसिम्हन के लिए ये पायल उसी दिव्य रत्न जैसी बन जाएगी। ये दर्द के एक अंतहीन चक्र में उसकी संक्रमित और सड़ती आत्मा से लगातार मवाद और ख़ून बहने का कारण बनेगी।

'शाश्वत धम्म के नाम पर,' विजयवर्मन ने धर्म के लिए पालि भाषा के शब्द का प्रयोग करते हुए कहा, 'मैं आपसे वचन चाहता हूं, सेनापति नरसिम्हन, कि जब तक मेरी बेटी की प्रताड़ित आत्मा आपको माफ़ नहीं कर देती, आप इस पायल को हर समय अपने पास रखेंगे।'

नरसिम्हन ने, जो अपने किए अपराध की गंभीरता से जड़ और सदमे की हालत में था, भले ही वो अपराध अनजाने में किया गया था, फिर भी किसी तरह सहमति में सिर हिलाने की ताक़त जुटा ली। उसे अपना दंड स्वीकार करने लायक़ मर्दानगी दिखानी ही थी।

विजयवर्मन ने पायल को उठाया और उसे नरसिम्हन की खुली दाहिनी हथेली पर रख दिया। चोल सेनापति को ऐसा महसूस हुआ जैसे वो पायल उसके तन, उसके मन, उसकी आत्मा तक को झुलसा दे रही हो, और वो कसमसा गया। एक ऐसा आदमी जिसने कभी दुश्मन की सबसे शक्तिशाली तलवारों के वार पर भी मुंह नहीं बनाया था, वो सबकी नज़रों के सामने एक बच्ची के गहने से हार रहा था।

लेकिन विजयवर्मन की बात अभी पूरी नहीं हुई थी। उनका दुख अभी भी सुलग रहा था। उन्होंने बड़ा संदूक़ पकड़े हुए पीछे खड़े आदमियों को आगे आने का इशारा किया। वो आगे आ गए। विजयवर्मन ने अपने पुरोहित को ढक्कन खोलने का इशारा किया, नरसिम्हन की ओर देखा, और फुसफुसाए, 'मुझे उम्मीद है कि ये जीत इसके योग्य होगी, सेनापति।'

नरसिम्हन, वीर नरसिम्हन, जो कभी बड़े से बड़े ख़तरों से भी पीछे नहीं हटा था, अभी सहमा हुआ था। क्योंकि उसे अंदाज़ा हो गया था कि संदूक के अंदर क्या था।

राजेंद्र चोल और भोजदेव परमार के भी आंसू बह रहे थे।

संदूक़ का ढक्कन पूरी तरह खोल दिया गया।

नरसिम्हन ने अपने सिर के दोनों ओर हाथ रख लिए और दुख और भय से विलाप करने लगा। उसे ऐसा महसूस हो रहा था जैसे उसका हृदय, उसकी आत्मा, उसके अमर पूर्वज सब उसे उस काम के लिए कोस रहे थे जो उसने किया था।

वो एक बच्ची का पूरी तरह जला हुआ शरीर था। उसके आकार से लगता था कि उसकी उम्र चार-पांच साल से ज़्यादा नहीं रही होगी। उसमें भाले के आकार का वज्र का टुकड़ा धंसा हुआ था। साफ़ दिखाई देता था

कि वज्र उस बच्ची की पीठ में, कमर के निचले हिस्से में बेरहमी से घुसा था। पूरी तरह अंदर जाकर वो सामने से बाहर निकल आया था, जहां उसकी आंतें थीं। नरसिम्हन को अच्छी तरह याद था: इन भाले के आकार के वज्रों को तेल में डुबोकर, गुलेलास्त्रों में लगाकर आग लगाई जा रही थी और फिर भागते हुए श्रीविजय के शाही जहाज़ पर लगातार फेंका जा रहा था। उन जलते हुए वज्रों में से ही एक ने इस मासूम नन्ही बच्ची को निशाना बना लिया था। वो उसके पेट में घुस गया था। मौत तुरंत नहीं हुई होगी। अगर ये उसके दिल या सिर में घुसा होता, तो नन्ही राजकुमारी तुरंत मर जाती। लेकिन ये... ये शैतानी वज्र... इसने उसका ढेर सारा ख़ून बहाने के साथ-साथ उसे जला भी दिया होगा। वो काफ़ी देर तक ख़ून बहने के साथ-साथ ज़िंदा जलती रही होगी। ये एक वयस्क और शक्तिशाली योद्धा के लिए भी एक भयानक, दर्दनाक मौत होती। और वो तो एक छोटी सी बच्ची थी। एक नन्ही सी बच्ची।

अब और नहीं! *नरसिम्हन का मस्तिष्क पीड़ा से चिल्ला उठा।* अब और हत्याएं नहीं!

नरसिम्हन अचानक जाग गया। उसने चारों ओर देखा; वो बेसुध सा महसूस कर रहा था। वो चार चोल सैनिकों द्वारा ले जाई जा रही एक पालकी में था। उसका बायां हाथ वलय पेंडेंट को कसकर पकड़े हुए था। वो उसके हाथ, उसकी चेतना, उसकी आत्मा को झुलसाए दे रहा था। उसने फिर से आंखें बंद कर लीं। *मुझे माफ़ कर दो, ओदिरत्ना। मुझे बहुत दुख है।*

'आप ठीक तो हैं, नसरुल्लाह?' विजयन ने पूछा।

विजयन नरसिम्हन को ले जा रही उस पालकी के ठीक बग़ल में घोड़े पर सवार था, जो एक पोर्टेबल पलंग से ज़्यादा नहीं थी। इन इलाक़ों के दिन में बहुत ज़्यादा गर्मी और रात में कड़ाके की ठंड वाले मौसम के ज़बरदस्त बदलावों ने नरसिम्हन को कमज़ोर कर दिया था। अमल उसे दवाएं दे रही थी, लेकिन आराम करने की सलाह भी दी थी।

नरसिम्हन ने सिर को झटका दिया। 'मैं ठीक हूं।'

चोल-परमार पलटन ख़ुज़दार की ओर जा रही थी, जो ग्वादर और ग़ज़नी के बीच एक चौथाई रास्ते पर था। कुछ दिन पहले, सोमेश्वर अपने संपर्क, ग्वादर के व्यापारी से मिला था। गुजराती व्यापारी ने अपना फटा हुआ एक रुपये का हुंडी नोट दिखाया था। और उसके समकक्ष स्थानीय व्यापारी ने भी नोट का अपना फटा हुआ आधा भाग दिखाया था। मिलान एकदम सही था। ग्वादर के स्थानीय व्यापारी ने सोमेश्वर को बताया था कि उसका अगला पड़ाव ख़ुज़दार क़स्बा होगा, जहां वो फ़िरदौस नाम के एक आदमी से मिलेगा।

सोमेश्वर फ़िरदौस के बारे में पहले ही सुन चुका था। ग़ज़नी के शाही दरबार में उसके संपर्क ने उसे बताया था कि फ़िरदौस ही वो आदमी था जिससे उसे संपर्क करना था। लेकिन वो ये नहीं जानता था कि वो फ़िरदौस से कहां मिल सकेगा और सुरक्षित संपर्क स्थापित करने के लिए पासकोड क्या होगा। अब वो जान गया था।

और भारतीय ख़ुज़दार जा रहे थे। धीरे-धीरे ऊबड़-खाबड़ पहाड़ी इलाक़े से गुज़रते हुए।

ख़ुज़दार एक अलग-थलग, धूल भरा छोटा सा क़स्बा था। शाशान पहाड़ों से घिरे, चार हज़ार फ़ुट से ज़्यादा की ऊंचाई पर बसे इस क़स्बे के अस्तित्व का मक़सद शायद बस इतना था कि ये कोयटा के रास्ते में एक पड़ाव था। कोयटा ग़ज़नी और ग्वादर तट के बीच सबसे बड़ा शहर था, और ग़ज़नी के सफ़र में एक अहम पड़ाव था।

अगर कोई ग़ज़नवी साम्राज्य में सबके सामने छिपना चाहता हो, तो इस काम के लिए ख़ुज़दार से बेहतर कोई जगह नहीं थी। वहां कोई महत्वपूर्ण लोग नहीं रहते थे। लेकिन ज़्यादातर महत्वपूर्ण लोगों को ग़ज़नी जाते या आते समय इस जगह से गुज़रना पड़ता था। तो कुल मिलाकर, अगर आप ख़ुज़दार में रहते थे, तो आप कभी भी ताक़तवर लोगों की नज़र में नहीं आते थे, इसलिए आप

सुरक्षित थे। लेकिन आपको ख़ुज़दार के भोजनालयों, सरायों और मस्जिदों में ताक़तवर लोगों की बातें सुनाई दे सकती थीं, इसलिए आपको हालात के जानकारी रह सकती थी।

किसी जासूस या डबल एजेंट के लिए सबकी नज़रों के सामने छिपे रहने की ये एकदम सही जगह थी।

सोमेश्वर को फ़िरदौस का खेत ढूंढने में बहुत वक़्त नहीं लगा। दिए गए निर्देश एकदम सटीक थे। ये स्वतंत्र खेत ख़ुज़दार से कुछ मील उत्तर में, शहर के बाहर, ग़ज़नी जाने वाले रास्ते पर था। इतना दूर कि ख़ुज़दारी आमतौर पर वहां नहीं आते थे, जिसके कारण ये जगह अलग-थलग से थे। लेकिन इतना पास भी थे कि ज़रूरत पड़ने पर फ़िरदौस जब चाहे फ़ौरन शहर जा सकता था। ख़ुज़दार में उसकी आड़ ये थी कि वो सूखे मेवों का व्यापारी था।

एकदम सटीक।

ग़ज़नवी शाही विद्रोही का एजेंट फ़िरदौस थोड़ा बूढ़ा सा था। सोमेश्वर का ख़्याल था कि वो पचपन से साठ साल के बीच का होगा। फ़िरदौस कमज़ोर और चिड़चिड़े स्वभाव का था। उसके बाल कम थे, सफ़ेद थे और जगह-जगह से ग़ायब थे, जबकि उसकी दाढ़ी घनी, सफ़ेद और लंबी थी। उसका बूढ़ा चेहरा उसके चिड़चिड़े स्वभाव से मेल खाता हुआ झुर्रीदार था। होंठों के किनारों पर गहरी नीचे की ओर जाती लकीरें थीं, लेकिन आंखों के पास हंसने से पड़ी लकीरें नहीं थीं। उसके माथे पर झुर्रियां इतनी ज़्यादा और गहरी थीं कि ऐसा लगता था जैसे भगवान ने ख़ुद हथौड़ी और छेनी लेकर उसके चेहरे पर उन्हें खोदा हो। लगता था जैसे फ़िरदौस अपने अंदर के शैतानों से लड़ते हुए निरंतर मुंह बना रहा हो।

'तो, जवाब दोगे तुम मुझे?' फ़िरदौस ने रूखेपन से पूछा। 'तुम चाहते क्या हो?'

फ़िरदौस ने अपनी बहुत ही मामूली और आश्चर्यजनक रूप से साफ़-सुथरी झोंपड़ी में सिर्फ़ सोमेश्वर और इक़बाल को आने दिया था। बाकी सबसे साफ़-साफ़ कह दिया गया था कि वो बाहर इंतज़ार करें। गुजराती व्यापारी

ने देखा कि दीवार में बनी एक साफ़ अलमारी में एक जानमाज़ क़रीने से लपेटकर रखा हुआ था।

'मैं ग्वादर से आया हूं, मेरे दोस्त,' सोमेश्वर ने कहा।

'मैं तुम्हारा दोस्त नहीं हूं। और जो भी दक्षिण से यहां आता है, वो ग्वादर से ही आता है। कहीं और से नहीं आ सकता। अपना काम बताओ।'

सोमेश्वर को फ़िरदौस का लहजा समझ नहीं आया। सुनने में भारतीय लग ज़रूर रहा था, लेकिन ऐसा लहजा उसने पहले कभी नहीं सुना था। गुजराती ने शिष्टाचार की इधर-उधर की बातें छोड़ीं और सीधे काम की बात पर आ गया। 'मैं जहां से आया हूं, वो जगह ज़मीन पर जन्नत है।'

फ़िरदौस अचानक कुछ देर के लिए ख़ामोश हो गया। उसका चेहरा स्पष्ट रूप से नर्म पड़ गया था। 'हर किसी को अपना वतन जन्नत ही लगता है।'

सोमेश्वर ने अपनी बात जारी रखी, और अगली पंक्ति में पासकोड बोल दिया, 'ख़ैर, मैं सच बता रहा हूं। मेरे वतन में सब कुछ है। दौलत, ख़ूबसूरती, अक़्लमंदी, हिम्मत और जोश।'

फ़िरदौस पहली बार हल्का सा मुस्कुराया। 'माफ़ करना, मेरे दोस्त, लेकिन तुम झूठ बोल रहे हो। शायद अनजाने में ही सही, लेकिन तुम झूठ बोल रहे हो। क्योंकि ये कहते हुए सिर्फ़ मेरे लोग ही सच बोलते हैं कि उनकी ज़मीन जन्नत है।'

सोमेश्वर खुलकर मुस्कुराया। 'मैं एक दिन तुम्हारे वतन जाना चाहूंगा, मेरे दोस्त।'

फ़िरदौस की भौहें तन गईं। 'ये लाइन पासकोड का हिस्सा नहीं है।'

'जानता हूं। मैं बस यूंही बोल गया। मैं वाक़ई तुम्हारे वतन जाना चाहूंगा।'

इस बार फ़िरदौस खुलकर मुस्कुराया, और उसने सोमेश्वर को गले लगा लिया। 'आखिरकार, हम राक्षसों से भिड़ने जा रहे हैं।'

'यक़ीनन, मेरे दोस्त।'

'तुम्हारा नाम क्या है?'

'सलमान।'

फ़िरदौस ने सोमेश्वर को घूरा। उसकी बाईं भौंह ऊपर उठ गई। 'सच में?'

सोमेश्वर चुप रहा।

'तुम चाहते हो कि मैं तुम पर भरोसा करूं? तो तुम्हें मुझ पर भरोसा करना होगा। फिर पूछता हूं, तुम्हारा नाम क्या है?'

'सोमेश्वर।'

फ़िरदौस मुस्कुराया। 'अब तुम सच बोल रहे हो।'

'और तुम्हारा क्या नाम है?' सोमेश्वर ने पूछा।

फ़िरदौस ने तेवर चढ़ाए। 'फ़िरदौस। मैं तुमसे क्यों झूठ बोलूंगा?'

सोमेश्वर धीरे से हंसा।

फ़िरदौस ने खिड़की से उस खुली जगह की ओर देखा जहां भारतीय सैनिक जमा थे। 'ऐसा नहीं लगता कि तुम्हारे पास काफ़ी लोग हैं, सोमेश्वर।'

'सलमान। सिर्फ़ सलमान ही बोलो,' सोमेश्वर ने कहा। 'मैं इत्तफ़ाक़ से भी ग़लती की गुंजाइश नहीं छोड़ सकता।'

'तुमने सही कहा। माफ़ी चाहता हूं,' फ़िरदौस ने पछतावे के साथ कहा। 'लेकिन मेरी बात अब भी वही है। तुम्हारे पास काफ़ी लोग नहीं हैं, सलमान।'

'हमारे पास एकदम सही संख्या में लोग हैं। न बहुत कम। और साथ ही, बहुत ज़्यादा भी नहीं। हम खुली लड़ाई नहीं लड़ने वाले हैं। हम उसकी हत्या करने जा रहे हैं।'

'तुम्हारे फ़ौजी... ये तुर्क तो नहीं दिखते, अलावा उस औरत के। मुझे उम्मीद है कि उसने उन्हें अच्छा प्रशिक्षण दिया होगा, और वो तुर्की ज़बान समझते होंगे।'

सोमेश्वर ने सहमति में सिर हिलाया।

'वो कौन हैं? और कहां से हैं?'

'मेरा ख़्याल है कि फ़िलहाल तुम ये न जानो तो ही बेहतर होगा, फ़िरदौस,' सोमेश्वर ने कहा।

फ़िरदौस कुछ देर तक सोमेश्वर को घूरता रहा। फिर उसने कंधे उचकाए। 'ठीक है, अगर तुम पर उसे भरोसा है जिसके लिए मैं अपनी जान दे सकता

हूं, तो मैं भरोसा करूंगा कि तुम्हें अच्छी तरह पता है कि तुम क्या करने जा रहे हो। मेरे साथ आओ।'

'हम कहां जा रहे हैं?' जब वो तीनों फ़िरदौस की झोपड़ी से बाहर निकल रहे थे, तब सोमेश्वर ने पूछा।

फ़िरदौस एक लालटेन हाथ में लिए हुए आगे चल रहा था क्योंकि सूरज धीरे-धीरे ऊंचे पहाड़ों के पीछे डूबने लगा था। 'कबूतरख़ाने में।'

सोमेश्वर मुस्कुराया। उसे ये फ़िरदौस पसंद आने लगा था। ये ज़रा भी समय बर्बाद नहीं करता था। संदेश तुरंत डाक-पक्षी द्वारा ग़ज़नी में इसके संपर्क को भेजा जाएगा। शायद ये काफ़ी समय से महमूद और उसके परिवार पर हमले की योजना बना रहा होगा। और आख़िरकार वो समय आ गया था।

'क्या तुम्हारे ग़ज़नी के संपर्क तुरंत जवाब देते हैं?' सोमेश्वर ने पूछा। बज़ाहिर ये एक सीधा-सादा सा सवाल था।

फ़िरदौस ने पलटकर देखा तो उसकी आंखों में एक चमक थी। उसे ये बुद्धिमान गुजराती पसंद आने लगा था। अगर कोई व्यक्ति किसी दूसरे व्यक्ति के बारे में लापरवाही से जवाब देता है, तो सबसे पहले वो उस व्यक्ति के लिंग का रहस्य खोल देता है। चूंकि अधिकतर भाषाओं में जब आप किसी के बारे में बात करते हैं, तो उसमें लिंग छिपा होता है, इसलिए अगर आप लापरवाही से बोलते हैं, तो आप 'ता' या 'ती' या इनके किसी और रूप का प्रयोग करेंगे। और अगर सोमेश्वर को दरबार के उच्च स्तर वाले संपर्क के लिंग के बारे में अंदाज़ा हो जाता, तो उसके लिए तुरंत विद्रोही की पहचान करने का दायरा छोटा हो जाता। 'अच्छी कोशिश है,' फ़िरदौस ने जवाब दिया।

सोमेश्वर चुप रहा और मुस्कुराया। वो इस बात से प्रभावित था कि फ़िरदौस इतना उलझा हुआ सा दिखाई देने के बाजवूद कितना सावधान था।

फ़िरदौस दूर खड़े भारतीयों की ओर मुड़ा और ज़ोर से बोला, 'तुम लोग खलिहान में आराम से रह सकते हो। वहां तुम सबके लिए अच्छी-ख़ासी जगह है।'

विजयन ने पुष्टि के लिए सोमेश्वर की ओर देखा। सोमेश्वर ने गुट के नेता की भूमिका निभाते हुए सहमति में सिर हिलाया। विजयन तुरंत खेत के विशाल खलिहान में रहने की व्यवस्था करने में लग गया।

फ़िरदौस तेज़ी से आगे चल रहा था, और सोमेश्वर और इक़बाल उसके पीछे थे। 'तुम्हारे सवाल का जवाब ये है कि जब मैं ग़ज़नी संदेश भेजता हूं, तो वो तभी जवाब देते हैं जब वो दे सकते हैं। कभी-कभी बस एक ही दिन लगता है। कभी-कभी, कुछ हफ़्ते भी लग जाते हैं।'

'देते हैं?!' सोमेश्वर ने अहम जानकारी ग्रहण कर ली थी—कम से कम उसकी अपनी राय में। और वो हैरान हो गया।

फ़िरदौस चलता रहा। चुपचाप।

'ग़ज़नी के दरबार में शीर्ष स्तर पर एक से ज़्यादा विद्रोही हैं?' सोमेश्वर ने पूछा।

'मैंने ऐसा कब कहा?'

'तुमने अभी "देते हैं" कहा।'

'हां, वो "हैं" ही कहलाते हैं। लेकिन वो एक ही व्यक्ति हैं।'

अब सोमेश्वर पूरी तरह से उलझ गया था। 'मुझे समझ नहीं आ रहा है।'

'समझने की ज़रूरत भी नहीं है।'

सोमेश्वर थोड़ा हांफता हुआ सा चलता रहा; उसे पतले और तेज़ रफ़्तार वाले फ़िरदौस के साथ चलने में दिक़्क़त हो रही थी।

'मुझे कुछ हफ़्तों से ग्वादर से कोई संदेश नहीं मिला है,' फ़िरदौस यूं ही बोला।

'हम्म,' सोमेश्वर ने कहा।

'तुमने वहां के बंदरगाह पर किसी अब्बासी जहाज़ के आने के बारे में नहीं सुना? उस पर ख़लीफ़ा के रंग होने चाहिए।'

सोमेश्वर बिल्कुल भी हिचकिचाया नहीं। 'नहीं, मैंने नहीं सुना।'

वो फ़िरदौस को अब्बासी जहाज़ के बारे में बाद में बताएगा। जब उसे इस आदमी पर भरोसा हो जाएगा। लेकिन स्पष्ट था कि ख़िलाफ़त का वो जहाज़ किसी ऐसे अभियान के लिए आ रहा था जिसका ग़ज़नी के शाही दरबार से कुछ संबंध था। हो सकता है कि ग़ज़नी में फ़िरदौस के संपर्क ने उसे इस बारे में बताया हो। सोमेश्वर ने पलटकर इक़बाल को देखा। उसे अपने दोस्त के चेहरे के हाव-भाव से समझ आ गया कि इक़बाल भी इसी नतीजे पर पहुंचा था।

वो पहुंच चुके थे। फ़िरदौस ने कबूतरख़ाने के लकड़ी के दरवाज़े को धक्का देकर खोला। अंदर अंधेरा था। फ़िरदौस के पास जो लालटेन थी, वो यहां बहुत काम आने वाली थी। 'संदेश भेजने के ठिकाने में आ जाओ।'

सूरज को डूबे बहुत देर हो चुकी थी। इस समय घुप्प अंधेरा होना चाहिए था। लेकिन ऐसा था नहीं। क्योंकि चांद ने हर ओर अपनी मख़मली रोशनी फैलाई हुई थी। वैसे भी, बर्फ़ीले पहाड़ों की ये विशेषता होती है कि वो रोशनी को बहुत ज़्यादा प्रतिबिंबित करते हैं। नतीजतन, अभी भी काफ़ी हद तक दृश्यता बाक़ी थी।

खलिहान में रहने की व्यवस्था कर ली गई थी, जो परिस्थितियों को देखते हुए काफ़ी आरामदायक थी। पेट भरकर खाना खाया जा चुका था। पुआल और जूट से अच्छे-ख़ासे मुलायम बिस्तर बना लिए गए थे—पिछले हफ़्ते जिस तरह ये पलटन खुले में, बर्फ़ीली, पथरीली पहाड़ियों पर सो रही थी, उसकी तुलना में ये काफ़ी बेहतर था। सारे भारतीय जल्द ही सो गए थे। सेना के कूच के दौरान सुनहरा नियम ये था कि जब भी खाने और सोने का अवसर मिले, तो उसका फ़ायदा उठा लेना चाहिए। संतरी का काम और पहरे का कार्यक्रम तय कर दिया गया था, और पहरेदारों को हर दो घंटे पर बदला जाना था।

इस तरह सभी को सोने का अच्छा मौक़ा मिल जाता, और कैंप की सुरक्षा भी सुनिश्चित हो जाती।

उसकी कमान के सभी योद्धाओं का आराम और सुरक्षा सुनिश्चित कर दी गई थी। एक कमांडर इससे ज़्यादा और क्या चाह सकता था?

विजयन अब शांति से बैठ सकता था। वो विशाल खेत के किनारे, उत्तरी बाड़ के ठीक बाहर, ज़मीन पर बिछी फ़र की क़ालीन पर बैठा हुआ था। उसे नज़ारे की सुंदरता, दूर ऊंचे बर्फ़ से ढके पहाड़ों, दूर से आती झरने की कलकल, और इलाक़े की भरपूर हरियाली पर मुग्ध होना चाहिए था। ख़ुज़दार इस क्षेत्र की उन कुछ घाटियों में से एक थी जहां पानी की बहुतायत थी। शुष्क भूरी और बेजान सफ़ेद ज़मीन के बीच हरियाली का एक छोटा सा टुकड़ा।

अद्भुत। मनमोहक। सुहावना।

लेकिन इसके बजाय विजयन अपने बग़ल में बैठी अलौकिक ख़ूबसूरती में गुम था।

अमल।

पांड्य योद्धा ने एक पल को उसका हाथ पकड़ा और फिर छोड़ दिया। उसने अपनी हथेलियों को आपस में रगड़ा और उनमें फूंक मारी। अमल ने अपने बग़ल में बैठे मज़बूत मर्दाना मगर फिर भी अविश्वसनीय रूप से शर्मीले आदमी को देखा, मुस्कुराई, और फिर आसमान की ओर देखकर वहां बिखरे अनगिनत तारामंडलों को निहारने लगी।

'ये दिलकश है,' वो फुसफुसाई। 'मैंने अपनी ज़िंदगी में कभी इतनी ख़ूबसूरती नहीं देखी। इस जमे हुए रेगिस्तान ने तो आसमान की सुंदरता को और भी बढ़ा दिया है।'

'हां,' विजयन ने कहा। 'मैंने आज से पहले कभी बर्फ़ नहीं देखी थी। रात में, ये ज़मीन को आसमान से भी ज़्यादा चमकदार बना देती है।'

'मेरा भी ये पहला मौक़ा है, वलीद,' अमल ने कहा। उसने अपने बालों में उंगलियां फिराईं और बालों की लटों को अपने कानों के पीछे कर लिया। बर्फ़ के कारण बढ़ी हुई चांदनी के अक्स से उसका बेदाग़ चेहरा दमक रहा

था। ईश्वर ने इस सुंदर चेहरे को बिना किसी दाग़ के बनाया था। 'प्रकृति मां हमें उन ख़तरों को नज़रअंदाज़ करने को कह रही है जो हमारे सामने हैं। उन्हें भुला दो... और इस पल का आनंद लो...'

अमल ने विजयन को देखा और शर्माते हुए मुस्कुराई।

फिर भी, वो हिचकिचाता रहा।

अगर ये सबकुछ इतना निराशाजनक न होता, तो ये झिझक अत्यंत आकर्षक होती।

'वलीद...' अमल फुसफुसाई।

'हम्म?'

'विजयन...'

अमल को अपना नाम लेते सुनकर विजयन के शरीर में बिजली सी कौंध गई। बहुत लंबा समय हो गया था। वो इतने समय से उसे वलीद बुलाती रही थी। विजयन को किसी और के उसका नक़ली नाम लेने से कोई फ़र्क़ नहीं पड़ता था। लेकिन वो उसके होंठों से अपना असली नाम सुनना चाहता था। उसके होंठ...

वो आगे को झुका। थोड़ा सा। अभी भी हिचकिचाता हुआ।

अमल पीछे नहीं हटी। वो मुस्कुरा रही थी, और ठंड से उसके होंठ कांप रहे थे। उसकी आंखें कोमलता से विजयन को देख रही थीं। वो उसे एक ऐसी आग से सुलगा रही थीं जो समय जितनी पुरानी थी। अमल ने उम्मीद में अपनी ठोड़ी थोड़ी सी उठा दी थी; उसका दिल ज़ोरों से धड़क रहा था।

विजयन ने धीरे से उसका चेहरा थामा और अपना चेहरा उसके क़रीब ले आया।

ख़ुदा जाने वो किस बात का इंतज़ार कर रहा था।

अमल अब बहुत बर्दाश्त कर चुकी थी। उसने दूरी कम की और विजयन को चूम लिया। धीरे से। फिर जोश से, उसके होंठों को अलग करते हुए। वो कुनमुनाई, और उसने विजयन को अपनी बांहों में लपेटकर अपने क़रीब खींच लिया।

विजयन अटपटे ढंग से पीछे हट गया। और दूसरी ओर देखने लगा। अमल अपनी नज़रें बचाते हुए सीधी बैठ गई। उसने अपने जलते हुए गालों को छुआ।

'मुझे अफ़सोस है... मुझे अफ़सोस है...' पांड्य बड़बड़ाया।

'मुझे कोई अफ़सोस नहीं है, विजयन,' अमल ने साफ़-साफ़ उसे उसी नाम से बुलाते हुए कहा जो उसे पसंद था।

विजयन भौंचक्का सा उसे देखता रह गया। लेकिन उसका चेहरा एक चौड़ी मुस्कान से खिल उठा। ऐसा लगा जैसे उसने अभी पल भर को स्वर्ग छू लिया हो। वो अपना सिर उसके क़रीब ले आया। और फिर, वो फिर से हिचकिचाया।

किसी भी ऐसे आदमी का सामान्य डर, जिसे लगता है कि उसे एक ऐसी औरत मिल गई है जो उसके लिए बहुत अच्छी है... *मैं जागूंगा तो मुझे लगेगा कि ये सब एक सपना था।*

इतना झिझकने वाले और घबराए हुए मर्द से ज़्यादातर औरतें बुरी तरह चिढ़ जातीं। लेकिन अमल ऐसी नहीं थी। वो जानती थी कि पहल उसे ही करनी होगी भले ही ये अजीब लगे। ये आदमी इसके लायक़ था। उसकी सादगी इसके लायक़ थी।

'विजयन, ये बात सब जानते हैं। मैं जानती हूं। तुम जानते हो। लेकिन किसी को तो ये कहना ही होगा।'

विजयन उसे देखता रहा। वो महान योद्धा, जो एक साथ कई दुश्मनों से लड़ सकता था, स्पष्ट शब्द बोलने की हिम्मत जुटाने में संघर्ष करता दिख रहा था।

'तो वो साफ़ बात मैं ही कह देती हूं,' अमल ने मुस्कुराते हुए कहा। 'मैं तुमसे प्यार करती हूं। और मुझे पता है कि तुम भी मुझसे प्यार करते हो।'

विजयन का चेहरा शर्म से लाल हो गया, जो उसकी सांवली रंगत के बावजूद दिख रहा था।

'तो,' अमल ने अब लगभग हंसते हुए कहा। 'क्या तुम्हें कुछ कहना है?'

'मैं तुमसे प्यार करता हूं!' विजयन में अचानक बोलने की हिम्मत आ गई। और वो चाहता था कि इससे पहले कि उसकी हिम्मत दोबारा जवाब दे जाए,

वो सब कुछ कह दे। 'मैं तुमसे बहुत प्यार करता हूं... मैं तुम्हें तकना बंद नहीं कर पाता। तुम्हें देखता हूं तो मेरी सांसें थम जाती हैं। तुम्हें न देखूं तो ऐसा लगता है जैसे मैं सांस नहीं ले रहा हूं... अगर हम दोनों इस कठिन अभियान में ज़िंदा बच गए, तो क्या तुम... मेरा मतलब... क्या तुम सोचोगी... मेरा मतलब... क्या तुम मुझसे शादी करोगी?'

अमल की हैरानी की सीमा नहीं रही। पहले तो ये बिल्कुल ही नहीं बोल रहा था। और अब, इसने इतना कुछ कह दिया!

'मैं तुमसे शादी करूंगी, मेरे शर्मीले सैनिक,' वो बोली, और हंस पड़ी।

विजयन को अपने कानों पर विश्वास नहीं हुआ। वो कान से कान तक मुस्कुरा रहा था। उस कहावती बिल्ली की तरह जिसे मलाई मिल गई थी। 'मैं... वाह... मेरा मतलब... मैं... अम्म... ये... ये तो... कमाल ही हो गया...'

अब अमल बेक़ाबू होकर हंस रही थी। उसने विजयन की छाती को थपथपाया। विजयन को ज़िंदा होने का सा अहसास हुआ। जितना ज़िंदा उसने पहले कभी महसूस नहीं किया था। उसने उसकी ओर हाथ बढ़ाया और फिर अचानक रुक गया। उसने दूर देखते हुए आंखें सिकोड़ीं। अमल के कान भी खड़े हो गए। उन्होंने एक-दूसरे को देखा। उन्हें उत्तर से एक हल्की सी भिन-भिन सुनाई दी। फिर उन्हें एक धुंधला सा ग़ुबार दिखाई दिया। धुंधलाती रोशनी के कारण बमुश्किल दिखता। बहुत दूर। दूर पहाड़ की चोटी पर। एक विशाल लहर की तरह उनकी ओर बढ़ता हुआ।

वो अभी भी बहुत दूर थे। कम से कम आधे घंटे से पैंतालीस मिनट की दूरी पर। वो एक सुनसान सी रात थी, और पहाड़ों की ख़ामोशी की वजह से आवाज़ बहुत दूर तक सुनाई दे रही थी।

विजयन और अमल तुरंत उठ खड़े हुए।

'वो क्या है?' अमल ने पूछा। 'किसी तरह का झुंड है?'

घबराया हुआ, प्यार का मारा विजयन फ़ौरन ग़ायब हो गया था। तेज़-तर्रार, बहादुर योद्धा विजयन वापस आ गया था।

'इतनी दूरी तक देखने लायक़ रोशनी नहीं है,' विजयन ने स्थिर और आश्वस्त आवाज़ में कहा। 'मैं समझ नहीं पा रहा। तेज़ी से खलिहान की ओर जाओ। हमारे सैनिकों को इकट्ठा करो। उत्तर से कोई झुंड आ रहा है।'

'रुको!' अमल ने कहा। उसने अपने दाएं कान को हाथ से ढका। 'तुम्हें ये सुनाई दे रहा है? वो निश्चित रूप से इंसान हैं।'

'लगता है वो चिल्ला रहे हैं,' विजयन ने कहा। 'अमल, हमारे पास बहुत समय नहीं है। भागकर जाओ और दूसरों को चेतावनी दो। ये लोग जल्द ही हम तक पहुंच जाएंगे। सोमेश्वर, इक़बाल और फ़िरदौस को भी चेतावनी दो। वो कबूतरख़ाने में हैं।'

फ़िरदौस ने ग़ज़नी में अपने संपर्क के लिए चिट्ठी लिखने का काम पूरा कर लिया था। इसमें काफी समय लगा क्योंकि चिट्ठी कूटलिपि में होनी थी। और कूटलिपि इतनी ज़बरदस्त थी कि सोमेश्वर ने पहले कभी नहीं देखी थी, जिसमें ऐसा कूटलेखन भी शामिल था जिसका शाही परिवारों में प्रयोग होता था। फ़िरदौस और उसका संपर्क नियमित रूप से कूट कोड बदलते रहते थे; हर महीने के पहले शुक्रवार को ठीक समय पर एक नया गूढ़ालेखी कुंजी पत्र आ जाता था।

महमूद ग़ज़नवी के ख़िलाफ़ ये साज़िशकर्ता बेहद सावधान लोग थे। यही कारण था कि वो अब तक पकड़े जाने या नज़र में आने से बचे हुए थे।

फ़िरदौस ने चिट्ठी सोमेश्वर और इक़बाल को दिखाई थी, और वो दोनों भी उससे ख़ुश दिखे। उसने बहुत संभालकर उस छोटे से चर्मपत्र को लपेटा जिस पर बहुत छोटे अक्षरों में संदेश लिखा था, और उसने एक ख़ोल में उसे डालने के बाद एक कबूतर की टांग में बांध दिया।

पक्षी को पकड़कर, फ़िरदौस ने दरवाज़े की ओर इशारा किया। सोमेश्वर ने उसे खोल दिया।

'शुभ यात्रा, नेक परिंदे,' पक्षी को रात की हवा में छोड़ते हुए फ़िरदौस ने कहा। 'हमारा संदेश ग़ज़नी ले जाओ।'

'शुभ यात्रा,' सोमेश्वर ने कहा। 'हमारा संदेश उन तक पहुंचा दो।'

इक़बाल और फ़िरदौस ने सोमेश्वर को देखा और मुस्कुराए। वो पलटकर पक्षी को देखने लगे, जो लगातार ऊंचाई में उड़ता चला जा रहा था, और फिर एक छोटी सी स्लेटी गेंद बनकर जल्द ही अंधेरे में घुल-मिल गया।

और तभी उन्होंने अमल को खलिहान की ओर दौड़ते हुए देखा। उन्हें जल्दी से इशारा करते हुए, उसने उन्हें अपने साथ आने के लिए बुलाया।

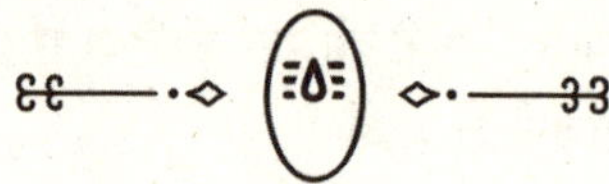

अध्याय 18

हमले से पहले आया एक तूफ़ान

ख़ुज़दार, अफ़ग़ानिस्तान के बाहर

चोल-परमार सैनिक झटपट युद्ध के लिए तैयार हो गए। उन्होंने अपनी धोतियां सैन्य ढंग से बांधीं और अपने सीने पर कवच पहन लिए। अपनी बाहों और टांगों के कवच लगाए, अपने हथियार और टोप पहने। अपनी तलवारों और चाक़ुओं के फलों की जांच की। अपनी ढालों को अपनी पीठों पर बांधा। अपने धनुषों पर प्रत्यंचा चढ़ाई। और विन्यास में आ गए। खलिहान के भीतर ही।

नरसिम्हन वहां एकत्र योद्धाओं के पास गया। उसने अमल की सलाह के ख़िलाफ़ दोगुनी ख़ुराक ले ली थी जिससे उसका दर्द कम हो गया था और ताक़त आ गई थी। उसका लक़्वाग्रस्त दायां हाथ एक कंधे की पट्टी से कसकर उसके वक्ष से बंधा हुआ था जो कपड़े के एक मोटे प्लास्टर का काम भी कर रही थी। उसकी ढाल उसके बंधे हुए हाथ के सामने बंधी हुई थी, और उसके दाएं कंधे पर धातु का एक बड़ा सा कंधा-कवच बंधा था। दोनों पिंडलियों पर पिंडलियों के कवच बंधे हुए थे और एक बांह का कवच उसके सही बाएं हाथ पर बंधा था। उसकी म्यान दाईं ओर बंधी थी। उसने बड़ी आसानी से तलवार बाहर निकाली, उसकी जांच की और उसे म्यान में डाल दिया। उसने अपने पिंडली कवचों में बंधे चारों चाक़ुओं की जांच की।

और उन दो चाकुओं की भी जो उसकी कमर के बाईं ओर बंधी छोटी म्यान में रखे हुए थे।

फिर उसने अपने सैनिकों का निरीक्षण करना शुरू किया।

कुछ ही देर में, उन्हें बाहर से ज़ोरों की आवाज़ें सुनाई देने लगीं।

'नसरुल्लाह जनाब!'

ये विजयन की आवाज़ थी।

नरसिम्हन ने सिर हिलाया और उसके एक सैनिक ने खलिहान का दरवाज़ा खोल दिया। नरसिम्हन और अमल बाहर निकले।

विजयन आगे बढ़ा। उसके पीछे एक बाढ़ थी, लगभग एक हज़ार भूखे, थके-हारे, बदहाल और घबराए हुए पुरुषों, महिलाओं और बच्चों की एक विशाल भीड़। लेकिन सब घबराए हुए नहीं थे। उनमें से लगभग पचास अनुशासित थे, जो लोगों की भीड़ को व्यवस्थित कर रहे थे और उन्हें संभाल रहे थे।

'ये सब क्या है, वलीद?' नरसिम्हन ने विजयन के नक़ली नाम का इस्तेमाल करते हुए पूछा।

'ग़ज़नी से भागे हुए ग़ुलाम हैं, जनाब,' विजयन ने जवाब दिया। 'इनमें अफ़्रीकी, यज़ीदी, कॉप्टिक ईसाई, पारसी ईरानी हैं, लेकिन ज़्यादातर हमारे साथी भारतीय हैं—हिंदू, बौद्ध और मुसलमान। ये किसी तरह भागने में कामयाब रहे हैं। ये लगभग नौ सौ ग़ुलाम हैं। लेकिन इनमें पचास योद्धा भी हैं, जो सभी भारतीय हैं। और महमूद के जत्थे इनका पीछा कर रहे हैं।'

'महमूद के लड़ाके यहां आ रहे हैं?'

'लगता तो ऐसा ही है।'

'अभी वो कितनी दूर हैं?'

'शायद छह-सात घंटे की दूरी पर। वो शायद कल सुबह तक यहां पहुंच जाएंगे।'

'इतनी दूर हैं?' नरसिम्हन ने पूछा। 'तो फिर इन्होंने उन्हें देखा कैसे?'

'मैंने भी यही पूछा था।'

'और जवाब क्या मिला?'

'अगर आप वहां उन पहाड़ों में ऊंचाई पर हैं, तो आप घोड़े को वास्तव में आप तक पहुंचने से कई घंटे पहले देख सकते हैं। क्योंकि एक पहाड़ से नीचे उतरने और दूसरे पहाड़ पर चढ़ने में बहुत समय लगता है। साथ ही, वो शाम के समय ज़्यादा तेज़ नहीं चल सकते, वरना फिसलकर मारे जाएंगे।'

'वो कितने हैं?'

'दो सौ गज़नवी घुड़सवार,' विजयन ने कहा।

नरसिम्हन ने अपनी आंखें सिकोड़ीं। *सिर्फ़ दो सौ। और हमारे पास हज़ार लोग हैं। जिनमें से लगभग सौ प्रशिक्षित योद्धा हैं। ये तो अच्छा मौक़ा है।*

'उनका नेतृत्व अबू क़ासिम नाम का एक आदमी कर रहा है,' विजयन ने आगे कहा, 'जो ख़ुद को *तुर्क क़साब-ए-हिंद* कहता है। *भारत का तुर्क क़साई।*'

'तो हमें उस क़साई का ख़ंजर उसी पर चलाना होगा,' अमल ने कहा।

विजयन सहमत था। 'मदुरै की मीनाक्षी की सौगंध, ज़िंदगी में उन बर्बरों को मारने से बेहतर कम ही चीज़ें हैं।'

'तुम लोगों का नेता कौन है?' नरसिम्हन ने ग़ुलामों से पूछा।

'मैं हूं,' पुला ने जवाब दिया।

नरसिम्हन ने पुला को देखा। एक लंबा आदमी, लगभग चोल सेनापति जितने ही क़द का। पुला की त्वचा सांवली थी, उसका दाढ़ी वाला सुंदर चेहरा, शरीर मांसल, फुर्तीला और मज़बूत था। लेकिन उसकी त्वचा पर खिंचाव के निशान दिखाते थे कि उसकी मांसपेशियां पहले कभी और भी शानदार थीं। पोषण की कमी ने उसके शरीर को कमज़ोर बना दिया था। लेकिन उस कमज़ोरी की हालत में भी पुला की चाल-ढाल में फुर्ती थी, जिससे उसके स्वाभाविक योद्धा कौशल का पता चलता था। जहां तक उम्र की बात थी, तो वो पच्चीस-तीस के लगभग लगता था। और ग़ुलामी में बिताए गए सालों के बावजूद उसके चेहरे पर एक स्वाभाविक चमक थी। ये आदमी नेतृत्व करने का आदी था। एक ऐसा आदमी जिसे अपने आसपास के कमज़ोर लोगों की ज़िम्मेदारियां लेने की आदत थी।

'तुम्हारा नाम क्या है, मेरे दोस्त?' नरसिम्हन ने पूछा।

'मैं पुला हूं। पुलकित, अगर आप चाहें तो,' पुला ने जवाब दिया। 'मैं चालुक्य सम्राट जयसिम्हा का सबसे छोटा भाई हूं, जो वातापि के सत्याश्रय के पुत्र हैं। कई वर्ष पहले, मेरे भाई ने मुझे और कुछ सैनिकों को सोलंकी और दूसरे भारतीय राजवंशों के साथ मिलकर सोमनाथजी की रक्षा के लिए भेजा था। मैं और मेरे सैनिक, और शहर के कई दूसरे रक्षक ग़ज़नवियों द्वारा पकड़ लिए गए। तब से हम ग़ुलाम हैं।'

भौंचक्के विजयन और अमल अविश्वास से घूरते रह गए। उन्होंने अपने सेनापति नरसिम्हन की ओर नज़र डाली, और फिर वापस पुलकित को देखने लगे।

एक चालुक्य राजकुमार!

वो मशहूर चोल-चालुक्य द्वेष के बारे में अच्छी तरह जानते थे। उन्होंने एक-दूसरे के ख़िलाफ़ कई युद्ध लड़े थे। और नरसिम्हन के स्वामी राजेंद्र चोल ने कई साल पहले आमने-सामने की लड़ाई में पुलकित के पिता सत्याश्रय को ख़ुद मारा था। तब पुलकित छोटा बालक रहा होगा।

सबसे अविश्वसनीय बात ये थी कि नरसिम्हन अपने लक़वाग्रस्त दाएं हाथ के साथ अभी जिस हालत में था, इसके लिए एक चालुक्य सतर्कता दल ही ज़िम्मेदार था।

अभी तुर्कों के उन तक पहुंचने से पहले उनके पास थोड़ा समय था। नरसिम्हन समय बर्बाद नहीं करना चाहता था। 'तुम मुझे पहचानते हो, राजकुमार पुलकित?'

पुला ने सहमति में सिर हिलाया। 'मुझे पता है कि नसरुल्लाह आपका असली नाम नहीं है।'

नरसिम्हन एक पल को झिझका। और फिर बोला। 'तुम्हारे पिता एक महान व्यक्ति थे। मैं अभी भी अपने सम्राट के प्रति वफ़ादार हूं। लेकिन, इससे इस बात पर कोई फ़र्क़ नहीं पड़ता कि तुम्हारे पिता एक महान इंसान थे। और जो हुआ उसके लिए मुझे खेद है।'

पुला ने एक गहरी सांस ली। 'ये युद्ध है। युद्ध में ऐसा ही होता है।'

अब विजयन बोला। 'महाभारत के युद्ध में दोनों ही ओर कुछ अच्छे लोग थे। पांडवों की ओर भी और कौरवों की ओर भी।'

पुलकित ने विजयन को देखा और फिर वापस नरसिम्हन को देखा। उसके शब्द नर्म लेकिन स्पष्ट थे। 'कौरव सौ रहे हो सकते हैं। और पांडव पांच रहे हो सकते हैं। लेकिन अगर उन पर कहीं बाहर से हमला होता, तो वो एक सौ पांच थे...'

पुलकित ने राजा युधिष्ठिर के शब्द बोले थे, जिन्हें धर्मराज के नाम से भी जाना जाता है। सरल शब्दों में, संदेश ये था कि जब कोई बाहरी बर्बर हमला करे, तो धर्म के सभी लोगों को एकजुट हो जाना चाहिए।

नरसिम्हन मुस्कुराया और उसने दोस्ती के प्रस्ताव के रूप में अपना बायां हाथ आगे बढ़ाया। 'हम 105 हैं!'

'हम 105 हैं!' पुलकित ने नरसिम्हन के बाएं हाथ को अपने दाएं हाथ से पकड़ते हुए कहा। जिस तरह भाई-योद्धा एक-दूसरे के हाथ पकड़ते हैं।

'हम 105 हैं!' विजयन ने दोहराया, और भाईचारे के बंधन में अपना हाथ भी मिला दिया।

अमल ने आगे बढ़कर तीनों आदमियों के हाथ पकड़ लिए। 'हम 105 हैं!'

'मेरी सेना की कमान आपके हाथों में है, सेनापति,' पुलकित ने नरसिम्हन से कहा। वो जानता था कि ज़्यादा अनुभवी और आक्रामक सैनिक कौन था। उसके हाथों में नेतृत्व सौंपने में अपमान जैसी कोई बात नहीं थी।

नरसिम्हन ने सहमति में सिर हिलाया और आगे को झुका। 'हमारे पास दुश्मन को चौंकाने का अवसर है। वो उम्मीद कर रहे होंगे कि वो नौ सौ ग़ुलामों और पचास सैनिकों का पीछा कर रहे हैं, जो सब के सब थके-हारे, भूखे और निराश हैं। उन्हें हमारे भरपेट होने की उम्मीद नहीं होगी जो कि हम होंगे। उन्हें चालीस अतिरिक्त प्रशिक्षित योद्धाओं के होने की उम्मीद नहीं होगी, जो कि हमारे साथ होंगे। उन्हें हमारे लगभग एक हज़ार लोगों के हथियारबंद होने की उम्मीद नहीं होगी, लेकिन हम वो भी होंगे। क्योंकि यहां फ़िरदौस के

पास हथियारों का ढेर है। उन्हें उम्मीद नहीं होगी कि हम फंदों और छल के साथ उनके लिए तैयार होंगे और उनका इंतज़ार कर रहे होंगे। उन्हें उम्मीद होगी कि वो हमला करेंगे और हम सबको काट डालेंगे। उन्हें ये उम्मीद नहीं होगी कि हम पलटवार करेंगे। हमें इस चौंकाने के अवसर का फ़ायदा उठाना चाहिए।'

पुलकित, विजयन और अमल ने सिर हिलाया।

'तो हम यही करेंगे।'

रात काफ़ी हो चुकी थी। भागे हुए ग़ुलाम और सैनिक नरसिम्हन की बनाई योजनाओं पर काम कर रहे थे। वो लोग बारी-बारी से काम कर रहे थे, ताकि सबको सोने का समय भी मिल सके। उधर, फ़िरदौस ने अपने सूखे मेवों का विशाल भंडार सभी के लिए खोल दिया था। एकदम सटीक। सूखे मेवे आसानी से ख़राब नहीं होते और इसलिए पुराने भंडार भी पूरी तरह खाने योग्य थे। और वो ज़बरदस्त ऊर्जा देते हैं। और रक्षकों को ऊर्जा की सख़्त ज़रूरत थी।

बड़े से खलिहान के अंदर अलाव जला लिए गए जहां कई लोग सो रहे थे। लेकिन बाहर कोई आग नहीं जलाई गई थी। वो नहीं चाहते थे कि तुर्कों को रात में उन्हें ढूंढने के लिए उनकी कोई रोशनी दिखे और वो उन पर हमला बोल दें।

ध्रुव को सामने के गेट की सुरक्षा की तैयारियों की ज़िम्मेदारी सौंपी गई थी, और सोमेश्वर फ़ार्म के दूसरे छोर पर खलिहान के पीछे फ़िरदौस के साथ खाने और हथियारों की व्यवस्था में लगा हुआ था। इसीलिए वो एक-दूसरे से नहीं मिले थे। वैसे भी, अब फ़ार्म पर एक हज़ार से कुछ ही कम लोग थे। लेकिन सोमेश्वर का काम पूरा हो चुका था, और वो सामने के गेट के क़रीब झाड़ियों के पास आ गया था। वहीं उसने उसे देखा। या उसे ऐसा लगा कि उसने उसे देखा था, क्योंकि बरसों की ग़ुलामी और कड़ी मेहनत ने उस नौजवान की शक्ल ही बदल डाली थी।

'ध्रुव?!' बुरी तरह दंग सोमेश्वर ने पूछा।

रोशनी की कमी और अपनी थकान की वजह से सोमेश्वर को लगा कि उसका दिमाग़ उसे धोखा दे रहा था। लेकिन उसे पूछना ही था। उसे पूछना ही था...

ध्रुव मुड़ा। नौजवान ने सोमनाथ के व्यापारी को देखा, और उसके सांवले, जवान चेहरे पर आश्चर्य उतर आया। 'पिताजी?!'

'ध्रुव!!'

ये वही बेटा था जिसके बारे में सोमेश्वर को लगता था कि उसने उसे सोमनाथ मंदिर पर हमले के दौरान खो दिया था। वो बेटा जिसके बारे में उसका ख़्याल था कि वो प्रभु महादेव की रक्षा करते हुए मर चुका था।

मेरा बेटा ज़िंदा है?

वो भिन्न सा दिख रहा था, जैसे इन कुछ सालों में उसका चेहरा दस साल बूढ़ा हो गया हो। लेकिन सालों की लड़ाई और कड़ी मेहनत के कारण अब उसके दरम्याने क़द वाले छरहरे शरीर की मांसपेशियों में उभार आ गया था। उसके बाएं गाल पर लड़ाई का एक गर्वीला घाव था। और ऐसा ही एक निशान उसकी छाती पर था, जो उसके धड़ के दाईं ओर नीचे तक जा रहा था। ये महान निशान बता रहे थे कि उसका लड़का अब मर्द बन चुका था।

मेरा बेटा ज़िंदा है!

सोमेश्वर की आवाज़ रात की खामोशी में मंदिर के घंटे की तरह गूंज गई। 'ध्रुव! मेरे बेटे! ध्रुव!'

दोनों आदमी एक-दूसरे से इस तरह गले मिले, जैसे प्रयागराज के संगम पर गंगा और यमुना एक-दूसरे में मिलती हैं। ऐसा लगता था जैसे भाग्य का चक्र ध्रुव को स्वर्ग से सिर्फ़ इसलिए वापस खींच लाया हो कि वो एक बार फिर से अपने पिता को गले लगा सके। ये ऐसा ही था जैसे राजा भगीरथ, जैसा कि किंवदंतियों में कहा जाता है, पवित्र गंगा नदी को मनाकर स्वर्ग से धरती पर उतार लाए हों।

आंसू बाढ़ की तरह बह निकले।

तेज़ आवाज़ें सुनकर, दूसरे लोग भी ये देखने को इकट्ठा हो गए कि क्या हो रहा था। पुला हैरानी से अपने भरोसेमंद सहयोगी को देखने लगा। नरसिम्हन और विजयन अपने हंसमुख बूढ़े दोस्त को देख रहे थे जो इस तरह रो रहा था जैसे उसे अभी-अभी उसे एक नई ज़िंदगी मिल गई हो।

उसका बेटा ज़िंदा था। महादेव की जय हो। उसका बेटा ज़िंदा था।

नरसिम्हन ने अपनी टीम और भागे हुए ग़ुलामों को पहरा देने और बारी-बारी से सोने के लिए कहते हुए सारी रात उनके साथ काम किया था।

अपने प्रमुख सहयोगियों पुलकित, विजयन और अमल के ज़रिए सेनापति नरसिम्हन ने ये सुनिश्चित किया था कि उनकी योजनाएं तेज़ी से लागू हों।

सबसे पहले, उसने फ़िरदौस के खेत से दो किलोमीटर उत्तर में बाहरी सुरक्षा का प्रबंध करवाया, जिसमें आने वाले दुश्मन के बारे में जानकारी देने के लिए एक प्रसारण व्यवस्था थी, ताकि उसके सैनिकों पर अचानक हमला न हो।

फ़िरदौस का हथियारों का विशाल गोदाम भी खोल दिया गया था। वो लंबे समय से ग़ज़नवियों के ख़िलाफ़ लड़ाई की तैयारी कर रहा था। नब्बे के नब्बे सैनिक हथियारों से पूरी तरह लैस थे। तलवारें, ढालें, प्रति व्यक्ति कम से कम पांच चाक़ू। और सबसे महत्वपूर्ण, उन सभी के पास धनुष और बाण थे। वो तुर्कों पर दूर से ही तीर चला सकते थे।

आज़ाद ग़ुलामों को भी हथियार दिए गए। तुर्कों पर नज़दीक से वार करने के लिए चाक़ू, और दूर से हमला करने के लिए भाले और नुकीले, लंबे बर्छे। ग़ुलामों से कहा गया था कि उनका प्रमुख काम तुर्की घोड़ों पर दूर से हमला करना था। एक बार घोड़ों से उतर जाने के बाद, तुर्क आसान शिकार होंगे।

चोल-परमार अपने घोड़े साथ लेकर आए थे—लगभग चालीस घोड़े—जो उन्होंने ग्वादर में ख़रीदे थे। चोल-परमार सैनिकों और पुलकित के कुछ

आदमियों की एक संयुक्त टुकड़ी को इन घोड़ों पर सवार होने और बकरियों के बाड़े और बड़ी झोपड़ी के पीछे छिपे रहने का आदेश दिया गया था। एक बार जब तुर्क फ़ार्म पर लड़ाई में फंस जाएंगे, तो ये टुकड़ी किनारों से हमला करेगी और इससे पहले कि दुश्मन को पता चले कि क्या हो रहा था, ज़्यादा से ज़्यादा तुर्कों को मार डालेगी। ग़ज़नवियों को ये उम्मीद तो निश्चित रूप से नहीं होगी कि ग़ुलामों की मदद के लिए घुड़सवार सेना होगी।

कोई भाषण देने की ज़रूरत नहीं थी। भागे हुए ग़ुलामों में प्रेरणा का स्तर जितना था उससे ज़्यादा नहीं हो सकता था। फंसा हुआ शिकार, जिसके पास भागने की कोई जगह न हो, ख़ूंख़ार लड़ाका बन सकता है क्योंकि उसके पास खोने को कुछ नहीं होता।

सब कुछ तैयार था।

अब उन्हें बस इंतज़ार करना था।

सोमेश्वर का दिल ऐसे धड़क रहा था जैसे कोई जंगली जानवर उसकी छाती के पिंजरे से बाहर निकलने के लिए बुरी तरह बेताब हो। उसे बहुत कम नींद आई थी। वो ये सब पूरे उत्साह के साथ देख रहा था।

वो अपने दोस्त की ओर मुड़ा। 'इक़बाल, मेरा बेटा ज़िंदा है...'

इक़बाल मुस्कुराया और उसने सोमेश्वर के कंधे पर हाथ रखा। पिछले कुछ समय के हालात की वजह से वो उसे अभी भी उसके नक़ली नाम से बुला रहा था। 'सलमान भाई, ऐसा लगता है कि तुम्हारा बेटा अब राजकुमार पुलकित का एक भरोसेमंद अधिकारी है।'

सोमेश्वर ने ज़ोर से सिर हिलाया; उसका गर्व साफ़ झलक रहा था।

नरसिम्हन और पुलकित के निर्देश पर, ध्रुव, भगोड़े अरब ग़ुलाम ज़ैन हुसैन के साथ गेट पर झाड़ियों के पास काम में लगा हुआ था। लंबे और पेचदार रास्ते के दोनों ओर फैली हुई लंबी-लंबी झाड़ियों ने गेट से लेकर फ़ार्म के अंदरूनी

भाग तक एक प्राकृतिक रुकावट बना दी थी। वैसे भी, वो रास्ता बस इतना ही चौड़ा था कि वहां से एक बड़ी सामान गाड़ी गुज़र सके। तुर्कों को इस रास्ते से दो घोड़ों की क़तार में आना पड़ता। या अगर वो बहुत सटकर आते, तो ज़्यादा से ज़्यादा तीन घोड़े। जो भी हो, वो बाईं और दाईं ओर लगभग दो मीटर ऊंची झाड़ियों से घिरे होते, जिसके कारण वो झाड़ियों के परे कुछ नहीं देख पाते। ये उनके घोड़ों को घायल करने या मारने के लिए एकदम सही जगह थी। झाड़ियों में दोनों तरफ छोटी-छोटी दरारें बना ली गई थीं, जहां से आज़ाद ग़ुलाम अपने भाले और बर्छे घोंप सकते थे। भावी लड़ाई के इस भाग का निरीक्षण करना ध्रुव की ज़िम्मेदारी थी।

सोमेश्वर का सीना गर्व से फूल गया।

शायद किसी भी आदमी के लिए सबसे बड़ा दुख ये होता है कि वो अपने बच्चों को ख़ुद से पहले मरते देखे। सोमेश्वर ने अपने लगभग पूरे परिवार को खोने का दुख झेला था।

सबसे बड़ी, हालांकि अप्रत्याशित ख़ुशियों में से एक है अपने बच्चे को मौत के मुंह से वापस आया देखना। इसे सोमेश्वर ने पिछली रात अनुभव किया था।

और सबसे बड़ी ख़ुशी से भी बड़ी ख़ुशी थी दूसरे कामयाब लोगों द्वारा अपने बेटे को सम्मान देते और उस पर भरोसा करते देखना।

सोमेश्वर को इससे ज़्यादा गर्व नहीं हो सकता था।

'कौन सोच सकता था, इक़बाल,' सोमेश्वर ने कहा, 'कि मुझ जैसा एक अहिंसक शाकाहारी गुजराती व्यापारी, जिसने कभी चींटी भी नहीं मारी, एक ऐसे योद्धा को जन्म देगा जो तुर्कों से लोहा लेगा!'

इक़बाल धीरे से हंसा। फिर वो मज़ाक़ में बोला, 'मेरा ख़्याल है कि ध्रुव अपनी मां हेतल बेन पर गया है।'

सोमेश्वर ठहाका लगाकर हंसा और उसने मज़ाक़ में इक़बाल की पीठ पर धौल मारा।

इक़बाल मुस्कुराता रहा और फिर उसने अपने दिल की बात कही, 'और आख़िरकार, आख़िरकार, हम उन राक्षसी तुर्कों में से कुछ को मरते देखेंगे।

हमारा बदला अब शुरू होगा। और तुम्हारा बेटा भारत के प्रतिशोधियों में से एक होगा।'

'हर हर महादेव,' सोमेश्वर फुसफुसाया।

हर हर महादेव का मतलब था कि हम सब महादेव हैं... हम सब भगवान हैं।

'हर हर महादेव,' इकबाल ने दोहराया।

और फिर रोशनी हो गई।

सोमेश्वर ने देखा कि ख़ुज़दार पर्वतों के पूर्व में सूरज धीरे-धीरे अपना सिर उठा रहा था और धीरे से झांककर दुनिया को देखते हुए सबसे ऊंचे पहाड़ की चोटी को प्रकाशित कर रहा था। शर्म से गहरे लाल पड़े आकाश ने अपने तेजस्वी तारे का स्वागत किया।

एक घुड़सवार टोही आया। सोमेश्वर समझ गया कि इसका क्या मतलब था। दुश्मन की घुड़सवार सेना ख़ुज़दार घाटी से पहले वाले अंतिम पहाड़ी दर्रे पर दिखाई दे गई थी। वो लगभग एक घंटे की दूरी पर थे।

समय आ गया था।

लड़ाई का समय।

'धत्तेरे की...' विजयन फुसफुसाया।

वो बहुत सब्र से इंतज़ार करता रहा था। वो फ़ार्म के पूर्व में एक पेड़ पर चढ़ा कुछ दूरी पर मौजूद बाड़ और फ़ार्म के प्रवेश द्वार का अबाधित दृश्य देख रहा था। वो आसानी से तीर चलाने की सीमा के भीतर था। अमल उसके ऊपर वाली डाल पर मौजूद थी। आसपास के पेड़ों पर दस और चोल सैनिक फैले हुए थे। नज़रों से छिपे। धनुष-बाणों से लैस, और ऊंची जगह पर होने के महत्वपूर्ण सामरिक लाभ के साथ। उनका काम था झाड़ियों से होने वाले हमले से तुर्कों की रफ़्तार धीमी होने पर ज़्यादा से ज़्यादा तुर्कों को तीर मारना। चालीस घुड़सवार योद्धा पुलकित की कमान में फ़ार्म के पश्चिम में बकरियों के बाड़े और झोपड़ी

के पीछे पेड़ों के बीच छिपे हुए थे। उन्हें सही समय पर आकर तुर्कों पर हमला करना था। और चार सौ हथियारबंद ग़ुलामों के साथ चालीस भारतीय सैनिक नरसिम्हन की कमान में खलिहान में इंतज़ार कर रहे थे। मौत का मुंह।

ध्रुव, पुलकित और विजयन को ये काम सौंपा गया था कि वो खलिहान तक पहुंचने से पहले ज़्यादा से ज़्यादा तुर्कों को मार दें। या कम से कम उन्हें घोड़ों से गिरा दें। उसके बाद उनका क़त्लेआम करना नरसिम्हन और उसके आदमियों का काम था।

'बर्फ़?' विजयन की 'धत्तेरे की' का जवाब देते हुए अमल फुसफुसाई।

अभी-अभी ताज़ा बर्फ़बारी शुरू हुई थी।

'हम्म,' विजयन ने जवाब दिया।

'ये कोई समस्या नहीं है,' अमल ने कहा। 'ये हमारे पैरों के निशानों और रात भर हमने जो काम किया है, उसे ढक देगी। पुरानी बर्फ़ पर कीचड़ एक पक्का सुबूत होता है।'

'ये तो सही है, लेकिन ताज़े हिमकण झाड़ियों को चिकना बना देंगे। इससे हमारे लड़ाकों के लिए अपने भालों और बर्छों से हमले करना और भी मुश्किल हो जाएगा। ग़ुलाम प्रशिक्षित सैनिक नहीं हैं। घोड़ों पर सवार तुर्क हमारे लिए सबसे ख़तरनाक होंगे। हमें उन घोड़ों को नाकारा करना या मारना ही होगा।'

अमल ने सहमति में सिर हिलाया। 'ये ध्रुव पर छोड़ देते हैं। उसके साथ दो सौ लोग हैं। जो अच्छी-ख़ासी संख्या है। मुझे यक़ीन है वो अपना काम ठीक से करेगा।'

'मैं बस इतनी उम्मीद करता हूं कि भाग्य ने ध्रुव के अभियान के ख़िलाफ़ साज़िश न रची हो।'

'मुझे अल्लाह पर भरोसा है,' अमल ने कहा। 'उसने तुर्कों को यहां हमारे हाथों मरने के लिए भेजा है। ये कारगर रहेगा।'

'इंशाअल्लाह,' विजयन ने कहा।

इंशाअल्लाह एक अरबी शब्द है जिसका अर्थ है अल्लाह ने चाहा तो।

'और भगवान शिव की कृपा से,' अमल ने कहा।

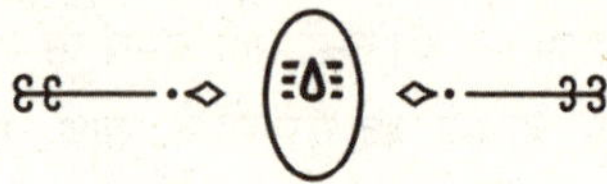

अध्याय 19

ख़ुज़दार की लड़ाई

फ़िरदौस का फ़ार्म, ख़ुज़दार के नज़दीक, अफ़ग़ानिस्तान

'आआआह! तुर्क! नहीं!'

एक बच्चा चिल्लाया। लगभग नाटकीय ढंग से। और जैसे उसी से मिले इशारे पर दूसरे बच्चे भी चिल्लाने लगे। उनके साथ अकेली वयस्क, एक जवान औरत उतावली सी होकर उन्हें फ़ार्म के गेट की ओर ले जाने लगी।

'कुछ ज़्यादा ही नाटकीय हो गया,' विजयन फुसफुसाया। पेड़ों में अपनी ऊंचाई की जगह से उसे सब साफ़ दिख रहा था। 'उन्हें तुर्कों का ध्यान खींचना और हमला करने के लिए उकसाना था। लेकिन लगता है कि ये कुछ ज़्यादा ही हो गया।'

बच्चे फ़ार्म के गेट से अंदर घुसे और झाड़ियों वाले रास्ते पर दौड़ने लगे। उनकी वयस्क निरीक्षक ज़ोर से चिल्लाती हुई उनके पीछे भागी, 'भागो, बच्चो! भागो!'

'हमें ख़राब अभिनय के लिए इनके खाने में कटौती कर देनी चाहिए,' अमल आंखें तरेरते हुए बोली।

बच्चे खिलखिलाकर हंसते हुए भाग रहे थे। उस कोमल उम्र में, इतना सब कुछ सहने के बाद भी ये उन्हें एक खेल सा लग रहा था। उनमें से कई

ज़मीन के पास फैली सवेरे की घनी धुंध को इस तरह धकेल रहे थे, जैसे बादलों से खेल रहे हों।

विजयन ने अपने दाएं हाथ से इशारा किया। 'देखो।'

अमल ने उस दिशा में देखा जिधर विजयन ने इशारा किया था। उसने देखा कि दूर पहाड़ी की चोटी पर तुर्क नज़र आने लगे थे। सबसे आगे एक विशालकाय अकेला घुड़सवार। और उसके पीछे घने कोहरे के बीच पहाड़ी की चोटी पर साफ़ दिखाई देते घुड़सवार योद्धा भूतों की तरह सामने आते जा रहे थे। सुबह की धुंध ने एक दृष्टिक भ्रम सा बना दिया था, जिससे दुश्मन की क़तारें धुंधले कोहरे से निकलते प्रेतों की एक अंतहीन क़तार सी दिख रही थी।

विजयन और अमल ने सामने वाले विशाल तुर्क घुड़सवार को अपनी तलवार म्यान से निकालकर ऊपर उठाते हुए देखा।

बच्चों की चीख़ें काम कर गई थीं। चीख़ें इतनी ज़ोरदार थीं कि आवाज़ पहाड़ों तक पहुंचकर गूंज गई थी। और तुर्क इस बात के आदी थे कि लोग उन्हें देखकर डर के मारे प्रतिक्रिया करें।

अबू क़ासिम अपने आदमियों की ओर मुड़ा। 'उस लड़की पर नज़र रखना जो प्रांतपाल-मुफ़्ती को चाहिए,' उसने चेतावनी दी। 'उसे कोई नुकसान *नहीं* पहुंचना चाहिए। जहां तक बाक़ी सबका सवाल है... कोई दया नहीं!' वो अपनी तलवार आगे की ओर लहराकर दहाड़ा। 'दीन के लिए! सुल्तान के लिए!'

'दीन के लिए! सुल्तान के लिए!' ग़ज़नवी सैनिक गरजे।

'उन सबको मार डालो!' अबू क़ासिम ने दहाड़ते हुए अपने घोड़े को एड़ लगा दी।

अबू क़ासिम का घोड़ा झटके से अपना सिर उठाकर पिछले पैरों पर खड़ा हो गया। उसके अगले खुर ज़ोर से ज़मीन पर गिरे, और उसने भयानक ढंग से सरपट दौड़ना शुरू कर दिया। तुर्क घुड़सवार तेज़ी से अपने नेता के पीछे आगे बढ़ने लगे।

'उन सबको मार डालो!'

वो फ़ार्म की ओर दौड़ रहे थे। अभी वो शायद पांच से दस मिनट की दूरी पर थे।

तुर्क झांसे में आ गए थे।

विजयन ने ज़ोर से पक्षी जैसी आवाज़ में सीटी बजाई। *वो आ रहे हैं।*

झाड़ियों के पास से ध्रुव ने पक्षी जैसी एक और आवाज़ निकाली। *हम तैयार हैं।* ध्रुव के सामने वाली झाड़ियों के पीछे से ज़ैन हुसैन ने भी सीटी बजाकर जवाब दिया।

ऐसा ही पश्चिम में बकरियों के बाड़े और बड़ी झोपड़ी के पीछे छिपे पुलकित ने भी किया। *हम तैयार हैं।*

खलिहान से, नरसिम्हन ने पक्षियों वाली एक गहरी आवाज़ निकाली। सबसे बड़े शिकारी पक्षी चील की चीख़ जैसी। गहरी आवाज़ में। *अवर्कल वरट्टुम!*

नरसिम्हन का संदेश कई रक्षात्मक लड़ाइयों में भारतीयों द्वारा अपनाया गया एक बोलचाल का शब्द था। जब वो दुश्मन को आक्रमण करते हुए अपनी मौत की ओर बढ़ने के लिए लुभा रहे होते हैं। हिंदी में कहा जाता था, आने दो! पंजाबी में, *आन देओ!*

तुर्क तेज़ी से फ़ार्म के दरवाज़े की तरफ़ बढ़े। और तुरंत ही तंग रास्ते पर फंस गए।

गुलाम बच्चे और उनकी निरीक्षक बहुत पहले ही भागकर फ़ार्म के दक्षिणी हिस्से में बने खलिहान में चले गए थे। नरसिम्हन के आदेश पर, दसरना बच्चों को दूसरी तरफ़ ले गया, जहां वो खलिहान के गुप्त पिछले दरवाज़े से बाहर चले गए। वहां उन्हें कुछ महिलाओं ने साथ ले लिया था, जो उन्हें खलिहान से कुछ और दूर दक्षिण में घने जंगल में ले गईं। सारे बच्चे, बूढ़े और ग़ैर-लड़ाकू औरतें, जिनकी संख्या कुछ सौ थी, यहीं छिपे हुए थे। सोमेश्वर और इक़बाल

भी उनके साथ थे। उन्हें साफ़ निर्देश दिए गए थे: अगर उन्हें लगे कि भारतीय लड़ाई हार रहे थे, तो वो शहर की तरफ़ भाग जाएं और वहां के लोगों में घुल-मिल जाने की कोशिश करें, ताकि तुर्कों के हाथ न लगें।

उधर, झाड़ियों वाले तंग रास्ते को देखकर अबू क़ासिम ने अपने सैनिकों को तीन घुड़सवारों की क़तार बनाकर फ़ार्म में एक साथ घुसने का आदेश दिया।

विजयन और अमल दोनों ने देखा कि तुर्क अपने सीने पर चमड़े के कवच नहीं पहने थे। न ही उन्होंने अपने धनुषों पर प्रत्यंचा चढ़ाई हुई थी। योद्धा विरले ही ऐसा करते थे, जब तक कि उन्हें लड़ाई जीतने का पक्का यक़ीन न हो, क्योंकि धनुष पर ज़्यादा प्रत्यंचा चढ़ाने से उसका घुमाव और प्रत्यंचा दोनों ही कमज़ोर हो जाते थे।

ज़ाहिर है, तुर्कों को उम्मीद थी कि वो आसानी से एकतरफ़ा मारकाट करेंगे, और उन्हें किसी गंभीर लड़ाई का सामना नहीं करना होगा। उनका ख़्याल था कि उन थके हुए, डरपोक ग़ुलामों की भीड़ के लिए उनकी तलवारें और चाक़ू ही काफ़ी होंगे।

सैनिकों के सबसे बड़े दुश्मनों में से एक है ज़रूरत से ज़्यादा आत्मविश्वास। इसकी वजह से कई लड़ाइयां हारी गई हैं।

'वो धीरे-धीरे आगे बढ़ रहा है,' अमल फुसफुसाई। 'झाड़ियों वाले रास्ते पर सरपट नहीं दौड़ रहा है।'

दोनों ओर की झाड़ियों के बीच का रास्ता सुबह की घनी धुंध से ढका हुआ था, और झाड़ियों के घने पत्ते और झाड़-झंखाड़ व्यावहारिक रूप से रुकावट का काम कर रही थीं। धुंध इतनी घनी थी कि ऐसा लगता था मानो रास्ते पर कोई बादल उतर आया हो। इसके कारण रास्ते पर चलने वालों के लिए ज़मीन से दो फ़ुट की ऊंचाई तक कुछ भी देखना लगभग असंभव हो गया था।

तुर्कों को धीमा *होना ही* पड़ गया। वो इस रास्ते पर सरपट नहीं दौड़ सकते थे। अगर उनके घोड़े फिसल जाते या ज़मीन पर ठोकर खा जाते तो क्या होता? नतीजा ये हुआ कि तुर्क घोड़े एक लाइन में तीन-तीन करके, बाईं

और दाईं ओर की झाड़ियों के बीच से सिकुड़कर निकलते हुए धीरे-धीरे और सावधानी से आगे बढ़ रहे थे।

बहुत बढ़िया।

उन्हें भाले मारना और भी आसान हो जाएगा।

अमल मुस्कुराई। *अल्लाह हमारे साथ है।*

विजयन ने पेड़ों में मौजूद अपने आदमियों के लिए पक्षी स्वर में सीटी बजाई। *इंतज़ार करो। अभी हमला नहीं।*

वो चाहता था कि अंतिम तुर्क भी गेट के अंदर आ जाएं ताकि कोई बचकर न निकल पाए।

ध्रुव का ख़्याल भी यही था। उसने सख़्त निर्देश दिया था कि उसके आदेश से पहले कोई भी ग़ुलाम न तो शोर करेगा और न ही अपने भालों या बर्छों से वार करेगा। वो नहीं चाहता था कि हमला शुरू होने पर किसी भी तुर्क को पीछे से भागने का अवसर मिल सके।

ध्रुव झाड़ी के पीछे जिस जगह छिपा था, वहां से उसे तुर्क बिल्कुल दिखाई नहीं दे रहे थे। उसे सिर्फ़ घोड़ों की आवाज़ें सुनाई दे रही थीं। वो विजयन की पक्षी की ज़ोरदार पुकार वाले संकेत का इंतज़ार कर रहा था।

पेड़ों के ऊपर से तुर्कों को साफ़-साफ़ देखते हुए विजयन ने देखा कि तुर्क घुड़सवारों की आख़िरी पंक्ति भी आख़िरकार मुख्य गेट से होती हुई झाड़ियों से घिरे उस रास्ते पर आ गई थी जो एक घुमावदार मोड़ लेता हुआ फ़ार्म की ओर जाता था। तुर्क सवारों की पहली पंक्ति घुमावदार झाड़ीदार रास्ते के अगले सिरे से बस कुछ ही दूरी पर रह गई थी, और फ़िरदौस के बड़े से खुले फ़ार्म में प्रवेश करने ही वाली थी।

वो सब अंदर आ चुके थे।

जाल में।

समय आ चुका था।

विजयन ने अपनी देवी का आह्वान करते हुए फुसफुसाया, 'मदुरै की मीनाक्षी की जय।'

और पांड्य ने झाड़ियों के पीछे मौजूद अपने साथियों के लिए ज़ोरदार पक्षी सीटी बजाई। मोर के मिलन की जैसी आवाज़।

तुर्कों को ये साफ़ सा सवाल पूछना चाहिए था: इस इलाक़े में एक मोर क्या कर रहा था?!

लेकिन ख़ून की प्यास और अत्यधिक आत्मविश्वास ने उनकी सोच पर परदा डाला हुआ था।

'हमला करो!' ध्रुव दहाड़ा। उसका आदेश ज़ोरदार और साफ़ था।

लगभग तुरंत ही, रास्ते के दूसरी तरफ़ झाड़ियों के पीछे ज़ैन हुसैन भी ज़ोर से चिल्लाया, 'हमला करो!'

ग़ुलामों ने आगे बढ़कर निर्दयता के साथ अपने बर्छों से वार करना शुरू कर दिया। उन घोड़ों के पेटों में, जिन पर तुर्क सवार थे। ध्रुव ने सोचा था कि चूंकि ग़ुलामों ने कभी किसी को नहीं मारा था, कम से कम उसकी जानकारी में तो नहीं मारा था, इसलिए वो थोड़ा हिचकिचा सकते थे। ख़ासतौर से बेगुनाह घोड़ों को मारते समय, जिनका एकमात्र अपराध उन राक्षसी तुर्कों के बोझ को ढोना था।

इसीलिए वो अपने साथ दो सौ ग़ुलामों को लाया था, ताकि उसके पास हर घोड़े के लिए एक हत्यारा हो।

लेकिन आज़ादी पाए गुलाम ज़रा भी नहीं हिचकिचाए। सालों के दबे हुए ग़ुस्से को आख़िरकार बाहर निकलने का मौक़ा मिला था। वो बार-बार वार करते रहे। तेज़ी से और क्रूरता के साथ।

भाले और बर्छे घोड़ों के पेट में बेरहमी से घुस रहे थे और घोड़े दर्द से बुरी तरह हिनहिना रहे थे। जानवर बेतहाशा दुलत्तियां चला रहे थे। उनकी पीठों पर बैठे तुर्क पकड़ बनाए रखने की पूरी कोशिश में लगे हुए थे।

'हमला!'

'हमला!'

तुर्क ज़ोर-ज़ोर से चिल्ला रहे थे। लेकिन अब तक बहुत देर हो चुकी थी। वो फंस चुके थे। ध्रुव गेट के पास के घोड़ों और तुर्कों को मार चुका था। और वो वहीं गिर गए थे। भागने का रास्ता बंद हो चुका था।

'वार करते रहो! वार करते रहो!' ध्रुव गरजा।

घोड़े उन धारदार हथियारों से बचने की जीतोड़ कोशिश कर रहे थे जो उन्हें वहशीपन और बेरहमी से घायल कर रहे थे। लेकिन उनके पास बच निकलने की कोई जगह नहीं थी। वो उस संकरे रास्ते में बुरी तरह से फंसे हुए थे। तीन क़तार वाली घुड़सवार टुकड़ी की दाईं और बाईं पंक्तियों वाले घोड़ों के पास कोई मौक़ा ही नहीं था। ग़ुलामों ने इतनी बेरहमी से बार-बार हमले किए थे कि जल्द ही कई घोड़ों के पेट फट गए, उनकी अंतड़ियां फिसलती हुई बाहर निकल आई थीं। कुछ ग़ुलामों ने तो अपने भाले ऊपर की ओर करके तुर्कों पर भी वार किए, और उन्हें काट डाला था। तुर्कों के पास कोई मौक़ा नहीं था। उनकी तलवारें उन ग़ुलामों तक नहीं पहुंच पा रही थीं जो उनसे कम से कम एक भाले की दूरी पर थे। कई तुर्क अपने बुरी तरह से बेचैन घोड़ों से गिर गए और उनकी टापों के नीचे कुचले जाने लगे। घोड़ों और इंसानों के गिरने से चारों तरफ ख़ून के छपाके हो रहे थे, और बर्फ़ से ढकी सफ़ेद ज़मीन सुर्ख़ हो गई थी।

कई लड़ाइयों का अनुभवी, अधेड़ अबू क़ासिम सहज रूप से जानता था कि बाज़ी को पलटने के लिए उसके पास बहुत कम समय था। वो अपनी जल्दबाज़ी के कारण एक चक्रव्यूह में फंस गया था।

ज़रूर से ज़्यादा आत्मविश्वास। कई सेनापतियों के पतन का कारण।

'आगे बढ़ो!' आगबबूला क़ासिम गरजा। 'बचने का इकलौता रास्ता यही है!'

'बचने का इकलौता रास्ता यही है!'

आदेश तुरंत ही पूरी घुड़सवार सेना तक पहुंच गया। हर घुड़सवार इसे ज़ोर से चिल्लाने लगा। तुर्कों का बेहतरीन प्रशिक्षण काम आ रहा था।

'आगे बढ़ो!'

बीच वाली पंक्ति के तुर्क घुड़सवारों ने अपने घोड़ों को एड़ लगाई और दाईं और बाईं ओर के अपने साथियों को मरने के लिए छोड़कर आगे बढ़ने लगे। अब वो ख़ून से सने रास्ते पर कुछ तेज़ी से चल रहे थे। घने कोहरे की परवाह किए बिना। ये उनके सरदार का हुक्म था। और वो उसकी तामील कर रहे थे।

तुर्क राक्षस थे। लेकिन वो दुस्साहसी राक्षस थे।

'आगे बढ़ो!'

झाड़ियों वाले रास्ते में तुर्कों की लगभग दो-तिहाई घुड़सवार सेना खत्म हो गई थी। लेकिन बाक़ी, जो सत्तर से कुछ ज़्यादा रहे होंगे, खेत की खुली ज़मीन तक पहुंच गए थे।

'मोर्चा लो!' अबू क़ासिम चिल्लाया।

लेकिन ग़ुलामों के चीख़ने और आगे बढ़-बढ़कर वार करने से इतना ज़्यादा शोर हो रहा था कि सभी तुर्क उसका आदेश नहीं सुन पाए। पंक्ति के कुछ तुर्क स्वाभाविक रूप से घोड़े दौड़ाते हुए अपने हमलावरों को मारने के लिए झाड़ियों के गिर्द होते हुए हरी बाड़ के पीछे चले और उन्होंने कुछ ग़ुलामों को मार डाला जिनके पास उन घुड़सवारों के सामने कोई मौक़ा नहीं था।

'मोर्चा लो!' अबू क़ासिम फिर से दहाड़ा।

उसे और जाल होने का अंदेशा था। और वो सही था।

इससे पहले कि तुर्क मोर्चा बना पाते, पूर्व की ओर के पेड़ों से उन पर जानलेवा तीरों की बारिश हो गई।

विजयन और अमल। और दस चोल-परमार सैनिक।

'जिस पर चाहो तीर बरसाओ!' विजयन चिल्लाया।

पेड़ों की डालियों पर बैठे भारतीय तीरंदाज़ों के पास ऊंची जगह पर होने का लाभ था। इससे ये पक्का हो गया कि उनके निशाने एकदम सही और सटीक होंगे।

वो लगभग लगातार बेरहमी से तीरों की बौछार करते रहे।

लगभग हर तीर को कोई न कोई निशाना मिल रहा था। अपने कवच न पहने होने और रक्षात्मक मोर्चे में न होने के कारण तुर्कों को लगातार तीर लग रहे थे। नुकीले बाण ग़ज़नवी सैनिकों पर बुरी तरह बरस रहे थे और उनकी आंखों, गालों, गले, धड़, और टांगों में घुसते जा रहे थे। कई तुर्कों को तो बार-बार तीर लगे थे और वो इंसानी साहियों जैसे दिख रहे थे।

तुर्क स्वभावतः मुड़े और खेत के पश्चिम की ओर घोड़े दौड़ाने लगे। लेकिन उनकी मुसीबतें अभी ख़त्म नहीं हुई थीं। वो सीधे तीरों की एक दूसरी बौछार में घुस गए।

पुलकित बकरियों के बाड़े और झोपड़ी के पीछे छिपे अपने चालीस घुड़सवार सैनिकों को लड़ाई में ले आया था। ताज़ादम। बिना थके हुए। मारने को उत्सुक। वो एक के बाद एक तीरों की बौछारें छोड़ते हुए और तेज़ी से तुर्कों की ओर बढ़ते गए। और इस तरह उन्होंने कई और ग़ज़नवी सैनिकों को मार डाला।

हर मोड़ पर हमलों को अपना इंतज़ार करते देखकर अब तक घबरा चुके और हतोत्साहित तुर्कों ने फिर से अपने घोड़ों की लगाम खींची, दिशा बदली और हताशा में दक्षिण की ओर भागने लगे। खेत का एकमात्र ऐसा इलाक़ा जहां से उन पर हमला नहीं हो रहा था।

पेड़ों पर मौजूद विजयन के सैनिकों और तुर्कों का पीछा कर रहे पुलकित के घुड़सवार योद्धाओं के तीर बर्बरों पर लगातार बरसते रहे। जिस्मों में बेरहमी से घुसते तीरों के कारण कई और ग़ज़नवी सैनिक गिर गए।

'खलिहान की ओर!' तुर्क घुड़सवारों के बीच एक आवाज़ उठी।

खलिहान ख़ाली लग रहा था। गेट पर कोई नहीं था। न ही अंदर से कोई आवाज़ आ रही थी। ये जगह सुरक्षित लगती थी। लेकिन, कभी-कभी, जैसा दिखता है वैसा होता नहीं है।

'खलिहान की ओर!' ग़ज़नवी फिर से चिल्लाए।

खेत पर फैली अफ़रा-तफ़री और हो-हल्ले के कारण उनमें से बहुत कम ने ही अपने सेनापति अबू क़ासिम के आदेश को सुना। 'खलिहान में नहीं! घूमकर आओ! घूमकर आओ!'

क़ासिम सही था। अब तक उसे अहसास हो चुका था कि उनका पाला एक श्रेष्ठ सैन्य दिमाग़ वाले आदमी से पड़ा था जिसने घात लगाकर हमला करने की एकदम सटीक योजना बनाई थी। उसका अंदाज़ा था कि खलिहान में उनके लिए एक और भी बड़ा जाल बिछा होगा। वो उससे बचकर जाना चाहता था।

लेकिन उसके सिर्फ़ दो सैनिकों ने उसकी बात सुनी और उसके आदेश का पालन किया।

बाक़ी बचे ग़ज़नवी सैनिक—अब सिर्फ़ चालीस—सीधे खलिहान में घुस गए।

सीधे नरसिम्हन की मांद में जहां उसके चालीस सैनिक और चार सौ अच्छी तरह से हथियारबंद ग़ुलाम उनके इंतज़ार में खड़े थे।

अवर्कल वरट्टुम!

उन्हें आने दो!

उन्हें आने दो! क्योंकि वो ज़िंदा वापस नहीं जाएंगे!

खलिहान में घुसे चालीस ग़ज़नवी सैनिकों के पास कोई मौक़ा नहीं था। नरसिम्हन के सैनिक उनका इंतज़ार कर रहे थे। ठीक सामने और किनारों पर। वो ज़मीन में गाड़े हुए बहुत से तीरों के साथ तैयार थे, ताकि उन्हें आसानी से निकाला जा सके। और एक तीर पहले से ही उनके धनुष में लगा हुआ था।

जैसे ही तुर्क अंदर आए, उनका स्वागत तीरों की बौछार से हुआ। इससे पहले कि वो किसी भी तरह की जवाबी कार्रवाई कर पाते, हर भारतीय सैनिक ने ज़मीन से एक और तीर निकाला और दूसरा हमला बोल दिया।

'पीछे हटो!'

अभी तुर्क अपने घोड़ों को मोड़ने ही वाले थे कि पुलकित और उसके घुड़सवार सैनिक उनके पीछे से आ गए। खलिहान के दरवाज़े पर भारतीयों ने आराम से निशाना साधा और ग़ज़नवी सैनिकों की अंतिम पंक्ति पर एकदम सटीक निशाना लगाकर तीरों की बौछार कर दी। उनकी गर्दन के पिछले हिस्सों पर जहां से बाल शुरू होते हैं। एक-एक तीर अपने निशाने पर लगा। और अंतिम पंक्ति के सारे तुर्क मरकर गिर पड़े। तीर उनकी गर्दनों में बुरी तरह से धंसे हुए थे।

भारतीय कभी भी अपने दुश्मन पर पीछे से हमला नहीं करते थे, क्योंकि इसे अधार्मिक माना जाता था। लेकिन तुर्क उसी तरह के बर्ताव के हक़दार थे जिस तरह का बर्ताव वो दूसरों के साथ करते थे।

जैसा कि महाकाव्य महाभारत के बुद्धिमान विदुर ने कहा था, *'शठे शाठ्यं समाचरेत्।' दुष्टों के साथ अत्यंत दुष्टता से पेश आना चाहिए।*

ज़्यादातर तुर्क पहले ही मारे जा चुके थे। जो थोड़े-बहुत बचे थे, वो अपने घोड़ों से गिर गए थे। पूर्व ग़ुलाम अपने भालों और बर्छों के साथ तेज़ी से आगे बढ़े। वो ग़ज़नवी सैनिकों पर बार-बार वार करते रहे। उनमें से कुछ बाहर भागे और उन्हें ज़मीन पर पड़े कुछ तुर्क मिल गए। कुछ घायल, कुछ मरे हुए। ग़ुलामों ने उन सभी पर वार किए। बार-बार। और फिर वो तुर्कों की लाशों को क्षत-विक्षत करने लगे।

इसी बीच, ध्रुव आज़ाद ग़ुलामों की अपनी टुकड़ी को लेकर रास्ते पर आ गया था, और वो वहां मिलने वाले सभी घायल और नाकारा हो चुके तुर्कों को बार-बार बर्छियां मारने लगे। ये सुनिश्चित करते हुए कि वो मर जाएं। और ध्रुव के मना करने के बावजूद, यहां भी कुछ ग़ुलामों ने तुर्क लाशों को काटना शुरू कर दिया।

लेकिन, नरसिम्हन के सैनिक उसके साथ रहे। अनुशासित। वो भारतीय सैनिक थे। वो दुष्ट हो सकते थे, लेकिन बर्बर कभी नहीं। वो अपने दुश्मनों की लाशों को क्षत-विक्षत नहीं कर सकते थे।

भारतीय सैनिक आगे के आदेशों का इंतज़ार करने लगे। उनके सेनापति ने अभी तक जीत की ख़ुशी के संकेत में मुट्ठी नहीं उठाई थी। लड़ाई तब तक ख़त्म नहीं होती जब तक सेनापति लड़ाई की समाप्ति की घोषणा न कर दे।

नरसिम्हन ने चारों ओर देखा। कहीं कुछ ठीक नहीं लग रहा था। उसका सहजबोध उसे लगातार चेतावनी दे रहा था।

पुलकित खलिहान में घुसा और घोड़े से उतर गया।

नरसिम्हन ने पूछा, 'तुर्क सेनापति कहां है?'

'वो मुझे भी नहीं मिल रहा है, सेनापति। वो खलिहान की ओर ही आया था। मैंने उसे देखा था। उसे यहीं होना चाहिए...'

नरसिम्हन ने जल्दी से कहा, 'ग़ुलामों को वापस खलिहान में लाओ। वो तब तक सुरक्षित नहीं हैं जब तक...'

और तभी उन्हें ज़ोरदार चीख़ें सुनाई दीं। खलिहान के पीछे से। दक्षिण दिशा से।

नरसिम्हन और दूसरे भारतीय योद्धा तुरंत अपने घोड़ों पर सवार होकर दौड़ने लगे। शोर की तरफ़। दक्षिण दिशा में।

थोड़ी देर पहले जब खलिहान में लड़ाई चल रही थी, और बचे हुए तुर्कों का फ़ार्म के रास्ते पर नरसंहार किया जा रहा था, तब अबू क़ासिम अपने दो सैनिकों के साथ खलिहान के पास से होता हुआ उसके पीछे चला गया था। दक्षिण की ओर। वहां उसे पेड़ों का एक घना झुंड मिला था। वो घोड़े से उतरा, उसने अपने घोड़े को भी अपने साथ नीचे खींचकर छिपा लिया और एकदम शांत हो गया। उसने अपने सैनिकों को भी ऐसा ही करने का आदेश दिया। और फिर उसने उनमें से एक से कहा कि वो चुपके से पेड़ों के झुंड में घुसे और अगर उसे वहां कोई फंदा मिले तो बताए।

उसकी योजना थी कि वो बचकर ख़ुज़दार शहर को चला जाएगा, वहां की स्थानीय टुकड़ी को लेकर आएगा और फिर सब कुछ जलाकर राख कर देगा। लेकिन उसे पेड़ों के झुंड में भी किसी फंदे के होने की आशंका थी। और वो स्वाभाविक रूप से सावधानी बरत रहा था।

पेड़ों के घने, स्याह झुंड में, ख़ौफ़ज़दा यज़दा तीनों तुर्कों को पेड़ों की क़तार के किनारे पर छिपे देख सकती थी जहां रोशनी ज़्यादा तेज़ थी। वो भारत के तुर्क क़साई अबू क़ासिम की शैतानी विशाल काया को पहचान गई थी।

वो पतली-दुबली लड़की बेतहाशा सुबकियां भरने लगी। डर ने उसके दिल को इस तरह जकड़ लिया था कि उसका बदन कांप रहा था। घबराई हुई आवाज़ में फुसफुसाते हुए उसने अपने पिता से कहा, 'मैं वापस नहीं जा सकती! मैं वापस नहीं जाऊंगी। वो राक्षस... वो प्रांतपाल-मुफ़्ती... वो मुझे मारता है! वो मुझे काटता है! वो मेरे साथ गंदे काम करता है... मेरी आंतें दुखने लगती हैं... मैं ज़िंदा वापस नहीं जाऊंगी, अब्बा। आप मुझे मार डालें! मुझे अभी मार डालें!'

'चुप हो जाओ, यज़दा!' आरिफ़ ने अपनी बच्ची को गले लगाते हुए धीरे से कहा। उसके गाल पर एक आंसू लुढ़क आया था। 'वो क़साई तुम्हारी आवाज़ सुन लेगा। लेकिन मैं वादा करता हूं, वो हमें ज़िंदा नहीं ले जा पाएंगे। मैं वादा करता हूं, मेरी प्यारी बच्ची।'

इस बीच, तुर्की टोही पेड़ों के झुरमुट से अबू क़ासिम के पास लौट आया था।

'वहां कोई सैनिक नहीं है, जनाब,' टोही ने धीरे से कहा। 'न ही कोई जाल है। बस कुछ सौ भगोड़े ग़ुलाम हैं।'

'ग़ुलामों के पास हथियार हैं?' अबु क़ासिम ने फुसफुसाकर पूछा।

'नहीं। बस औरतें और बच्चे हैं। और कुछ बूढ़े आदमी।'

'ठीक है। हम घूमकर जाएंगे और दक्षिण के लिए निकल जाएंगे।' लड़ाई में बुरी तरह कुचल दिए जाने के बावजूद अबू क़ासिम का अहंकार नहीं हारा था। उसने अपनी गतिविधि को 'भागने' नहीं 'निकल जाने' का नाम दिया था।

'हम ख़ुज़दार जाएंगे और वहां की पलटन को लेकर लौटेंगे।'

'हुज़ूर,' टोही फुसफुसाया। 'वहां मैंने उस ख़ूबसूरत ग़ुलाम लड़की को भी देखा था। यज़दा को। वही जिसे ग़ज़नी लाने का हमें हुक्म दिया गया है।'

जब कोई इंसान हार जाए, तो उसे ये समझ लेना चाहिए। क्योंकि तब वो बुद्धिमानी भरे फ़ैसले लेगा। ज़बरदस्त हार में, सबसे बड़ा लक्ष्य ख़ुद को बचाना होना चाहिए, न कि कोई बेहतर विकल्प चुनना। लेकिन अगर कोई अपने अहं पर क़ाबू पाने को और ये मानने को ही तैयार न हो कि वो हार गया है, तो वो ऐसा फ़ैसला कैसे कर पाएगा?

'ठीक है,' अबू क़ासिम ने आवाज़ धीमी रखते हुए कहा। बहुत से विकल्पों ने उसकी अक़्ल पर परदा डाल दिया था। ग़ज़नवी सैनिकों के नुकसान की भरपाई के लिए सुल्तान को दिखाने के लिए कोई चीज़। उसकी हवस को बुझाने के लिए एक लड़की। भागने से पहले अपने दुश्मन पर पलटवार करने का एक तरीक़ा। कौन जाने किस बात से उसने फ़ैसला लिया, मगर अबू क़ासिम एक बार और अपनी क़िस्मत आज़माने में दिलचस्पी लेता लगा। 'हम अंदर जाएंगे, उसे उठाएंगे और तेज़ी से निकल जाएंगे।'

जैसे ही अबू क़ासिम झुरमुट में पहुंचा, ग़ुलाम आगाह करने के लिए और घबराहट में चिल्लाने लगे। उसका ख़्याल था कि खलिहान में लड़ाई अभी भी चल रही होगी। लेकिन उसे पता नहीं था कि वहां उसके सारे सैनिक लगभग तुरंत ही मारे गए थे। और उसके दुश्मन नरसिम्हन ने मौक़े को हथियाया था और उसके पीछे घोड़े दौड़ पड़े थे।

'एक भी तुर्की सैनिक ज़िंदा न बचे!' अपनी घुड़सेना के आगे-आगे चलते हुए नरसिम्हन दहाड़ा था। 'यहां जो हुआ, उसके बारे में दूसरों को सतर्क करने के लिए कोई ग़ज़नवी बचकर न जाने पाए!'

अपने सेनापति के पीछे तेज़ी से चलते उसके सैनिकों के लिए आदेश एकदम स्पष्ट थे।

घने पेड़ों के बीच की पतली जगहों में से बड़ी महारत से घोड़े को आगे बढ़ाता अबू क़ासिम भाग रही यज़दा के पीछे चला जा रहा था। उसकी काली आंखों में शैतानी जीत की चमक थी। और हवस की। घोड़े पर बैठे-बैठे ही वो नीचे को झुका, और उसने यज़दा के चमकते, लहराते बालों को पकड़कर उसे अपनी काठी पर खींचने की कोशिश की। यज़दा ने अपने सिर को झटका दिया। उसकी पकड़ छूट गई। वो चिल्लाई और एक पेड़ के पास गठरी बनकर बैठ गई।

'मैं तुझे अपनी बेटी को नहीं ले जाने दूंगा, शैतान!' हताशा भरी बहादुरी में अपनी कमज़ोर मुट्ठियों से हवा में घूंसे चलाता आरिफ़ चिल्लाया।

दूसरे ग़ुलाम इधर-उधर भाग रहे थे।

अबू क़ासिम ने अपना घोड़ा रोका और नीचे हाथ बढ़ाया। एक हाथ से उसने आरिफ़ की गर्दन दबोच ली और किसी कमज़ोर और लाचार ख़रगोश की तरह उसे ऊपर उठा लिया। उसने अपनी कटार उस बूढ़े इंसान के पेट में गहरी भोंक दी, उसकी रीढ़ की हड्डी तक को काटते हुए, और उसकी लाश को एक ओर फेंक दिया।

यज़दा आतंक से चिल्ला पड़ी और उसने उठने की कोशिश की। 'अब्बा!'

आरिफ़ उसकी फैली हुई बांहों में गिरा और लड़की फिर से पीछे गिर गई, उसके पिता की लाश ने उसे अपने नीचे दबा दिया था।

'धत्तेरे की!' अपनी तलवार को काठी की म्यान में वापस रखते हुए अबू क़ासिम चिल्लाया। 'मुझे आड़ दो!'

जब वो क़साई अबू क़ासिम घोड़े से उतरा तो उसके सैनिक उसके आगे आ गए और उन्होंने दोनों तरफ़ से उसे सुरक्षित कर लिया। उसे यज़दा के ऊपर से आरिफ़ की लाश को हटाना होगा ताकि उसे अपने घोड़े पर बिठा सके।

एक तुर्की सैनिक ने भयभीत होकर अपने सिपहसालार को देखा। *इसमें बहुत ज़्यादा वक़्त लग रहा है!*

अबू क़ासिम ने बड़े आराम से आरिफ़ को ऊपर उठाया और कपड़े की गुड़िया की तरह उसकी लाश को एक ओर उछाल दिया। इस बीच, सोमेश्वर दबे पांव एक पेड़ के पीछे से निकला और यज़दा की ओर बढ़ा।

अबू क़ासिम का पूरा ध्यान यज़दा को उठाने पर था, इसलिए वो सोमेश्वर को नहीं देख पाया। गुजराती व्यापारी ने एक ख़ंजर ऊपर उठाया और अपनी पूरी ताक़त से उसे नीचे लाया। वो तुर्की सिपहसालार की जांघ में धंस गया। अबू क़ासिम दर्द से चिल्ला उठा और उसने यज़दा को छोड़ दिया। कमज़ोर सोमेश्वर के दूसरे वार से बचता हुआ वो नीचे झुक गया।

सोमेश्वर के बहादुरी भरे कारनामे से प्रेरित होकर कुछ दूसरे ग़ुलाम जमा हो गए और उन्होंने अबू क़ासिम को सुरक्षा दे रहे दोनों घुड़सवारों पर पत्थर फेंकने शुरू कर दिए।

'तू इस बच्ची को नहीं ले जाएगा!' बुज़ुर्ग गुजराती व्यापारी चीख़ा।

अबू क़ासिम ने क़दम बढ़ाया और सोमेश्वर की टांगों के बीच ज़ोरदार ठोकर मारी। दर्द से कराहता बूढ़ा आदमी अपने घुटनों के बल गिर गया। ख़ंजर छूटकर ज़मीन पर गिर गया।

अबू क़ासिम ने अपनी कटार निकाली और दोनों हाथों से उसे ऊपर उठा लिया। एक झटके में घुमाते हुए वो उसे नीचे लाया। ख़तरनाक वार। कटार ने सोमेश्वर का कपाल फाड़ दिया और तुरंत जान लेते हुए उसे लगभग उसके मुंह तक दो फाड़ में चीर डाला।

तुर्की क़साई ने भारतीयों के ग़ज़नी अभियान के रचयिता के क्षत-विक्षत शरीर से अपना हथियार खींचने की कोशिश की। लेकिन वो खोपड़ी की मोटी हड्डी में फंस गई थी। उसने जड़ हो गई यज़दा पर निगाह डाली, जिसकी आंखें भय से फैल गई थीं, और हंस पड़ा। 'बस एक पल, रंडी। ज़रा सा इंतज़ार कर।'

ख़ून की प्यासी क़साई की आंखें वीभत्स सा नाच कर रही थीं, जबकि सोमेश्वर की खोपड़ी की हड्डी से अपनी कटार निकालने के लिए उसे इधर-उधर घुमाते हुए उसने गालों तक काट डाला था। ये कटार अबू क़ासिम के लिए बहुत ख़ास थी। आख़िरकार अपनी कटार निकालकर उसने उसे वापस म्यान में डाल दिया।

वो मुड़ा और उसने यज़दा को उठा लिया।

ठीक तभी तीरों की बौछार ने अबू क़ासिम के दोनों तुर्की सैनिकों को भेद डाला। वो अपने घोड़ों से गिर गए। बेजान।

भारतीय घुड़सेना बचाव के लिए आ पहुंची थी।

अबू क़ासिम ने एक ग़ुर्राहट सुनी। एक धीमी, घूमती सी दहाड़। बिज़ली गरजने जैसी। किसी नींद से उठते शेर की गहरी, ख़तरनाक ग़ुर्राहट। अबू क़ासिम की पीठ के बाल घोड़े के ब्रश की तरह खड़े हो गए।

दो उन्मादी आंखें एक ऊपर उठते पहाड़ के शिखर पर लगी जंगल की आग की लपटों की तरह सुलग रही थीं।

नरसिम्हन सोमेश्वर के कटे-फटे शव को घूर रहा था। उसका मित्र। वो उस बच्ची को तक रहा था। जिसके चेहरे पर ख़ून था।

उसका अंडाकार पेंडेंट उसकी त्वचा को जलाने लगा था।

वो इंसाफ़ मांग रहा था।

और कभी-कभी, एकमात्र इंसाफ़ निर्मम मौत होती है।

अबू क़ासिम घूम गया। एक फंसे जानवर की तरह जिसे मौत का आभास हो जाता है। उसे एक अनजानी सी भावना महसूस हुई।

ख़ौफ। आतंक।

नरसिम्हन ने अपनी टांगें घुमाईं और आराम से अपने घोड़े से उतर गया। अबू क़ासिम से नज़रें हटाए बग़ैर, उसने अपनी तलवार खींच ली। उसने अपना सिर घुमाया और अपने लक़वाग्रस्त दाएं कंधे पर बंधा लोहे का मोटा कवच पीछे धकेल दिया। उसकी लक़वाग्रस्त दाईं बांह पर ढाल कसकर और स्थिर बंधी थी। उसने अपनी तलवार को अपने शरीर से कुछ दूरी पर पकड़ा हुआ था, कुछ इस तरह से मानो वो उसकी बाईं बांह का ही विस्तार हो।

पुलकित, दसरना और उसके पीछे मौजूद भारतीय घुड़सवार अपने सीने पर हाथ मारने और गरजने लगे।

'मारो! मारो! मारो!'

अबू क़ासिम हिल भी नहीं पाया। वो सुन्न पड़ गया था। पेड़ों के झुरमुट में, ये उद्घोष तेज़ आवाज़ में गूंजने लगा था।

नरसिम्हन उस पाशविक तुर्क के सामने खड़ा था। अबू क़ासिम ने एक टहनी की तरह यज़दा को छोड़ दिया और लगभग तुरंत ही अपनी तलवार घुमा दी। बाईं ओर से। विशालकाय नरसिम्हन को उसकी लक़वाग्रस्त दाईं ओर धकेलने की उम्मीद करते हुए। भारतीय ने आख़िरी पल में अपना दायां पहलू उठाया, अपनी बंधी हुई ढाल से क़ासिम के घातक वार को बेकार किया, और इसी के साथ अपनी तलवार से ऊपर की ओर वार कर दिया।

नरसिम्हन के वार ने ग़ज़नवी की दाईं बांह को चपेट में ले लिया, और कलाई की मांसपेशियों को बुरी तरह से काटते हुए उसे बेकार कर दिया। तुर्क ने अपने हाथ पर नियंत्रण खो दिया और एक ख़ूनी चमक के साथ उसके तलवार वाले हाथ से कटार उड़ गई, और उसकी कटी हुई मांसपेशियों से ख़ून उबल पड़ा।

क़ासिम पीछे हटा। उसके चेहरे पर ख़ौफ़ पसरा हुआ था। वो तो देख भी नहीं पाया था कि दुश्मन का वार आया कहां से था। मगर फिर भी, उसकी दाईं कलाई भयानक ढंग से कट गई थी। वो जान गया था... वो जान गया था कि उसका सामना एक असाधारण योद्धा से था। एक नर-सिंह से।

वो जान गया था... वो जान गया था कि उसका अंत निश्चित था।

पीछे खड़े भारतीयों का अपने सीने पर हाथ मारते हुए गरजना जारी था, *'मारो! मारो! मारो!'*

क़ासिम ने तेज़ी से अपना सही-सलामत बायां हाथ अपनी कमर की ओर बढ़ाया। कमर पर बंधी म्यान के ख़ंजर की ओर। लेकिन इससे पहले कि वो लड़ाई में उसे निकाल पाता, नरसिम्हन क़ासिम को अपने कंधे के कवच का निशाना बनाते हुए इतनी तेज़ी से हमला करने को आगे बढ़ा, जो इंसानी तौर पर असंभव सा लगता था। वो कहीं दूर रखे गुलेलास्त्र से निकले पत्थर की मिसाइल की तरह आया था। कवच तुर्क के बाएं कंधे से टकराया। नरसिम्हन के कंधे के भारी-भरकम लोहे के कवच ने क़ासिम के कंधे को उसकी सबसे कमज़ोर जगह से तोड़ दिया, और कंधे की मोटी हड्डी अपने गढ़े से बाहर निकल गई। तुर्की क़साई का उखड़ा हुआ कंधा पेड़ के किसी कमज़ोर तने से लटकी टूटी शाखा की तरह झूल रहा था।

अबू क़ासिम अब दर्द से चिंघाड़ें मार रहा था।

'मारो! मारो! मारो!'

उसने शक्तिशाली चोल योद्धा को दूर करने की नाकाम कोशिश में बेतहाशा अपनी दाईं बांह घुमाई, जो अपनी पीड़ादायी यातना की राख में से तेजस्वी फ़ीनिक्स की तरह उठ खड़ा हुआ था।

बेगुनाह के ख़ून के धब्बों को धोने का सबसे अच्छा तरीक़ा किसी दुष्ट का ख़ून बहाना है।

नरसिम्हन घूंसों से बचता रहा मानो वो किसी घायल बच्चे के साथ युद्ध का भयानक खेल खेल रहा हो। शेर अपने शिकार के साथ खेल रहा था। तुर्क जानता था कि उसका खेल ख़त्म हो गया था। वो किसी घिरे हुए जानवर की तरह पीछे हटा।

अबू क़ासिम ने जानलेवा नफ़रत से नरसिम्हन को देखा। उसने अपनी टूटी बांह पकड़ी और सेनापत्ति पर अबूझ गालियों की बौछार कर दी। मगर एक शब्द एकदम साफ़ था।

काफ़िर।

काफ़िर।

काफ़िर।

चोल दबंग ने निर्ममता से अपनी शक्तिशाली तलवार घुमाई, और कोहनी से ऊपर से तुर्क की दाईं बांह को काट दिया। घाव के खुले मुंह से फ़व्वारे की तरह ख़ून निकल पड़ा और क़ासिम दर्द से चीख़ें मारने लगा। नरसिम्हन ने ग़ज़नवी की टांगों के बीच ज़ोरदार ठोकर मारी। तुर्क ज़मीन पर गिर पड़ा।

नरसिम्हन एक घुटने पर बैठा और अपनी तलवार घुमाते हुए क़ासिम की गर्दन की ओर लाया। ऐसा वार जो उस क़साई का सिर क़लम कर देता। मगर चोल सेनापति उस लाचार तुर्क से बस दो इंच दूर रुक गया। फिर उसने नीचे देखा। उसे याद आया कैसे भगवान नरसिंह ने हिरण्यकश्यप का नाश किया था, वो घृणित राक्षस जिसने अपने ही बेटे को मारने की कोशिश की थी।

नरसिंह। जिस देवता के नाम पर उसका नाम रखा गया था।

नश्वर नरसिम्हन ने अपनी तलवार को लंबवत मोड़ा और बेहरमी से नीचे की ओर, तुर्क के पेट में घोंप दिया। वार इतना भयंकर था कि तलवार तुर्क की पीठ से बाहर निकलती हुई जंगल की धरती में समाती चली गई।

सब हतप्रभ, अवाक उस ख़ौफ़नाक मंज़र को देखते रह गए।

नरसिम्हन ज़ोरों से दहाड़ उठा। उसने अपनी मांसपेशियां कसीं और तलवार को और गहरे धकेल दिया। लगभग दिव्य क्रोध से। जब तक कि तलवार की मूठ की कगार तुर्क के पेट से नहीं टकरा गई। वास्तव में, अब तलवार और गहरे नहीं जा सकती थी।

क़ासिम के पेट से होकर ज़मीन में गहरे समाते हुए उस तलवार ने ग़ज़नवी योद्धा को ज़मीन में गाड़ते हुए ऐसे निश्चल कर दिया था जैसे कोई कील तंबू को ज़मीन में गाड़ देती है।

चोल सेनापति ने चारों ओर देखा और गरजा, 'ख़ून बह-बहकर इस आदमी की मौत आएगी! कोई दया नहीं दिखाएगा! कोई नहीं!'

भारत का तुर्की क़साई अबू क़ासिम दर्द से चीख़ता रहा। उसे क़रीब एक घंटे तक चीख़ते रहना होगा जब तक कि उसका सारा ख़ून बह न जाए और उसे मौत राहत न दे दे।

फ़िरदौस के फ़ार्म से मैदानी इलाक़ा दक्षिण में एक पहाड़ी की ओर जाता था। और फिर ख़ुज़दार शहर के लिए एक लंबी सड़क थी।

तालिब सुबह से ही इस पहाड़ी पर था। उसने देर रात गए घोड़े से सफ़र किया, उस जंगल में पहुंचा जो पहाड़ी पर छाया हुआ था और उसने एक पेड़ से अपना घोड़ा बांध दिया। फिर फ़ार्म को ठीक से देखने के लिए वो एक लंबे से पेड़ पर चढ़ गया।

वो स्थानीय ग्वादरी व्यापारी जिसने सोमेश्वर की मदद की थी तालिब का आदमी था। क्यों? क्योंकि अधिकांश ग्वादरी महमूद ग़ज़नवी से नफ़रत करते थे। वो उसकी सल्तनत का हिस्सा नहीं बनना चाहते थे। बलूच, जो ग्वादर का बहुसंख्यक समुदाय थे, आज़ादी चाहते थे। ये स्थानीय व्यापारी एक ऐसा शख़्स था जो अपने विश्वास पर चलता था। इसलिए, वो आमतौर पर उन

सबका साथ देता था जो महमूद के ख़िलाफ़ काम कर रहे होते थे। बेशक, इस प्रक्रिया को आसान बनाने में पैसा हमेशा मददगार होता था।

तो नतीजा ये हुआ कि तालिब को सोमेश्वर की योजना का पता लग गया था। स्थानीय ग्वादरी व्यापारी का मानना था कि महमूद के ख़िलाफ़ एक से बेहतर दो होंगे, क्योंकि दुश्मन का दुश्मन भी दोस्त होता है। स्थानीय ग्वादरी व्यापारी का मानना सही था।

तालिब को उस अब्बासी तमग़े के बारे में भी पता लग गया था जो सोमेश्वर ने ग्वादरी व्यापारी को दिखाया था। उस दल के कौशल की जानकारी देने के लिए जिसके साथ वो सफ़र कर रहा था ताकि हथियारों की ज़्यादा मदद मिल सके। इसने उस ग्वादरी व्यापारी को यक़ीन दिला दिया था। इसने तालिब को भी यक़ीन दिला दिया था जिसने फ़िरदौस के फ़ार्म पर जाने और भारतीयों से गठबंधन की बात करने का फ़ैसला लिया था। जहां तक तालिब की बात थी, तो इससे कोई फ़र्क़ नहीं पड़ता था कि महमूद की हत्या अरब करें या भारतीय, बशर्ते सुल्तान मारा जाए बस।

तालिब पेड़ के ऊपर से देख रहा था, और योजना बना रहा था कैसे बिना जान गंवाए भारतीयों से संपर्क करे कि तभी उसने बहुत दूर, वादी के दूसरे छोर से एक घुड़सवार सेना की टुकड़ी को आते देखा। जब तक पलटन फ़ार्म के पास आई, वो अबू क़ासिम की ख़ास क़द-काठी को पहचान चुका था।

तालिब ने अपनी बदक़िस्मती को कोसा। ऐसा लगता था कि उसके शेख़ीख़ोर अरब साथियों की तरह भारतीयों की क़िस्मत में भी मरना बदा था। क्योंकि भारत के तुर्की क़साई के हमले से कौन बच सकता था?

और फिर उसने अपनी ऊंची जगह से वो बेहतरीन छापामार हमला देखा जिसकी वो कल्पना भी नहीं कर सकता था। संकरे रास्ते में हमला, पेड़ों पर तीरंदाज़, बकरियों के बाड़े के पीछे से घुड़सवारों का घेरना और फिर खलिहान में क़त्ले-आम।

तालिब का मुंह खुला रह गया था। उसने इस क़ाबिलियत के योद्धा कभी नहीं देखे थे। उसके मालिक इस्माईल के मक़सद के लिए वो एकदम सटीक साबित होंगे।

जब अल्लाह एक दर बंद करता है, तो दूसरा खोल देता है।

तालिब ने अल्लाह का शुक्र अता करने के लिए ऊपर देखा। वो धीरे से बोला, 'महमूद, तेरे दिन अब गिनती के बचे हैं...'

अब बस उसे योजना बनानी थी कि इन प्रचंड भारतीयों से कैसे संपर्क करे और अपने मालिक के मक़सद के लिए कैसे उनकी ताक़त का इस्तेमाल करे।

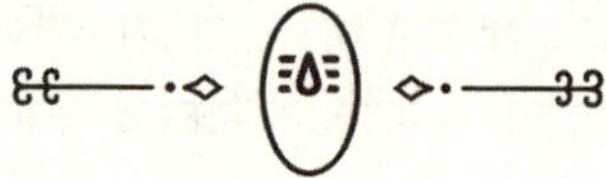

अध्याय 20

बीते गुनाहों का क़र्ज़

ग़ज़नी, अफ़ग़ानिस्तान

'मेरे बच्चे!' महमूद ग़ज़नवी ने फ़ख़्र से कहा। 'मेरे नौजवान शेर। भारत के विजेता!'

'मेरे चचा हुज़ूर!' सुल्तान के भतीजे सालार मक़सूद ने जोश से कहा।

जामा मस्जिद के नए-नए मरम्मत किए फ़र्श पर चुस्त क़दमों से चलता हुआ वो महमूद की तरफ़ बढ़ा। सराहना और गर्मजोशी के साथ दोनों आदमियों ने एक दूसरे को बांहों में ले लिया। महमूद बार-बार सालार मक़सूद के दोनों गालों का बोसा लेता रहा। उसने उसे देखा और उसका चेहरा खिल गया।

'चचा हुज़ूर, भारत को फ़तह करने वाले तो *आप* हैं!' सालार मक़सूद ने विनम्रता से जवाब दिया। 'मैं तो बस आपका ग़ुलाम हूं, और काफ़िरों की ज़मीन पर आपकी सल्तनत का कामकाज संभालता हूं।'

'उन नाकारा भारतीयों पर राज करने का बस एक ही तरीक़ा है कि उनकी लगातार धुनाई की जाए! वो कॉक्रोचों के तरह बार-बार सिर उठाते रहते हैं। वो फ़ारसियों की तरह नहीं हैं... एक बार हराए जाने के बाद वो नीचे ही रुके नहीं रहते...'

'सच है... अफ़सोसनाक है, मगर सच है। मेरा तो एक ही उसूल है। जब भारत में होता हूं तो रोज़ाना सुबह जब मैं सोकर उठता हूं तो ऐसे ही कुछ भारतीयों को पीट देता हूं। जब तक वो अपनी औक़ात में, आपके क़दमों में रहना न सीख लें तब तक उन्हें पीटते रहना होगा।'

महमूद ने कड़ी निगाह से देखा। 'मैंने सुना है उन बुतपरस्तों के बीच फिर से कोई परेशानी पैदा हो रही है?'

'कुछ ख़ास नहीं है... मैं उसे देख लूंगा,' सालार मक़सूद ने जवाब दिया। 'श्रावस्ती का कोई नीच हिंदू राजकुमार लुटेरों के एक गिरोह के साथ घूम रहा है। मामूली सी परेशानी है। मैं उसे मक्खी की तरह कुचल दूंगा, चचा हुज़ूर! जश्न ख़त्म होने के बाद मैं भारत वापस जा ही रहा हूं।'

'हम्म...' मक़सूद सोच में डूबा था। 'उसका नाम क्या है?'

'सुहेलदेव। फ़िक्र न करें। सुल्ताने-आज़म, भावी ख़लीफ़ा, को ऐसी छोटी-मोटी बातों पर सोचने की ज़रूरत नहीं है। इस सुहेलदेव से मैं निपट लूंगा।'

महमूद ने अपनी बग़ल में देखा। 'मैंने तुम्हें रोक रखा है! तुम्हारी चची हुज़ूर तुमसे दुआ-सलाम करने के लिए कब से इंतज़ार कर रही हैं। और बेशक, तुम्हारे चचाजान, मेरे भाई, ग़ज़नी के प्रांतपाल-मुफ़्ती भी!'

'मलिका।' सालार मक़सूद ने चुस्ती से और झुकते हुए कौसरी जहान को सलाम किया। रानी ने नर्मी से सिर हिलाया और अपने राजसी मुखड़े पर सावधानी से गढ़ी गर्मजोशी भरी मुस्कान चिपकाए रही। सालार मक़सूद इस्माईल की ओर मुड़ा जो सुल्तान के दाईं ओर खड़ा था। उसने झुककर अपने उस चचा को सलाम किया जिससे आज से पहले वो कभी नहीं मिला था।

'चचाजान! आख़िरकार, गुज़गान से वापस आ गए। मुझे यक़ीन है वहां आपका रहना ख़ुशगवार रहा होगा।' नौजवान ग़ज़नवी सिपहसालार नक़ली मिलनसारिता से मुस्कुराया।

'अरे, भतीजे, काश कि आप मिलने आते और मुझे अपनी शानो-शौक़त में आपकी मेज़बानी करने का मौक़ा देते,' इस्माईल ने हंसते हुए कहा। उसने बहुत गर्मजोशी से अपनी बांहें फैला दी थीं। सालार मक़सूद उसकी बांहों में समा गया।

'मेरे भाई तो आपकी तारीफ़ में ज़मीन-आसमान एक किए रहते हैं, भतीजे,' इस्माईल ने कहा। 'ग़ज़नवी सल्तनत में भारत में आपकी बहादुरी के क़िस्से गूंजते हैं। सुल्तान के बेटों तक को मेरे भाई के दिल में वो मुक़ाम हासिल नहीं है जो आपको हासिल है।'

'आप बहुत दयालु हैं, हुज़ूर, प्रांतपाल-मुफ़्ती,' सालार मक़सूद ने विनम्रता से जवाब दिया।

सालार मक़सूद ने एक शर्मीले-लजीले नौजवान को अपने पास आने का इशारा किया। वो सावधानी बरतते हुए दो क़दम पीछे चल रहा था।

'चचा हुज़ूर, बेशक आपको करीम तो याद होगा, मेरा दाहिना हाथ। भारत की कामयाबियों के लिए बराबरी का ज़िम्मेदार समझिए।'

महमूद ने ठहाका लगाया। 'बिल्कुल! करीम के ज़िक्र के बिना सालार मक़सूद का ज़िक्र आना मुश्किल ही है,' उसने शरारत भरी आंखों से कहा। 'तुम बहुत दिलकश नौजवान हो, करीम,' उसने जोड़ा और सिर से पांव तक धीरे-धीरे उस लंबे, पतले और असामान्य रूप से गोरे करीम पर निगाह फेरी। 'बेहद दिलकश।'

करीम शरमा गया।

इस्माईल ने अचकचाते हुए रानी को देखा और असामान्य रूप से समान प्रतिध्वनि पाई। इस्लाम की उनकी समझ में समलिंगी संबंधों की इजाज़त नहीं थी।

'यक़ीनन ये है, हुज़ूर,' सालार मक़सूद ने कहा। 'अच्छे लोगों की बात चली है, तो मुझे उम्मीद है कि जाने से पहले मैं अबू क़ासिम से मिल पाऊंगा। सुना है वो शिकार पर गए हैं।'

'हां,' सुल्तान ने कहा। 'मेरे साथ आओ, भतीजे।'

दोनों आदमी टहलते हुए जामा मस्जिद के मुख्य हॉल की ओर चल दिए। बाक़ी तीनों लोग पीछे ही रहे।

'ग़ुलाम भाग कैसे गए, चचा हुज़ूर?' सालार मक़सूद ने पूछा।

'घटिया काम था, मक़सूद,' महमूद ने कहा। 'मेरे भाई ने जश्न के लिए वक़्त से मस्जिद की मरम्मत पूरी करवाने के लिए कुछ काफ़िरों को रखा था।

एक रात बस ऐसे ही वो भाग निकले। आपाधापी में कई पहरेदार मारे गए। इस्माईल को शक है कि ये अंदरूनी हरकत थी। कौसरी इसे बेतुकी बात कहती है। मैं अपनी बेगम और अपने भाई, दोनों से बेहद प्यार करता हूं, लेकिन उनकी आपस में बनती नहीं है।'

'ये कोई राज़ की बात नहीं है, चचा हुज़ूर। मलिका और प्रांतपाल-मुफ़्ती के झगड़े के बारे में सारा शहर जानता है।'

'मुझे किसका साथ देना चाहिए?'

'इसमें मैं आपकी मदद नहीं कर सकता, चचा हुज़ूर।' सालार मक़सूद मुस्कुराया। उसने महमूद को को देखा और गंभीरता से आगे कहा, 'लेकिन हां, ये सच है कि इनकी अंदरूनी कलह की वजह से सारा प्रशासन ठप्प पड़ गया है।'

'और इस सबके बावजूद, हमने ये मुक़म्मल कर लिया है!' महमूद ने जामा मस्जिद को दिखाते हुए ख़ुशी से अपना हाथ लहराया। 'ये वो आलीशान जगह है जहां मैं अपने नए किरदार में क़दम रखूंगा—ऐसे किरदार में जो मुझे सबसे ऊंची सत्ता ने अता किया है। एक बार मैं ख़लीफ़ा बन जाऊं, तो एक और जेहाद के लिए भारत वापस जाऊंगा। हम इस विद्रोही राजकुमार को कुचल देंगे जिसकी तुम बात कर रहे हो। हम उस देश के हिंदू और बौद्ध राजाओं को ख़त्म कर देंगे। हम उनका मज़हब बदल देंगे या उन सबको मार डालेंगे। मैं ग़ज़वा-ए-हिंद, भारत पर जीत और काफ़िरों के विनाश की भविष्यवाणी को पूरा करूंगा। हम हमेशा भारत पर हुकूमत करेंगे!'

'या फ़िलहाल कम से कम उत्तर भारत पर। हम एक-एक करके उनके राज्यों को ले सकते हैं। वो बुरी तरह से जातियों में बंटे हुए हैं, और उनमें से अनेक अहिंसा में विश्वास करते हैं!' ये कहते हुए सालार मक़सूद ने फुफकार छोड़ी। 'और ज़्यादातर बौद्ध सच में मानते हैं कि हम उन पर रहम बरतेंगे, क्योंकि कुछ समय पहले तक हम ख़ुद बौद्ध थे।'

महमूद भी हंसने लगा। 'वो मूर्ख हैं। वो जानते नहीं हैं। अपने पूर्वजों का विनाश करके हम अपने नए मज़हब के लिए अपनी वफ़ादारी साबित करते

हैं। हमसे पहले जो थे वो जाहिलिया थे। अब एक सच्चे मज़हब को अपनाने के बाद हम पाक हैं। हर जगह अपने पुरखों के धर्म का विनाश करके हम साबित करते हैं कि हम अच्छे मुसलमान हैं। बौद्धों को कहीं ज़िंदा नहीं रहने दिया जाएगा।'

'सच है... लेकिन दक्षिण थोड़ा मुश्किल होगा,' सालार मक़सूद ने कहना जारी रखा। 'वो अभी भी आक्रामक हिंदू हैं... वास्तव में बहुत ज़्यादा आक्रामक हिंदू। वो तो जानवरों की क़ुर्बानी तक देते हैं। और राजेंद्र चोल बहुत ज़्यादा ताक़तवर है।'

'अरे, मुझे कुछ अगली पीढ़ी के लिए भी तो छोड़ना होगा ना।'

'सही है, चचा हुज़ूर। मगर, ये ग़ज़नी की ज़िम्मेदारी है कि भारत में एक सच्चा मज़हब फैलाए। जब तक वो इस्लाम को नहीं अपनाते या अपने निचले धिम्मी स्तर को क़ुबूल करके हमें जज़िया के तौर पर पैसा और अपनी औरतें नहीं देते, तब तक हम उनकी बुतपरस्त मिट्टी को उनके ख़ून से रंगते रहेंगे।'

'आमीन...' महमूद ने आमेन के अरबी रूप का इस्तेमाल करते हुए कहा जिसे मज़हबी लोग प्रार्थना ख़त्म करने पर ख़ुदा से अपनी प्रार्थना क़ुबूल करने के लिए कहते हैं।

'सुम्मा आमीन,' सालार मक़सूद ने जवाब दिया।

इस्माईल और कौसरी मस्जिद के दरवाज़े पर उदास से एक दूसरे के पास खड़े थे। ख़ूबसूरत नौजवान करीम दोनों द्वेषपूर्ण लोगों को छोड़कर मस्जिद देखने आगे बढ़ गया था।

रानी घमंड भरी निगाहों से इस्माईल की ओर मुड़ी, लेकिन उनमें ग़ुस्से की चिंगारियां स्पष्ट दिख रही थीं। कम से कम उन लोगों के लिए स्पष्ट जो बारीकियों को पकड़ने में माहिर थे, इस्माईल की तरह।

'एक मोटा चर्बी का बोरा रोज़ाना रात को आता है और मेरे कमरे के बाहर इंतज़ार करता रहता है...' उसने कहा, उसका लहजा बातचीत करने का और विनम्र था।

इस्माईल ने उसे देखा, उसके चेहरे पर हैरानी का भाव था, हालांकि उसे पता था कि रानी किसकी बात कर रही थी। 'मोटा चर्बी का बोरा?'

इस्माईल को नागवारी भरी आंखों से घूरती रानी के चेहरे पर हल्की सी हंसी आ गई। 'आप उतने भी तेज़-तर्रार नहीं हैं जितना लोग कहते हैं।'

पास से गुज़रते किसी भोले-भाले राहगीर को ऐसा लगता कि रानी और प्रांतपाल-मुफ़्ती सहज भाव से मौसम पर चर्चा कर रहे थे। मगर ये बातचीत किसी तलवारबाज़ी के मुक़ाबले से कम नहीं थी।

'ओह,' इस्माईल ने नाटकीयता से गहरी सांस ली, और फिर धीमे से हंसा। 'वो मोटा चर्बी का बोरा... आपका मज़ाक़िया अंदाज़ भी ख़ूब है, मलिका-ए-मुअज़्ज़मा। मैं उसके लिए इस जुमले का इस्तेमाल करूंगा।'

'आपने अभी भी मुझे नहीं बताया कि वो फ़ारसी डगमगाता दरियाई घोड़ा मेरे कमरे के बाहर क्या कर रहा था?'

इस्माईल ज़ोर से हंस पड़ा। 'डगमगाता दरियाई घोड़ा। मैं इसे भी इस्तेमाल करूंगा... मगर जहां तक आपके सवाल की बात है, मुझे ज़रा सा भी कोई अंदाज़ा नहीं है। दरियाई घोड़े का अपना ही दिमाग़ है। कौन जाने इन फ़ारसियों के दिमाग़ कैसे चलते हैं?'

रानी का चेहरा गंभीर हो गया। 'दरियाई घोड़े किसी भी दिशा में डगमगा सकते हैं... ये इस पर निर्भर करता है कि कौन ज़्यादा ज़ोर से चाबुक़ चलाता है।'

'सच कहा। ये मैंने तब देखा था जब मेरे मज़दूर भाग गए थे। मुझे यक़ीन है उससे आपका कोई लेना-देना नहीं था।'

'मुझे यक़ीन है कि आपको यक़ीन है।'

इस्माईल मुस्कुराया। 'और फिर भी, मस्जिद दोबारा बन चुकी है।'

'क्योंकि मैंने मदद की थी।'

'मुझे यक़ीन है कि आपने की थी।'

'एक बार फिर, मुझे यक़ीन है कि आपको यक़ीन है।'

जवाब में इस्माईल हंसा और दूसरी ओर देखने लगा, उसने जवाब देने की ज़हमत नहीं की।

कौसरी की आंखों ने पल भर को आग उगली। 'आपको वापस आए बहुत कम वक़्त हुआ है... होशियार रहिएगा, नेक प्रांतपाल-मुफ़्ती।'

'मैं तो पैदायशी होशियार हूं, मलिका-ए-मुअज़्ज़मा। लेकिन क्या आप ये पक्का कर रही हैं कि आपकी ताक़त का आधार चौक-चौबंद है?'

कौसरी ख़ामोश रही। सार्वजनिक जगह पर सुल्तान के एकदम स्पष्ट उल्लेख से बौखलाई। मगर उसने बख़ूबी अपने ग़ुस्से को छिपा लिया था। *इस्माईल यक़ीनन ताक़तवर हो रहा होगा कि इतनी बेबाकी से बोल रहा है।*

इस्माईल ने अपनी लंबी, ढीली-ढाली आस्तीनों में अपने हाथ घुसा लिए। 'मुझे साफ़-साफ़ बोलने की इजाज़त दें, ख़ूबसूरत मलिका। आप जानती हैं कि जो राह चुनी गई है वो ख़तरनाक है। उस ओहदे पर कभी भी न किसी तुर्क को क़ुबूल किया जाएगा, न ग़ैर-अरब को। मैं जानता हूं कि आपने उन्हें रोकने की कोशिश की थी, मगर आपकी ताक़त के आधार ने नहीं सुना। अगर ख़ुदा न ख़ास्ता कुछ अनहोनी हो जाती है, तो आप किसके सहारे रह जाएंगी? अब पूरी सल्तनत में मेरे वफ़ादार हैं। आप मुझ पर भरोसा कर सकती हैं... लेकिन इसके लिए, आपको सही से चुनाव करना होगा।'

कौसरी जहान ने अपनी आंखें सिकोड़ीं। इस बेबाक चर्चा से वो हतप्रभ थी। उसने ये पक्का करने के लिए उड़ती सी नज़र से आसपास देखा कि कोई सुनने की ज़द में तो नहीं था। और तुरंत ही उसे इस पर पछतावा हुआ। उसने अपनी कमज़ोरी दर्शा दी थी। वो जानती थी कि अगर कोई सुनने की सीमा के अंदर होता तो इस्माईल कभी ये बातें नही कहता।

'आप जो कहना चाह रहे हैं, उसके लिए मैं आपका मौत के घाट उतरवा सकती हूं,' कौसरी फुफकारी, उसके शब्द नर्म और लगभग फुसफुसाहट जैसे थे।

'और मैं क्या कहना चाह रहा *था*, मोहतरमा?' इस्माईल ने चिढ़ाया, और अपने हाथ उठाए जैसे कि मस्जिद की दीवारों की ख़ूबसूरत लिखावट को दिखा रहा हो। 'मेहरबानी करके नापाक ख़्यालात से अल्लाह की इबादतगाह को गंदा न करें... लेकिन हम किसी ज़्यादा माक़ूल जगह पर खुलकर बात कर सकते हैं—आप चाहें तो मेरे महल में। मुझे लगता है कि अगर हम मिलकर काम करें तो एक दूसरे की ताक़त बन सकते हैं। मैं सुनता हूं, उसकी तरह नहीं, आप-जानती-हैं-किसकी... मैं बस आपको बेहतर जानना चाहता हूं। *बहुत* बेहतर। हालांकि बहुत कुछ तो मैं पहले से ही जानता हूं।'

उसकी धृष्टता पर रानी अवाक रह गई थी।

आगबबूला होकर वो दूसरी ओर देखने लगी। और उसने देखा कि सुल्तान और सालार मक़सूद उनकी ओर वापस आ रहे थे।

वो मुस्कुराई और इस्माईल की ओर मुड़ी। 'आप दिन-ब-दिन दुस्साहसी होते जा रहे हैं, प्रांतपाल-मुफ़्ती,' उसने बहुत धीमी आवाज़ में कहा। 'बहादुरी और बेवक़ूफ़ी के बीच बहुत महीन रेखा होती है।'

इस्माईल ये सुनिश्चित करने के लिए गर्मजोशी से मुस्कुराया कि सुल्तान को शक न हो। लेकिन उसका लहजा सख़्त था। 'मैं उस रेखा को कभी पार नहीं करूंगा।'

कौसरी ने इस्माईल को देखा। 'मैं दुआ करूंगी कि आप करें।

सुल्तान के महल में यालन नौकरों के कमरों से बाहर आया और दबे पांव गलियारे में चलने लगा। वो नंगे पांव था, उसके क़दम पंख जैसे हल्के थे। सूरज निकलने में अभी दो घंटे थे, और उसके घबराए हुए दिल की धड़कनें उसके कानों में बज रही थीं।

कई साल से वो सुल्तान के बावर्चीख़ाने के स्टाफ़ का हिस्सा था। उसकी ख़राब पृष्ठभूमि के बावजूद ख़्वाजा हसन की सिफ़ारिश पर उसे रखा गया

था। वो हमेशा से जानता था कि एक दिन आएगा जब उसे उस अहसान की भरपाई करनी होगी। वो मज़हबी सुरक्षादल जुंदीनुद्दीन के लिए जासूसी करता रहा था, और उसे उम्मीद थी कि ये काफ़ी होगा। मगर अपने दिल की गहराई में कहीं वो जानता था कि ये उतना ख़तरनाक काम नहीं था कि वज़ीरे-आज़म का क़र्ज़ चुक पाता। मगर वो काम से जुड़े उस घोर जोखिम के लिए तैयार नहीं था, जिसके लिए आख़िरकार उससे कहा गया था। लेकिन उसके सामने कोई चारा नहीं था।

उसके काम की तैयारी में, पिछले ही हफ़्ते उसका सुल्तान के निजी स्टाफ़ में तबादला कर दिया गया था।

महल गहरी नींद में डूबा हुआ था, अलावा बाहरी परिधि में गश्त करते ज़मीनी स्टाफ़ के। उसने तारों भरे आसमान पर निगाह डाली और गलियारे के अंतिम छोर की ओर बढ़ गया। उसने रेलिंग पर हाथ रखे, नीचे की ज़मीन का जायज़ा लिया। हवा में मौजूद बर्फ़ के टुकड़ों की तरह ठंडी हवा ने उसके चेहरे को गोद दिया। वो दो पहरेदारों को दाएं मुड़कर महल की लंबाई में जाते देखता रहा।

छह घड़ी का वक़्त।

और तब पहरेदार फिर से दाएं मुड़ेंगे और उससे दूर दूसरे छोर की ओर जाएंगे। यालन बाहर को झुका और उसने अपना सिर ऊपर घुमाया। यक़ीनन, उसके ऊपर वाली खिड़की से हल्की पीली रोशनी बाहर आ रही थी, उस कमरे की खिड़की जिसमें उसका लक्ष्य सोया हुआ था—या बहुत मुमकिन है कि जगा था।

यालन रेलिंग पर चढ़ा और एक खंभे से चिपक गया। उसने अपनी बाईं टांग फैलाई और बलुआ पत्थर की ईंटों के बीच पैर रखने के लिए एक दरार खोजी। उसने अपना बायां हाथ फैलाया और नाली का पतला किनारा पकड़ लिया। जल्दी से उसका दायां हाथ आया और फिर दाईं टांग। और अब सबसे मुश्किल हिस्सा आया था। उसने दीवार की दरार में पैर रखने की संकरी जगह पर अपना बायां पैर टिकाया, खंभे का सहारा लेने और अच्छी पकड़ सुनिश्चित

करने के लिए वो अपनी बाईं बांह को जितना फैला सकता था, उतना फैलाया। फिर वो चढ़ने लगा। उसकी पीठ, उंगलियों और टांगों पर बहुत ज़ोर पड़ रहा था। उसके कंधे जल रहे थे लेकिन वो चढ़ता ही रहा, जब तक कि अपनी लक्षित कगार पर नहीं पहुंच गया। ज़ोर-ज़ोर से सांस लेते हुए, उसने कगार पर अपनी बांह रखी और ख़ुद को ऊपर खींचा। वो खिड़की की कगार पर उकड़ूं बैठ गया। तीन तक गिनकर वो आधा खड़ा हुआ, उसने खिड़की की चौखट पकड़ी और अपना संतुलन बनाया। उसने अपनी बाईं बांह को छोड़कर थोड़ा तनाव कम किया। और फिर चौखट पकड़ ली।

उसे धीमी ज़नाना आवाज़ में अरबी में कुछ पढ़े जाने की आवाज़ सुनाई दी। वो धीरे से उठा और उसने कमरे में झांका। महीन रेशमी परदों के पीछे आलीशान शाही शयनकक्ष के सुदूर छोर पर एक स्त्री बैठी थी। उसने अपनी टांगों को और सीधा किया और थोड़ा पास से देखा।

रात की हवा में परदा लहराया और रानी दिखाई दी। वो फ़र्श पर बैठी थी, खिड़की की ओर उसकी पीठ थी। उसने सिर नहीं ढका हुआ था, उसके सुनहरे, लंबे बाल समुद्र की तूफ़ानी लहरों की तरह उसकी पीठ पर फैले हुए थे और फ़र्श पर चमकते ढेर में गिर रहे थे। उसके शरीर ने रोशनी फैलाने वाले उसके ध्यान के स्रोत को छिपा रखा था।

नर्म, छनकते से मंत्रोच्चार उसके पास पहुंचने तक लगभग ख़ामोशी में घुले जा रहे थे। वो ये तो समझ पा रहा कि शायद वो अरबी में थे। बस ये पक्का नहीं कर पा रहा था कि शब्द क्या थे। और वो जानता था कि उसे जवाब देने होंगे।

इस भुतहा घड़ी में तुम क्या मंत्र पढ़ रही हो, रानी?

यालन अचानक चौंक गया।

उसे अपनी कलाई के पास एक ठंडा, रेंगता सा अहसास हुआ। वो फुफकारा और खिड़की की चौखट पर अपनी पकड़ लगभग खोते हुए उसने अपनी बांह को झटक दिया। एक घोंघा छज्जे से उछला और कुछ दूर जाकर गिरा। यालन ने फिर से चौखट थाम ली थी। तब तक किसी का ध्यान नहीं

गया था, मगर गिरते हुए घोंघे ने खिड़की के छज्जे के दूसरे छोर पर बैठी एक नन्ही सी चिड़िया को चौंका दिया। डरकर वो चिड़िया चिचिया उठी और अपने पंख फैलाकर उड़ गई।

यालन ने मन ही मन दुआ पढ़ी और ऊपर देखा। और वहीं जड़ हो गया।

उसकी नज़रें रानी की आग उगलती आंखों से जुड़ गई थीं, जो अब खिड़की पर खड़ी थी। उसका हिजड़ा पहरेदार उसकी बग़ल में मौजूद था।

डर। आतंक। वो किसी घिघियाये हुए ख़रग़ोश की तरह फ़ंस गया था।

यालन ने जल्दी से खिसकने की कोशिश की, मगर हकीम ने उसकी दोनों कलाइयां पकड़ लीं। उसने अपने हाथ जासूस की बग़लों में डाले और छोटे से पिल्ले की तरह उसे ऊपर खींच लिया।

कौसरी जहान ने सुलगती आंखों से उसे घूरा। वो हकीम की ओर मुड़ी और धीरे से बोली, 'पवित्र झील और पवित्र पर्वत की क़सम, समय बिल्कुल सही था।'

हकीम की शिकंजे जैसी पकड़ में यालन झूल रहा था, और किसी तरह छूटने के लिए छटपटा रहा था। उसके मुंह से आवाज़ भी नहीं निकल पा रही थी क्योंकि हकीम ने अब अपने विशाल बाएं हाथ से उसका मुंह बंद कर रखा था। लेकिन फिर भी अहम जानकारी उसके पल्ले पड़ गई थी। *'समय बिल्कुल सही था।' क्या ये मेरा इंतज़ार कर रही थी? क्या मुझे फंसाया गया है?*

'चूं भी की तो मारा जाएगा,' हकीम ने धीरे से कहा।

यालन ने हामी भरी। इन शब्दों को वो समझ गया था।

हिजड़े अंगरक्षक ने जासूस को अपने पेशकब्ज़ से आज़ाद कर दिया। और उसे फ़र्श पर धकेल दिया। कौसरी जहान यालन के पास गई और उसके पास उकड़ूं बैठ गई। वो उसे तकने लगा। उसके अलौकिक रूप से मंत्रमुग्ध, उसकी आंखों की धमकी से सन्न।

'मैं तुझे पहचानती हूं,' वो फुसफुसाई। 'तू जुंदीनुद्दीन के लिए काम करता है। इस बार उस संपोले इस्माईल ने वाक़ई हद पार कर दी है...'

यालन कहने ही वाला था कि उसे यहां आने का हुक्म वज़ीरे-आज़म ख़्वाजा हसन ने दिया था, प्रांतपाल-मुफ़्ती इस्माईल ने नहीं। मगर उसमें ख़ुद को बचाने की इतनी सहज बुद्धि थी कि वो चुप ही रहा। छोटे लोग जानते हैं कि वो ताक़तवर लोगों की चालबाज़ियों को कभी भी पूरी तरह नहीं समझ सकते।

'मुझे माफ़ कर दें, मलिका। मैं तो बस हुक्म बजा रहा था। अब मैं आपकी बात मानूंगा। मेहरबानी करके मुझे बताएं क्या करना है।'

कौसरी मुस्कुराई। 'और तू मेरे लिए क्या करेगा, मूर्ख आदमी?'

'आप जो चाहेंगी, मलिका।'

कौसरी ने अपनी भौंहें उठाईं और धीमे से हंस दी। वो जानती थी कि एक आम आदमी पर उसका लगभग जादुई असर होता था। मगर लहजा और अल्फ़ाज़ एकदम सटीक होने होंगे।

'मुझे बता, नादान आदमी,' कौसरी ने कहा। 'मेरे कमरे के बाहर तूने क्या सुना था?'

न चाहते हुए भी, यालन ने हल्की सी नज़र रानी के वक्ष पर डाली। रानी की मौजूदगी में बहुत मर्द ख़ुद पर क़ाबू नहीं रख पाते थे। उसने कोई चीज़ अपने दिल के पास पकड़ रखी थी जिसने उसे नज़र से दूर कर दिया था।

'मैंने कुछ नहीं सुना था, मलिका। मुझे ये तो समझ आ रहा था कि आप अरबी में कुछ प्रार्थना कर रही हैं। मगर मैं शब्द नहीं समझ पाया।'

'हम्म।'

इस 'हम्म' से यालन और भी ज़्यादा घबरा गया। अपनी उपयोगिता साबित करने के चक्कर में वो बड़बड़ाने लगा। 'लेकिन मैं आपका जासूस बन सकता हूं, मलिका। आप जो ख़बर चाहेंगी, वो निकालकर लाऊंगा।'

कौसरी ने यालन को देखा। उसके चेहरे पर मुस्कान थी। उसने दिलचस्पी दिखाने का नाटक किया। 'ख़बर?'

'हां, मलिका। सुल्तान की ख़बरें। वज़ीरे-आज़म की ख़बरें। प्रांतपाल-मुफ़्ती की ख़बरें। मैं सब लाऊंगा।'

रानी मुस्कुराई। दिलफ़रेब मुस्कान जिसे वो उसके लिए बचाकर रखती थी जिसे वो प्यार करती थी, या तब के लिए जब वो किसी आदमी को ये भुलाना चाहती थी कि उसके पास अपना दिमाग़ था, ताकि वो वही करे जो वो उसे करने का आदेश दे।

मुस्कान का मनचाहा असर हुआ। ज़ाहिर है।

'मैं मरते दम तक आपका वफ़ादार रहने की क़सम खाता हूं, मलिका,' यालन ने एक बार फिर उसके सीने की ओर नज़र डालते हुए साहस से कहा। 'आप जो करने को कहेंगी, मैं करूंगा।'

कौसरी जहान ने सिर हिलाया। और फिर हकीम की ओर मुड़ी। 'इस भले आदमी की ज़बान काट लो। इसकी हड्डी-पसली तोड़ दो, लेकिन चेहरा सही-सलामत रखना। इसके परिवार को उठा लो। वो सुरक्षित अड्डे पर हमारे मेहमान रहेंगे। उनके लिए एक हज़ार सोने की दीनारें अलग रख दो। सुबह का स्वागत प्रांतपाल-मुफ़्ती पर जुंदीनुद्दीन के एक जासूस के हाथों ग़ज़नी की मलिका की हत्या करवाने की कोशिश का इल्ज़ाम लगाने से करने की तैयारी करो।'

यालन चुप रहा। ख़ुद को मिलने वाली सज़ा के प्रस्ताव से भौचक्का सा। कोई इंसान अपनी ज़बान नहीं गंवाना चाहता। मगर एक हज़ार दीनारों का मतलब था कि हमेशा के उसके परिवार का इंतज़ाम हो जाना। ऐसा मौक़ा भी कोई इंसान नहीं गंवाना चाहता।

मगर उसके पास वक़्त ही नहीं था कि वो इस प्रस्ताव के, इसके नफ़ा-नुकसान के बारे में और सोच पाता। क्योंकि असल में ये कोई प्रस्ताव था ही नहीं। ये तो अंतिम चेतावनी ज़्यादा था। उसके पास वक़्त इसलिए भी नहीं था कि हकीम ने अपने मज़बूत मुक्के से उसे बेहोश कर दिया था और उसके सोचने की कड़ी टूट गई थी।

रानी खड़ी हुई और खिड़की के पास चली गई। उसने आसमान की ओर नज़र उठाकर चांद को देखा। उसने सिर हिलाया और मुस्कुरा दी। उसकी

निगाह घोंघे पर पड़ी। वो धीमे-धीमे चलते हुए खिड़की की कगार के बीच तक वापस आ गया था। मिस्री गुबरैले खेपर की तरह।

उसने अपनी दाहिनी तर्जनी के पोर से घोंघे को ऊपर उठाया, उसे सम्मान के साथ अपने माथे के पास लाई और अपनी आंखें बंद कर लीं।

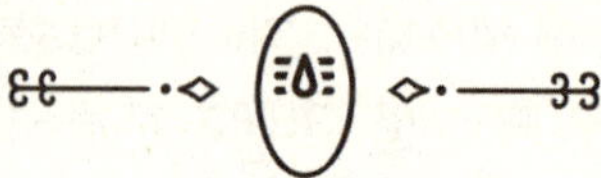

अध्याय 21

वो इंसान जिसने सब शुरू किया था

फ़िरदौस का फ़ार्म, ख़ुज़दर के पास, अफ़ग़ानिस्तान

ध्रुव फ़िरदौस के फ़ार्म के किनारे पर बर्फ़ में बैठा था। उसे ठंड महसूस ही नहीं हो रही थी। गर्म आंसुओं ने उस उदास नौजवान के खुरदुरे, बर्फ़ से ठंडे पड़े चेहरे पर पतली, चिकनी धारियां बना दी थीं।

भागे हुए ग़ुलामों की खोज में निकले तुर्की खोजी दस्ते का नाश हुए चौबीस घंटे बीत चुके थे। कभी ख़ौफ़नाक रहे भारत के तुर्की क़साई समेत शिकारियों के एक-एक आदमी को मार डाला गया था।

जीत हासिल हो गई थी। लेकिन क़ीमत बहुत भारी थी।

पिछली शाम को, सभी भारतीय पूरे सम्मान के साथ उस विनम्र गुजराती व्यापारी का शोक मनाने के लिए खड़े हुए थे जबकि टूटे दिल से ध्रुव ने पूरे वैदिक रीति-रिवाज से अपने नेक पिता सोमेश्वर की अंत्येष्टि की थी। अंत्येष्टि के सादे से आयोजन में गरुड़ पुराण के मंत्र पढ़े गए। मौक़े की गंभीरता को देखते हुए भारतीयों द्वारा अभियान में हर समय अपनी नक़ली मुस्लिम पहचान बनाए रखने के नाटक को कुछ देर के लिए छोड़ दिया गया था। मगर मंत्रोच्चार बहुत धीमी आवाज़ में किया जा रहा था, ताकि आवाज़ दूर तक न जाए।

लड़ाई से पहले वाली रात को ध्रुव को विश्वास हो गया था कि भाग्य ने उसे अपने पिता से फिर मिलवाया था। लेकिन भाग्य इतना निर्मोही कैसे हो सकता था? उसने पल भर को उसका खोया स्वर्ग उसे दिखाया, और बेरहमी से फिर से छीन लिया।

जब यज़ीदी रीति-रिवाजों के मुताबिक़ यज़दा के स्नेही पिता की क़ब्र खोदी गई और उन्हें उसमें दफ़्नाया गया, तो वो लगातार रोती ही रही। सारे भारतीय और आज़ाद हुए ग़ुलाम इस दुर्भाग्य में उसका साथ देते उसके साथ खड़े थे। अमल ने एक मां के सुरक्षा भरे साये की तरह इस यज़ीदी लड़की को अपनी पनाह में ले लिया था।

फ़ार्म का बहादुर मालिक, ग़ज़नी विद्रोही का आदमी फ़िरदौस भी मारा गया था। जब फ़िरदौस बहादुरी से एक ग़ुलाम को बचाने की कोशिश कर रहा था तब क़ासिम के एक सिपाही ने उसका सिर क़लम कर दिया था। लड़ाई में इक़बाल तक घायल हो गया था, लेकिन गंभीर रूप से नहीं। फ़िरदौस को पूरे इस्लामी तौर-तरीक़ों से फ़ार्म में ही दफ़्ना दिया गया था, जिसमें सब शरीक हुए थे।

लगभग साठ ग़ुलाम मारे गए थे, ज़्यादातर संकरे रास्ते की मुठभेड़ में। और पुलकित के जवानों और चोल सैनिकों में से आठ ने अपने प्राणों की आहूति दी थी। नरसिम्हन, विजयन और पुलकित ने सुनिश्चित किया कि मृतकों के पारंपरिक विश्वास के अनुसार सबका उचित अंतिम संस्कार हो।

दो सौ ग़ज़नवी सैनिकों की लाशों को खलिहान के पीछे चुन दिया गया था, उन पर बर्फ़ पड़ रही थी। कुछ लोग चाहते थे कि लाशों को बिना किसी रीति-रिवाज के पास की पहाड़ी से नीचे फेंक दिया जाए, ताकि जंगली जानवर और चील-कव्वे उन्हें नोच-नोचकर खा जाएं। किसी में न इतनी ताक़त थी, न शौक़ और न ही इच्छा कि उन राक्षसों का उचित कफ़न-दफ़्न करे। पूर्व ग़ुलामों में मौजूद मुसलमानों, और अमल तक, ने नरसिम्हन से कह दिया था कि जहां तक उनका मानना था, ये लोग मुसलमान थे ही नहीं। वास्तव में, वो इस्लाम के पाक नाम पर धब्बा थे। लेकिन नरसिम्हन ने ग़ज़नवी तुर्की लाशों

पर अभी तक कोई फ़ैसला नहीं लिया था। बर्फ़ीले मौसम ने उसे थोड़ा वक़्त भी दे दिया था क्योंकि लाशें बहुत जल्दी सड़ने वाली नहीं थीं।

तुर्कों के कवच, हथियार, और ज़िंदा बचे घोड़ों को भारतीयों द्वारा इस्तेमाल किए जाने के लिए क़ब्ज़े में ले लिया गया था।

नरसिम्हन अपनी कमान में मौजूद लोगों की विशाल तादाद के लिए नाश्ते का इंतज़ाम देख रहा था कि तभी उसकी नज़र फ़ार्म के सुदूर कोने में अकेले बैठे ध्रुव पर पड़ी।

जीत हासिल कर ली गई थी। मगर उसकी क़ीमत बहुत भारी पड़ी थी।

नरसिम्हन दुख से व्याकुल नौजवान के पास गए और उसके बग़ल में बैठ गए। 'तुम्हारे पिता असाधारण गुणों और संकल्प वाले व्यक्ति थे, ध्रुव। वो महादेव के सच्चे भक्त थे। वो भारत माता के सपूत थे।'

सुबह की धूप में बर्फ़ कुछ-कुछ पिघलना शुरू हो गई थी। ध्रुव ने जवाब में सेनापति के सामने सम्मान में हाथ जोड़ दिए।

नरसिम्हन ने ध्रुव के कंधे पर हाथ रखा।

ध्रुव ने अपनी आंख के कोने से ढलक आए आंसू को पोंछा। 'ये कैसी यातना है... मैं अपने पिता से मिलता हूं, बस ज़रा सी देर के लिए। उनके गले लगता हूं। उनसे आशीर्वाद पाता हूं। अपने भाग्य को सराहता हूं कि अब अंतत: भगवान मुझसे रुष्ट नहीं हैं। और अगली सुबह ही, मैं उनकी क्षत-विक्षत लाश देखता हूं... मेरे जीवन के सबसे अच्छे इंसान... मैं उन्हें इस तरह मरते देखता हूं... सच में, ईश्वर बहुत ही क्रूर है जो मेरे पिता को मृत्यु के मुंह में ले आया। अगर वो भारत में ही रहते तो अभी ज़िंदा होते।'

'लेकिन तब *तुम* मर गए होते, ध्रुव,' नरसिम्हन ने नर्मी से कहा। 'अगर तुम ग़ज़नी से भागने के इस दुस्साहसी काम को अंजाम दे देते, तो भी तुर्क तुम्हारे पीछे उसी तरह आए होते जैसे आए थे। इसमें कोई शक नहीं कि समय पर मिली हमारे सैनिकों की मदद के बिना, जो यहां बस तुम्हारे पिता की वजह से हैं, तुम और तुम्हारे साथी यात्री अब तक मारे गए होते।'

ध्रुव ने हतप्रभ हो चुप्पी साध ली। उसने इस तरह से इसे देखा ही नहीं था।

'क्या तुम इस संभावना पर सोच सकते हो कि शायद तुम्हारे पिता को यहां भेजा गया था, हमारे साथ, ताकि तुम जीवित रह पाओ... तुम्हारे पिता हम सबको यहां लाए थे, ताकि उनका बेटा अबू क़ासिम के हमले में बच जाए। और फिर, तुम्हारे भाग्य को फिर से लिखकर, वो आगे बढ़ गए...'

ध्रुव चुप ही रहा। उसके गालों पर आंसुओं की झड़ी लगी थी।

'सवाल ये है: अपने पिता के बलिदान के कारण भेंट में मिली इस दूसरी ज़िंदगी के साथ तुम क्या करोगे?'

ध्रुव ने एक गहरी सांस ली और नीचे देखने लगा।

'मेरे सम्राट राजेंद्र चोल ने एक बार मुझसे एक बहुत ही सुंदर बात कही थी...'

ध्रुव ने नरसिम्हन को देखा।

नरसिम्हन ने कहना जारी रखा, 'अगर भगवान महादेव तुमसे कुछ ऐसा ले लेते हैं जिसे खोने की तुमने कभी कल्पना भी नहीं की थी, तो वो तुम्हें कुछ ऐसा देने की कृपा भी कर सकते हैं जिसे पाने की तुमने कभी कल्पना भी नहीं की थी। तुम्हें बस जीवित रहना होगा, चलते रहना होगा। जैसा ऐतरेय उपनिषद कहता है, "चरैवेति, चरैवेति।" चलते रहो, चलते रहो।'

ध्रुव आंसू भरी आंखों से नीचे देखने लगा। 'एक बार मेरे पिता ने भी मुझसे कुछ ऐसी ही बात कही थी। मैंने सुना नहीं था... मैं समझा भी नहीं था...'

सोमेश्वर हमेशा ध्रुव को अपनी प्राचीन संस्कृति की बातें समझाया करता था। मगर वो इतना छोटा और विद्रोही स्वभाव का था कि कभी ध्यान से नहीं सुनता था। *काश मैंने आपकी बातें और ज़्यादा सुनी होतीं, पिताजी... काश मैंने आपके साथ और ज़्यादा समय बिताया होता।*

'तो अब अपने पिता की बात सुनो।'

ध्रुव ने हामी भरी।

'तो उठो,' नरसिम्हन ने दृढ़ आवाज़ में कहा। 'जीवितों की धरती पर वापस आओ। वो इंसान बनकर जैसा तुम्हारे पिता तुम्हें बनाना चाहते, अपने पिता का मान रखो, उनकी स्मृति का मान रखो।'

ध्रुव के आंसू अब बांध तोड़कर बह निकले थे।

'तुम्हारे पिता की आत्मा अभी भी यहां है। वो देख रहे हैं। उनका सिर ऊंचा करो।'

नरसिम्हन और ध्रुव अब फ़ार्म के मुख्य भवन की ओर जा रहे थे।

ध्रुव ने एक गहरी सांस ली और धीरे से बोला, 'मैं भारत वापस नहीं जाऊंगा, सेनापति। मैं आपके साथ ग़ज़नी चलूंगा। मेरे पिता आपको यहां तक लाए थे। मैं उनके दायित्व को पूरा करूंगा। महादेव, भगवान शिव के प्रति उनके आध्यात्मिक ऋण को मैं चुकाऊंगा... बशर्ते आप मुझे अपनी कमान में शामिल होने की अनुमति दें।'

नरसिम्हन मुस्कुराया और उसने ध्रुव के कंधे को थपथपाया। 'तुम्हें हमारी सेना में शामिल करके मुझे गर्व होगा।'

ध्रुव रुका और उसने नरसिम्हन को औपचारिक सलामी दी।

नरसिम्हन ने सिर हिलाया। उसकी आवाज़ आदेशात्मक हो गई थी। 'विश्राम, सैनिक।' जब नरसिम्हन मुड़ा तो उसने इक़बाल, विजयन और पुलकित को आते देखा।

विजयन और पुलकित बुज़ुर्ग इक़बाल की सहायता कर रहे थे जो अपनी बाईं बांह और दाईं जांघ पर घावों की वजह से धीमे-धीमे चल रहा था। ध्रुव अपने सेनापति को छोड़कर अपने पिता के मित्र की ओर बढ़ा। लड़के को देखते ही बुज़ुर्ग की आंखें चमक उठीं। वो रुक गया और उसने अपनी बांहें फैला दीं, उसके थके हुए चेहरे पर बच्चों जैसी मुस्कान आ गई थी। आंखों से आंसुओं की धाराएं बह निकली थीं।

दोनों बिना कुछ कहे एक दूसरे के गले लगे रहे।

विजयन और पुलकित नरसिम्हन के पास जाकर सावधान की मुद्रा में खड़े हो गए थे। सेनापति सलामी की मुद्रा में अपनी बाईं मुट्ठी को अपने सीने के

पास ले आया था। अपने देश में युद्धरत राज्यों के होने के कारण कभी दुश्मन रहे नरसिम्हन और पुलकित अब एक दूसरे को सम्मान से देखते थे। दोनों ही साहस और कौशल के साथ शानदार ढंग से लड़े थे।

'नमस्ते, सेनापति,' पुलकित ने सिर झुकाकर और हाथ जोड़कर महान योद्धा को संबोधित किया।

'नमस्ते, राजकुमार पुलकित,' नरसिम्हन ने कहा।

पुलकित ने विजयन को और फिर वापस नरसिम्हन को देखा। 'मुझे आपके सेनानायक ने बताया था देश छोड़ने से पहले आपकी... मेरे लोगों के साथ आपकी अप्रिय मुठभेड़ के बारे में।'

नरसिम्हन मुस्कुराया। 'आपके सैनिकों ने वही किया जो मर्यादापूर्ण पुरुषों का कोई भी समूह करता—अपने राजा की मौत का बदला लेना। और मैं फिर से ये कहूंगा कि आपके पिता महान व्यक्ति थे। वो मर्यादा और धर्म के अनुसार लड़े थे। ये दुर्भाग्य की बात है कि हम विरोधी पक्षों में थे।'

'अब तो हम विरोधी पक्षों में नहीं हैं...'

'निश्चय ही नहीं हैं, नेक राजकुमार। आपको अपना साथी कहना मेरा सौभाग्य है।'

'और मुझे आपको अपना सहयोगी और सेनापति कहते हुए गर्व हो रहा है—बशर्ते आप मुझे साथ लेना चाहें।'

नरसिम्हन हैरान था। 'आप हमारे साथ ग़ज़नी वापस लौटना चाहते हैं?'

'हां।'

'लेकिन क्या आप अभी-अभी बचकर नहीं भागे थे? लकड़बग्घे की मांद में वापस क्यों जाएं?'

'मैं ग़ुलामों को बचाने और उन्हें आज़ादी दिलाने के लिए भागा था। लेकिन मुझे लकड़बग्घे की मांद में वापस जाना ही होगा। क्यों? क्योंकि वो घिनौना लकड़बग्घा अभी भी ज़िंदा है। और शेरों को लकड़बग्घों का शिकार करना पसंद होता है!'

नरसिम्हन मुस्कुराया। 'मुझे आपमें आपके पिता की छवि दिखती है... मेरे दल में आपका होना मेरे लिए सम्मान की बात होगी, राजकुमार।'

'तो मैं, पुलकित, मेरे साथ यात्रा कर रहे अपने सैनिकों के साथ ख़ुद को आपकी कमान में प्रस्तुत करता हूं।'

'आपकी सेवाओं को स्वीकार करना मेरा सौभाग्य है, राजकुमार।'

'पुलकित...' पुलकित ने सुधारा।

नरसिम्हन के माथे पर बल पड़ गए।

'मैं आपकी कमान में हूं, सेनापति। जब आप मुझे संबोधित करते हैं, तब मैं राजकुमार नहीं हूं। मैं आपका सैनिक हूं।'

नरसिम्हन मुस्कुराया। 'ठीक है, पुलकित।'

'मगर मेरा एक अनुरोध है।'

'कहिए?'

पुलकित ने कहना जारी रखा, 'छुड़ाए हुए ग़ुलामों से मैंने वादा किया था कि उन्हें भारत लेकर जाऊंगा। अगर मैं आपके साथ ग़ज़नी लौटता हूं, तो उनसे किया अपना वादा तोड़ दूंगा। हम चालुक्य सूर्यवंशी हैं, भगवान राम के वंशज। अपने वचन से पीछे हटने की बजाय हम प्राण देना पसंद करेंगे। क्या आप मेरी मदद कर सकते हैं?'

'जब तक मदद करने के लिए मैं मौजूद हूं, तब तक कोई चालुक्य अपना वचन नहीं तोड़ेगा, पुलकित। मैं उन्हें ग्वादर बंदरगाह पहुंचाने का इंतज़ाम कर दूंगा। अब से दो सप्ताह बाद हमारा जहाज़ बंदरगाह पर आएगा। तो अभी काफ़ी समय है। जहाज़ उन्हें सुरक्षित भारत ले जाएगा।'

विजयन बोल उठा 'मेरा सुझाव है कि हम इक़बालजी को मार्गदर्शक और अगुआ के रूप में उनके साथ भेज दें। ये घायल हैं और इन्हें घर भेज देना चाहिए। इनकी मौजूदगी सुनिश्चित करेगी कि जहाज़ का नाविक दल आज़ाद ग़ुलामों को पहचान ले और उन्हें जहाज़ पर सवार होने दे। और फिर हम एक छोटे से दल के साथ ग़ज़नी जा सकते हैं।'

उन्होंने इक़बाल को देखा। उसने आपत्ति नहीं की।

'ये सही रहेगा,' नरसिम्हन ने कहा। अचानक उसे अपने लगातार रहने वाले दर्द में तेज़ी उठती महसूस हुई और उसने अपनी बाईं बांह से लक़वाग्रस्त दाईं बांह को सहारा देने की कोशिश की।

पुलकित ने कुछ फ़िक्र से उसे देखा। 'अगर आपको एतराज़ न हो तो क्या मैं आपका घाव देख सकता हूं? शायद मुझे पता है मेरे लोगों ने आप पर क्या हथियार इस्तेमाल किया होगा।'

नरसिम्हन ने हामी भरी। और वो फ़िरदौस की झोपड़ी की ओर चलने लगे।

नरसिम्हन की दाईं बांह पर बंधा ब्रेस हटा दिया गया था। और पट्टियां भी। चोल सेनापति मुड़ गया और उसने पुलकित को अपनी पीठ का निरीक्षण करने दिया। वातापि के राजकुमार ने विषबुझे तीर से हुए स्याह, आंशिक रूप से भरे घाव पर हाथ फिराया।

'जब से आपको तीर लगा है, आपको कैसा महसूस होता है, सेनापति?' पुलकित ने अपनी आंखें सिकोड़ते और त्वचा के कच्चे घाव का परीक्षण करते हुए पूछा। 'मुझे सारे लक्षणों के बारे में बताएं।'

'भयानक,' नरसिम्हन ने छोटा सा जवाब दिया। 'जब ये मनहूस उत्तेजक जड़ी-बूटियां नहीं दी जातीं जो मेरी नसों में लपटों की तरह दौड़ती हैं, तो मुझे बहुत बुरी तरह से कमज़ोरी महसूस होती है। जड़ी-बूटियां मुझे खड़ा तो कर देती हैं लेकिन पुराने दर्द को भूलने के लिए एक नई पीड़ा से भर देती हैं। और जहां घाव है, वहां हमेशा एक गहरी टीस होती है... ऐसा लगता है जैसे घाव से पिघला लोहा रिस रहा हो। लेकिन कभी-कभी अचानक नए, तीखे दर्द का ग़ुबार सा उठता है।'

'जी मिचलाता है?' पुलकित ने पूछा।

'बहुत,' नरसिम्हन ने गहरी सांस लेते हुए कहा। 'सुबह से मैं तीन बार उल्टी कर चुका हूं।'

'खांसी?'

'हां। ख़ासकर...'

'रात में?' पुलकित ने नरसिम्हन के वाक्य को पूरा करते हुए बीच में कहा।

हैरानी से नरसिम्हन पलट गया। 'आपको तो सभी लक्षणों की जानकारी प्रतीत होती है, राजकुमार।'

'पुलकित।'

नरसिम्हन मुस्कुराया। 'माफ़ करना... पुलकित। लेकिन लगता है कि आपको पता है मुझे क्या परेशानी है।'

'शायद हां।'

नरसिम्हन गंभीर हो गया। 'क्या मैं धीमी मौत मर रहा हूं?'

'नहीं, मुझे ऐसा नहीं लगता,' पुलकित ने कहा। 'इस ख़ास ज़हर को अब तक आपकी जान ले लेनी चाहिए थी। ये अविश्वसनीय है कि आप अब तक ज़िंदा रहे हैं। और इसके अलावा, आप केवल चल-फिर ही नहीं रहे हैं, बल्कि लड़ने में भी सक्षम हैं।'

'ये कौन सा ज़हर है?'

'जब मैं वातापि में था, तब मेरे लोग एक नए विष को सुधारने पर काम कर रहे थे। वो कुनटी नाम का एक स्लेटी पदार्थ था, जिसे किसी तीर या चाक़ू की नोक के भंगुर लोहे के साथ मिला दिया जाता है। इसकी छोटी से छोटी मात्रा भी बेहद पीड़ादायी हो सकती है और ज़्यादा मात्रा तुरंत जान ले सकती है। ऐसा लगता है कि मेरे लोगों ने प्राण निकलने से पहले व्यक्ति के कष्ट को लंबा खींचने के लिए सही मात्रा देना जान लिया था। मुझे लगभग यक़ीन है कि आपके शरीर में वही ज़हर है। लक्षण एकदम मेल खाते हैं।'

'ठीक है,' नरसिम्हन ने उदास भाव से कहा। 'मुझे बताया गया था कि तीर के त्वचा में घुसते ही मैं बेहोश हो गया था।'

पुलकित ने अपने होंठ भींचे। 'एकदम सही लगता है।' पुलकित अमल की ओर मुड़ा, जो वहां आ गई थी। 'अमलजी, तीर के सिरे को निकाले जाने से पहले क्या वो घाव के अंदर ही टूटकर बिखर गया था?'

'हां, यही हुआ था,' अमल ने कहा। 'इसीलिए हम इनके शरीर से तीर के सिरे के काफ़ी बड़े हिस्से को नहीं निकाल पाए थे। वो इतने छोटे-छोटे थे कि उन्हें निकालने की कोशिश में हम और नुकसान ही कर बैठते।'

'हम्म...' पुलकित ने कहा, 'वो नई तकनीक थी जिसे मेरे लोग विकसित कर रहे थे। तीर का ऐसा अगला सिरा जिस पर कुनटी लगी नहीं होती थी, बल्कि वो उसी का बना होता था! इस समय सेनापति के मांस में विष का भंडार जमा है और इनका ख़ून अभी हमारे बात करने के दौरान भी उसे इनके सारे शरीर में फैला रहा है। लगातार। ये धीमे-धीमे रिसने वाला ज़हर है, इंसान को ज्ञात सबसे घातक ज़हरों में से एक।' पुलकित नरसिम्हन की ओर मुड़ा। 'मुझे तो वाक़ई हैरानी है कि आप अभी तक जीवित हैं, सेनापति।'

'आप निराश लग रहे हैं!' नरसिम्हन ने ठहाका लगाया।

पुलकित भी हंस दिया, 'अब बहुत देर हो चुकी है!'

नरसिम्हन खुलकर हंसा।

'लेकिन वाक़ई, हमें आपके शरीर से तीर के टुकड़ों को निकालना होगा। जितनी देर वो अंदर रहेंगे, आपके लक्षण उतने ही बिगड़ते जाएंगे। मैं उन्हें निकाल सकता हूं। लेकिन तीर का सिरा कहां धंसा है, इसके अनुसार ये प्रक्रिया बहुत मुश्किल और पीड़ादायी होगी। जब तक कि...'

'जब तक कि?' नरसिम्हन ने एक भौंह उठाई।

'जब तक कि हमारे पास कोई चुंबक पत्थर न हो जो आपकी त्वचा और आसपास के मांस को काटकर घाव को पर्याप्त चौड़ा कर देने पर सारे टुकड़ों को खींच ले,' पुलकित ने कहा।

'चुंबक पत्थर?' विजयन ने पूछा।

'हां, चुंबक पत्थर। एक चुंबकीय पदार्थ। ये देखते हुए कि ज़हर लोहे की मिश्रित धातु के ज़रिए दिया गया है, वो कुनटी को खींचकर बाहर निकाल लेगा। लेकिन ये वातापि नहीं है। वहां हमारे पास आवश्यक उपकरण मौजूद होते। लेकिन इस वीराने में हम चुंबक़ कहां से लाएंगे?'

विजयन ने नरसिम्हन को देखा, उसकी आंखें ख़ुशी से फैल गई थीं। *चमत्कार तो हमारे साथ ही चल रहा है। हमें बस इसका पता नहीं था।*

चुंबक़... सोमनाथ का शिवलिंग अपने-आप में एक शक्तिशाली हवा में तैरने वाला चुंबक था।

'क्या?' नरसिम्हन, विजयन और अमल के बीच उठती उत्साह की लहर को देखते हुए पुलकित ने पूछा।

'हमारे पास एक चुंबक है... वास्तव में हमारे पास चुंबक तो है...'

पुलकित ने अचंभे से देखा।

वो अमल और इक़बाल के साथ कबूतरख़ाने के पास वाले छोटे से कमरे में था। वहां, एक मोखले में एक अनमोल डिब्बा छिपा था जिसे भारतीयों ने हमेशा अच्छी तरह सहेजकर रखने और खोजी निगाहों से दूर रखा था। अमल और इक़बाल ने कमरे में आने से पहले अपने जूते उतार दिए थे। जैसे ही पुलकित को अहसास हुआ कि वो क्या था, उसने भी अपने जूते उतार दिए।

उसकी आंखों में अपने आप ही आंसू भर आए। 'क्या ये...'

'हां, वही है,' अमल ने जवाब दिया।

इक़बाल ने पूरी श्रद्धा से दोनों हाथों से डिब्बे से उस अनमोल पवित्र अवशेष को निकाला। पुलकित ने अपना सिर झुकाया और दोनों हाथ जोड़ दिए, मानो प्रार्थना में। इक़बाल ने वो पवित्र वस्तु उसके हाथों में दे दी।

पुलकित के शरीर में बिजली की लहर सी दौड़ गई। वो रोने लगा। 'ओम नमो शिवाय... ओम नमो शिवाय...'

'जय सोमनाथजी,' इक़बाल ने कहा।

'जय सोमनाथर,' अमल ने दोहराया।

पुलकित ने सोमनाथ के शिवलिंग के अंश को अपनी मुट्ठी में कसकर पकड़ लिया, उसके भीतर ग़ुस्सा उबाल मार रहा था। 'महमूद को मरना होगा।'

अमल ने पुलकित के कंधे पर हाथ रखा। 'वो मरेगा। वो कुत्ते की मौत मरेगा।'

'तुर्की सवार?' नरसिम्हन ने पूछा। उसकी दाईं बांह एक बार फिर से ब्रेस में बांध दी गई थी।

वफ़ादार परमार सेनानायक दसरना द्वारा अभी-अभी दी ख़बर से सेनापति हैरान रह गया था। बज़ाहिर एक तुर्क घुड़सवार अभी-अभी फ़ार्म पर आया था जिसने अपना नाम तालिब बताया था और वो लीडर से मिलना चाहता था।

'उसने विशेष रूप से सलमान को पूछा था, सेनापति,' दसरना ने कहा।

ग़ज़नवी सल्तनत में सलमान स्वर्गीय सोमश्वर द्वारा अपनाया मुस्लिम नाम था। नरसिम्हन ने सवालिया निगाहों से विजयन को देखा।

'कुछ पता नहीं यह किस बारे में होगा, सेनापति,' विजयन ने कहा। 'लेकिन अगर उसे सलमान का नाम पता है, तो शायद हमें उससे मिलना चाहिए।'

'मैं सहमत हूं,' नरसिम्हन ने दसरना की ओर मुड़ते हुए कहा। 'उस तुर्क को खलिहान में लाओ। लेकिन पहले उसके हथियार ले लेना। और छिपे हुए हथियारों के लिए तलाशी भी ले लेना।'

'जी, सेनापति,' दसरना ने कहा और सैल्युट मारा।

खलिहान को लोगों से ख़ाली करा दिया गया था। बस विजयन और नरसिम्हन वहां थे।

और तालिब उनके सामने था।

सब असुविधाजनक सी बेंचों पर बैठे थे। लेकिन फिर यह खलिहान ही तो था।

नरसिम्हन तालिब को घूर रहा था। वो साफ़तौर पर तुर्की ही था। बुज़ुर्ग। झुकी हुई कमर। छोटी-छोटी काली आंखें। मगर शांत, स्थिर आचरण।

नरसिम्हन को अच्छा लगा कि तुर्क ज़्यादा नहीं बोल रहा था। मूर्ख लोग ही दूसरों को प्रभावित करने के चक्कर में अक्सर ज़रूरत से ज़्यादा बोल जाते हैं। जबकि बुद्धिमान व्यक्ति तब तक चुप ही रहता है जब तक कि बोलना ज़रूरी न हो।

नरसिम्हन की सहज बुद्धि उसे बता रही थी कि यह ग़ज़नवी चालाक और सक्षम आदमी था। अब यह तय करना था कि वो दुश्मन था कि दोस्त।

जब नरसिम्हन ने बातचीत की पहल नहीं की, तो आख़िरकार तालिब ही बोला।

'मुझे विश्वास है कि वो आपके भारतीय साथी चाणक्य ही थे जिन्होंने कई सदियों पहले कहा था कि दुश्मन का दुश्मन दोस्त होता है।'

नरसिम्हन चुप रहा। लेकिन चाणक्य के उल्लेख पर उसे हैरानी ज़रूर हुई थी।

'मैं आपसे जो कुछ भी कहने जा रहा हूं, आप यज़दा से उसकी पड़ताल कर सकते हैं, जिसे मैंने आपके ख़ेमे में देखा था। वो जानती है कि मैं कौन हूं। और मेरी पहचान की पुष्टि कर सकती है।'

'आप यज़दा को कैसे जानते हैं?' नरसिम्हन ने पूछा।

'ये मायने नहीं रखता। मैं तो सलमान को भी जानता हूं।'

'मैंने सुना था। लेकिन वो कुछ मायने नहीं रखता।'

'तो शायद सोमेश्वर ज़्यादा मायने रखेगा?'

अब नरसिम्हन सच में हतप्रभ रह गया था। और विजयन भी। लेकिन उन्होंने अपने भाव उजागर नहीं होने दिए।

'आप क्या चाहते हैं?' नरसिम्हन ने पूछा।

'आप सोमेश्वर को यहां क्यों नहीं बुला लेते?'

'आप क्या चाहते हैं?' नरसिम्हन ने दोहराया।

तालिब की सांस रुक गई। 'वो लड़ाई में नहीं बचे, है ना?'

नरसिम्हन और विजयन के चेहरे के भावों को देखकर तालिब समझ गया था कि वो सही था।

'ये बदक़िस्मती है। ग्वादर व्यापारी को सोमेश्वर बहुत पसंद थे।'

और राज़ खुल गया। नरसिम्हन और विजयन को तालिब की जानकारी का स्रोत समझ आ गया था।

'मैं आख़िरी बार पूछूंगा,' नरसिम्हन ने कहा। 'आप क्या चाहते हैं?'

'वही जो आप चाहते हैं,' तालिब ने जवाब दिया। 'सुल्तान की मौत।'

नरसिम्हन और विजयन आगे को झुक गए। दिलचस्पी लेते हुए।

'मेरा नाम तालिब है। मैं ग़ज़नी के प्रांतपाल-मुफ़्ती और सुल्तान महमूद के छोटे भाई इस्माईल का नौकर हूं। मेरे मालिक इस्माईल जायज़ सुल्तान थे, मगर महमूद ने उन्हें तख़्त से हटा दिया। मैं अब्बासी ख़िलाफ़त से आ रहे अरब दूतों को लेने ग्वादर आया था जिन्हें सुल्तान की हत्या करने में हमारी मदद करनी थी। मैं जानता हूं उनके साथ क्या हुआ था।'

विजयन ने अपना चेहरा भावहीन रखा, मगर अंदर ही अंदर वो हिल गया था। *ये कमीना कितना जानता है?*

'कहते रहिए,' नरसिम्हन ने कहा।

'ग्वादरी व्यापारी ने मुझे यक़ीन दिलाया था कि आप लोग बहुत क़ाबिल हैं। कल मैंने इसका सबूत देखा था।'

'कहते रहिए।'

'मेरे मालिक को इससे फ़र्क़ नहीं पड़ता कि हत्या कौन करता है, बशर्ते कि ऐसा वो ख़ुद या उनका कोई नौकर-चाकर न करे। फिर चाहे वो अरब हों या भारतीय हों। अगर हमारा लक्ष्य एक ही है, तो हमें ये परवाह नहीं है कि हथियार कहां से आया है। ऐसा मालूम होता है कि हमारे बीच एक अस्थायी सहयोग मुमकिन है,' तालिब ने कहा।

'और हम आप पर भरोसा क्यों करें?'

'उसी वजह से जिससे मैं आप पर भरोसा कर रहा हूं। हमारे पास और कोई रास्ता नहीं है।'

नरसिम्हन ने हल्की सी हुंकार भरी, कोई वादा न करती सी। लेकिन मन ही मन, वो लगातार सहमत होता जा रहा था। हां, *बेशक, इस आदमी पर भरोसा नहीं किया जा सकता। हो सकता है हम जाल में फंस रहे हों। मगर हमारे पास और क्या रास्ता है? सोमेश्वर और फ़िरदौस की मौत के बाद, हमारा कोई सहारा नहीं रहा। यही हमारी इकलौती उम्मीद है। और हो सकता है कि प्रांतपाल-मुफ़्ती ही वो शाही संपर्क हो जिसका फ़िरदौस ने जुगाड़ किया था।*

'इसके अलावा, अगर मैं वाक़ई दूसरे पाले में होता, तो अपने मालिक की ताक़त का इस्तेमाल करके ख़ुज़दार की स्थानीय पलटन के साथ यहां आ सकता था। आप लोग कितने भी क़ाबिल हों, लेकिन क्या आपको लगता है कि आप दो हज़ार प्रशिक्षित तुर्क सेना के आगे टिक पाते? और मैंने ऐसा नहीं किया, ये सच ही अपने आप में मेरे इरादों का सबूत है,' तालिब ने कहा।

नरसिम्हन चुप रहा। *अच्छा बिंदु है।*

'हम आपसे बस ये चाहते हैं कि आप सुल्तान और उनके ख़ास वफ़ादारों को मार दें—जिनमें से एक अबू क़ासिम को आप पहले ही निपटा चुके हैं। हमें उनके जुड़वां बेटों को भी मरवाना है।'

विजयन को उनके सौभाग्य पर विश्वास नहीं हो रहा था। सोमेश्वर और फ़िरदौस की मौत के साथ उनके अभियान के जैसे हाथ-पैर कट गए थे, क्योंकि और कोई ग़ज़नी के राजपरिवार के ग़द्दार से संपर्क में नहीं था। लेकिन लगता है भगवान ने ग़द्दार की नौकरी करने वाले एक दूसरे आदमी को सीधे उनकी राह में लाकर रख दिया था।

'आपको सच में लगता है कि सुल्तान की हत्या करना इतना आसान होगा?' नरसिम्हन ने पूछा।

'हां, हो सकता है। ऐसा मालूम होता है कि अल्लाह ने ही हम सबको मिलाया है। अगर सुल्तान के भाई आपकी मदद करने के लिए तैयार हों, तो आपका अभियान बहुत आसान हो सकता है... मैं आपको ख़ुफ़िया तौर पर ग़ज़नी ले जाऊंगा। हम एक सुरक्षित ठिकाने पर आप लोगों को ठहराएंगे और

हमला करने के लिए सही समय पर, सही जगह पहुंचा देंगे। और बदले में... आप क्या चाहते हैं?'

'हम तो बस सुल्तान की मौत चाहते हैं। और सोमनाथ के शिवलिंग के वो खंड जिन्हें बज़ाहिर आपके लोगों ने आपकी ख़ास मस्जिद की सीढ़ियों में दफ़्ना दिया है।'

तालिब हैरान था। 'बस? न सोना? न हीरे-ज़वाहरात? न ज़मीन?'

'सोमनाथ शिवलिंग दुनिया की सारी दौलत से बढ़कर है।'

तालिब के माथे पर बल पड़ गए। *ये लोग भी अजीब हैं।*

वो विजयन के मन की बात नहीं सुन सकता था, जो उसके सारे संदेहों को दूर कर देती। *हम भारतीय धन कमाते हैं। हम उसे लूटते नहीं हैं।*

'तो यह बात पक्की हो गई?' नरसिम्हन ने पूछा।

'बेशक, हो गई। लेकिन...'

'लेकिन क्या?'

'हमारी एक मांग और है जिस पर कोई सौदेबाज़ी नहीं हो सकती।'

'कैसी मांग?'

'ग़ुलाम लड़की यज़दा।'

नरसिम्हन ने विजयन को देखा। ये तो एकदम अप्रत्याशित था।

तालिब को लगा बात को समझाना होगा। 'ये एक निजी गुज़ारिश है। मेरे मालिक... उस पर फ़िदा हैं।'

नरसिम्हन हक्का-बक्का रह गया। 'लेकिन वो तो बच्ची है! मुश्किल से तेरह-चौदह साल की होगी।'

'इस पर कोई बहस नहीं हो सकती। आप सोच लीजिए।'

फ़िरदौस की झोपड़ी की साफ़-सफ़ाई करके अस्थीय सर्जरी कक्ष में बदल दिया गया था।

नरसिम्हन की दाईं बांह पर बंधे ब्रेस और पट्टी खोल दी गई थी। साफ़ पानी से उसकी पीठ को धो दिया गया था और स्थानीय जड़ी-बूटियों से भरसक कीटाणुमुक्त कर दिया गया था। पीठ के जिस हिस्से पर सर्जरी होनी थी उसे सुन्न करने के लिए नरसिम्हन को कुछ दवाएं दी गई थीं जिन्हें भारतीय अपने साथ लाए थे। पुलकित ने उसे चेतावनी दे दी थी कि उनके पास पूरी तरह से सुन्न करने लायक़ दवाएं नहीं थीं और उसे दर्द बर्दाश्त करना पड़ेगा। दसरना ने इस पर वो शाश्वत जुमला बोलकर मज़ाक़ किया जो उत्तर भारतीय लोकनाटकों में ख़ासतौर से प्रचलित है: 'मर्द को दर्द नहीं होता!'

नरसिम्हन इस मज़ाक़ पर हौले से हंस दिया। वो पीठ के बल लेटा था और उनींदा होता जा रहा था। लेकिन वो ख़ुद को जगे रहने के लिए मजबूर कर रहा था क्योंकि उसे पुलकित के इन सवालों का जवाब देना था कि उसे कैसा महसूस हो रहा था।

'मैं सोच रहा हूं...' नरसिम्हन ने कहा।

'क्या सोच रहे हैं, सेनापति?' अमल ने पूछा जो दसरना और ज़ैन हुसैन के साथ पुलकित के लिए एक तश्तरी में कीटाणुरहित किए गए औज़ारों को रख रही थी जबकि चालुक्य राजकुमार अपने हाथ धो रहा था।

'मैं सोच रहा हूं... शायद... चालुक्यों का तीर मुझे... अपने पापों का फल... भुगतने के लिए नहीं लगा था...'

'क्या मतलब है आपका, सेनापति?' विजयन ने नर्म सूती कपड़े से नरसिम्हन के हाथ-पैरों को पलंग से बांधते हुए कहा ताकि प्रक्रिया शुरू होने पर बेतहाशा दर्द से वो अचानक कोई हरकत न कर बैठे।

'शायद... शायद मुझे इसलिए तीर लगा था ताकि मेरा शरीर उस हथियार को ला सके... जिससे महमूद अपने पापों के लिए कष्ट भोगेगा...'

'वो कैसे?' पुलकित ने कहा जो अब पलंग के पास खड़ा था।

'महमूद हमारा विषलक्षित है... मेरे अंदर से तीर के जो टुकड़े निकलें, उन्हें फेंकना मत... हम उनका इस्तेमाल करेंगे... महमूद पर उनका इस्तेमाल करेंगे...'

पुलकित मुस्कुराया और उसने विजयन और अमल को देखा, फिर वापस नरसिम्हन की ओर मुड़ा। 'जैसी आपकी आज्ञा, सेनापति। अब हम शुरू करेंगे। तैयार हो जाइए।'

नरसिम्हन हंसा। 'मैं तो पैदायशी तैयार हूं।'

मर्द, असली मर्द, ख़तरे के सामने छोटे-मोटे मज़ाक़ करके अपनी मर्दानगी साबित करते हैं। और दूसरे मर्द, असली मर्द, ऐसे वक़्तों पर अपने मर्दाना रिश्ते को ठोस बनाने के लिए अपने साथियों के साथ हंसते हैं।

अपने पीछे खड़े दसरना और ज़ैन हुसैन के साथ पुलकित और विजयन भी नरसिम्हन के मज़ाक़ पर हंस पड़े। अमल ने आंखें तरेरीं और धीरे से नरसिम्हन के सिर के पिछले हिस्से को छुआ। उसने सेनापति के दांतों के बीच एक छोटी सी रस्सी फंसा दी थी ताकि शल्य क्रिया के दौरान वो अपनी जीभ न काट ले। और फिर उसने हल्के हाथों से नरसिम्हन के सिर को नीचे करके पकड़ लिया। दर्द जल्दी ही शुरू हो जाएगा।

पुलकित ने घाव पर एस्ट्रिंजेंट डाला जो पूरी तरह भरा नहीं था। इक़बाल को फ़िरदौस के भंडार में एस्ट्रिंजेंट मिला था। उसे गर्म करके और कीटाणुरहित कर लिया गया था। निशान के ऊतकों पर अभी भी थोड़े से खुले घाव पर जब यह पड़ा तो तेज़ चुभन हुई।

नरसिम्हन का शरीर अकड़ गया। लेकिन उसने कोई आवाज़ नहीं की।

'अब मैं चीरा लगाऊंगा, सेनापति।'

नरसिम्हन ने सांस रोक ली।

पुलकित ने नश्तर से घाव के ऊतक, त्वचा और त्वचा के अंदर के ऊतकों को काट दिया। गहरी-गहरी सांसें लेते हुए नरसिम्हन ने ज़ोर से रस्सी को काट लिया। जब पुलकित ने सावधानी से कुनाटी तीर के टुकड़ों को खोजते हुए विषाक्त, घायल मांस में गहरे और गहरे जाना शुरू किया तो वो धीरे से ग़ुर्रा उठा।

आख़िरकार उसे सेनापति के रिस रहे नीले-लाल से विषाक्त ख़ून में काले लोहे के पहले अंश मिले। मांस को अलग रखते हुए, उसने अपना दायां हाथ

आगे किया। दसरना ने पुलकित को पवित्र चुंबक का अवशेष थमा दिया। चालुक्य राजकुमार ने उसका पतला किनारा नरसिम्हन के घाव में डाल दिया।

आपको इस तरह से इस्तेमाल करने के लिए क्षमा करना, प्रभु। लेकिन केवल आप ही इस विष को खींच सकते हैं जैसे आपने सागर मंथन के समय किया था।

अपने शक्तिशाली चुंबकीय गुणों से उस चुंबक पत्थर ने कुनाटी से भरे लोहे के टुकड़ों को अपनी ओर खींचना शुरू कर दिया था।

महान चोल योद्धा ज़ोर से चीख़ उठा। उसके मन में उसके जीवन के हिसंक दृश्य कौंधते चले गए। ऐसा लगा मानो उसकी सारी नकारात्मक ऊर्जा, सारा पीड़ा, और उस हिंसा का सारा अपराधबोध उसके अंदर से खींचा जा रहा हो। उसकी पीठ के ऊपरी हिस्से के खुले घाव की ओर। और वहां से, अथाह कृपा और उदारता के दिव्य कर्म से उसे उसके अंदर से बाहर निकाला जा रहा था।

नरसिम्हन का दिमाग़ जैसे ख़ाली हो गया था और वो बेहोशी में, अंधेरे में उतरता चला गया।

फिर जैसे कई जन्म बीत जाने के बाद, विजयन और ज़ैन ने उसके कंधों और बांहों पर अपनी पकड़ ढीली की, लेकिन बस थोड़ी सी। पुला ने ख़ून और लोहे के टुकड़ों से सने शिवलिंग के टुकड़े को ऊपर उठाया। उसने शिवलिंग के पत्थर को दसरना को दे दिया जो उस पवित्र अवशेष को लेने के लिए एक साफ़ कपड़ा पकड़े हुए था। बाद में इसे अच्छी तरह से धोकर साफ़ किया जाएगा। कुनाटी लगे तीर के टुकड़ों को जमा करके दोबारा बनाकर महमूद पर इस्तेमाल किया जाएगा। और पवित्र अवशेष को इस तरह से इस्तेमाल करने के लिए क्षमा मांगने के लिए शिवलिंग के चुंबकीय पत्थर के खंड की पूजा की जाएगी।

'सेनापति... सेनापति...' पुलकित नरसिम्हन से प्रतिक्रिया पाने की कोशिश कर रहा था।

लेकिन नरसिम्हन ने कुछ नहीं कहा। उसका शरीर हल्के-हल्के कपकपा रहा था।

'सेनापति, अभी दर्द तो होगा। लेकिन क्या आपकी पीठ और कंधे के अंदर पिघले लोहे वाला अहसास ख़त्म हो गया?'

ज़ोर-ज़ोर से सांस लेते नरसिम्हन ने कोई जवाब नहीं दिया। पुलकित ने अमल को देखा, जिसने खुले घाव को और संक्रमण मुक्त करने के लिए उस पर थोड़ा और गर्म और कीटाणुरहित किया एस्ट्रिंजेंट डाला और फिर रुई के फाहों से उसके आसपास की जगह को पोंछ दिया था।

उस तरल पदार्थ की तीखी जलन ने जैसे नरसिम्हन को होश में ला दिया, क्योंकि उसने हल्के से अपना सिर हिलाया था।

'सेनापति...' पुलकित ने दोहराया। 'क्या आपकी पीठ में पिघले लोहे का अहसास ख़त्म हो गया?'

'वो... ख़त्म... हो गया...' नरसिम्हन के शब्द टूटे-टूटे से निकले। 'वो... अहसास... गया...'

पुलकित विजयी भाव से अपने आसपास मौजूद लोगों को देखकर मुस्कुराया और फिर से नरसिम्हन की ओर मुड़ा। 'ज़हर बुझे टुकड़े निकाल दिए गए हैं। नीलकंठ ने एक बार फिर विष को खींच लिया है।'

'एक बार फिर' से पुलकित सागर मंथन का उल्लेख कर रहा था जब भगवान शिव ने समुद्र को मथने से विष निकलने पर देवों और असुरों, दोनों की सहायता की थी। वो विष जो सारे ब्रह्मांड को नष्ट कर देता। परम शक्तिशाली भगवान शिव ने सारी सृष्टि को बचाने के लिए उस विष को पी लिया था। वो विष इतना शक्तिशाली था कि उनका कंठ नीला पड़ गया। इसीलिए उनका नीलकंठ नाम पड़ा था। ये बहुत सुंदर कहानी है। अगर आपने न सुनी हो, तो अपने माता-पिता से सुनाने को कहें।

पुलकित ने दक्षता से गुडुची के धागों से घाव को सिल दिया, वो तकनीक जो सभी भारतीय सैनिकों को पता थी जो युद्ध के समय इन पौधे के रेशों को साथ रखते थे। इस औषधीय पौधे से बने धागों में एंटीसेप्टिक गुण होते थे और समय के साथ वो अपने आप घुल जाते थे। पुलकित ने फिर सफ़ाई से घाव पर पट्टी कर दी।

अमल ने, जो ख़ुद भी वैद्य थी, सराहते हुए पुलकित को देखा। 'आपने बहुत अच्छा काम किया है।'

'धन्यवाद,' पुलकित ने कहा और फिर नीचे लेटे नरसिम्हन को देखा।

सेनापति ने हिलना बंद कर दिया था। अब कंपन नहीं हो रहे थे। ज़ैन ने धीरे से नरसिम्हन के मुंह से रस्सी निकाल दी। उन्होंने उसे सोने दिया। ख़तरा टल गया था। अब घाव भरने का समय था।

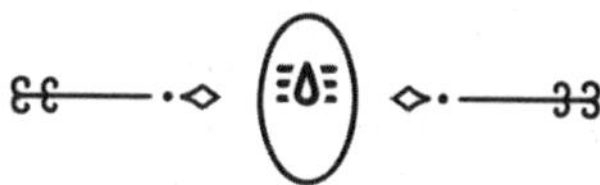

अध्याय 22

असंभाव्य सहयोगी

ख़ुज़दार के निकट फ़िरदौस का फ़ार्म, अफ़ग़ानिस्तान

नरसिम्हन की पीठ से कुनाटी से भरे तीर के टुकड़े निकाले हुए दो दिन बीत गए थे। वो आश्चर्यजनक तेज़ी से ठीक हो रहा था। दर्द में भारी कमी आ गई थी। वो अपनी दाईं बांह को भी थोड़ा-बहुत हिला पा रहा था। पुलकित को विश्वास था कि एक या अधिक से अधिक दो हफ़्ते में नरसिम्हन अपनी दाईं बांह और कंधे को फिर से पूरी तरह इस्तेमाल करने लगेगा। पहाड़ों के ठंडे और सूखे मौसम से भी ठीक होने की प्रक्रिया में तेज़ी आएगी।

इक़बाल की अगुआई में पूर्व ग़ुलामों का कारवां ग्वादर से जाने के लिए तैयार था। जहाज़ पर सवार होने और बचकर भारत जाने के लिए वो अच्छा-ख़ासा समय रहते बंदरगाह शहर पहुंच जाएंगे। ग़ुलामों को कपड़े-जूते जैसी चीज़ें दे दी गई थीं और उन्हें नहाने, साफ़-सुथरा होने और दाढ़ी बनाने को कहा गया था ताकि वो आम नागरिकों जैसे दिखें। उनके लिए बड़ी आबादी वाले इलाक़ों से बचकर जाने का रास्ता तय किया गया था।

यज़दा को वापस ग़ज़नी ले जाने की बात से पुलकित बहुत नाराज़ था। पूर्व ग़ुलामों में एक वही भारत नहीं जा रही थी। मगर नरसिम्हन ने समझाया कि उनके सामने और कोई चारा नहीं था, और पुलकित को आश्वासन दिया

कि महमूद की हत्या करने के बाद ग़ज़नी से भागते समय वो यज़दा को लेकर आएगा। नरसिम्हन ने अपने प्राणों की सौगंध ली थी। उसने पुलकित को इंडोनेशियाई राजकुमारी ओदिरत्ना के बारे में बताया और कि वो अब अपने कारण और किसी बच्ची को कभी कोई हानि नहीं होने देगा। अमल ने भी पुलकित के सामने अपने ख़ून से क़सम ली कि वो छोटी बहन की तरह यज़दा का ध्यान रखेगी। वो पक्का करेगी कि अभियान के बाद ग़ज़नी से भागते समय यज़दा उनके साथ हो। बहुत मनाने के बाद पुलकित मान गया।

ख़ुद यज़दा की वापस जाने की इच्छा ने भी पुलकित को राज़ी करना आसान बना दिया था। उसने नरसिम्हन से बस इतना आग्रह किया था कि अगर उसके पास ज़रा सा भी मौक़ा हो तो वो प्रांतपाल-मुफ़्ती इस्माईल को भी मार डाले। यज़दा की मांग पर नरसिम्हन हैरान रह गया था, क्योंकि वो अभी छोटी सी बच्ची ही थी। लेकिन अमल ने बाद में सेनापति को समझाया कि अगर कोई बेटी उसे बचाने के लिए अपनी आंखों के सामने अपने प्यारे पिता को मौत के घाट उतारे जाते देखे तो वो पूरी तरह बदल जाएगी। फिर वो ऐसी लाचार औरत नहीं रहेगी जो रोने के लिए किसी का कंधा तलाशे। वो दुर्गा बन जाएगी जो अपना बदला लेना चाहती है। वास्तव में, यज़दा ने अमल से उसे चाक़ू चलाने की बुनियादी तकनीकें सिखाने को कहा था। और अमल उसे सिखाने के लिए तुरंत तैयार हो गई थी क्योंकि ग़ज़नी उन सबके लिए एक ख़तरनाक जगह थी।

जाने को तैयार इक़बाल अपने दोस्त के बेटे ध्रुव के पास गया। 'इसे अपने पास रख लो,' इक़बाल ने उसे एक मुहरबंद पत्र थमाते हुए कहा। 'यह दुनिया भर में फैली तुम्हारे पिता की संपत्तियों की पूरी सूची है। इसमें उस गुप्त स्थान के बारे में भी लिखा है जहां तुम्हें संपत्ति के मालिकाना हक़ के काग़ज़ात मिलेंगे, साथ ही सोने और क़ीमती रत्न-जवाहरात का ख़ज़ाना भी। यह उससे बहुत कम रह गया है जितना हुआ करता था, क्योंकि तुम्हारे पिता ने इस अभियान पर अपनी बहुत सारी दौलत ख़र्च कर दी थी... लेकिन

अभी भी अच्छी-ख़ासी राशि है। घर वापस आने के बाद तुम्हें इसका प्रबंध देखना होगा।'

ध्रुव मुस्कुराया। 'इसे आप ही रखिए, इक़बाल चाचा। अगर मैं वापस नहीं आ पाया तो?'

इक़बाल ने ध्रुव का कान खींचा। 'श्श! ऐसी नादान बातें बोलकर नियति को मत ललचाओ। तुम्हें कुछ नहीं होगा। तुम वापस आओगे। और जब तुम आओगे, तो अपने पिता की सारी धन-संपत्ति, व्यापार और ज़िम्मेदारियों का नियंत्रण संभालोगे। मेरा बेटा तुम्हारा छोटा पार्टनर होगा, जैसे मैं तुम्हारे पिता का था।'

ध्रुव ख़ुश होकर इक़बाल से लिपट गया। 'जब मैं वापस आऊंगा तो आपको मुझे सिखाना होगा, चाचा। तब तक, मेहरबानी करके आप इस सूची को अपने पास ही रखेंगे, मेरी ख़ातिर?'

इक़बाल ने ध्रुव के गालों को छुआ, उसकी आंखों में आंसू थे। 'तुम्हारे पिता की अमर आत्मा तुम्हें महफ़ूज़ रखेगी, मेरे बच्चे। मैं तुम्हारा इंतज़ार करूंगा। हम मिलकर और भी बड़े कारोबार बनाएंगे।'

कुछ देर बाद, पूर्व ग़ुलामों के अपने बड़े से कारवां के साथ इक़बाल निकल पड़ा। उससे कहा गया था कि चोल जहाज़ों के कप्तानों को बता दे कि नरसिम्हन और उसके समूह की वापसी में थोड़ी देर लग सकती थी। इसलिए, वो ग़ुलामों को भारत पहुंचा दें, और उसके बाद जल्दी से ग्वादर वापस आ जाएं। इन निर्देशों के साथ नरसिम्हन के हस्ताक्षर वाला पत्र उन्हें और आश्वस्त कर देता। साथ ही, इक़बाल से ये भी कहा गया था कि जहाज़ के कबूतरों के ज़रिए अभियान की ताज़ा जानकारी के बारे में चोल सम्राट को संदेश भेज दे।

अगले दिन सुबह-सुबह, तालिब और नरसिम्हन अपने-अपने घोड़ों पर सवार मरहूम फ़िरदौस के फ़ार्म के गेट पर खड़े थे। नरसिम्हन ने अपने पीछे देखा। घोड़ों पर सवार, अस्त्र-शस्त्रों से पूरी तरह लैस, तरोताज़ा और अच्छी तरह खाए-पिए अस्सी सैनिक मौजूद थे। मारे गए तुर्कों के घोड़ों और अस्त्रों

का पूरा इस्तेमाल किया गया था। वो अपने साथ इतनी मात्रा में सूखा खाना और मेवे लेकर चल रहे थे जो इस यात्रा के लिए काफ़ी रहता। वो तैयार थे। हत्या अभियान के लिए तैयार।

और पीछे, उसे लपटों में घिरा वो बड़ा सा खलिहान दिख रहा था। तालिब ने नरसिम्हन को समझाया था कि दो सौ तुर्की सैनिकों की लाशों को पहाड़ी से फेंकना भारी चूक होगी। आसमान में शिकारी पक्षियों की असामान्य रूप से बड़ी तादाद ख़ुज़दार शहर में तैनात सेना की टुकड़ी का ध्यान खींच सकती थी। फिर लाशों की जांच और पहचान की जाएगी। तुर्कों के क़त्ले-आम की ख़बर ग़ज़नी तक पहुंच जाएगी, जिससे महमूद अपनी सुरक्षा बढ़ा देगा और हत्या का अभियान बहुत मुश्किल हो जाएगा। इससे कहीं बेहतर ये होगा कि महमूद ये समझे कि अबू क़ासिम अभी भी गुलामों की खोज कर रहा था। और इसलिए भारतीयों ने खलिहान में तुर्कों की लाशों का ढेर लगाया और उसे आग लगा दी।

इस नाटक को पूरा करने के लिए तालिब ने ग़ज़नी में महमूद को भेजने के लिए एक पैग़ाम लिखा। उस पत्र में लिखा था कि भारत के तुर्की क़साई को दो सौ ग़ुलाम मिल गए थे और उसने उन दो सौ ग़ुलामों को मारकर उन्हें वहीं जला दिया जहां उसे वो मिले थे। यह भी कि यज़दा उन ग़ुलामों में नहीं थी जिन्हें उसने मारा था। और कि बहुत मुमकिन था कि दूसरे ग़ुलाम फ़ारस देश की ओर भाग गए थे और अबू क़ासिम उन्हें खोजकर मारने के लिए उधर जा रहा था। ये देखते हुए कि अबू क़ासिम अब फ़ारस के दुश्मन इलाक़े में होगा, भले ही सीमा के आसपास के इलाक़ों में ही सही, सुरक्षा संबंधी कारणों से वो उसके साथ कम से कम संवाद करेगा। महमूद को इस पत्र की प्रामाणिकता का यक़ीन दिलाने के लिए तालिब ने अबू क़ासिम की ठंडी पड़ी लाश की उंगली से एक अंगूठी निकाली और उससे चर्मपत्र पर उसकी मुहर लगा दी। फिर इस पत्र को डाक-पक्षी के ज़रिए ग़ज़नी भेज दिया गया।

'चलें, नसरुल्लाह?' तालिब ने नरसिम्हन के मुस्लिम नाम को लेते हुए पूछा। उसे अच्छी तरह समझा दिया गया था।

'चलें,' नरसिम्हन ने जवाब दिया। 'मेरी बात लिखकर रख लें, सुल्तान जल्दी ही बहुत मुश्किल में होगा।'

नरसिम्हन के कुछ पीछे, सुनाई देने की दूरी पर चल रहा विजयन मुस्कुराया और बोला। 'मैं सहमत हूं। महमूद जल्दी ही फांसी के फंदे पर झूलेगा और झूले का सुल्तान बन जाएगा।'

पुलकित अपने घोड़े को एड़ लगाकर आगे बढ़ते हुए धीमे से हंसा। 'कभी-कभी कोई अच्छा मज़ाक़ मुझसे बहुत दूर होता है, इतना दूर कि नज़र ही नहीं आता।'

नरसिम्हन ने पुलकित और विजयन को देखा। 'सही है, मेरे जंगी भाइयों।'

'बहुत हुआ!' अमल ने डपटा। 'अब ख़ामोशी से चलते हैं!'

विजयन धीमे से फुसफुसाया, 'क्या तुमने ख़ामोशी का शोर सुना है? किसी गार्फ़-अंकल ने लिखा था।'

अमल ने हाथ बढ़ाकर विजयन के सिर के पीछे चपत लगा दी, जबकि सब लोग ठठाकर हंसने लगे।

गजनी, अफ़ग़ानिस्तान

'तुम आख़िर थे कहां?' मलिक अयाज़ फुफकारा।

तालिब भारतीयों को एक सुरक्षित ठिकाने पर ठहराने के बाद अभी-अभी ग़ज़नी में प्रांतपाल-मुफ़्ती इस्माईल के महल पर लौटा था। महल में पहुंचकर वो सीधा ग़ुलाम औरत रेशमा से मिलने गया, और उसने उसे बताया कि क़रीब तीन हफ़्ते पहले शाही सिपाहियों ने इस्माईल को गिरफ़्तार कर लिया था।

मलिका कौसरी जहान ने उस पर गंभीर आरोप लगाए थे। उस पर घिनौने अपराधों का आरोप लगाया गया था जिनमें जासूसी से लेकर मलिका की हत्या करने की कोशिश और ग़ैर-इस्लामी बर्ताव तक शामिल थे। तालिब भौचक्का

रह गया था कि इस तरह के आरोप टिक भी सकते थे। क्योंकि सल्तनत के ताक़तवर प्रांतपाल-मुफ़्ती की गिरफ़्तारी का हुक्मनामा जारी करने के लिए ठोस सबूतों की ज़रूरत होगी। और वो भी, सुल्तान महमूद की ख़लीफ़ा के तौर पर ताजपोशी से महज़ कुछ ही दिन पहले। तालिब इस जानकारी को जज़्ब कर पाता, इससे पहले ही मलिक अयाज़ प्रांतपाल-मुफ़्ती के महल पर आ पहुंचा था और तालिब से अपने मालिक के संकट के समय उसकी ग़ैरमौजूदगी के बारे में पूछताछ करने लगा। तालिब ने रेशमा से कहा कि वो नौकरों के आवास में ही रहे और अगर लाहौर के शाह के साथ बातचीत सही न रहे तो शहर से भाग जाए।

'आपने कैसे जाना कि मैं लौट आया हूं, हुज़ूर?' तालिब ने स्पष्ट सवालों को थोड़ा टालते हुए पूछा, ताकि वो ऐसे झूठ गढ़ सके जो चल जाएं। वो अरबों के साथ हुई साज़िश के बारे में कुछ नहीं बताना चाहता था।

'यहां बाहर मेरे ख़बरी लगे हैं, ज़ाहिर है!' अयाज़ आगबबूला लगा। 'क्या तुमने मेरे अब्बा के ख़िलाफ सबूत दिए थे?'

'बेशक नहीं, मेरे हुज़ूर,' तालिब चीख़ उठा। 'आप मुझ पर ऐसा इल्ज़ाम कैसे लगा सकते हैं?'

'यह सच बहुत ज़्यादा शक पैदा करता है कि जब मेरे अब्बा पर मुसीबत आई तो तुम आराम से नदारद थे।'

अब तक तालिब को अपने साथ बहुत बुरा होने का डर सताने लगा था। क्या मलिक अयाज़ अपने पिता इस्माईल को बचाने के लिए उसे बलि का बकरा बना देगा? वो जानता था कि ऊंचे मुक़ाम पर मौजूद लोगों की सियासत हमेशा बेहद बेरहम होती है। ख़ुद को या ज़्यादा अहम खिलाड़ियों को बचाने के लिए वो कभी भी किसी प्यादे को छोड़ने से हिचकिचाते नहीं हैं, भले ही वो कितना ही वफ़ादार हो।

'मुझे ख़ुद प्रांतपाल-मुफ़्ती ने ग्वादर भेजा था, हुज़ूर,' तालिब गिड़गिड़ाने लगा, और जल्दी से उसने इस्माईल की मुहर लगा एक दस्तावेज़ निकाल लिया जो ग्वादर बंदरगाह पर सल्तनत के अहम मेहमानों को लेने के लिए उसका प्रवेशपत्र था।

मलिक अयाज़ ने पत्र छीना, उस पर नज़र डाली और आसपास देखा। 'तो सल्तनत के वे अहम मेहमान कहां हैं?'

'अम्म... हुज़ूर...'

'ठीक है। मैं और साफ़-साफ़ पूछता हूं। अरब कहां हैं?'

तालिब हक्का-बक्का रह गया। उससे कहा गया था कि अरबों के बारे में किसी से बात नहीं करनी थी, मलिक अयाज़ समेत। 'अह...'

'बेहतर होगा कि वो यहां हो, वर्ना तुम मारे जाओगे, तालिब।'

तालिब समझ गया अब सब कुछ बता देने का समय आ गया था। अपनी जान बचाने के लिए। शायद, इस्माईल ने ख़ुद ही मलिक अयाज़ को अब्बासियों के साथ की ख़ुफ़िया साज़िश के बारे में बता दिया हो। तो तालिब तोते की तरह बोलने लगा। उसने मलिक अयाज़ को सब कुछ बता दिया। भारतीयों द्वारा अरबों को मारने, ख़ुज़दार के बाहर स्थित खेत पर अबू क़ासिम और उसके आदमियों के क़त्ले-आम, और अपने मक़सद के लिए भारतीयों को रखने के बारे में।

'ख़ुज़दार के बाहर खेत? कैसा खेत?' मलिक अयाज़ ने पूछा।

'वहां फ़िरदौस नाम के किसी शख़्स का खेत था। शायद भारतीयों ने उस ग़रीब को धमकाकर उसकी जायदाद पर क़ब्ज़ा कर लिया था। लेकिन मैं यक़ीन से नहीं कह सकता क्योंकि जब तक मैं वहां पहुंचा, फ़िरदौस मारा गया था।'

तालिब को लगा कि फ़िरदौस के नाम पर उसने मलिक अयाज़ को तेज़ी से सांस भरते देखा था, लेकिन उसने इस बारे में ज़्यादा नहीं सोचा। 'अब हम क्या करें, हुज़ूर?'

'भारतीय कहां हैं?'

'एक सुरक्षित ठिकाने पर।'

'ग़ज़नी में?'

'जी, हुज़ूर।'

'और किसी को उस जगह का पता नहीं है?'

'आप जल्दी ही जान लेंगे, हुज़ूर। ...तो आपको और मेरे अलावा किसी को नहीं।'

'तुम्हें पता है कि वज़ीरे-आज़म के जासूसों ने तुम्हारा पीछा किया था?'

तालिब का रंग उड़ गया। 'ग़ज़नी की बाहरी सीमा पर मैंने उन्हे देखा था, हुज़ूर। लेकिन अंदरूनी दीवारों के बाहर की बस्ती में मैं उनकी नज़रों से ओझल हो गया था। मुझे इसका यक़ीन है। और किसी ने मुझे नहीं देखा।'

मलिक अयाज़ ने तालिब को देखा, अपना सिर हिलाया, फिर दीवार की ओर मुड़ गया। हुक़्क़े के कश भरते हुए वो उसे तकता रहा।

'हुज़ूर?'

'ख़ामोश! मुझे सोचने दो...'

'जी, हुज़ूर। माफ़ी चाहूंगा...'

मलिकक अयाज़ कुछ देर ख़ामोश बैठा रहा, फिर जैसे वो किसी नतीजे पर पहुंच गया था। वो तालिब की ओर घूमा। 'शायद ये सब अच्छे के लिए ही होगा, आख़िरकार। हम अभी भी मेरे अब्बा को बचा सकते हैं।'

फिर अयाज़ ने तालिब को योजना समझाई, जिसके मन में कई सवाल थे—जैसे इस्माईल जैसे ताक़तवर आदमी को गिरफ़्तार करने के लिए उन्होंने आख़िर सबूत जुटाए कैसे? ग़ज़नी में हर कोई रानी और प्रांतपाल-मुफ़्ती के बीच झगड़े की बात जानता था, लेकिन इस्माईल के साथ जो हुआ, वो नाक़ाबिले-यक़ीन था।

अयाज़ ने तालिब को बताया कि सबूत बहुत ठोस लग रहे थे। यालन नाम के मज़हबी सुरक्षादल जुंदीनुद्दीन के एक ख़ुफ़िया आदमी को बीच रात में मलिका के शयनकक्ष में ताकाझांकी करते पकड़ा गया था, और सब जानते थे कि मज़हबी सुरक्षादल का नायब इस्माईल था। हालांकि अतिक्रमण करने के जुर्म में यालन की ज़बान काट दी गई थी, मगर अदालत में जब उस आदमी से पूछा गया कि इस अजीबो-ग़रीब मिशन पर उसे किसने भेजा था, तो उसने लगातार, और ज़ोर-शोर से, इस्माईल की ओर इशारा किया।

तालिब को नाम सुनकर हैरानी हुई और उसने ज़ाहिर सा शक जताया: 'यालन किस तरह का नाम है?'

'यही तो!' अयाज़ ने कहा। 'यह नाम ही अपने आप में इशारा है कि कुछ तो गड़बड़ है।'

और फिर मलिक अयाज़ ने बताना शुरू किया कि कैसे यालन का तबादला हफ़्ते भर पहले ही सुल्तान के घरेलू स्टाफ़ में किया गया था।

'वज़ीरे-आज़म...' तालिब बुदबुदाया।

'बिल्कुल, बस ख़्वाजा हसन ही ऐसा हुक्म जारी कर सकता था। लेकिन उसने क़सम खाकर कहा कि मलिका की हत्या करने या उनके खिलाफ़ झूठे सबूत जुटाने के लिए प्रांतपाल-मुफ़्ती ने उसे ऐसा करने के लिए मजबूर किया था। जासूस पहले ही प्रांतपाल-मुफ़्ती और वज़ीरे-आज़म के नियमित रूप से मलिका के महल के बाहर मिलने की ख़बर दे चुके थे, इस बात से सबूत और भी घातक हो गया है!'

तालिब हैरान रह गया। 'या अल्लाह! वो चुड़ैल महीनों से इसकी साज़िश कर रही थी!'

अयाज़ ने सिर झुकाया और तालिब को घूरा। ख़ामोश संदेश अबोला मगर स्पष्ट था। *अपनी औक़ात पहचान, ग़ुलाम। भले ही ये सच हो कि कौसरी जहान चुड़ैल है, लेकिन ऐसी बातें कहना तेरी औक़ात से बाहर है।*

तालिब फ़ौरन ही अपनी ग़लती समझ गया। 'माफ़ी चाहता हूं, जनाब। दिल से माफ़ी चाहता हूं।'

अयाज़ ने गहरी सांस ली, और मन ही मन तालिब को माफ़ कर दिया। 'लेकिन तुम्हारे भारतीय हत्यारों को साथ लेकर आने ने रुख़ पलट दिया है। शायद मेरे अब्बा का पछतावा काम आ गया।'

तालिब के चेहरे पर उलझन छाई देखकर अयाज़ ने बताया कि जिस दिन इस्माईल गिरफ़्तार हुआ था, उसने उसी दिन मांस, शराब और औरतों को छोड़ने की क़सम खा ली थी। उसने वादा किया था कि वो प्रायश्चित के तौर

पर तब तक ख़ुद के बनाए इन उसूलों पर क़ायम रहेगा जब तक कि अल्लाह उसे इन ग़लत इल्ज़ामों से बरी नहीं कर देता।

'लगता है जब सब कुछ आपके अब्बा के ख़िलाफ़ जा रहा था तब ख़ुद अल्लाह उन्हें बचाने आ गया,' तालिब ने कहा।

मलिक अयाज़ ने हामी भरी। 'लेकिन पहले, हमें ये देखना होगा कि उन्हें मौत के घाट न उतार दिया जाए और हम उन्हें जेल से बाहर ले आएं। फिर हम बाक़ी योजना को अंजाम देंगे।'

'तालिब एक और आदमी के साथ मिलने आया है, सेनापति,' दसरना ने कहा।

पिछली शाम को ही नरसिम्हन और उसके अस्सी बहादुर ग़ज़नी पहुंचे थे। तालिब उन्हें एक अजीब से ख़ुफ़िया अड्डे पर ले गया था। एक ऐसा ख़ुफ़िया अड्डा जो सबके सामने था मगर फिर भी छिपा हुआ।

एक उच्चस्तरीय वेश्यालय।

नज़रों के सामने छिपा हुआ। बहुत ख़ूब।

वेश्यालय इतना ख़ास और महंगा था कि आम आदमी वहां आते ही नहीं थे। और रईस अमीर आमतौर पर घर पर सेवाएं चाहते थे, इसलिए वो इस अड्डे पर नहीं आते थे। चंद लोगों को छोड़कर किसी को पता नहीं था कि इस वेश्यालय का मालिक इस्माईल था—बेशक कुछेक 'नाममात्र के मालिकों' की आड़ में।

'कौन है वो?' नरसिम्हन ने पूछा।

भारतीयों को ग़ज़नी पहुंचने में ख़ासतौर से देर लगी थी, क्योंकि उन्होंने बेवजह ध्यान खींचने से बचने के लिए कम इस्तेमाल वाले और लंबे रास्ते लिए थे।

इन वीरान रास्तों पर अक्सर वो शानदार निर्जन भुतहा शहरों से होकर निकले जहां प्राचीन वास्तुकला के अवशेष बिखरे पड़े थे जो उन संस्कृतियों के रहे हो सकते थे जिन्हें तुर्कों ने नष्ट कर दिया था। हिंदू शाही पठानों और

बौद्ध-हिंदू बलोचों द्वारा बनवाए गए भव्य शहर जिन्हें बहुत पहले ही त्याग दिया गया था क्योंकि इन जीवंत सुसंस्कृत शहरों में रहने वाले लोगों का नरसंहार या जातीय-संहार कर दिया गया था। बहुत से आधुनिक भारतीयों को तो पता भी नहीं था कि उपरिसैन पर्वत का नए नाम *हिंदू कुश* का मतलब असल में *हिंदुओं के संहार का स्थान* था, जैसे कि *नस्लकुश* का मतलब नरसंहार और *ख़ुदकुशी* का मतलब आत्महत्या होता है।

'बज़ाहिर, तालिब के साथ लाहौर का राजा मलिक अयाज आया है,' दसरना ने कहा। 'लेकिन उसकी शानदार पदवी कुछ भी हो, वो प्रांतपाल ही ज़्यादा है और अपना ज़्यादा समय यहां ग़ज़नी में बिताता है।'

नरसिम्हन ने इस बात पर ज़ोर दिया था कि उसे और उसकी टुकड़ी को वेश्यालय के ऐसे हिस्से में रखा जाए जो इस्तेमाल में न हो। इसका नतीजा ये हुआ कि वो कम जगह में खचाखच भरे थे, एक कमरे में औसतन आठ-आठ लोग। लेकिन इसका ये भी मतलब था कि उन्हें रात में अजनबियों के धोखे से हमला करने का डर नहीं था और न ही ये जोखिम था कि उसके किसी भी सैनिक को उस इमारत की मूल निवासियों में से कोई लुभाकर ऐसा कुछ करवा देगी जिससे सब ख़तरे में पड़ जाएं।

'हम्म। तुर्की अमीरों में से किसी का इतनी सुबह-सुबह उठना अजीब सा है...' नरसिम्हन ने अपने मोटे फ़र कोट को कस लिया क्योंकि उसके लिए यहां बहुत ठंड थी। 'जो भी हो, हमारे पास कोई चारा तो है नहीं... चलो उससे मिलते हैं।'

कुछ ही देर बाद, मलिक अयाज़ और तालिब उस कमरे में आए जहां नरसिम्हन उनका इंतज़ार करता खड़ा था। नरसिम्हन के साथ वहां पुलकित, विजयन, अमल, ध्रुव, ज़ैन हुसैन और यज़दा भी थे।

मलिक अयाज़ ने यज़दा की ओर सिर हिलाया। पुलकित, ध्रुव या ज़ैन को वो नहीं पहचान पाया, ज़ाहिर है, क्योंकि ग़ज़नी में रहने के दौरान वो मामूली ग़ुलाम थे। और बाक़ियों से वो पहली बार मिल रहा था। लाहौर के राजा ने नरसिम्हन को देखा और उसे तौला।

नरसिम्हन ने देख लिया था कि मलिक अयाज़ की मौजूदगी में यज़दा बहुत परेशान नहीं दिख रही थी।

'मेहरबानी करके बैठिए,' अयाज़ ने एक लंबी ख़ामोशी के बाद ख़ुद बैठते हुए कहा।

'धन्यवाद,' नरसिम्हन ने भी बैठते हुए कहा। उसने पाया कि मलिक अयाज़ की आवाज़ गहरी, नपी-तुली और शांत थी। वो संजीदा इंसान था।

बाक़ी लोग खड़े रहे।

लाहौर के राजा ने चारों ओर देखा। उसकी आंखें अमल पर ठहर गईं, और वो मुस्कुरा दिया। औरतों में एक छठी इंद्रि होती है जो उन्हें बता देती है कि अमुक आदमी की निगाहें 'साफ' हैं, जिनमें हवस नहीं है। इससे उन्हें सुरक्षित महसूस होता है। मलिक अयाज़ की निगाहें साफ़ थीं। 'मेरे देश जॉर्जिया में भी महिला योद्धा हैं। वो मां मरियम के झंडे तले लड़ती हैं।'

नरसिम्हन के माथे पर बल पड़ गए। 'मेरा ख़्याल था कि आप मुसलमान हैं।'

'मेरे पिता मुसलमान हैं। मेरी मरहूम मां ईसाई थीं।'

'कुछ भारतीय भी यीशू मसीह को बहुत प्रेरणादायी मानते हैं। सबसे प्रेम करने का उनका संदेश बहुत कुछ वही है जो जैन तीर्थंकर भगवान महावीर का था।'

मलिक अयाज़ मुस्कुराया। 'हम्म। मुझे भी जैन धर्म बहुत प्रेरणादायी लगता है।'

'जब मैं इस योद्धा जीवन से थक जाऊंगा, तो शायद मैं भी उस राह को अपना लूं,' नरसिम्हन ने कहा। 'अहिंसा और शाकाहार आत्मा के लिए अच्छे होते हैं।'

'हम्म... लेकिन कुछ आत्माएं दूसरों के लिए कष्ट पाने के लिए ही होती हैं... क्योंकि आप तभी अहिंसक हो सकते हैं जब कोई और आपके सामने खड़ा होने और आपको बचाने के लिए हिंसक होने को तैयार हो।'

नरसिम्हन मुस्कुरा दिया।

उनके आसपास मौजूद लोगों को इस क़िस्म की बातों की ज़रा भी उम्मीद नहीं थी। इस समय तो नहीं। मलिक अयाज़ ने अब साफ़ बात की। 'चलिए उस मुद्दे पर बात करते हैं जिसके लिए असल में हम आए हैं।'

'हां, ज़रूर,' नरसिम्हन ने कहा।

'आपने प्रांतपाल-मुफ़्ती के बारे में तो सुन ही लिया होगा।'

'हां।'

'कल उन्हें रिहा कर दिया जाएगा। और वो मेरी हवेली पर आएंगे।'

नरसिम्हन को हैरानी हुई, लेकिन उसने कुछ कहा नहीं।

'यज़दा आपके साथ है, तो आपसे उन बातों को छिपाने का कोई मतलब नहीं है जो आपको इसके ज़रिए पता लग ही जाएंगी। प्रांतपाल-मुफ़्ती इस्माईल... मेरे लिए बहुत अहम हैं।'

नरसिम्हन ने सिर हिलाया, और बुद्धिमानी से काम लेते हुए कोई टिप्पणी नहीं की।

'एक हफ़्ते से दस दिन तक आप यहां चुपचाप बैठेंगे। सही वक़्त आने पर मैं सुल्तान के पास आपके पहुंचने का इंतज़ाम कर दूंगा। फिर आप उनका क़त्ल करेंगे, और अपने दल के साथ यहां से निकल जाएंगे। मैं फिर कभी आपसे या आपके किसी आदमी से कोई संपर्क नहीं रखना चाहता।'

'बेशक।'

'लेकिन... मेरी एक शर्त है... आपमें से कोई भी प्रांतपाल-मुफ़्ती इस्माईल को नहीं मारेगा।' यह कहते हुए मलिक अयाज़ ने चारों ओर देखा, फिर वापस नरसिम्हन की ओर निगाहें घुमाईं। 'आप अपने ईश्वर के नाम पर मुझे वचन दें। मैं जानता हूं कि अपने ईश्वर की क़सम खाने पर भारतीय उसे कभी नहीं तोड़ते हैं।'

पीछे खड़े तालिब ने मलिक अयाज़ को देखा। तारीफ़ी नज़रों से। ये पहली बार नहीं था जब उसे इस बात के लिए अपराधबोध हो रहा था कि वो लाहौर के राजा को ये सच नहीं बता पाया था कि उसके पिता इस्माईल को उसकी रत्ती भर भी परवाह नहीं थी।

नरसिम्हन ने कटार निकाली, अपनी हथेली काटी और अपने नक़ली नाम से थोड़ी ज़ोरदार आवाज़ में ख़ून की क़सम ली। 'मैं, नसरुल्लाह, स्वयं महादेव के नाम पर सौगंध लेता हूं कि मैं या मेरा कोई सैनिक प्रांतपाल-मुफ़्ती इस्माईल को नहीं मारेगा।'

मलिक अयाज़ संतुष्ट सा लगा। वो यज़दा की ओर मुड़ा। 'जब मेरे अब्बा वापस आएंगे तो मैं आकर तुम्हें अपनी हवेली पर ले जाऊंगा। फ़िक्र मत करो, तुम्हें कुछ नहीं होगा। मैं बस यह चाहता हूं कि हत्या होने तक तुम उन्हें शांत और स्थिर रखो। और उसके बाद तुम भी भाग सकती हो।'

नरसिम्हन को हैरानी हुई कि यज़दा ने हामी भर दी थी।

मगर नरसिम्हन ये नहीं जानता था कि यज़दा सोच क्या रही थी। वो उसके सैनिकों में से नहीं थी, क्योंकि उसने उसके प्रति निष्ठा की प्रतिज्ञा नहीं ली थी।

'इसकी सुरक्षा के लिए मैं भी चलूंगी,' अमल ने कहा। उसने निजी तौर पर क़सम खाई थी कि वो यज़दा की सुरक्षा करेगी।

मलिक अयाज़ ने सिर हिलाकर स्वीकृति दी। और फिर स्पष्ट किया, 'लेकिन आपको नौकरानी के तौर पर आना होगा। और उस क़सम को याद रखना जो आपके सिपहसालार... मुझे क्या नाम बोलना था... नसरुल्लाह? ...हां... वो क़सम याद रखना जो अभी-अभी आपके सिपहसालार नसरुल्लाह ने ली है।'

'मैं नसरुल्लाह की क़सम का मान रखूंगी,' अमल ने कहा।

अयाज़ ज़ैन की ओर मुड़ा, और अचानक अरबी बोलने लगा। 'तुम अरब हो?'

'जी, हुज़ूर,' जैन ने कहा। अपनी मातृभाषा में पूछे गए सवाल का जवाब उसने तुरंत तुर्की में दे दिया था।

'और तुम भारतीयों के साथ हो? क्यों?'

'मैं यहां ग़ुलाम था।'

अयाज़ वाक़ई हैरान दिख रहा था। *अरब ग़ुलाम? इसका तो बस एक ही मतलब हो सकता था।* 'क्या नाम है तुम्हारा?'

'मेरा नाम ज़ैन है, जनाब।'

'पूरा नाम।'

ज़ैन का शरीर सख़्त हो गया।

'तुम किसी ख़तरे में नहीं हो, अरब के ज़ैन,' मलिक अयाज़ ने कहा। 'तुम्हारा पूरा नाम क्या है?'

'ज़ैन हुसैन।'

मलिक अयाज़ पीछे को झुक गया। जैसे कुछ सोच रहा हो। नरसिम्हन कुछ नहीं समझ पाया।

'तुम शिया हो,' अयाज़ ने कहा।

ज़ैन ने सिर हिला दिया।

'तुम्हारी अरब पहचान काम आ सकती है,' मलिक अयाज़ ने कहा। 'लेकिन जहां मैं तुम्हें भेजूंगा, वहां अपने पूरे नाम का इस्तेमाल मत करना।'

'जी, हुज़ूर,' ज़ैन ने कहा।

अचानक मलिक अयाज़ खड़ा हो गया और उसने नरसिम्हन को देखा। 'यहां हमारा काम हो गया है। मैं जल्दी ही आपसे मिलूंगा।'

नरसिम्हन भी खड़ा हो गया, मुस्कुराया और आदर से मलिक अयाज़ से बोला। 'जी, लाहौर के महाराज।'

अमल के खुले बालों को उसके कान के पीछे करते हुए विजयन परेशान सा था। 'मैं इसे लेकर ख़ुश नहीं हूं।'

'वलीद,' अमल ने कहा, 'इस हत्या अभियान पर तुम लोगों की तुलना में मैं राजा अयाज़ के महल में शायद ज़्यादा सुरक्षित रहूंगी। फ़िक्र तो मुझे तुम्हारी होनी चाहिए!'

विजयन धीमे से हंसा। बहादुरी का पहला चिह्न ख़तरे के सामने भी हास-परिहास करते रहना था। अपनी प्रेमिका अमल की बहादुरी को उसने हमेशा सराहा था।

'वलीद, हमने यज़दा को बचाने की क़सम खाई है,' अमल ने आगे कहा। 'हम अपनी बात से पीछे नहीं हट सकते। मुझे ये देखना होगा कि महमूद की हत्या के बाद उसे सुरक्षित बाहर लाने के लिए हममें से कोई एक वहां मौजूद रहे।'

विजयन ने सिर हिलाया।

'मेरे पास और कोई रास्ता नहीं है...'

'जानता हूं,' विजयन ने उदास भाव से कहा। 'इससे इंकार नहीं किया जा सकता। मगर इसका मतलब ये तो नहीं है कि मुझे ये अच्छा लगना ही होगा।'

अमल हंस पड़ी। 'जब सब निपट जाएगा तो मैं शहर के बाहर मिलने की जगह पर तुमसे मिलूंगी। तुम ये पक्का करना कि ज़िंदा रहो और मुझे वहां मिलो।'

'हां। क्योंकि अगर मैं तुमसे मिलना चूक गया तो मुझे बचाकर वापस घर कौन ले जाएगा!'

'बिल्कुल!'

विजयन और अमल हंसने लगे और एक दूसरे की बांहों में समा गए। उन्होंने एक दूसरे को कसकर थाम रखा था। उनके गहरे प्रेम ने उनकी चिंताओं को दूर कर दिया।

अध्याय 23

छलावों का दरबार

ग़ज़नी, अफ़ग़ानिस्तान

इस्माईल दरबारी कक्ष के बीचोंबीच, सुल्तान के सामने खड़ा था। महमूद ग़ज़नवी कक्ष के मुख्य छोर पर बैठा था। उसके पास ही कौसरी जहान, मलिक अयाज़ और फ़ारसी वज़ीरे-आज़म ख़्वाजा हसन बैठे थे। ग़ज़नी के बाकी सभी बड़े अमीर भी मौजूद थे।

सबको उम्मीद थी कि प्रांतपाल-मुफ़्ती को मौत की सज़ा सुनाई जाएगी। उसके ख़िलाफ़ बहुत ठोस सबूत थे। इकलौता संदेह मौत की तारीख़ और शायद तरीक़े को लेकर था।

इस्माईल को भी सज़ाए-मौत मिलने का ही अंदेशा था। उसे इस बात का भी यक़ीन था कि उसे फांसी महमूद की ख़लीफ़ा की ताजपोशी होने के बाद ही दी जाएगी। इस्माईल अपने भाई को बहुत अच्छे से जानता था। वो अंदाज़ा लगा सकता था कि महमूद नहीं चाहेगा कि उसकी ज़िंदगी के सबसे ऊंचे मुक़ाम की शानो-शौक़त में कोई भी चीज़ बाधा बने।

इस्माईल ने बुरे से बुरे अंजाम के लिए अपने दिलो-दिमाग़ को तैयार कर लिया था। मगर उसे एक आश्चर्य मिलने वाला था। उस ऐलान के लिए ही

नहीं जो किया जाने वाला था, बल्कि इसके लिए भी कि वो किसकी ओर से होने वाला था।

कौसरी जहान ने नपी-तुली आवाज़ में कहा। 'मेरे सुल्तान, मेरे बादशाह, वो मैं हूं जिसे इस दुष्ट आदमी ने आहत किया है।'

इस्माईल ने भावहीन चेहरे से कौसरी को देखा। *हां। हां। उबाओ मत। निपटाओ इसे।*

'अपने जायज़ बदले और इंसाफ़ की मांग करने का मुझे पूरा हक़ है,' कौसरी ने आगे कहा। 'लेकिन...'

इस्माईल के माथे पर बल पड़ गए। *लेकिन?*

'लेकिन प्रांतपाल-मुफ़्ती इस्माईल से मुझे कितनी भी नफ़रत हो, उससे ज़्यादा मुझे आपसे प्यार है, मेरे सरताज, सुल्तान महमूद ग़ज़नवी। मैं अपनी जान से बढ़कर आपको चाहती हूं।'

महमूद ने कोमलता से अपनी पत्नी को देखा और फिर घूरकर अपने छोटे भाई इस्माईल को देखा।

शानदार कपड़ों और ख़ूबसूरती से संवारे हुए बालों में अपनी शानदार कुर्सी पर अब तक अलसाया सा बैठा मलिक अयाज़ धीरे से हंस दिया और उसने अपनी आंखें तरेरीं।

कुछ दूसरे अमीरों की नज़र में लाहौर के राजा की ये हरकत आ गई थी। और ज़्यादातर के दिमाग़ में भी वही ख़्याल था। *क्यों नहीं... ये लालची कश्मीरी चुड़ैल सुल्तान से प्यार करती है... कौन अहमक़ इस पर यक़ीन करेगा?*

कौसरी ने ऐसे कहना जारी रखा जैसे उसने कुछ न देखा हो। 'और इसलिए, आपके लिए अपनी बेइंतेहा मुहब्बत की ख़ातिर, मेरे प्यारे शौहर, मेरी आपसे गुज़ारिश है कि आप अपने छोटे भाई इस्माईल को सज़ाए-मौत से बख़्श दें।'

इस्माईल हक्का-बक्का था। *क्या?!?*

प्रांतपाल-मुफ़्ती ने अपने गुप्त नाजायज़ बेटे मलिक अयाज़ को देखा। मलिक अयाज़ के चेहरे पर भी घोर हैरानी का भाव था। मगर इस्माईल जानता

था कि उसका बेटा कितना ज़बरदस्त अदाकार था। *क्या मेरे बेटे ने कोई सौदेबाज़ी की है?*

'लेकिन ये पक्का करने के लिए कि आपको या मुझे कोई ख़तरा न हो, मैं आपसे इल्तेजा करूंगी कि प्रांतपाल-मुफ़्ती को कुछ समय तक घर में नज़रबंद रखा जाए,' कौसरी ने कहा।

'मलिका बहुत रहमदिल और अक़्लमंद हैं,' महमूद ने ज़ोरदार आवाज़ में कहा।

'मलिका ज़िंदाबाद! सुल्तान ज़िंदाबाद!' मलिक अयाज़ ने ज़ोर से कहा, ये दिखाते हुए जैसे वो अपनी हैरानी पर क़ाबू पाने के लिए भरसक जद्दोजहद कर रहा हो। सारा दरबार इन नारों से गूंज उठा। कोई भी रहमदिल महमूद को नाराज़ नहीं करना चाहता था।

'मैं मलिका से इत्तफ़ाक़ रखता हूं,' महमूद ने कहा। 'प्रांतपाल-मुफ़्ती को लाहौर के राजा मलिक अयाज़ के महल में नज़रबंद रखा जाता है। प्रांतपाल-मुफ़्ती के नौकरों में से किसी को भी उनसे मिलने की इजाज़त नहीं होगी। एक महीने बाद हम इस मामले पर फिर से ग़ौर करेंगे। ऐसा ही लिखा जाए, और ऐसा ही किया जाए।'

महमूद ने अपना हाथ उठाया, और उसका मुंशी जल्दी से एक चर्मपत्र लेकर आ गया जिसे पहले ही लिखा जा चुका था। अजीब बात थी, ये देखते हुए कि ये फ़ैसला बस अभी-अभी सुनाया गया था। महमूद ने उस पर अपनी मुहर लगा दी और उसे मलिक अयाज़ को दे दिया। 'इसे लागू करें, अयाज़।'

'जैसी आपकी मर्ज़ी, मेरे आक़ा,' मलिक अयाज़ ने झुककर सलामी देते हुए कहा, हालांकि उसके भावों ने किसी के भी मन में उस बात को लेकर शक की गुंजाइश नहीं छोड़ी थी जो बज़ाहिर वो सोच रहा था: *अब ये मेरा ही सिरदर्द क्यों बना है?*

मगर इस्माईल ने महमूद की कही बात में कुछ और चीज़ पकड़ी थी। *एक महीने में? दो हफ़्ते में ये ख़लीफ़ा बन जाएगा। एक महीने में इसे मुफ़्ती-ए-आज़म की कोई ज़रूरत नहीं रहेगी। ख़लीफ़ा के तौर पर, ये दुनिया के किसी*

भी मुफ़्ती से ऊपर होगा। मुझे अभी भी मार डाला जाएगा। महमूद मुझे बस तक तक ही ज़िंदा रखेगा जब तक वो ख़लीफ़ा नहीं बन जाता। या अल्लाह... अभी मैं महफ़ूज़ नहीं हूं... अभी मैं महफ़ूज़ नहीं हूं...

अब तक, मलिक अयाज़ इस्माईल के पास आ चुका था। अयाज़ की कमान के दस सिपाही भी आगे आ गए थे।

अयाज़ ने ज़नाना झुंझलाहट के अलसाए से भाव से कहा। 'चलिए मेरे साथ, प्रांतपाल-मुफ़्ती।'

और इस तरह, हैरतअंगेज़ ढंग से छोटी सी अदालती कार्रवाई ख़त्म हो गई।

'अभी ये हुआ क्या था?' इस्माईल ने पूछा। 'क्या ये तुमने करवाया है, मेरे बेटे?'

'एक सौदा किया गया था, अब्बा हुज़ूर,' मलिक अयाज़ ने अपनी हवेली में घुसते हुए कहा। अब उसका लहजा और बर्ताव पूरी तरह से बदल चुके थे।

'लेकिन मेरी जान तो अभी भी ली जाएगी।' इस्माईल की आवाज़ तीखी हो गई थी जो उसके घबराने पर हो जाती थी। 'वो बस ख़लीफ़ा बनने का इंतज़ार कर रहा है।'

'अभी तो आप ज़िंदा हैं ना, अब्बा हुज़ूर। इस पर ध्यान दें। एक महीने में बहुत कुछ हो सकता है।'

'हां, बहुत कुछ हो सकता है। तुम्हें याद नहीं है कि जामा मस्जिद के पिछले मुफ़्ती-ए-आज़म के साथ क्या हुआ था? तुम्हें क्या सच में लगता है कि वो किसी हादसे में मस्जिद की मीनार से गिर गए थे?'

'तो फिर, क्या मैं आपको सलाह दूं कि फ़िलहाल किसी मीनार पर मत चढ़िएगा?' मलिक अयाज़ धीमे से हंसा।

'ये मज़ाक़ का वक़्त नहीं है, अयाज़!'

'सब्र रखिए, अब्बा हुज़ूर। यहां मस्जिद की कोई मीनार नहीं है। और फ़िलहाल आप ज़िंदा हैं। हमारे पास कोई योजना बनाने के लिए एक महीना है।'

'तुमने क्या सौदा किया था?'

'कुछ ऐसा जो आप वैसे भी करने ही वाले थे। आप कुराने-पाक और हदीसों से ज़्यादा से ज़्यादा संदर्भों के साथ ये साबित करने के लिए फ़तवा देंगे कि कोई ग़ैर-अरब भी ख़लीफ़ा बन सकता है, बशर्ते उसने वो सब कुछ हासिल किया हो जो सुल्तान महमूद ने किया है।'

'मेरी राय में, ये मुमकिन नहीं है। बस कोई अरब ही ख़लीफ़ा बन सकता है।'

'आप ज़िंदा रहना चाहते हैं, अब्बा हुज़ूर?'

इस्माईल चुप्पी साधे रहा।

'तो फ़तवा जारी कीजिए कि ग़ैर-अरब ख़लीफ़ा बन सकता है। मुझे पता है आप इस पर काम कर भी रहे थे। आपने बस पिछले तीन हफ़्ते में ही इसे रोका था। इस पर फिर से काम शुरू करें, और मैं पक्का करूंगा कि मेरे अब्बा हुज़ूर हमेशा मेरे साथ रहें।'

इस्माईल ने गहरी सांस ली। 'मैं अपने महल में वापस नहीं जा सकता?'

'आपकी रिहाई की शर्तों में से एक ये भी थी, अब्बा हुज़ूर। आप न तो अपने महल में वापस जा सकते हैं, और न ही आपके नौकरों में से कोई आपसे मिल सकता है। आपको मेरी हवेली में रहना होगा, और आपकी चाकरी सिर्फ़ मेरे नौकर ही करेंगे।'

इस्माईल ने गला साफ़ किया। उसकी घबराहट कम हो रही थी। और वो सौदेबाज़ी करने लगा था।

'मुझे यज़दा मिल गई है। और मैं उसे यहां ले आऊंगा।'

'सच!' अचानक ही इस्माईल का मूड अच्छा हो गया था।

'अपनी क़सम याद रखिएगा।'

'बेशक! जब तक मैं इन गंदे और झूठे इल्ज़ामों से पूरी तरह बरी नहीं हो जाता, मैं औरतों और शराब को न छूने की अपनी क़सम पर डटा रहूंगा। लेकिन यज़दा का आसपास होना अच्छा लगेगा। बस उसे देखने भर के लिए।'

मलिक अयाज़ मुस्कुरा दिया।

जुंदीनुद्दीन के कुछ सिपाहियों की निगरानी में भारतीय योद्धा पूरे तीन दिन उस भड़कीले ख़ुफ़िया अड्डे पर इंतज़ार करते रहे जो अभी भी प्रांतपाल-मुफ़्ती के प्रति वफ़ादार थे। चौथे दिन दोपहर बाद मलिक अयाज़ और तालिब आए।

मलिक अयाज़ अंदर दाख़िल हुआ, तो लाहौर के राजा के सम्मान में नरसिम्हन खड़ा हो गया। अपने सेनापति को खड़े होते देखकर पुलकित, विजयन, अमल, ध्रुव, ज़ैन हुसैन और यज़दा भी खड़े हो गए।

'स्वागत है, महाराज,' नरसिम्हन ने कहा।

'नमस्ते,' मलिक अयाज़ ने कहा।

तुर्की लहजे में ये शब्द बहुत अलग सा सुनाई दिया, और इसलिए नरसिम्हन को ये समझने में एक पल लगा कि मलिक अयाज़ ने क्या कहा था। समझ में आते ही चोल सेनापति गर्मजोशी से मुस्कुराया और उसने नमस्ते में दोनों हाथ जोड़ दिए।

'मेहरबानी करके बैठिए... अं... आपका क्या नाम होना था... नर... नरि... नरिमन... नहीं... अरे हां, नसरुल्लाह,' मलिक अयाज़ ने कहा और शरारत से मुस्कुराते हुए बैठ गया।

नरसिम्हन भी मुस्कुराते हुए बैठ गया। 'प्रांतपाल-मुफ़्ती की रिहाई की बधाई।'

मलिक अयाज़ ने मुस्कुराकर सिर हिलाया। 'मगर ये तो बस पहला क़दम है।' वो अमल और यज़दा की ओर मुड़ा। 'प्रांतपाल-मुफ़्ती की रिहाई की शर्तों में से एक ये थी कि वो बस मेरी हवेली पर रह सकते हैं। और प्रांतपाल के घरेलू सेवकों में से कोई भी उनकी चाकरी नहीं करेगा। तो हवेली में बस मेरे ही लोग होंगे। तालिब भी वहां नहीं होंगे। उम्मीद है इससे परेशानी नहीं होगी।'

अमल ने यज़दा को देखा। यज़ीदी लड़की ने हामी भरी। वो बहुत परेशान नहीं दिख रही थी।

मलिक अयाज़ की नज़र पल भर के लिए उस पर टिकी रही, फिर वो नरसिम्हन की ओर मुड़ गया। 'उम्मीद है आपके लोगों को अपनी क़सम याद रहेगी।'

'बिल्कुल रहेगी,' नरसिम्हन ने पुष्टि की।

मलिक अयाज़ ने सिर हिलाया और नीचे देखने लगा, जैसे कुछ सोच रहा हो।

नरसिम्हन ने पूछा, 'योजना क्या है, महाराज?'

'कौन...' मलिक अयाज़ हिचकिचाया। उसने गहरी सांस ली और नरसिम्हन को तका। 'आप लोगों में से कौन असल हत्या को अंजाम देगा? सही मौक़े पर मैं एक से ज़्यादा शख़्स को अदंर नहीं पहुंचा पाऊंगा।'

नरसिम्हन उसका छिपा हुआ आशय समझ गया था। और उसे फ़ैसला लेने के लिए कुछ सोचने की ज़रूरत नहीं थी। 'वो मैं होऊंगा।'

मलिक अयाज़ आगे को झुका। लाहौर का राजा तेज़ दिमाग़ आदमी था। बहादुर भी। मगर उसकी बहादुरी अक़्ल और दरबारी साज़िशों के दायरे तक सीमित थी। उसमें वो शारीरिक साहस नहीं था जो केवल योद्धाओं में होता है। और किसी भी बुद्धिमान, आत्मविश्वासी आदमी की तरह अयाज़ भी उन लोगों को सराहता था जिनके पास वो कौशल होते थे जो उसके अपने पास नहीं थे।

'आपको यक़ीन है, सेनापति?' मलिक अयाज़ ने पूछा। 'ये इक...'

'...इकतरफ़ा सफ़र हो सकता है,' नरसिम्हन ने अयाज़ की बात को पूरा किया।

'ऐसा ज़रूरी तो नहीं है, लेकिन ये बहुत मुमकिन है...' मलिक अयाज़ ने जवाब दिया। 'आपको यक़ीन है?'

कमरे में मौजूद सारी आंखें सेनापति पर लगी थीं।

नरसिम्हन के चेहरे पर सर्द भाव था। तटस्थ। अभेद्य। उसकी आवाज़ नर्म फुसफुसाहट जैसी थी, मगर लहजा इस्पात की तरह सख़्त था। उसने अपने एक पसंदीदा यूरोपीय कवि बैबिंग्टन को उद्धृत किया, जिसने रोम के एक प्राचीन योद्धा पर एक कविता लिखी थी। 'इससे बेहतर मौत किसी की क्या

होगी, कि वो मरे ख़तरनाक हालात का सामना करते हुए; अपने पुरखों की राख और अपने देवताओं के मंदिरों के लिए।'

मलिक अयाज़ मुस्कुराया। वो बहुत पढ़ा-लिखा था। '"होरेशियस एट द ब्रिज"...'

नरसिम्हन ने हामी भरी। 'हां। ये उसी कविता से हैं।'

'बहुत लोग उस कविता को पसंद करेंगे। मगर कम ही लोग असल में उसे जी पाते हैं।'

'इन पंक्तियों को जीने से बड़ा सम्मान और कोई नहीं है...'

मलिक अयाज़ ने सिर हिलाया। 'आप नायाब आदमी हैं, सेनापति। ठीक है... मैं ये पक्का करूंगा कि सही वक़्त पर आप सही जगह हों। ये आज से कोई दस दिन में होगा।'

नरसिम्हन ने हामी भरी।

'आपका हथियार क्या होगा?' मलिक अयाज़ ने पूछा।

नरसिम्हन पुलकित की ओर घूमा। चालुक्य राजकुमार ने अपने चोग़े की तहों में हाथ डाला और एक छोटा, अनगढ़ सा मछली काटने का चाक़ू निकाला। एक लकड़ी के हत्थे पर कुनाटी मिली धातु का एक छोटा सा फल लगा हुआ था।

मलिक अयाज़ मुस्कुराया। 'ये अंदर टूट जाएगा?'

योद्धा न होने के बावजूद हथियार के बारे में अयाज़ के अनुमान से नरसिम्हन प्रभावित हुआ। 'हां।'

'ज़हर अच्छा है?'

'बेहतरीन है।'

'सुल्तान के लिए केवल बेहतरीन ही होना चाहिए,' मलिक अयाज़ ने चुहल की।

नरसिम्हन हंस पड़ा। और बाक़ी सब भी।

'आपके पास ऐसा एक और चाक़ू तो नहीं होगा ना?' अयाज़ ने पूछा।

नरसिम्हन ने सिर हिलाकर इंकार किया। 'क्षमा चाहूंगा नहीं है।'

'ये तो बहुत बुरी बात है। ये तो मेरे लिए भी काम का हो सकता था...' मलिक अयाज़ ज़ैन की ओर मुड़ा। 'मैं तुमसे इसके हत्थे पर अरबी में कुछ लिखवाना चाहता हूं: "केवल अरब। हमेशा अरब।"'

ज़ैन मुस्कुरा पड़ा। 'बहुत ख़ूब।'

नरसिम्हन ने मलिक अयाज़ को देखा। 'मैंने सुना है कि बहुत से तुर्क ख़ुद भी ये नहीं मानते कि किसी तुर्क को कभी ख़लीफ़ा बनना चाहिए... कि ख़लीफ़ा बस एक अरब को ही होना चाहिए।'

'सच है। उन्हें सोचने देंगे कि अरब उनसे सहमत हैं।' अयाज़ विजयन की ओर मुड़ा, जो स्पष्ट रूप से उप सेना-नायक था।

'आप बाक़ी लोगों के लिए, मैं सही समय पर निर्देश भेज दूंगा, इसके समेत कि मस्जिद से अपने भगवान के पवित्र अवशेषों को कैसे हासिल करना है।'

'धन्यवाद,' विजयन ने कहा।

'फ़िलहाल, आप सब इस इमारत में ही रहें। यहां आप महफ़ूज हैं। मैं दोबारा यहां नहीं आऊंगा। अब से, सारी ख़बरें तालिब की मार्फ़त आएंगी। बस उसी जानकारी पर भरोसा कीजिएगा जो ये लाएं।'

मलिक अयाज़ के पीछे खड़ा तालिब मुस्कुरा दिया। नरसिम्हन और उसके साथियों ने हामी भरी।

मलिक अयाज़ खड़ा हो गया और अमल और यज़दा की ओर मुड़ा। 'और अब, ख़्वातीन, उम्मीद है आप लोग मेरे साथ मेरी हवेली चलने के लिए तैयार हैं। वक़्त हो गया है।'

यज़दा के सहमे हुए दिल की धड़कनें तेज़ हो गईं। उसने अमल पर नज़र डाली। उन्हें पहले ही बता दिया गया था। वो तैयार भी थीं। लेकिन कोई चाहे कितना भी तैयार क्यों न हो, अंतिम घड़ी पर हिचकिचाहच सामने आ ही जाती है। और इस हिचकिचाहट से उबरने का सबसे अच्छा तरीक़ा है अनिर्णय के अपने दिमाग़ पर हावी होने से पहले ही तुरंत आगे बढ़ जाया जाए।

'चलो,' अमल ने कहा।

'आख़िरकार, मेरे बेटे... इतने सालों बाद,' इस्माईल ने कहा।

इस्माईल को मलिक अयाज़ की हवेली में रहते हुए कुछ दिन हो गए थे। शुरू में वो थोड़ा असहज रहा था... आख़िर ये एक नई जगह थी, अनजान नौकर थे, नया ख़ानसामा... मगर मलिक अयाज़ अपने पिता को घर जैसा अहसास देने की कोशिश कर रहा था। प्रांतपाल-मुफ़्ती के महल से कुछ फ़र्नीचर भी अयाज़ की हवेली पर मंगवा लिया गया था ताकि इस्माईल को अजनबीयत का अहसास न हो। अयाज़ के नौकरों को पूरी विनम्रता से पेश आने का हुक्म दिया गया था। ख़ानसामे को बार-बार हिदायत दी गई थी कि उन व्यंजनों को बनाना सीखे और बनाए जो प्रांतपाल-मुफ़्ती को पसंद थे। और ख़ानसामा भी अपनी पूरी कोशिश कर रहा था क्योंकि, ये साफ़ था कि ये उसके मालिक, लाहौर के राजा के लिए बहुत अहम था।

मगर मलिक अयाज़ अपने पिता को और ज़्यादा शांत-सहज करने के लिए एक और तोहफ़ा लेकर वापस आया था। मगर, तोहफ़ा अभी तक उजागर नहीं किया गया था। 'जानता हूं, अब्बा हुज़ूर। आख़िरकार, सुल्तान को आपके साथ किए गुनाहों का नतीजा भुगतना होगा।'

'मैं क़िस्मत के तौर-तरीक़ों को देखकर हैरान हूं।' इस्माईल प्यार से मुस्कुराया। 'रहस्यमय... जो ग़ुलाम मेरे पास से भागे थे, वही मेरे भाई के क़ातिलों को मुझ तक लाए हैं! बहुत अद्‌भुत है।'

'ऊपर वाला रहस्यमय तरीक़ों से काम करता है, अब्बा हुज़ूर।'

'सच है,' इस्माईल ने कहा। और कहते हुए वो संजीदा हो गया था, 'लेकिन... सुल्तान के बेटों को भी... उन्हें भी...'

'जी, अब्बा हुज़ूर। इसका इंतज़ाम भी कर दिया गया है। फ़िक्र न करें।'

'और कोई सबूत न छूटे...'

'कोई सबूत नहीं रहेगा।'

'नसरुल्लाह सुल्तान के साथ ही मारा जाएगा... और उसके साथी हमारे क़ब्ज़े में हैं,' इस्माईल ने आंख मारते हुए कहा। 'महमूद के गिरते ही हम इन "संदिग्धों" की धर-पकड़ करेंगे और उनके साथ वही करेंगे जो कौसरी जहान ने मेरे आदमियों के साथ किया था।'

मलिक अयाज़ बस मुस्कुरा दिया। ख़ामोशी से।

इस्माईल हंसा और उसने कहना जारी रखा। वो ख़ुश और बात करने के मूड में था। 'भारतीय वैसे भी अपने साथ सारे "सबूत" लाए हैं: अबू क़ासिम और उसके सैनिकों से चुराए कपड़े और अस्त्र-शस्त्र।'

'अब्बा हुज़ूर, इन चीज़ों के बारे में बात करने की ज़रूरत नहीं है। दीवारों के भी कान होते हैं।'

'बेशक। तुम सही कहते हो।'

'लेकिन याद रखिएगा कि हमने मलिका के बारे में क्या तय किया था। उनके सवाल पर मर्दों के लिए फिसलना बहुत आसान होता है।'

'मैं नहीं फिसलूंगा!' इस्माईल ने चिढ़कर कहा। 'ऐसा लगता है जैसे तुम सोचते हो कि मेरा ख़ुद पर कोई क़ाबू है ही नहीं।'

मगर इस्माईल खुलकर अपने दिल की बात ज़बान पर नहीं लाया था। उस अक्खड़ कौसरी जहान को अपने बिस्तर पर रौंदने से ज़्यादा उसे और कुछ नहीं चाहिए था। मगर ये इंतज़ार कर सकता था।

'ख़ैर जो भी हो, मेरे पास आपके लिए एक तोहफ़ा है, अब्बा हुज़ूर।'

लाहौर के राजा ने ताली बजाई, और कमरे का दरवाज़ा खुल गया। जब यज़दा अंदर आई तो इस्माईल की सांस रुक सी गई थी, उसके चेहरे पर ख़ुशगवार मुस्कान आ गई थी। अमल दरवाज़े पर परदे के पीछे ही रुकी रही।

'दस दिन में ये इनाम आपका होगा, क्योंकि तब तक आप यज़दा को छू भी नहीं सकते,' मलिक अयाज़ ने कहा। 'तब तक महमूद की ख़लीफ़ा की ताजपोशी हो सकती है, मगर ऊपर वाले के सारे तोहफ़े आपके लिए महफ़ूज़ हैं, अब्बा हुज़ूर।'

इस्माईल किसी छोटे बच्चे की तरह हंस पड़ा जिसे हाल ही में अपना मनपसंद खिलौना फिर से मिल गया हो।

'मैं तुम्हारा महमूद के क़त्ल में हमारी मदद करना समझ सकता हूं, ज़ैन,' नरसिम्हन ने कहा। 'उसकी सेना ने तुम्हें और तुम्हारे क़बीले के कुछ लोगों को ग़ुलाम बना लिया था। लेकिन शिवलिंग के पवित्र अवशेषों को वापस हासिल करने में तुम हमारी मदद क्यों कर रहे हो? क्या ये तुम्हारे मज़हब के ख़िलाफ़ नहीं जाता है?'

ज़ैन और नरसिम्हन ख़ुफ़िया अड्डे पर थे। नाश्ता किया जा चुका था। दिन के व्यायाम भी हो चुके थे। कहीं बाहर वो जा नहीं सकते थे। तो वो बस बात ही कर सकते थे। और वो यही कर रहे थे।

ज़ैन मुस्कुराया। 'आपको पता है मेरा पूरा नाम मेरे बारे में क्या बताता है?'

'हां, मलिक अयाज़ ने जो कहा था, वो मुझे याद है... इसका मतलब है कि तुम शिया मुसलमान हो, है ना?'

'हां। शिया शियात अली या अली के अनुयायी का छोटा रूप है। हम इमाम अली के अनुयायी हैं, वो भी ख़लीफ़ा थे। हम सुन्नी मुसलमानों से अलग हैं। तुर्क सब सुन्नी हैं।'

'अमल ने मुझे इस बारे में बताया था। उसने ये भी बताया था कि वो सुन्नी मुसलमान है, मगर वो भारतीय है। तुम्हें इससे कोई परेशानी तो नहीं है ना?'

'बिल्कुल नहीं। अमल एक नेक और दयालु औरत हैं। मगर शिया और सुन्नियों के बीच सबसे बड़ा फ़र्क़ ये है कि हम शिया पैग़ंबर मुहम्मद सल्लल्लाहु अलैहि वसल्लम के ख़ानदान की वंशावली को मानते हैं, जबकि सुन्नी कहते हैं कि वो सुन्ना या पैग़ंबर की परंपराओं और मिसालों पर चलते हैं।'

'मैं समझ रहा हूं। लेकिन इसके कारण तुम्हें सुन्नियों से परेशानी क्यों होनी चाहिए?'

'मुझे सुन्नियों से कोई परेशानी नहीं है। मैं शिवलिंग के पवित्र अवशेषों की खोज में इसलिए मदद नहीं कर रहा हूं कि आप दुश्मन के दुश्मन हैं।'

'तो फिर तुम क्यों...?'

'ये लंबी कहानी है।'

नरसिम्हन हंस पड़ा। 'तुम्हें क्या कहीं पहुंचना है?'

ज़ैन भी हंस पड़ा। 'ठीक है, मैं आपको संक्षेप में कहानी सुनाता हूं। ये कर्बला नाम की जगह पर शुरू होती है।'

'वो कहां है?'

'अरब देशों में, हमारे पश्चिम की ओर।'

'ठीक है। तो वहां क्या हुआ था?'

'तीन सौ साल से कुछ पहले, कर्बला में बहुत बड़ी जंग हुई थी, और उमय्यद सल्तनत के ख़लीफ़ा यज़ीद के सैनिकों ने हमारे इमाम हुसैन, इमाम अली के बेटे और पैग़ंबर मुहम्मद सल्लल्लाहु अलैहि वसल्लम के नाती, की अनुचित तरीक़े से हत्या कर दी थी।'

अचंभे से नरसिम्हन का मुंह खुला रह गया। 'क्या कह रहे हो? तुम्हारे पैग़ंबर के वंशज? इमाम? और अरब के एक मुसलमान ने उन्हें मार डाला?'

'हां। हम शिया इमाम हुसैन की हत्या को इंसानियत की सबसे बड़ी त्रासदी मानते हैं।'

'ये तो बहुत ख़ौफ़नाक है। और जघन्य भी कि एक मुसलमान शासक ने ऐसा करवाया!'

'हम आज भी इमाम हुसैन की शहादत का मातम करते हैं।'

नरसिम्हन ने हमदर्दी में सिर हिलाया।

ज़ैन ने कहना जारी रखा, 'भारत में बहुत से लोग ये नहीं जानते कि भारतीयों की एक जनजाति है मोहयाल ब्राह्मण जिन्होंने...'

'मोहयाल ब्राह्मण?' नरसिम्हन ने बात काटी। 'मैंने तो उनके बारे में कभी नहीं सुना। वो कहां के हैं?'

'भारतीय उपमहाद्वीप के उत्तरी हिस्से में पंजाब इलाक़े के।'

'अच्छा। तो इस कहानी से मोहयाल ब्राह्मणों का क्या लेना-देना है?'

'इतिहास हमें बताता है कि कर्बला की लड़ाई के समय कुछ मोहयाल ब्राह्मण अरब देशों में मौजूद थे। वो हमारे इमाम हुसैन को बचाने के लिए लड़े थे। उनमें से ज़्यादातर तो उस लड़ाई में मारे गए थे। वो धार्मिक हिंदू थे, लेकिन हमारे इमाम को बचाने में शहीद हो गए।'

'मुझे ये जानकारी नहीं थी...'

'इतनी ही नहीं, उमय्यद ख़िलाफ़त के लगातार होने वाले हमलों की वजह से पैग़ंबर के ख़ानदान के कुछ लोगों को भागना पड़ा था। और उन्हें सिंध के हिंदू राजा दाहिर ने शरण दी थी।'

'मुझे इसके बारे में भी कोई जानकारी नहीं थी।'

'हम शियाओं में से बहुत से लोग, जो इस बारे में जानते हैं, ये मानते हैं कि इस अहसान का बदला चुकाना हमारा फ़र्ज़ है। हिंदू हमारे पैग़ंबर की रक्षा करने के लिए लड़े थे। अगर हम उस उदारता का बदला न चुकाएं तो हम किस क़िस्म के मुसलमान होंगे? इसलिए हम हिंदू देवी-देवताओं की रक्षा करने के लिए लड़ते हैं। इसी तरह से हम आपके समुदाय का क़र्ज़ चुकाते हैं।'

नरसिम्हन मुस्कुराया और उसने ज़ैन को गले लगा लिया। 'धन्यवाद, मेरे मित्र।'

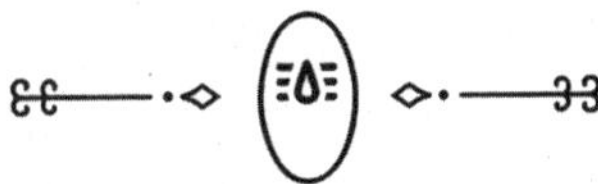

अध्याय 24

राह में मोड़

ग़ज़नी, अफ़ग़ानिस्तान

मलिक अयाज़ मानकर चल रहा था कि ख़लीफ़ा के तौर पर अपनी ताजपोशी के लिए अरब समर्थन मिलने से महमूद ख़ुश होगा, मगर महमूद शक करता दिख रहा था। जैसे-जैसे ताक़तवर महमूद की ज़िंदगी का सबसे बड़ा दिन क़रीब आ रहा था, उसे घबराहट महसूस होने लगी थी। उसे हर जगह ख़तरा ही नज़र आ रहा था।

'जहांपनाह,' मलिक अयाज़ ने शांत और नर्म आवाज़ में कहा, 'आपकी ताजपोशी के दौरान अब्बासी सल्तनत से किसी अरब का यहां मौजूद होना ही अपने आप में मज़बूत बयान है। लेकिन ज़ुबैर उस्मान की पेशकश है कि वो ख़ुद आपके नाम से दिन की पांचों नमाज़ पढ़ेंगे। और वो भी दोबारा बनी जामा मस्जिद में। ये तो आपके ख़लीफ़ा का ओहदा संभालने पर अरबों का खुला समर्थन है।'

ज़ुबैर उस्मान सटीक सुन्नी नाम था जिससे ज़ैन हुसैन को महमूद से मिलवाया गया था। ग़ज़नी का सुल्तान थोड़ी ही देर को उस अरब से मिला था और पहले तो वो इस बात से बहुत ही उत्साहित हो गया था कि समारोह के दौरान अब्बासी सल्तनत से कोई मौजूद होगा। उसने बहुत ध्यान से ज़ैन की गर्दन में

लटके तमग़े की जांच की थी। वो सोने का एक गोल तमग़ा था जिस पर अब्बासी ख़िलाफ़त की गोल, काली मुहर लगी थी। ये वही तमग़ा था जिसे विजयन ने समुद्री लड़ाई के दौरान अरब जहाज़ के कप्तान को मारते समय छीन लिया था।

लेकिन अब, कुछ घंटे इस पर सोच-विचार करने के बाद, महमूद अपने निजी कमरे में अपने फ़ैसले को फिर से तोल-मोल रहा था। वो अनिश्चित सा लग रहा था।

'मेरे सुल्तान,' कौसरी जहान ने कहा, 'ऐसा शायद ही कभी होता होगा कि मैं लाहौर के शाह से सहमत होऊं। और आप जानते ही हैं कि आपके ख़लीफ़ा बनने के ऐलान से जुड़े जोखिमों पर मेरी हमेशा से क्या राय रही है। लेकिन इस मौक़े पर, मैं मलिक अयाज़ से सहमत हूं। मुझे लगता है कि अब्बासी दरबार के किसी शख़्स की मौजूदगी आम लोगों की, और उससे भी ज़्यादा अमीरों की निगाहों में ख़लीफ़ा के तौर पर आपकी ताजपोशी को और पुरअसर बना देगी। याद रखिए, हम चाहते हैं कि सभी तुर्की अमीर-उमराह और क़बीलों के सरदार भी ख़लीफ़ा के तौर पर आपके प्रति वफ़ादारी की क़सम लें। इससे आपकी नई हैसियत ठोस होगी। अब्बासी प्रतिनिधि की मौजूदगी इसमें इज़ाफ़ा ही करेगी।'

मलिक अयाज़ ने कौसरी को देखा। वो थकी-थकी दिख रही थी, उसकी आंखों के नीचे काले घेरे बन गए थे। जैसे वो कई दिनों से सोई न हो। वो इसकी वजह समझ सकता था। 'आपके समर्थन के लिए शुक्रिया, मलिका-ए-आज़म।'

महमूद हंस पड़ा। 'तुम दोनों को एक दूसरे से सहमत होते देखना अजीब लग रहा है।'

'अयाज़ से मेरे जो भी मतभेद हों,' कौसरी जहान ने मुस्कुराते हुए कहा, 'लेकिन हम दोनों ही आपके लिए बेहतरीन चाहते हैं, मेरे ख़ाविंद। क्योंकि आपके बिना हम कुछ नहीं हैं।'

महमूद ने हामी भरी। 'ये तो सच है...'

मलिक अयाज़ मुस्कुरा दिया।

'लेकिन ज़ुबैर की उस गुज़ारिश का क्या जिसमें उसने फ़ारसी बूयों के ज़ुल्म से अब्बासियों को आज़ाद करवाने के लिए मुझसे मदद मांगी है?' महमूद ने पूछा। 'इस बारे में तुम दोनों क्या सोचते हो?'

'मैं तो कहूंगा यह अच्छा मौक़ा है, जहांपनाह,' मलिक अयाज़ ने कहा। 'अरब के पास अब्बासी ख़लीफ़ा—जो वास्तव में जल्दी ही पूर्व-ख़लीफ़ा हो जाएंगे—का एक ख़त है जिसमें उन्होंने आपको उनके इलाक़े पर हमला करने और फ़ारसी बूयों को हराने का आमंत्रण दिया है। इससे आपको उनके देशों पर हमला करने का जायज़ बहाना हासिल होता है।'

बेशक, महमूद को ये पता नहीं था कि अब्बासी ख़लीफ़ा का वो तथाकथित ख़त जाली था।

'उस आमंत्रण का क्या करना है, ये तो हम बाद में तय कर सकते हैं, मेरे सुल्तान,' कौसरी ने कहा। 'अभी एकदम से मैं अरबों पर हमला नहीं करती। वो अपने फ़ारसी आक़ाओं से आज़ादी चाहते हैं—ये समझा जा सकता है। लेकिन इससे हमें क्या हासिल होगा? फ़ारसी बूया ताक़तवर हैं। और हमारी अपनी हुकूमत में बहुत सारे फ़ारसी हैं, सबसे अहम तो वज़ीरे-आज़म ख़्वाजा हसन ही हैं। अगर हम बूयों पर हमला करेंगे तो उनकी वफ़ादारी पर कभी सच में भरोसा नहीं कर पाएंगे। ये फ़ारसी हमेशा एक हो जाते हैं।'

'हम्म,' महमूद ने कहा। उसकी निगाहों से ये नहीं चूका था कि फ़ारसियों के ख़िलाफ़ जंग पर उसकी मलिका के विरोध से मलिक अयाज़ ख़ुश नहीं दिख रहा था।

'इस सबका वक़्त भी आएगा, मेरे ख़ाविंद,' कौसरी जहान कहती जा रही थी। 'लेकिन फ़िलहाल तो मुझे लगता है कि आपके ख़लीफ़ा होने का ऐलान किए जाने पर जामा मस्जिद में किसी अरब के आपके नाम से नमाज़ें पढ़ने में आपका फ़ायदा ही है।'

महमूद लाहौर के राजा की ओर मुड़ा। 'तो, अयाज़, लगता है कि मेरी बेगम ने मुझे तुम्हारे सुझाव को मानने के लिए मना ही लिया है। मुझे उम्मीद है तुम इनके शुक्रगुज़ार होंगे।'

मलिक अयाज़ हंसने लगा, उसके चेहरे पर छबीलों का अलसाया सा घमंडी भाव था। 'मुझे यक़ीन है कि मलिका और मैं जल्दी ही लड़ने की और वजहें तलाश लेंगे। लेकिन फ़िलहाल, हम दोनों ही ख़लीफ़ा के तौर पर आपकी ताजपोशी के लिए एकमत हैं, मेरे सुल्तान।'

महमूद हंस पड़ा, और उसने मलिक अयाज़ की पीठ पर एक ज़ोरदार धौल जमा दिया। इससे पतला-दुबला अयाज़ पल भर को लड़खड़ा गया, जिस पर महमूद ने और भी ज़ोरदार ठहाका लगाया। कौसरी भी उसकी हंसी में शरीक हो गई। और महमूद ने देखा कि मलिक अयाज़ ने ज़ाहिर सी चिढ़ के साथ कौसरी को घूरा, और फिर वो भी ख़ुशदिली से हंसी में शरीक हो गया।

'कितनी देर कर दी!' जुंदीनुद्दीन पहरेदार फ़ैज़ ग़ुस्से से फुफकारा। 'हम दोपहर से तुम्हारा इंतज़ार कर रहे हैं!'

देर रात हो गई थी और वो सुनसान सड़क, जहां वो वेश्यालय था, उतनी ही सोई पड़ी थी जितनी हो सकती थी।

तैनात पहरेदारों की जगह लेने के लिए आए पहरेदारों ने जवाब देने की ज़रूरत भी नहीं समझी। उनमें से एक ने उकताए से ढंग से हाथ बढ़ा दिया। फ़ैज ने अपने साथी पहरेदारों को देखा, गरियाया और दस्तख़त किया वारंट उसके हाथ में रख दिया। बदली वाले पहरेदार ने उस दस्तावेज़ को देखा। सब ठीक ही लगता था; इस वारंट से वो वेश्यालय में आने-जाने वाले किसी भी शख़्स की जांच कर सकते थे।

फ़ैज़ और उसके साथी तुरंत ही बाहर निकल गए। उन्हें घर पहुंचने की जल्दी थी। पहले ही बहुत देर हो चुकी थी।

जैसे ही वो उस छोटी सी गली में मुड़े, जो सड़क से कटती थी, उन्हें अफ़्रीकी मूल के एक लंबे-चौड़े आदमी ने रोक लिया। वो कम से कम

छह फ़ुट तीन इंच का रहा होगा। भीमकाय, जुंदीनुद्दीन वर्दी में उसकी उभरी मज़बूत मांसपेशियां जैसे फूट पड़ने को रखी थीं। वर्दी के चिह्नों से साफ़ पता लगता था कि वो कोई कप्तान था।

फ़ैज़ ने सलामी दी, वो इतना अनुशासित सिपाही था कि स्पष्ट सा सवाल नहीं पूछता: इतनी रात में इस सुनसान गली में जुंदीनुद्दीन का कोई कप्तान अकेला क्या कर रहा था?

लेकिन उस ज़ाहिर से सवाल के लिए और समय भी नहीं था। अंधेरे में से भारी-भारी मुगदर लिए पांच सैनिक निकले। फ़ैज़ और उसके साथियों पर पीछे से ज़ोरदार वार हुआ। सीधे उनके सिरों पर। उनकी खोपड़ियां टुकड़े-टुकड़े हो गईं, गुलाबी-स्लेटी लुगदी में दिमाग़ के टुकड़े बाहर निकल पड़े।

सब मर गए। बहुत कम ख़ून के साथ। लगभग बेआवाज़।

'बहुत बढ़िया,' भीमकाय अफ़्रीकी मूल के कप्तान ने कुछ नाप छोटी अपनी ख़राब फ़िटिंग की वर्दी को ठीक करते हुए अपने आदमियों से कहा।

'शुक्रिया, कप्तान हकीम।'

हकीम ने गली के नुक्कड़ से वेश्यालय के गुप्त ठिकाने के दरवाज़े की ओर झांका जहां नरसिम्हन और उसका दल छिपा हुआ था।

कुछ भी ग़लत नहीं था। कोई आवाज़ नहीं। जुंदीनुद्दीन की चोरी की वर्दियां पहने रानी के पहरेदारों के अलावा वहां कोई नहीं था। अब गुप्त ठिकाने में आने-जाने का इकलौता रास्ता उनके नियंत्रण में था। हकीम के सिपाही ही बारी-बारी से ड्यूटी बदलेंगे, क्योंकि किसी जुंदीनुद्दीन को उस गुप्त ठिकाने पर आने का नया हुक्म नहीं मिलेगा—क्योंकि मलिका के पहरेदारों के पास दस्तख़त किया हुआ वारंट था। ऐसी ही तिकड़मों के ज़रिए उन्होंने पहले ग़ुलामों के ख़ेमे में भी बहुत से जुंदीनुद्दीन सिपाहियों की जगह ले ली थी; मज़हबी पुलिस की कमान और नियंत्रण प्रणाली उतनी अच्छी नहीं थी जितनी शाही अंगरक्षकों की सेना की थी।

हकीम ने फिर से सिर हिलाया। 'बहुत बढ़िया।'

वो अपने आदमियों की ओर मुड़ा और धीमे से बोला, 'इन लोगों की वर्दी उतार दो। लाशों को अंदरूनी दीवार के किनारे मौजूद शहर की भट्टी में फेंक दो।'

सिपाही हुक्म पूरा करने लगे तो हकीम वापस महल की ओर चल पड़ा। अपनी मालकिन रानी कौसरी जहान को तुरंत कार्रवाई की ख़बर देने।

'सब ठीक है?' मलिक अयाज़ ने पूछा।

'जी, हुज़ूर,' तालिब ने धीरे से कहा।

तालिब और अयाज़ उसकी हवेली के बाहरी भवन में थे, वो सख़्ती से सुल्तान के इस हुक्म का पालन कर रहे थे कि इस्माईल के अपने नौकरों में से कोई भी उस हवेली के अंदर नहीं जाएगा जहां प्रांतपाल-मुफ़्ती इस्माईल को नज़रबंद रखा गया था।

'सब चीज़ें पहुंचा दी गईं हैं?'

'जी, हुज़ूर।'

'कोई गड़बड़?'

'नहीं, महाराज,' तालिब ने कहा। 'नसरुल्लाह और उसका दल शांत रहते हैं, ख़ाली समय में अपना रियाज़ करते हैं। जुंदीनुद्दीन पहरेदार नियमित तौर पर बदली करते हैं और हमेशा चौकस रहते हैं।'

'बहुत ख़ूब।'

'क्या मैं ज़ुबैर के लिए कुछ और लाऊं?' तालिब ने अरब ज़ैन का नक़ली नाम लेते हुए पूछा।

ज़ैन महमूद के निर्देशों के मुताबिक़ मलिक अयाज़ की हवेली पर ही रुका हुआ था।

'नहीं,' मलिक अयाज़ ने जवाब दिया। 'यहां सब क़ाबू में है।'

तालिब ने सिर हिलाया और जाने के लिए उठ गया।

'और हां...' अयाज़ ने लापरवाही से हाथ उठाते हुए कहा।

'जी, हुज़ूर?'

'कल सुबह के बाद दिन भर घर में ही रहना,' मलिक अयाज़ ने कहा। 'सब कुछ होने तक। किसी से मत मिलना। किसी से बात मत करना।'

तालिब तेज़ बंदा था। वो समझ गया। तो आने वाली रात में सब कुछ होगा। सही भी था। अगले दिन महमूद की ख़लीफ़ा की ताजपोशी होगी। शाम तक सारा शहर जश्न मना मनाने और दावतों में डूबा होगा। और सुल्तान तो सबसे ज़्यादा जश्न मना रहे होंगे। सुरक्षा में ढील पड़ जाएगी।

'कल ही अमावस्या से पहले की रात है, हुज़ूर,' तालिब ने कहा। 'वो अंधेरी रात होगी। इससे बेहतर समय नहीं हो सकता।'

मलिक अयाज़ मुस्कुराया। 'ध्यान रखना, तालिब।'

इम्तेहान रच दिया गया था। तालिब इसमें पास होगा या जाल में फंसेगा, ये अगली दोपहर तक पता लग जाएगा। *देखते हैं।*

अगले दिन शाम का सा वक़्त था।

'हम तो ख़त्म हो गए!' मलिक अयाज़ के साथ हवेली में क़दम रखते ही इस्माईल चिल्लाने लगा। प्रांतपाल-मुफ़्ती आगबबूला हो रहा था। किसी घिरे हुए जानवर की तरह घबराया हुआ।

महमूद की ख़लीफ़ा के तौर पर ताजपोशी बिना किसी अड़चन के हो गई थी। इस्माईल ने जामा मस्जिद के चौक से अपना फ़तवा दे दिया था, जैसा उसे करना था, और उसने खुलेआम अपनी राय बताई थी कि कोई ग़ैर-अरब भी ख़लीफ़ा बन सकता है। और फिर वहां मौजूद मौलवियों और क़बायली सरदारों ने बाक़ी रस्मो-रिवाज पूरे किए। अब्बासी दरबार के अरब के सुल्तान के नाम से नमाज़ें पढ़ने ने भी जनता पर बहुत असर डाला था। महमूद इससे ज़्यादा ख़ुश नहीं हो सकता था। उसके महल में जश्न शुरू भी हो चुके थे।

मलिक अयाज़ ने कोई प्रतिक्रिया नहीं की। उसने अपने नौकरों को घूरा, जो झटपट हवेली के अंदरूनी हिस्सों के अंदर भाग गए थे। अयाज़ शांति से इस्माईल को अपने निजी कक्ष में ले गया। और तब जाकर उसने मुंह खोला। 'आपको अपने जज़्बात पर क़ाबू रखना सीखना होगा, अब्बा हुज़ूर। मैंने आपसे कई बार कहा है, दीवारों के भी कान होते हैं।

मगर इस्माईल कुछ सुनने की हालत में नहीं था। 'तुमने तालिब को सही निर्देश तो दिए थे? और भारतीयों को? मैं तो सोच रहा हूं कि सब कुछ तुम्हारे हाथ में था भी या नहीं। मैंने साफ़-साफ़ कहा था कि...'

'मैंने सारे निर्देश ठीक से दिए थे, अब्बा हुज़ूर,' अयाज़ ने इस्माईल की बात काटते हुए सख़्त आवाज़ में कहा। 'ग़ुस्से में ऐसा कुछ न कहें या करें जिस पर आपको पछताना पड़े। आप ऐसा करते हैं।'

अयाज़ के लहजे में कुछ ऐसा था कि इस्माईल एक क़दम पीछे हट गया। वो गहरी-गहरी सांसें लेने लगा। ख़ौफ़ ने अभी भी उसके दिल को जकड़ा हुआ था।

'मुझे माफ़ करना, बेटे। लेकिन... लेकिन तुमने ही तो मुझसे कहा था कि आज दोपहर मस्जिद के बाहर हत्या होगी... जब उसकी सुरक्षा सबसे कमज़ोर होगी... महमूद तो अब अपने महल में वापस चला गया है... अब वो ख़लीफ़ा बन गया है... क्या... हुआ क्या?'

'मालूम नहीं। मुझे पता लगाना होगा।'

'मुझे यक़ीन है कि ये सब तालिब की ग़लती है! वो बेवक़ूफ है! उस बेवक़ूफ़ पर कभी भरोसा नहीं किया जा सकता!'

अयाज़ ने गहरी सांस ली। क्योंकि अब उसे यक़ीन हो गया था। यक़ीन कि तालिब पर भरोसा किया जा सकता था, क्योंकि उसने जानकारी किसी को नहीं दी थी। 'तालिब दसियों साल से आपका वफ़ादार रहा है, अब्बा हुज़ूर।'

'वो गधा है! मैं बता रहा हूं, वो गधा है!'

'उतार-चढ़ाव तो ज़िंदगी का हिस्सा हैं। आपको गहरी सांस लेना, शांत रहना, और सही समय आने पर पलटवार करना सीखना होगा।' मलिक अयाज़ ने वो बात दोहराई थी जो उसकी प्यारी मां ने एक बार उससे कही थी।

'मुझे अभी ख़ुद को सुधारने के सबक़ नहीं चाहिए, अयाज़!'

'शांत रहिए, अब्बा हुज़ूर। मुझे पता लगाने दीजिए कि हुआ क्या।'

'मैं तो मारा जाऊंगा... मैं बता रहा हूं... मैं मारा जाऊंगा...'

'आपका कोई बाल भी बांका नहीं कर पाएगा, अब्बा हुज़ूर। तब तक नहीं जब तक मैं आपके सामने खड़ा हूं।'

'मैं मारा...'

मलिक अयाज़ जाने के लिए मुड़ गया।

'तुम कहां जा रहे हो?' इस्माईल घबराकर चिल्लाया।

'मुझे महल में जाना होगा, अब्बा हुज़ूर। सुल्तान मेरे वहां होने की उम्मीद कर रहे होंगे।'

'उससे पहले ख़ुफ़िया अड्डे पर जाओ। पता करो कि वो कायर भारतीय कहां हैं! इन हिंदू हिजड़ों पर भरोसा नहीं किया जा सकता! वो पैदायशी कायर हैं। इससे पहले कि वो कोई राज़ खोलें, उन सबको मार डालो।'

'मैं अब ख़ुफ़िया अड्डे पर नहीं जा सकता, अब्बा हुज़ूर। आप ये जानते हैं। क्या आप चाहते हैं कि कोई मेरा पीछा करे और मैं मुश्किल में पड़ जाऊं?'

'नहीं, नहीं... बिल्कुल नहीं... एक तुम ही तो हो जिस पर मैं भरोसा कर सकता हूं।'

'लेकिन महल जाने से पहले मैं तालिब से मिलूंगा।'

'मार डालना उसे! उस बेवक़ूफ़ को मार डालना! सब उसी की ग़लती है!'

मलिक अयाज़ ने सिर हिलाया। उसे पता था कि उसे तालिब के साथ क्या करना था।

'मुझे ग़ज़नी से बाहर ले जाओ, मेरे बेटे,' इस्माईल अपने बेटे के हाथों को कसके पकड़कर गिड़गिड़ाया। 'मेहरबानी करो... कल का सूरज निकलने से पहले... वरना मैं नहीं बचूंगा... मैं मारा जाऊंगा... अब महमूद ख़लीफ़ा हो गया है। वो सल्तनत और मज़हब का सिरमौर है। इस्लामी दुनिया में अभी ऐसा कोई नहीं है जो उससे ज़्यादा ताक़तवर हो। अब उसे किसी मुफ़्ती-ए-आज़म की ज़रूरत नहीं है। मैं मारा जाऊंगा... मैं मारा जाऊंगा...'

'आप अभी तो मरे नहीं हैं ना। शांत रहें। मैं जल्दी ही वापस आ जाऊंगा।'

'मुझे ग़ज़नी से बाहर निकलवा दो, मेरे बेटे। मेहरबानी करो... मैं तुमसे भीख मांगता हूं।'

'अब्बा हुज़ूर...'

'मेहरबानी करो! मुझे यहां से निकलवा दो। मेहरबानी करो...'

आख़िरकार मलिक अयाज़ हार मानता सा लगा। 'मैं कुछ सैनिकों का इंतज़ाम कर दूंगा जो अंधेरा होने के बाद और सुरक्षित होने पर आपको शहर से बाहर पहुंचा देंगे। मैं बाहर किसी तयशुदा जगह पर आपसे मिलूंगा।'

इस्माईल लगभग तुरंत ही सुकून से हो गया था। 'शुक्रिया! तुम्हारा बहुत-बहुत शुक्रिया, मेरे बेटे!'

मलिक अयाज़ जाने के लिए मुड़ा। 'अब यहीं रहना। मैं किसी को अपनी अंगूठी देकर भेजूंगा। वो आपको शहर के बाहर ले जाएगा।'

'और यज़दा को भी,' इस्माईल ने कहा। उसके ख़्याल से फ़ौरी ख़तरा क़ाबू में आ गया था तो वो सौदेबाज़ी पर उतर आया था।

मलिक अयाज़ ने नाटकीय ढंग से आह भरी। लेकिन उसे पता था कि ऐसा होगा। वो अपने पिता को जानता था। इसीलिए अमल और यज़दा को हवेली में लाया गया था। उनके अपने स्वार्थ भी उसके स्वार्थ के साथ जुड़ते थे। क्योंकि ऐसे किसी भी शख़्स के उलट जिसका ग़ज़नी में घर-बार था, अमल और यज़दा को सुल्तान का कोई भी वफ़ादार कभी बरगला नहीं सकता था। मलिक अयाज़ ये जानता था। और वो उसके पिता को वहां पहुंचा देंगी जहां वो चाहता था। 'यज़दा ही नहीं, अमल भी। लेकिन जब तक मैं ऐसे किसी आदमी को न भेजूं जो आपको ग़ज़नी से बाहर ले जाएगा, आप यहीं रहिएगा।'

'ठीक है, लेकिन मैं यहां अकेला रहूंगा। क्या कोई...'

'मैं दरवाज़े पर अपने पहरेदार को छोड़कर जा रहा हूं,' मलिक अयाज़ ने अपने पिता की बात काट दी। 'इस कमरे से बाहर क़दम मत रखिएगा। यहीं रहिए, जहां आप महफ़ूज़ हैं। मेरे आदमी के आने तक महफ़ूज़।'

'उसे जल्दी भेजना...'

'भेज दूंगा। लेकिन ये रात होने से पहले नहीं हो सकता। अब मुझे जाने दें।'

'सब ठीक है,' हुज़ूर?'

तालिब हैरान था कि उसे इस मुलाक़ात के लिए बुलाया गया था। महमूद को ख़लीफ़ा बने बस कुछ ही घंटे हुए थे। सूरज अभी डूबा नहीं था। और तालिब ये मानकर चल रहा था कि महमूद को देर रात गए, उसके महल में मारा जाएगा।

'सब ठीक है, तालिब,' मलिक अयाज़ ने अपने आरामदेह सोफ़े पर बैठते हुए कहा। 'बस कुछ घंटे और।'

अभी तक खड़े हुए तालिब ने चारों ओर देखा। बाहरी चारदीवारी के क़रीब मौजूद ये मेहमानघर छोटा और साधारण सा था। ख़ुफ़िया मुलाक़ात के लिए एकदम सटीक जगह। लेकिन उसे ये नहीं पता था कि इस घर का मालिक ख़ुफ़िया तौर पर मलिक अयाज़ था। 'मुझे यहां क्यों बुलाया था, मालिक? क्या आपको मुझसे कुछ करवाना है?'

मलिक अयाज़ के शब्द कोमल और शांत थे। 'मैं चाहता हूं तुम शहर छोड़ दो।'

तालिब के माथे पर बल पड़ गए। वो कुछ पूछने वाला था। मगर हिचकिचा गया।

'तुम अक़्लमंद आदमी हो, तालिब। तुम्हें समझना चाहिए कि तुम्हारी भलाई किसमें है।'

'जी... जी, हुज़ूर।' तालिब अभी भी इसके पीछे छिपे मायने खोजने की कोशिश कर रहा था। उसे यक़ीन था कि महमूद की हत्या कर दी जाएगी। वरना, मलिक अयाज़, और उससे पहले इस्माईल भी शहर से भाग गए होते। और जब महमूद को मार दिया जाएगा तो तालिब को यक़ीनन कोई भूमिका निभानी होगी। वो उपयोगी होगा। जब तक कि...

मलिक अयाज़ अचानक उठा और उसने तालिब को एक थैली थमा दी। नौकर दहल गया, उसे समझ नहीं आ रहा था कि उसे खोले या नहीं।

'तुम अंदर देख सकते हो।' मलिक अयाज़ का लहजा दयालु था।

राजा की आवाज़ की नरमी ने तालिब की उत्सुकता बढ़ा थी। उसने थैली खोली और अंदर उसे एक हुंडी मिली। पैसे के लिए। उस पर लिखी संख्या ने उसके होश उड़ा दिए। ये सोने की इतनी राशि थी जिसे वो कभी सपने में भी नहीं सोच सकता था।

हक्के-बक्के तालिब का मुंह खुला रह गया। 'हुज़ूर?'

'मेरे आदमी बाहर इंतज़ार कर रहे हैं,' मलिक अयाज़ ने कहा। 'तुम फ़ौरन जाओगे। वो एक दिन तुम्हारे सफ़र में तुम्हारे साथ रहेंगे। उसके बाद, तुम लाहौर जाओगे। वहां हुंडी भुना दी जाएगी। और फिर तुम गुम हो जाओगे। अपना नाम और हुलिया बदल लेना। मैं फिर कभी तुमसे मिलना या संपर्क करना नहीं चाहता।'

तालिब इस उदारता को समझ नहीं पा रहा था। ये इतनी ज़बरदस्त कृपा थी जिसके बारे में उसने कभी कल्पना भी नहीं की थी। बस एक चीज़ की ही कमी थी... क्या वो जी पाएगा बिना... लेकिन क्या उसके सामने कोई चारा था?

मलिक अयाज़ ने तालिब के दिमाग़ में ख़ामोशी से घूम रहे सवालों का जवाब दिया। लाहौर के राजा की आवाज़ मुलायम थी मगर चेहरा भावहीन था। उदासीन। 'एक घंटे बाद शहर के दरवाज़े पर रेशमा मेरे कुछ सैनिकों के साथ इंतज़ार कर रही होगी। अगर तुम अभी निकलोगे, तो रात होने से पहले आसानी से उसके पास पहुंच जाओगे।'

तालिब का जज़्बात से लबरेज़ दिल अब और बर्दाश्त नहीं कर पाया। उसके सारे सपने, वास्तव में कल्पनाएं, पूरी हो गई थीं। एक पल में। वो रोने लगा और मलिक अयाज़ के क़दमों में गिर पड़ा।

मलिक अयाज़ बनावटी हंसी हंसा, जैसे ज़्यादातर भले लोग तब हंसते हैं जब उनका कोई हद से ज़्यादा अहसानमंद सामने हो। उसने तालिब को उठाया। 'वो तुम जैसे बूढ़े आदमी के लिए बहुत छोटी है, तालिब। लेकिन अगर तुम दोनों ख़ुश हो, तो मैं शिकायत करने वाला कौन हूं?'

तालिब अभी भी सन्न था। ग़ुलाग औरत रेशमा के लिए उसके प्यार के बारे में मलिक अयाज़ को कैसे पता था? उसका अपना मालिक इस्माईल तक कभी ये नहीं जान पाया था। लाहौर के राजा की अक़्लमंदी बेमिसाल थी। जैसे उसे इसी तरह पाला गया था, इसी तरह उसे सिखाया गया था। ये लगभग ऐसा था जैसे...

और फिर परदा हट गया।

तालिब आख़िरकार समझ गया था।

समझ गया था कि वो शहर में क्यों नहीं रह सकता। क्यों उसे जाना होगा। क्यों ये इसी पल करना था—न पहले, न बाद में।

वो आख़िरकार समझ गया था कि मलिक अयाज़ जो कर रहा था, वो क्यों कर रहा था।

या अल्लाह...

तालिब की आंखें फिर से भर आईं। उस रहमत के अहसान से नहीं जो उसे अभी नसीब हुई थी। बल्कि उस हमदर्दी से जो वो अपने उपकारी के लिए महसूस कर रहा था। उसने हाथ बढ़ाया और लाहौर के राजा के हाथ थाम लिए। और गहरी सांस भरी। हमदर्दी में सिर हिलाते हुए। समझते हुए।

ये करना ही होगा। इंसाफ़ का बस यही एक रास्ता है।

दो बेहद बुद्धिमान लोग। स्त्रियोचित समझदारी भरे सहजबोध वाले। और पुरुषोचित न्याय की सच्ची इच्छा से भरे।

'मेरे मालिक...' तालिब ने अब रोते हुए कहा। 'मैं... आप जो...' तालिब ने ज़रा ठहरकर ख़ुद को समेटा। 'आप जो कर रहे हैं... आप जो करने वाले हैं, वो इंसाफ़ है। वही इंसाफ़ है।'

मलिक अयाज़ ने एक गहरी सांस भरी। और फिर धीरे से बोला क्योंकि उसकी आंखों में आंसू उमड़ आए थे, 'उसका नाम सारा था।'

तालबि अब और ज़ोर से रोने लगा था। *सारा।* अरमानी भाषा में *नेक औरत।* यह समझ आता था।

'सारा... अल्लाह उन पर अपना करम करे... अल्लाह उन पर अपना करम करे, मेरे हुज़ूर।'

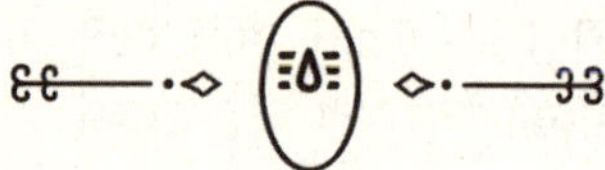

अध्याय 25

पवित्र गठबंधन

ग़ज़नी, अफ़ग़ानिस्तान

मलिक अयाज़ खिलंदड़ेपन से हंसा और अस्थिर हाथ में शराब का प्याला लिए ढुलमुलाता सा सुल्तान के पलंग से उतरा। उसके पैर लड़खड़ा रहे थे।

'आह।' थोड़ी सी शराब महंगी क़ालीन पर गिर गई।

आधी रात होने में अभी डेढ़ घंटा बाक़ी था।

'वापस आ जा... बदमाश...' महमूद ने अपने आशिक़ को छेड़ा।'आ... जा...'

मलिक अयाज़ बिना हिले खड़ा रहा। अचानक चौकन्ना सा होकर। उसका ख़ुमार लगभग फ़ौरन ही ग़ायब हो गया था।

'सुल्तान?' मलिक अयाज़ ने पूछा।

महमूद ज़ोरों से ख़र्राटे लेने लगा था। कई घंटों से वो लगातार शराब पी रहा था, नाच रहा था और वासना में डूबा हुआ था। संतुष्टि, शराब और थकान से महमूद जैसी अतृप्त भूख वाला भी सुस्त पड़ सकता था। और फिर मलिक अयाज़ ने उसकी शराब में जिस स्तर की और जिस मात्रा में नींद की दवा मिलाई थी, वो उसे गहरी नींद में धकेलने के लिए काफ़ी थी।

'ख़लीफ़ा?' अयाज़ ने अब थोड़ा ज़ोर से पुकारा।

महमूद के ख़र्राटे बेरोक जारी रहे। वो यक़ीनन बेहोश हो चुका था। नींद की दवा का असर कम से कम दो घंटे रहने वाला था।

लाहौर के राजा ने जल्दी-जल्दी कपड़े पहने। वो तेज़ी से अंदरूनी कमरे दरवाज़े की ओर बढ़ गया, उसने धीरे से उसे खोला और बाहर निकल गया। फिर वो ख़ास कमरे के दरवाज़े की तरफ़ चला और तेज़ी से उसे खोल दिया। वो पहरेदारों को पहचान गया। नए पहरेदार। आने वाली नई सल्तनत के लिए वफ़ादार। 'तुम दोनों अंदर के दरवाज़े पर इंतज़ार करो। बाक़ी मुख्य कमरे के बाहर ही रहना।'

'जी, हुज़ूर,' लंबे सैनिक ने कहा।

'न कोई अंदर जाए न बाहर निकले। अगर सुल्तान हिलें, तो तुममें से एक दौड़कर मुझे ढूंढने आ जाना।'

'जी, हुज़ूर।'

'वो कहां हैं?' अयाज़ ने पूछा।

'अपने कमरे में।'

मलिक अयाज़ ने सिर हिलाया और तेज़ी से चलने लगा। सारा खेल समय का था।

हाकिम ने दूर से अपनी ओर आते मलिक अयाज़ की आकृति को पहचान लिया था। लगभग बिना चांद की रात अंधेरी थी और काफ़ी बीत चुकी थी। हॉल की दीवारों पर लगी मशालें थोड़ी रोशनी फैला रही थी, मगर वो बहुत नहीं थी। मगर मलिक अयाज़ की चाल तुरंत पहचानी जा सकती थी।

'मेरे हुज़ूर,' वफ़ादार हाकिम ने अपना सिर झुकाते हुआ कहा।

मलिक अयाज़ रुक गया, उसके माथे पर हैरानी भरे बल पड़ गए थे। 'तुमने पहले कभी तो मुझे ये नहीं कहा, हाकिम।'

हाकिम ने सिर और भी नीचे झुकाया। 'अब तक वक़्त सही नहीं था।'

'और अब है...'

हाकिम सहमत था। 'और अब है, हुज़ूर।'

'वो अंदर हैं?'

'जी, हुज़ूर। वो दुआ कर रही हैं।'

मलिक अयाज़ ने सिर हिलाया और जल्दी से ग़ज़नी की मलिका के कमरे में चला गया।

मलिक अयाज़ कौसरी जहान के कमरे में अंदर गया तो उसे हल्की आवाज़ में कुछ उच्चारने की आवाज़ सुनाई दी। इससे पहले कभी वो अंदर नहीं आया था। कोई वजह ही नहीं थी। लेकिन उसे कमरे का नक़्शा और रखरखाव के बारे में अच्छी तरह पता था। उसे एक-एक बारीकी पता थी। उसे इसके बारे में बहुत बार बताया जा चुका था। इसलिए उसके क़दम आत्मविश्वास और यक़ीन से भरे थे।

वो गद्दियों और सोफ़ों के पास से निकलते हुए अंदरूनी कमरे के एक कोने में बने मेहराब की ओर बढ़ा। दक्षिण में बनी खिड़की से आती रात की मंद बयार से हल्के साटिन के पर्दे हिल रहे थे और कमरा भी ठंडा हो गया था।

अयाज़ मेहराब के पास गया जहां से मंत्रोच्चार की सी आवाज़ आती लग रही थी। उसने ज़मीन पर ध्यान लगाए बैठी ख़ूबसूरत रानी को देखा, उसके घुंघराले, सुनहरे बाल पीठ पर पड़े थे। अयाज़ ने देखा कि करीने से तह किया जानमाज़ पूरे एहतराम के साथ दीवार के पास रखा था। सुल्तान महमूद के आलीशान और सोने की परत वाले जानमाज़ के उलट रानी का जानमाज़ सादा और मामूली सा था जैसे दीनी किसानों के पास होते हैं। कौसरी जहान का मुंह एक ताक़ की ओर था। आमतौर पर यह एक स्लाइडिंग दीवार से ढका होता था जो दीवार की सतह से इतना मिली हुई थी कि उसे बंद किए जाने

पर यह देख पाना लगभग नामुमकिन सा होता था कि वहां कोई दरवाज़ा भी था। लेकिन इस समय स्लाइडिंग दीवार खुली थी। और उसके पीछे बने छोटे और छिपे हुए ताक़ में एक नन्ही सी मूर्ति दिख रही थी जिसका रुख़ उचित रूप से दक्षिण की ओर था।

दक्षिणामूर्ति।

कौसरी मुड़ी नहीं। प्रार्थना के बीच में उसे परेशान नहीं किया जा सकता था। मलिक अयाज़ विनम्रता से इंतज़ार करता रहा। हल्के मंत्रोच्चार को सुनते हुए। उसे इसका मतलब पता था। लेकिन उसने पहले कभी इसे पारंपरिक स्वर में नहीं सुना था। कौसरी ने अपनी आवाज़ लगभग फुसफुसाहट जैसी रखी थी। उसे रखनी पड़ी थी। मगर लाहौर के राजा को उसकी आवाज़ साफ़ सुनाई दे रही थी।

'ओम... नमो... शिवाय...'

'ओम... नमो... शिवाय...'

'ओम... नमो... शिवाय...'

उसे पता था कि उसे एक सौ आठ बार मंत्रोच्चार पूरा करना था। उसे इंतज़ार करना होगा। और फिर उसका ध्यान कमरे में मौजूद दूसरे शख़्स की ओर गया। एक भीमकाय भारी-भरकम मौजूदगी। भारत के तुर्की क़साई भयंकर अबू क़ासिम से कुछ बड़ी। ख़ौफ़ से पल भर के लिए अयाज़ की धड़कन ठहर सी गई थी। और फिर, लगभग तुरंत ही, उसे समझ आ गया कि वो कौन था और वो मुस्कुरा उठा।

भीमकाय शख़्स ने धीरे से कहा, 'आदाब, लाहौर के महाराज।'

मलिक अयाज़ सिर हिलाते हुए बुदबुदाया, 'नमस्ते नसरुल्लाह।'

गुप्त अड्डे पर जुंदीनुद्दीन के वेष में मौजूद हाकिम के पहरेदारों की मदद से नरसिम्हन को चुपचाप से महल में यहां कौसरी के खंड में ले आया गया था।

मेहराब में कुछ हरकत सुनकर दोनों ने बात करना बंद कर दिया। कौसरी जहान आगे को झुकी, और ज़मीन पर माथा टेका। उसने मूर्ति के चरण छुए,

उसकी आंखें अभी भी बंद थीं। आख़िरकार, कुछ पल बाद वो उठी और मुड़ गई। और दोनों आदमियों को देखकर मुस्कुराई।

'नमस्ते, बेनी,' मलिक अयाज़ ने कश्मीरी में बड़ी बहन के लिए इस्तेमाल होने वाला शब्द बोलते हुए कहा। वो कौसरी जहान के पास गया, और रानी की कश्मीरी परंपराओं के प्रति सम्मान दिखाते हुए झुककर उसके पैर छुए।

कौसरी ने अयाज़ के सिर पर हाथ रखा। 'ख़ूब जियो और फूलो-फलो, डिज़्माउ,' उसने भाई के लिए जॉर्जियाई शब्द बोलते हुए कहा।

मलिक अयाज़ मुस्कुराया। 'वो रात आख़िर आ ही गई...'

'वो रात आख़िर आ ही गई...'

'इससे बेहतर रात नहीं हो सकती थी,' नरसिम्हन ने कहा। 'मासिक शिव रात्रि।'

भगवान शिव के भक्तों का सबसे बड़ा त्योहार फाल्गुन माह के कृष्ण पक्ष की चौदहवीं की रात को होता है। उस रात को महा शिव रात्रि कहते हैं। ये तो बहुत प्रसिद्ध है। कम जानकारी तो इस बात की है कि एक मासिक शिव रात्रि भी होती है। हर महीने के कृष्ण पक्ष की चौदहवीं रात को महादेव के घोर अनुयायी मासिक शिव रात्रि मनाते हैं।

मलिक अयाज़ ने वो पूछा जो वो हमेशा से पूछना चाहता था। और उसे पता था कि इस रात के बाद उसे फिर कभी ये मौक़ा नहीं मिलने वाला। 'मलिका-ए-आज़म, आप दीनी मुसलमान हैं। मैं ये जानता हूं। तो आप शिव की भी पूजा क्यों करती हैं?'

कौसरी मुस्कुराई। 'मेरा पूरा नाम कौसरी जहान मट्टू है। मेरे पिता ने इस्लाम अपनाया था। लेकिन हम कश्मीरी मुसलमान एकदम स्पष्ट हैं। हमने बस अपना मज़हब बदला था। हमने अपने पुरखे नहीं बदले थे। मैं अल्लाह और भगवान शिव दोनों की इबादत करती हूं। सारे दिव्य रूप एक ही हैं।'

'तुर्क तो ऐसा नहीं मानते,' नरसिम्हन ने कहा।

'ये तुर्क इस्लाम को नहीं समझते,' मलिक अयाज़ ने कहा।

'क्या हमारा बंदा सो गया है?' कौसरी जहान ने सामने मौजूद काम पर ध्यान देते हुए कहा, क्योंकि वक़्त बहुत कम था।

'हां,' मलिक अयाज़ ने कहा और फिर नरसिम्हन की ओर मुख़ातिब हुआ। 'आपको यक़ीन है?'

एक ख़ास रणनीति पर मलिक अयाज़ और नरसिम्हन की लंबी चर्चा हुई थी। अयाज़ की राय थी कि नरसिम्हन महमूद को तभी मार दे जब वो दवाओं के नशे में सो रहा हो। नरसिम्हन ने दो टूक मना कर दिया था। धर्मनिष्ठ योद्धा होने के कारण वो सोते हुए दुश्मन पर वार नहीं कर सकता था। साथ ही, नरसिम्हन को राजेंद्र चोल का निर्देश था कि वो महमूद को ये संदेश दे कि उसे क्यों मारा जा रहा था। तो सुल्तान को होश में तो आना ही होगा।

'हां, बिल्कुल यक़ीन है।' नरसिम्हन को कोई संदेह नहीं था। 'मैं उसके जागने तक इंतज़ार करूंगा। आपने कहा था कि वो रात में कुछेक बार शौचालय जाने के लिए उठता है...'

'ठीक है। पहरेदार आपको अंदर जाने देंगे।'

नरसिम्हन ने सिर हिलाया।

'वो बहुत ज़ोर-ज़ोर से चीख़ता है।'

इस फ़ालतू सी लगने वाली जानकारी पर नरसिम्हन के माथे पर शिकन आ गईं।

'ये पक्का करना कि पहले उसका जबड़ा तोड़ दें,' मलिक अयाज़ ने स्पष्ट किया। 'इतनी रात गए उसकी आवाज़ दूर-दूर तक चली जाएगी।'

नरसिम्हन धीरे से मुस्कुराया। 'आप हर बारीकी पर सोच लेते हैं।'

मलिक अयाज़ हंस दिया। 'जिन लोगों के पास जिस्मानी ताक़त होती है, वो इसे दरकिनार कर सकते हैं। लेकिन जो लोग अपनी अक़्ल के बूते पर रहते हैं, मेरी तरह, उन्हें हर बारीकी पर सोचना होता है, ताकि हमारे सामने ऐसी कोई चुनौती न आ खड़ी हो जो हमारी जिस्मानी क़ुव्वत से परे हो।'

अब नरसिम्हन खुलकर मुस्कुरा दिया।

'और अपने सम्राट राजेंद्र चोल के मित्र सम्राट भोजदेव परमार को बता देना कि कॉकेशियाई ने अब अपना क़र्ज़ उतार दिया है।'

जब नरसिम्हन को समझ आया कि ग़ज़नी में भोजदेव परमार का संपर्क कौन था, तो उसका मुंह थोड़ा खुला रह गया। कॉकेशियाई... उसे ये पहले सूझा ही नहीं था। ये तो कितना साफ़ था। जॉर्जिया कॉकेशस पर्वतों के क्षेत्र में है।

नरसिम्हन ने मुस्कुराकर कहा, 'धन्यवाद, महाराज अयाज़।'

'शुक्रिया, सेनापति नरसिम्हन,' मलिक अयाज नसरुल्लाह के असली नाम को लेते हुए हंसा।

नरसिम्हन भी धीरे से हंस दिया। दोनों आदमी गंभीरता से कौसरी जहान की ओर मुड़े।

मलिक अयाज़ जानता तो था कि जवाब क्या होगा। मगर उसे पूछना ही था। ज़रूरी था। 'मेरी मलिका, क्या आपको यक़ीन है? और भी तरीक़े हैं जिनसे...'

कौसरी जहान ने लाहौर के राजा की बात काट दी। 'फिर से इसे शुरू मत करो, अयाज़... मैं... मैं इसे जारी नहीं रखना चाहती... मेरा दिल... और दिमाग़ फ़ैसला कर चुके हैं।'

कौसरी जहान मट्टू को जब महमूद ग़ज़नवी ने उठाया था तो वो शादीशुदा थी। कश्मीर में, फ़िरदौस मट्टू के साथ। वो उसे कभी नहीं भूल पाई। वो भी उसे कभी नहीं भूल पाया था। जब तुर्की सुल्तान ने भारत पर अपने एक हमले के दौरान उसे कश्मीर के लोहकोट से अग़वा किया था, तो फ़िरदौस ने ग़जनवी सेना को तलाशा और जब महमूद के जिहादी अपने वतन वापस लौट रहे थे, तो वो उनके पीछे-पीछे आ गया। फ़िरदौस ने ख़ुज़दर के पास डेरा डाल लिया, और लोहकोट में अपनी जायदाद बेचने से मिले पैसों से वहां खेत ख़रीद लिया।

कौसरी और उसने एक गुप्त कोडित कबूतर डाक प्रणाली स्थापित कर ली थी। उन्होंने धीरे-धीरे कई साल तक ऐसे योद्धाओं को ढूंढा जो महमूद को मार सकें ताकि कौसरी अपने सच्चे प्यार के पास वापस लौटने के लिए

आज़ाद हो जाए। इसीलिए कौसरी ने सोमेश्वर से एक गुप्त संबंध बनाया था; वही 'शाही परिवार की ग़द्दार' थी जिसने गुमनाम रहते हुए गुजराती व्यापारी से वादा किया था कि महमूद से बदला लेने के उसके अभियान में वो उसकी मदद करेगी। हालांकि कौसरी का शुरुआती लक्ष्य तो फ़िरदौस के पास लौटना था, मगर ग़ज़नी में रहते हुए वो तुर्कों को भी बख़ूबी समझने लगी थी। वो जान गई थी कि केवल महमूद को ही राक्षस मानना हालात को ठीक से न समझना होगा। ग़ज़नी में उसके जैसे बहुत से और भी थे, ख़ासकर अमीर-उमरों में। वो पागल कुत्तों की तरह थे जिन्हें बस काटना ही आता था। महमूद को मारने का मतलब बस ये होगा कि उसके जैसा ही दूसरा पागल कुत्ता उसकी जगह ले ले। और अगर हत्या का शक कौसरी पर आ गया, तो वो जानती थी कि ग़ज़नवी बदला लेने के लिए उसके प्यारे कश्मीर को फूंक डालेंगे। इसलिए उसके चौकस दिमाग़ ने उससे कहा कि अपने वतन को बचाने का बस एक ही तरीक़ा था कि सुल्तान के साथ उसकी भी हत्या हो जाए। जब कुछ ही दिन पहले मलिक अयाज़ से उसे फ़िरदौस की मौत के बारे में पता लगा, तो उसका दर्द से भरा दिल उसके चौकस दिमाग़ से सहमत हो गया।

'यही सबसे अच्छा रास्ता है... यही इकलौता रास्ता है... पागल कुत्तों से बातचीत करना मुमकिन नहीं है। पागल कुत्तों के दिल में ख़ौफ़ पैदा करना भी मुमकिन नहीं है। ये भी मुमकिन नहीं है कि पागल कुत्तों को शिक्षा और संस्कृति के फ़ायदों से सभ्य बनाया जा सके। उन्हें ख़ुद पर हमला करने से रोकने का बस एक ही तरीक़ा है कि उन्हें एक दूसरे से भिड़ा दिया जाए। यही हमारी योजना थी। गृह युद्ध छेड़ देना।'

जामा मस्जिद के पिछले मुफ़्ती-ए-आज़म कौसरी के ग़ज़नवियों के विश्लेषण से सहमत थे। इसीलिए वो महमूद के ख़िलाफ़ साज़िश में शामिल होने के लिए तैयार हो गए थे। सोमेश्वर ने राजेंद्र चोल को जो पत्र दिखाया था, उस पर कौसरी की बनवाई शाही मुहर के साथ उनकी ही मुहर थी। यह पिछले मुफ़्ती-ए-आज़म के मारे जाने और उनकी जगह इस्माईल को लाए जाने से पहले की बात थी।

'यही सबसे अच्छा रास्ता है...' नरसिम्हन सहमत था।

तीनों ने एक दूसरे का हाथ पकड़ा।

ये वो रात होने वाली थी जब वो अपना न्यायसम्मत बदला लेंगे।

पत्नी।

पुत्र।

भक्त।

तीनों को आख़िरकार इंसाफ़ मिलेगा।

'हम तो सबको जीतने वाले तुर्क हैं,' ग़ज़नवी सैनिक भुनभुना रहा था। 'हमें इन टिड्डी-खाऊ अरबों की बात क्यों सुननी पड़ रही है?!'

जामा मस्जिद बिल्कुल सुनसान पड़ी थी। आधी रात होने में एक घंटा था। दिन में हुई रस्मों और उसके बाद होने वाले जश्नों ने मस्जिद के ज़्यादातर मुलाज़िमों को थका दिया था। बस पांच सैनिकों का छोटा सा सुरक्षा दल रह गया था। उन्हें अरब के नेतृत्व वाले दल की मदद करने का आदेश दिया गया था जिसे मस्जिद में कुछ इबादत करनी थी। अरबों का दावा था कि जिस मस्जिद में ख़लीफ़ा की ताजपोशी होती है, उसमें यही रिवाज होता है। और उनसे कोई तुर्क बहस नहीं कर पाया था, क्योंकि उनमें से किसी को पता नहीं था कि अरब रीति-रिवाज असल में क्या होते हैं। लेकिन ग़ज़नवियों के बीच इसे लेकर अलग-अलग आवाज़ें उठ रही थीं। कुछ ने अरबों के इबादत करने के हक़ का सम्मान किया, क्योंकि वही तो असली मुसलमान थे—पहले मुसलमान, आख़िरकार। लेकिन कुछ दूसरे, इस ग़ज़नवी सैनिक, अरबों को दी जा रहा ग़ैरज़रूरी तवज्जो से नाराज़ थे। क्योंकि अब अरब लड़ाका क़ौम नहीं रह गए थे; उनकी दिलचस्पी विज्ञान और संस्कृति की ओर झुक गई थी। और ज़्यादातर ग़ज़नवी तुर्क एक और बस एक ही चीज़ की इज़्ज़त करते थे: जीतने और मारने की कला।

'चुप हो जाओ, दाऊद,' एक दूसरा सैनिक फुसफुसाया। 'वो सुन लेंगे।'

'यहां उनके पचास अरब सैनिक हैं,' दाऊद भुनभुन करता रहा। 'इन्हें हमारी ज़रूरत क्यों है? हमें घर जाने दें।'

'दाऊद!' ख़ामोश रात में दूर से आता हुक्म उनके कानों में पड़ा।

दाऊद ने गहरी सांस ली और सलाम ठोंका, फिर धीरे-धीरे अरब की ओर बढ़ा। बाक़ी चारों सैनिक भी उसके पीछे थे।

'आप चारों अंदर के हिस्से में चलिए,' अरब ने कहा। 'एक रस्म के लिए कुछ इंतज़ाम किए जाने हैं। ये आख़िरी है... फिर आप लोग जा सकते हैं।'

'जैसा आपका हुक्म, ज़ुबैर साहब,' दाऊद ने कहा, वो ख़ुश था कि उसे और उसके साथियों को आख़िरकार छुट्टी मिल जाएगी और वो घर जा पाएंगे।

ज़ैन हुसैन ने सिर हिलाया। वो मुड़ा और तुर्कों को मस्जिद की मुख्य इमारत की साइड में अंदरूनी हिस्से की ओर ले चला। दिन में जब ताजपोशी के लिए रस्मों की तैयारियां हो रही थीं, तब महमूद ने इसी जगह इंतज़ार किया था। इसलिए ग़ज़नवी सैनिकों के पास ये मानने की वजह थी कि शायद अरबों को वहां भी कुछ काम करना होगा।

दरवाज़ा खुला था। दीवार के दूर के छोर पर एक मशाल जल रही थी। ज़ैन दरवाज़े के बाहर एक ओर खड़ा रहा और उसने ग़ज़नवी सैनिकों को कमरे में जाने दिया।

ये ग़ज़नवियों की पहली ग़लती थी। उन्हें शक हो जाना चाहिए था। वो कोई महिलाएं नहीं थे जिनके लिए कोई शरीफ़ आदमी इंतज़ार कर रहा हो, जो उन्हें दरवाज़े से पहले अंदर जाने दे। वो तो अपने कमांडर के पीछे चलने वाले सैनिक थे। कमांडर कभी भी ख़ुद रुककर अपने सैनिकों को आगे नहीं जाने देता। लीडर को हमेशा लीड करना होता है। आप पीछे से लीड नहीं करते हैं।

दूसरी ग़लती ग़ज़नवियों ने ये की कि वो चौकस नहीं थे और उन्होंने अंदर घुसने पर दरवाज़े के पीछे नहीं देखा। सैनिकों का सामान्य प्रशिक्षण सिखाता है कि किसी अंधेरे कमरे में घुसते ही सबसे पहले दरवाज़े के पीछे की जगह

की जांच करके उसे सुरक्षित करें। आप नहीं चाहेंगे कि आप अंदर जाएं और फिर पीछे से घात लगाकर आपको घेर लिया जाए।

और यही हुआ था। तेज़ हमला। हर ग़ज़नवी सैनिक को दो-दो भारतीय सैनिकों ने दबोच लिया। उन्हें झटपट और सुघड़ता से निपटा दिया गया। ख़ामोश। बिना किसी मेहनत के, लगभग बहुत ही आसानी से।

विजयन कमरे के बाहर इंतज़ार करते ज़ैन की ओर मुड़ा और धीरे से बोला, 'हो गया।'

ज़ैन तुरंत अंदर आया और उसने अपने चोग़े की तहों में से एक चर्मपत्र निकाला। उसके आलेख पर पहले ही मलिक अयाज़ और नरसिम्हन से बात हो चुकी थी। दस्तावेज़ को कमरे की दूर वाली दीवार पर चिपका दिया गया। उस पर अरबी और फ़ारसी दोनों में एक सीधा-सादा सा संदेश लिखा था।

हमेशा अरब। बस अरब।

सारे सच्चे मुसलमान, चाहे वो तुर्क हों, फ़ारसी या अरबी हों, जानते हैं कि ये सच है।

जो असहमत हैं, वो मुर्तद हैं।

और मुर्तद बस एक ही सज़ा के हक़दार हैं।

मौत। मौत। मौत।

जो लोग इस्लाम को मानते हैं, वो इस्लामी चीज़ों के लिए मारने या शहीद होने को तैयार होते हैं।

इस्लामी इंसाफ़ के सुबूत का गवाह बनें।

मुर्तद का अरबी में मतलब होता है धर्मत्यागी। लेकिन इस सार्वजनिक संदेश में जिस शब्द का चालाकी से इस्तेमाल किया गया था, वो था 'शहीद,' जो महमूद के जुड़वां बेटों में से बड़े वाले का नाम भी था। सब जानते थे कि शाही ख़ानदान में शाहिद सबसे ज़्यादा मज़हबी इंसान था। छोटा बेटा मुहम्मद दिलचस्पियों और लतों के मामले में बहुत कुछ अपने पिता पर गया था, और सब जानते थे कि वो सुल्तान और उसकी मलिका कौसरी जहान का वफ़ादार था।

एकदम सही।

लोगों को समझने दो कि शायद वो बेहद मज़हबी और कट्टरपंथी शाहिद ही था जो अपने अय्याश पिता के ख़लीफ़ा बनने की कोशिशों से नाराज़ था और उसने अरब के अब्बासियों के साथ मिलकर महमूद को मरवा दिया था। अरबी में शाहिद का मतलब गवाह भी होता है। फ़ारसी में ऐसा नहीं है। इसलिए, आख़िरी लाइन में 'गवाह' शब्द के इस्तेमाल ने साज़िश को और भी साफ़ कर दिया था।

उम्मीद शाहिद और उसके जुड़वां छोटे भाई मुहम्मद के बीच गृह युद्ध छिड़ने की थी।

'और अब, महादेव के पास,' पुलकित धीरे से बोला।

'हां,' विजयन ने धीमे से कहा। 'प्रभु के पास...'

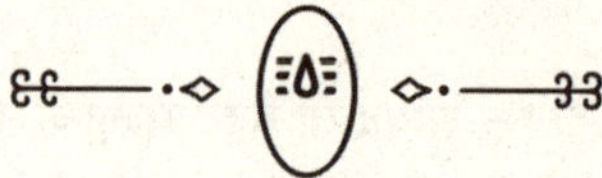

अध्याय 26

प्रभु की पुनः प्राप्ति

ग़ज़नी, अफ़ग़ानिस्तान

विजयन के आदेश के मुताबिक़, ज़ैन और दसरना के नेतृत्व में तीस सैनिकों को अचानक आने वाले किसी राहगीर को दूर रखने के लिए जामा मस्जिद के मुख्य दरवाज़े पर तैनात किया गया था। लेकिन इतनी देर रात को मस्जिद में कोई नहीं आया। ज़्यादातर लोग सो रहे थे। और जो लोग सो नहीं रहे थे, वो मस्जिद की लंबी छाया से दूर जश्न मना रहे थे और पूरी तरह से ग़ैर-मज़हबी कामों में लगे हुए थे।

बीस सैनिकों के साथ विजयन और पुलकित आंगन से इबादतगाह की ओर जाने वाली मुख्य सीढ़ियों के पश्चिमी सिरे पर मस्जिद के मुख्य आंगन में थे, और उनके ठीक पीछे वो बड़ा हौज़ था जहां नमाज़ी वज़ू करते थे। मलिक अयाज़ के निर्देश साफ़ थे। पुनर्निर्माण परियोजना की देखरेख इस्माईल ने की थी। उसे सारे वास्तुकला डिज़ाइन और छोटी से छोटी बारीकियां पता थीं। अयाज़ को सारी जानकारी इस्माईल से मिली थी और उसने वो भारतीयों तक पहुंचा दी थी।

'आंगन से छठी सीढ़ी,' अपनी दल का नेतृत्व करते हुए विजयन फुसफुसाया।

वो छह सीढ़ियां चढ़े।

'दाईं ओर पंद्रह क़दम।'

ज़ोर-ज़ोर से धड़कते दिलों के साथ चोल-परमार दस्ता उसके पीछे-पीछे चला।

सैनिकों ने धीमी आवाज़ में मंत्रोच्चारण शुरू कर दिया था।

'नमः शिवाय...'

'नमः शिवाय...'

'नमः शिवाय...'

पुलकित और विजयन वहां पहुंचे जहां उन्हें पहुंचना था और तुरंत एक क़दम पीछे हट गए। वो पवित्र ज़मीन के ऊपर खड़े नहीं हो सकते थे। पुलकित ने अपना हाथ पीछे बढ़ाया, और एक सैनिक ने उसे एक मज़बूत फ़ौलादी सब्बल दिया। उसने विजयन की ओर देखा, जिसकी भीगी आंखों ने वो सब कुछ कह दिया जो शब्द भी नहीं कह सकते थे। विजयन ने सिर हिलाया। पुलकित और उसने सब्बल से संगमरमर की पटिया को छुआ। और नीचे से एक हल्का सा चुंबकीय खिंचाव महसूस किया।

चुंबक पत्थर...

पुलकित का मुंह खुला रह गया और भावनाएं हावी हो जाने के कारण उसकी आह निकल पड़ी। विजयन घुटनों के बल बैठ गया और उसने सम्मानपूर्वक अपने हाथ से पत्थर की पटिया को छुआ।

चुंबक पत्थर हमेशा फ़ौलाद को आकर्षित करते हैं। और महादेव हमेशा फ़ौलादी इंसानों को आकर्षित करते हैं।

विजयन ने आंसू भरी आंखों से अपने आदमियों की ओर देखा। 'प्रभु... यहां हैं...'

'जल्दी करो,' पुलकित फुसफुसाया।

भारतीय संगमरमर की बड़ी पटिया और सीढ़ी की चिनाई की छोटी-छोटी दरारों में अपने औज़ारों को डालने लगे। लगन और सावधानी से काम करते हुए उन्होंने धीमी आवाज़ में मंत्रोच्चार जारी रखा।

'नमः शिवाय...'

'नमः शिवाय...'

दोनों परतों को जोड़ने के लिए हाल ही में लगाया गया मसाला टूट गया और पटिया के ढीली होने से नीचे की ख़ाली अंधेरी जगह दिखने लगी। विजयन ने अंधेरे में अपना हाथ डाला। उसकी आंखों से आंसू बह रहे थे जिसके कारण वो ठीक से देख भी नहीं पा रहा था। उसकी उंगलियों को एक चिकनी सतह महसूस हुई। अपने दोनों हाथों की भरपूर ताक़त लगाते हुए उसने एक काला पत्थर बाहर निकाला, जिसकी बनावट उस पवित्र खंड जैसी थी जो सोमेश्वर के पास था।

सारे आदमी घुटनों के बल झुक गए और भगवान के खंडित पवित्र अंश के सामने दंडवत हो गए। लेकिन वो अपनी आंखों को पोंछते हुए लगभग तुरंत ही खड़े हो गए। अभी काम बाक़ी था।

कुछ आदमियों ने कपड़े के नए थैले खोले। और विजयन ने पवित्र अवशेष को सावधानी से उसके अंदर रख दिया।

'नमः शिवाय...' पुलकित ने पवित्र शिवलिंग के एक और अंश को खोखली जगह से बाहर निकालते हुए श्रद्धापूर्वक कहा और धीरे से कपड़े के थैले में रख दिया।

काम जारी रहा। मंद-मंद मंत्रोच्चार के अलावा बिना किसी और शोर के।

'नमः शिवाय...'

'नमः शिवाय...'

'नमः शिवाय...'

जल्द ही, सभी पवित्र अवशेषों को कपड़े के दो थैलों में सुरक्षित रख दिया गया। और फिर भारतीयों ने, चुपचाप काम करते हुए, अंधेरी खोखली जगह को संगमरमर की पटिया से ढका और उस जगह पर मसाला वापस लगा दिया, जिससे सीढ़ी लगभग वैसी ही दिखने लगी जैसी पहले थी।

'हम नहीं चाहते कि जब हम मस्जिद से निकलकर शहर में जाएं तो किसी का ध्यान हमारी ओर खिंचे। हमें सामान्य दिखना होगा, जैसे सैनिक

किसी आदेश का पालन कर रहे हों, और दूसरों से अलग न दिखें। अपनी भावनाओं को गहराई में दबा दो। अपने मन शांत कर लो। दिल को स्थिर कर लो। कोई आंसू नहीं।' विजयन का आदेश नर्म लेकिन दृढ़ था, क्योंकि सैनिकों के चेहरों पर किसी भी तरह की अतिरिक्त भावना के संकेत शक का कारण बन सकते थे।

राजकुमार पुलकित ने कहा, 'हम शिव के अनुयायी हैं। हम मर्द हैं। हम अपने चेहरों पर कोई कमज़ोरी नहीं दिखाते हैं।'

सभी ने सहमति में सिर हिलाया।

'चलो,' विजयन ने आदेश दिया।

वो शांत क़दमों और पक्के इरादे के साथ मस्जिद से बाहर निकल गए।

मलिक अयाज़ को तेज़ी से घोड़ा दौड़ाते हुए एक घंटे से ज़्यादा हो गया था। लगभग आधी रात हो चुकी थी। अब तक वो शहर से काफ़ी बाहर निकल चुका था। वो बरसों से इन इलाक़ों में घुड़सवारी करता रहा था और लगभग उतने ही समय से इस जगह को मिलने की जगह बनाने की योजना बनाता रहा था। वो चांद की एक नन्ही सी फांक से आती बहुत हल्की रोशनी वाली इस रात में भी अपना रास्ता आसानी से ढूंढ सकता था।

उसने चट्टानी टीले पर उस रास्ते को पहचान लिया। उसने अपने घोड़े को दो चट्टानी उभारों के बीच मौजूद उस पतले रास्ते से होते हुए निकाला। ये रास्ता इतना संकरा और छोटा था कि ज़्यादातर लोग उसे दिन में भी चूक जाते। उस रास्ते से गुज़रने के बाद ऊंची, ऊबड़-खाबड़ पहाड़ियों से घिरा हुआ एक बड़ा सा सपाट दायरा था। ऊंची पथरीली चट्टानों से घिरा एक खुला इलाक़ा। अगर पहले से इसके बारे में पता न हो, तो इसे ढूंढ पाना लगभग नामुमकिन था।

बिल्कुल सही।

मलिक अयाज़ जो करना चाहता था, उसके लिए बिल्कुल सही।

उसने अपने घोड़े की लगाम खींची, कूदकर नीचे उतरा और अपने घोड़े की टांगों को बांध दिया। और फिर उसने ज़ोर से सीटी बजाई। एक लंबी, साफ़, तेज़ सीटी।

और जवाब में उसे दूसरी सीटी सुनाई दी। लगभग उसकी सीटी की हूबहू नक़ल।

'उसे ले आओ।'

और उसे ले आया गया।

इस्माईल। सुल्तान महमूद का छोटा भाई। ग़ज़नी शहर का पूर्व प्रांतपाल-मुफ़्ती।

मलिक अयाज़ का पिता।

अमल के नेतृत्व में। उसके साथ छह सैनिक थे। और सैनिकों के पीछे यज़दा थी।

'मेरा बेटा!' इस्माईल बोला। 'अल्लाह का शुक्र है कि तुम यहां हो। ये बेवक़ूफ़ अमल मेरी बात नहीं सुन रही है! और सारे सिपाही मेरे नहीं बल्कि इसके हुक्म मान रहे हैं!'

मलिक अयाज़ अमल की तरफ़ मुड़ा। उसकी आवाज़ दृढ़ और गहरी थी, महमूद के महल में उसकी आवाज़ से पूरी तरह भिन्न। 'क्या हुआ?'

इस्माईल बीच में ही बोल पड़ा। 'मैंने इस मूर्ख से कहा था कि हमें चलते रहना चाहिए, ताकि अंधेरा रहते ग़ज़नी से जितना हो सके दूर चले जाएं। इससे पहले कि मेरी ग़ैरमौजूदगी के बारे में किसी को भनक लगे। मैं ऐसा सिर्फ़ इसलिए चाहता था कि... कि इससे तुम मुश्किल में पड़ सकते हो।'

'मुझे पता है कि आपको मेरी कितनी फ़िक्र है,' मलिक अयाज़ ने कहा।

अयाज़ के लहजे ने इस्माईल को और ज़्यादा घबराहट में डाल दिया। और इस्माईल को जब भी घबराहट होती थी, तो उसकी आवाज़ और तीखी हो जाती थी और वो ज़्यादा बोलने लगता था, और तनाव व उन्माद भरे दिल

को शांत करने के लिए भारी-भरकम शब्दों के साथ बकवास करने लगता था। इस बार भी ऐसा ही हुआ।

'तुम समझ नहीं रहे हो, मेरे बेटे,' इस्माईल ने कहा। 'ये बेवक़ूफ़ लोग... अमल बेवक़ूफ़ है। और सिपाही और भी बड़े बेवक़ूफ़ हैं कि इसका हुक्म मान रहे हैं... मैं सिर्फ़ तुम्हारे बारे में सोच रहा था... मैं नहीं चाहता कि तुम किसी मुसीबत में पड़ो, मेरे बेटे... मैं इसीलिए कह रहा था कि हमें चलते रहना चाहिए... लेकिन ये ज़िद पर अड़ी रही कि हमें इंतज़ार करना होगा... कि हमें तुम्हारा इंतज़ार करना होगा... मुझे पता है... मुझे पता है कि तुमने मेरे भागने में मदद करने के लिए कोई तुर्की सैनिक क्यों नहीं भेजा... वो महमूद के लिए अपनी वफ़ादारी की वजह से हमें धोखा दे सकते थे... लेकिन ये...,' इस्माईल ने अपने साथ मौजूद सैनिकों की ओर इशारा करते हुए घृणा से अपना चेहरा बिगाड़ लिया। 'ये पारसी, यूनानी और *अब्दी*... ये सोच ही नहीं सकते... ये आनुवंशिक रूप से मूर्ख हैं... इससे भी बदतर ये कि ये एक औरत के हुक्म मान रहे थे... ये भले ही तुर्क हो, लेकिन है तो *औरत* ही ना!'

इस्माईल को लगता था कि अमल एक तुर्क औरत थी, क्योंकि वो वैसी ही दिखती थी।

अयाज़ ने उन छह सैनिकों की ओर देखा जो इस्माईल की रखवाली कर रहे थे। उनमें पारसी फ़ारसी, ईसाई यूनानी और अफ़्रीकी मुसलमान थे। अफ़्रीकी मुसलमानों को तुर्क लोग *अब्दी* कहते थे; *अब्दी* ग़ुलाम के लिए अरबी शब्द है। मलिक अयाज़ को इस शब्द से नफ़रत थी।

'अगर इन फ़ारसी, यूनानी और अफ़्रीकियों से आपको परेशानी हैं, तो यहां मेरे पास दूसरी राष्ट्रीयताओं के लोग भी हैं,' लाहौर के राजा ने कहा। मलिक अयाज़ ने तीन छोटी-छोटी सीटियां बजाईं। ज़ोर से। लगभग तुरंत ही दस घुड़सवार सैनिक आ गए, जैसे वो दर्रे के मुंह पर इंतज़ार ही कर रहे हों। 'ये आ गए भारतीय।'

सैनिकों ने जल्दी से अपने घोड़ों से उतरकर अपने घोड़ों को बांधा और मलिक अयाज़ के पीछे पंक्तिबद्ध होकर खड़े हो गए।

'स्वागत है, ध्रुव,' मलिक अयाज़ ने कहा। 'तुम मेरे लिए अतिरिक्त कपड़े लाए हो?'

'जी, हुज़ूर,' ध्रुव ने सिर झुकाकर जवाब दिया। 'आप हर बारीकी का ध्यान रखते हैं।'

इस्माईल उलझन में दिख रहा था। उसका ख़ौफ़ लगातार बढ़ता जा रहा था। 'ये क्या चल रहा है, मेरे बेटे?'

मलिक अयाज़ ने अपने पिता की बात का जवाब नहीं दिया। वो अमल की ओर मुड़ा। 'मेरे ख़्याल से तुम्हें यज़दा को यहां से ले जाना चाहिए।'

मलिक अयाज़ ने अमल को बता दिया था कि वो क्या करने वाला था। उसने अपने सबसे गहरा, सबसे बड़ा राज़ सिर्फ़ दो औरतों को बताया था। कौसरी जहान और अमल। उसे दोनों को बताना ही पड़ा, क्योंकि उसे उनकी मदद की ज़रूरत थी। कौसरी के बिना ये साज़िश कामयाब नहीं हो सकती थी। और वो जानता था कि वो अपने पिता को इस जगह लाने के लिए अमल पर भरोसा कर सकता था। अमल का स्वार्थ उसके स्वार्थ के साथ जुड़ा हुआ था। उसने तालिब से अमल की युद्ध क्षमताओं के बारे में सुना था। इसीलिए वो उसे ग़ज़नी के सुरक्षित अड्डे से अपने महल में ले जाने के लिए राज़ी हो गया था।

अमल जानती थी कि मलिक अयाज़ क्या करने वाला था। और वो ये भी जानती थी कि यज़दा क्या चाहेगी। उसने लगभग तुरंत जवाब दिया। 'इसे यहीं रुकना चाहिए।'

अयाज़ ने ज़ोर देकर कहा,, 'ये बच्ची है। कुछ चीज़ें ऐसी होती हैं जो बच्चों को नहीं देखनी चाहिए।'

अमल अपनी बात पर अड़ी रही। 'कुछ चीज़ें ऐसी होती हैं जो बच्चों के साथ कभी नहीं होनी चाहिए थीं। आपको अंदाज़ा नहीं है कि यज़दा के साथ क्या-क्या अपराध हुए हैं, राजा अयाज़। मेरा यक़ीन कीजिए। वो ये देखना चाहेगी।'

'क्या देखना चाहेगी?!' इस्माईल चीख़ा। अब उसे यक़ीन हो गया था कि वो ख़तरे में था। गंभीर ख़तरे में। लेकिन वो उम्मीद का दामन थामे रहा। लगभग

मूर्खता के साथ। 'मेरे बेटे... मेरे बेटे... चलो जल्दी निकल चलते हैं... मैंने काफ़ी पैसा जमा कर रखा है... हम साथ में सुरक्षित रहेंगे...'

'उनका नाम सारा था।' ऐसा बोलते हुए मलिक अयाज़ की आंखों में आंसू आ गए थे, उसकी आवाज़ भर्राई और भावुक हो गई थी। उसने मुट्ठियां कसकर भींची हुई थीं।

इस्माईल उलझन में था। 'क्या? कौन? किसका नाम सारा था?'

'वही जिनकी तस्वीर मैंने तुम्हें दिखाई थी।' अयाज़ के शब्द उसके कसे हुए दांतों से किसी कोड़े की तरह निकले थे। 'वही जिनकी तस्वीर तुम्हें सुंदर लगी थी।'

'मेरे बेटे... मैं... मुझे समझ नहीं आ रहा है कि तुम किस बारे में बात कर रहे हो... हमारे पास बाद में बात करने के लिए बहुत समय होगा... सारा के बारे में भी, अगर तुम चाहो... लेकिन अभी यहां से चलते हैं...' इस्माईल ने आगे बढ़ने की कोशिश की, लेकिन सैनिकों ने उसे रोक दिया।

'मैं तीन साल से कुछ ही बड़ा था,' मलिक अयाज़ ने कहा। 'एक नन्हा सा बच्चा। इतने छोटे बच्चों को कुछ याद नहीं रहता है... लेकिन मुझे याद है... मुझे याद है... मुझे एक-एक बात याद है...'

'बेटे... हम बात करेंगे... बाद में... लेकिन अभी चलो, यहां से चलते हैं...' इस्माईल अभी भी जाने की कोशिश कर रहा था।

'चुप!' अमल चिल्लाई।

आख़िरकार इस्माईल चुप हो गया।

मलिक अयाज़ फिर बोला। 'तुम चार साल बाद तिब्लिसी लौटे थे... मेरी मां को यक़ीन था कि तुम मुझे अपना लोगे, क्योंकि मैं तुम्हारा ही ख़ून था। उन्हें यक़ीन था कि अगर तुम उन्हें नहीं भी अपनाओगे, तो कम से कम मुझे, अपने बच्चे को तो ज़रूर अपना लोगे। और अगर तुमने ऐसा किया होता, तो मेरी ज़िंदगी बन जाएगी। इसलिए वो अपने भोलेपन में तुमसे मिलने तुम्हारे महल में चली गईं। तुम्हारे ख़ास दरबार में, जब तुम अपने दोस्तों के साथ थे। मुझे याद है वो दस लोग थे। मां ने तुम्हें बताया कि मैं कौन था। तुम्हारा बेटा। और तुम

हंसने लगे। और फिर तुम उन्हें पीटने लगे। मुझे याद है... मुझे याद है... मैं दूर दीवार के सहारे दुबका खड़ा रहा। तुम उन्हें तब तक मारते रहे जब तक उनका ख़ून नहीं निकलने लगा। और फिर तुमने उनके साथ बलात्कार किया। और फिर तुमने उन्हें फिर से पीटा। और फिर तुमने अपने दोस्तों से उनका बलात्कार करवाया... उन सबसे... बारी-बारी से... तुम हर बार के बीच में उन्हें पीटते थे। मैं ये सब देखता रहा... मैं लगातार रो रहा था... मैंने ये सब देखा था...'

इस्माईल को वाक़ई ये याद नहीं था। उसने ऐसे काम कितनी ही बार किए थे। और काफ़िर औरतें तो आसान शिकार थीं। उसे सच में लगता था कि उसके धर्म के मुताबिक काफ़िर औरतों के साथ बलात्कार करना या उन्हें पीटना ग़लत नहीं था। लेकिन उसमें इतनी समझ थी कि वो चुप रहा।

यज़दा इस्माईल को घूर रही थी। उसने मुट्ठियां कसकर बांधी हुई थीं। उसका शरीर ग़ुस्से से कांप रहा था। उसने उसके साथ भी ऐसा ही किया था। उसे पीटा था और फिर उसके साथ बलात्कार किया था। अक्सर।

'मेरी मां उस रात बच गईं...' मलिक अयाज़ बोलता रहा। 'उन्होंने मेरी परवरिश की... उन्होंने मुझसे कभी कुछ नहीं छिपाया... उन्होंने मुझे मज़बूत बनाया... जो कुछ मैं जानता हूं वो उन्होंने ही मुझे सिखाया... उन्होंने मेरी ख़ातिर सब कुछ क़ुर्बान कर दिया... उनकी याद ही मेरा ईश्वर है।'

इस्माईल ने कुछ कहने की कोशिश की। लेकिन कोई शब्द नहीं निकला।

अब मलिक अयाज़ अपने गले में लटके ईसाई क्रॉस जैसे पेंडेंट को पकड़े हुए था। कसकर। उसकी उंगलियों के जोड़ सफ़ेद पड़ गए थे। ये उनका था। ये उसकी मां का था। 'उनका नाम सारा था।'

अमल रो रही थी। हमदर्दी में। लेकिन उसके आसपास मौजूद आदमियों में बस एक ही भावना थी। सिर्फ़ एक भावना। क्रोध। शुद्ध, अमिश्रित क्रोध। क्योंकि वो मर्द ही क्या जो उसे जन्म देने वाली औरत का बदला न ले सके? वो मर्द ही क्या जो उसकी परवरिश करने वाली औरत को न्याय न दिला सके? वो मर्द ही क्या जो अपनी ज़िंदगी की सबसे महान औरत के सम्मान के लिए लड़ न सके?

'मैं इंतज़ार कर रहा था... दसियों साल से... तुम्हारे सारे दोस्त मर चुके हैं... तुम आख़िरी हो... महमूद ने तुम्हें ख़ुद रिहा नहीं किया था... तुम्हें रिहा कराने के लिए मैंने उसे मनाया था...'

इस्माईल का दिल ज़ोर से धड़क रहा था। उसे अब भी दया की उम्मीद थी। पता नहीं कैसे। लेकिन उसकी मोटी अक़्ल भी उस विचार को नहीं रोक पा रही थी जो ज़बरदस्ती अंदर घुसा जा रहा था। ये अंत था।

मलिक अयाज़ ने अपनी म्यान से एक छोटी तलवार निकाली। उसकी धार टेढ़ी-मेढ़ी और दांतेदार थी। ऐसी जिससे बेपनाह दर्द होता। 'तुम जितना चाहो चीख़ सकते हो। हमारे आसपास ये जो चट्टानें हैं ना... इनके बाहर कोई आवाज़ नहीं जाती।'

'अयाज़...' इस्माईल आख़िरकार फुसफुसाया। 'मेरी बात सुनो... मैं... हम बात... तुम मेरे बेटे हो... मैं तुम्हारा बाप हूं...'

'तू मेरा बाप नहीं है!' मलिक अयाज़ दहाड़ा। 'तू सिर्फ़ वो आदमी है जिसने मेरी मां का बलात्कार किया था! मैं तेरा बेटा नहीं हूं! मैं अपनी मां का बेटा हूं!'

इस्माईल ने फिर से भागने की कोशिश की। लेकिन उसके चारों ओर मौजूद सैनिकों ने उसे रोक लिया।

एक मां का क़र्ज़ चुकाने का समय आ चुका था। और मलिक अयाज़ ने वो क़र्ज़ चुकाना शुरू कर दिया। ख़ून और दर्द से।

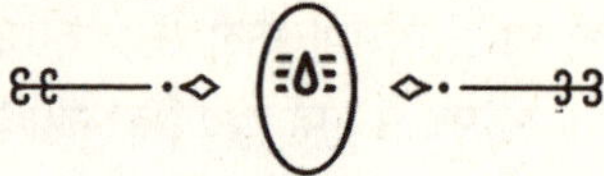

अध्याय 27

प्रतिशोध

महमूद का महल, ग़ज़नी, अफ़ग़ानिस्तान

आधी रात हुए आधा घंटा बीत चुका था।

नरसिम्हन सुल्तान के कमरे में बड़े सब्र से इंतज़ार कर रहा था। उस पलंग के पास वाली दीवार के पास जहां महमूद केवल एक ढीला-ढाला रेशमी पाजामा पहने सो रहा था।

महीने को देखते हुए, पूरब की तरफ़ वाली खिड़की से आने वाली हवा बहुत शीतल थी। लिनेन के भारी परदे ज़्यादातर हवा को रोक रहे थे। लेकिन जहां परदे ज़रा से भी खुले हुए थे वहां से हवा अंदर आ रही थी, जिससे कमरा ठंडा हो रहा था। लेकिन परदों से छनकर अंदर रोशनी बहुत कम आ रही थी। इस रात चांद बस एक छोटा सा टुकड़ा था। और वो भी, महल के दूसरी ओर था। समय आधी रात के पार का था और चांद पश्चिमी आसमान तक पहुंच चुका था, जबकि महमूद के कक्ष की खिड़कियां पूर्व की ओर थीं। इसका मतलब ये था कि सुल्तान के पलंग की साइड टेबल पर रखे छोटे से दीये के अलावा, कमरे के उस भाग में रोशनी न के बराबर थी। लेकिन अगर कोई महमूद के बिस्तर से थोड़ा और दूर, मुख्य दरवाज़े की ओर जाता जहां सोफ़े और गद्दियां रखी थीं, तो खड़े शमादानों से काफ़ी रोशनी हो रही थी।

नरसिम्हन उस जगह के नज़दीक ही था जहां महमूद सो रहा था। और वो लगभग अदृश्य था।

वो पास की दीवार से टिका पालथी मारे बैठा हुआ था। हाथ घुटनों पर रखे हुए। एक योगी की तरह। जागा हुआ। चौकन्ना। सांस शांत और धीमी। इंतज़ार करता हुआ कि महमूद अपनी गहरे नशे वाली नींद से जागे।

उसने तय किया था कि अगर महमूद आधी रात के एक घंटे बाद तक नहीं जागा, तो वो उसे जगा देगा। वो अनंत समय तक तो इंतज़ार नहीं कर सकता था। सूरज आधी रात के लगभग छह घंटे बाद निकलने वाला था।

नरसिम्हन की ख़ुशक़िस्मती से ऐसी नौबत नहीं आई।

महमूद ने सोते हुए करवट बदली। एक धीमी, पाशविक आवाज़ सुनाई दी। 'म्म...'

नरसिम्हन तुरंत खड़ा हो गया।

महमूद की आंखें थोड़ी खुलीं। वो अभी भी नींद में था। 'हम्म... पानी... अयाज़...'

नरसिम्हन, जिसकी आंखें अंधेरे की अच्छी तरह अभ्यस्त हो चुकी थीं, दीवार के पास संगमरमर की बड़ी मेज़ के पास गया और उसने वो चुंबक पत्थर देखा, जो शिव लिंग का एक खंड था जिसे उसने पहले ही वहां रख दिया था—इस बात का साक्षी बनने के लिए कि उसका भक्त क्या करने वाला था। उसने उस पवित्र अवशेष को छुआ, फिर पास रखा चांदी का जग उठाया और उसके पास रखे चांदी के प्याले में पानी डाला। फिर वो बिस्तर की ओर बढ़ गया।

महमूद ने धुंधलाई सी आंखों से अंधेरे में अपनी ओर आते हुए विशालकाय नरसिम्हन की ओर सिर घुमाया। उसकी आंखें अधखुली थीं, और नज़र अभी भी धुंधली थी। 'हम्म? अबू क़ासिम... तुम... कब लौटे?'

नरसिम्हन बिस्तर के ठीक बग़ल में खड़ा हो गया। उसने कोई जवाब नहीं दिया।

महमूद ने धीरे-धीरे ख़ुद को अपनी कोहनियों पर टिकाया। 'मेरे सिर में बेतहाशा दर्द हो रहा है...' उसने पानी के प्याले की ओर बढ़ाया।

नरसिम्हन ने महमूद को प्याला दिया और पीछे हट गया। अंधेरे में। उसने तुरंत अपनी कमर पर बंधी कपड़े की छोटी सी पोटली को पकड़ा। और उसमें से एक बड़ा सा क़ीमती रत्न निकाला। लगभग किसी पत्थर जितना बड़ा।

हीरा। गोलकोंडा की खान से निकला। कौसरी जहान का तोहफ़ा। महमूद के लिए सिर्फ़ बेहतरीन चीज़।

हीरे इंसान को ज्ञात सबसे कठोर प्राकृतिक पदार्थ हैं। पत्थर से कहीं ज़्यादा मज़बूत।

ये ख़ास हीरा बहुत बड़ा था और इसे बहुत उत्कृष्ट ढंग से काटा गया था, एक बड़ा सिर जो पतला होता हुआ एक सपाट, केंद्रित आधार में जा मिलता था।

भगवान के प्रतिशोध का हथियार।

इस बीच, महमूद ने सारा पानी गटक लिया था, हालांकि पानी का बड़ा भाग उसके मुंह के किनारे से उसकी गर्दन और छाती पर बह गया था। उसने अपना सिर पीछे तकिए पर पटका, आंखें बंद कीं और हाथ आगे बढ़ा दिया। ताकि उससे प्याला ले लिया जाए।

नरसिम्हन ने कोई प्रतिक्रिया नहीं दी।

सुल्तान ने गिलास पकड़े हुए हाथ को हिलाया और बेसब्री से ग़ुर्राया। 'हम्म...'

नरसिम्हन हिला नहीं।

महमूद ने आंखें खोलीं और ग़ुस्से में चिल्लाया। 'अबू! प्याला लो!'

अब ये जाग गया है।

अपने विशाल शरीर के बावजूद, नरसिम्हन बिजली की सी तेज़ी से आगे बढ़ा। पंजों के बल तेज़ी से, फुर्तीले क़दमों से बढ़ता हुआ। उसने अपने बाएं हाथ से महमूद के दाएं हाथ को एक ओर झटका दिया, और प्याला सीधे फ़र्श पर जाकर गिरा। इसी के लगभग साथ ही साथ नरसिम्हन अपने मज़बूत कंधे और पीठ को लहराते हुए आगे बढ़े और अपने दाएं हाथ को क्रूरतापूर्वक नीचे लाते हुए उसने एक ज़बरदस्त वार किया। उसके हाथ में मौजूद ठोस हीरा वार के लिए एकदम सही जगह पर था।

एकदम सीधी चोट। जबड़े पर। नरसिम्हन इससे बेहतर ढंग से वार नहीं कर सकता था।

मुक्केबाज़ों को उनके कोच द्वारा सिखाई जाने वाली पहली चीज़ों में से एक ये होती है कि वो लड़ाई के दौरान अपने चेहरे की रक्षा कैसे करें। अपनी ठोड़ी अंदर करें, बचाव में एक मुट्ठी ऊपर रखें और जबड़ा कस लें। इससे ये सुनिश्चित होता है कि निचले जबड़े की हड्डी की संरचना के सबसे कमज़ोर बिंदु, जबड़े के जोड़ को प्रतिद्वंद्वी तोड़ न सके। कसी हुई मांसपेशियां इसे स्थिर रखती हैं।

महमूद ने अपना जबड़ा नहीं कसा था। उसे नहीं पता था कि उस पर हमला होने वाला था। इससे भी बदतर ये कि संयोग से उसकी जीभ उसके दांतों के बीच थी।

नरसिम्हन के एकदम सटीक वार से महमूद का न सिर्फ़ जबड़ा टूटा, बल्कि आपस में टकराते दांतों ने उसकी जीभ को भी साफ़ काट दिया था।

दर्द से बेहाल सुल्तान के हाथ उसके मुंह पर चले गए। वो चीख़ने की कोशिश कर रहा था। लेकिन उसके मुंह से कोई साफ़ आवाज़ नहीं निकली। उसकी जीभ कट गई थी। और उसका जबड़ा टूट गया था।

नरसिम्हन पीछे हट गया। अंधेरे में।

महमूद उछलकर अपने पलंग से खड़ा हो गया। ऐसी बेतहाशा तकलीफ़ बावजूद। उसे अंधेरे से आती एक गहरी, डरावनी ग़ुर्राहट सुनाई दी।

'तू एक पागल कुत्ता है,' नरसिम्हन ग़ुर्राया। 'लेकिन बहादुर पागल कुत्ता। इतना तो मैं मानूंगा।'

बुरी तरह क्रुद्ध महमूद ने, जिसके मुंह से ख़ून टपक रहा था, अपने तकिए के नीचे हाथ डालकर एक छोटी सी म्यान निकाली। एक योद्धा लड़ाई के लिए हमेशा तैयार रहता है।

नरसिम्हन ने अपनी कमर पर बंधी म्यान पर नज़र डाली और फिर महमूद को घूरा। वो पीछे हटता हुआ और ज़्यादा अंधेरे में चला गया। 'चलो इसे बराबरी का मुक़ाबला बनाते हैं। मैं अभी अपने चाक़ू का इस्तेमाल नहीं

करूंगा... हम धर्मनिष्ठ लोग हैं, तुम्हारे जैसे कायर जिहादी लकड़बग्घे नहीं जो बिना चेतावनी के लोगों पर हमला करते हैं। लेकिन मुझे तुम्हारा जबड़ा तभी तोड़ना पड़ा जब तुम तैयार नहीं थे क्योंकि मैं तुम्हें चिल्लाने और दूसरों को मदद के लिए नहीं बुलाने दे सकता था। इसलिए उसकी भरपाई के लिए मैं तुम्हें चाक़ू से लड़ने दूंगा। जबकि मेरे पास अपनी ज़िंदगी में मुझे मिली सबसे महान महिला से मिले हथियार का तोहफा है।'

भारतीय थोड़ा और पीछे हट गया, जहां पीछे लगे लैंप की रोशनी उस तक पहुंचकर उसे थोड़ा रौशन कर रही थी। उसने वो हीरा उठाया जो उसे कौसरी जहान ने दिया था। 'ये याद है? ये सोमनाथर के गर्भगृह की मुख्य दीवार की शोभा बढ़ाता था। ये हीरा शक्तिशाली चालुक्यों ने हमारे भगवान महादेव को दान किया था। तुमने मंदिर को अपवित्र करते समय इसे चुरा लिया था। और इसे...'

महमूद आगे बढ़ता रहा। उसके अंदर भयंकर ग़ुस्सा उबल रहा था। *कौसरी... मैं उसे मार डालूंगा...*

'हां... तुमने इसे अपनी पत्नी को दिया था... और उसने इसे तुम्हारे ख़िलाफ़ इस्तेमाल करने के लिए मुझे दे दिया।'

नरसिम्हन द्वारा अपने बिस्तर से दूर ले जाया गया महमूद आगे बढ़ता रहा, अपने हमलावर की ओर। चोल सेनापति को बिस्तर के नीचे छिपे दूसरे ख़ंजरों के बारे में पता था।

'हमारे भगवान शिव आसानी से माफ़ कर देते हैं और अनदेखा कर देते हैं,' नरसिम्हन बोला। 'लेकिन उनके अनुयायी ऐसा नहीं करते। हम याद रखते हैं। और हम उनका बदला लेते हैं।'

महमूद ने अपना सिर बाईं ओर झुकाया और ऐसा दिखाया जैसे वो बाईं ओर क़दम रखेगा। और फिर, अचानक,, अपने बाएं पैर को स्प्रिंग की तरह इस्तेमाल करके वो आगे और दाईं ओर उछला, और अपने चाक़ू को एक ओर लहराया। ये एक अच्छा दांव था। किसी भी अच्छे योद्धा के ख़िलाफ़। बल्कि किसी असाधारण योद्धा के ख़िलाफ़ भी।

लेकिन नरसिम्हन सिर्फ़ एक असाधारण योद्धा नहीं था। वो अरबों में से एक था।

नरसिम्हन बाईं ओर लहराकर आसानी से वार से बच गया। पीछे हटते हुए वो खिलखिलाया। 'चलो भी... तुम मशहूर महमूद ग़ज़नवी हो। तुम्हें इससे बेहतर कुछ करना चाहिए।'

महमूद ने आगे झपटते हुए दहाड़ने की कोशिश की, लेकिन उसके मुंह से बस एक भद्दी, अटपटी सी गूं-गूं निकली। नरसिम्हन पीछे हट गया, और एक बार फिर बड़ी आसानी से वार से बच गया।

महमूद आगे बढ़-बढ़कर वार करता रहा। वो नरसिम्हन को अपने कमरे के मुख्य दरवाज़े की तरफ़ धकेलने की कोशिश कर रहा था। नरसिम्हन आसानी से हर वार से बचता रहा और पीछे हटता रहा। वो धीरे-धीरे एक खड़े लैंप की रोशनी में आ गए। अब पहली बार महमूद ने नरसिम्हन को साफ़ देखा। और वो समझ गया कि वो एक भारतीय था।

महमूद ज़ोर-ज़ोर से सांसें लेता हुआ बार-बार आगे बढ़ रहा था, और हर बार नाकाम हो रहा था। और फिर नरसिम्हन को एक ऐसी आवाज़ सुनाई दी जिसे कुछ और नहीं समझा जा सकता था। एक तेज़ फुफकार। उसने महमूद के नीले रेशमी पाजामे पर नज़र डाली जो कमर से नीचे तेज़ी से गीला होता जा रहा था, क्योंकि महमूद के पैरों से पेशाब की धारें बह रही थीं।

नरसिम्हन हंसने लगा। 'चिंता मत करो... मैं किसी को नहीं बताऊंगा... मुझे पता है कि इसका कारण तुम्हारी उम्र है, तुम्हारी कायरता नहीं...'

भयंकर भारतीय योद्धा पर वार करने की बेताब कोशिश में आपा खोए महमूद ने ग़ुस्से में एक और वार किया। लेकिन नरसिम्हन सुल्तान के साथ खेलता रहा। वो लहराता रहा और बार-बार वार से बचता रहा, एक ऐसी शानदार तितली की तरह तैरता हुआ जिसे कभी पकड़ा नहीं जा सकता था।

लेकिन इस खिलवाड़ के नतीजे में महमूद एक मेज़ के क़रीब पहुंचने में कामयाब हो गया था। उसने जानबूझकर उसके ऊपर से एक फूलदान नीचे

गिरा दिया। फूलदान ज़ोरदार आवाज़ के साथ गिरा, तो महमूद ने दरवाज़े की ओर देखा।

इस पर नरसिम्हन हंसने लगा, 'वहां से कोई नहीं आने वाला, बेवक़ूफ़। तुम्हारे दरवाज़े पर जो पहरेदार हैं, वो हमारे हैं... तुम्हें और ज़ोर से शोर करना पड़ेगा। शायद नीचे बग़ीचों में गश्त लगा रहे पहरेदारों को बुलाने के लिए... वो अभी भी तुम्हारे हैं।'

महमूद ने नरसिम्हन को उसके बाईं ओर धकेलने की कोशिश में अपने दाएं हाथ को एक बड़े चाप में घुमाया, ताकि वो भारतीय को चकमा देकर खड़े लैंप तक पहुंच सके। वो कई किलोग्राम क्रिस्टल कांच के साथ झूमरों की तरह बना हुआ था। वो निश्चित रूप से इतनी ज़ोर की आवाज़ कर सकता था कि वो दो मंज़िल नीचे ज़मीन पर मौजूद पहरेदारों तक पहुंच जाती। लेकिन नरसिम्हन सुल्तान के लिए बहुत ज़्यादा फुर्तीला था। वो पीछे को झुककर महमूद के नए वार से साफ़ बच गया। और लगभग उसके साथ ही साथ, जो पीठ को मोड़ने के कोण के कारण किसी भी दूसरे योद्धा के लिए लगभग नामुमकिन होता, नरसिम्हन ने अपने बाएं हाथ को अविश्वसनीय तेज़ी से ऊपर उठाया। उसने लगभग सुपरह्युमन टाइमिंग के साथ महमूद की कलाई ठीक उस समय पकड़ ली जब चाक़ू बिना नुकसान पहुंचाए आगे निकल चुका था। और वो कसकर पकड़े रहा।

महमूद भारतीय की शिकंजे जैसी पकड़ से अपना हाथ छुड़ाने के लिए संघर्ष करने लगा। लेकिन दुनिया भर में अपनी ताक़त और क्रूरता के लिए मशहूर ख़ूंख़ार तुर्की योद्धा कामयाब नहीं हो सका। नरसिम्हन ने महमूद का हाथ और पीछे खींच लिया। और अपने दाएं हाथ में पकड़े हीरे से उस पर फिर से एक ज़ोरदार वार किया। लगभग सटीकता के साथ कंधे की हड्डी के जोड़ पर, जिससे कॉलर बोन साफ़ टूट गई और ऊपरी बांह की हड्डी अपने सॉकेट से निकल गई। ज़मीन पर गिरते-गिरते महमूद चिल्ला पड़ा, या कम से कम अपने टूटे हुए जबड़े से उसने ऐसा करने की नाकाम कोशिश की। चाक़ू उसके हाथ से छूट चुका था। नरसिम्हन ने चाक़ू को लात मारकर दूर कर दिया।

'मुझे बताया गया है कि ये वही कंधा है जिससे तुमने सोमनाथ र शिव लिंग पर हथौड़ा चलाया था,' महमूद का चेहरा बेहतर ढंग से देखने के लिए घुटनों के बल बैठते हुए नरसिम्हन ग़ुर्राया। 'इसे तो टूटना ही था। मुझे विश्वास है कि तुम समझोगे।'

महमूद ने अपने सही बाईं बांह और हाथ का इस्तेमाल करते हुए पीछे खिसकने की कोशिश की।

नरसिम्हन एक तेंदुए जैसी फुर्ती और एक बैल जैसी स्थिरता के साथ उठा। वो महमूद के लेटे हुए शरीर के ऊपर से गुज़रा और मुड़ा। उसके पैर महमूद के बाएं कंधे के पास थे।

ग़ज़नी का सुल्तान नरसिम्हन को ख़ौफ़ से भरी आंखों के साथ घूर रहा था। वो ऐसे डर का अनुभव कर रहा था जो उसने अपनी पूरी ज़िंदगी में कभी महसूस नहीं किया था। शुद्ध, आदिम भय।

'ये हाथ,' नरसिम्हन ने महमूद को अपने घुटने से दबाकर उसे हिलने-डुलने से बाधित करते हुए कहा। उसने महमूद के बाएं हाथ की ओर इशारा किया। 'इसी हाथ ने हथौड़ा पकड़ा था... है ना?'

महमूद उतावलेपन से अपना सिर हिला रहा था, बचने की कोशिश करता उसका शरीर डर से ऐंठा जा रहा था। क्योंकि उसे अंदाज़ा हो गया था कि आगे क्या होने वाला था।

नरसिम्हन ने अपनी मज़बूत पीठ को मोड़ा और हीरा ज़ोर से महमूद के बाएं हाथ पर मारा। बार-बार और बेरहमी से। जैसे लोहार लोहे को ठोकता है। कलाई, हथेली और उंगलियों पर सटीक निशानों से पीटता हुआ। इंसान के हाथ में सत्ताईस हड्डियां होती हैं। नरसिम्हन ने सुनिश्चित किया कि महमूद के बाएं हाथ की हर एक हड्डी टूट जाए। कुछ का तो चूरा बन गया।

महमूद का शरीर बुरी तरह कांप रहा था और ऐंठ रहा था। उसके गालों पर आंसू बह रहे थे। पीड़ा बर्दाश्त से बाहर हो चुकी थी। ज़्यादा ख़ून नहीं बह रहा था, क्योंकि नरसिम्हन महमूद की मांसपेशियों को टुकड़ों में नहीं काट रहा था, बल्कि हड्डियों को तोड़ रहा था। ज़्यादा शोर भी नहीं था,

क्योंकि महमूद का मुंह आवाज़ निकालने में असमर्थ था। ये एक ख़ामोश विध्वंस था।

अचानक नरसिम्हन खड़ा हो गया। 'अरे हां... हथौड़ा तो तुमने दोनों हाथों से पकड़ा था... है ना?'

भारतीय दूसरी ओर गया, पहले की तरह झुका और उसने महमूद के दाहिने हाथ को गूदे में बदल दिया।

'मुझे बताया गया था कि तुमने अपना गंदा बायां पैर हमारे पवित्र शिवलिंग के आधार पर भी रखा था... वो अपराधी पैर कुचला जाना चाहिए... लेकिन हम इस अनमोल हीरे को तुम्हारे पैरों को नहीं छूने दे सकते। इसलिए उसके बजाय मैं तुम्हारा बायां घुटना कुचलूंगा। ये सही सौदा है, तुम्हें नहीं लगता? पैर के बदले घुटना?'

नरसिम्हन लेटे हुए महमूद के पैरों के पास गया। अब तक सुल्तान का शरीर हार मान चुका था। उसने पीछे खिसकने या बचने की भी कोशिश नहीं की। वो जानता था कि इसका कोई फ़ायदा नहीं होने वाला। वो बस अपना सिर हिलाता रहा; बिना आवाज़ के दया की भीख मांगता रहा। उसके टूटे हुए जबड़े और कटी हुई जीभ ने ये पक्का कर दिया था कि वो जो कुछ भी कहने की कोशिश कर रहा था, वो बस अनर्गल सा उसके मुंह से निकले। हालांकि महमूद जो कहने की कोशिश कर रहा था, नरसिम्हन उसे समझने की कोशिश भी नहीं कर रहा था।

चोल योद्धा ने एक घुटने पर बैठकर अपना हाथ ऊपर उठाया, ताकि हीरा महमूद को साफ़ दिखाई दे। और फिर वो काम पर लग गया। बाएं घुटने पर हथौड़े की तरह वार करते हुए। पहले ही वार से घुटने की हड्डी के कई टुकड़े हो गए। लेकिन नरसिम्हन रुका नहीं। वो महमूद के बाएं घुटने पर और उसके आसपास मारता ही रहा। बार-बार। बार-बार। जांघ की हड्डी, टांग के अगले हिस्से की हड्डी, पिंडली की हड्डी। जांघ और पिंडली की बड़ी और मज़बूत हड्डियां। जो सभी घुटने के जोड़ पर मिलती हैं। सब टूट गईं। चूर-चूर। किरच-किरच।

आख़िरकार, नरसिम्हन रुका। वो अपने काम से संतुष्ट सा लग रहा था। उसने महमूद को देखा और आंखें तरेरीं। सुल्तान बेहोश हो गया था।

ये कायर वो सह भी नहीं सकता जो इसे दूसरों के साथ करने में मज़ा आता था।

भारतीय साइड टेबल के पास गया और ख़ून से सना हीरा वहां रख दिया। उसने चांदी का जग उठाया और महमूद के टूटे-फूटे चेहरे पर थोड़ा सा पानी डाला, और उसे अपनी बेहोशी से बाहर आने पर मजबूर कर दिया।

जग को पास ही फ़र्श पर रखते हुए नरसिम्हन उकड़ूं बैठ गया और धीरे से फुसफुसाया, 'तुझे जगे रहना होगा, सुल्तान। ये तो बस *मेरी* दी सज़ा थी। अब मैं अपने सम्राट की ओर से सज़ा दूंगा।'

महमूद ज़मीन पर पड़ा था, पानी में मिले उसके गर्म-गर्म आंसू बहते हुए बालों में जा रहे थे। ख़ामोश सिसकियां। ख़ामोश चीख़ें। ख़ामोश ख़ौफ।

नरसिम्हन ने एक छोटी सी म्यान से एक पतले चाक़ू को बहुत नज़ाकत से निकाला।

'हम हिंदुओं का मानना है कि आंखें आत्मा की खिड़की होती हैं,' यातना देते नरसिम्हन ने कहना जारी रखा। 'इसलिए अब तेरे साथ जो होगा, वो सब तुझे देखना होगा। अगर आंखें बंद कर लेगा, तेरी आत्मा अगले जन्म के लिए अपना सबक़ नहीं ले पाएगी।'

ख़ौफ़ज़दा महमूद आतंकित होकर ज़ोर-ज़ोर से अपना सिर हिलाने लगा। उसकी आंखें कसकर बंद थीं। उसे अंदाज़ा हो गया था कि क्या होने वाला था। चिढ़कर नरसिम्हन ने अपनी जीभ चटकारी और अपने विशाल बाएं हाथ से कसकर महमूद का सिर पकड़ लिया। सुल्तान किकिया उठा। उसका बदन अकड़ गया था। अबूझ शब्दों में वो दया की भीख मांगता रहा।

नरसिम्हन ने बहुत कोमलता से चाक़ू पकड़ा हुआ था, उसकी छोटी उंगली ऊपर उठी हुई थी। और बहुत ही सावधानी और शल्य की सटीकता से उसने महमूद की दोनों पलकें काटकर छील दीं। फिर उसने झटककर चाक़ू से त्वचा को फेंक दिया। उसने अपने काम को तका। पलकें नदारद थी, मगर आंखों को ज़रा भी नुकसान नहीं हुआ था।

भारतीय ने सिर हिलाया। 'अब तू सच से आंखें नहीं मूंद सकता।'

चोल सेनापति ने चाक़ू सहेजकर रख दिया और फिर कमर के दूसरी ओर बंधा कुनाटी भरा ख़ंजर निकाल लिया। उसने अपने सम्राट का संदेश याद कर लिया था, और बहुत अच्छी तरह याद किया था। अब उसे सुनाने का पल आख़िरकार आ ही गया था।

'महमूद बिन सुबुकतगीन,' नरसिम्हन ने उस बर्बर से कहा। 'नीच म्लेच्छ। मेरे सम्राट राजेंद्र चोल से ये सच सुन। तमिलों के अभिमान और भारतीयों के रक्षक राजेंद्र चोल के इस सच को याद रखना। भगवान शिव के सेवक राजेंद्र चोल के इस सच को जान ले। हम हिंदुओं की याददाश्त लंबी होती है। हम याद रखेंगे। हम इंतज़ार करेंगे। लेकिन हम बदला लेंगे। समय हमारा होगा। स्थान भी हमारा होगा। लेकिन हम बदला लेंगे। धरती पर ऐसी कोई जगह नहीं है जहां तू छिप सके। तीनों लोकों में कोई ऐसी जगह नहीं है जहां तू भाग सके। क्योंकि हम बदला लेंगे। हम हिंदू अपने कर्मों के ऋण को हमेशा चुकाते हैं। तू हमारी मदद करेगा, तो हम तेरी मदद करेंगे। तू हमें चोट पहुंचाएगा, तो हम तुझे ऐसी पीड़ा देंगे जो तू सोच भी नहीं पाएगा कि संभव है। हम हिंदू कर्म का नियम हैं। क्योंकि हम हमेशा तुझे वो लौटाएंगे जो तू हमें देगा। इस सच से अपनी आंखें मत मूंदना।'

नरसिम्हन ने कुनाटी चाक़ू को कसकर पकड़कर दोनों बांहें ऊपर उठाई।

और उसने अपने अपराध को याद किया। अपने कर्मों का ऋण। राजकुमारी ओदिरत्ना के प्रति।

बेगुनाह के ख़ून के धब्बों को धोने का सबसे अच्छा तरीक़ा किसी दुष्ट का ख़ून बहाना है।

नरसिम्हन ने अपनी पीठ और कंधों को कसा। उसकी बांहें हथौड़े की तरह नीचे आईं। ख़ंजर अंदर धंस गया। गहरा। महमूद के पेट में। सीधे उसके जिगर में। लेकिन बहुत ज़्यादा गहरा भी नहीं।

इसके बाद भीमकाय भारतीय ने मांस के अंदर ख़ंजर के फल को घुमा दिया। महमूद लातें चला रहा था और तड़प रहा था, हालांकि उतनी शिद्दत

से नहीं क्योंकि उसकी ताक़त तेज़ी से कम होती जा रही थी। ख़ून की बौछारें फूट रही थीं। नरसिम्हन ने पेट के खोखल में ख़ंजर चलाया, और उसके हर बड़े अंग को काटता चला गया। गुर्दे। आमाशय। आंतें। सारे में कुनाटी के टुकड़ों को बिखरने देते हुए। हर बड़े अंग के बुरी तरह कट जाने के साथ अब महमूद के बच पाने की कोई उम्मीद नहीं रही थी।

ख़ून आसपास जमा होता जा रहा था और जूझते हुए सुल्तान की ताक़त धीरे-धीरे कम होती जा रही थी।

नरसिम्हन ने ख़ंजर को और गहरा धकेला और अंदर धंसे ख़ंजर की मूठ तोड़ दी।

महमूद ज़मीन पर पड़ा था। होश में। कांपता। थरथराता। घोर पीड़ा में। असहनीय यातना में।

'तू ख़ून बहने से मरेगा। लेकिन तुरंत नहीं। अभी कुछ देर ज़िंदा रहेगा। और तकलीफ़ भोगेगा। और उस तकलीफ़ के हर पल के साथ, महमूद ग़ज़नवी, तू याद रखेगा कि एक हिंदू कभी नहीं भूलता।'

नरसिम्हन खड़ा हो गया। वो मेज़ के पास गया और वहां रखे झोले में से एक कपड़ा निकाला। उसने हीरे पर लगा ख़ून पोंछा। और फिर अपने ऊपर लगे ख़ून को जितना हो सका, उतना साफ़ किया। अब झोले को उसने अपने कंधे से लेकर सीने के आर-पार बांध लिया था। फिर उसने शिवलिंग का चुंबकीय अंश उठाया—जो इतने समय से मेज़ पर रखा हुआ था—उसे श्रद्धा के साथ माथे से लगाया और फिर सुरक्षित अपनी थैली में रख लिया। उसने झटपट साफ़ हो चुके हीरे को भी रख लिया।

फिर उसने थैली से एक चर्मपत्र निकाला और उसे महमूद के मरते हुए जिस्म के सबसे पास वाली दीवार पर चिपका दिया।

पत्र पर एक सीधा-सादा सा संदेश लिखा था, अरबी और फ़ारसी में।

बस अरब। हमेशा अरब।

नरसिम्हन ने चारों तरफ़ एक नज़र डाली। सब कुछ वैसा ही था जैसा होना चाहिए था।

वो सुल्तान के कमरे की पूर्व के रुख़ वाली खिड़की के पास गया, बाहर निकला और अंधेरे में उतर गया।

नरसिम्हन बिल्ली की तरह दबे पांव चल रहा था। उसने दौड़कर शाही अहाते को पार किया, रात की गश्त पर मौजूद लापरवाह पहरेदारों से बचते हुए, जो दिन में हुए ताजपोशी समारोह के कारण अभी भी जश्न के मूड में थे। वो चारदीवारी के पास पहुंचा और अपनी विशाल काया को उसने एक ऊंचे चबूतरे पर लगे दमिश्की गुलाबों के पौधों के पीछे छिपा लिया। उसने निशान को पहचाना। और आसानी से ऊंची दीवार पर चढ़ गया। उसे बड़ी सी घुमावदार तश्तरी मिली जिसे वहां रखा गया था, उसमें रसायनों को एक ख़ास मिश्रण था। जब मलिक अयाज़ उसे रसायनशास्त्र के बारे में बता रहा था, तो नरसिम्हन उसे पूरी तरह समझ नहीं पाया। लेकिन उसे याद था कि उसमें शायद कुछ रूबिडियम था। वो जानता था उसे क्या करना था। उसने अपनी थैली में रखा छोटा सा पात्र निकाला। कुछ पीछे हटकर उसने रसायनों पर ज़रा सा पानी डाला। फिर वो थोड़ा और पीछे हट गया और उसने ऊपर महल की ओर देखा। ऊंचाई पर। एक ख़ास खिड़की को। कौसरी जहान की रौशन खिड़की को। नीम आभा में एक पतली-दुबली नाज़ुक काया की छाया मौजूद थी—लाल प्रभामंडल वाली एक देवदूत।

उस तश्तरी से घना बैंगनी धुआं उठने लगा था जिस पर नरसिम्हन ने पानी डाला था।

संकेत दे दिया गया था।

महमूद मर गया था।

उसे पता था कि अब तक रानी ने भगवान शिव की अपनी अनमोल दक्षिणामूर्ति और जानमाज़ को अपने वफ़ादार अंगरक्षक हाकिम को सौंप दिया होगा ताकि वो उन्हें पास ही बहने वाली अरग़दाब नदी में प्रवाहित कर दे। जब पवित्र और पूजनीय वस्तुएं और उपयोग न हो सकती हों, तो भारतीय उनके साथ यही करते हैं। अब ऐसा कुछ नहीं था जो रानी के लिए पवित्र हो। उसकी अपनी ज़िंदगी भी।

'अच्छी मृत्यु पाना, देवी,' नरसिम्हन हौले से बोला। उसे लगा जैसे रानी ने सिर हिलाया हो। लेकिन इतनी दूर से वो यक़ीन से नहीं कह सकता था। उसने अपने दिल पर हाथ रखा, उसकी ओर सिर झुकाया, मुड़ा और दीवार से नीचे उतर गया।

वो फुर्ती से सोए हुए शहर की अंधेरी गलियों से होकर निकल रहा था। उसे पता था कि उसे कहां जाना था। उसके साथी कहां उसका इंतज़ार कर रहे होंगे।

जैसे ही वो एक नुक्कड़ पर मुड़ा, अचानक ठिठक गया। भिखारी। सड़कों पर सोए हुए। एक स्त्री और बच्ची। मुश्किल से चार-पांच बरस की बच्ची। मां चौंककर उठ बैठी और उसने अपनी बच्ची को अपने पीछे छिपा लिया। ये बेरहम शहर था। बुरे लोगों से भरा। उनमें से कई को छोटे बच्चों में दिलचस्पी थी।

मांओं के लिए मुश्किल शहर।

वो उस भीमकाय से नज़रें मिलाए हुए थी। विद्रोही। रक्षात्मक।

बेगुनाह के ख़ून के धब्बों को धोने का सबसे अच्छा तरीक़ा किसी दुष्ट का ख़ून बहाना है।

नहीं...

ये तो बस आधा सच है...

बेगुनाह के ख़ून के धब्बों को धोने का इससे भी बेहतर तरीक़ा किसी और बेगुनाह को बचाना है...

बेशक, एक धर्मनिष्ठ योद्धा को हमेशा दुष्टों को सज़ा देनी चाहिए। लेकिन उससे भी अहम ये है कि उसे कमज़ोरों की रक्षा करनी चाहिए।

क्योंकि धर्म कहता है कि सबसे बड़े शिकारी से महान सबसे बड़ा रक्षक होता है।

सबसे बड़ा शिकारी ताक़तवर से भागता है और कमज़ोर का शिकार करता है।

सबसे बड़ा रक्षक दुष्ट को सज़ा देता है और कमज़ोर को बचाता है।

दूसरे बेगुनाह की रक्षा करके बेगुनाह के ख़ून के धब्बों को धो लें...

सोने का वलयाकार लटकन अब उसके सीने पर सुलग नहीं रहा था।

महादेव हमेशा तुम्हारी पवित्र आत्मा पर कृपा करें, ओदिरत्ता।

चोल सेनापति उकड़ूं बैठा और उसने अपनी गर्दन में लटके सोने के वलयाकार लटकन को खींचकर तोड़ दिया। उसने उसे आगे बढ़ा दिया।

'इसे ले लो,' उसने धीरे से कहा। 'इसे ले लो और अपनी बच्ची को सड़कों से दूर ले जाओ।'

भिखारिन हिचकिचाई। वो सोच में पड़ गई थी कि इसके पीछे क्या मंशा थी, क्योंकि साफ़ तौर पर ये एक बहुत ही क़ीमती चीज़ थी, बहुत सारा सोना था।

'इसे ले लो और मुझे मेरे अपराध से मुक्त करो,' नरसिम्हन ने कहा। 'मेहरबानी करके मेरे दान को ले लो और मुझे बचा लो...

औरत जैसे समझ गई थी। उसने अपना कांपता हुआ हाथ आगे बढ़ाया और सोने की पायल ले ली। वो मुस्कुरा दी।

'अल्लाह आप पर अपना रहमो-करम करे,' उसने धीमे से कहा। उसके चेहरे पर आंसू बह रहे थे। 'आप नेक इंसान हैं...'

निर्मम योद्धा, दुष्टों का हत्यारा, युद्ध के घावों से भरा विशालकाय नरसिम्हन इन शब्दों को सुनकर रो पड़ा जो दया से छलके पड़ रहे थे।

'आप नेक इंसान हैं...'

नरसिम्हन ने हाथ बढ़ाकर धीरे से बच्ची के सिर को छुआ। फिर जल्दी से उठकर खड़ा हुआ और चला गया।

जिस महल को वो पीछे छोड़ आया था, उसके परिसर में आपाधापी सी मची लग रही थी। उसने एक बार फिर उस ऊंचे महल को देखा। उस पहाड़ी पर से उसे आसानी से देखा जा सकता था जो शहर के हर हिस्से से दिखाई देती थी। उसने दूर एक खिड़की को देखा जहां उसे पता था कि वो थी। वहां से धू-धू करती रंगबिरंगी लपटें उठ रही थीं। नारंगी। पीली। लाल।

नरसिम्हन ने मुट्ठी बांधकर सीने के पास रखी और सिर झुकाकर आख़िरी बार उस बेमिसाल औरत को सलाम किया। 'अच्छी मृत्यु पाना, देवी कौसरी जहान...'

और फिर वो तेज़ी से पलटा और अंधेरे में समा गया।

अध्याय 28

पुनर्निर्माण का समय

ग्वादर बंदरगाह

एक टोपधारी आदमी जहाज़ के सामने के डेक से लटकी रस्सी की सीढ़ी पर चढ़ रहा था। सूरज के निकलने में अभी एक घंटा शेष था।

'ये तो वही हैं!' विजयन चिल्लाया। 'ये सेनापति हैं!'

नरसिम्हन आसानी से चढ़ गया था, उसके पीछे पंद्रह सैनिक थे जो उसे ग़ज़नी शहर के दरवाज़े के बाहर मिले थे और उसके साथ ग्वादर आए थे।

'आपको बहुत देर लग गई, श्रीमान!' सेनानायक विजयन ने रेलिंग के पार टोपधारी आदमी की ओर हाथ बढ़ाते हुए कहा। नरसिम्हन ने आगे बढ़े हाथ को पकड़ा और ख़ुद को ऊपर खींचकर जहाज़ पर आ गया। उसने अपना टोप पीछे किया और कसकर विजयन को गले लगा लिया। दोनों आदमियों ने ख़ुशी और राहत से एक दूसरे की पीठ थपथपाई।

'तुम्हें लगा था कि तुमने मुझे खो दिया, है ना?' नरसिम्हन ने शरारत से चमकती आंखों से पूछा।

'बिल्कुल नहीं,' पांड्या ने कहा, उसकी आवाज़ में हंसी मगर आंखों में भावुकता थी। 'आपने इससे भी बुरे दौर देखे हैं और जीवित रहे हैं। वो बर्बर महमूद आपका कुछ नहीं बिगाड़ सकता था!'

'जानती हूं, जानती हूं!' अमल ने दोनों की ओर आते हुए कहा। 'अब ये इतने निश्चिंत लग रहे हैं। आपने इन्हें दिन-रात ऊपरी तल पर टहलते, आपके लौटने का कोई संकेत पाने के लिए घाटों को तकते देखा होता। आपके लिए इनकी इतनी तड़प देखकर मुझे तो जलन ही होने लगी थी!'

विजयन झेंपी सी हंसी हंस दिया, जबकि नरसिम्हन स्नेह से मुस्कुराने लगा। उसने आसपास देखा और अमल और उसके भाइयों आमिर और अल्ताफ़ के ख़ुशी से भरे चेहरे देखे जो इक़बाल और पूर्व ग़ुलामों को भारत छोड़कर ग्वादर वापस आ गए थे। जहाज़ के दूसरे छोर से पुलकित, ध्रुव, ज़ैन और दसरना तेज़ी से आ रहे थे, उनके चेहरों से ख़ुशी टपक रही थी। सबने एक-एक करके महान चोल नायक का अभिवादन किया।

'मैं अभी आती हूं,' अमल ने जाते हुए कहा।

'ज़रूर,' नरसिम्हन ने कहा।

'बधाई हो, सेनापति!' पुलकित ने कहा। 'अभियान सफल रहा! सारा देश अफ़वाहों से गूंज रहा है। कुछ कहते हैं कि शहज़ादे शाहिद ने अरबों के साथ मिलकर सुल्तान को मार डाला। दूसरे कहते हैं कि सुल्तान किसी अजीब सी बीमारी से मर गया।'

'अजीब सी बीमारी?' नरसिम्हन ने टिप्पणी की। चोल सेनापति और उसके साथ चल रही पलटन भरपूर सावधानी बरतते हुए ग़ज़नी और ग्वादर के सभी बड़े आबाद स्थानों से बचकर आए थे। उन्होंने स्थानीय लोगों से बात करने से भी परहेज़ किया था। नतीजन, उन्होंने ग़ज़नी साम्राज्य में फैली कोई अफ़वाह नहीं सुनी थी। 'कैसी बीमारी? उपदंश?'

पुलकित और विजयन हंस पड़े। उपदंश या सिफ़लिस एक यौन संक्रमण था जो आमतौर पर पीड़ित व्यभिचारी स्त्री-पुरुषों को होता था। और जैसा कि सबको पता था, ग़ज़नवी तुर्क बेइंतेहा व्यभिचारी थे, और महमूद तो उन सबमें सबसे ज़्यादा गिरा हुआ था, और वास्तव में विकृतियों के पिरामिड की चोटी पर था।

'नहीं, नहीं,' विजयन ने कहा। 'कुछ लोगों का दावा है कि ये मलेरिया है।'

'मलेरिया? कंधार के ऊंचे हवादार पहाड़ों में उसे मलेरिया कैसे हो सकता है? इस मौसम में तो मच्छर भी नहीं होते।'

'तो ग्वादर की सड़कों पर बातें हो रही है कि मलेरिया की कहानी शहज़ादे शाहिद ने फैलाई है, क्योंकि वो नहीं चाहता कि वो लोग उसके ख़िलाफ़ हो जाएं जो इस्लाम के मूल अरबी अर्थ को मानने वालों के बजाय महमूद के ज़्यादा वफ़ादार हैं। और "हत्या की अरब साज़िश" की बात शहज़ादे मुहम्मद ने फैलाई थी, क्योंकि वो चाहता था कि तुर्क अपने प्रति "अरबों की धर्मांधता और नफ़रत" के ख़िलाफ़ उठ खड़े हों।'

'बहुत सही... तो ग़ज़नवियों में से मज़हबी जुनूनी शहज़ादे शाहिद के पीछे, और तुर्की नस्लवादी शहज़ादे मुहम्मद के पीछे खड़े होंगे।'

'हां,' ज़ैन ने कहा। 'अरब भी इस नतीजे से ख़ुश हैं। क्योंकि हमारे लोग इतने सुसंस्कृत हैं कि बर्बर ग़ज़नवी तुर्कों से नहीं जीत सकते। और हममें से कुछ तुर्क तो वास्तव में डरते हैं कि तुर्क हमसे इस्लाम का नियंत्रण छीनना चाहते हैं। मैं तो कहता हूं कि उन्हें आपस में लड़ने देते हैं।'

'ये तो शुरू भी हो चुका है,' पुलकित ने कहा। 'शुरुआती हत्याएं हो चुकी हैं। तुर्कों के बीच पूरा गृहयुद्ध भड़कने में बस कुछ ही हफ़्ते जा रहे हैं।'

विजयन ने आगे कहा, 'अफ़वाह है कि सालार मक़सूद—सुल्तान का भतीजा—फ़टाफ़ट उत्तर भारत से वापस लौट रहा है। युद्ध के पागल कुत्ते एक-दूसरे के ख़िलाफ़ हो गए हैं।'

नरसिम्हन मुस्कुराया। 'यहां हमारा काम निपट गया है।'

'सेनापति,' अमल ने कहा जो यज़दा के साथ इन आदमियों की ओर वापस आ रही थी, साथ में दो सैनिक एक भारी सा संदूक़ लेकर डेक पर आ रहे थे। संदूक़ एक चांदी के ख़ोल से ढका हुआ था। एक तीसरे सैनिक ने जहाज़ के डेक पर एक फ़ोल्डिंग मेज़ रख दी, और संदूक़ को उस पर रख दिया गया। नरसिम्हन को अंदाज़ा हो गया था कि संदूक़ में क्या था। उसने अपने जूते उतार दिए।

अमल ने सावधानी से संदूक़ खोला, उसके आरामदेह आधार पर केसरिया रंग की साटिन का अस्तर लगा था। उस पर, सोमनाथ के शिवलिंग के सभी खंडित अंशों को यथासंभव निकटता से लगाकर जोड़ा गया था। नरसिम्हन ने अपनी थैली में हाथ डाला और अपने पास मौजूद अंश को बाहर निकाला। उसने झटपट अंदाज़ा लगाया कि वो अंश कहां लगना चाहिए और उसे उसके स्थान पर लगा दिया। फिर उसने हाथों से उन पत्थरों को छुआ और उन्हें अपनी आंखों से लगा लिया।

नरसिम्हन ने नम आंखों से अपने साथियों को देखा। 'हर हर महादेव।'

एक प्राचीन भारतीय उद्घोष जो कालातीत था। जो हमेशा उनकी आत्माओं को जोश से भर देता था। हर हर महादेव... हम सब महादेव हैं...

अमल, विजयन, पुलकित, ध्रुव, दसरना और वहां मौजूद दूसरे लोगों ने भी कहा, 'हर हर महादेव।'

'आपको पता है, सेनापति,' ज़ैन ने कहा, 'मलिक अयाज़ के निर्देश एकदम सटीक थे। हमें पवित्र अवशेष बहुत आसानी से मिल गए थे।'

'वो नेक आदमी हैं। क्या वो अभी भी ग़ज़नी में हैं?'

'नहीं,' पुलकित ने कहा। 'हमने सुना है कि वो लाहौर निकल लिए हैं। और जानने का इंतज़ार कर रहे हैं कि गृहयुद्ध कौन जीतता है।'

'और हो सकता है आज़ादी का ऐलान करने का भी, शायद...' नरसिम्हन ने कहा। 'वो भले आदमी हैं। और अक़्लमंद भी।'

'रानी कौसरी जहान की मदद के बिना हम यक़ीनन ये काम नहीं कर पाते,' विजयन ने कहा। 'हममें से किसी को इसकी उम्मीद नहीं थी... कि वो हमारे पक्ष में होंगी। उस ख़बरी से हमने उनके बलिदान के बारे में जाना था जिसे आपने भेजा था।'

'वो नेक महिला थीं...' नरसिम्हन ने कहा। 'देवता उन पर कृपा करें ताकि उनका अगला जन्म कम पीड़ादायी और दुख भरा हो।'

'आमीन,' अमल ने कहा।

'सुम्मा आमीन,' विजयन ने कहा। 'अल्लाह और भगवान शिव उनकी नेक आत्मा पर कृपा करें।'

'क्या इक़बाल और बाक़ी पूर्व ग़ुलाम सुरक्षित भारत पहुंच गए थे?' नरसिम्हन ने अमल के भाई अल्ताफ़ से पूछा।

'जी, सेनापति,' अल्ताफ़ ने जवाब दिया। 'उन्हें गुजरात में सुरक्षित उतारकर हम तुरंत वापस आ गए थे। और यहीं पर अमल आपा और विजयनर के वापस आने का इंतज़ार करते रहे।'

'और हमने ये भी फ़ैसला किया है कि यज़दा हमारे साथ चोल देश चलेगी, सेनापति,' विजयन ने कहा। 'हो सकता है तमिल राज्य में ये एक यज़ीदी मंदिर स्थापित करे।'

'क्यों नहीं,' नरसिम्हन ने मुस्कुराते हुए कहा। 'हमारे दिल उन लोगों के लिए हमेशा खुले हैं जो भारत का सम्मान करते हैं, यज़ीदियों समेत।' फिर चोल सेनापति ने एक गहरी सांस ली और ज़ोर से कहा। 'अरे, हम अपने सम्राट से इंतज़ार नहीं करवा सकते। तुम सबको हमारी मंज़िल पता ही है। चलते हैं! लंगर उठा लो!'

सोमनाथ, गुजरात, भारत

महमूद की मौत को छह महीने हो चुके थे। ग़ज़नी में गृहयुद्ध अभी भी ज़ोरों पर था। तुर्क ख़ून के प्यासे हो रहे थे, और भाई-भाई से लड़ रह था। उनके आसपास के बाक़ी सबको, भारतीयों समेत, तुर्कों की अंतहीन हिंसा से थोड़ी राहत मिल गई थी।

हत्या का अभियान शानदार ढंग से सफल रहा था।

भारतीय उपमहाद्वीप के महान सम्राट सोमनाथ मंदिर में जमा हुए थे। दुनिया के सबसे शक्तिशाली व्यक्ति, चोल वंश के राजेंद्र चोल जिनका अधिकांश

दक्षिण भारत, पूर्वी भारत और दक्षिणपूर्व एशिया पर शासन था। परमार वंश के सम्राट भोजदेव जिनका अधिकांश मध्य भारत पर शासन था जिसमें अधिकांश मध्य प्रदेश, और छत्तीसगढ़, गुजरात, राजस्थान और महाराष्ट्र के कुछ हिस्से शामिल थे। चालुक्यों के सम्राट जयसिंह जो अधिकांश कर्नाटक, महाराष्ट्र और तेलंगाना पर राज करते थे। और सोलंकियों के सम्राट भीमदेव जिनका अधिकांश गुजरात और राजस्थान के कुछ हिस्सों पर आधिपत्य था। तकनीकी रूप से सोमनाथ मंदिर सोलंकियों के क्षेत्र में पड़ता था।

ये सभी साम्राज्य भले ही भारतीय रहे हों, मगर अतीत में कभी न कभी वो सब आपस में लड़ते रहे थे। उनके बीच पहले जो भी दुश्मनियां रही हों, मगर उन्हें एक किया था भगवान शिव के प्रति उनके समर्पण ने। और वो सोमनाथ मंदिर के खंडहरों में उसके पुनर्निर्माण के लिए संसाधन प्रदान करने और उसकी योजना को अंतिम रूप देने के लिए इकट्ठा हुए थे।

'काश हम एकजुट रहे होते,' राजेंद्र चोल ने कहा, 'तो वो बर्बर महमूद हमारे प्रभु के मंदिर पर अपने गंदे हाथ रखने की कभी हिम्मत भी नहीं करता।'

सभी सम्राट और उनके साम्राज्य अपने-अपने तौर पर तुर्कों से लड़े थे। अपने देश, अपने लोगों और अपने देवताओं को बचाने के लिए। लेकिन वो हमेशा अलग-अलग लड़े थे। एक झंडे तले कभी नहीं। कभी भी नहीं।

'मैं सहमत हूं,' सम्राट जयसिंह ने कहा। 'अगर हमारे पुरखे एक साथ आ जाते और हिंदू शाही पठानों और बौद्ध-हिंदू बलोचों का साथ देते, जो भारतीय उपमहाद्वीप की सीमाओं की रक्षा करते थे, तो तुर्क कभी घुसपैठ नहीं कर पाते। हमें आपस में लड़ने की बजाय अपने असल दुश्मन से लड़ना चाहिए।'

हालांकि सम्राट भोजदेव ने तुर्की महमूद के ख़िलाफ़ हिंदू शाही राजा आनंदपाल का साथ देने के लिए अपने सैनिक भेजे थे, मगर आनंदपाल के अड़ोस-पड़ोस के राज्यों ने ऐसा नहीं किया था। ऐसी ही स्थिति ने गुजरात में सोलंकी राजाओं को भी त्रस्त किया था। ये तथ्य कि चालुक्य सम्राट जयसिंह ने ग़ज़नी की सेना से लड़ने के लिए अलग से अपने सैनिकों को भेजा था, और चोलों एवं परमारों ने एक अन्य अभियान भेजा था, अपने आप में सुबूत

थे कि भारतीय राजाओं का लक्ष्य सही था, मगर उन्होंने मिलकर काम नहीं किया। क्योंकि इनमें से कोई भी मिशन संयुक्त प्रयास नहीं था।

'सच है,' सम्राट भीमदेव सोलंकी सहमत थे। 'हमारी एकता की कमी हमें दुश्मनों के लिए आसान शिकार बना देती है।'

विभिन्न सम्राटों की कमान में आए अनेक लोग, जो ग़ज़नी अभियान के दौरान एक दूसरे से परिचित हुए थे, पहले ही इस सभा में आपस में मिल चुके थे। नरसिम्हन, पुलकित, विजयन, अमल, दसरना, ध्रुव, इक़बाल, यज़दा और भी अनेक। वो पुराने दिनों की यादें ताज़ा कर रहे थे। पिछले संबंधों को फिर से सुदृढ़ कर रहे थे। सबने विजयन और अमल को उनके हाल में हुए विवाह पर बधाई दी। ध्रुव इक़बाल और उसके बेटे के साथ अपनी पहली व्यापारिक यात्रा पर निकलने वाला था। सम्राट जयसिंह ने राजेंद्र चोल और भोजदेव परमार के सैनिकों द्वारा अपने छोटे भाई पुलकित की जान बचाने के लिए उन्हें धन्यवाद दिया।

पुरोहितों और उनके सहायकों ने नए सोमनाथ मंदिर के शिलान्यास की तैयारी लगभग पूरी कर ली थी। पुरोहितों की देखरेख में सम्राटों को अनुष्ठान पूरा करना था।

'एकता की बात पर मैं आंशिक रूप से ही सहमत हूं,' सम्राट भोजदेव ने कहा। सबने सुना। क्योंकि भोजदेव परमार अपने शेष तीन साथियों की तरह एक महान सम्राट और प्रचंड योद्धा ही नहीं थे। वो विद्वान भी थे। उन्होंने खगोलशास्त्र, चिकित्सा, रसायन, धातुशास्त्र और वास्तुकला जैसे विभिन्न विषयों के साथ ही दर्शन और काव्य की चौरासी किताबें लिखी थीं। वास्तव में बहुज्ञ और विद्वान। 'हम सब भारत के दुश्मन तुर्कों से लड़ चुके हैं। और हां, हम आपस में भी लड़ते हैं। तो आप कह सकते हैं कि हमारे बीच एकता का अभाव है। लेकिन क्या तुर्क भी आपस में लड़ते नहीं रहते? और उनकी अंदरूनी लड़ाइयां जिस हद तक जाती हैं, उसकी हम यहां भारत में कल्पना भी नहीं कर सकते। बेटे पिताओं को यातना देते और मार डालते हैं। भाई सार्वजनिक रूप से भाइयों की ज़िंदा खाल उतरवा देते हैं। आदमी औरतों और

बच्चों की हत्या करते हैं, कभी-कभी अपने ही ख़ानदान के अंदर। अगर हमारे बीच एकता का अभाव है, तो कहा जा सकता है कि तुर्कों में तो एकता का और भी ज़्यादा अभाव है। और फिर भी वो हम भारतीयों को हरा देते हैं। मुझे नहीं लगता कि एकता का अभाव हमारी मुख्य कमज़ोरी है। ये कमज़ोरी है, बेशक, मगर हमारी मुख्य कमज़ोरी नहीं है।'

तीनों सम्राट चुप थे। उन्होंने पहले कभी इस तरह से सोचा ही नहीं था। उन्होंने हमेशा यही माना था कि भारतीयों के बीच एकता की कमी की वजह से ही उन्होंने युद्ध हारे थे। एक अधिकारी राजेंद्र चोल को ये बताने आया कि अनुष्ठान की तैयारियां पूरी हो गई थीं। लेकिन शक्तिशाली चोल ने उसे इंतज़ार करने और सम्राटों को कुछ पल का एकांत देने का इशारा किया।

'तो आपको क्या लगता है, हमारी मुख्य कमज़ोरी क्या है?' राजेंद्र चोल ने पूछा।

'शत्रुबोध,' भोजदेव परमार ने कहा।

'शत्रुबोध?' भीमदेव सोलंकी ने पूछा।

'हां। शत्रुबोध। आचार्य चाणक्य ने इसके बारे में बताया था। भोजपाल विश्वविद्यालय में पढ़ने वाले एक युवा विद्वान पंकज ने भी इस बारे में लिखा है। मैं आपको जो बता रहा हूं, वो उनके सिद्धांत पर आधारित है। हम सोचते हैं कि तुर्क बेदिमाग़ बर्बर हैं, जो बस मूर्ख जानवरों की तरह लड़ भर सकते हैं। और कुछ नहीं। लेकिन मैं कहता हूं कि वो एक क्षेत्र में हमसे तेज़ हैं: शत्रुबोध। वो अपने दुश्मनों और उनके तौर-तरीकों को लेकर पूरी तरह स्पष्ट हैं। वो ये जानने के लिए हमारी जीवनशैली का अध्ययन करते हैं कि हमें किन तरीक़ों में हराया जाए जो ये सुनिश्चित करे कि हम हारे हुए ही रहें। आपको क्या लगता है कि वो हमारे देवताओं की मूर्तियों को तोड़ते क्यों हैं, उन्हें फिरौती के लिए चुरा क्यों नहीं ले जाते? अगर वो बस पैसों के बारे में सोच रहे होते, तो फिरौती कहीं ज़्यादा लाभकारी होती, सही? लेकिन वो शत्रुबोध में माहिर हैं। वो हमारे देवताओं की मूर्तियां तोड़ देते हैं ताकि हमारे हौसले भी टूट जाएं।'

भोजदेव परमार आगे कहते रहे, 'उनके पास तो दुश्मनों का वरिष्ठता क्रम भी है। सबसे निचले स्तर पर, उनके सबसे अहम दुश्मन हिंदू, बौद्ध, जैन, और यहां तक कि यज़ीदी और पारसी भी हैं, क्योंकि वो हमें मूर्तिपूजकों की तरह देखते हैं। हम दुश्मनों की उनकी सूची में सबसे निम्नकोटि के प्राणी हैं। हम ऐसा कुछ नहीं कर सकते जिससे वो हमें दुश्मन न मानें। हमारा होना ही उनके लिए आपत्तिजनक है। थोड़े कम स्तर पर वो भारतीय मुसलमानों, और यहूदियों एवं ईसाइयों, को भी दुश्मन मानते हैं। क्योंकि भारतीय जाति के प्रति उनके अंदर नस्लीय घृणा है और वो यहूदियों एवं ईसाइयों से भी घोर नफ़रत करते हैं जिन्होंने अपने धर्मों को "उचित रूप" में अद्यतन नहीं किया है। इस समूह से बेहतर स्थिति में फ़ारसी मुसलमान हैं। क्योंकि वो इस्लाम को मानते हैं, और तुर्क मानते हैं कि फ़ारसी नस्ल भारतीय नस्ल से बेहतर है। फ़ारसी मुसलमानों से कहीं बेहतर स्थिति में अरब मुसलमान हैं, क्योंकि उन्हें असली मुसलमान माना जाता है। और सबसे ऊपर तुर्की मुसलमान हैं। यह, कुल मिलाकर, तुर्की नज़रिया है।'

'हम्म,' राजेंद्र चोल ने कहा। 'ये एक दिलचस्प नज़रिया है। शायद हमारी ग़लती ये है कि हम समझते हैं कि सारे धर्म समान हैं, सारी संस्कृतियां समान हैं, कि सभी लोग एक दूसरे से प्रेम करना चाहते हैं और बस राजनीति ही है जो उन्हें बांटने का काम करती है। हम इस काल्पनिक दुनिया में रहते हैं जहां हम सोचते हैं कि बेहतर दुनिया के लिए हमें बस प्रेम और ताज़ा हवा चाहिए। लेकिन तुर्क स्पष्ट और निर्मम हैं, ख़ासतौर से जब उनके अपने समूह और उनके दुश्मनों की बात आए।'

'साथ ही,' भोजदेव परमार ने आगे कहा, 'उनके अंदरूनी झगड़े और गृहयुद्ध जितने भी हों, मगर वो अपने लोगों के ख़िलाफ़ दुश्मन का साथ कभी नहीं देंगे। कभी भी नहीं। उदाहरण के लिए, किसी तुर्क के ख़िलाफ़ युद्ध में वो कभी किसी भारतीय का साथ नहीं देंगे, भले ही उस भारतीय ने इस्लाम क़ुबूल कर लिया हो। वो इस बात को लेकर पूरी तरह से स्पष्ट हैं कि कौन उनका अपना है और कौन उनका दुश्मन। हम नहीं हैं। हम तुर्कों को बस एक और

समूह मानते हैं, जो हम भारतीयों से भिन्न नहीं हैं। वसुधैव कुटुम्बकम्। हम मानते हैं कि सारी मानवजाति एक परिवार है। कुछ भारतीय राजा सोचते हैं कि किसी साथी भारतीय के विरुद्ध किसी तुर्क से हाथ मिलाने में कुछ ग़लत नहीं है। ये शत्रुबोध का अभाव दर्शाता है। इस समझ का अभाव कि आपका असली शत्रु कौन है।'

'तो आप इसका क्या समाधान सोचते हैं?' जयसिंह चालुक्य ने पूछा।

'हमें शत्रुबोध के ज्ञान और दर्शन को गहराई से समझना होगा। मैं भोजेश्वर नाम का एक विशाल मंदिर परिसर बनवा रहा हूं। ये विश्व के सबसे बड़े परिसरों में से एक होगा। और हम उसके केंद्र में एक भव्य शिव मंदिर बनवाएंगे। मगर हम परिसर में एक संस्थान भी स्थापित करेंगे जहां स्वयंबोध, शत्रुबोध, परबोध और युगबोध के दर्शन का शिक्षण होगा। ये विश्व भर में भारी भू-राजनीतिक उथल-पुथल का दौर है। अराजकता का दौर। पुरानी वैश्विक व्यवस्था इस अराजकता में ढह जाएगी, और एक नई व्यवस्था उभरेगी। अगर हम भारतीयों ने इन चारों अहम क्षेत्रों में दक्षता हासिल नहीं की, तो हम इस युग के असफल लोगों में रह जाएंगे,' भोजदेव परमार ने कहा।

'आपको ये परिसर अवश्य बनवाना चाहिए, मेरे मित्र,' राजेंद्र चोल ने कहा। 'ये भारत के कल्याण के लिए होगा।'

'मैं एक छोटे से राज्य बहराइच के एक राजकुमार सुहेलदेव की गतिविधियों पर भी नज़र रख रहा हूं। बहुत ही समझदार नौजवान हैं। ऐसा लगता है कि वो तुर्कों के विषय में शत्रुबोध पर बहुत स्पष्ट हैं।'

'सुहेलदेव,' जयसिंह ने कहा। 'मैं उनकी कहानी को दिलचस्पी से देखूंगा। क्योंक ये तो निश्चित है कि तुर्क अपना गृहयुद्ध ख़त्म करते ही एक बार फिर अपना ध्यान हमारी तरफ़ मोड़ देंगे।'

'वो निश्चय ही ऐसा करेंगे,' भोजदेव परमार ने कहा। 'हम बस उनके हमलों में देरी कर सकते हैं, मगर उन्हें पूरी तरह रोक नहीं सकते। क्योंकि उन्हें जब भी मौक़ा मिलेगा, वो हम पर हमला करेंगे—वो ऐसे ही हैं। हमें उन जैसे शत्रुओं से हमेशा-हमेशा सावधान रहना होगा।'

एक चोल अधिकारी धीरे से बोला, क्योंकि शिलान्यास का मुहूर्त हो गया था। 'महाराज...'

'हां, हां,' राजेंद्र चोल ने हामी भरी। 'आइए, मित्रों। हम मिलकर अपने प्रभु के महान मंदिर की नींव का पत्थर रखें। ईश्वर करे ये हमेशा खड़ा रहे।'

महान चालुक्य सम्राट जयसिंह ने सिर उठाकर शाम के आसमान को देखा। सूरज धीरे-धीरे क्षितिज में डूब रहा था, और आसमान में एक सुर्ख़ छटा बिखरी थी।

वो मंद स्वर में *यजुर्वेद* के श्री रुद्रसूक्त को उच्चारने लगे जो महादेव को समर्पित है जिनका एक नाम रुद्र भी है।

असौ यस्ताम्रो अरुण उत बभ्रुः सुमंगलः ।

ये चेमेम् रुद्रा अभितो दिक्षु श्रिताः सहस्त्रशोऽवैषां हेड ईमहे॥

वो उगते समय लाल होते हैं, बाद में सुनहरी पीली आभा ले लेते हैं, वो अंधकार को दूर करते हैं, वो शुभ हैं, उनके दूसरे रूप प्रकाश की किरणों की तरह सभी दिशाओं में फैल जाते हैं, वो रुद्र हैं। और उनके अनेक रूपों में से एक महिमामयी सूर्य हैं। हम उन्हें नमन करते हैं।

जयसिंह द्वारा श्लोक के शुद्ध उच्चारण पर शेष तीनों सम्राट मुस्कुरा दिए। और सुदूर सूरज की कोमल किरणों को तकने लगे।

सूरज नियमित रूप से डूबता है। यह ऋतु का अटूट चक्र है। लेकिन इसी की तरह, ऋतु का एक और अटूट नियम है कि सूरज हमेशा लौटता है और नियमित रूप से उगता भी है।

देवता कभी-कभी पीछे हट सकते हैं। और ऐसे मौक़ों पर उनके भक्तों को ऐसा लग सकता है कि उनकी दुनिया ख़त्म होने वाली है। कि देवताओं ने उन्हें त्याग दिया है। लेकिन ये प्रकृति का पवित्र नियम है, कि जब समय सही होगा, तो देवता हमेशा वापस आएंगे।

आस्था रखें।

क्योंकि देवताओं के बिना भक्तों का अस्तित्व अर्थहीन है। लेकिन इसी तरह भक्तों के बिना देवता भी अपना मंतव्य खो देते हैं। शायद सबसे बड़ी प्रेम कहानी भक्तों और उनके देवताओं की है।

सम्राटों ने अपने हाथ जोड़े और सूर्य को नमन किया।

उन्हें अपने सबसे बड़े प्रेम की याद आ गई। उनकी भक्ति के सर्वोच्च विषय। उनकी बुद्धिमता के बेहतरीन स्रोत। उनकी शक्ति के सबसे बड़ा स्रोत।

शिव।

और फिर उन्होंने मंदिर के खंडहरों को देखा। बहुत काम किया जाना था।

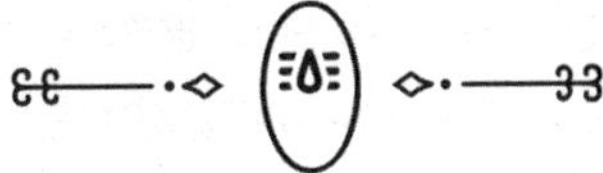

उपसंहार

एक भविष्यवाणी

कांची, तमिलनाडु, भारत

महमूद की मौत को एक साल बीत गया था। हिंसक गृहयुद्ध से बेबस हो गया ग़ज़नवी साम्राज्य अभी भी लड़खड़ा रहा था। इस बीच, पश्चिमी भारत में, सोमनाथजी में मंदिर के पुनर्निर्माण का काम तेज़ी से और बख़ूबी हो रहा था।

राजेंद्र चोल के पुत्र राजकुमार राजाधिराज, और भोजदेव परमार के पुत्र राजकुमार जय एक विशेष मिशन पर कांची आए थे। सोमनाथ मंदिर से जुड़े एक महत्वपूर्ण मुद्दे के लिए। उनके साथ चालुक्य वंश के राजुकमार पुलकित और सेनापति नरसिम्हन भी थे।

'मगर मैं समझा नहीं, पूजनीय शंकराचार्यजी,' राजाधिराज चोल ने कहा। 'क्या आप ये कह रहे है कि हमें पुनर्निर्मित सोमनाथर मंदिर में चुंबकपत्थर के शिवलिंग के खंडित टुकड़ों का प्रयोग नहीं करना चाहिए?'

आदि शंकराचार्य ने, जो लगभग तीन सौ साल पहले जीवित थे, धर्म के अनेक मतों को एकजुट किया था। कुछ लोगों का दावा था कि आदि शंकराचार्य उससे भी बहुत पहले, लगभग चौदह सौ साल पहले हुए थे। चाहे तीन सौ साल हों या चौदह सौ, महान आदि शंकराचार्य की वास्तविक प्राचीनता केवल महादेव ही जानते हैं, लेकिन इसमें कोई संदेह नहीं है कि

अधिकांश लोग उन्हें इतिहास के महानतम हिंदुओं और सर्वश्रेष्ठ गुरुओं में शामिल करते हैं। उन्होंने पूरे भारतीय उपमहाद्वीप में अनेक शंकराचार्य पीठ स्थापित किए थे। ये पश्चिम में द्वारका, उत्तर में जोशीमठ, पूर्व में पुरी और दक्षिण में श्रृंगेरी में हैं। इन पीठों को वैदिक ज्ञान को संरक्षित करने और चुनौती भरे कालों में धार्मिक मार्ग दिखाने के लिए स्थापित किया गया था। लेकिन बहुत से लोगों का कहना था कि एक पांचवां पीठ भी था। दक्षिण भारत में बहुत अंदर, तमिल प्रदेश में पालार नदी के निकट कांची में। जहां, ऐसी अफ़वाह थी, कि पहले शंकराचार्य ने अपने नश्वर जीवन के अंतिम दिन बिताए थे। लेकिन यहां भी अनेक सत्यों में हमें पारंपरिक धार्मिक आश्वासन मिलते हैं क्योंकि कुछ दूसरे लोगों का कहना था कि आदि शंकराचार्य ने भारत के सुदूर उत्तरी हिस्सों में, ऊंचे हिमालयों की तलहटी में बसे केदारनाथ जी के निकट अपना नश्वर शरीर त्यागा था। ऐसा प्रतीत होता था जैसे मृत्यु में भी आदि शंकराचार्य ने भारतीय उपमहाद्वीप के विभिन्न क्षेत्रों को एकजुट करने की कोशिश की थी।

आदि शंकराचार्य द्वारा स्थापित इन सभी पीठों के प्रमुख एक शंकराचार्य थे जिन्हें आदि शंकराचार्य का उत्तराधिकारी माना जाता था। और इन जीवित शंकराचार्यों का आध्यात्मिक स्तर अधिकांश हिंदुओं, ख़ासकर भगवान शिव की उपासना करने वाले हिंदुओं, की दृष्टि में सर्वोच्च था।

'नहीं, ऐसा नहीं करना चाहिए, मेरे बच्चे,' कांची के शंकराचार्य ने उत्तर दिया।

'श्रद्धेय शंकराचार्य जी, मुझे पता है कि महानिर्वाण तंत्र के नियम बताते हैं कि खंडित मूर्तियों को जल में विसर्जित कर देना चाहिए और उनकी पूजा नहीं की जानी चाहिए,' जय परमार ने कहा क्योंकि उसने अपने विद्वान पिता से खंडित मूर्तियों से संबंधित उचित अनुष्ठानों के बारे में जाना था। 'लेकिन अनेक अनुष्ठान ये भी कहते हैं कि अगर मूल मूर्ति बहुत अधिक शक्तिशाली हो, तो हम उसके खंडों का पुनर्निर्माण करके फिर से एक विशेष प्राण प्रतिष्ठा कर सकते हैं ताकि भक्तगण पुनरुद्धार के बाद उसी मूर्ति की फिर से पूजा कर

सकें।' *प्राण प्रतिष्ठा मूर्ति में जीवनबल का आह्वान करने और उसे स्थापित करने का अनुष्ठान होता है, जिससे वो देवता के रूप में सजीव हो जाती है।*

'आप ऐसा कर सकते हैं,' कांची के शंकराचार्य ने कहा। 'मगर करना नहीं चाहिए।'

'मगर क्यों?' पुलकित चालुक्य ने पूछा।

शंकराचार्य पीछे को झुक गए और उन्होंने एक गहरी सांस भरी। उन्होंने नरसिम्हन पर निगाह डाली, जो उनसे मिलने आए चारों लोगों में सबसे बड़ा था। सेनापति ने लंबा जीवन जिया था, सफलता की ऊंचाइयां और दुख की गहराइयां देखी थीं। हर इंसान अपने जीवन में सबसे निचले स्तर का अनुभव करता है। जब सब कुछ ग़लत होता लगता है। अगर आप भयानक अनुभवों से उबर आते हैं, तो एक भिन्न व्यक्ति के रूप में सामने आएंगे। पूरी तरह से भिन्न। जैसे अब नरसिम्हन था। कुछ बातें आपको केवल समय, जिंदगी और आघात ही सिखा सकते हैं। युवावस्था की ऊर्जा को पीड़ा की आग में तपाकर ज्ञान की रोशनी में बदलना होता है।

और जैसा आदमियों के साथ होता है, वैसा ही संस्कृतियों के साथ भी होता है।

'एक चक्र होता है जिससे अधिकांश संस्कृतियों को गुज़रना होता है, मेरे बच्चों,' वृद्ध और ज्ञानी शंकराचार्य ने चारों व्यक्तियों से कहा। 'वो उठती हैं, चरम पर पहुंचती हैं, लड़खड़ाती हैं, गिर जाती हैं। और अक्सर दोबारा खड़ी नहीं हो पातीं। वो अंतहीन विनाश में समाप्त हो जाती हैं, बचाए जा पाने से परे वो समय की रेत में दफ़्न हो जाती हैं। जितनी बड़ी उनकी उपलब्धियां होती हैं, उतना ही ज़बरदस्त उनकी तबाही होती है। अधिकांश संस्कृतियों के साथ ये होता है। लेकिन कुछ भिन्न होती हैं... वो गिरती हैं, मगर मरती नहीं हैं। वो उठती हैं, ख़ुद को झाड़ती हैं और एक बार फिर ऊपर उठती हैं। सच में शक्तिशाली वो नहीं होतीं जो चक्र के चरम काल में सबसे ऊपर पहुंचती हैं और हमेशा वहीं बने रहने की अपेक्षा करती हैं। सच में शक्तिशाली वो हैं जो हताशा और विनाश के रसातल से वापस बाहर आते हैं। सच में शक्तिशाली

संस्कृतियां वो हैं जो मरकर वापस ज़िंदा होती हैं। ऑज़िमैंडियास का फ़ैरो भले ही राजाओं का राजा रहा हो, मगर वो ये नहीं जानता था। प्राचीन मिस्र के खेमित में उसकी महान संस्कृति ख़त्म हो गई है और शायद फिर कभी जीवित नहीं हो पाएगी। मगर हमारी संस्कृति, भारत की संस्कृति अभी भी मौजूद है। हमारे बारे में जो सच में ख़ास है, वो ये नहीं कि हम कितनी ऊंचाई पर जाते हैं, बल्कि ये है कि हम मौत से भी जीत जाते हैं और फिर से जन्म लेते हैं। ऐसा कई बार हुआ है। हमारे देश की अंतिम मृत्यु महाभारत के युद्ध के दौरान हुई थी, जिसने हमारी वैदिक संस्कृति के उत्कर्ष को ख़त्म कर दिया था। लेकिन हम उबरे... हम मरकर वापस आए... और पिछले ढाई हज़ार साल में हमने कुछ उतना ही असाधारण खड़ा किया है, जो हमारे वैदिक अतीत पर निर्मित था, मगर उसमें बहुत कुछ और जोड़ा गया था... विश्व इतिहास की महानतम संस्कृति के रूप में हमें, भारतवर्ष की भव्य भूमि को सराहता है।'

'मगर इसका सोमनाथर मंदिर से क्या संबंध है, महान शंकराचार्यजी?' राजाधिराज चोल ने पूछा।

शंकराचार्य ने देखा कि नरसिम्हन कुछ नहीं पूछ रहा था। लगता था जैसे वो संदेश को समझ चुका था। मगर युवक अपने प्रश्नों के उत्तर चाहते थे जो यौवन की ऐसी ऊर्जा से भरे थे जो विकास को संभव बनाती है, मगर उस ज्ञान से दूर थे कि उन्हें क्या और वास्तव में कहां विकास करना चाहिए।

'सोमनाथ का विनाश हमारे लिए एक संदेश था,' शंकराचार्य ने कहा। 'तीन सौ साल पहले मुहम्मद बिन क़ासिम के हाथों मुल्तान के सूर्य मंदिर के पतन से भी ज़्यादा स्पष्ट संदेश।'

'कैसा संदेश, महागुरु?' जय परमार ने पूछा।

'कि हमारा बुरा समय आ रहा है। हमारा पतन शुरू हो चुका है।'

'लेकिन हम तो अभी जीते थे, श्रद्धेय गुरुवर,' पुलकित चालुक्य उलझ सा गया था। 'हमने महमूद को मार दिया, और हमारा बदला पूरा हो गया है। और जब तुर्क फिर से आएंगे, तब फिर से हम उन्हें हरा देंगे।'

'हम कभी उन्हें हरा देंगे, लेकिन कभी-कभी हम हारेंगे भी,' शंकराचार्य ने कहा। 'मैंने नक्षत्रों की गणना की है। मैंने कुंडलियों और संकेतों का अध्ययन किया है। हम भारतीयों के लिए अगले एक हज़ार साल मुश्किल हैं। हर सभ्यता जो ऊपर उठती है, उसे ये पतन भोगना ही पड़ेगा। और जैसा मैंने तुमसे कहा, हम कई बार इन चक्रों से गुज़रे हैं। हम इस चक्र के गिरावट के चरण में प्रवेश कर रहे हैं। हम एक हज़ार साल में तीन चरणों में लगातार हमले देखेंगे। पहला चरण शुरू हो चुका है। तुर्क वापस आते रहेंगे। और एक समय ऐसा आएगा जब वो विजयी होंगे, यहां तक कि अधिकांश भारत पर राज भी करेंगे। दूसरे चरण में, और भी दूर पश्चिम से गोरी रंगत वाले यूरोपीय लोगों की एक नस्ल हम पर हमला करेगी और हमें जीत लेगी।'

तीनों राजकुमार हतप्रभ थे। उनके दिलो-दिमाग़ में भारत अजेय था। वो ये कल्पना ही नहीं कर सकते थे कि विदेशी भारत पर राज करेंगे।

शंकराचार्य ने कहना जारी रखा, 'ये विदेशी लगभग एक हज़ार साल तक हम पर राज करेंगे। उत्तरी भारत लड़ना जारी रखेगा। और विदेशियों के विरुद्ध उत्तर भारतीयों की बहादुरी दक्षिण भारतीयों को अपेक्षाकृत सुरक्षित रखेगी। क्योंकि विदेशी उत्तर में लड़ने में ही इतने व्यस्त रहेंगे कि उनमें दक्षिण पर हमला करने और उसका विनाश करने की क्षमता नहीं रहेगी। एक हज़ार सालों में भारत के दक्षिण में आप जितना दूर होंगे, उतना ही आप हमारी प्राचीन संस्कृति को जीवित रख पाएंगे। उत्तर के लगभग हमारे सारे प्राचीन मंदिर नष्ट हो जाएंगे। लेकिन दक्षिण के मंदिर बने रहेंगे। इसलिए अव्यवस्था और हिंसा के इन आगामी हज़ार वर्षों में खंडित शिवलिंग के टुकड़ों को यहां दक्षिण में, जितनी दूर हो सके, सुरक्षित रखना चाहिए। मैं आपको तमिल अग्निहोत्री पुरोहितों के एक समूह के बारे में बताऊंगा जो लगातार सोमनाथर शिवलिंग के खंडों पर आवश्यक अनुष्ठान करते रहेंगे ताकि मूर्ति के खंडित अंशों में ऊर्जा शक्तिशाली बनी रहे।'

'लेकिन जो लोग खंडित मूर्ति की पूजा करते हैं, वो आध्यात्मिक कष्ट भोगते हैं,' राजाधिराज चोल ने कहा। 'क्या तमिल अग्निहोत्री कष्ट नहीं पाएंगे?'

'हां, पाएंगे। और उनका समुदाय ये मोल चुकाने को तैयार है। भगवान शिव के लिए। और हज़ार साल बाद, जब सही समय आएगा, तो वो इन खंडों को शंकर नाम के एक तमिल संत के पास ले जाएंगे। जो शिवलिंग के खंडों को फिर से पवित्र करेंगे। तभी सोमनाथर मंदिर का वास्तव में पुनर्निर्माण होगा। और तभी भारत का पतन समाप्त होगा। और हम फिर से ऊपर उठना शुरू करेंगे। तब तक, खंडित शिवलिंग का एक छोटा सा अंश ही सोमनाथर में, बेल वृक्ष के नीचे गाड़कर रखा जा सकता है, ताकि यह मंदिर के बार-बार होने वाले पुनरुत्थान के लिए आध्यात्मिक संबल प्रदान कर सके।'

'हमें कैसे पता चलेगा कि सही समय कब है?' पुलकित चालुक्य ने पूछा।

'वो समय तब आएगा जब राम अयोध्या लौटेंगे।'

राजकुमार उलझन मे पड़ गए थे। राजाधिराज चोल ने पूछा, 'लेकिन भगवान राम तो अयोध्या में हैं। उनका भव्य मंदिर राम जन्मभूमि पर सुदृढ़ता से खड़ा है।'

कांची के शंकराचार्य उदास भाव से मुस्कुराए। 'हमें अभी बहुत सारे कष्ट भोगने हैं, मेरे बच्चो। तुम लोग वो दिन नहीं देखोगे जब राम अयोध्या त्यागेंगे। मगर तुम्हारे वंशज देखेंगे।'

राजकुमार चुप रहे। वो राम के बिना अयोध्या की कल्पना भी नहीं कर सकते थे।

'लेकिन वो लौटेंगे। राम लला लौटेंगे।' राम के नन्हे बालरूप के बारे में बोलते हुए कांची के शंकराचार्य की आवाज़ भावुकता से कांप गई थी, क्योंकि राम जन्मभूमि मंदिर में उनकी मूर्ति इसी रूप में स्थापित की गई थी। 'हम भारतीय उन्हें वापस लाएंगे। हज़ार साल बाद।'

'हम इतने लंबे समय तक कष्ट पाएंगे?' जय परमार ने पूछा।

शंकराचार्य ने गहरी सांस भरी, क्योंकि वो इतने ज्ञानी थे कि काले बादलों के बजाय रुपहली आभा देख सकते थे। 'भारत माता तो बस कष्ट ही पाएंगी। लेकिन दूसरी प्राचीन संस्कृतियां तो पूरी तरह नष्ट हो जाएंगी। एक हज़ार साल बाद जीवित बची पूर्व कांस्य युग की संस्कृतियों में बस हमारी ही संस्कृति होगी।'

'क्या हमारे फिर से बनवाए सोमानाथजी के मंदिर को कोई और हमलावर फिर से नष्ट करेगा?' पुलकित चालुक्य ने पूछा। उसने शंकराचार्य जी द्वारा सोमनाथ मंदिर के 'बार-बार होने वाले पुनरुत्थान' की बात को पकड़ लिया था।

'हां, ऐसा होगा।' शंकराचार्य की आंखें थोड़ी सी नम हो गई थीं। 'मगर हम उसे फिर से बनाएंगे। और फिर बनाएंगे। दूसरे मंदिरों को भी। ये इन विदेशियों के विरुद्ध हमारा, हम मूल भारतवासियों का, घोर प्रतिरोध होगा। हम भयानक हार झेलेंगे। मगर हम कई लड़ाइयां जीतेंगे भी। और सबसे महत्वपूर्ण, हम कभी आत्मसमर्पण नहीं करेंगे। हमारी मातृभूमि, हमारी धार्मिक संस्कृति जीवित रहेगी। और एक हज़ार साल बाद फिर से उठना शुरू होगी।'

नरसिम्हन आख़िरकार आगे को झुका और पहली बार उसने प्रश्न किया। 'महान गुरु शंकराचार्यजी, आपने शुरू में कहा था कि हज़ार साल के पतन की अवधि में हम पर तीन चरणों में हमले होंगे। पहला तो तुर्कों का होगा। दूसरा किसी गोरी रंगत वाले यूरोपीयों का। तीसरे चरण में हम पर कौन हमला करेगा?'

शंकराचार्य मुस्कुराए। ऐसे बुद्धिमान बड़े व्यक्ति पर ही सबसे अहम सवाल पूछने का भरोसा करें जिसने ज़िंदगी में कष्ट पाए हैं। 'तीसरा चरण सबसे ज़्यादा दिल तोड़ने वाला होगा। क्योंकि पहले दो चरणों में, हम पर हमला करने वाले विदेशी होंगे। लेकिन तीसरे चरण में, वो हमारे अपने लोग होंगे, हमारे कुछ साथी भारतीय जो हम पर हमला करेंगे।' शंकराचार्य ने अपना बायां हाथ उठाया। 'ये लोग हमारे अपने होंगे, लेकिन मानसिक और भावनात्मक रूप से भारत से दूर हो चुके होंगे। हमारी हर चीज़ से घृणा करेंगे। हमेशा विदेशियों का पक्ष लेंगे। हमारी संस्कृति की हर कमी पर इस तरह हमला करेंगे मानो अकेले हममें ही कमियां हैं, मानो दूसरी सभी संस्कृतियां एकदम निर्दोष हैं। ये सबसे मुश्किल दौर होगा।'

शंकराचार्य ने अपना दायां हाथ उठाया। 'मुश्किल इसलिए कि जो लोग भारत से प्यार करते हैं, वो इन ख़ुद से नफ़रत करने वालों से लड़ नहीं पाएंगे। आप केवल इसलिए तो अपने ही शरीर पर वार नहीं करते हैं कि उसके किसी हिस्से पर कोई बाहरी संक्रमण हो गया है। भारत प्रेमियों को भारत से नफ़रत करने वालों पर हमला नहीं करना होगा, बल्कि उन्हें वापस मातृभूमि से प्रेम करने के लिए

आकर्षित करना होगा।' शंकराचार्य ने अपने बाएं हाथ को दाएं हाथ से पकड़ा, लगभग बाएं हाथ को दिलासा देते हुए। 'दूसरी ओर मौजूद लोग भी हमारे अपने ही तो हैं, भले ही वो भ्रमित हो गए हों। हमें उनसे नफ़रत नहीं करनी चाहिए, भले ही वो हमसे नफ़रत करते हों। हमें प्यार, उदारता, और समझदारी से उन्हें वापस घर लाना होगा। यह कठिन संघर्ष होगा, लेकिन हमारे भारत प्रेमी अंततः सफल होंगे। भारत से नफ़रत करने वालों को वापस परिवार में लाया जाएगा।'

'लेकिन हमें इस पतन से क्यों गुज़रना होगा?' राजाधिराज चोल ने पूछा।

'क्योंकि यही प्रकृति का नियम है। जो कुछ भी ऊपर उठता है, उसे कभी नीचे आना ही होगा। और सबसे अहम बात, आप अपनी सफलताओं से ज़्यादा अपनी पराजयों से सीखते हैं, आप सुख से ज़्यादा दुख में विकास क़रते हैं। आज से एक हज़ार साल बाद जो भारतीय हमारे देश में जन्म लेंगे, वो हज़ार साल के पतन का विश्लेषण करेंगे। उन्हें समझना होगा कि उनके पूर्वज क्यों हारे, ताकि वो उन ग़लतियों को न दोहराएं। और उन्हें जानना होगा कि भारतीय संस्कृति में ऐसी क्या विशेषता है कि यह हज़ार साल तक निर्मम सैन्य, बौद्धिक, आर्थिक और सांस्कृतिक हमले झेलने के बाद भी बची रही है। जब वो सही निष्कर्ष निकालेंगे और सही सबक़ सीखेंगे, तभी वो अपने अगले उत्थान को बेहतर ढंग से संभाल पाएंगे।'

नरसिम्हन धीरे से मुस्कुराया। 'हमारे वंशजों के लिए ये बहुत बड़ा दायित्व होगा।'

'हां, होगा तो।' कांची शंकराचार्य ने फिर काल और स्थान की विराट खाई के पार, हज़ार साल के पार देखा। उन्होंने आपको देखा, प्यारे पाठक, और धीरे से कहा, 'एक हज़ार साल लगभग पूरे हो चुके हैं, मेरे बच्चे। अब भारत मां के उठने का समय है। धर्म के उठने का समय है... तो काम पर जुट जाओ।'

ओम् नम : शिवाय
ब्रह्मांड भगवान शिव को नमन करता है।
मैं भगवान शिव को नमन करता हूं।

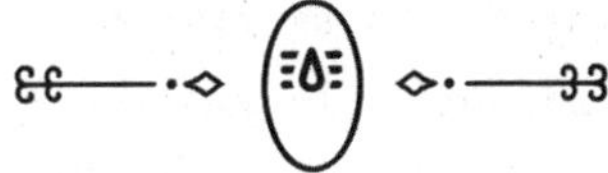

संदर्भ

प्रस्तावना: सोमनाथ पर अंतिम मोर्चा

1. फ़िरिश्ता. 1829. *तारीख़-ए-फ़िरिश्ता (गुलशन-ए-इब्राहीमी). हिस्ट्री ऑफ़ द राइज़ ऑफ़ द मोहम्मडन पॉवर इन इंडिया* में, अनुवाद जॉन ब्रिग्स. लंदन: लाँगमैन, रीस, ओर्मे, ब्राउन, और ग्रीन
2. Quran.com. 'तफ़सीर सूरह अल-अनफ़ाल – 41.' 30 जुलाई 2025 को एक्सेस किया गया। https://quran.com/8:41/tafsirs/en-tafsir-maarif-ul-quran
3. इस्लाम क्यू एंड ए. 'गुलाम महिलाओं के साथ अंतरंगता के बारे में क्या नियम है?' 30 जुलाई 2025 को एक्सेस किया गया। https://islamqa.info/en/answers/13737/what-is-the-ruling-on-intimacy-with-slave-women
4. ऑक्सफ़ोर्ड रेफ़रेंस. 'ग़नीमह.' 30 जुलाई 2025 को एक्सेस किया गया। https://www.oxfordreference.com/display/10.1093/oi/authority.20110803095850460
5. उर्दू शब्द 'ग़नीमत' (غنیمت) अरबी शब्द 'ग़नीमह' (غنيمه) से लिया गया है, और दोनों शब्दों के अर्थ लूट के माल, लूट या युद्ध में प्राप्त संपत्ति से संबंधित हैं। देखें रेख़्ता डिक्शनरी. 'माल-ए-ग़नीमत.' 30 जुलाई 2025 को एक्सेस किया गया। https://www.rekhtadictionary.com/meaning-of-maal-e-ganiimat
6. जूकोव्स्की इंस्टीट्यूट फ़ॉर आर्कियॉलोजी एंड द एंशिएंट वर्ल्ड, ब्राउन यूनिवर्सिटी। 'दार अल-इस्लाम/दार अल-हर्ब, इस्लामिक आर्कियॉलोजी

ग्लॉसरी 2007' 30 जुलाई 2025 को एक्सेस किया गया। https://www.brown.edu/Departments/Joukowsky_Institute/courses/islamicarchaeologyglossary2007/4005.html

7. Quran.com. 'तफ़सीर सूरह अल-बय्यिनह - 98:6 से 98:8.' 30 जुलाई 2025 को एक्सेस किया गया। https://quran.com/al-bayyinah/8/tafsirs
8. फ़ैचीन, टॉम, और ज़ोहैर अब्दुर-रहमान। 'मूर्ति पूजा सबसे बड़ी बुराई क्यों है।' *डॉग्मा डिसरप्टेड* (पॉडकास्ट). 11 अगस्त 2023. यक़ीन इंस्टीट्यूट फ़ॉर इस्लामिक रिसर्च. 30 जुलाई 2025 को एक्सेस किया गया। https://yaqeeninstitute.org/watch/series/why-idolatry-is-the-greatest-evil-dogma-disrupted-podcast
9. मुहम्मद, अबू सलमान, और अदनान चिश्ती अत्तारी मदनी। 'शिर्क क्या है।' इस्लामिक बिलीफ़्स एंड इंफ़ॉर्मेशन। *सफ़र-उल-मुज़फ़्फ़र* 1442, अक्टूबर 2020. 30 जुलाई 2025 को एक्सेस किया गया। https://www.dawateislami.net/magazine/en/islamic-beliefs-and-information/what-is-shirk
10. इस्लाम क्यू एंड ए. 'ऑब्लिगेशन टु डेस्ट्रॉय आइडल्स.' 30 जुलाई 2025 को एक्सेस किया गया। https://islamqa.info/en/answers/20894/obligation-to-destroy-idols
11. नाज़िम, मुहम्मद. 2014. *द लाइफ़ एंड टाइम्स ऑफ़ सुल्तान महमूद ऑफ़ ग़ज़ना.* कैम्ब्रिज: कैम्ब्रिज यूनिवर्सिटी प्रेस (मूल रूप से 1931 में प्रकाशित)
12. मुंशी, कनैय्यालाल माणिकलाल. 1952. *सोमनाथ: द श्राइन एटर्नल.* बॉम्बे: भारतीय विद्या भवन
13. मजूमदार, अशोक कुमार. 1956. *चालुक्याज़ ऑफ़ गुजरात: ए सर्वे ऑफ़ द हिस्ट्री एंड कल्चर ऑफ़ गुजरात फ़्रॉम द मिडल ऑफ़ द टैन्थ टु दि एंड ऑफ़ द थर्टीन्थ सेंचुरी.* बॉम्बे: भारतीय विद्या भवन

अध्याय 5: दो सम्राट और उनके स्वामी

1. इस्लाम क्यू एंड ए. 'ऑब्लिगेशन टु डेस्ट्रॉय आइडल्स.' 30 जुलाई 2025 को एक्सेस किया गया। https://islamqa.info/en/answers/20894/obligation-to-destroy-idols
2. SurahQuran.com. 'सूरह काफ़िरून आयह 6, आयह का अंग्रेज़ी अनुवाद.' 30 जुलाई 2025 को एक्सेस किया गया। https://surahkuran.com/english-aya-6-sora-109.html

अध्याय 7: योजनाएं और तीर्थयात्री

1. खोसा, आशा। 'विदेशी शासकों, उलेमा, सैयदों ने पसमांदा को हाशिये पर रखने में अहम भूमिका निभाई.' आवाज़: द वॉयस, 31 मई 2023. 30 जुलाई 2025 को एक्सेस किया गया। https://www.awazthevoice.in/opinion-news/foreign-rulers-ulema-syed-played-key-role-in-keeping-pasmanda-on-the-margins-21774.html
2. फ़ैज़ी, फ़ैयाज़ अहमद. 'पसमांदा मुस्लिम मध्ययुगीन तालिबान का बचाव करने वालों की काट करने के लिए सोशल मीडिया का इस्तेमाल कर रहे हैं.' द प्रिंट, 14 अक्टूबर 2021. 30 जुलाई 2025 को एक्सेस किया गया। https://theprint.in/opinion/pasmanda-muslims-are-using-social-media-to-counter-those-defending-the-medieval-taliban/749708/
3. संगम टॉक्स। 'पसमांदा मुस्लिम कट्टरता: एक अशराफ़िया ख़तरा. फ़ैयाज़ अहमद फ़ैज़ी.' यूट्यूब, 30 सितंबर 2021. 30 जुलाई 2025 को एक्सेस किया गया। https://www.youtube.com/watch?v=TavDzjCus0o.

अध्याय 12: भागने की क़ीमत

1. पुलित्ज़र पुरस्कार विजेता अमेरिकी इतिहासकार और दार्शनिक विल ड्यूरेंट ने द *स्टोरी ऑफ़ सिविलाइज़ेशन, खंड 1 (अवर ओरियंटल हैरिटेज)* (न्यूयॉर्क: साइमन एंड शूस्टर, 1935) में पृष्ठ 459-60 पर लिखा:

   'भारत पर (तुर्की/फ़ारसी/अरब) मोहम्मडन की विजय शायद इतिहास की सबसे ख़ूनी कहानी है। यह एक निराशाजनक कहानी है, क्योंकि इसका स्पष्ट नैतिक सार यह है कि सभ्यता एक कोमल चीज़ है, जिसका व्यवस्था और स्वतंत्रता, संस्कृति और शांति का नाज़ुक ताना-बाना किसी भी समय बाहर से हमला करने वालों या भीतर संख्या बढ़ाने वाले बर्बरों द्वारा उखाड़ा जा सकता है। इस्लामी इतिहासकारों और विद्वानों ने 800 से 1700 ईस्वी के दौरान इस्लाम के योद्धाओं द्वारा किए गए हिंदुओं के नरसंहार, हिंदुओं के जबरन धर्म परिवर्तन, हिंदू महिलाओं और बच्चों को ग़ुलाम बाज़ारों में ले जाने और मंदिरों को नष्ट करने को बड़े संतोष के साथ दर्ज किया है। इस अवधि के दौरान लाखों हिंदुओं को तलवार के बल पर इस्लाम में परिवर्तित किया गया... काफ़िरों से वसूले गए करों को सुल्तानों द्वारा अपनी इच्छानुसार ख़र्च किया गया... बचने वाले ग़रीबी, अपमान और निराशा में रह गए।'

उसी खंड में, पृष्ठ 459 पर कहा गया है: 'लेन-पूल कहते हैं, हम पहली बार एक मोहम्मडन सरकार को ग़ैर-मुस्लिमों पर व्यवस्थित उत्पीड़न द्वारा ख़ुद को क़ायम रखते देखते हैं।' उद्धृत लेन-पूल, स्टेनली में, 1893. *मिडीएवल इंडिया अंडर मोहम्मडन रूल.* लंदन: मेथुएन एंड कंपनी, पृष्ठ 205 पर

2. बेल्जियम के भारतविद और इतिहासकार कोएनराड एल्स्ट, *नेगेशनिज़्म इन इंडिया: कंसीलिंग द रिकॉर्ड ऑफ़ इस्लाम* (दिल्ली: वॉयस ऑफ़ इंडिया, 1992) में, विदेशी इस्लामी (तुर्की, फ़ारसी, अरब) आक्रमणकारियों के बारे में यह कहते हैं:

   'हिंदुओं के नरसंहार, हिंदू मंदिरों के विनाश, हिंदू महिलाओं के अपहरण और जबरन धर्म परिवर्तन पर इस्लामी विवरण हमेशा बहुत प्रसन्नता और गर्व व्यक्त करते हैं। वे इसमें कोई संदेह नहीं छोड़ते कि हर तरह से मूर्तिपूजा का विनाश [विदेशी आक्रमणकारी] मुस्लिम समुदाय का ईश्वर-निर्धारित कर्तव्य माना जाता था... महिलाओं और बच्चों के साथ बलात्कार और अपहरण और उनकी मूर्तियों का विनाश, ऐसे कार्य हैं, जिन्हें मुस्लिम इतिहासकारों ने इतने उल्लास के साथ दर्ज किया है, [वे] सामाजिक स्थिति से बाधित नहीं थे; उन्हें उच्च जाति के काफ़िरों या निम्न जाति के काफ़िरों ने समान रूप से झेला था।'

   एल्स्ट का तर्क है कि हिंदुओं को 'काफ़िर' मानने वाली विचारधारा ने विनाश, जबरन धर्म परिवर्तन और ग़ुलामी के ऐसे कृत्यों के लिए धार्मिक औचित्य प्रदान किया, जिससे ग़ैर-मुस्लिमों के विरुद्ध हिंसा—जिसमें विजेताओं द्वारा महिलाओं को यौन ग़ुलाम बनाना शामिल है—इत्तफ़ाक़िया अपराधों के बजाय रणनीति का एक स्वीकृत तत्व बन गया।

अध्याय 16: इंसाफ़ की क़ीमत

1. बरनी, ज़ियाउद्दीन। 1867. *तारीख़-ए फ़िरोज़ शाही. द हिस्ट्री ऑफ़ इंडिया, एज़ टोल्ड बाय इट्स ओन हिस्टोरियन्स* में, अनुवाद हेनरी मायर्स ईलियट और जॉन डॉसन, संपादक ज़फ़र हसन. लंदन: ट्रूबनर एंड कंपनी, पृष्ठ 105–10
2. बदायूंनी, अब्दुल क़ादिर। 1898. *मुंतख़ब-उत-तवारीख़,* खंड 2, अनुवाद जॉर्ज रैंकिंग. कलकत्ता: एशियाटिक सोसाइटी, अध्याय 10–12
3. फ़िरिश्ता. 1829. *तारीख़-ए-फ़िरिश्ता (गुलशन-ए-इब्राहीमी). हिस्ट्री ऑफ़ द राइज़ ऑफ़ द मोहम्मडन पॉवर इन इंडिया,* खंड 2 में, अनुवाद जॉन ब्रिग्स. लंदन: लॉंगमैन, रीस, ओर्मे, ब्राउन, और ग्रीन, पृष्ठ 80–85

अध्याय 20: बीते गुनाहों का क़र्ज़

1. Sunnah.com. '(41) अध्याय: भारत का युद्ध अभियान.' *सुनन अन-नसाई* 3175, द बुक ऑफ़ जिहाद. 30 जुलाई 2025 को एक्सेस किया गया। https://sunnah.com/nasai:3175
2. इस्लाम क्यू एंड ए. 'भारत की विजय के बारे में हदीस.' 30 जुलाई 2025 को एक्सेस किया गया। https://islamqa.info/en/answers/145636/hadith-about-the-conquest-of-india
3. रेख़्ता डिक्शनरी। 'ग़ज़वा.' 30 जुलाई 2025 को एक्सेस किया गया। https://rekhtadictionary.com/meaning-of-gazva
4. रेख़्ता डिक्शनरी। 'हिंद.' 30 जुलाई 2025 को एक्सेस किया गया। https://rekhtadictionary.com/meaning-of-hind-1

अध्याय 22: असंभाव्य सहयोगी

1. 'हिंदू कुश' के अर्थ के बारे में इब्ने बतूता का बयान एच.ए.आर. गिब के आधिकारिक अंग्रेज़ी अनुवाद में पाया जा सकता है—इब्ने बतूता की यात्राएं, खंड 3, हैकल्युट सोसाइटी द्वारा जारी कार्य, दूसरी श्रृंखला, संख्या 117 (कैम्ब्रिज: कैम्ब्रिज यूनिवर्सिटी प्रेस, 1971), पृष्ठ 580

   'इसके बाद मैं बरवान शहर की ओर बढ़ा, जिसके रास्ते में एक ऊंचा पहाड़ है, जो बर्फ़ से ढका हुआ है और बहुत ठंडा है; वे इसे हिंदू कुश कहते हैं, जिसका मतलब है हिंदू-वधकर्ता, क्योंकि भारत से लाए गए ज़्यादातर ग़ुलाम वहां बहुत ज़्यादा ठंड के कारण मर जाते हैं।'

अमीश की अन्य किताबें

शिव रचना त्रयी

भारतीय प्रकाशन इतिहास में सबसे तेज़ी से बिकने वाली पुस्तक श्रृंखला

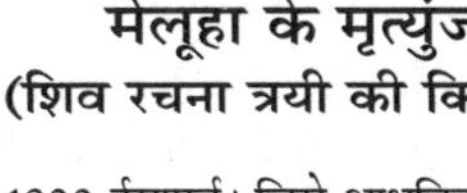

मेलूहा के मृत्युंजय

(शिव रचना त्रयी की किताब 1)

1900 ईसापूर्व। जिसे आधुनिक भारतीय ग़लती से सिंधु घाटी की सभ्यता कहते हैं, उसे उस समय के निवासी मेलूहा की भूमि—एक सम्पूर्ण साम्राज्य जिसकी स्थापना प्रभु श्रीराम ने कई शताब्दियों पूर्व की थी—के रूप में जानते थे। अब उनकी प्राथमिक नदी सरस्वती मृतप्राय होती जा रही है, और वे पूर्व दिशा में अपने शत्रुओं द्वारा किये जा रहे आतंकवादी हमलों का सामना कर रहे हैं। क्या उनके प्रसिद्ध महानायक नीलकंठ बुराई के नाश के लिए अवतरित होंगे?

नागाओं का रहस्य

(शिव रचना त्रयी की किताब 2)

कुटिल नागा योद्धा ने अपने मित्र बृहस्पति की हत्या कर दी है और अब उसकी पत्नी सती के पीछे पड़ा है। शिव, जो बुराई के प्रसिद्ध विनाशक हैं, अपने राक्षसी विरोधियों को ढूँढ़ लेने तक चैन से नहीं बैठेंगे। प्रतिशोध की प्यास उन्हें सर्प प्रजाति के लोगों नागाओं के द्वार तक ले जायेगी। शिव रचना त्रयी की दूसरी किताब में, भयंकर युद्ध लड़े जायेंगे और कुछ चौंकाने वाले रहस्यों से पर्दा उठेगा।

वायुपुत्रों की शपथ

(शिव रचना त्रयी की किताब 3)

शिव नागाओं की राजधानी पंचवटी तक जा पहुँचते हैं, और अपने वास्तविक शत्रु के विरुद्ध धर्मयुद्ध की तैयारी करते हैं। नीलकंठ नाकाम नहीं हो सकते चाहे इसकी जो भी क़ीमत चुकानी पड़े। अपनी हताशा में, वे वायुपुत्रों से सम्पर्क करते हैं। क्या वे सफल हो पायेंगे? और बुराई से लड़ने की वास्तविक क़ीमत क्या होगी? इन सभी रहस्यों का जवाब पाने के लिए इस बैस्टसैलिंग शिव रचना त्रयी का अन्तिम भाग पढ़ें।

राम चंद्र श्रृंखला

भारतीय प्रकाशन इतिहास में दूसरी सबसे तेज़ी से बिकने वाली पुस्तक श्रृंखला

राम—इक्ष्वाकु के वंशज

(श्रृंखला की किताब 1)

वे अपने देश से प्रेम करते हैं और क़ानून के लिए अकेले डटकर खड़े रहते हैं। उनके भाई, उनकी पत्नी सीता, और अराजकता के अँधकार के विरुद्ध लड़ाई। वे हैं राजकुमार राम। क्या वे दूसरों द्वारा उन पर उछाली गयी कीचड़ से उबर पायेंगे? क्या सीता के प्रति उनका प्रेम उन्हें उनके संघर्षों से पार लगा सकेगा? क्या वे उस राक्षस राजा रावण को हरा पायेंगे जिसने उनका बचपन नष्ट कर दिया था? क्या वे विष्णु की नियति को पूरा कर पायेंगे? अमीश की नयी राम चंद्र श्रृंखला के साथ एक और ऐतिहासिक सफ़र की शुरुआत करें।

सीता—मिथिला की योद्धा

(श्रृंखला की किताब 2)

खेतों में एक परित्यक्त बच्ची मिलती है। उसे दूसरों द्वारा नज़रअन्दाज़, कमज़ोर राज्य मिथिला के शासक गोद ले लेते हैं। किसी को विश्वास नहीं है कि यह बच्ची कुछ विशेष कर पायेगी। लेकिन वे ग़लत हैं। क्योंकि वह कोई साधारण लड़की नहीं है। वे सीता हैं। एक अनोखी बहु-रेखीय कथा शैली के माध्यम से, अमीश आपको राम चंद्र श्रृंखला के ऐतिहासिक जगत की गहराइयों में और अन्दर तक ले जाते हैं।

रावण—आर्यवर्त का शत्रु

(श्रृंखला की किताब 3)

रावण मनुष्यों में विशालतम बनने, विजयी होने, लूटपाट करने, और उस महानता को हासिल करने के लिए दृढ़संकल्प है जिसे वह अपना अधिकार मानता है। वह विरोधाभासों, नृशंस हिंसा और अथाह ज्ञान से भरपूर व्यक्ति है। ऐसा व्यक्ति जो प्रतिदान की आशा के बिना प्रेम करता है और बिना पश्चाताप हत्या कर सकता है। राम चंद्र श्रृंखला की इस तीसरी किताब में, अमीश ने लंका के राजा रावण के व्यक्तित्व के विभिन्न पहलुओं को उभारा है। क्या वह इतिहास का सबसे बड़ा खलनायक है या परिस्थितियों का मारा?

लंका का युद्ध

(श्रृंखला की किताब 4)

जैसे ही रावण सीता का अपहरण करता है, राम गुस्से और दुख से व्यथित हो जाते हैं। लंका का युद्ध होने वाला है; आखिरकार, यह धर्म-युद्ध है। क्या राम बेरहम और अजेय दिखने वाले रावण को हरा पाएंगे? या लंका एक घिरे हुए शेर की तरह वापस लड़ेगी? और, सबसे ज़रूरी बात, क्या असली विष्णु का उदय होगा? राम चंद्र सीरीज़ की इस चौथी किताब में, राम, सीता और रावण की कहानी एक-दूसरे से टकराती है और एक भयानक युद्ध में बदल जाती है।

भारत गाथा

महाराजा सुहेलदेवः भारत का रक्षक महाराजा सुहेलदेव

गज़नी के महमूद के लगातार हमले भारत के उत्तरी क्षेत्रों को कमज़ोर कर देते हैं और कई पुराने साम्राज्य खत्म हो जाते हैं। इसके बाद तुर्क देश के सबसे पवित्र मन्दिरों में से एक, सोमनाथ में भगवान शिव के भव्य मन्दिर पर हमला कर उसे नष्ट कर देते हैं। भारी निराशा से भरे इस काल में एक योद्धा राष्ट्र की रक्षा के लिए सामने आता है। महाराजा सुहेलदेव—एक प्रचंड विद्रोही, एक करिश्माई नेता, एक पक्का देशभक्त। साहस और वीरता की इस रोमांचक महागाथा को पढ़िये, जो शेर के सामान उस निडर योद्धा की कहानी और बहराइच के महासंग्राम की याद दिलाती है।

सोमनाथ के योद्धाः चोल के शेर

महमूद गज़नवी को लगता है कि उसने भारत की आत्मा को कुचल दिया है—सोमनाथ मंदिर में शिवलिंग खंडित पड़ा है और हज़ारों लोग मारे गए हैं। लेकिन विनाश की राख के बीच एक सौगंध ली जाती है। पांच लोग—एक तमिल योद्धा, एक गुजराती व्यापारी, भगवान अयप्पा की एक भक्त, मालवा का एक विद्वान-सम्राट, और पृथ्वी पर सबसे शक्तिशाली आदमी, सम्राट राजेंद्र चोल—एक ख़तरनाक अभियान पर जाने और हमलावर के राज्य के केंद्र पर हमला करने का संकल्प लेते हैं। चोल साम्राज्य की भव्यता से लेकर ख़ून से सने गज़नी के दरबार के अंधेरों तक, *सोमनाथ के योद्धा* भयंकर प्रतिशोध की एक शानदार कहानी है।

कथेतर

अमर भारतः युवा देश, कालातीत सभ्यता

भारत को खोजें देश के कहानीकार अमीश के साथ, जो आपको तीखे लेखों, स्पष्ट भाषणों और बुद्धिमत्तापूर्ण बहस के द्वारा देश को एक नये ढंग से समझने में मदद करते हैं। *अमर भारत* में, अमीश आकर्षक रूप से आधुनिक दृष्टिकोण के साथ एक प्राचीन संस्कृति का विस्तृत ख़ाका खींचते हैं।

धर्म - सार्थक जीवन के लिए महाकाव्यों की मीमांसा

इस जॉनर-बेंडिंग किताब में, जो एक सीरीज़ की पहली किताब है, अमीश और भावना पुराने भारतीय महाकाव्यों के अनमोल खजाने के साथ-साथ अमीश के मेलुहा की विशाल और जटिल दुनिया में जाते हैं, ताकि भारतीय दर्शन के कुछ खास कॉन्सेप्ट को समझ सकें। इस किताब में हमारे कई फिलॉसॉफिकल सवालों के जवाब हैं, जो हमारी पसंदीदा कहानियों की आसान और समझदारी भरी व्याख्याओं के ज़रिए दिए गए हैं।

मूर्ति पूजाः तथ्य और आस्था का संगम

बेस्टसेलिंग धर्म की सहयोगी पुस्तक मूर्ति पूजा में, मूर्ति पूजा के सार और वास्तविक अर्थ को खोजने के लिए एक बार फिर आपके पसंदीदा काल्पनिक पात्र कुछ नए पात्रों के साथ वापस आए हैं। इस अंतर्दृष्टि से भरी और विचारोत्तेजक किताब में, अमीश और भावना मिथकों और धार्मिक ग्रंथों की सीधी-सरल, विविध और दक्षतापूर्ण व्याख्याओं के माध्यम से मूर्ति पूजा से जुड़े ज्वलंत प्रश्नों को सुलझाते हैं। इस प्रक्रिया में, वे इस परंपरा के पीछे निहित व्यापक दर्शन को सामने लाते हैं और बताते हैं कि कैसे यह हमें रूपांतरण, स्वीकृति और प्रेम के माध्यम से ईश्वर के एकत्व का अनुभव करवा सकती है।